퇴마록

퇴마록

세계편 3

이우혁

VANTA

공통 일러두기

- 도서는 『 』, 단편이나 서사시 등은 「 」, 그림, 글씨, 영화, 오페라, 음악, 필담 등은 〈 〉, 전화, 방송, 라디오 등은 [ ]로 구분했습니다.
- 각주는 모두 저자 주입니다(엘릭시르 판본에서 용어 해설로 처리된 부분 중 가감된 내용의 일부가 이에 해당).
- 영의 목소리(빙의됐을 경우 제외)와 전음이나 복화술 등 육성으로 하지 않는 말은 등장인물과의 구분을 위해 고딕체로 표기했습니다.
- 피시(PC) 통신에서 사용하는 메시지는 별도의 서체로 구분했습니다.
- 본문의 ( )는 편집자 주이며, ─는 저자가 보충하려 덧붙인 이야기를 구분한 것입니다.

차례

왈라키아의 밤 • 7

얼음의 악령 • 279

그들은 모두를 미워하라 했다 • 353

아스타로트의 약속 • 417

왈라키아의
밤

일러두기
- '터키'는 현재 '튀르키예'로 명칭이 바뀌었으나 작품의 시대 배경에 맞춰 '터키'로 표기했습니다.

드라큘라 성

 루마니아에 있는 트란실바니아 지방, 그중에서도 갈슈산은 카르파티아산맥이 알제시강에 면하는 지점이다. 그 갈슈산 일대의 황량한 고지 위를 걷는 두 사람이 있었다. 윌리엄스 신부와 이반 교수였다. 그들은 신중하게 좌우를 둘러보며 천천히 걸음을 옮겼다. 마음이 급해 황급히 온 길이었지만 걸음을 서두른다고 해결될 일은 아니었다.

 해는 이미 산 너머로 져 버려서 저녁노을만이 아스라이 남아 주변을 희미하게 비춰 주었다. 붉은 커튼이 지워지고 푸른 커튼이 드리워지는 듯, 눈앞에 보이는 모든 것이 밤을 예고하는 옅은 남색으로 물들어 갔다. 황량한 바람이 고지를 휩쓸었다. 띄엄띄엄 인가가 보이는 고지의 풍경은 쓸쓸하기 그지없었다.

 말없이 걸어가던 윌리엄스 신부가 앞쪽에서 걷는 이반 교수를 향해 입을 열었다.

"이반 교수님, 정말 흡혈귀[1]의 짓이라고 단정하십니까? 요즘 일어난 사건들 모두?"

윌리엄스 신부보다 앞서 가던 남자는 반백의 머리에 깡마른 체구와 커다란 키, 회색빛이다 못해 푸른빛마저 감도는 창백한 얼굴을 한 사람이었다. 이마에는 깊은 주름살이 도랑처럼 새겨져 있었고 양쪽 볼이 움푹 꺼져 있었다. 윌리엄스 신부가, 영화에나 나옴 직한 흡혈귀 같은 인상의 남자에게 흡혈귀에 대해 질문하고 있는 모습은 모르는 사람이 보았다면 웃음을 터뜨릴 만한 장면이었다.

이반 교수라고 불린 남자는 윌리엄스 신부의 말에 대답 대신 고개를 끄덕거렸다. 그리고 불안한지 어깨에 걸머진 헝겊 가방에 손

---

1 전설에 나오는 피를 빨아 먹는 귀신이다. 이단자나 범죄자 또는 자살한 자들의 불안정한 영혼이 밤이 되면 박쥐의 모습으로 묻힌 장소에서 나와 인간의 피를 빨아 먹는다고 한다. 흡혈귀는 새벽이 되면 무덤이나 본래 있었던 흙이 가득 찬 관으로 돌아가야만 한다. 전형적으로 창백한 얼굴, 빛나는 눈, 튀어나온 송곳니를 가지고 있는데 희생자의 목을 물어서 피를 빨아 먹고 산다. 흡혈귀를 구별하는 방법(그림자가 없고 거울에 모습이 비치지 않음)과 그들을 멀리하는 방법(십자가를 보여 주거나 마늘로 만든 목걸이를 목에 두르고 자는 것)은 잘 알려져 있다. 흡혈귀를 영원히 잠재우는 방법으로는 뾰족한 막대기로 흡혈귀의 심장을 찌르는 것, 불태우는 것, 휴식처를 파괴하는 것 등이 있다. 흡혈귀에 대한 믿음이 아시아와 유럽에 널리 퍼져 있긴 하지만 원래는 슬라브 또는 헝가리(1730~1735년 무렵 헝가리에 흡혈귀에 대한 기록이 많이 남아 있다)의 전설이다. 고대 민간 전통에 나오는 여러 악마들 중 20세기에 들어 흡혈귀가 가장 눈에 띄고 지속적인 문학적 성공을 보이고 있는데, 이는 영국 작가 B. 스토커의 소설 『드라큘라(1897)』의 인기 때문이다. 트란실바니아의 죽지 않는 악인, 드라큘라 백작이 흡혈귀의 대표적인 유형이며, 소설과 연극, 인기 있는 영화 시리즈들은 흡혈귀 이야기를 유행으로 만들었다. 벨라 루고시가 주연을 맡은 T. 브라우닝의 영화 〈드라큘라(1931)〉는 20세기 중반과 후반에 나온 수십 편에 달하는 흡혈귀 영화의 유형을 만들었다.

을 넣어 습관적으로 뭔가를 확인했다.

윌리엄스 신부는 걸음을 옮기면서 다시 말했다.

"물론 이반 교수님이 흡혈귀학의 전문가라는 것은 알고 있습니다만, 이 먼 루마니아까지 그들의 자취를 추적해 온다는 것은 용이한 일이 아니었을 텐데요. 그동안 고생이 많으셨겠습니다."

"고생스럽지 않았소."

이반 교수는 냉랭하고 딱딱한 말투로 대답했다.

"흡혈귀의 존재를 부정하지만 않는다면 누구라도 짐작할 수 있소. 루마니아는 애당초 흡혈귀에 관한 이야기로 유명한 곳이오. 물론 터무니없는 전설이라고 여길 수도 있겠지만, 그러한 전설이 민간에까지 확산돼 있다는 것은 그냥 넘겨서는 안 되오. 실제로 비슷한 일이 있었다는 것으로 받아들여야 하오. 더군다나 근래에 일어난 이십여 명의 변사 사건은……. 믿는 사람은 적겠지만 흡혈귀와 연관성을 가지고 본다면 상당히 그럴듯한 가설이 세워지거든."

이반 교수의 말에 윌리엄스 신부는 고개를 끄덕였다.

목에 난 두 개의 이빨 자국. 그리고 전신의 피가 모두 없어져서 하얀 대리석처럼 돼 버린 시체를 보았을 땐 윌리엄스 신부도 치를 떨 수밖에 없었다.

검시한다는 명목하에 암암리 그들의 시체가 흡혈귀로 변하지 않도록 마늘과 십자가[2]를 이용해서 모종의 조치를 할 수 있었던

---

2 전설에 의하면 흡혈귀는 마늘 냄새를 싫어해 마늘을 걸어 놓으면 흡혈귀가 접근

것도 이반 교수의 덕분이라고 할 수 있었다. 물론 이런 일은 공개할 만한 성질의 것은 아니었다.

윌리엄스 신부가 좋지 않은 기억을 떨치려는 듯 고개를 흔들다가 다시 이반 교수에게 말했다.

"그런데 정말 그들의 근거지가 드라큘라 성일까요?"

"물론 드라큘라 이야기 자체는 소설에 불과하오. 그러나 브램 스토커도 그냥 창작을 한 것은 아니오. 동유럽 발칸반도에는 오래전부터 내려오던 흡혈귀나 뱀파이어의 전설이 있었소. 당시 부다페스트대학교의 교수 아르민 밤베리가 전문가였는데, 스토커도 그로부터 흡혈귀 신앙에 대한 자료를 받아서 이용해 소설을 썼지. 허나 허구로만 치부할 순 없소."

"보통 사람들은 그런 가정조차 하지 않겠지요. 하지만 근래 여러 사건이 일어났던 장소들을 지도상에 표시해 보면, 그들의 근거지는 이 근방으로 모아지더군요."

"맞소. 솔직히 나도 단정 지을 수는 없소. 허나 흡혈귀가 정말로 나온다면, 이 근방에서 그런 짓을 할 사람 또는 흡혈귀가 있을 만한 곳은 드라큘라 성뿐이오. 관광지로 유명하지만, 최근에는 이상한 사건이 많이 일어나서 사람들의 접근을 금하고 있소. 더군다나 저 드라큘라 성의 내부에는 아직까지 밝혀지지 않은 이상한 방이

하는 것을 어느 정도 막을 수 있다고 한다. 또 흡혈귀는 기독교에서 생명의 상징으로 믿는 피를 빨아 먹는 반기독교적인 존재이기 때문에 십자가에 약하다고 한다.

나 기타 고문 시설이 많다고 하오. 분명 조사해 볼 만한 가치가 있을 거요."

이반 교수는 말을 끊었다가 잠시 한숨을 내쉰 뒤 입을 열었다.

"잘 아시리라 믿지만 전설로만 치부하지 않는다면 흡혈귀란 것은 전염병이 번진 환자들 무리와 비슷하오. 드러난 놈들만을 잡는 것은 별 효과가 없소."

"흡혈귀가 정말 번식한다면 그 숫자가 기하급수적으로 늘어나기에 논리적으로 불가능하다는 자들도 있는데요."

"그 가정은 흡혈귀가 아무 지능이 없는 멍청이일 때만 유효하오. 흡혈귀는 그렇지 않소. 무분별한 확산을 가장 꺼리는 자가 바로 흡혈귀 자신일 거요. 더구나 흡혈귀는 피를 먹지만, 그건 양분을 얻기 위해서가 아니오. 우리 눈에 보이지도 않고, 효과도 성분도 없는 뭔가를 얻는 거요. 그들은 그걸 인간의 영양소와 비슷하다고 판단하고 있소."

"그럼 흡혈귀가 피를 통해 얻는 것은 뭐죠?"

"글쎄. 흡혈귀에게 있어 피는 일종의 단순한 저주고, 금제요. 아무것도 없어도 존재하고 활동 가능한데 피가 없으면 죽는다. 이건 그들의 한계고 제약이오. 그것을 잘 알기에 가공할 힘을 가졌음에도 흡혈귀는 절대 자신의 존재를 드러내기를 원치 않지. 아주 깊숙이 숨어서 그들의 짓을 드러나지 않게 은폐하오. 전에 흡혈귀에 대해 말하는 자들을 비웃고 우스갯거리로 만들던 자가 있었는데, 알고 보니 그자가 흡혈귀였던 적도 있소."

"흠······. 그러나 그 논리대로라면 흡혈귀가 이렇게 드러나는 행동을 했다는 것이 의아하지 않습니까?"

"그건 이유가 있을 거요. 어찌 됐든 드러난 이상 그 근원이 되는 흡혈귀를 잡아야 하오. 그러니까 무엇이라 할까······. 흡혈마라고 할 수 있을까? 그놈을 잡지 않는다면 다른 시시한 놈들을 잡는 것은 별 의미가 없소. 논리적인 이유를 댈 수는 없지만, 내 감정과 두뇌와 감각은 전부 그놈이 존재하고, 그것도 안전한 곳, 드라큘라 성 쪽에 있을 거라 외쳐 대고 있소이다."

윌리엄스 신부는 이해가 된다는 듯 고개를 끄덕거렸다. 그러고 보니 눈앞에 안개처럼 피어나기 시작한 두려움이 희미하게 짙어져 갔다. 사람들을 많이 데리고 와도 모자랄 판에 두 사람만 나선 것이 마음에 걸렸으나, 이반 교수는 떠들썩한 것을 싫어했다. 또한 갈 수 있는 사람이 윌리엄스 신부이기에 동행이 가능했을지도 몰랐다. 한참을 걸어가다가 이반 교수는 해가 완전히 저문 깜깜한 하늘을 쳐다보며 말했다.

"해가 졌으니까 꺼림칙하시다면 오늘은 저 앞까지만 조사합시다. 흡혈귀의 자취가 있는지만 살핀 다음, 돌아가기로 하겠소. 나머지 일은 내일 밝은 낮에 와서 하는 것이 좋을 듯하오."

윌리엄스 신부는 다행이라는 듯 고개를 끄덕거렸다. 그런데 고개를 끄덕이는 윌리엄스 신부의 코로 이상한 냄새가 밀려들어 왔다.

"잠깐만요. 이게 무슨 냄새지요? 곰팡내 같기도 한데······."

이반 교수는 윌리엄스 신부의 말에 주변을 둘러보면서 코를 씰

룩거리다가 놀란 듯 눈을 부릅떴다. 이반 교수가 안 그래도 퀭한 눈을 무섭게 뜨는 것을 보고 윌리엄스 신부는 더욱 놀랐다.

"조심하십시오. 이건 분명!"

이반 교수가 말하기도 전에 주변 갈대밭에서 검은 그림자들이 휙휙 나타났다가 사라지며 두 사람을 향해 다가오기 시작했다.

"조심해요!"

윌리엄스 신부는 외침과 동시에 허리춤에 찬 작은 십자가를 꺼냈다. 윌리엄스 신부의 손에서는 푸른색 오라가 뻗어 나왔다. 이반 교수도 재빨리 윌리엄스 신부와 등을 마주 대고 대적할 자세를 취하면서 어깨에 진 배낭 안에 들어 있는 것을 꺼냈다. 이반 교수가 꺼내 든 것은 번쩍거리는 큼지막한 십자가 하나와 작은 병 여러 개였다. 성수를 담아 쓰기 좋도록 여러 개 포장해 놓은 것이 틀림없었다.

야릇한 냄새는 주변을 메워 가고 있었다. 윌리엄스 신부와 이반 교수는 등을 맞댄 채 서서히 약속이라도 한 듯 좌우 사방을 살폈으나, 언뜻 보았다고 느꼈던 이상한 물체들은 시야에 들어오지 않았다. 이곳은 허리까지 차오르는 갈대와 잡초들이 무성해서, 누군가 바짝 엎드리고 있다면 눈에 띄지 않을, 숨기에는 아주 좋은 곳이었다.

둘은 조용히 주변을 살피며 작은 소리로 속삭였다.

"흡혈귀 냄새인가요?"

"틀림없소. 조심하시오. 내 짐작이 맞았나 보군."

"왜 모습을 드러내지 않는 거죠?"

"글쎄올시다."

두 사람은 식은땀을 흘리며 사방을 찬찬히 훑어보았다. 풀숲에서 바스락 소리가 나며 풀들이 눕는 기척이 들렸다. 이반 교수가 재빨리 성수병 하나를 집어 던졌으나 쨍하고 깨지는 소리 외에 아무런 반응도 없었다. 그러다가 갑자기 사방에서 부스럭부스럭하는 소리가 나며 뭔가가 접근해 오고 있는 것이 느껴졌다.

"수가 많습니다. 무슨 방법을 생각해야겠어요!"

당황한 윌리엄스 신부가 큰 소리로 외쳤다. 이반 교수도 사방에서 바스락거리는 소리가 너무 많이 들리자 긴장한 듯 약간 큰 소리로 대답했다.

"이 자세로 잡초 지대를 빠져나갑시다. 눈에 보여야 싸우든지 말든지 할 것 아니오."

두 사람은 등을 붙인 채 돌면서 온 길을 되짚어 잡초 지대를 빠져나가기 시작했다. 그러나 사방에서 바스락거리는 소리는 점점 크게 들려왔고 흡혈귀 특유의 냄새라 하는 곰팡내도 더 짙어져 왔다. 초조하게 걸음을 옮기던 중 윌리엄스 신부가 말했다.

"아무래도 이상합니다. 우리가 생각하는 그런 흡혈귀가 아닌 것 같은데요?"

이반 교수는 손등으로 이마에 흐르는 식은땀을 닦으며 대답했다.

"글쎄. 나도 이런 경우는······."

이반 교수가 말을 이으려는데 풀숲에서 뭔가 시커먼 것이 휙 하고 이반 교수에게로 뛰어올랐다.

놀란 이반 교수가 손에 들고 있던 십자가를 앞으로 쭉 뻗었다. 무심코 내민 십자가가 검은 물체와 정통으로 부딪혔다. 날아오는 물체는 십자가에 부딪히자 괴상한 소리를 지르며 허공에서 발버둥치고는 아래로 떨어졌다. 이반 교수의 소매가 찢어지고 피가 사방으로 흩어졌다. 그 광경을 보고 윌리엄스 신부가 외쳤다.

"늑대입니다! 늑대!"

이반 교수가 검은 형체를 땅바닥에 패대기치면서 힐끗 쳐다보았다. 틀림없는 늑대였다. 그러나 보통 늑대가 아니었다. 몸의 반쯤이 썩은 듯했고 이빨은 보통 늑대보다 세 배 이상 길게 뻗어 나와 있었다. 더욱이 이반 교수의 십자가는 특별한 것이 아니었는데도 늑대의 목 부분에 시커멓게 탄 십자가 자국[3]이 선명하게 새겨져 있었다.

"흡혈 늑대요! 사람만 흡혈귀로 변하는 것이 아니라……."

이반 교수가 채 말을 마치기도 전에 사방의 풀숲에서 와삭하는 소리가 나더니 검은 그림자들이 휙휙거리며 뛰어 들어왔다. 윌리엄스 신부와 이반 교수는 여태까지의 경계 태세마저도 모두 잊고, 미친 듯이 뒷걸음질 치며 물러서기 시작했다. 한두 마리도 아니고 저렇게 많은 늑대, 그것도 보통 늑대가 아닌 흡혈 늑대를 상대

---

3 기독교의 전설에 따르면 흡혈귀 등의 마물은 십자가에 닿거나 성수에 닿으면 살이 타들어 심한 화상을 입는다고 한다.

로 싸우는 것은 그야말로 계란으로 바위 치는 격이었다. 뒷걸음질 치던 이반 교수가 가방에서 자동 연발 권총을 꺼냈다. 그리고 몸을 돌리자마자 자신에게 덮쳐들던 늑대 한 마리를 쏘았다. 총소리가 울리면서 덤벼들던 늑대는 뒤로 털썩 나자빠졌으나 명중되지는 않은 것 같았다. 쓰러진 늑대가 몸을 일으키고 있는 것이 보였고, 그 뒤에는 여러 마리의 늑대들이 이젠 무릎에도 차지 않은 잡초 사이로 불쑥불쑥 얼굴을 내밀며 달려들고 있었다.

이반 교수가 총을 쏘는 동안, 윌리엄스 신부는 뒤돌아서 도망가다가 멈춰 섰다. 그곳에는 하나의 그림자가 서 있었다. 분명히 늑대가 아닌 사람의 모습이었다. 얼굴이 납빛처럼 희고 두 눈이 붉게 타오르는 키가 큰 남자. 그 남자의 입가에는 두 개의 날카로운 송곳니가 삐져나와 있었고, 손에는 억센 채찍이 쥐어져 있었다. 옷차림은 보통 사람과 다를 바 없었으나, 흙이 많이 묻어 있었고 몹시 낡고 오래된 듯한 인상을 주었다. 얼굴은 이상하게 일그러져 마치 백치와 같았다. 윌리엄스 신부는 저것이 바로 흡혈귀일 거라고 생각했다.

놈이 늑대들을 조종하는 게 분명했다. 윌리엄스 신부가 증오 어린 눈빛으로 십자가를 꺼내 들자 흡혈귀는 한 손으로 눈을 가리면서 채찍을 허공에 뿌려 댔다. 이반 교수가 총을 쏘아 대며 기도를 읊고 있는 윌리엄스 신부에게 외쳤다.

"신부님, 어서 피하시오! 그놈까지 상대할 시간이 없소!"

윌리엄스 신부가 이반 교수의 말을 듣고 몸을 빼려는데 흡혈귀가 휘두른 채찍에 발이 감겼다. 넘어진 윌리엄스 신부의 눈에 자신의 몸 위로 흡혈귀가 몸을 굽히고 있는 것이 보였다. 이반 교수는 당혹한 나머지 흡혈귀를 향해 남은 총탄을 마구 쏘아 댔지만 대부분 빗나가 버렸다.

늑대들이 주변으로 몰려들기 시작했다. 윌리엄스 신부가 무슨 수를 썼는지 위에 올라타서 윌리엄스 신부의 목을 조르던 흡혈귀가 옆으로 나가떨어졌다. 윌리엄스 신부가 헐떡거리면서 몸을 일으키고는 빠져나오려는데, 늑대 한 마리가 신부의 바짓가랑이 한쪽을 물고 늘어졌다. 윌리엄스 신부가 오라가 깃든 손으로 늑대의 머리를 내리치자 늑대는 캥 소리를 내며 쓰러져 버렸다. 일단 한숨을 돌리고 나니 이번에는 다른 늑대 세 마리가 옷자락을 물고 매달리는 것이 아닌가!

이반 교수는 늑대들을 겨냥했지만 총알이 떨어져 철컥철컥 금속 소리만 날 뿐이었다. 윌리엄스 신부가 이반 교수를 향해 큰 소리로 외쳤다.

"이반 교수님, 어서 가세요. 내 걱정은 말고요. 그리고 한국으로! 한국의 그들에게 연락을……."

윌리엄스 신부의 말을 다 듣기도 전에 또 다른 늑대가 이반 교수에게 덮쳐들었다. 이반 교수가 십자가로 힘껏 그놈의 양미간 사이를 찌르자 늑대는 긴 고함과 함께 이반 교수의 앞가슴을 발톱으로 움켜쥐면서 땅으로 떨어져 내렸다. 이반 교수는 더 이상 지체할 수 없었다. 윌리엄스 신부를 놔둔 채 초원 지대를 벗어나기 위해 줄달음질 쳤다. 숨이 턱에 닿을 듯했지만 지금 그것을 돌볼 때가 아니었다. 뒤에서 늑대 몇 마리가 따라오는 듯했으나 휘파람 같은 소리가 들리자 더 이상 늑대들은 이반 교수를 쫓지 않았다. 이반 교수는 그 자리에 주저앉아 한동안 숨을 돌렸다. 너무나도 숨이 차고 멍해서 살아 있는 것 같지 않았다. 흡혈귀를 추적하던 자신이 도리어 흡혈귀에게 이렇게 쫓기다니. 이런 적은 처음이었다. 한동안 호흡을 고르던 중 윌리엄스 신부가 떠올랐다. 이반 교수는 벌떡 일어나 지금 자기가 달려온 초원 지대를 바라보았다. 그러나 초원에는 더 이상 흡혈귀도 늑대들의 자취도 남아 있지 않았다. 다만 드라큘라 성만이 을씨년스러운 자태를 밤하늘에 드리우고 있을 뿐이었다.

루마니아로

퇴마사 일행은 호텔 방에 앉아 허탈한 얼굴로 서로 마주 보았다. 과거에 그들과 한 차례 싸운 바 있었던 유체 이탈 전문가 케인의 흔적을 찾아내기 위해 불가리아를 답사했지만, 대수롭지 않은 관광지만을 구경했을 뿐 시간만 낭비했다. 조사하다 보면 뭔가 나올 것도 같았는데 케인과 블랙 서클의 연관성에 대해서는 아무것도 밝혀낼 수 없었다. 다른 일들에 시달리느라 예정보다 불가리아에 늦게 도착해서 그사이 흔적이 지워졌을지도 모른다.

다른 블랙 서클 구성원들이 이미 케인의 흔적을 은폐해서였는지, 케인이라는 이름 자체가 위조된 것이었는지 알 수 없었으나, 황당하게도 기록상으로 케인은 초등학교 교사 출신의 독신 생활을 하는 자로 지금은 실종된 것으로 처리돼 있었다. 그런 상태에서 뭔가를 알아낸다는 것은 매우 어려운 일이었다. 지난번 영국에서도 기사들의 유령 출몰을 막은 뒤, 과거 한국에서 난동을 부렸던 호웅간에 관한 것을 찾고자 노력을 기울였으나 이미 죽은 호웅간의 막연한 신원만 파악됐을 뿐, 블랙 서클에 대한 단서는 어느 하나도 잡히지 않았다.

　그들은 죽으면 이상한 검은 기류에 휘말려서 흔적도 없이 사라져 시체조차 찾을 수 없게 돼 알아낼 방법이 없었다. 이후 독일에서도 코제트를 추적하는 데 실패했고, 프랑스와 불가리아에서까지 허탕을 치자 퇴마사들은 의기소침해졌다.

　헛되이 며칠을 보내고 있던 차에 호텔로 날아든 낯익은 이름의 전보 한 장은 그들에게 새로운 활력을 불어넣어 주었다.

　"백호 씨가 보낸 거예요. 백호 씨가."

　연희가 전보용지를 받아 들고서 소리 내어 읽었다. 백호는 그들의 안부를 묻고 난 뒤 속히 루마니아로 가서 이반 교수란 사람을 만나 보라고 전했다. 연희가 전보를 읽어 주는 도중에 현암이 끼어들었다.

　"이반 교수가 누구지? 그 사람에 대한 설명은 없어요?"

　"글쎄, 그런 설명은 없어요. 다만 윌리엄스 신부님과 관련이 있는 일이라고만 쓰여 있군요. 날짜는 내일이네요."

"아이고, 참. 여유도 많이 주면서 가라고 하네. 비행기표가 없으면 어쩌려고……."

승희가 투덜거리자 현암이 조용히 말했다.

"흠! 윌리엄스 신부님이라……. 그런데 이반 교수란 사람을 어떻게 만나라는 거지? 공항에서 대기하고 있을 거라고 적혀 있어?"

뒤에서 박 신부의 차분한 음성이 들렸다.

"이반 교수란 사람, 내가 조금 알지."

가만히 눈만 말똥거리고 있던 준후가 박 신부에게 말했다.

"그래요? 신부님이 아는 분이세요?"

"잘 아는 것은 아니고 이름을 들은 적이 있지. 전공이 특이하거든. 어느 대학인가의 교수라던데……."

"어떤 전공이죠?"

"흡혈귀학을 전공하고 있는 사람이지."

"흡혈귀학이요?"

눈이 휘둥그레진 연희가 박 신부에게 되물었다.

"그런 것이 있어요? 흡혈귀는 소설이나 영화에서만 나오는 것으로 알았는데."

예전에 흡혈마와 치열한 싸움을 한 적이 있던 준후와 현암은 눈짓을 교환했고 박 신부는 말을 이었다.

"그런 것까지야 내가 알 수 있나. 그 사람이 다니고 있는 대학 이름도 잊어버렸고. 어쩌면 정말로 강의하고 있는 것이 아니라 명함에만 흡혈귀학 교수라고 쓰여 있는지도 모르지. 어쨌거나 흡혈귀학에 대해서만은 세계에서 몇 손가락 안에 꼽을 정도로 유명하다는 것은 알아."

준후가 눈을 크게 떴다.

"세계에서 몇 손가락 안에 든다고요? 그걸 연구하는 사람이 세계에 몇 명이나 있는데요?"

"몇 명 안 되겠지?"

박 신부가 피식 웃으며 말했다.

현암은 이반 교수에 대해 골똘히 생각하는 중이었다.

"그런데 그런 사람이 우리를 왜……."

전보는 꽤 길었는데 현암의 질문을 예상이라도 한 듯, 백호는 그에 대한 설명도 언급하고 있었다. 이반 교수는 윌리엄스 신부와 프로젝트를 같이한 사이인 듯했다. 그의 추천으로 퇴마사들에게 연락을 취한 것 같은데, 직접 연락이 안 되자 어떻게 하다가 백호에게 연락이 닿은 모양이었다. 현암이 다시 물었다.

"직접 연락하지 않고 이렇게 우회적으로 연락을 하다니, 혹시 윌리엄스 신부님에게 무슨 일이 생긴 것은 아닐까요?"

"글쎄, 그러고 보니……."

"뭐죠?"

"내가 얼마 전 윌리엄스 신부님께 안부 전화를 걸었는데, 해외여행을 갔다고 해서 통화가 안 된 적이 있었지. 루마니아로 오라고 하다니, 윌리엄스 신부님도 루마니아로 간 것은 아닐까?"

"그럴지도요. 그럼 우리도 루마니아로 가야 하나요?"

"어차피 여기에선 별 소득이 없었으니 그렇게라도 해야 할 것 같군. 부탁도 있고 하니 어서 여기를 정리하고 루마니아로 가 보기로 함세."

"에이, 관광도 다 못했는데……."

승희가 입을 비죽 내밀고 툴툴거렸다. 박 신부가 눈을 크게 뜨고 쳐다보자 승희의 입이 쑥 들어갔다.

"루마니아라……."

현암과 준후가 동시에 중얼거렸다.

"우리가 저번에 싸워 봤던 흡혈마에 대해서도 잠시 윌리엄스 신부님에게 이야기해 드린 적이 있었잖아요. 혹시 이반 교수님이 윌리엄스 신부를 언급하고 우리를 급히 오라고 하는 것은 흡혈귀가 나타났거나, 아니면 흡혈귀와 싸우기 위해 우리의 힘을 필요로 한다고 판단해도 좋지 않을까요? 이반 교수라는 사람도 윌리엄스 신부님에게 우리에 대해 이야기를 들었을지 모르고요."

"글쎄, 그럴 것도 같구나……. 준후야."

박 신부가 천천히 몸을 일으켰다.

"좌우간 윌리엄스 신부님이 걱정되는구나. 아마 그런 일에 휘말린 것이 아니라면 이반 교수가 얼굴도 모르는 우리에게 황급히 보자는 연락을 할 리도 없을 거고. 이 기회에 흡혈귀에 대한 자료들을 정리해 봐야겠어. 루마니아라면 드라큘라의 고향이잖아."

"드라큘라요?"

연희가 꺼림칙한 눈빛으로 박 신부에게 말했다.

"그렇지. 드라큘라. 드라큘라는 소설 때문에 유명해졌지만 실존 인물이란 설도 있지. 어쨌든 흡혈귀에 대한 자료를 조사해 보면 드라큘라에 대한 것도 언급이 될 테니 조금이라도 시간이 있을 때 찾아보고 나서 루마니아로 가는 것이 좋겠군. 연희 양, 나와 같이 도서관 좀 가 주겠나?"

"예, 그러죠. 또 책이군요. 후후후."

연희는 별로 싫은 기색은 아니었지만 입으로 뭐라 중얼거리며 박 신부를 따라나섰다. 별달리 할 일이 없는 현암과 준후는 서로 쳐다보다가 현암은 자리에 누워서 코를 골기 시작했고, 준후는 바깥 풍경을 구경하느라 여념이 없었다. 영어라곤 한마디도 하지 못하는 그들이었고, 승희가 할 일은 뻔했다. 승희는 항공사의 전화번호를 뒤적거리며 찾기 시작했다.

승희는 꿈을 꾸고 있었다. 그것도 신기하게 꿈인지 생시인지 분명하게 아는 상태에서 꿈을 꾸고 있는 것이었다. 특별히 뭐가 보이지도 않는데 어디에선가 목소리가 어렴풋이 들려왔다. 자신은 분명 일행과 함께 루마니아로 가는 비행기 안에서 잠들었고 비행기는 텅 비어 있는데 어디서 누가 이야기를 하는지가 궁금했다.

목소리의 내용은 일행이 하루 전에 책에서 보았던 드라큘라에 대한 것이었다. 드라큘라 백작은 인간인 동시에 요괴로서 밤만 되면 수많은 박쥐 떼와 뱀, 그리고 늑대들을 이끌고 인간의 생피를 찾아다니는 흡혈귀였다는 이야기가 들려왔다.

'이건 어제 읽은 소설 『드라큘라』에 나온 이야기인데. 아! 왜 이런 목소리가 들리는 거지. 잠에서 깨어나야 하는데……'

승희는 몸을 움직이려 했지만 전혀 움직여지지 않았다.

'가위 눌렸네. 아, 짜증나.'

목소리는 계속 들려오고 있었다. 무섭지는 않았지만 별로 기분이 좋지 않았다. 아무리 가위눌림이라 해도 너무 생생해서 꿈같지 않아 더욱 그랬다.

마녀의 피가 흐르는 아틸라 대왕[4]의 혈통을 드라큘라 백작도 이어받았다. 마자르족, 아발족, 그리고 불가르족 같은 많은 민족의 침입을 단숨에 격퇴하고 특히 우리 왈라키아[5]의 원수인 투르크의 대군을 무찌른 자가 누구였던가. 우리의 자랑스러운 명장 드라큘라가 아니었던가. 이 드라큘라의 혈연이야말로 명석한 두뇌와 지략을 겸비한 불멸의 영광을 자랑하는 가문이다!

---

[4] 별칭은 Flagéllum Dei(라틴어로 '신의 징벌자'라는 뜻)이다. 훈족의 왕(재위 434~453년)으로 445년까지는 형 블레다와 공동 통치했다. 로마 제국을 침략한 새외 민족 최고의 왕이며, 남부 발칸반도와 그리스, 이어서 갈리아와 이탈리아까지 공략했다. 중세 독일의 전설적인 영웅 서사시 「니벨룽겐의 노래(Das Nibelungenlied)」에서 에첼, 아이슬란드의 무용담에서는 아틀리라는 이름으로 등장한다.

[5] 도나우강 하류의 공국으로 1859년 몰다비아와 합병해 루마니아가 됐다. 왈라키아라는 명칭은 인구의 대부분을 차지하는 왈라키아인의 이름에서 따왔다. 카르파티아 알프스산맥이 왈라키아 북쪽과 북동쪽 경계를 이루고, 서쪽·남쪽·동쪽으로는 도나우강이, 북동쪽으로는 세레트강이 각각 경계를 이루고 있다.

'꿈도 참 희한하군. 빨리 깨어나야 하는데······.'

승희는 간신히 몸을 움직여서 겨우 깨어났다. 눈을 떠 보니 몸이 땀으로 축축하게 젖어 있었고, 옆에서 연희가 걱정스러운 듯이 쳐다보고 있었다. 승희는 눈을 돌려서 자신의 좌석 쪽 통로 옆자리에 앉아 있는 다른 일행들을 둘러보았다. 준후는 멀미를 하다가 지쳤는지 잠들어 있었고, 현암은 박 신부와 함께 드라큘라의 이모저모를 이야기하며 어제 박 신부와 연희가 정리한 노트를 들춰 보는 중이었다. 가만히 생각해 보니 아까 가위에 눌렸을 때 들린 목소리는 현암의 목소리인 것도 같았다.

'비행기 안에서까지 을씨년스러운 이야기를 해서 사람을 가위에 눌리도록 하다니.'

승희는 화가 났지만 그래도 자신을 비롯한 퇴마사 일행이 언제 맞닥뜨릴지 모르는 일에 대해 연구하는 것을 방해할 수는 없었다. 박 신부와 현암은 계속 이야기를 나누었고, 승희는 알게 모르게 기분이 풀리고 잠도 좀 깬 듯해서 그들의 대화에 귀를 기울였다.

"드라큘라 공은 블라드 3세로 15세기에 루마니아에 있었던 작은 나라인 왈라키아의 군주였던 모양이군요. 인간이면서도 인간이 아닌 악마 드라큘라 또는 악마의 자식 드라큘라로 불리었다는군요. 아, 여기 좀 보세요. 이 책에 그런 내용이 있어요. 15세기 독일에서 출간된 출판물에서 인용한 글인데 가시공 드라큘라(블라드 체페슈)에 대한 이야기네요. 산 사람의 등을 꼬챙이로 찔러서 죽인 다음 손발을 잘라서 머리털을 뽑고······. 음, 거기다가 전신을 토막

내어 머리는 솥에 삶고, 시체의 살덩이를 햄으로 만들어서 어미에게 먹이고, 도끼로 절단한 포로의 시체를 동료 병사에게 먹이면서 이를 즐기고. 또 이러한 광경을 보면서 식사를 하는……."

"윽!"

승희가 더 이상 참지 못하고 불평불만을 쏟아 냈다.

"목소리 좀 낮춰! 현암 군! 나 잠 좀 자게. 자꾸 가위에 눌린단 말이야……."

"도착하기까지 몇 분이나 걸린다고 잠을 자니? 소리 낮출 테니 이야기하는 데 방해하지 말지?"

"아니, 목소리보다 내용이 그렇잖아."

"이건 분명 역사적 기록일 뿐인데 왜 그래?"

그러고 보니 어제 이야기할 때 드라큘라가 정말 실존했던 인물이라는 점이 최근 밝혀졌다고 했다. 드라큘라의 생가가 발견된 것이 74년이었으니 얼마 되지 않았다. 어제 이야기를 할 때에 귀담아듣지 않았던 승희가 현암에게 물었다.

"음, 그럼 그 사람이 정말 흡혈귀였단 말이야?"

"아, 그건 아닌 것 같아. 어디 보자, 음……. 저런, 저런! 진짜 흡혈귀란 증거는 없지만 그런 악행을 많이 저질렀던 건 사실인 것 같군. 자세한 내용은 나와 있지 않아. 우리가 구한 책은 고작해야 흥미 위주로 간략하게 서술해 놓은 것에 불과하니까."

승희는 가위에 눌리고 나서부터 꿈속과 현실에서 동시에 드라큘라에 대한 무서운 이야기를 듣자 기분이 영 좋지 않았다. 이번 일은 왠지 꺼림칙한 느낌이 들었다. 이반 교수라는 흡혈귀학 교수가 정말로 있다는 것도 마음에 걸렸고, 영화 같은 것에서나 볼 수 있는 드라큘라가 실존했던 인물이라고 생각하니 끔찍했다. 여태까지 못 볼 것을 자주 보아 왔고, 믿어지지 않는 상대들과 많이 싸워도 봤지만, 이번처럼 으슬한 느낌과 함께 불안한 예감이 들었던 적은 없었다.

입국 수속을 마친 후 공항 로비로 나온 일행들 앞에 '박 신부 찾습니다'라는 아주 서툰 —썼다기보다는 그리다시피 한— 한글로 쓰여 있는 종이가 공항의 구석에 붙어 있었다. 준후가 박 신부에게 물었다.

"신부님, 저기서 누가 찾는 것 아닌가요? 이반 교수란 분이 신부님을 찾기 위해 써 붙인 것 같은데요?"

"그런 것 같구나."

일행은 종이가 붙어 있는 기둥 근처에 서 있는 남자에게 다가갔다. 가까이 다가가는 연희의 걸음이 슬슬 느려지더니 불안한 기색이 역력해졌다. 그도 그럴 것이 종이가 붙어 있는 기둥 근처에 서 있는 사람은 바싹 마르고 혈색이 무척 창백했으며 반백의 머리와 양쪽 볼이 움푹 꺼진 오십 대의 남자로, 그야말로 영화 속에서나 나오는 흡혈귀와 닮은 사람이었기 때문이다. 연희가 슬며시 승희의 옆구리를 쿡 찌르며 말했다.

"우리는 흡혈귀 잡으러 온 거잖아? 근데 저 사람이 흡혈귀 아니야? 후후후."

승희는 킥킥 웃으며 아무 대답도 하지 않았다. 그러는 중에 박 신부가 먼저 남자에게 다가가 정중하게 영어로 물었다.

"혹시 이반 교수님이 아니십니까?"

"그렇소. 혹시 한국에서 오신 박 신부님?"

"네, 맞습니다."

이반 교수는 번뜩거리는 눈빛으로 일행 한 사람 한 사람을 샅샅이 훑어보았다. 싸늘한 그의 눈빛과 마주치자 연희는 눈을 질끈 감으며 몸을 오싹 떨었고, 준후도 별로 기분이 좋지 않은 듯 연신 눈을 깜박거리고 있었다.

"여기 같이 오신 분들은 모두 일행이오?"

"예, 그렇습니다. 저와 같이 온 사람들이죠."

"이 꼬마도 말이오?"

"물론이죠. 아주 뛰어난 능력을 가진 아이랍니다."

"음!"

공항 로비를 나서며 이반 교수는 웅얼거리는 듯한 말투로 박 신부에게 말을 걸었다. 이반 교수의 말투는 듣기가 영 개운치 않았고, 그의 행동거지로 봐서는 퇴마사 일행을 믿지 못하고 있다는 생각이 강하게 느껴졌다.

"여러분들을 수소문해서 한국에 전보까지 쳤던 것은 윌리엄스 신부님 때문이오. 윌리엄스 신부님에게 당신들 이야기를 들은 적이 있소. 신부님께 일이 생겼는데, 신부님은 당신들을 몹시 믿고 있었던 모양이오. 사고를 당하는 순간까지 당신들을 찾으라고 간곡히 부탁했으니 말이오."

어느 정도 짐작은 하고 있었지만 이반 교수의 입에서 윌리엄스 신부가 사고를 당했다는 말을 듣자 모두 몸을 움찔했다.

"사고요? 윌리엄스 신부님이 어떤 일을 당하신 거지요? 무사하신가요?"

"그건 아직 알 수 없소. 신부님은 흡혈귀들에게 잡혀갔으니 말이오."

"네? 무슨 말씀이신가요?"

난데없이 윌리엄스 신부가 흡혈귀에게 잡혀갔다는 이야기를 듣자 모두 눈이 휘둥그레졌다. 그러나 이반 교수는 여전히 무표정하고 냉랭한 흡혈귀 같은 얼굴로 일행을 힐끗 쳐다보더니 나직한 목소리로 말했다.

"가면서 말씀드리겠소. 한시가 급하니."

이반 교수는 랜드로버와 같은 커다란 지프를 준비해 왔다. 제법 큰 차였는데도 여섯 사람이 올라타자 비좁았다. 제일 덩치 큰 박 신부가 맨 앞자리에 앉았고, 현암이 연희와 승희에게 뒷자리를 양보하더니 짐칸으로 갔다. 준후는 승희의 옆에 끼어 앉았다. 자리도 불편했고 이반 교수의 운전 솜씨가 거칠어서 현암은 몇 번이나 천장에 머리를 부딪혔다. 그러나 이반 교수가 들려주는 그간의 이야기 때문에 그런 것은 신경이 쓰이지도 않았다.

연희는 이반 교수의 말을 통역해서 옆에 있는 준후에게 알려 주었고, 현암도 워낙 영어 실력이 짧은 터라 이반 교수의 그 냉랭한 음성을 제대로 알아들을 수 없어 연희의 말에 귀를 기울이고 있었다.

이반 교수는 감정이 하나도 섞이지 않은 목소리로 윌리엄스 신부의 실종에 대해서 상세하게 설명해 주었다. 일행은 숙연한 얼굴이 돼 윌리엄스 신부의 안부를 걱정했다. 이반 교수는 일행에게 마지막으로 다음과 같은 말을 덧붙였다.

"윌리엄스 신부님이 이곳에 온 것은 흡혈귀에 대한 조사가 주된 목적이었겠지만, 코제트라는 알 수 없는 여자의 뒤를 추적하는 것도 그에 못지않은 중요한 일이라고 하더군."

"코제트요? 그럼, 블랙 서클의 코제트가 아닐까요?"

박 신부가 되물었다. 그러나 이반 교수는 블랙 서클이나 코제트에 대해서는 윌리엄스 신부에게 들은 이야기가 별로 없었던 듯 얼굴에 표정 변화가 없었다. 박 신부는 코제트와 블랙 서클에 대해서 간략히 이반 교수에게 말해 준 뒤, 걱정 섞인 한숨과 함께 이반 교수에게 같이 제안했다.

"바로 드라큘라 성으로 가는 게 어떨까요, 이반 교수님. 여장을 푸는 것은 급하지 않습니다. 윌리엄스 신부님이 정말로 흡혈귀들에게 잡혀간 것이라면 위험할 테니, 드라큘라 성으로 직행하는 것이 좋겠습니다."

이반 교수가 힐끗 박 신부를 쳐다보더니 투박하고 냉랭한 목소리로 응답했다.

"지금 드라큘라 성으로 가는 중이라오."

뒷자리에서는 비행기 안에서 잠을 설쳤는지 별로 안색이 좋지 못한 승희가 그 이야기를 듣더니 쩝 하고 입맛 다시는 소리를 냈다. 박 신부는 뒤를 돌아보려다가 말고는 이반 교수에게 질문을 던졌다.

"그런데 드라큘라 성은 관광지 아닙니까? 사람들도 많이 드나드는 곳일 텐데 정말 그리로 윌리엄스 신부님이 잡혀간 것이라면, 경찰에 연락하는 건 어떨까요? 수색하면 곧 발견되지 않겠습니까?"

"가장 큰 문제는……."

이반 교수가 노기 띤 음성으로 말했다.

"이 일을 아무도 믿어 주지 않는다는 데 있소. 경찰이건 어디건. 그래서 나 혼자 수색할 수밖에 없었소. 도무지 도와줄 사람이 없었다오. 그곳은 낮에는 멀쩡한 관광지이자, 옛 성일 뿐이오. 그러나 사람들이 다 나가고 아무도 없는 밤만 되면……. 흠!"

운전하면서 이반 교수는 드라큘라 공에 대한 이야기를 해 주었다. 일반적으로 알려진 것과 달리 —물론 퇴마사들은 약간이나마 조사를 해 두어서 알고 있었지만— 드라큘라 공이 흡혈귀였다는 증거가 없다는 것이다. 오히려 루마니아에서는 왈라키아를 외세의 침략으로부터 구해 낸 영웅으로 칭송받는 인물이라고 했다. 그러나 드라큘라 공이 왈라키아를 단합시키기 위해서라고는 하지만, 수많은 잔혹한 짓을 했던 것도 사실이었다.

보야르(귀족 집단)의 음모로 아버지와 형을 잃은 채 자객들의 추적을 받으며 이십오 세의 나이로 왕좌에 등극한 드라큘라 공은, 왈라키아 국내의 보야르와 지주 등 오백 명을 가족 동반으로 초청했다. 그러고는 아버지와 형의 복수를 위해 그 자리에서 오백 명의 귀족을 모조리 끔찍하게 참살했다. 어린아이를 여덟 조각으로 찢고는 그 피를 어머니에게 마시게 했으며, 귀부인을 병사에게 윤간시킨 다음 전신을 갈가리 찢고 시체 덩어리를 큰 솥에 삶아서 남편에게 먹게 했다. 그리고 나머지 지주와 지주의 가족들은 한 사람씩 산 채로 등에 막대기를 찔러서 땅에 세운 다음, 전신을 토막토막 잘라 버렸다는 게 이반 교수가 일행에게 들려준 이야기의 골자였다.

이야기를 듣던 준후가 몸서리를 쳤다.

"으으, 너무 잔혹해요. 이건 뭐 흡혈귀 이상인데요!"

연희가 준후의 말을 전하자 이반 교수는 눈도 깜짝하지 않고 다른 이야기를 해 주었다.

"드라큘라 공은 어려서부터 투르크의 지하 감옥에 인질로 잡혀 유폐됐다가 겨우 살아나게 됐고, 간신히 탈출해서 자기 고국으로 돌아오자 자기 아버지와 형이 귀족들에게 죽임을 당한 걸 보게 됐소. 그때부터 계속 투르크의 자객들과 귀족 계급의 자객들, 그리고 드라큘라가의 적대 세력이 보낸 자객들에 의해 항상 신변의 위협을 느껴 왔기 때문에 정신적으로 그럴 수 있었을 거요."

"하지만 너무 많은 사람을 죽였잖아요."

"그건 그렇지. 1460년 여름에만 해도 삼만 명을 학살했소. 그리고 그때 정식 부인 외에 두 명의 첩을 가장 처참한 방법으로 살해했다고 하오. 한 사람은 다른 남자와 밀통했다는 이유로, 다른 여자는 임신했다고 거짓말을 했다는 이유로 말이오."

"아, 세상에! 같이 지내던 여자까지 죽이다니!"

승희가 끔찍한 것을 보기라도 한 듯 고개를 설레설레 저었다. 이반 교수의 말이 이어졌다.

"그렇게 엄격한 법을 적용한 결과, 소국인 왈라키아는 그의 지도 아래 똘똘 뭉쳐서 투르크의 대군을 맞아 몇 차례 승리를 거두었소. 드라큘라 공이 아니었으면 지금의 루마니아 지방은 터키의 영토가 돼 있을지도 모르오."

말없이 듣고 있던 현암이 그런 얘기에는 별 관심이 없다는 듯 화제를 돌렸다.

"그나저나 큰일이군요. 드라큘라의 영이 진짜 개입돼 있고 흡혈귀 족속을 세상에 불러내어서 음모를 꾸민 것이 코제트라면, 이번에는 만만하게 대적할 수 없을 것 같아요. 코제트는 공간 이동술을 비롯해 많은 술수를 익혀서 상대하기 어려웠잖아요. 지난번 독일에서는 저와 준후, 둘이 상대했는데도 유유히 도망쳐 버렸고요. 거기에 수많은 흡혈귀들까지 가세한다면……. 이번엔 우리가 그들의 근거지로 가는 것 아닙니까? 어쩌면……."

박 신부가 안경 너머로 눈을 찡그렸다.

"어쩌면 뭐지?"

"윌리엄스 신부를 납치하고 이반 교수님을 풀어 준 것은 우리를 유인하려는 어떤 술책이 아닌가 해서요."

"유인하려는 술책이라고? 그리고 이반 교수님을 풀어 주었다니 무슨 소린가?"

"음, 제 생각에는······."

현암은 긴장된 얼굴로 자신이 생각한 바를 이야기했다.

"실례될 말씀일지 모르겠지만, 이반 교수님의 영적인 능력은 그다지 강한 것 같지 않아요. 그런데도 그들은 윌리엄스 신부님만 잡아가고 이반 교수님은 쫓지 않았다고 말씀하셨지요. 그건 윌리엄스 신부님을 잡아갔다는 사실을 널리 알리기 위해서 그런 건지도 몰라요. 그렇다고 루마니아의 경찰들이 그 말을 믿지도 않을 거고요. 그러나 이반 교수님은 당사자니까 어떤 식으로든 노력할 거 아니겠어요? 그러면 반드시 우리가 찾아올 거라고 판단했겠지요."

"우리를 찾아서 뭘 하겠다는 거지?"

"여태까지 블랙 서클이 어떤 조직인지도 제대로 알아내지 못하긴 했지만, 어쨌든 곳곳에서 블랙 서클의 음모를 깨뜨린 건 우리 아닙니까? 특히 코제트가 개입된 일은 우리가 많이 처리했죠. 코제트는 그것에 대해 원한이 많을 게 분명해요. 여태까지는 코제트가 벌인 일에 우리가 끼어들어 추격하는 입장이었지만, 이번만은 이야기가 다르죠. 드라큘라 성이라고 하는 것은 아직도 내부가 완전히 밝혀지지 않은 곳이라 하던데, 그런 곳으로 우리가 간다면 지형적인 면에서 상당히 불리해요. 더군다나 그쪽은 윌리엄스 신부님까지 인질로 잡고 있질 않습니까?"

"음!"

박 신부의 입에서 낮은 신음이 새어 나왔다. 이반 교수는 현암의 말을 잘 알아들을 수 없어서 힐끗힐끗 눈치만 살피고 있었으나, 전반적으로 분위기가 침울해졌다고 느꼈는지 이후론 입을 열지 않았다.

어느덧 일행이 탄 지프는 드라큘라 성 부근에 있는 황량한 벌판을 목전에 두고 있었다.

고성의 비밀

차는 드라큘라 성의 바깥쪽에 마련된 주차장에 도달했다. 준후가 뭔가 이상했는지 고개를 갸웃거리더니 말했다.

"이상하네요. 여긴 관광지 아니에요? 이런 곳에서 윌리엄스 신부님이 납치됐단 말이에요?"

준후가 제일 먼저 말을 꺼내기는 했지만 다른 사람들도 겉으로 내색하지 않았어도 어리둥절하기는 마찬가지였다. 가까이서 본 드라큘라 성은 멀리서 본 것처럼 을씨년스러운 모습과 달리 잘 가꾼 관광지 같아 보였다. 여기저기 을씨년스러운 면을 강조하기 위해 일부러 손질한 흔적이 없는 건 아니었지만 그것이 오히려 퇴마사들의 눈에는 우스꽝스럽고 익살스럽기만 했다.

성은 꽤 많은 사람으로 북적거리고 있었다. 입장 요금을 받는 사람들과 가이드들, 사진사들까지 이리저리 분주하게 발걸음을 놀리는 것이 보였다. 그런 그들의 모습을 본 승희도 어이가 없는 듯, 한숨을 쉬며 이반 교수에게 슬쩍 말을 건넸다.

"윌리엄스 신부님이 정말 이곳으로 잡혀 왔단 말이에요? 전혀 믿어지지 않아요. 혹시 다른 곳이 아닐지……."

이반 교수가 싸늘한 눈매로 쳐다보자 승희는 자신도 모르게 찔끔해서 어깨를 움츠렸다.

"나도 여러 군데 수색해 보았소. 그러나 이 일대에서 사람을 데리고 갈 만한 곳은 이곳밖에 없소. 잘 생각해 보시오. 이곳이 관광지이고 사람들이 들락거리는 곳이기 때문에 오히려 흡혈귀들이 이곳에 진을 치고 있다고도 볼 수 있는 것이오. 저기를 잘 보면 성 안으로 출입하는 건 금지돼 있소."

이반 교수의 말대로 성의 내부로 들어가는 문은 잠겨 있었고 앞에 팻말이 붙어 있었다. 팻말을 본 연희가 말했다.

"내부 수리 중이라고 하는데요? 있을 수 없는 일이잖아요."

"이 성은 내부 출입이 통제된 이후로 수십 명의 사람들이 실종됐소. 그것도 죽은 자들만 수십 명……."

"그게 무슨 소리죠?"

현암이 좀 긴장한 목소리로 이반 교수에게 물었다. 연희가 현암의 말을 옮겨 대신 질문을 하자 이반 교수가 자세를 고쳐 앉고는 뒤를 보며 말했다.

"목에 난 이빨 자국, 악성 빈혈로 보이는 증후, 매장한 뒤 시체들은 어디로 갔는지 온데간데없어지고……. 아주 전형적인 흡혈귀 증후군이오. 흡혈귀에게 물리면 흡혈귀가 되는 법이지. 이전부터 조사한 바에 의하면 이미 그런 사건이 이십여 회나 일어났소."

"그 일련의 사건들의 중심지가 이 드라큘라 성이라고 믿는 이유는 뭐죠?"

현암이 조목조목 질문하자 이반 교수는 조금 귀찮았는지 일그러진 표정을 짓더니 품 안에서 한 장의 지도를 꺼냈다. 드라큘라 성의 일대를 소상하게 나타낸, 오만 분의 일로 축소한 상세한 지도였다. 거기에는 붉은 동그라미들이 수십 개 그려져 있었고 각각의 동그라미들에는 조그마한 메모가 깨알같이 쓰여 있었다. 이반 교수는 지도를 가리키며 말했다.

"이 동그라미들이 최근 한두 달 사이에 일어난, 흡혈귀와 관련된 사건들의 현장을 표시한 것이오. 보시오. 뭔가 특이한 점이 있는지 없는지……."

지도의 크기는 사방 육십 센티미터쯤 됐는데, 이십여 개의 동그라미들이 하나의 도형을 이루고 있었다. 한쪽이 움푹 꺼진 찌그러진 원형이라고나 할까? 이반 교수는 계속 말을 이었다.

"사건들이 일어난 전체적인 범위를 도형으로 나타내면 이렇게 찌그러진 원이 되오. 이 찌그러진 곳을 잘 보시오. 등고선이 빽빽하게 있지 않소? 이건 이 부분이 산악지, 그러니까 보통의 평지보다 걷기 힘든 곳이라는 뜻이오. 그것은……."

현암은 이반 교수의 생각을 곧 알 수 있었다. 이반 교수는 흡혈
귀들이 밤에 일어나 사람의 피를 빤 다음 자신의 잠자리로 돌아오
기까지의 시간이 해가 지고 다시 뜨기 전 사이의 시간밖에 없다는
점에 착안한 것이었다. 그들이 걸어서만 다닌다고 가정하면 행동
반경은 그다지 큰 범위로 확산될 수가 없다. 그렇다면 그 원의 중
심점이 바로 흡혈귀, 또는 흡혈귀들이 모여 있는 곳이 분명했고
그곳이 바로 드라큘라 성이라는 것이다.

 현암이 자신의 생각을 다른 사람들에게 말하자 모두 고개를 끄
덕거렸고 이반 교수도 표정 변화는 없었으나 눈가에 주름살이 몇
개 더 생기더니 잠깐 조금 찡그리는 듯한 표정이 됐다. 일행에게
도 이제는 그 모습이 웃는 것처럼 보였다.

 "그런데 드라큘라 성에 내부 수리 중이란 팻말이 붙은 것은 어
떤 의미가 있는 걸까요? 흡혈귀들이 직접 그렇게 팻말을 써 붙일
리는 없겠고……. 아니면 단지 우연에 지나지 않는 것일까요. 누
가 흡혈귀들을 조종하면서 이 성을 남모르게 장악하고 있는 것은
아닐까요?"

 박 신부가 생각했던 바를 밝히자 이반 교수가 그 말에 동의라도
하는지 고개를 끄덕거렸다.

 "이 성은 관광지로서 이 지역의 관리들이 운영하고 있소. 이곳
에 '내부 수리 중'이라는 팻말을 붙이게 된 것은 다른 의미가 있다
기보다 이곳에서 사고가 빈발하기 때문일거요."

 "사고라면 어떤……?"

"관광객들이 자꾸 실종됐으니 말이오. 물론 공식적인 보도는 되지 않았지만 그동안 나름대로 조사한 결과에 의하면 그렇소. 이 성에는 아직 밝혀지지 않은 비밀 구역이나 통로가 분명히 있을 거요. 아마 실종된 사람들은 그런 구역으로 잘못 들어갔거나, 아니면 그런 곳에 은신하고 있던 흡혈귀의 부하들에게 잡혀 희생됐을 가능성이 높소."

"흠! 그런 일이 공공연하게 생긴다면 왜 미봉책으로 덮어 두려고 하는 거죠?"

"원래 관광객들에 대해서는 정확한 통계나 집계를 낸다는 것이 불가능하오. 거취를 등록해 놓지 않고 돌아다니는 사람들이니 말이오. 그러니 공식적으로 이 성에서 실종됐다는 것을 밝히기보다는 은폐하려는 의도로 성의 출입을 통제한다고 봐도 무방하오. 형식적인 수색이 몇 번 있었지만 성 내의 밝혀진 구역만을 수색한 것이니 아무것도 발견될 리가 없소."

연희를 통해서 이반 교수의 말을 전달받아 듣고 있던 현암이 입을 열었다.

"이 정도 규모의 성이면 밤에 사람들이 상주하지 않겠습니까?"

"그렇지 않소. 저녁이 되면 성은 문을 닫는데 해가 지기 직전에 모두 다 퇴근하오. 공무원들의 퇴근 시간이 오후 다섯 시로 규정됐기 때문에 해가 질 무렵 이후에는 이곳에 남는 사람은 하나도 없게 되오."

"그렇군요."

일행이 이야기를 나누는 사이에 준후는 알아듣기 힘든지 별로 귀를 기울이지 않고 있다가 어느새 눈을 감고 뭔가를 투시하는 듯하더니 현암의 옆구리를 콕 찔렀다.

"여기가 좀 이상해요. 뭔가가 느껴지는데요?"

"음, 어디가 말이니?"

현암이 준후를 돌아보자 준후는 발밑의 땅을 가리켜 보였다.

"이 부근이에요. 그리고 그 이상한 기운들이 저쪽으로 이어지고 있는 게 느껴져요."

준후는 말하는 것과 동시에 산 아래의 동쪽 방향을 가리켰다. 현암은 준후가 무슨 말을 하는 것인지 곧 알아챌 수 있었다.

"그렇다면 땅속에 뭔가가 있는 것 같단 말이니? 그게 서쪽 산 아래로 쭉 이어지고 있다는 거야?"

준후가 고개를 끄덕였다. 박 신부와 이반 교수가 계속 이야기 나누는 것을 보고만 있던 승희도 준후의 말을 듣고 고개를 휘휘 젓더니 눈을 감고 발밑의 땅속에 신경을 집중하기 시작했다.

"밑에 뭔가가 있어. 가만있는 것도 있고 들락거리며 움직이는 것도 있군. 좀 음울한 기운이 느껴지고······."

승희가 눈을 감은 채 인상을 쓰면서 이야기하자 박 신부와 이반 교수도 하고 있던 이야기를 중단하고 자연스럽게 승희에게로 눈을 돌렸다. 연희가 이반 교수에게 승희가 무엇을 하고 있는지 말해 주었다.

"투시력? 놀랍군. 아무리 그래도 땅속의 기운을······."

이반 교수가 눈을 빛내면서 기분 나빠 보이는 눈길로 승희를 바라보는데 승희도 역시 서쪽을 가리켜 보였다.

"저쪽이 맞아. 저쪽에도 뭔가가 있는 것 같아. 이 성에는 틀림없이 뭔가가 있어……."

승희가 감았던 눈을 떴다. 조금 긴장된 얼굴이었다.

"양쪽에서 다 이상한 기운이 느껴지고 있어. 그런데 서로 다른 것 같아. 둘 다 음울하고 그다지 기분 좋은 느낌은 아니지만……."

현암이 준후가 가리킨 서쪽을 한참이나 바라보았다. 육안으로 보았을 때 그다지 멀지 않아 보였지만 길은 빙빙 돌아가게 나 있었고 어귀에 작은 마을이 보였다. 그 외에는 끝없이 이어진 황야만 보일 뿐, 의심이 갈 만한 장소는 보이지 않았다.

"저 마을은 뭐죠?"

준후와 승희가 이번엔 둘이서 같이 현암이 가리킨 마을을 향해서 정신을 집중했다. 이반 교수는 이상하단 눈으로 그런 둘을 쳐다보고 있었다.

"글쎄요, 이상한 느낌이에요. 저 마을……."

승희가 인상을 쓰면서 눈을 뜨고 마을 쪽을 노려보았다.

"아무것도 느껴지지가 않아요. 전혀요."

박 신부가 승희의 말을 듣고 뭔가 이해가 되지 않는다는 듯 고개를 연신 가로저었다.

"아무것도 느껴지지 않으면 이상할 것이 없지 않니?"

"아뇨. 너무 완벽해요. 블랙 서클의 사람들을 투시할 때처럼 말이에요. 뭔가로 완전히 가리고 있는 듯한 느낌……."

"맞아요. 석연치가 않아요."

준후도 눈을 뜨고 승희의 의견에 동의했다. 약간 인상을 쓰고 있는 준후의 모습이 현암의 눈에 자못 늠름해 보였다.

'이제 열네 살인가? 벌써 많이 컸구나…….'

이상하게도 키는 열 살 때와 거의 똑같이 하나도 자라지 않아서 승희의 허리춤밖에 안 닿는 것이 조금은 안쓰럽게 느껴졌지만, 예전에 비하면 얼굴이나 생각하는 것이 많이 달라졌다는 생각이 들어서 현암은 자기도 모르게 미소를 지었다. 준후는 자기를 바라보고 있는 현암의 시선을 알아채지 못했는지 말을 이어 나갔다.

"이상해요. 성에는 영기가 너무 짙고 마을에서는 하나도 안 느껴져요. 으레 사람이 사는 마을이라면 약간의 기운은 느껴지게 마련인데……. 너무나 조용한 것이 좀 이상해요."

이반 교수가 궁금한 표정을 짓자 연희가 준후의 말을 이반 교수에게 옮겨 주었다. 그러자 이반 교수도 고개를 끄덕거렸다.

"드라큘라 성은 원래 복잡한 곳이오. 만약 당신들의 투시가 맞다면 그건 아직 밝혀지지 않은 일종의 비밀 통로일지도 모르겠군."

"비밀 통로라니요? 그러면 성에서 마을까지 이어진 긴 비밀 통로가 있다는 말씀입니까?"

박 신부가 놀란 듯 좀 큰 소리로 말하자 이반 교수는 여전히 딱딱한 표정으로 마을 쪽을 쳐다보면서 대답했다.

"중세의 성은 하나같이 만약의 사태에 대비해서 비밀 방이라든가 지하 탈출구 등이 있기 마련이오. 특히 저 성을 만들었던 드라큘라 공은 지모가 깊고 의심이 많은 사람이었으니 그런 아무도 모르는 비밀 시설을 만들어 놓았을 가능성도 있소. 아직까지도 밝혀지지 않은……."

"그러나 아직 밝혀지지 않았다는 것은……."

"드라큘라 성이 투르크에 의해 함락될 적에 성의 모든 병사는 전멸했소. 드라큘라 공에 대한 투르크족의 적개심은 대단했으니 말이오. 그때 드라큘라 공은 투르크의 장수로 변장하고 지하 비밀 통로로 탈출하려다가 아군에 의해 오인돼 사살당했다고 하오. 그러니 이 성에는 비밀 통로가 있었던 것이 틀림없소. 그리고 그 비밀 통로는 하나가 아니었을지도 모르오. 그걸 흡혈귀들이 이용하고 있는 거라면……."

"그럴 수도 있겠군요."

박 신부가 고개를 끄덕이며 땅 밑을 쳐다보더니 이내 눈을 돌려 아무것도 모르는 채 즐겁게 돌아다니고 장난을 치기도 하는 몇몇 관광객들을 바라보았다. 한참이나 잠자코 있던 현암이 급한 성질이 발동되는지 말을 불쑥 꺼냈다.

"이제 어떻게 해야 하나요? 어디부터 먼저 조사해야 할까요? 성부터? 아니면 마을부터?"

박 신부는 성과 마을 쪽을 번갈아 보다가 잠시 후 입을 열었다.

"낮에는 흡혈귀들이 설치지 못한다니 해가 있는 동안은 아무 일이 없을지도."

"성부터 들어가 볼까요?"

"아니, 난 반대로 생각하네. 마을 쪽을 먼저 조사해 보고 싶군. 이번 일에 블랙 서클이 개입돼 있다고 한다면 그들도 그렇게 생각할 거야."

"그러다가 윌리엄스 신부님에게 무슨 일이 생기면 어떻게 하시려고요."

"윌리엄스 신부님이 잡혀간 지는 벌써 며칠이 지났네. 몇 시간 더 차분히 조사한다고 상황이 많이 달라진다거나 하지는 않을 걸세. 조금 더 시간이 걸리더라도 확실하게 조사를 해 두고 일을 시작해야 더 성공 확률이 높을 것 아닌가?"

현암도 박 신부의 말에 수긍하는 듯 고개를 끄덕이긴 했지만 속으로는 몹시 초조한 기색이 역력했다.

"이 성 주변에서도 무슨 일이 벌어질지 모르니 그냥 비워 두고 가기는 어째 좀 그런데요?"

"좀 더 많은 것을 알아내기 위해서는 두 무리로 나누어서 다니는 것이 좋지 않을까? 저녁 여덟 시경에 이곳에서 다시 만나기로 하면 어떻겠나?"

박 신부가 제안하자 다른 사람들도 모두 찬성했다. 일단 일행은 이반 교수와 박 신부, 준후가 한 조가 되고 현암과 연희, 승희가 다른 한 조가 됐다. 양측에 영어가 가능한 사람과 어느 정도 투시가 가능한 사람이 하나씩은 있어야 했기 때문이다.

조를 나누자 이반 교수가 말했다.

"어차피 관광객이 드나드는 성이오. 지금 들어가 보아야 별 소용이 없을 거요. 밤이 된 후에나 뭔가를 알아낼 수 있을 것 같소. 신부님은 저와 함께 마을로 가 봅시다. 거기는 아직 조사해 보질 못했으니."

"그렇게 하죠."

박 신부는 이반 교수의 말에 고개를 끄덕이고는 현암을 돌아보았다. 현암은 박 신부가 무엇을 하겠느냐고 물으려 하는 것임을 눈치채고 즉시 말했다.

"그러면 저는 승희와 연희 씨와 함께 이 부근이나 성을 좀 돌아보도록 하지요. 일단 이곳 지형에 익숙해져 있는 것이 좋을 테니까요."

"그래. 모두 모이기 전까지는 성급하게 행동은 하지 말게나."

박 신부가 말하는 사이 연희는 세크메트의 눈 한 개를 준후에게 건네주었다.

"만약의 경우에도 의사소통은 돼야지? 후후후."

준후는 싱긋 웃음을 지어 보이며 세크메트의 눈을 받아 소맷자락 속에 집어넣었다.

박 신부와 이반 교수, 준후는 마을 쪽으로 내려가기 시작했고, 현암과 연희, 승희는 성의 주변을 돌아보기 위해 발걸음을 옮기고 있었다.

박 신부가 왜 이러는지 머리로는 잘 알았지만 그래도 윌리엄스 신부가 잡혀 있을 것이 분명한 드라큘라 성을 눈앞에 두고 빙빙 돌며 성의 겉모습이나 근처 지리를 돌아보는 일 따위는 현암의 성격과 맞지 않았다. 몇 시간이 채 지나지 않아, 근처의 조그마한 노점상에서 —그러고 보니 근처의 작은 상점 몇몇이 문을 닫은 채로 있는 것이 좀 이상하기는 했다— 이름도 잘 알 수 없는 먹을 것을 사서 씹으며 현암은 금방이라도 폭발할 듯 떨떠름한 표정을 지었다.

어느덧 저녁때가 돼 오자 근처에 돌아다니는 사람들은 슬슬 떠날 준비를 하는 것 같았다. 현암이 기분을 삭이려는 듯, 언덕배기에 서서 팔짱을 낀 채 먼 하늘을 바라보며 말없이 서 있었다.

연희는 근처에 있는 사람들에게 이것저것을 묻고 다녔다. 왜 주변이 이렇게 한가한가. 그리고 왜 저녁때가 다가오자 사람들이 슬금슬금 피하려는가. 별로 신통한 대답은 듣지 못했다. 이곳은 저녁이 되면 몹시 음침해지고 기분 나쁜 일들이 자주 일어나기 때문에 요즘은 일찌감치 사람들이 성에서 떠난다는 이야기를 몇 사람에게서 들었을 뿐이었다. 기분 나쁜 일이 어떤 것이냐는 질문에 사람들 모두가 대답을 회피했다. 마지막으로 남은 나이 든 노점상 여자가 연희의 말에 대답하지 않고 떠나려 하자, 승희가 살짝 연희의 어깨를 쳤다.

"뭐라고 해요, 언니?"

"글쎄, 왜 이곳을 피하려는지 이유는 말하지 않는걸?"

승희는 연희의 말을 듣더니 살짝 눈을 감고 여자에게 정신을 모았다. 그러더니 조금 인상을 찌푸린 채 눈을 떴다.

"여긴 드라큘라 공의 집, 그를 건드리면 안 된다고 생각하는데요? 흠!"

"드라큘라 공의 집? 하긴……."

"잠시만요, 음……. 근처에서 몇몇 사람들이 실종된 적이 있었던 모양이에요. 저 아주머니도 그래서 두려워하는 모양이네요. 해가 지면 피하는 것이 좋다고 생각하고 있어요."

"사람들도 이럴 정도인데, 경찰은 왜 수색조차 안 하는지……."

"믿지 않는 거겠지. 뭐, 믿을 수 없는 이야기이기도 하고."

언제 옆으로 왔는지 현암이 연희에게 말했다.

"이제 해가 지고 있어. 연희 씨, 신부님 쪽에서는 아직 아무런 연락이 없나요?"

언제 옆으로 왔는지 현암이 연희에게 말했다.

"아뇨, 준후가 세크메트의 눈을 손에 들고 있지 않은 모양이에요. 아무런 기운이 안 느껴지네요."

"뭣들 하는 거지? 어서 오지 않고……."

현암이 떨떠름하게 말하자 승희는 잠시 현암의 얼굴을 쳐다보았고, 그사이에 나이 든 노점상 여자도 길을 떠났다. 경비원으로 보이는 남자가 이제는 그만 나가는 것이 좋을 거라며 막무가내로 셋을 쫓아냈다. 연희가 다른 일행을 기다리다가 갈 테니 염려 말라고 변명하자 경비원은 꼭 어두워지기 전에 이곳을 떠나라고 몇 번 더 당부하고는 마지막 차를 타고 떠나 버렸다.

이제 세 명을 제외하고는 아무도 남아 있지 않았다. 땅거미가 내려앉으면서 이상한 기운의 안개가 성 주변을 부옇게 만들어 가

왈라키아의 밤 49

고 있었다.

　연희는 다시 한번 세크메트의 눈을 손에 쥐고 준후와 연락해 보려 했지만 반응이 없었다. 연희가 고개를 젓자 현암은 할 수 없다는 듯한 표정을 지었다.

　"혹시라도 무슨 일이 생긴 것은 아니겠지. 신부님과 준후가 같이 갔으니……."

　현암이 승희에게 염려스러운 눈짓을 보내자 이번에는 승희가 준후에게 정신을 집중해 마음속을 읽어 보았다. 그러나 별다른 것이 느껴지지 않았다. 준후는 지금 뭔가 희한한 상상을 하고 있었고 위험에 빠져 있는 것 같지는 않았다.

　"글쎄, 위험한 것 같지는 않은데? 그냥 아무 생각이 없네. 후후후."
　"그렇다면 왜 이리 안 오는 걸까? 무슨 좋은 일이라도 있나? 이거 원……."

　현암은 혀를 끌끌 차면서 다시 한번 안개로 덮여 가고 있는 성을 바라보았다. 조금 먼 곳에서 늑대 울음소리가 들리자 연희가 흠칫 놀라며 몸을 떨었다. 그것을 보고 승희가 피식 웃으며 말했다.

　"분위기 하나는 정말 죽이네요. 후후후. 사람들이 떠나갈 만한데요?"
　"저런 울음소리는 정말로 기분 나빠. 흠흠!"

　연희가 승희와 이야기를 주고받는 사이에 현암은 안개로 덮인 고성을 유심히 바라보고 있었다. 비록 영능력은 없어도 뭔가 이상한 분위기가 느껴졌기 때문이다. 그때 갑자기 빛이 번뜩이며 성의 높은 곳 한 창가에 밝은 것이 보였다.

"앗! 저건······."

현암이 나지막하게 탄성을 내자 승희와 연희가 얼떨결에 성 쪽을 바라보았다. 그들의 눈에도 성의 사 층쯤 되는 높이의 작은 창문으로 불빛 같은 것이 획 하고 스쳐 지나가는 것이 보였다.

"누가 있네······."

승희가 나지막한 소리로 말하자 연희가 의아했는지 고개를 갸웃했다.

"누굴까? 관광객? 아니면 경비원?"

"지금은 근무 시간도 지났어요. 그리고 저 성은 내부 수리 중이라 아무도 들어갈 수가 없다고 했었잖아요."

승희의 말에 연희는 긴장이 되는지 몸을 떨었다.

"수리 중이라면 일하는 인부가 아닐까? 아무리 근무 시간이 지났다고 해도 조금 늦게까지 일을 할 수는 있는 것 아냐?"

잠시 생각에 잠겨 있던 현암이 고개를 저었다.

"아닐 겁니다. 우리가 여기 있은 지 몇 시간이나 지났지만, 문으로 드나드는 인부는 아직껏 보지 못했어요. 실제로 공사를 하는 중이라면 누군가가 드나들었을 것 아닙니까?"

현암이 말을 마치자마자 먼 곳에서 다시 늑대의 울음소리가 길게 꼬리를 물고 울려왔다. 연희가 조금 짜증스러운 듯 말했다.

"요즘도 늑대가 있나?"

"그런가 보네요."

"소름 끼치네요. 저 소리 좀 안 들었으면……."

현암은 연희의 말에 고개를 끄덕하더니 성 쪽으로 뚜벅뚜벅 걸어가기 시작했다. 승희가 현암에게 박 신부 일행을 기다리자고 말했으나 현암은 고개를 저었다.

"뭔가 수상해. 더 이상 그냥 있지는 못하겠어. 신부님 쪽도 시간이 오래 걸릴 만한 사정이 생긴 거겠지. 성 안에 불빛이 어른거리는 걸로 봐서 분명 누군가가 있는 건 분명해. 들어가 봐야겠어."

"그렇지만……."

"별문제 없을 거야. 만약의 경우를 대비해서 연희 씨가 세크메트의 눈을 계속 가지고 있으면 될 거야. 너무 깊이 들어가지만 않으면 되잖아."

현암의 말이 일리가 없는 건 아니었다. 분명히 텅 비어 있어야 할 성 안에 불빛이 어른거리는 것은 안에 누군가가 있다는 것으로밖에 받아들일 수가 없었고, 중요한 단서를 잡을 수 있는 기회인지도 몰랐으니까. 그리고 현암과 함께 간다면 무서울 것이 없을 듯했다.

"좋아. 그럼 같이 가 보자고."

내켜 하지 않는 연희를 가운데에 두고 셋은 성으로 다가가기 시작했다. 성의 주위에는 깊은 해자가 파여 있었고, 거기에 커다란 성문이 다리처럼 내려져 있었다. 유사시에 올려서 성을 완전히 고립시키게끔 만들어진 다리였다. 지금은 다리가 항상 내려져 있는 것 같았고 대신 안쪽에 철창으로 된, 요즈음에 만들어 붙인 문이 닫혀 있을 뿐이었다.

현암은 철창문으로 다가가서 문을 열려 했으나 쇠사슬로 감겨 있는 데다가 큼지막한 자물쇠로 잠겨 있었다. 현암이 우스꽝스럽게 생긴 자물쇠를 보고 씩 웃었다.

"자물쇠 정도 부순다고 죄가 되지는 않겠지. 설마 이놈이 문화재는 아닐 테니까. 후후후. 그럼……."

현암이 팔목 부근의 칼집에서 월향검을 빼 들더니 자물쇠를 쓱 하고 긋자 자물쇠는 속절없이 두 동강 나 버렸다. 끼끼긱 요란한 소리를 내는 철창을 밀어젖히고 현암이 제일 먼저 안으로 들어서면서 승희와 연희에게 들어오라는 눈짓을 했다.

"자, 어서 갑시다."

승희가 들어가자는 사인을 보내자 연희는 머뭇거리더니 내키지 않는 발걸음으로 안에 들어섰고 승희가 그 뒤를 따랐다. 성문의 안쪽에는 다른 성벽이 가로막고 있었다. 현암은 그 벽의 문을 열고 있었다.

"어서 들어갑시다. 빨리 위층으로 가 보아야 해요."

현암은 서둘러서 다시 하나의 문을 밀어젖혔다. 두 번째의 성벽을 통과하고 나자 비로소 성의 거대한 주 건물이 나왔다. 성벽이나 도개교의 크기도 산꼭대기에 있는 성으로서는 믿어지지 않을 만큼 커다란 것이었다. 바깥에 쓰여 있는 '내부 수리 중'이라는 팻말은 거짓이었던지, 성의 내부는 잘 정돈돼 있었으며 공사하고 있었던 것 같은 흔적은 전혀 보이지 않았다.

복잡한 미로처럼 된 나지막한 관목들과 —그나마 요즈음에 만든 듯, 쉽게 갈 수 있도록 다른 길을 내놓았으니 망정이지 정말 예전대로 놔두었으면 길을 찾는데 꽤 긴 시간이 걸릴 것 같았다— 나지막한 벽들을 재빨리 지나서 일행은 몇 분 만에 성의 주 건물 대문 앞에 도착했다.

 사방의 안개는 짙어질 대로 짙어져 있었고 몸에 닿는 밤기운이 몹시도 썰렁했다. 성의 주 건물을 돌아보는 현암의 눈에 삼 층 창가에서 아까와 같은 불빛이 휙 지나가는 게 보였다.

 "또 보인다! 어서!"

 이번에는 여기저기서 동시에 여러 마리의 늑대 울음소리가 화답하듯이 들려왔고 그 소리를 들은 연희와 승희는 불안감에 몸을 부르르 떨었다. 현암은 거칠 것 없이 건물 안으로 걸음을 옮겼고, 연희와 승희는 내키지 않았지만 어쩔 수 없이 뒤를 따라 안으로 발을 내디뎠다.

 혼미한 상태에 빠져 있던 준후는 시간이 지나자 조금씩 정신이 돌아오는 듯했다. '내가 무슨 꿈을 꾸었던가? 아니, 꿈을 꾼 게 아니었던가? 꿈이 아니라면 내가 왜 잠들었지? 참 이상한 일이네.'

 준후는 머릿속이 혼란스러운 게 자기가 어떤 상황에 빠져 있었던 것인지 통 기억이 나지 않았다. 구름 위를 밟고 다니는 것처럼 붕붕 뜨는 것 같은 묘한 기분. 갈피를 잡을 수가 없었다.

 '내가 왜 이러지? 이러면 안 되는데. 도대체 왜……'

준후의 귀에 짤막짤막 끊어지는 나지막한 소리가 들려왔다. 하나도 알아들을 수 없는 말뿐이었다. 굵은 남자의 목소리가 들렸고, 그에 화답하는 나이 먹은 노인의 카랑카랑한 목소리도 들렸다.

'지금 내가 어디에 있는 거지?'

준후는 자기가 지금 어쩌다가 이런 상황에 빠지게 된 것인지 기억해 내려고 애썼다. 분명 자신은 이반 교수와 박 신부와 함께 드라큘라 성에서 멀리 떨어진 아랫마을로 향하고 있었는데…….

'그래, 맞아. 그다음엔……. 음…….'

준후의 생각이 갈피를 잡지 못하고 끊어졌다. 머릿속이 텅 빈 것 같아서 생각을 오래 붙들고 있을 수가 없었다. 온몸이 솜 방석 위에서 흔들리고 있는 것 같은 묘한 기분. 오만 가지 생각이 동시에 떠올랐다. 몸을 움직여 보려고 했으나 여의치 않았다.

'무슨 일이 있었던 걸까? 아, 왜 기억이…….'

머릿속으로 희미하게 짧은 영상이 스쳐 지나갔다. 박 신부와 이반 교수의 뒤를 따라가고 있었는데 난데없이 야릇한 냄새가 코를 찔렀고, 그러고는…….

몸이 붕 뜨는 듯한 기분이 들었다. 아까와는 달리 이번에는 그저 기분만은 아닌 것 같았다. 어떤 힘에 의해 자신의 몸이 실제로 들어 올려지고 있었는데 이상하게 감촉이 없었다.

'누가 내 몸을 들어서 옮기고 있구나. 누굴까? 도대체…….'

준후는 몸을 움직여 보려고 애를 썼으나 꼼짝도 할 수 없었다. 세크메트의 눈. 자신의 소맷자락에 들어 있는 세크메트의 눈만 손에 쥐면 일행과 연락할 수 있다는 생각이 어렴풋이 들었다. 그러나 소맷자락에 손을 넣는 것은 고사하고 손가락 끝마디조차 까딱할 수 없었다. 준후는 몸을 움직이려는 것을 포기한 채 눈이라도 떠 보려고 눈꺼풀을 깜박거렸다. 준후가 눈꺼풀에 힘을 주자 희미하게나마 정신이 들었다. 다시 이상한 고함이 들려왔고 정신을 잃기 전에 맡았던 야릇한 냄새가 코를 덮쳤다. 준후는 또다시 정신이 희미해졌다. 아무것도 생각할 수가 없었다. 그저 먹먹한 회색 구름 속에 갇혀 있는 듯한 그 기분. 그러고는…….

"도대체 어떻게 된 겁니까?"

박 신부와 이반 교수는 미친 듯 사방을 뒤지고 있었다. 어느 틈엔지 준후가 감쪽같이 사라져 버린 것이다.

"도대체 이럴 수가……. 분명 우리 뒤를 잘 따라오고 있던 아이가 대체 어디를 갔단 건지."

"그러게 말이오."

"큰일이군. 아멘."

당황한 박 신부는 소리쳐 부르기도 하고 자신이 지나갔던 길을 되돌아보기도 하면서, 이리저리 준후를 찾아보았으나 준후는 흔적도 보이지 않았다. 이반 교수가 어쩔 줄 몰라 하는 박 신부의 어깨에 손을 얹으며 차분한 목소리로 말을 했다.

"자, 진정하십시오. 박 신부님. 서두른다고 아이를 찾을 수 있는 건 아니오."

"아니, 이게 어떻게 된 일이란 말입니까? 대체 어느 틈에······."

평소 침착하고 냉정한 박 신부이지만 막상 준후가 사라지자 이번 만큼은 그게 마음대로 안 되는 모양이었다. 얼굴까지 붉게 상기된 박 신부에게 이반 교수가 고개를 설레설레 흔들며 다시 손짓했다.

"자, 침착하십시오. 박 신부님. 잠시 주변을 살펴보시오."

박 신부는 이반 교수가 말하는 대로 주위를 둘러보았다. 그러나 조금 쓸쓸하고 몹시 낡은 듯한 분위기 이외에 그다지 수상쩍은 것은 느껴지지 않았다.

"분명 문제가 있소. 이 마을에 말이오."

"이 마을에요?"

그러고 보니 박 신부는 마을 입구에 들어선 지 얼마 되지 않아 준후가 따라오지 않는 것을 알아채고 준후를 찾는 데만 골똘했을 뿐, 마을의 동태에 대해서는 눈여겨보지 않고 있었다.

"잘 보시오. 이 마을에서는 별로 인기척이 느껴지지 않소. 해가 지기는 했지만 그다지 늦은 밤도 아닌데, 이토록 거리에 사람이 없다는 게 말이 되오?"

이반 교수의 말에 박 신부는 정신이 번쩍 들었다. 이반 교수가 한마디를 덧붙였다.

"여긴 사람 사는 마을 같지가 않소."

박 신부는 일단 준후에 대한 생각을 접어 두기로 하고 사태를 냉정히 보려고 마음먹었다. 주변을 둘러보니 이반 교수의 말처럼 거리에 지나가는 인적이 하나도 없었다. 너무 호젓한 것이 되레 을씨년스러워 이상했다. 그러나 여기저기 나지막하고 지저분해 보이는, 오랫동안 손질을 안 한 것 같은 낡은 건물들의 창에는 여기저기 불빛이 비치고 있었다.

"흠! 인기척이 너무 없다는 것, 영적으로 지나치게 평온한 상태에 있다는 건 확실히 이상합니다. 그러나 집집마다 불들은 많이 켜져 있지 않습니까?"

박 신부는 바로 근처에 있는 작은 집 쪽으로 다가갔다. 그 집에는 나지막한 창문이 있었고 거기로 희미한 불빛이 새어 나오고 있었다. 박 신부는 집 안을 슬쩍 들여다보았다.

방 안엔 그다지 수상쩍은 것은 보이지 않았다. 작은 여자아이가 뒤로 돌아앉은 채 소꿉장난을 하고 있었고, 집 안이 몹시 누추하고 가난해 보이는 것 외에 이상한 점이라곤 찾을 수가 없었다. 이상하기는커녕 오히려 평화로운 모습이라 할 수 있었다.

박 신부가 고개를 갸웃거리며 창문에서 눈을 떼고 다른 집을 살펴보기 위해 걸음을 옮기려고 하는데, 아이가 창문 쪽으로 고개를 돌렸다. 고개를 돌린 여자아이와 눈이 마주친 박 신부는 의외의 광경에 몸을 움츠렸다. 아이는 꽤 예쁘장한 얼굴이었으나 무언가가 이상했다. 지능이 모자란 것처럼 보이는 얼굴, 초점을 맺지 못하고 있는 눈, 그리고 약간 헤벌린 듯한 입. 의사였던 박 신부는 아이가 왜 저런 표정을 하고 있는지 금방 알 수 있었다.

'심한 뇌성 마비 환자로군. 가엾게도…….'

눈이 마주친 여자아이는 계속 박 신부의 얼굴을 쳐다보았고, 박 신부도 여자아이가 뚫어지게 쳐다보자 자리를 떠날 생각을 하지 못하고 아이의 얼굴을 계속 바라보았다. 둘이 그렇게 한동안 마주 보고 있다가 박 신부가 슬며시 얼굴에 미소를 지었다. 그러자 그 여자아이도 헤 하고 웃는 듯 얼굴이 좀 이상하게 일그러졌다. 박 신부는 아이에게 손을 한 번 살짝 흔들어 주고는 창문에서 눈을 뗴었다. 준후가 없어진 판에 여자아이와 놀고 있을 수는 없었다. 박 신부가 창에서 눈을 돌리자 이반 교수가 말을 건넸다.

"이상한 점이 있었소?"

"흠! 아뇨. 이상한 점은 별로 없군요. 그나저나 여기도 마을이니만큼 분명히 사람들이 살고 있겠죠. 저 집에는 여자아이가 잘 놀고 있고요……."

"그렇군. 신부님이 보는 동안 저 맞은편에 있는 집을 잠깐 들여다보았는데 거기도 사람이 있기는 했다오. 그런데 좀 심상치 않았소. 이 이상한 분위기는 대체……."

박 신부는 심상치 않다는 이반 교수의 말에 뭔가 묘한 기분을 느꼈다.

"심상치 않다고요?"

"직접 보시구려."

박 신부는 이반 교수가 가리키는, 그러니까 자신이 보았던 집 길 맞은편에 나 있는 창문으로 다가가 안을 힐끗 보았다. 안에는 한 남자가 앉아 있었다. 그런데 그 남자는 팔과 다리가 하나씩 없었다. 조금 있다가 방문이 열리더니 한 여자가 들어왔다. 여자의 얼굴을 보니 이상하리만큼 방금 자신이 보았던 어린아이의 얼굴과 닮아 있었다. 초점 없는 눈과 뭔가 텅 빈 듯한 무표정한 얼굴.

'아니! 여기도?'

박 신부는 이상한 생각이 들었다. 마주 보고 있는 두 집에 모두 뇌성 마비를 앓는 사람들이 살고 있다니, 우연치고는 이상했다. 박 신부는 좀 더 자세히 보기 위해 창문 쪽으로 얼굴을 갖다 댔다. 아까의 여자아이와는 달리 여자는 박 신부가 쳐다보건 말건 개의치 않고 불구인 남자를 난폭하게 자리에서 일으켜 목발을 하나 짚어 주는 것이었다. 몸을 일으켜 세운 남자의 얼굴을 보니 그 남자의 얼굴 또한 여자와 하등 다를 바 없었다. 멍한 남자의 얼굴이 박 신부의 눈에 들어왔다.

'혹시······.'

박 신부의 뇌리에 짚이는 것이 있었다. 비슷한 병에 걸린 사람들이 일반인들과 격리돼 자신들만의 촌락을 이루며 살고 있는 것은 아닐까?

'그러면 여기는 뇌성 마비 환자나 장애를 가진 사람들이 모여 사는 곳일까? 그런데 왜 뇌성 마비 환자뿐만 아니라 팔다리가 성하지 않은 사람까지 있을까?'

박 신부는 창에서 고개를 돌려 이반 교수를 쳐다보았다. 이반 교수도 이상하다는 듯 고개를 가로젓고 있었다.

"이 마을······. 정말 이상하오, 집집마다 몸이 성치 않은 사람들만 있소."

이반 교수는 박 신부가 방금 그 집 창문을 들여다보는 동안 몇 곳을 더 살펴본 듯했다. 박 신부는 턱을 몇 번 쓰다듬더니 말했다.

"여기도 촌락은 촌락이니만큼 갖가지 기능을 가진 단체들이 있을 것 아닙니까? 상점도 있을 것이고, 경찰서나 하다못해 자치 단체라도 있을 겁니다. 준후의 문제는 그곳에 가서 도움을 청해 봅시다. 우리가 이 안을 헤매고 다녀 봐야 아무런 해결의 실마리도 잡힐 것 같지 않군요. 준후도 상당한 재주를 가지고 있는 아이니 그렇게 쉽게 어디론가 없어졌을 리가 없는데……."

"그러는 편이 낫겠소."

박 신부의 제안에 이반 교수는 고개를 끄덕거리고 나서 사방을 둘러보았다. 이런 상황에서도 이반 교수는 눈 하나 깜박하지 않았고 본래의 냉정한 표정에 하나의 흐트러짐도 보이지 않았다. 이반 교수의 그런 면에 박 신부는 이상스레 호감이 갔다. 한참 동안 한쪽을 응시하던 이반 교수가 박 신부에게 말했다.

"가만, 저쪽에 조금 큰 건물이 있는 것 같소. 거기가 혹시 마을 회관이나 자치 단체가 아닐까 싶군."

"그럴지도 모르죠. 하여간 여기도 분명히 공공 기관은 있을 테니까요."

"그럼 가 봅시다."

마을 중앙에 있는 건물로 향하면서도 박 신부는 준후를 몇 번이나 불렀다. 그러나 대답은 없었고, 내다보는 사람도 하나 없었다. 박 신부는 길가에 있는 집들의 창문을 힐끔힐끔 들여다보았으나 역시 하나같이 뇌성 마비나 이상하게 얼굴이 일그러진 사람들, 또는 팔다리가 없는 사람들만 보일 뿐, 성한 사람은 어느 곳에서도 볼 수가 없었다. 도대체 어떻게 이런 마을이 생기게 된 것인지, 그리고 이 마을과 드라큘라 성은 어떤 연관이 있는 것인지, 아까 준후가 말한 대로 이 마을에 전혀 영기가 느껴지지 않는 것은 도대체 무슨 이유인지……. 모두가 궁금하기 그지없었다. 박 신부도 약간의 투시 능력이 있는지라 투시를 해 보았지만, 아무런 영적인 조짐을 발견할 수 없었다. 모든 게 이상한 것투성이였지만 그렇다고 지금 당장 그런 것에 신경을 쓰기에는 짬이 없었다.

'만약에 블랙 서클이나 코제트가 술수를 부린 것이라면……. 그들의 손에 준후가 잡혀간 것이라면…….'

생각이 여기에까지 이르자 박 신부의 마음은 더욱더 조급해졌다. 박 신부는 이반 교수보다도 더 빨리 걸음을 옮겨 마을 중앙에 있는 커다란 건물을 향해 걷기 시작했다.

성으로 들어간 현암은 아까 보았던 불빛을 추적하기 위해 계단을 찾았다. 그러나 성 안은 칠흑같이 어두워져 한 치 앞도 내다볼 수 없었다. 뒤따라오던 연희가 무서웠는지 떨리는 목소리로 말했다.

"어떻게 불을 밝히는 방법이 없을까요? 너무 어두워요."

승희가 연희의 말을 이어받았다.

"현암 군, 성냥이나 라이터 없어?"

담배를 피우지 않는 현암에게 성냥이나 라이터 같은 것이 있을

리 없었다. 현암이 둘에게 말했다.

"당장 불을 밝힐 수가 없으니 여기서 기다리고 있어. 그러면 내가 재빨리 올라가서 불을 찾아 내려올게."

현암은 눈에 약간의 공력을 집중했기 때문에 희미하게나마 앞을 볼 수 있었다. 복도의 벽이나 큰 사물 정도는 분간이 됐던 것이다.

승희가 말했다.

"현암 군. 태극패로 약하게나마 빛을 낼 순 없을까?"

현암이 곰곰이 생각해 보니 승희의 말이 옳았다. 태극패에 공력을 집중하면 파란빛이 어느 정도 번져 나오긴 할 것이다.

"좋아. 그럼 그렇게 하지. 승희는 주변에 이상한 조짐이 느껴지지 않는지, 이상한 것이 다가오지 않는지 확인해 봐. 연희 씨도 조심하세요."

"알았어. 그런 건 염려하지 말라고."

승희의 자신 있는 대답과 달리 연희는 아무 말도 없었다. 현암은 근래에 들어 잘 쓰지 않았던 태극패를 꺼내어 오른손에 들고 공력을 모았다. 아직 공력을 낭비할 때가 아니기에 태극패에는 살짝만 공력을 가했다. 그러자 태극패에서 성냥불 한두 개비 정도 밝기쯤 되는 파란빛이 은은하게 번져 나왔다. 어둠이 눈에 익기만 하면 승희나 연희도 주변을 대강 분간할 수 있을 것 같았다. 그러나 태극패를 오른손에 들고 있는 현암은 월향검을 빼어 들 수 없는 것이 조금 마음에 걸렸다. 갑자기 현암이 소리쳤다.

"저거!"

"뭐, 뭐, 뭔데?"

놀란 승희가 더듬거렸으나 현암은 승희의 말이 채 떨어지기도 전에 복도 끝에 있는 계단으로 몸을 날렸다. 하도 빨라서 계단이 현암을 빨아들인 것 같아 보였다. 승희와 연희도 현암의 뒤를 놓치지 않으려고 재빨리 달려갔다. 그러다 보니 승희는 투시고 뭐고 할 수 있는 틈이 없었다. 계단 두어 개를 올라서자 현암이 잠시 걸음을 멈췄고, 잠시 후 연희와 승희도 숨을 헐떡이며 현암 뒤로 다가왔다. 현암은 푸른빛이 번쩍거리는 태극패를 들고는 심각한 표정으로 사방을 한번 쳐다보았다.

"이 근처에서 분명 뭔가가 보였어."

"뭐가요?"

연희가 물었다.

"그림자 같은 게 휙 하고 지나갔어요. 그런데 어디로 갔는지 보이지 않는군요."

현암이 올라서 있는 계단으로부터 양쪽으로 복도가 나 있었고 각 복도마다 여러 개의 방이 있었다. 그중 어느 방으로 그 그림자가 사라졌는지는 보지 못한 모양이었다.

"분명히 이 근처일 텐데……. 이 근처 어딘가로 그림자가 숨어 들어 갔어."

다른 때처럼 정신없이 싸우는 것이 아니라 조용하고 어두운 가운데 적을 추적하는 것이라 그런지 승희는 으슬으슬했고, 연희는 소름이 끼치는지 몸을 부르르 떨었다.

대체 어느 방으로 들어갔을까? 사방을 두리번거리던 연희가 뭔가를 보고 놀랐는지 갑자기 큰 소리를 질렀다.

"엇! 저게……. 저게 뭐예요?"

현암과 승희는 바들바들 떨고 있는 연희의 손가락이 가리키는 곳을 보았다. 그것은 그들이 서 있는 곳 바로 앞에 있는 커다란 초상화였다. 깡마르고 혈색이 파리한 키가 큰 남자의 초상화. 그러나 이상한 점은 별로 눈에 띄지 않았다. 현암이 눈썹을 찌푸렸다.

"저게 왜요?"

현암이 뭐가 이상하냐는 투로 툴툴거렸다. 승희가 허리를 숙이고는 가늘게 눈을 뜬 채 초상화 밑부분에 쓰여 있는 글씨를 읽었다. 잠시 후 승희가 입을 열었다.

"이건 드라큘라 공의 초상화라는데? 이 성의 주인이었던 드라큘라 공 말이야."

"그래? 흠! 그건 그렇고. 그런데 왜 놀라셨죠, 연희 씨?"

"지금……. 저 초상화의 시선이 움직인 것 같아요."

"예? 그림 속 눈이 움직였다는 말입니까?"

"예……. 조금 아까는 분명히 저쪽을 쳐다보는 것 같았는데 방금 저를 쳐다봤어요. 지금은 다시 원래대로 눈을 돌린 것 같군요."

현암은 초상화를 자세히 살펴보았으나 별달리 이상한 점은 발견할 수 없었다.

"잘못 본 것 아닙니까?"

현암이 심각하게 물었다. 물론 초상화나 그림에 영이 빙의돼서 이상한 일이 벌어지는 경우는 이미 여러 번 겪은 바 있었다. 그러나 초상화에 무슨 영이 깃들어 있다면 아무리 어둡다 해도 승희가 그것을 알아채지 못했을 리가 없었다. 초상화에서 별다른 영기가 느껴지지 않았기 때문에, 현암은 연희가 잘못 본 것이라고 생각했다. 연희가 주춤주춤 초상화 앞으로 다가가서 유심히 그림을 들여다보더니 이내 안도의 한숨을 내쉬었다.

"내가 잘못 봤나 봐요."

현암은 아까 보았던 수상한 그림자를 떠올렸다.

"이러고 있을 수는 없어요. 잠시만 기다려요. 내가 방들을 하나씩 뒤져 볼 테니."

"알았어요."

"그래, 현암 군. 잘 갔다 와."

현암은 가장 가까운 곳에 있는 방문을 열고 안으로 들어갔다. 현암이 방으로 들어가자 복도는 더욱 캄캄해졌다. 연희는 몸을 떨면서 승희에게로 바짝 붙어 섰다.

"현암 씨가 가니까 너무 어두워지는데 우리도 차라리 현암 씨 뒤를 따라다니는 게 어때? 행동을 같이하는 게 좋지 않겠어?"

"그럴까, 언니?"

"응, 그러자고."

둘은 주춤거리면서 벽을 더듬어 방금 현암이 들어간 문으로 들어섰다. 그러나 희한하게도 그 방 안에는 아무런 흔적도 느껴지지 않았다. 현암이 태극패를 들고 있으니 파란 불빛이라도 보이련만 그런 것조차 전혀 보이지 않는 것이었다.

"아니, 어떻게 된 거지?"

"어? 현암 군이 어디로 갔지?"

방에는 바깥으로 창이 나 있어서 짙은 안개 너머로 아주 희미하게 달빛이 들어오고 있었다. 그래서 방 안의 상태를 어렴풋이나마 식별할 수 있었는데 현암의 모습은 전혀 보이지 않았다.

"도대체 어떻게 된 거지? 현암 군은 어디로 간 거야. 이 좁은 방에서 갑자기 사라져 버렸을 리도 없고……."

"글쎄. 도대체 어떻게 된 거지."

승희와 연희는 방의 양쪽으로 갈라져서 혹시 현암이 열고 나갔을 만한 문이 없는지 살펴보았다. 그러나 문이라고는 자신들이 방금 들어온 방문 하나뿐이었다. 그렇다고 현암이 창을 통해 밖으로 나간 것도 아닌 듯싶었다. 만약 그랬다면 의당 창이 열려 있어야 하는데 창문은 굳게 닫혀 있었고 아예 열 수도 없게끔 고리가 걸려 있었다.

"창문으로는 나가지 않은 것 같……."

"아앗!"

연희의 중얼거림과 동시에 갑자기 승희의 비명이 들려왔다. 연희는 깜짝 놀라 고개를 돌렸다. 그런데 이게 어찌 된 일인가? 방금까지 곁에 있었던 승희마저도 어디로 증발했는지 온데간데없이 사라져 버린 것이다.

"승희야, 승희야! 어디 있니! 도대체 어떻게 된 거야!"

왈라키아의 밤

연희는 자기도 모르게 뒤로 물러서면서 높고 긴 비명을 질러 댔다.

저주받은 마을

날이 어두워서인지 마을 공회당쯤으로 보이는 제법 큰 건물도 온통 불이 꺼진 채였고, 사람의 모습이라곤 그림자 하나 보이지 않았다. 박 신부와 이반 교수는 잠시 머뭇거리다가 건물 앞에 서서 문이 혹시 열려 있지 않나 몇 번 잡아당겨 보았으나 문은 굳게 잠겨 있었다.

"어떻게 하죠? 소리쳐서 사람을 불러 보는 게 어떻겠습니까?"

박 신부가 이반 교수에게 말하자 이반 교수가 잠시 고개를 갸웃거리더니 박 신부가 알아들을 수 없는 말로 크게 소리를 쳤다. 아마도 안에 누가 없느냐는 그런 뜻 같았다. 그러나 안에서도, 하다못해 다른 집이나 길 쪽에서조차 여전히 아무런 소리도 들리지 않았다.

박 신부는 초조한 나머지 다른 곳으로 가 보자고 이반 교수의 옷자락을 잡아당겼으나 이반 교수는 잠시 기다리라는 듯 손짓하더니 다시 큰 소리를 질렀다. 몇 번 그러고 나자 공회당 한쪽의 창문이 열리는 듯 삐걱거리는 소리가 들렸고 누군가 살짝 얼굴을 내밀었다가 곧 창문을 닫았다.

"분명히 안에 누가 있기는 있소. 아마 이곳을 지키는 사람일 거요. 여기에 있는 다른 사람들은 전혀 도움이 되지 않으니 그나마 저 사람에게 부탁해 보는 수밖에 없을 것 같소. 이곳 공회당을 지키는 사람이라면 적어도 대화 정도는 통할 테니 말이오."

이반 교수는 빠르게 박 신부에게 설명하더니 큰 소리로 그 사람을 불렀다. 잠시 후 공회당의 문이 스르르 열리면서 한 노파가 얼굴을 삐죽 내밀었다. 노파는 문을 열고 나오자마자 두 사람을 빤히 쳐다보면서 영어로 인사했다.

박 신부는 대답 대신 노파를 자세히 훑어보았다. 노파는 짙은 회색 옷으로 몸을 감쌌고 머리에는 깊숙하게 두건 같은 것을 눌러쓴 탓에, 얼굴의 자세한 모습까지는 볼 수 없었지만 허리가 구부정하게 많이 휜 것이 나이가 무척 들어 보였다. 그러나 몸놀림은 생각보다 상당히 정정했고 목소리도 노인치고는 카랑카랑한 편이었다. 조금 이상하다는 생각이 들기는 했지만 지금은 그런 것이 문제가 아니었다. 노파가 영어로 이야기를 하는 것을 보고 말이 통하겠구나 여긴 박 신부는 반가운 마음으로 노파에게 물었다.

"영어 할 줄 아십니까?"

"예, 물론 할 줄 알지요."

노파는 기이하게 억눌린 듯한 음성으로 대답했다. 노파의 목소리는 어딘가 조소를 띠고 있어 박 신부는 등골이 섬뜩해지는 느낌을 받았다. 그러나 지금 딴생각을 하고 있을 겨를이 없었다. 이반 교수도 잠시 박 신부를 쳐다보며 눈을 찡긋하더니만 다시 노파에게 물었다.

"이 마을은 어떤 마을이오? 도대체 지나다니는 사람이라곤 전혀 보이지 않고……."

"이 마을이요? 히히히힛……."

노파는 높은 톤의 목소리로 깔깔거리며 웃었다. 이미 밤도 깊어서 사방은 캄캄해졌고 짙은 안개가 드라큘라 성 쪽에서부터 흘러 내려오고 있는 터라 노파의 웃음소리는 더욱더 음산한 분위기를 자아냈다.

"이 마을은 저주받은 마을이랍니다. 이곳 사람들을 보았다면 아시겠지만 정상적인 사람은 하나도 없지요. 히히히."

"저주받은 마을이라니, 그게 무슨 말이오?"

"이 마을에서는 정상적인 사람은 태어나지 않는답니다. 드라큘라 공의 저주 때문이지요."

이반 교수는 뭔가 흥미를 느꼈는지 노파에게 갖가지 질문을 하려고 했으나, 지금 그런 것이 귀에 들어올 리가 없는 박 신부는 이반 교수의 말을 가로막더니 노파에게 질문을 했다.

"그거는 그렇다 치더라도 일단 저희를 좀 도와주셨으면 고맙겠습니다. 지금 저희는 저희랑 같이 온 일행을 찾고 있습니다. 조그맣고 하얀 옷을 입고 있고요. 저 같은 동양인이랍니다."

"동양인 꼬마라……. 히히히. 나는 본 적이 없어요."

"그렇다면 이곳에서는 무슨 경찰서라든가 도움을 받을 만한 공공 기관 같은 것이 없습니까? 그 아이가 이렇게 길을 잃은 채로 헤매고 다니거나 할 그런 아이는 아닌데요."

"히히히. 여기는 그런 곳은 없지요. 자기 나름대로 알아서 살아가는 곳이랍니다."

박 신부는 노파가 비아냥거리는 듯 자꾸 웃기만 하자 짜증이 났다.

"아니, 가구 수만 수십 채가 넘는데 경찰서라거나 하다못해 공회당이나 읍장 같은 사람들도 없단 말입니까? 이 마을의 대표자가 누구입니까? 도대체."

"대표자요? 히히히히……. 만나 봐야 별로 도움이 안 될 텐데요."

이반 교수도 박 신부를 거들기 위해서 둘의 대화에 끼어들었다.

"그래도 이 마을에 읍장 같은 사람은 있을 것 아니오?"

"만나 봐야 별로 도움이 안 될 겁니다. 그러니 아실 필요가 없지요. 히히히."

"흠! 도대체 읍장이 누구기에 그러시오?"

"바로 납니다. 아, 이 마을에서는 다른 곳에서 온 사람과 이야기할 수 있는 사람은 저밖에 없기 때문에 굳이 마을의 대표를 찾는다면 내가 마을의 대표라고 할 수 있지요. 히히히."

박 신부와 이반 교수는 맥이 탁 풀렸다. 도대체 이 마을은 어떻게 돼 먹은 마을이기에 멀쩡한 사람은 하나도 없고, 이런 노파가 마을의 대표 역할을 하는, 그것도 외부인과 말이 통하는 단 한 사람이란 말인가. 잃어버린 준후를 어떻게 찾아야 할지 막막하던 차에 더욱더 기가 막힌 말을 듣자 박 신부는 자기도 모르게 성호를 그으면서 "아멘" 하고 중얼거렸다. 그러자 노파가 주춤하면서 뒤로 물러섰다. 박 신부가 성호를 긋고 나자 노파는 잠시 몸을 떨더니 박 신부를 노려보면서 말했다.

"여기서는 그런 짓 하지 마세요!"

박 신부는 뭔가 이상하다는 것을 느꼈다. 주술력을 쓴 것도 아니고 습관적으로 성호를 그은 것뿐인데 왜 몸을 떠는 걸까? 수상쩍었다. 저 노파에게 무슨 비밀이 있는 건 아닐까? 그러나 노파는 박 신부 쪽을 째려보고는 다른 생각을 할 틈도 주지 않고 눈빛을 빛내면서 말을 꺼냈다.

"아이를 잃어버렸다면 빨리 찾아가야겠군요. 그렇죠?"

"예, 물론입니다."

노파가 수상하다는 생각은 들었지만 준후를 찾는 것이 급선무이기 때문에 박 신부는 황급히 대답했다.

"흠! 사정이 정 그렇다면 제가 도와드리죠. 일단 안으로 들어오세요."

"안으로요? 안에 들어가면 다른 사람을 만날 수 있습니까?"

"방송 시설이 있는 곳이 있으니까 방송으로 아이를 찾아보죠. 그러면 도움이 되겠죠? 히히히."

노파는 말을 마치더니 안으로 쏙 들어가 버렸다. 박 신부가 머뭇거리다가 안으로 발걸음을 옮기려는데 이반 교수가 뒤에서 아주 작은 목소리로 말했다.

"수상하니 조심하시오."

박 신부는 고개를 한 번 끄덕이고 노파의 뒤를 따라 건물 안으로 발걸음을 옮겼다.

"현암 군! 연희 언니! 어디 있어."

한 치 앞도 보이지 않는 칠흑 같은 어둠 속에서 승희는 큰 소리로 두 사람을 불러 보았지만 공허한 메아리만이 되돌아올 뿐이었다. 현암을 찾아 방으로 들어갔다가 무심코 옆에 있는 책꽂이에 몸을 기댔는데 그것이 빙글 돌아가 버릴 줄은 상상조차 하지 못했다. 승희는 미끄럼틀 같은 것을 타고 한참이나 아래로 미끄러져 내려왔다. 정신을 차릴 수가 없었다. 더구나 떨어져 내린 이곳은 불빛이라고는 하나도 보이지 않는, 그야말로 칠흑 같은 암흑이라 더욱더 마음이 불안했다. 엎친 데 덮친 격으로 미끄러져 바닥에 닿는 순간 발목을 삐어 버려 몸을 일으키기조차 힘들었다.

승희는 불안한 심정으로 손을 뻗어서 사방의 벽을 만져 보았다. 사방의 돌벽은 이끼가 잔뜩 끼어서 차갑고 눅눅했다. 기분이 나빴다. 승희는 벽을 더듬어 여기저기를 만져 보았으나 특별히 표가 날 만한 것도 없어서 방향이나 감각조차도 잡을 수가 없었다. 자신이 미끄러져 내려온 곳으로 도로 올라갈 수 없을까 하고 그곳을 찾아보려 했지만 상당히 높은 곳에서 떨어졌는지 구멍 같은 것은 만져지지 않았다. 벽을 만지다 보니 한쪽 방향이 트여 있는 것 같았다. 승희는 절뚝거리면서 발걸음을 옮기기 시작했다. 몇 차례 바닥의 미끄러운 이끼 같은 것을 밟고 넘어질 뻔했지만 간신히 벽을 짚고 균형을 잡을 수 있었다.

'이런 제기랄! 어쩌다가⋯⋯.'

현암이 방 안에서 온데간데없이 사라진 것도 자기와 비슷한 경우가 아닐까 하는 생각이 들었다.

'그렇다면, 혹시⋯⋯.'

승희의 머릿속에 현암이 먼저 이리로 미끄러져 앞쪽에서 헤매고 있을지도 모른다는 생각이 스쳐 지나갔다. 승희는 현암이 있음 직한 방향을 향해 소리쳐 불렀으나, 메아리만 되돌아올 뿐이었다.

'아이고! 큰일이네. 이걸 어쩌지.'

하필이면 승희는 세크메트의 눈조차도 갖고 있지 않았다. 준후를 통해서 도움을 받아 볼까 생각했지만, 꼭 필요한 이때 세크메트의 눈을 연희가 가지고 있었던 것이다.

'가만⋯⋯. 이렇게 되면 우리 셋은 지금 전부 흩어진 거 아니야? 내가 들어가기 전에 현암 군은 먼저 없어져 버렸고 연희 언니는 뒤에 남았으니⋯⋯.'

승희는 어떻게 해야 될까 한참을 고심했다. 먼저 떨어졌을지 모르는 현암을 찾아서 앞쪽으로 가야 될까, 아니면 연희가 함정에 빠져서 자기와 같은 곳으로 떨어져 내리는 것을 기다리는 것이 나을까. 그도 저도 아니면 도로 올라갈 방법을 찾아볼까⋯⋯.

잠시 망설이던 승희는 현암을 따라가는 것이 낫겠다는 생각이 들었다. 연희는 건물 안에 있으니만큼 현암과 자신보다는 적어도 덜 위험할 것이고, 또 만약의 경우에는 세크메트의 눈도 가지고 있으니 연락이라도 될 것이 아닌가.

'투시를 해 볼까? 다른 사람들은 도대체 어느 곳에서 헤매고 있는 것인지, 그걸 알면 길을 찾을 수 있을지도 몰라.'

승희는 걸음을 멈추고 투시를 하고자 관자놀이에 양 손가락을 대고 정신을 집중했다. 잠시 후 뭔가를 알아내려는 순간, 승희는 자신도 모르게 몸을 흠칫 떨었다. 이상한 기운들이 자신의 주위, 그다지 멀지 않은 곳에서 다가오고 있는 것이 느껴졌다.

현암과 연희의 기운도 느껴지는 것으로 보아 아직 성 안에 있는 것이 분명했다. 두 사람의 기운이 느껴진 게 한편으론 마음이 놓이기도 했지만, 그것보다도 그다지 멀지 않은 곳에서 이상한 기운이 감지된다는 게 영 기분 나빴다. 승희는 놀란 나머지 눈을 번쩍 떴으나 여전히 보이는 것은 아무것도 없었다.

승희는 등에서 식은땀이 흘러내렸다. 황급히 눈을 감고 자기가 혹시나 잘못 투시한 것이 아닐까 해서 다시 관자놀이에 손을 얹고 투시를 했다. 그러나 마찬가지였다. 분명히 느낌은 멀지 않은 곳에 있었다. 그 수는 셋. 차갑고 음울하며 눅진눅진한 느낌. 그리고 악의로 가득 찬 느낌……. 승희는 이를 꾹 악물었다. 몸이 부르르 떨렸다.

'흡혈귀들이 틀림없어!'

박 신부와 이반 교수는 단단히 경계심을 품고 노파의 뒤를 따라 건물 안으로 들어섰다. 건물 안에서 별다른 수상한 기운은 느껴지지 않았다. 그런데 이상하게도 노파는 건물 안, 그러니까 널따란

강당의 다른 쪽 문 앞에 서서 촛불인지 램프인지를 들고 손짓하는 것이었다. 건물 안으로 들어오라고 하는 것이 아니라 건물 뒤쪽으로 나가라는 것 같았다. 박 신부와 이반 교수는 눈짓을 교환하고 노파의 뒤를 따랐다. 노파는 박 신부와 이반 교수가 자신의 뒤를 따라오자 문을 열고 바깥으로 나갔다. 박 신부와 이반 교수가 건물을 통과해서 문을 열고 나가 보니 그곳은 어두침침한 숲으로 이어져 있었다.

"아니, 이게 도대체 어떻게 된 거요? 확성기로 사람들에게 아이를 못 보았느냐고 광고를 해 준다는 것이 아니었소?"

이반 교수가 의아하다는 듯 중얼거리자 박 신부도 마침 그것이 궁금하던 차에 재빨리 대꾸했다.

"그러게요."

"어디로 가고 있는 건지……."

이반 교수의 목소리에는 불안한 기색이 역력했다. 박 신부는 지그시 입술을 깨물었다. 노파의 행동은 아무리 좋게 생각해도 수상했다. 그러나 이 마을에서 저 노파 말고 다른 사람에게 도움을 청할 만한 다른 사람이 없었다. 노파의 정체가 수상하다면 더더욱 뒤를 따라가 보아야 할 것 같다는 생각이 들었다. 저 노파, 아니면 그 일당이 준후를 납치했다면?

'유인이라 해도 별수 없지. 호랑이를 잡으려면 호랑이 굴로 들어가야지.'

만약을 대비해 몸에 기도력을 희미하게 모으면서 박 신부는 눈짓으로 이반 교수에게 따라가자는 신호를 보냈다. 이반 교수도 메고 있던 작은 가방 속에 손을 넣어 뭔가를 부스럭대면서 숲으로 들어가기 시작했다. 한 이십 분이나 걸었을까. 얼굴에 걸리는 거미줄과 푸득푸득 날아다니는 풀벌레들, 그리고 박쥐를 비롯한 날것들을 헤치면서 숲을 지나자 탁 트인 공터가 나타났다. 공터에는 낮은 돌기둥들이 가득 서 있었다.

"아니, 여긴 묘지가 아닙니까?"

앞서가고 있던 노파가 깔깔거리며 웃었다. 자욱한 안개 속에서 퍼져 나오는 웃음소리에 박 신부와 이반 교수는 순간 등골이 써늘해졌다.

"어서 따라와요. 확성기는 저쪽에 있는 교회의 탑 속에 있어요. 꼭대기에서 소리를 쳐야 마을에 다 들린다 이겁니다. 히히히."

노파는 기분 나쁜 소리로 한바탕 떠들고는 걸음을 옮기더니 이내 안개 속으로 사라져 갔다. 이반 교수와 박 신부는 점점 의혹이 짙어졌지만 달리 뾰족한 수도 없었다. 두 사람은 계속 노파의 뒤를 따라갔다. 그때 갑자기 이반 교수가 박 신부의 소매를 살짝 잡아당겼다. 박 신부는 이반 교수가 눈으로 가리키는 곳을 바라보았다. 이상한 광경이었다. 십여 명의 사람들이 줄을 지어서 한 방향으로 가고 있었다. 어떻게 보면 규칙적인 것 같기도 하고, 또 달리 보면 매우 힘없는 걸음걸이로 무언가를 끊임없이 홍얼거리면서, 안내하는 불빛도 없이 줄을 지어 가는 것이었다. 박 신부와 이반 교수는 무척 의아했지만 노파를 잃어버릴세라 곧 그 대열에서 시선을 거두고 앞서간 노파의 뒤를 따라 열심히 발걸음을 놀렸다. 그러나 그들의 등 뒤쪽으로 자그마한 그림자 하나가 살금살금 따라오고 있는 것을, 박 신부와 이반 교수는 전혀 눈치채지 못했다.

현암은 어둠 속에서 태극패에 힘을 집중해 사방을 훑어보았다. 분명 자신은 흐늘거리는 불빛을 따라 방으로 들어갔고 한쪽 구석에 놓여 있는 벽난로 속으로 어렴풋한 불빛이 사라져 가는 것을 보고 무턱대고 안으로 뛰어들었다.

벽난로의 안쪽에는 바깥에서는 잘 보이지 않는 통로가 뚫려 있었고, 불빛은 그리로 흘러 들어가고 있었다. 현암은 앞에 도망가고 있는 물체가 틀림없이 사람일 것이라고 단정했다. 영이나 그 비슷한 존재였다면 촛불 같은 것을 들고 다닐 리 없었기 때문이다.

주변을 살펴보던 현암의 입에서 나지막한 신음이 흘러나왔다. 그곳은 중세의 고문실이었다. 안쪽에 커다란 침이 박혀서 뚜껑을 닫으면 사람의 눈과 심장 그리고 그 외 여러 급소를 찌르게끔 만들어진 아이언 메이드(Iron maiden)[6]라 불리는 사람 모양의 관, 먼

---

6 서양 중세 때 사용된 고문 도구의 일종으로 관과 비슷하게 생겼다. 내부는 사람의 몸에 맞게 만들어져 있으며 뚜껑에는 날카로운 쇠못들이 박혀 있다. 사람을 넣고 뚜껑을 닫으면 안에 있는 사람은 뚜껑에 박힌 쇠못에 찔려 죽게 된다. 쇠못을 눈이나 심장과 같은 급소 부분에만 박는 경우도 있고 전체를 빽빽하게 박은 것도 있다. 관 속에 사람을 눕혀 놓고 닫을 듯 말 듯하게 뚜껑을 올렸다 내렸다 하면서 자백을 강요하는 식으로 고문을 했다고 한다.

지와 거미줄이 시커멓게 낀 화로와 부젓가락들. 작두와 비슷한 칼들, 그리고 철창. 어떤 용도에 쓰이는 것인지 알 수 없는, 그러나 틀림없이 사람에게 고통을 가하기 위해서 전문적으로 만들어진 것이 분명한 여러 가지 고문 도구들…….

어두웠을 땐 몰랐는데 주변에 그런 흉기들이 잔뜩 널려 있는 것을 보자, 현암은 자신도 모르게 지옥에 빠져든 듯한 기분이 들었다. 그나저나 불빛의 주인공은 어디로 간 걸까? 현암은 중얼거리다가 태극패에 약간의 공력을 더 가해서 사방을 자세히 훑어보려 했다.

그런데 갑자기 현암의 뒤쪽에서 묵직한 창과 도끼 달린 칼이 우르르 무너져 내렸다. 현암은 재빨리 몸을 피했고, 떨어져 내린 무기들은 너무 오래된 것이라 그런지 땅에 떨어지는 순간, 요란스럽게 부서져서 사방에 먼지와 파편을 날렸다. 자기가 잘못 건드린 것인지, 아니면 누군가가 민 것인지 얼른 판단이 서지 않았다. 현암은 태극패를 왼손에 옮겨 쥐고 월향검을 빼 들었다. 태극패에 가하고 있었던 기공력이 사라지자 사방이 어두워졌고, 현암은 조용히 선 채 주변에 뭔가 나타나지 않나 경계를 늦추지 않았다. 그런데 갑자기 철컹거리는 소리가 들리더니 뭔가가 다가오는 것 같았다. 사람 발소리와 비슷했는데 쇠붙이가 요란하게 철컹거리는 소리와 동시에 삐거덕거리는 소리를 냈다. 현암은 월향검을 잡고 있던 오른손에 기공력을 잔뜩 가했다. 그러자 파르스름한 검기가 뿜어져 나오면서 사방이 식별 가능할 정도로 밝아졌다. 현암에게

다가오고 있는 것은 커다란 철 갑옷을 입은 사람이었다. 철 갑옷이 심하게 녹이 슬었던지 무척이나 힘들게 다가오고 있었고 한 번 움직일 때마다 녹 부스러기를 떨구며 삐걱거리는 소리를 냈다.

"너는 뭐냐!"

물론 알아들을 리는 없겠지만 현암은 큰 소리로 고함부터 쳤다. 그러자 다가오고 있던 철 갑옷은 그 자리에 우뚝 멈춰 서더니 와르르 허물어졌다. 현암은 의외의 사태에 당황한 나머지 주춤했다. 그 순간 뒤에서 무언가 육중한 것이 날아들어 현암의 등을 강하게 내리쳤다. 현암은 의외의 기습에 반사적으로 몸을 틀었다. 빗맞기는 했어도 등에 가해진 힘은 어마어마한 것이었고, 현암은 그 충격에 몇 바퀴를 굴러 한쪽 구석에 나자빠졌다.

간신히 고개를 들어서 그쪽을 바라보니 캄캄한 암흑 속에 분명히 누군가 있었다. 씩씩거리는 숨소리와 함께 몸을 움직이는 소리가 들렸다. 무어라고 계속 중얼거리는 듯한 소리도 들려왔다. 아주 날카롭고 비틀린 듯한 소리였다.

"넌 누구냐!"

다시 현암이 소리쳤다. 그러나 현암의 질문에는 아랑곳없다는 듯 상대는 아무 대답도 없었다. 뭔가가 자신에게 달려드는 것 같은 느낌을 받고 반사적으로 고개를 옆으로 틀었다. 바로 옆으로 커다란 쇠뭉치가 날아와 돌벽을 움푹 깎아 내고는 원위치로 돌아가는 것이 보였다. 엄청난 힘이었다. 만약 고개를 틀지 않았다면 현암의 머리는 한방에 부서졌을 것이다.

현암의 등골에 식은땀이 흘러내렸다. 허리가 욱신거렸다. 현암은 재차 가해 온 상대의 쇠뭉치를 피하기 위해 몸을 한 바퀴 굴렸다. 그러나 쇠뭉치는 계속 몸을 굴리고 있는 현암의 바로 뒤에서 아슬아슬하게 작렬하면서 무지막지한 굉음을 울려 댔다. 이런 칠흑 같은 어둠 속에서 어떻게 저렇게 정확하게 공격할 수 있는지 도대체 알 수가 없었다. 아니, 그보다 더 기분 나쁜 것은 저편에서 들려오는 속삭이는 소리였다. 분명 사람의 목소리임이 분명했는데 대체 무슨 수작질을 하고 있는 것인지, 그리고 상대는 왜 아무것도 묻지 않고 다짜고짜 공격하는 것인지, 이리저리 피하는 와중에도 이런 생각들이 현암의 머릿속을 어지럽혔다.

연희는 사태가 어떻게 벌어지고 있는지 알 수가 없었다. 말할 수 없는 공포감이 엄습해 왔다. 현암은 대체 어디로 사라졌으며, 자신과 같이 들어온 승희는 어떻게 해서 눈 깜짝할 사이에 없어졌단 말인가? 이해할 수가 없었다. 더군다나 아무런 힘도 없는 자기만 혼자 남았다는 생각에 연희의 몸은 사시나무 떨듯 떨리고 있었다. 연희는 달빛이 희미하게 비쳐 오는 방 안을 겁먹은 눈길로 조심스레 훑어보았다. 생각보다 그리 이상한 느낌은 없었다. 예전에 침실로 사용했던 곳인지 벽에는 벽난로가 있었고 가운데에는 낡은 침대가, 한쪽 벽에는 책꽂이가 놓여 있었다. 두 사람은 도대체 어디로 간 걸까? 승희는 혹시 밖으로 나가 있는 것은 아닐까? 그런 생각이 불현듯 들어 재빨리 문밖으로 나가 보았으나 승희의 모습은 보이지 않았다.

'어떻게 하지? 나가서 기다려야 하나?'

연희는 불안한 마음에 어찌해야 할지 판단이 서지 않았다.

'나 혼자 이곳에서 오래 버틸 수야 없지. 일단 밖에 나가서 기다려 보자.'

승희를 몇 번 소리쳐 부르다가 연희는 밖으로 나가기 위해 계단 쪽으로 걸음을 옮겼다. 계단을 내려가려는 순간, 갑자기 등 뒤에서 뭔가 알 수 없는 섬뜩한 기운이 느껴졌다. 누군가가 자기를 빤히 쳐다보고 있는 듯한 그런 느낌. 연희는 몸이 떨려 옴짝달싹하지 못하고 그 자리에 멈춰 서서 초조하게 신경을 곤두세웠다. 이마에서는 땀이 줄줄 흘러내렸고 온몸에 소름이 돋았다. 한동안 그러고 있다가 이래서는 안 되겠다 싶어 이를 악물고 뒤를 돌아보았다. 그러나 아무도 없었다. 아까 그 초상화만이 걸려 있을 뿐……. 연희는 한숨을 내쉬고 다시 한번 승희와 현암을 소리쳐 불렀다. 여전히 아무런 대답도 들려오지 않았다. 연희가 아래로 내려가기 위해 계단 쪽으로 걸음을 옮기려는데 갑자기 음산한 남자의 목소리가 들려왔다.

아가씨, 뭐 하고 있는 거요?

너무나 놀란 연희는 까무러칠 뻔했으나 가까스로 휘청거리는 몸을 추스른 다음 소리 나는 쪽을 향해 고개를 돌렸다.

'누가 말을 건단 말인가? 바로 옆에서 들린 소리 같은데……. 혹시 초상화가…….'

연희는 덜덜 떨리는 눈으로 벽에 걸린 흐릿하게 보이는 초상화를 들여다보았다.

묘지를 지나서 낡은 교회로 향하고 있던 박 신부와 이반 교수의 눈에, 앞서가던 노파의 흐릿한 불빛이 점차 가까워졌다. 안개가 자욱해서 확실하진 않았지만 어둑어둑한 그림자가 아른거리는 것으로 보아 노파가 말했던 교회가 가까워진 모양이었다. 노파는 그 기분 나쁜 목소리로 깔깔거리더니 교회 안으로 들어섰다.

"빨리 와요, 빨리······. 히히히······."

박 신부와 이반 교수는 불안한 듯 시선을 교환했다. 박 신부가 이반 교수의 뒤를 따라 교회 안으로 막 발을 내딛으려는데 갑자기 "어엇!" 하는 비명과 함께 이반 교수의 몸이 왈칵 교회 안으로 끌려 들어갔다. 박 신부는 순간적으로 기도력을 모아 오라력을 발산하면서 허리춤에 차고 있던 베케트의 십자가를 손에 움켜쥐었다. 십자가에서 우웅 하는 소리와 기도성이 전달되면서 주변이 환하게 오라로 빛났다.

교회인 줄만 알았던 건물은 정체를 알 수 없는 굉장히 낡은 건물일 뿐이었다. 사람의 발길이 오랫동안 닿지 않은 매우 낡은 건물이었는데 안에는 놀랍게도 서너 명의 사람들이 웅성거리고 있었다. 그중 한 사람이 이반 교수의 멱살을 잡고 끌어당겼다. 박 신부는 급한 김에 기도력을 발해서 오라의 구체를 우르르 내쏘았다. 오라의 구체를 맞자 그들은 비명을 지르며 뒤로 물러섰다. 박 신부의 눈에 이반 교수가 안도의 한숨을 내쉬는 모습이 보였다.

이반 교수는 갑자기 벌어진 사태에도 불구하고 냉정을 잃지 않고 목을 한 번 쓰다듬더니 어깨 한쪽에 메고 있던 가방 안에서 뭔가를 주섬주섬 꺼내기 시작했다. 박 신부는 그런 이반 교수를 끌어안고 일단 뒤로 물러났다. 그러나 어느 틈에 그들이 들어왔던 문은 쾅 소리를 내며 닫혀 버렸다. 박 신부가 얼른 뒤돌아서서 있는 힘을 다해 밀었는데도 문은 꿈쩍도 하지 않았다. 건물 안의 사람들은 비틀거리는 몸을 수습하더니 흉흉한 기세로 이반 교수와 박 신부 쪽을 향해 다가들려 하고 있었다.

이반 교수가 잠시 컥 하면서 기침하더니 조금 쉰 목소리로 박 신부에게 외쳤다.

"저들은 흡혈귀들이오!"

"예? 흡혈귀라고요?"

깜짝 놀란 박 신부의 물음이 채 다하기도 전에 위쪽에서 깔깔거리는 웃음소리가 들려왔다. 아까 노파의 목소리와 비슷하긴 했지만 그보다도 훨씬 젊은 음성이었다.

"박 신부, 오랜만이군. 나를 못 알아봤단 말인가? 섭섭하게……."

박 신부는 자신의 귀를 의심했다.

'그럼 그 노파는 나를 알고 있었단 말인가?'

박 신부는 소리가 들리는 쪽을 향해 고개를 쳐들었지만 어두워서 그런지 사람의 형체는 눈에 띄지 않고, 목소리만이 메아리처럼 들려올 뿐이었다.

"도대체 누구냐!"

박 신부가 고함을 지르자 다시 한번 앙칼진 웃음소리와 말소리가 함께 들려왔다.

"나를 벌써 잊었나? 몇 번이나 싸우고도……. 호호호."

"아니! 너는…… 코제트!"

박 신부는 분함에 입술을 깨물고 보이지도 않는 코제트에게 외쳤다. 주변에서는 흡혈귀들이 이상한 소리를 내면서 달려들고 있었다. 박 신부는 몸에서 오라를 뿜어냈다. 흡혈귀들은 박 신부의 오라를 보자 달려들던 기세가 한풀 꺾이는 것 같았다. 박 신부가 소리쳤다.

"이런 정도로 나를 해칠 수 있다고 생각하나?"

"하하하. 물론 당신의 능력이 높다는 것은 알고 있다. 그러나 그 사람들은 정상인이 아니라 해도 모두 살아 있는 사람들이다. 이 마을 사람들이지. 그런데 어떤가? 박 신부, 당신이 살아 있는 사람들을 해칠 수 있을까? 내기해도 좋아. 난 그러지 못한다는 데 걸지. 호호호……."

이반 교수가 코제트의 말을 알아듣고 주먹을 불끈 쥐었다.

"저런 고약한!"

"그럼 알아서들 잘해 봐라. 그리고 이건 내 마지막 선물이다."

코제트의 말이 끝나더니 위쪽에서 조그만 덩어리가 날아왔다. 작은 덩어리는 땅에 떨어지면서 확 하고 터져 버렸고, 동시에 희뿌연 연기와 함께 독한 냄새를 뿜어냈다.

"연막탄. 이런 제기랄!"

연막탄의 연기는 순식간에 사방으로 퍼져서 앞이 보이지 않았다. 연기는 독한 냄새까지 나서 숨쉬기가 곤란할 지경이었다. 게다가 눈까지 따끔거려서 도저히 눈을 뜰 수가 없었다. 바로 옆에 있는 이반 교수의 모습조차 잘 보이지 않았다.

"이반 교수님! 벽에 붙으세요!"

박 신부는 뒷걸음질을 쳐서 벽에 붙어선 채 오라를 있는 대로 끌어올렸다.

먹먹한 회색 구름 속을 헤매고 다니는 것 같은 야릇한 기분 속에서 준후는 정신을 차렸다. 사방은 온통 캄캄했고 저만치 앞에 아른아른한 불빛이 보였다. 자신의 몸은 여전히 흔들리는 채로 어디론가 옮겨지고 있는 것 같았다. 파도를 탄 것 같기도 하고 구름을 탄 것 같기도 한 울렁거리는 흔들림⋯⋯. 앞장선 사람이 횃불을 들고 가는 것 같았다. 그러나 준후의 주변은 매우 어두웠다. 준후는 고개를 돌릴 기력조차 없어서 간신히 천장만을 응시할 뿐이었다. 천장은 낮고 울퉁불퉁했다. 공기는 숨이 턱 막힐 정도였고, 오래 묵은 듯한 곰팡이의 이끼 냄새가 준후의 코를 괴롭혔다.

'도대체 이 사람들은 누구일까? 나를 어디로 옮기고 있지?'

준후는 자꾸 감기려는 눈을 뜨려고 무진장 애를 썼다. 뭔가 생각하고 있으면 정신을 차릴 수도 있을 텐데⋯⋯.

'얕은 천장, 어둡고 퀴퀴한 냄새⋯⋯.'

가만히 단서를 모아 보니 이곳은 지하의 통로나 토굴 같은 곳이 아닐까 하는 생각이 들었다. 준후는 몸을 다시 움직여 보려고 했으나 역시 마찬가지였다. 이상하게도 몸에서 기력이 다 빠져나간 것은 물론이고 뭔가로 몸을 꽁꽁 묶어 버린 모양이었다.

'이런, 내가 어쩌다가 이런 꼴이 된 거야. 도대체······.'

한동안 눈을 질끈 감고 정신을 가다듬다 보니 머리가 맑아지기 시작했다. 그러나 꼼짝달싹도 못 하는 상황에서 무슨 수를 부릴 재간이 없었다. 준후는 자신이 무엇으로 옮겨지고 있는 것인지, 그러니까 들것인지 수레인지, 아니면 누군가에게 업혀서 옮겨지는 것인지 알아내려 했으나 몸의 감각이 제대로 돌아오지 않았다. 지금 할 수 있는 일이라곤 간신히 머릿속으로 생각을 돌리는 것과 눈동자를 움직이는 것 두 가지뿐이었다.

준후가 눈을 뜨고 있는 것을 누군가가 본 모양이었다. 준후의 눈에는 자세히 보이지 않았지만 아까 소리를 질렀던 노인인 듯한 카랑카랑한 목소리가 뭐라고 떠들어 대고 있었다. 그리고 다시 이상한 냄새가 나는 헝겊 쪼가리로 준후의 코와 입을 틀어막았다. 준후는 순간적으로 경계심을 품었다.

'이 냄새 때문에 내가 지금 이 모양이 된 거야.'

준후는 입을 딱 다물고 숨을 쉬지 않으려 애썼다. 한참이나 그러고 있자 냄새나는 헝겊은 코에서 떨어졌고, 준후는 일부러 눈을 감은 채 정신을 잃은 척하고 있었다. 역시 생각대로였는지 머릿속이 점점 맑아졌고 시간이 지나면 몸도 조금 움직일 수 있을 것 같았다. 그때 불현듯 자신의 소맷자락 속에 있는 세크메트의 눈이 생각났다.

함정

승희는 앞이 보이지 않는 감옥과 같은 좁다란 통로에서 몸을 떨며 흡혈귀들이 어느 쪽으로 다가오고 있는지 열심히 마음속으로 계산하고 있었다. 근처에서는 쥐나 미물 말고는 아무것도 느껴지지 않았다. 현암과 연희의 기척이 희미하게 느껴졌다. 그 외에는 정체를 알 수 없는 여러 사람이 성 안에서 움직이고 있는 기척이 느껴졌지만, 지금 그런 주의를 기울일 여유는 없었다. 지금 승희로서는 현암이나 연희가 무사하다는 사실이 중요했고, 자신의 문제가 더욱더 다급했기 때문이다.

'세 명이 한꺼번에 다가오다가 흩어지고 있네. 길이 두 갈래로 갈라진 모양이지. 좋아. 그렇다면 이대로 여기 앉아 있다가 순순히 잡힐 수는 없지. 암, 내가 누군데. 절대 그럴 수는 없어.'

그러나 승희는 흡혈귀들과 마주칠 거라는 생각이 들자 어떻게 손을 써야 할지 뾰족한 방법이 떠오르지 않았다.

'제기랄! 나도 이럴 줄 알았으면 뭔가 한 가지쯤 배워 놓는 건데. 나는 그냥 연료 통인가? 남들에게 힘이나 주고 스스로는 보호할 수단조차 없으니…….'

승희는 속으로 오만 가지 불평을 다 털어놓으면서 억지로 용기를 내어 어둠 속을 한 발짝 한 발짝 걸어 나갔다. 그러나 발목을 삔 상태라 걸음을 옮긴다는 게 여간 어려운 일이 아니었다.

눈을 뜰 수가 없었다. 연막탄에서 계속 뿜어져 나오는 연기 때문에 앞을 식별할 수가 없었고, 최루 가스도 섞여 있는지 눈물이 폭포수처럼 쏟아 내려서 견딜 수가 없었다. 그러나 흡혈귀로 변한 마을 사람이 언제 다시 공격할지 모르는 처지라 그에 대한 대비책도 마련해 놓아야 할 터였다. 예측한 대로 박 신부가 방어의 목적으로 뿜어내고 있었던 오라 막의 한쪽 구석에 둔중한 충격이 왔다. 흡혈귀 하나가 부딪쳤다가 나가떨어진 것 같았다. 박 신부는 그쪽을 향해서 얼른 십자가를 들이대려 했으나 이번엔 반대쪽에서 돌멩이가 날아와 박 신부의 머리를 아슬아슬하게 스치고 벽에 퍽 하는 소리를 내며 부서졌다. 박 신부는 반사적으로 그쪽을 돌아보았으나 연기 때문에 아무것도 보이지 않았다. 흡혈귀들은 한 번 달려들었다가 박 신부의 오라에 튕겨 나가자 괴성을 지르면서 돌 같은 것을 집어 던지기 시작했다.

'이반 교수는 어디에 있지? 이 연기, 연기만 없었어도……'

"이반 교수님!"

박 신부가 부르는 소리를 들었는지 저쪽에서 이반 교수의 목소리가 들렸다.

"잠시, 잠시만 기다려 보시오!"

이반 교수가 대답을 마치자마자 뿜어져 나오고 있던 연막탄의 연기가 슬그머니 사그라지기 시작했다. 연기가 점점 옅어지면서 십자가와 총을 들고 서 있는 이반 교수의 모습이 보였다.

가만히 보니 이반 교수가 들고 있는 총의 총구에는 물방울 같은 것이 떨어지고 있었다. 그것은 사람을 쏘는 총이 아니라 물총이었던 것이다. 흡혈귀와 대적할 것을 예상했던지 이반 교수는 미리 물총에 성수를 담아서 온 모양이었다. 그리고 연막탄을 향해서 쏘아 연기를 꺼 버린 것이 틀림없었다.

연기가 사그라지자 건물 안은 금방 주변을 식별할 수 있을 정도가 됐고, 박 신부도 투지가 솟는 것을 느낄 수 있었다. 저만치에서 몇 명의 흡혈귀들이 보였으나 별문제도 아닐 것 같았다. 몸에서 오라력을 쭉 끌어올려 커다란 빛의 구체로 몸을 감싼 다음, 박 신부는 흡혈귀들이 있는 쪽으로 뚜벅뚜벅 다가갔다. 그들은 찬란한 오라 빛에 완전히 질려 버린 듯, 별다른 저항을 하지 않고 기이한 소리를 지르더니 벽 쪽으로 주춤거리며 밀려 나갔다.

박 신부는 흐릿하게나마 그런 그들의 얼굴을 보았다. 일그러지고 한쪽이 뒤틀려 버린 얼굴들……. 그리고 초점이 없는 눈망울. 비록 지금은 빨갛게 눈이 변해 있고 기다란 이빨이 솟아 있긴 했지만 분명 저들은 흡혈귀가 되기 전에도 정상적인 얼굴은 아니었을 것이다. 제대로 지능을 갖추지 못한 뇌성 마비 환자들…….

어쩌다가 저들은 저런 꼴이 됐을까? 생각이 여기까지 미치자 박 신부는 더더욱 분노가 들끓었고, 한편으론 흡혈귀로 변해 있는 자들이 가여웠다.

박 신부가 흡혈귀들을 꼼짝 못 하게 벽 쪽으로 밀어붙이자 이반 교수는 성수를 담았던 물총을 집어넣고 나무 말뚝을 꺼내 들었다. 뾰족하게 깎여 있는 생나무 말뚝으로 흡혈귀의 심장을 찌르면 흡혈귀가 영원히 죽는다는 전설을 들었던 게 언뜻 박 신부의 머릿속을 스쳐 갔다.

"안 돼요!"

이반 교수는 금방이라도 나무 말뚝을 그들에게 꽂을 기세였다.

"무슨 말이오? 이들은 이미 사람이 아니라 흡혈귀요. 후환을 없애려면……."

한쪽 구석으로 몰린 세 명의 흡혈귀는 이빨을 드러내며 으르렁거리고 있을 뿐, 십자가에서 나오는 빛과 박 신부의 몸에서 뿜어져 나오는 오라에 의해 완전히 전의를 잃고 덤벼들 엄두도 내지 못하고 있었다.

"그러나, 이들도 사람이었습니다. 흡혈귀에게 물렸다고 해서 반드시 다 죽으라는 법은 없어요. 나는 예전에 흡혈귀 일족과 싸워 본 경험이 있죠."

"그렇지만 지금 이들을 그냥 내버려두면……."

"좌우간 이들을 죽여서는 안 돼요. 힘을 쓰지 못하게 제압하면 될 겁니다. 그나저나 이렇게 허약한 놈들이 우릴 해칠 수 있을 것이라 여겼다니, 코제트도……."

박 신부가 하던 말을 채 끝내기도 전에 갑자기 박 신부의 뒤로 검은 안개 덩어리가 훅 하며 밀려들었고 이를 본 이반 교수가 냅다 소리를 질렀다.

"앗, 신부님!"

그러나 박 신부는 흡혈귀들만 쳐다보고 말하느라 미처 등 뒤까지 신경을 쓰지 못하고 있었다. 검은 덩어리가 박 신부의 오라 막과 부딪쳐 폭음을 내자 박 신부는 그 기세를 이기지 못하고 퍽 소리를 내며 벽 속에 파고들듯 부딪쳤다가 아래로 미끄러져 내렸다. 박 신부는 엄청난 충격에 온몸이 긁히고 터져 상처투성이가 됐지만 반사적으로 손을 움켜쥔 덕에 베케트의 십자가와 은십자가만은 간신히 놓치지 않았다.

놀란 이반 교수가 뒤를 돌아보았다. 그곳에는 노파의 모습 대신 금발 머리에 싸늘한 미소를 짓고 있는 여자가 서 있었다.

"넌……."

내가 정말 이 멍청한 세 명에게만 여기를 맡기고 가 버릴 줄 알았어? 이제 못 빠져나가.

말이 아닌 마음으로 전달돼 오는 소리가 들려왔다. 박 신부는 움찔거리면서 몸을 일으키려 했으나 마음 같지 않았다. 뒤에서 당한 타격이 너무도 컸던 탓이다.

현암은 어둠 속에서 휙휙거리는 소리를 내며 날아오는 쇠뭉치를 간신히 피해 몸을 굴리다가 마침내 막힌 벽에까지 다다랐다. 계속 몸을 굴리던 방향으로는 벽이 떡하니 가로막고 있었고, 반대쪽으로 몸을 되돌리기에는 날아드는 쇠뭉치의 속도가 너무나 빨랐다. 순간, 현암의 머리에 한 가지 떠오르는 게 있었다. 조금 아까 우르르 쏟아졌던 창과 나무 막대기 더미……. 현암이 다다른 막다른 벽 쪽에도 나무 막대기와 창들이 벽에 비스듬히 기대어져 있었다. 쇠뭉치가 현암의 머리끝을 아슬아슬하게 스치고 벽에 쿵 소리를 내며 박히자, 현암은 한쪽 발로 벽에 기대어져 있던 창이며 나무 막대기를 휙 훑었다. 우르르 소리를 내면서 쏟아져 내린 여러 무기가 쇠뭉치 끝을 휙 훑었다. 그러자 우르르 소리를 내면서 쏟아져 내린 여러 무기들이 쇠뭉치 끝에 달려 있던 쇠사슬을 깔아버리는 바람에 상대가 쇠뭉치를 뺄 수 없게 됐다.

쇠뭉치가 썩은 나뭇더미 속에서 바둥거리며 돌아가는 동안, 현암은 자세를 바로잡고 왼쪽 팔목에서 월향을 꺼내고는 검기를 주입했다. 비로소 사방이 희미하게 밝아지면서 상대의 모습이 보였다.

"저건…….'

현암은 자신의 눈을 믿을 수가 없었다. 언뜻 보기에도 키가 이 미터는 훨씬 더 될 것 같은 어마어마한 거인이 쇠사슬을 부여잡고 서 있었다. 웬만큼 담력이 센 현암으로서도 그 덩치를 보고 있자니 머리가 아찔한 정도였다. 더욱더 놀라운 것은 그 거인의 머리 위에는 또 하나의 작은 머리가 달렸다는 것이었다. 거인의 눈엔 검은자위가 없이 흰자위만 번뜩거리고 있었고, 거인의 머리 위에 솟은 또 하나의 작은 머리에는 얼굴의 삼분의 이 정도를 차지하는 커다란 눈이 껌뻑거리며 현암을 뚫어지게 바라보고 있었다.

'저……. 저게 도대체 뭐지? 어떻게 저런 인간이 있을 수 있단 말인가. 저건 사람이 아니라 괴물인가?'

현암은 깜빡거리는 커다란 눈을 자세히 살펴보려 했으나, 머리 위에 달린 작은 머리가 소곤거리듯 속삭이자 거대한 몸뚱어리는 나무 막대기 사이에 배배 꼬여서 기동성을 잃은 쇠줄을 집어 던지고는, 손에 들고 있던 나머지 쇠줄을 그대로 현암을 향해 뿌렸다. 쇠줄이 바람을 가르는 금속성을 내며 세차게 현암에게로 날아들었다. 일단 현암은 기공력을 돌리면서 자신을 향해 날아오는 쇠줄을 오른손으로 막았다. 쇠줄을 받자 상당한 타격이 온몸에 전해져 왔다. 기공력으로 팔을 완전히 굳히고 있는데도 이 정도의 타격이라면 쇠줄을 휘두르고 있는 거인의 힘이 어느 정도인지 짐작이 가고도 남았다.

현암이 비틀거리면서 쇠줄을 받아 내자 날아온 쇠줄은 현암의 팔에 반쯤 칭칭 감겨 버렸고 거인은 때를 놓치지 않고 현암을 왈칵 자기 쪽으로 잡아당겼다. 현암이 아무리 공력으로 힘을 쓸 수 있다고 해도 다리까지 공력이 제대로 내려오지 않는 한 고서에 나오는 천근추(千斤錐)[7]와 같은 술법들은 쓰기가 어려웠고, 준후의 낙지생근술을 사용할 수도 없었다. 이런 상황에서는 체중이 적은

---

7 무술의 한 가지로 공중에 떠올랐을 때 갑자기 몸의 무게가 늘어난 것처럼 아래로 신속하게 떨어져 내리는 술수이다. 자신의 몸무게를 몇 배로 늘린 것처럼 공력을 운용하는 술수로도 알려져 있다.

쪽이 끌려갈 것이 뻔했다. 현암은 이를 악물고 버텨 봤지만 그것도 잠시, 허공을 날아 거인 쪽으로 끌려갔고, 왼손으로 쇠줄을 당긴 거인은 엄청난 힘을 실어 무지막지하게 큰 오른 주먹으로 날아오는 현암을 그대로 맞받아쳤다. 현암은 오른팔로 거인의 주먹을 가리려 했으나 오른팔에는 쇠줄이 감겨 있어서 마음대로 움직일 수가 없었다. 현암은 할 수 없이 왼팔로 거인의 주먹을 막아 냈다. 그건 실수였다. 쾅 하는 소리가 들리며 눈앞에 별이 번쩍거렸고, 현암은 뒤로 한참이나 나가떨어졌다. 왼쪽 팔목에서는 우두둑 하는 뼈 부러지는 소리가 들렸다.

연희는 두려움에 몸을 떨면서 자신의 뒤쪽에 있는 초상화를 뚫어지게 응시했다. 아까 느꼈던, 즉 초상화가 눈동자를 굴리며 자신을 쳐다보고 있다는 느낌은 기분 탓일 수도 있었다. 그러나 지금 들린 이 소리는 어느 곳에서 난 것일까? 연희는 아무래도 초상화의 타는 듯한 시선이 마음에 걸렸다. 초상화는 여느 초상화들처럼 밋밋한 그림에 지나지 않았다. 이상한 점이라곤 하나도 느껴지지 않았다. 연희는 몸을 부르르 떨다가 초상화를 찬찬히 바라보았다.

상당히 잘 그린 그림이었다. 그림의 주인공 드라큘라 공은 특별히 미남이거나 풍채가 좋은 편은 아니었으나, 사람을 오싹하게 만드는 기운과 강렬한 집념 같은 것이 있었던 듯 이를 그림 속에서나마 느낄 수 있었다.

'그림에서 소리가 났을 리가. 신경과민인가?'

왈라키아의 밤

연희는 그림에서 눈을 돌려 뒤로 돌아서고는 현암과 승희를 소리쳐 부르려 했다. 하지만 순간 재차 섬뜩한 느낌이 들었다. 분명히 이곳은 깜깜했다. 아까도 현암이 태극패로 빛을 발하기 전까지는 아무것도 보이지 않았었다. 그런데 방금 어떻게 그림을 자세히 볼 수 있었던 것일까? 생각이 거기에 미치자 연희의 몸에서는 식은땀이 비 오듯 흘러내렸다. 정신없이 한참 그 상태로 서 있는데 아까의 목소리가 들려왔다.

이곳에 오래 있지 않는 것이 좋소. 조심하시오.

"누구야!"

연희는 반사적으로 소리를 지르면서 경계 태세를 취하고는 몸을 한 바퀴 휙 돌렸다. 그러나 눈에 보이는 것은 아무것도 없었다. 연희는 주먹을 꾹 쥐었던 오른손 손아귀 안이 간질간질했다. 연희는 긴장한 채로 오른손을 잠시 펴서 힐끗 보았다. 손에서 뭔가가 빛나고 있었다.

'이건……'

준후가 전에 심어 주었던 부적의 글자……. 그것이 아직도 연희의 손에 남아 있었다.

'그래. 이게 있으면 일단 내 몸은 지킬 수 있지.'

연희는 주위를 둘러보았다. 도대체 어디서 불빛이 나왔기에 자신이 그림을 볼 수 있었을까. 그러나 초상화 말고 다른 곳은 여전히 캄캄했다. 그렇다면……. 연희는 초상화 쪽으로 조심스럽게 몸을 돌렸다. 분명 어둠 속인데도 초상화는 또렷하게 보였다. 어디선가 빛이 나와서 밝혀 주는 것 같지는 않는데……. 아무래도 그림 자체에서 희미한 빛이 솟아 나와 그림의 모습을 보여 주고 있다는 것 외에는 다른 생각이 들지 않았다.

이반 교수가 비틀거리고 있는 박 신부를 부축해서 일으켜 세웠다. 코제트는 여유 넘치는 미소를 흘리면서 천천히 흡혈귀들 앞으로 다가섰고, 이반 교수는 박 신부를 부축한 채 코제트의 반대쪽으로 주춤거리며 물러섰다. 연막탄이 꺼져서 연기가 점점 옅어지고 있는 가운데 한쪽 구석에는 멍청하니 인형처럼 서 있는 흡혈귀들이 보였고, 그 앞쪽에서 금발 머리의 코제트가 걸음을 멈추고 웃는 얼굴로 박 신부를 쳐다보고 있었다. 코제트의 한쪽 손에는 검은 구름 같은 것이 뭉게뭉게 엉켜 있었고, 다른 한 손에는 빛을 내는 램프 같은 것이 하나 들려 있었다.

박 신부는 충격에서 채 벗어나지 못한 상태였지만 있는 힘을 다해 코제트에게 소리를 쳤다.

"이 요녀 같으니! 도대체 이번엔 무슨 목적으로 나타난 거냐? 윌리엄스 신부님을 납치한 것도 네 짓이냐!"

호호호. 잘 아는군. 하긴 그걸 아니까 여기까지 찾아왔을 테지만 말이야.

"윌리엄스 신부님은 어디 있느냐?"

호호호. 묻는다고 그렇게 쉽게 가르쳐 줄 거라면 뭐 하러 그 얼뜨기를 납치해서 너희를 이곳까지 끌어들였겠어?

코제트는 음흉한 미소를 흘리더니 마음속으로 말을 보내지 않고 입을 열어 영어로 이야기하기 시작했다.

"그 얼뜨기를 데려오기만 하면 너희는 당연히 찾아올 것이라고 미리 짐작하고 있었지. 저 바보 같은 교수가 어떻게 해서든지 너희에게 연락을 취할 테니까. 너희는 당연히 트란실바니아의 우리 근거지인 이 성으로 올 것이고. 호호호."

코제트는 모든 일이 다 됐다고 믿는 듯했다. 여유 만만한 웃음을 띤 채 빈정거리는 투로 말했다.

"너희 바보 같은 놈들 때문에 우리의 계획이 흐트러진 것이 한두 번이 아냐. 그러나 이번만은 꼼짝 못 할걸? 너희들은 뿔뿔이 다 흩어져 있어. 꼬마 놈은 벌써 우리 손에 들어와 있고, 현암인가 하는 멍청하고 힘만 믿는 놈도 아마 혼자 성 안으로 들어가서 지금쯤은……. 후후훗! 그리고 너도! 내 손으로 네가 바라 마지않는 하늘나라로 보내 주지. 후후후. 마지막 기도를 올릴 시간 정도는 줄게."

"내가 호락호락하게 당할 것 같으냐!"

박 신부는 이를 갈면서 허리를 곧게 펴려고 했으나 충격이 가시지 않는지 아직도 몸을 비틀거리고 있었다. 코제트는 그 모습을 보고 불쌍하다는 듯이 고개를 젓더니 조소 섞인 말투로 중얼거렸다.

"세계적으로 유명한 박 신부가 겨우 한 방 맞고 힘을 못 쓰네? 유명무실이잖아? 호호. 기도는 다 올렸어? 시작해도 되겠어?"

"이런 괘씸한!"

박 신부가 소리를 치면서 순간적으로 손에 들고 있었던 십자가에 기도력을 집중했다. 박 신부는 왼손에 베케트의 십자가를 쥐고 있었기 때문에 자연스럽게 기도력이 배가됐고, 그로 인해 오른손에 들고 있던 십자가에 푸른 성령의 불길이 단번에 맺혔다. 박 신부는 틈을 주지 않고 코제트를 향해서 십자가를 던졌다. 십자가는 날아가면서 커다란 십자가 모양의 불길을 내뿜었다. 과거에 브리트라와 상대할 적에 썼던 술수……

그러나 믿어지지 않는 일이 벌어졌다. 십자가가 막 코제트의 앞쪽으로 날아드는 순간, 비웃음을 흘리며 서 있던 코제트의 모습이 마치 영화 필름이 꺼지듯 휙 하고 없어지더니 저쪽 옆에 다시 나타났다. 성령의 불길을 가득 담은 십자가는 뒤에 서 있던 한 애꿎은 흡혈귀에게 부딪치면서 큰 굉음과 함께 번쩍거리는 빛을 냈다. 박 신부의 십자가를 정통으로 맞은 흡혈귀는 온몸에 푸른 불이 이글이글 타들어 몸이 녹아내리며 썩은 나무둥치처럼 쓰러져 갔고, 코제트는 저쪽에서 그 모습을 보며 경멸하는 듯한 미소를 띤 채 고개를 설레설레 흔들고 있었다.

"어머, 어머. 신부라는 자가 거칠기는. 그렇지만 소용없어. 텔레포트, 잊었어? 나에게 그런 게 통할 것 같아?"

"이, 이런……"

박 신부를 부축하고 있던 이반 교수가 코제트의 빈정거리는 태도에 화가 머리끝까지 치밀었는지 허리춤에 차고 있던 권총을 꺼냈다. 박 신부가 이반 교수의 그런 행동을 막으려 했지만, 이반 교수는 틈도 주지 않고 코제트를 조준했다.

그러나 이반 교수가 채 방아쇠를 당기기도 전에 코제트의 몸은 다시 휙 하고 없어지더니 이반 교수의 바로 옆에 나타나서 이반 교수의 따귀를 찰싹 갈기고는 반대편으로 옮겨 갔다. 이반 교수는 하도 놀라 권총을 떨어뜨렸고 코제트는 깔깔거리며 웃어 댔다.

"멍청하기는! 그렇게 서둘러 죽고 싶은 거야? 그런 거야? 그만…… 편히 쉬게 해 줄까? 더 이상 고통받지 않도록 말이야."

이죽거리며 놀리듯이 코제트가 말하자 박 신부는 치밀어 오르는 분노를 가라앉히고 냉정한 태도를 취하려 애썼다. 지금 이 상태로 코제트와 대적한다는 것은 쉽지 않은 일이다. 여기는 공간도 너무 좁고 옆에 있는 이반 교수는 영능력이 없으니 도움이 되기는커녕 오히려 걸림돌이 될 수도 있다. 코제트뿐 아니라 아직 두 명이나 남은 흡혈귀들도 금방 난폭하게 덮쳐 올 듯한 기세였다. 다소 시간이 흐르자 처음에 느낀 충격보다 큰 상처를 입지 않은 것 같았으나, 몸은 아직도 마음먹은 대로 움직일 순 없었다.

"이반 교수님, 일단 피합시다!"

박 신부는 나지막하고 빠른 목소리로 이반 교수에게 말하며 있는 힘을 다해 문 쪽으로 몸을 날렸다. 이반 교수가 뒤따라와서 문을 밀었으나 문은 어느 틈에 걸어 잠갔는지 굳게 닫혀 있었다. 뒤에서 코제트의 비아냥거리는 웃음소리가 들리자 화가 머리끝까지 치밀어 오른 박 신부는 몸에 남아 있는 기운을 있는 대로 뽑아서 문에 밀어붙였다.

"주의 분노!"

박 신부가 소리를 치며 기도력을 집중하자 쾅 하고 부서지는 소리를 내며 문에 작은 구멍이 생겼다. 그러나 덩치 큰 박 신부나 키 큰 이반 교수가 빠져나갈 정도는 아니었다. 원래는 문에 걸려 있는 빗장을 부수려고 기도력을 쓴 것인데 얼마나 굳게 잠겨 있었던지 빗장은 꼼짝도 하지 않았고 그 주위에 구멍만 뚫렸다. 코제트가 아차 싶었는지 뒤에서 소리를 질러 댔다. 박 신부에게 아직도 문을 부술 정도의 물리력이 있는 것을 보고 깜짝 놀란 듯했다.

"도망가려고? 그렇게는 안 돼!"

코제트의 목소리와 함께 검은 구름 한 덩어리가 날아왔다. 이반 교수가 박 신부를 밀어 내고 자신은 뒤로 주춤거리며 검은 구름을 피했다. 검은 구름은 문에 부딪혀서 문을 조금 흔들리게 만들었으나 별 충격은 주지 않고 스러져 갔다. 코제트가 쏘아 대는 검은 구름은 그다지 큰 힘을 가지고 있는 것 같지는 않았지만 그것에 스치기라도 하면 이상하게 몸 구석구석 뼈마디가 저리고 동작을 제대로 할 수가 없었다. 박 신부는 특별한 상처를 입지 않았는데도 몸이 저리고 동작이 지극히 부자연스러웠다. 힘도 마음먹은 대로 잘 모이지 않았다. 검은 구름에는 물리력이 아니라 사악한 저주의 주술 같은 것이 담겨 있는 것 같았다.

박 신부는 이반 교수가 밀쳐 내는 바람에 몸의 중심을 잃고 한쪽으로 넘어졌으나 그 와중에도 몸에서 기도력을 뿜어내 오라 구체 몇 개를 코제트가 있는 쪽으로 내쏘았다. 그러나 박 신부가 애써서 내쏜 오라의 구체들은 코제트가 뿜어낸 검은 구름과 뒤엉켜 도중에서 사라졌다. 박 신부는 힘에 부치는 것을 느꼈고, 또 이런 추세로는 얼마 버티지 못할 것 같았다. 힘을 급하게 쓰면 쓸수록 몸은 더디욱 저렸다.

이반 교수도 십자가를 움켜쥐고 기합 소리를 지르며 코제트 쪽으로 달려들려고 했으나, 코제트가 쏜 검은 구름 한 방을 맞고는 한쪽 벽에 쿵 하고 부딪힌 후 맥없이 허물어져 버렸다. 코제트는 이반 교수가 정신을 잃자 박 신부 쪽으로 고개를 돌렸다.

"각오하는 게 어때? 마지막 같은데?"

막 코제트가 또 한 차례 주술을 쓰려고 하려는 순간, 문에 뚫려 있던 좁은 구멍 사이로 누군가가 낑낑거리며 기어 들어왔다. 박 신부는 깜짝 놀라서 그게 누구인가를 살펴보았다. 그러나 박 신부가 문 안으로 들어오는 사람이 누구인지 채 알아내기도 전에 코제트가 먼저 비명을 질렀다.

"아니, 넌! 오지 마! 오지 마!"

준후가 삼 년이란 명을 깎으면서까지 심어 주었던 부적의 글자가 연희의 손에서 희미하게 빛을 발하자 연희는 용기를 내어 초상화 앞쪽으로 다가섰다. 분명 자신에게 말을 건 것은 이 초상화였다. 특별히 연희에게 투시력이나 영능력이 있는 것은 아니었지만 지금 상황을 미루어 볼 때 저 초상화에 수상쩍은 면이 있다는 것은 충분히 짐작이 가고도 남는 일이었다.

항상 연희의 목에 걸려 있는 작은 구리 십자가에 푸른 염체가 맺히더니, 연희의 머리 위쪽으로 날아올랐다. 염체가 희미하게 빛을 발하자 어렴풋이 초상화 이외에 주변 사물도 눈에 들어오기 시작했다. 연희는 초상화 쪽으로 한 발 더 가까이 다가섰다. 그러고는 용기를 내어 초상화를 똑바로 쳐다보면서 말했다.

"당신은 누구지요? 왜 나에게 말을 거는 거죠?"

연희가 말을 하자 초상화에서 희미한 빛이 비쳐 나오더니 드라큘라 공의 초상이 희미하게 둘로 갈라졌다. 그러고는 그중 하나가 앞쪽으로 삐져나오는 것이 아닌가. 연희는 놀라서 부적의 힘이 맺혀 있는 오른 손바닥을 초상화 앞으로 들이밀었다. 그러자 그 영은 고통스러운 듯 흐릿한 형상을 일그러뜨리면서 옆쪽으로 비껴갔다.

"어딜 도망가! 거기 서!"

연희는 소리를 치며 어둠 속에서 반투명하게 보이는 영의 그림자를 쫓아갔다. 쫓아가는 연희의 마음속으로 영이 이야기하는 메시지가 전해져 왔다.

그건 도대체 뭐기에 나를 괴롭게 만드는 거지? 아가씨, 어서 손을 치워요.

"잔소리 말아! 네놈이 현암 씨와 승희를 어디론가 끌고 간 범인이지? 당장 그들이 어디 있는지 말해!"

아까와는 달리 연희는 묘하게 신이 나 있었다. 이전 같았으면 무서워서 꼼짝도 하지 못했을 텐데……. 그러나 지금 사태가 이 지경이 되고 보니 평상시라면 상상도 못 했을 용기가 솟아오르고 무서울 게 없었다. 연희가 용감하게 영에게 소리를 치자 영은 허공에서 껄껄거리더니 연희의 마음속으로 메시지를 전해 왔다.

왈라키아의 밤 **103**

나는 아가씨를 생각해서 해 준 말이었는데 도리어 나를 협박하다니. 아가씨, 참 당돌한 데가 있군.

"도와주려 했다고? 나를 놀라게 한 게 도와준 거란 말이냐! 현암 씨와 승희는 어디 있지?"

나는 그들이 누군지 모르는데……. 조금 전에 아가씨와 같이 왔던 사람들 말인가?

"그래. 네가 무슨 수작을 부린 것 아니야?"

흠! 어떻게 된 일인지 나는 정말 모르오. 나에게 사정을 좀 일러 준다면 도움이 돼 줄 수도 있겠지만…….

영은 말하면서 슬그머니 허공을 날아 연희 쪽으로 다가오려고 했다. 연희는 속아서는 안 된다고 생각하면서 오른손을 영이 있는 쪽으로 들이밀었다.

"가까이 오지 마!"

오른손에서 준후가 심어 주었던 부적의 글자가 빛을 발하자 영은 마치 눈이 부신 것처럼 뒤쪽으로 스르르 물러섰다.

난폭한 아가씨로군. 옛날에 내 안사람은 그렇지 않았는데…….

"안사람?"

연희는 도대체 지금 저자가 무슨 말을 하는지 알 수 없었다.

"그게 도대체 무슨 말이지?"

하하하. 하긴 오래전 일이지. 너무도 많은 시간이 흘렀어.

영이 전해 오는 메시지는 말로 하는 것이 아니어서 직접 들을 수는 없었지만 어딘지 침통한 기색이 서려 있었다. 연희는 모습조차도 불분명한, 이 희끄무레한 영의 정체가 궁금해졌다.

"당신은 도대체 누구죠? 그리고 당신이 현암 씨와 승희를 납치하지 않았다면 도대체 누가 그랬다는 거죠?"

한 가지씩 물어봐요, 아가씨.

"좋아요. 당신의 이름은 뭐죠?"

내가 누구겠소. 바로 이 그림의 주인공이지.

연희의 눈이 휘둥그레졌다.

"그렇다면 당신이 바로 드라큘라 공?"

승희는 이를 악물고 절뚝거리면서 걸음을 옮겼다. 통로는 캄캄해서 아무것도 보이지 않았다. 시각이 사라진 것 같아 두려웠다. 혼자 떨어져 있는 데다 세 명의 흡혈귀가 쫓고 있었다. 자신은 그들에게 대항할 아무런 수단도 갖고 있지 않았다. 그것이 승희의 마음을 어둡게 만들었지만, 그래도 이를 악물고 다가오는 공포감에 맞섰다. 저항하기 위해서 속으로 악을 써 대며 투시를 행했다.

'내가 잡힐 것 같아? 절대 잡히지 않아. 백 년을 쫓아다녀 봐라. 난 너희들이 어디에서 오는지 뻔히 알 수 있어, 알 수 있다고. 난 안 잡혀, 절대 안 잡혀······.'

승희는 이를 악문 채 눈을 감고 투시에만 열중했다. 자기를 추적하는 세 명의 흡혈귀들을 피해서 계속 길을 더듬어 가는 중이었다. 위기에 몰리니 온 신경이 집중되는지, 눈을 아예 감아 앞이 보이지 않는데도 앞쪽에 벽이 있는지 없는지 정도는 투시력으로 구별할 수가 있었다. 새까만 어둠 속에서 눈을 뜨는 것보다야 이편이 더 나았다. 그러고 보니 자신이 있는 곳의 전반적인 구조도 윤곽이 잡혔다. 복잡한 구조여서 더듬어서는 알아낼 수 없었을 것이다. 아마 자신이 이 정도로 투시력을 발휘할 수 없었다면 절대 도망 다닐 수 없으리라.

세 명의 흡혈귀들은 이곳의 지리를 잘 알고 있는지 구석구석으로 승희를 몰아붙이려고 했으나, 승희는 마치 위에서 평면도를 내려다보는 것처럼 구조를 파악하면서 구석에 몰리지 않으려고 기를 쓰고 도망 다녔다.

'나는 절대 안 잡혀, 절대 안 잡혀. 너희들이 아무리 수를 부려봐라, 나에겐 안 통해. 나는 애염명왕을 몸에 지닌 아바타라야. 너희 같은 잡것들이 감히 나를 어떻게 할 수 있을 것 같아?'

그러나 승희는 그들을 피해 다니는 것밖에는 달리 뾰족한 수가 없었다. 오랫동안 강하게 투시력을 발하고 있으니 머릿속도 점차 헝클어지고 호흡이 가빠 오며 알 수 없는 피곤함이 계속 밀려왔지만 잠시도 쉴 수는 없었다. 계속해서 승희는 보이지 않는 미로 속에서 숨바꼭질하듯 사방으로 넘나들며 도망치고 있었다.

그러나 아무리 투시력을 발한다 해도 미로 안쪽의 전반적인 구조만을 읽어 낼 수 있었을 뿐, 안에 널려 있는 자질구레한 나뭇조각이며 돌부리, 벽돌 조각 같은 것까지 투시해 낼 수는 없었다. 벌써 몇 번이나 돌부리에 걸리고 미끄러져서 넘어졌는지 모른다. 무릎이 수없이 까지고, 뻔 발목은 몇 번이나 발을 헛디디는 바람에 더욱 심하게 뒤틀렸는지 이젠 통증이 심해서 걸음을 옮기기조차도 어려웠다. 그렇다고 서 있을 수도 없는 노릇이었다. 승희는 투시에 집중하면서 이를 악물고 걸음을 옮겼다.

'난 잡히지 않아, 절대 잡히지 않아. 망할 놈들 같으니라고. 아, 내가 어쩌다가 이런······.'

피로가 심하게 몰려들었다. 더 이상 버티기 어려울 것 같았다. 잠시 쉴 수 있으면 좋으련만······. 승희는 잠시 벽에 기대어서 헐떡거리는 숨을 가다듬으며 흡혈귀들이 얼마만큼 멀리 가 있나, 머릿속으로 읽어 보았다. 세 명의 흡혈귀는 승희가 날렵하게 자신들을 피해 돌아다닐 것을 예측하지 못한 듯 한 명은 승희가 떨어져 내린 곳 부근에서 아직도 헤매고 있었고, 두 명은 갈피를 잃고 사방을 구석구석 뒤지고 있었다. 승희에게 도달하려면 꽤 먼 길을 돌아서 와야만 했다.

'됐다. 잠시 쉬어도 되겠군.'

승희가 안도의 한숨을 내쉬며 삔 발목을 주무르고 있는데 갑자기 이상한 기운이 느껴졌다.

'음, 이건 또 뭐지?'

승희는 어떤 섬뜩한 것을 느꼈다.

'이건 분명 흡혈귀의 느낌은 아닌데······. 그다지 낯설지 않은 그런 기운. 그러나 수가······.'

승희는 관자놀이에 손가락을 짚고 도대체 무엇이 이런 이상한 느낌을 주는가, 투시를 해 보았다. 사람이나 흡혈귀보다는 훨씬 조그마한 물체였다. 그러나 흡혈귀들과 마찬가지로 음습하고 음울한 기운을 띠고 있었다. 그리고 난폭했다. 무엇보다도 수가 엄청나게 많았다.

"이런! 쥐, 쥐 떼구나. 세상에! 흡혈귀들이 쥐 떼를 불러냈어!"

현암은 뒤로 나가떨어지며 자기도 모르게 큭 하는 신음을 냈다. 거인의 힘을 너무 얕잡아 본 것이 실수였다. 왼팔에 엄청난 통증이 와서 팔을 도저히 움직이지 못할 것 같았다. 현암은 떨리는 오른손으로 월향을 칼집에 넣고, 왼팔을 만져 보았다. 왼팔의 통증이 심해서 벽에 부딪힌 것은 아예 느껴지지도 않을 정도였다. 왼팔이 심하게 저리고 팔목에서 팔꿈치 사이 중간 부분이 금세 부어올랐다.

'이런 제기랄! 뼈가 부러졌구나. 어떻게 저놈은 그렇게까지 강하게……'

현암은 이를 악물고서 오른손으로 왼팔을 힘껏 붙잡고 뼈를 맞추었다. 뚜두둑 하는 소리가 나며 형언할 수 없는 통증이 몰려들었다. 현암은 뼈를 완전히 맞추기 위해 있는 힘을 다했다. 으드득하며 이가 부스러지는 감촉이 느껴졌다. 현암이 팔의 뼈를 맞추고 있는 사이, 거인은 쿵쿵거리며 현암 쪽으로 다가왔다. 그러나 현암은 도저히 몸을 움직일 기력이 없었다. 거인이 차르륵 소리를 내며 쇠사슬을 끌어당기는 소리가 들렸다. 그리고 거인의 머리 위에 달린 또 하나의 작은 머리가 속삭이는 듯한 기분 나쁜 낮은 목소리.

'피해야 되는데……'

그러나 피할 틈이 없었다. 거인은 철추를 움켜쥐고 허공에다 휘휘 돌리고 있었다. 쇠사슬 부딪치는 소리와 철추가 돌아가는 소리.

'피해야 되는데…….'

저 철추가 날아들면 끝이다. 아무리 기공력을 돌린다 해도 육중한 쇠뭉치를 정통으로 맞으면 감당할 자신이 없었다. 그때였다. 갑자기 허공에서 꺄아아악 하는 비명이 울려 퍼지며 철그렁하는 소리가 났다. 날카로운 빛을 뿜어내며 스스로 튀어 나가는 월향의 모습이 현암의 눈에 들어왔고, 조금 있다 쿵 하고 쇠뭉치가 땅에 떨어지는 소리가 들렸다. 월향이 위기를 알아차리고 제 스스로 튀어 나가 거인이 들고 있던 쇠뭉치의 사슬을 끊어 버린 것이다.

'잘했다.'

현암은 잠깐의 틈을 놓치지 않고 몸을 추슬러 일어나려고 애를 썼다. 그사이에 월향은 비명과 함께 허공을 한 바퀴 빙 돌더니 거인에게 정통으로 덮쳐들었다.

"엇, 안 돼! 사람을 해치면……."

현암의 외침에도 불구하고 월향은 무서운 속도로 거인에게 덮쳐들고 있었다. 현암은 거인의 머리가 단숨에 날아가 버리지 않을까 초조했다. 월향은 현암이 다친 것을 보고 몹시 화가 난 모양이었다.

그런데 상황은 현암이 생각했던 것과는 정반대로 흘러갔다. 놀랍게도 거인은 월향이 날아드는 것을 피하지 않고 한 손을 뻗어서 월향을 잡아챈 것이다. 월향은 거인의 손에 잡히자 심하게 요동을 치는지 더욱더 강렬한 빛을 뿜으며 긴 귀곡성을 울렸다. 월향이 뿜어낸 빛이 희미하게 배어 나와 어둠 속에서 거인의 손 언저리만 보였다. 거인의 손에선 피가 줄줄 흘러내렸다. 그러나 거인은 눈 하나 깜짝하지 않고 월향을 있는 힘을 다해 꼭 쥐었다.

그사이 현암은 간신히 몸을 일으켰다. 사람을 상대로 저토록 월향이 날뛰게 내버려둘 수는 없었다. 예전에 좀비들과 싸울 때도 월향이 사람의 몸속을 헤집고 난 후, 너무 큰 충격을 받아서 제대로 힘을 되찾지 못했던 것을 현암은 기억하고 있었다.

월향을 더 이상 이대로 놔둘 수는 없었다. 현암은 왼팔이 쑤시는 것도 뒤로 한 채, 기합성을 넣으면서 오른손에 공력을 모아 거인에게로 덤벼들었다. 그러나 거인은 왼손에 월향을 그대로 꽉 쥔 채 달려드는 현암에게 오른손 주먹을 휘둘러 댔다.

현암은 재빨리 몸을 숙여 거인의 주먹을 피하면서 태극기공 중 '추' 자 결을 운용해 거인의 아랫배 부분에 한 방을 날렸다. 웬만한 사람이면 십여 미터는 나가떨어질 정도의 힘이었다. 그러나 육중한 벽을 친 것처럼 오히려 현암의 몸이 뒤로 밀리며 오른팔에 뻐근한 충격이 왔다. 더구나 손끝에 전해져 온 느낌은 사람이 아니라 단단한 쇳덩이로 된 벽을 친 느낌이었다.

'저 거인은 힘만 좋은 게 아니라 쇠 갑옷까지 입고 있구나!'

현암의 기공력이 실린 일타를 맞고서도 거인은 끄덕도 하지 않았다. 현암은 순간적으로 월향이 없는 상태에서 어떻게 저 거인을 제압할 수 있을까 생각을 모았다. 거인이 태극기공 중 '추' 자 결에도 끄덕하지 않을 만큼 힘이 좋고 그만큼 두꺼운 쇠 갑옷을 입고 있다면, 태극기공 중 '단' 자 결이나 가장 강한 '폭' 자 결을 쓰더라도 거인에게 별다른 충격을 줄 수 있을 것 같지 않았다.

'그렇다면……'

현암이 생각해 낸 것은 '투' 자 결이었다. 거인의 갑옷을 뚫고 거인의 몸에 직접 타격을 가할 수 있다면……. 현암은 잘 움직여지지 않는 몸을 일으켜서 기합성을 넣으며 거인에게 달려들었다. '투' 자 결을 운용해 막 손을 뻗으려는 순간, 거인의 오른 팔꿈치가 현암의 아랫배에 적중했고 현암은 뒤로 밀려서 맥없이 나자빠졌다. 거인의 팔이 너무도 굵고 큰 데다가 자신은 왼팔의 통증 때문에 동작이 그리 빠르지 못해서 여지없이 상대의 일격을 얻어맞은 것이다. 다행히 아까보다는 타격이 그리 크지 않았지만, 좌우간 여태까지 싸우면서 이토록 허망하게 두들겨 맞아 보기는 현암으로선 난생 처음이었다.

'저건 인간이 아니야. 어떻게 인간이 저럴 수가 있지?'

현암은 다시 몸을 일으켰다. 이번에는 몸을 데굴데굴 굴리며 거인의 팔을 피해 아래쪽으로 향했다.

거인의 왼손에 잡힌 월향은 계속해서 요동을 치다가 이젠 몸에서 무슨 열기 같은 것을 뿜어내는지 번쩍거리는 빛을 더욱더 강하게 발하고 있었다. 거인의 꽉 쥔 왼손에서는 연기 같은 것이 피어올랐다. 분명히 엄청난 고통일 텐데도 거인은 손이 타거나 말거나 눈 하나 깜짝하지 않고 왼손을 꽉 쥔 채 월향을 꼼짝 못 하게 잡고 있었다.

'지독한 놈이다!'

현암이 몸을 굴려 거인의 앞까지 다다랐다. 거인의 왼쪽 발이 현암을 차려는 듯 뒤로 젖혀지는 모습을 보고, 현암은 발로 땅을 확 짚으면서 그 반동력으로 물구나무를 서듯 공중을 한 바퀴 돌았다. 그러면서 '투' 자 결을 운용해 거인의 가슴팍에 일타를 날렸다. 이번엔 정타였다. 기공력은 분명히 철갑 옷을 뚫고 몸 안으로 들어간 듯싶었다. 거인의 몸이 미세하게나마 뒤로 밀리는 것이 느껴졌다.

그러나 그 순간 거인의 육중한 오른팔이 현암의 오른팔에 부딪쳤다. 기공력을 돌리고 있어서 상처를 입지는 않았지만 밀어 내는 힘이 워낙 강해서 현암은 또다시 종잇장처럼 날아가 한쪽 벽에 쾅 하고 부딪혔다. 하필이면 부딪칠 때 아까 부러졌던 왼팔이 눌리는 바람에 비명을 지르기 일보 직전이었다. 하지만 현암은 고통을 참으며 재빨리 몸의 균형을 잡았다. 그러고는 거인이 뒤로 나가떨어지지 않았나 살펴보았다. 실망스럽게도 거인은 선 자세 그대로였다. 잠시 뒤로 주춤하며 충격을 받은 것 같았으나, 곧 자세를 가다듬고 현암이 있는 쪽으로 다가왔다.

'원, 세상에……. 저건 완전히 괴물이다, 괴물!'

거인의 머리 위쪽에 달린 또 하나의 작은 머리에서 높은 소리로 뭐라고 속삭이는 것이 들렸다. 현암은 눈앞이 캄캄해지는 것을 느꼈고 쿵쿵거리며 다가온 거인이 오른발을 높이 들었다. 현암을 밟아서 으깨 버릴 듯한 기세였다.

준후는 조금씩 정신이 맑아져 왔고 아무 소리도 내지 않으며 눈을 감은 채 자신이 어디로 옮겨지는지 파악하려고 애썼다. 지금 눈을 뜨면 자신을 운반하고 있는 자들에게 발각돼 다시 마취당할 우려가 있었기 때문이다. 준후는 조용히 손을 뻗어 소매 속에 들어 있는 세크메트의 눈이 무사한지를 확인해 보려 했으나, 세크메트의 눈을 잡을 수 있을 만큼 손이 자유롭지 않았다. 놈들은 준후의 술수를 알고 있는 듯 손가락까지 꽉 묶어 놓은 것 같았다.

도가 오행의 기운 중 금(金)의 기운을 사용해 손을 수형도로 만들면 밧줄을 끊어 버릴 수는 있었으나, 지금 그렇게 하면 이들에게 발각될 뿐만 아니라, 채 자유로워지기 전에 다시 마취당할 것 같았다. 또 몸을 완전히 자유롭게 움직인다 하더라도 이 좁은 곳에서 여러 명과 대적한다는 것은 쉬운 일이 아니었다. 그럴 바에야 차라리 이들이 도대체 무슨 수작을 부리나 끝까지 지켜보기로 마음먹었다.

퀴퀴한 통로로 들어선 지 얼마나 됐을까? 정신이 든 지도 십여 분 이상 된 것 같은데 아직도 계속 통로가 이어지고 있는 것을 보면 꽤 긴 통로인 모양이었다. 얼마쯤 시간이 더 흘러 준후는 노인이 카랑카랑한 목소리로 뭐라고 지시를 내리는 소리를 들었다. 그러자 그들은 준후의 몸을 땅바닥에 내렸다. 땅에 내려질 때의 감촉을 보니 자신을 무슨 통나무 같은 것에 꽁꽁 묶어 움직일 수 없도록 하고 두 사람이 등에 떠메고 온 듯했다.

노인의 카랑카랑한 목소리에 이어 삐걱거리는 소리와 함께 철문이 열리는 소리가 들렸다. 준후는 왼쪽 눈을 슬며시 떠서 무슨 일이 벌어지고 있는지 살펴보았다.

준후가 옮겨진 곳은 지하 감옥 비슷한 곳이었다. 시뻘겋게 녹이 슨, 굉장히 오래된 듯한 철창이 여러 개 있었다. 머리가 희끗희끗하고 괴상하게 생긴 노인이 그중 하나를 열더니 두 사람에게 준후를 안으로 옮겨 놓으라는 듯 고갯짓하며 뭐라고 알아들을 수 없는 말을 지껄였다. 준후는 오른쪽 눈을 살며시 뜨며 자기를 옮겨 온 사람들을 바라보았다. 그들은 정상인 같지 않았다. 어딘가 눈에 초점이 없고 헤벌어진 듯한 얼굴, 게다가 한 명은 한쪽 손이 없었고, 한 명은 머리카락이 거의 다 빠져나가고 잔털 같은 머리카락만 남아 있는 흉측한 모습이었다. 비틀린 그들의 모습에 준후는 소름이 끼쳤다.

그들은 준후가 묶여 있는 통나무를 그대로 들어서 철창 안으로 쓱 밀어 넣었다.

'아이고, 이런! 지금 갇히면 곤란한데.'

준후는 속으로 생각하면서 더 늦기 전에 손에 금의 기운을 모아 손을 묶고 있던 밧줄 몇 가닥을 끊어 냈다. 그러나 준후가 이 이상 조치를 하기도 전에 철창문은 쾅 하고 닫혀 버렸다. 자물쇠로 문을 걸어 잠그는 듯 삐거덕거리는 소리와 함께 깔깔거리며 웃는 소리가 들렸다.

'좋다. 기왕에 갇힌 것……. 저들이 가고 난 다음에 빠져나갈 방법을 찾아보자. 이제는 몸도 마음도 웬만큼 움직일 수 있을 것 같은데. 나를 이렇게 간단히 가둬 둘 수 있을 것 같으냐?'

준후는 손에 수형도의 기운을 돌려서 다시금 밧줄 몇 가닥을 끊어 냈다. 저벅저벅하는 발소리가 작아지더니 횃불의 열기도 멀어져 갔다. 그들이 분명 준후를 가두어 놓고 오던 길로 다시 되돌아가는 것 같았다.

'흠! 묶어 놓고 마쳐했다고 해서 내가 꼼짝 못 할 것 같으냐? 어리다고 너무 우습게 보면 안 되지.'

준후는 속으로 중얼거리면서 손을 묶고 있던 밧줄을 마저 다 끊어 냈다. 그리고 제일 먼저 자신의 소매 속에 들어 있던 세크메트의 눈이 무사한가를 살펴보았다. 다행히도 그자들이 몸수색을 하지 않은 듯, 소매 속에 세크메트의 눈과 챙겨 왔던 부적들이 몇 장 들어 있어서 준후는 안도의 한숨을 내쉬었다.

토굴 감옥은 너무 어두워서 아무것도 보이지 않았다. 준후는 귀를 곤두세워 자신을 데려왔던 자들이 멀리 갔는가를 다시 한번 살펴보았다. 발자국 소리가 희미하게 들리는 걸로 보아 그자들은 멀리 간 것 같았다. 준후는 소매를 더듬어서 낯익은 감촉의 부적 하나를 끄집어냈다. 야명부(夜明符)였다. 준후가 야명부를 공중에다 띄우자 부적은 저절로 불이 붙으며 지하 감옥 안을 제법 밝게 비춰 주었다. 준후는 감옥 안을 찬찬히 둘러보았다. 지하 감옥은 생각보다 꽤 넓은 것 같았다. 한쪽 구석에 시커멓게 웅크리고 있는 사람이 준후의 눈에 들어왔다.

'허, 여기에 나 혼자만 갇혀 있는 것이 아니었구나. 저 사람은 도대체 누구지?'

준후는 저만치에 쓰러져 있는, 검은 옷으로 둘러싸인 사람의 정체가 궁금해서 그쪽으로 조심스럽게 다가갔다. 그 사람은 죽은 듯 아무런 움직임도 없이 가만히 있다가 준후가 가까이 다가오자 벌떡 몸을 일으켰다. 놀란 준후는 뒤로 몇 걸음 물러서서 경계의 태세를 취했다. 그러나 몸을 일으킨 사람의 얼굴을 보고 준후의 얼굴은 반가움으로 절로 미소가 번져 갔다.

"윌리엄스 신부님!"

상황이 어떻게 돌아가는지 박 신부는 도대체 감을 잡을 수 없었다. 이반 교수와 자신은 둘 다 코제트의 함정에 빠져서 기력이 소진된 상황이기 때문에, 코제트가 한 번만 더 손을 놀리면 그야말로 끝장이 날 지경이었다. 그런데 느닷없이 뛰어 들어온 뇌성 마비 여자아이를 보고 코제트가 왜 그렇게 놀라며 뒤로 물러서는지 박 신부는 이해할 수가 없었다. 뚫린 구멍으로 들어온 여자아이는 안의 흉흉한 상황을 보고서도 아무런 생각이 없는 듯 천진난만한 웃음을 지으며 천천히 코제트를 향해 다가갔다. 그러자 코제트는 세상에서 가장 무서운 것을 보고 있는 양 계속 뒤로 물러섰다.

"오지 마! 오지 마! 내가 그런 게 아니야. 넌 어떻게 또다시……. 저리 가! 저리 가라고!"

코제트는 부르짖다 못해 애처롭게 들릴 정도로 커다란 비명을 지르며 여자아이 앞에서 꼼짝하지 못했다. 코제트가 뒤로 주춤거리며 물러나자 상황을 보고 있던 남은 흡혈귀들도 뒤쪽으로 물러서기 시작했다. 여자아이는 그런 것에는 아랑곳하지 않고 초점 없는 눈으로 코제트를 쳐다보며 계속 그쪽으로 다가갔다. 코제트는 여자아이가 가까이 다가오자 괴성을 질러 댔다.

"가까이 오지 마! 내가 그런 게 아니야! 내가 그런 게 아니었어!"

코제트는 소리를 지르다가 한쪽 팔을 들어서 허공에 땅바닥과 평행하게 커다란 원을 그렸다. 그러자 검은 안개 장막이 일어나 코제트와 흡혈귀 두 명을 에워싸더니 어디론가 거짓말처럼 사라져 버렸고, 검은 구름도 금세 자취를 감추며 흩어지고 말았다. 여자아이는 이해가 되지 않는다는 듯 멍하니 앞을 쳐다보다가 느릿느릿한 몸짓으로 박 신부를 향해 다가왔다.

박 신부는 어이가 없었다.

'코제트는 이 여자아이를 왜 저렇게 두려워하는 것일까?'

여자아이는 박 신부를 보고 다시 헤헤 웃었다. 그러더니 박 신부의 손을 자꾸 쳐다보는 것이었다. 박 신부는 아까 창문에서 아이를 처음 보았을 때의 생각이 나서 여자아이에게 손을 한 번 흔들어 주었다. 아이는 그것을 보고 눈을 찌푸려서 웃는—다기보다는 그러려고 애쓰는 것 같은—묘한 표정으로 헤헤거렸다. 박 신부는 뜻밖에 위기를 모면하게 해 준 아이가 고마웠다. 그러나 한편으론 저렇게 천진난만하게 웃는 모습을 보니 가엾다는 생각이 들었다. 저쪽 구석에서는 이반 교수가 몸을 추스르고 있었다.

"박 신부님 괜찮으십니까? 그런데 코제트라는 여자는 도대체 어디로 간 거요?"

"저도 모르겠습니다. 또 공간 이동술을 쓴 것일까요?"

"다른 흡혈귀들까지 데리고 가지 않았소. 도대체 어떤 방법으로……?"

코제트의 공격에 이반 교수 역시 통증이 심할 텐데도, 무표정하고 냉랭한 원래의 표정으로 돌아가 뭔가 생각에 잠기는 듯했다. 잠시 그런 이반 교수를 바라보던 박 신부의 마음에 묘한 감흥이 일었다.

한참을 뜸 들이던 이반 교수가 어렵사리 입을 열었다.

"속임수일 거요. 공간 이동술이라는 것이 진짜로 존재한다고 믿기 어렵소."

"아, 그러나 그건 분명 사실입니다. 코제트는 그 술수로 여러 번이나 우리의 손을 빠져나갔습니다."

"만에 하나 코제트가 공간 이동술을 쓸 줄 안다고 합시다. 그러나 옆에 있는 흡혈귀들까지 데려갈 수 있는 능력은 없다고 생각하오."

"그들은 우리 눈앞에서 분명히 사라지지 않았습니까?"

"글쎄……. 만약 코제트에게 다른 사람까지 마음대로 공간 이동시킬 수 있는 능력이 있다면 구태여 우리를 이런 식으로 상대하지 않았을 거요. 우리를 하나씩 공간 이동술로 자기가 원하는 곳에 데리고 가서 죽게 만들 수 있을 테니 말이오. 그런 술수가 있다고 하면 나 같아도 진작 썼을 거요. 이렇게 힘들게 유인하는 장치를 만들지도 않고. 방금 사라진 데는 다른 비밀이 있을 거요. 이 건물 안에도 비밀 통로 같은 것이 있을지도 모르오."

"글쎄요. 그럴까요?"

이반 교수는 몸을 비척거리면서 코제트와 흡혈귀들이 서 있었던 한쪽 구석으로 다가갔다. 이반 교수는 뭔가 한참 뒤적거리며 쓰레기 더미 비슷한 곳을 찾아보더니 박 신부에게 소리쳤다.

"이것 좀 보시오. 여기 비밀 통로가 있소. 코제트는 단순한 술수로 우리의 눈을 속인 후 이 비밀 통로를 통해서 도망간 것이 분명해요. 어서 추적해야 하오."

박 신부는 몸을 일으켰다. 아까 코제트에게 일격을 당한 곳이 아직도 쑤셨지만 몸은 충분히 움직일 수 있을 것 같았다. 박 신부는 옆에 있는 여자아이를 쳐다보았다. 박 신부가 몇 걸음을 옮기자 아이는 헤헤하고 웃으면서 뒤를 따라왔다.

"이 아이는 어떻게 하죠? 위험할지도 모르는데……."

이반 교수가 아이를 한 번 쳐다보더니 말했다.

"반드시 데리고 가야 하오. 저 아이가 없다면 우리는 추적은커녕 도망을 쳐야 했을지도 모르오. 우리 둘로서도 코제트를 실력으로 상대하기는 무리였소. 그런데 코제트는 저 여자아이에게 꼼짝 못 하지 않았소? 저 여자아이를 데리고 간다면 코제트가 힘을 쓰지 못할 거요. 이유는 알 수 없지만……."

"아이가 위험해질 수도 있어요."

"코제트만 빼놓는다고 치면 흡혈귀나 다른 것들은 박 신부님의

왈라키아의 밤

상대가 되지 못할 거요. 방금도 세 명의 흡혈귀가 덤볐지만 아무런 힘도 쓰시 못했소. 그리고 흡혈귀들에게는 나도 어느 정도 자신이 있소. 자, 어서 갑시다. 어서 빨리 코제트를 잡고 윌리엄스 신부님과 준후를 구해야 하지 않겠소?"

"좋습니다."

박 신부는 현암 일행과 먼저 합류하는 것은 어떨까 생각했으나 조금 전 코제트가 했던 말이 떠올랐다. 코제트는 분명히 준후를 잡아갔다고 했고, 현암도 상당히 위험한 지경에 빠져 있을 것이라고 했다. 그렇다면 이 모든 일은 코제트가 꾸민 일일 것이고, 지금 퇴마사들 일행은 각각 코제트가 파 놓은 함정에 빠져서 뿔뿔이 흩어져 있는 상태가 분명했다. 모두가 함께 있으면 무서울 것이 없지만, 한 명씩 흩어져 있으면 각각은 나름대로 약점을 가지고 있는 터여서 정말 위험한 지경에 빠져들지도 모르는 일이었다.

현암과 승희, 연희의 일도 걱정이 됐지만, 지금은 눈앞의 코제트를 추적해야 한다고 박 신부는 생각했다. 박 신부는 하는 수 없이 이반 교수의 뒤를 따라서 코제트가 숨어든 비밀 통로로 들어섰다. 여자아이는 여전히 헤헤거리는 표정으로 박 신부의 뒤를 졸졸 따라왔다.

그렇소, 내가 바로 드라큘라 공이요. 왈라키아의 군주, 블라드 3세가 바로 나요.

"그렇다면 당신은……."

흡혈귀가 아니냐고 연희가 무의식적으로 말을 꺼내려다가 황급히 자제했으나, 드라큘라의 영은 연희의 생각을 알고 있는 것 같았다. 영이 미소를 띠는 듯 잔잔하게 물결치는 형상을 만들었다.

물론 내가 보통 사람이 보기에 잔혹하다고 볼 수 있는 행동을 여러 번 취한 것은 사실이오. 그러나 그것은 어디까지나 민족의 단합을 위해 정책적으로 한 것에 불과하오. 더군다나 보야르들, 그들에 대한 나의 증오심이 너무도 깊어서 절대 관대할 수가 없었소. 배신과 모략, 감금……. 그리고 친족 살해. 나는 인간으로서 겪을 수 있는 최악의 상황을 모두 다 겪었고, 그 일들은 모조리 나와 나의 집안에 충성을 맹세했던 귀족인 보야르들에 의해서 이루어졌소. 나는 인간 자체를 믿을 수가 없었고 인간들을 다스리려면 그들에게 공포감을 심어 주어야만 한다고 생각했었소.

드라큘라의 영은 희미한 바람 소리 같은 것을 냈다. 영의 한숨일까? 연희는 아직도 공포감이 채 가시지 않았으나 어느새 드라큘라 공이라는 인물에 대해서 흥미를 느끼고 있는 자신을 발견하고는 깜짝 놀랐다.

나의 아버지인 블라드 2세와 형인 미르체아는 보야르들에 의해 암살당하고 처형당했소. 산 채로 무덤 속에 생매장된 형의 모습을 본 순간, 나는 악마가 되기로 결심했소. 적어도 보야르들에게는 말이오. 그리해 나는 내 스스로 냉혈한이나 악마의 자식이라는 소리를 기꺼이 받아들이면서 그들을 벌했소……. 아, 그러나 이 모두 다 덧없는 일일 뿐……. 우리 가문의 영광스러운 이름은 오히려 후세 사람들에게 의미 없는 악령이나 마귀의 대명사로 일컬어진다 하던가? 허허허…….

연희는 드라큘라의 영에게 직접 뭐라고 말할 수가 없어서 그대로 말없이 서 있었다. 잠시 후 연희는 드라큘라의 영이 왜 아직도 여기 남아서 성 안을 배회하는 것인지 강한 의문이 들었다.

"그런데 당신은 죽은 자이면서도 왜 죽은 자의 길을 따르지 않고 이 성에 남아서 계속 돌아다니는 겁니까?"

연희가 묻자 드라큘라 공은 다시 한번 깊은 한숨 같은 바람을 사방에 일으켰다.

나의 복수심을 다른 사람에 대한 공포심으로 이끌어 낸 데 대해선 지금도 후회하지는 않소. 그러나 그런 일들도 모두 죄악으로 치부되는 것이고 그러한 죄악의 크기는 나의 고통으로 갚을 수밖에 없는 것이오. 그 일들에 대한 벌이랄까? 후후후······. 나는 아직도 그들과 싸우고 있소. 내 손으로 죽였던 귀족들과 보야르들, 그리고 야만스러운 투르크인들. 이들 영과 나는 아직까지도 외롭게 서로 쫓고 쫓기느라 이 성 안을 헤매고 있는 것이라오. 그것이 나의 남은 운명이오. 이 운명이 언제나 끝날지······.

드라큘라의 영은 어두운 그림자로 변해 가는 듯하다가 연희에게 메시지를 전했다.

그런데 이상한 일이 있소. 요즘은 보야르의 악령들이 거의 눈에 띄지 않소. 대신 뭔가 사악한 힘이 그들을 휩쓸어 모아 수상한 일을 꾸미고 있는 것 같소. 아가씨도 손에서 빛을 발하는 모습을 보니 범상한 사람 같지는 않은데······.

"나는 단지 평범한······."

보통 사람이 나와 같은 영에게 영향을 준다는 것은 있을 수 없는 일이오. 그렇지 않소?

연희는 고개를 끄덕였다. 더 이상 자세한 설명은 하지 않았지만 눈치 빠른 드라큘라 공은 연희와 연희의 일행이 무슨 일을 하러 이곳에 온 것인지 짐작하고 있는 듯했다.

아마도 당신들은 최근 이 성을 둘러싸고 있는 힘에 대적하기 위해서 온 것 같군. 당신들은 보통 인간들이 아닐 것이오. 나는 이 성의 구석구석을 잘 알고 있고 이 성에서 일어나는 일들을 약간씩이나마 느낄 수 있소. 지금 성 안에는 여러 곳에서 싸움이 벌어지고 있고 하나하나가 나로서도 놀랄 정도로 강하고 희한한 능력을 지닌 사람들, 또는 영적인 힘들에 의해서 이루어지고 있소. 어떻게 이런 일들이 일어나고 있는 것인지……. 내 한 가지 묻겠소. 당신들은 정의가 중요하다고 믿는 사람들이오?

"그렇다고 볼 수 있지요."

연희는 고개를 끄덕였다. 그러면서 눈을 크게 떠서 일렁거리는 드라큘라 공의 모습을 쳐다보았다.

오! 그 눈, 눈…….

드라큘라의 영은 탄식처럼 중얼거렸다.

그 눈, 내 아내도 당신과 같은 그런 눈을 가지고 있었소. 그래서 나는 내 행동 속에서도 평온을 찾을 수가 있었고……. 그러나…….

드라큘라 공은 뭔가 메시지를 전하려다가 휘이 하고 바람을 물면서 공기 중에 녹아들어 어디론가 서서히 사라지기 시작했다.

아가씨, 도움이 필요할 때 언제든지 나를 부르면 한 번은 도와드리겠소. 나는 특별한 힘은 없지만 적어도 이 성에 대해서는 나만큼 아는 자가 아무도 없을 것이오. 방으로 들어가시오. 들어가서 벽난로 안으로 들어가 보면 그 안에 비밀 통로가 하나 있소. 서재 뒤쪽 통로는 내가 만들지 않았는데, 누가 지하에 있는 미로와 서재를 연결하는 통로를 최근에 만들어 놓은 것 같소. 벽난로 쪽을 조사해 보시오. 그러면 누군가를 만날 수 있을 것이오. 당신이 잃어버렸다던 일행 중 한 명이 아마도 그 안에서 헤매고 있는 모양이오.

"비밀 통로라고요?"

어서 가 보시오.

드라큘라 공의 마지막 메시지는 희미한 메아리처럼 연희의 귓가에 긴 여운을 남기고 사라졌다. 드라큘라 공의 영이 사라지자 연희는 퍼뜩 정신이 들었다. 주위는 원래의 칠흑 같은 어둠으로 되돌아갔고 벽에 걸린 초상화 역시 어둠에 묻혀 보이지 않았다.

'그렇다면 그 방에서 현암 씨나 승희가 사라진 것은 바로 비밀 통로로 빠졌기 때문이란 말인가.'

연희는 방으로 들어가 푸른 염체에서 발하는 빛에 의지해 벽난로 쪽으로 간신히 걸음을 놀렸다. 벽난로 안에는 먼지가 두텁게 쌓여 있었고 거미줄이 흩어진 채 사람 발자국이 나 있었다. 또 뒤쪽으로 꽤 넓은 공간이 있어서 사람 두 명 정도는 한꺼번에 들어갈 수 있을 만한 구멍이 뚫려 있었다.

'누가 이리로 들어간 것이 틀림없군. 그런데 누굴까? 현암 씨일까, 승희일까?'

두려움이 앞서긴 했지만 이대로 머뭇거릴 수만은 없었다. 연희가 손에 힘을 주자 손에서 금색 글자가 은은하게 빛을 발했다. 준후가 준 힘에 의지해 연희는 조심스럽게 몸을 굽혀 벽난로 안으로 들어갔다.

　승희는 자신의 투시가 잘못된 것이 아닐까 하고 다시 한번 정신을 모아 보았다. 틀림없었다. 스멀스멀한 기운들. 기분 나쁘고 악의를 가진 조그마한 생명체들이 여기저기 구석에서 하나둘 알 수 없는 힘에 의해 끌려 나와 점점 커다란 무리를 만들어 내고 있었다. 아직은 그렇게 가까운 곳은 아니었지만, 승희는 바스락거리며 이빨을 가는 쥐 떼의 소리가 금방이라도 귓가에 맴도는 것 같은 환청을 들었다.

　'아! 정말 싫어. 쥐는 정말…… 그것만은 제발…….'

　승희는 그대로 털썩 주저앉아 버렸다. 더 이상 한 발짝도 움직일 수가 없을 것 같았다. 이대로 쓰러져 잠들어 버리고만 싶었다. 그러나 그럴 수는 없었다. 지금 이 상황에서 그것은 곧 죽음을 의미하기 때문이다.

　'도망, 도망쳐야 해!'

　승희는 잘 움직여지지도 않는 발목을 억지로 끌고 미로 속을 헤매어 걸어가기 시작했다. 가면서 언뜻 투시해 보니 쥐 떼는 이제 헤아릴 수조차 없을 만큼 엄청나게 늘어났고, 그 중앙에 흡혈귀가 한 놈 있었다.

　'흡혈귀 놈이 쥐를 부리고 있구나. 이런……. 이 사악한 놈!'

　승희에게 쥐 떼의 움직임이 감지됐다. 흡혈귀나 쥐들은 승희의 위치를 정확히 알고 있지는 못하는 것 같았고, 여기저기 승희가 있을 만한 곳으로 몰려가는 수밖에는 다른 방법이 없을 것 같았다. 그렇게 보면 쥐 떼라고 해서 피하지 못할 이유는 없다. 그러나 쥐 떼의 움직임은 보통 사람이 뛰는 것보다 훨씬 빠른 것 같았다. 저렇게 빨리 밀려오는 쥐 떼라면 지금 승희 발걸음으로는 멀리 도망치기가 여간 어려운 일이 아니다.

'어떻게 하지. 어떻게 한다지. 이건 정말, 아……'

승희는 깊은 나락에 빠져드는 듯한 심정이었다. 날카롭게 번뜩이는 작은 이빨과 험상궂은 눈길, 지저분한 털과 징그러운 꼬리. 쥐 떼! 금방이라도 덤벼들어서 온몸을 갈기갈기 찢어 버릴 것 같은 환상과 공포가 승희를 참을 수 없게 만들었다. 감각이 점점 더 예민해지면서 일부러 정신을 집중하지 않았는데도 승희의 머릿속은 마치 레이더처럼 쥐들과 흡혈귀들이 움직이는 것에만 초점이 맞춰지고 있었다.

그런데 그 와중에 한 가지 이상한 것이 느껴졌다. 쥐들은 통로를 빽빽하게 메우며 우르르 지나가고 있었고, 그 앞길에 있던 두 명의 흡혈귀는 쥐 떼를 피하려는 듯이 이동하고 있었던 것이다. 자신이 쥐들을 부리는 것이라면 쥐 떼와 같이 움직이더라도 그다지 상관이 없을 텐데, 흡혈귀들은 자신을 쫓아올 때보다 더욱더 빠르게, 마치 쥐 떼를 피해서 움직이기라도 하는 듯 승희가 있음 직한 위치와는 상관없는 곳으로 몸을 숨기려는 것 같았다.

'가만! 저건 도대체 뭘 의미할까? 그래! 혹시……'

실마리가 잡혔다. 세 흡혈귀 중 하나는 쥐를 부리는 술수를 알고 있는 게 분명했고, 나머지 둘은 쥐를 부리는 술수를 모르기 때문에 쥐를 겁내는 것이었다. 그렇게 따지면 앞의 놈은 격이 높은 흡혈귀지만 나머지 둘은 그다지 센 놈들이 아닌 듯싶었다. 그러니까 자신과 마찬가지로 쥐 떼의 이빨을 똑같이 무서워하고 있다고 볼 수 있었다. 또 그들은 이 안의 지리를 꿰뚫고 있기 때문에 쥐 떼에게 자신을 추적하는 임무를 넘기고 빠져나가려고 하는 것인지도 모른다.

'그렇다면……. 그래! 호랑이를 피해서 늑대 굴로 갈 수도 있는 거지!'

그 두 명의 흡혈귀 중 하나를 추적해서 찾아낸다면, 일단 쥐 떼의 공격권에서 벗어날 수 있을지 모른다는 생각이 들었다. 그들은 지금 쥐 떼를 피해서 안전한 장소로 가려는 것이 분명했다.

'좋아. 그러면 둘 중 한 명에게로 가자. 그놈에게 죽는다 하더라도 쥐 떼에게 갈기갈기 찢기는 것보다야 훨씬 낫겠지.'

승희는 자기가 있는 곳에서는 가까운 곳이 있고, 쥐 떼로부터 멀리 떨어져 있는 한 놈의 자취를 투시해 그쪽으로 걸음을 옮기기 시작했다. 그러나 쥐 떼가 무서워서 흡혈귀 쪽으로 가고 있는 것이지, 그 흡혈귀도 자신이 상대하기에는 역부족인 무서운 존재라는 생각은 잊지 않았다.

'뭔가 방법이 있을 거야! 생각해 내야 해. 나에게 이런 능력이 있다면 내 몸을 지킬 수 있는 술수도 분명히 있을 거야. 생각해 내야 해!'

한참을 절뚝거리며 승희는 앞으로 나아갔다. 뒤에서 무슨 소리가

왈라키아의 밤

들려왔다. 휘잉 하며 센 바람에 나무가 흔들리는 소리 같기도 하고 어떻게 들으면 파도 소리 비슷한 것이 뒤에서 울려오고 있었다.

'쥐!'

파도처럼 울리는 소리라면 틀림없이 수천 마리가 넘는다. 그런 쥐 떼에게 따라잡힌다면…….

'서둘러. 현승희! 어서!'

승희는 마음속으로 자신을 채찍질해 댔다. 절뚝거려 다리가 비틀리는데도 미친 듯 걸음을 옮겼다. 발목의 통증을 느낄 겨를이 없었다. 그러나 얄궂게도 자신의 발목은 목숨이 위험한데도 계속 고통을 호소하듯 꺾여 넘어지며 도주를 방해하고 있었다.

'아, 이런……. 이대로는 안 돼! 흡혈귀와 마주치면 나는……. 아냐! 내가 할 수 있는 게 무언가 있을 거야! 아니, 있어야 돼! 쥐, 흡혈귀 다 싫어! 무슨 수를 내야 해.'

묘책을 짜내기 위해 미친 듯이 몸부림치던 승희의 머릿속에 갑자기 한 가지 생각이 떠올랐다.

'아, 그거!'

과거 강화도에서 해골 병사들과 싸울 때 있었던 일…….

아주 사소했던 일이라 특별히 생각해 보지 않은 채 그대로 넘어가고 말았지만, 절체절명인 지금 이 순간에 그때 일이 퍼뜩 머리를 스치며 지나갔다. 쥐 떼에서 자칭 주기 선생이라는 사람이 생각난 것이다. 당시 여러 주술사와 함께 해골 병사들과 싸우는 도중에 주기 선생은 쥐의 기운을 불러냈었다. 그리고 자신은 그런 주기 선생의 기운을 배가시키기 위해서 힘을 불어 넣어 주었지만 주기 선생은 그 때문에 고통을 느꼈는지 해골 병사들에게 사로잡히는 신세가 되고 말았던 사건이 기억났다.

'그렇다! 그걸 이용한다면……'

승희는 걸음을 옮기면서 눈을 크게 부릅뜨고 몇 번 깜박이더니 다시 생각에 잠겼다. 자신이 박 신부나 현암, 준후에게 힘을 보내 줄 수가 있는 것은 그들과의 기(氣) 또는 영(靈)의 파장이 맞기 때문이라는 얘기를 들은 바 있었다. 반대로 파장이 맞지 않는 사람에게 힘을 전달하고자 한다면 그 사람에게 오히려 고통을 가할 수도 있었다. 주기 선생이 그랬다. 승희가 보내 주는 힘에 오히려 반쯤 기절한 상태가 돼 버렸다.

승희는 앞뒤를 헤아릴 여유가 없었다. 더 급박한 상황에 처하기 전에 흡혈귀한테 힘을 보내 주자. 마구마구 보내서 폭발하게끔 만들어 주자. 흡혈귀와 자신이 영의 파장이 맞을 리 없으니까.

승희는 될지 안 될지는 모르지만 일단 해 보기로 마음먹었다. 그 외에 다른 방법은 떠오르지 않았다. 한 마리의 쥐가 나타난다고 해도 흡혈귀보다 더 무서울 것 같은데 수천 마리의 쥐들이 뒤를 쫓고 있다고 생각하니 머리카락이 거꾸로 솟구쳤다.

승희는 마음을 다잡으며, 몸을 피하고 있는 흡혈귀가 있는 쪽으로 절뚝거리는 걸음을 재촉하기 시작했다.

고군분투

"이런, 맙소사! 준, 준후 군……?"

"네, 맞아요! 윌리엄스 신부님! 무사하셔서 정말……."

지하 깊숙한 토굴의 철창 속에서 윌리엄스 신부를 만나리라고 준후는 꿈에도 생각 못했다. 윌리엄스 신부도 마찬가지였다. 두 사람은 서로를 바라보며 환한 미소를 지어 보였다.

그러나 윌리엄스 신부의 안색은 마치 죽은 사람처럼 하얗고 떠듬떠듬하는 말엔 억센 억양이 배어 있었다. 안에서 터져 나오려는 분노를 억지로 참고 있는 듯한 목소리였다.

"무사하셨네요. 정말 다행이에요. 우리는 윌리엄스 신부님을 구하러……."

준후가 말을 건네며 가까이 가려고 했으나 윌리엄스 신부는 갑자기 소리를 지르더니 한쪽 팔로 얼굴을 가리고 다른 팔을 거칠게 내저었다.

"제발! 절대! 가까이 오지 마! 부탁이야! 제발! 제발, 준후!"

윌리엄스 신부의 다급하고 절실한 외침에 준후는 다가가던 걸음을 멈추고 몇 발짝 뒤로 물러섰다. 그러고는 재빨리 야명부의 힘을 강하게 일으켜서 주변을 밝게 만들었다. 윌리엄스 신부는 헐떡거리면서 온몸에 힘이 들어간 긴장된 모습이었으나, 팔로 얼굴을 가리고 있어서 자세히 보이진 않았다. 윌리엄스 신부의 사제복은 너덜너덜할 정도로 더러워져 있었고 먼지까지 잔뜩 뒤집어쓰고 있었다. 준후가 뒤로 물러서자 윌리엄스 신부는 목소리가 밝아지더니 팔을 조금씩 내렸다.

"그래……. 잘했다. 멀리 떨어져. 가까이 오면 안 돼……. 오 이런. 어쩌다가, 내가 어쩌다가 이런……."

"윌리엄스 신부님, 어디 편찮으신 데가 있나요? 무슨 일이라도 생긴 거예요?"

준후는 잠시 코를 킁킁거렸다. 긴장한 나머지 여태까지는 이 토굴 안에서 풍기는 고약한 냄새에 별 신경을 쓰지 못했는데, 지금 보니 이 곰팡이 비슷한 냄새는 윌리엄스 신부의 몸에서 풍기는 것 같았다. 물론 이렇게 잡혀 있는 상황에서 목욕을 한다거나 옷을 갈아입는다는 것은 꿈도 꾸지 못할 일이었으니 냄새가 나는 것은 그럴 법도 했지만, 이건 그런 종류와는 전혀 달랐다. 무언가가 썩는 듯한, 아니 말라붙은 곰팡내라고나 할까? 윌리엄스 신부가 몹시 다쳐 상처에서 나는 냄새가 아닐까 하고 준후가 미간을 찌푸리는데 윌리엄스 신부가 헐떡거리며 소리쳤다.

"오! 나는, 나는 정상적인 사람이 아니란다. 가까이 오지 마, 가까이 오면 안 돼. 나에게 피 냄새를 맡게 하면…… 절대……."

"예? 무슨 말이에요? 피 냄새를 맡다니요. 도대체 무슨 말씀……?"

"뱀파이어! 흡…… 흡혈귀……. 내 몸 안에는 흡혈귀의 기운이 숨 쉬고 있어. 흡혈귀의 기운. 오, 맙소사!"

"예? 그게 무슨 말씀이에요? 흡혈귀의 기운이라니요!"

"코제트. 모든 게 코제트의 계략이야. 나를 잡아 온 것은 그 여자의 지시였어. 애당초 나나 너희들이 자신들을 추적하고 있다는 사실을 코제트도 미리 알고 있었고 여기에…… 함정을 파 놓은 거야. 내가 거기 제일 먼저 걸린 것뿐. 아…… 좀 더! 좀 더 멀리 떨어져, 어서! 아, 더 이상 참기가, 참기가 어려워!"

"신부님, 코제트의 함정에 걸렸다니 무슨 말씀이세요?"

"모든 게 함정! 나를 잡아간 것도……. 이반 교수를 잡지 않고 일부러 도망가게 놔둔 것도 너희들을 이리로 유인하기 위한 술책……. 여기는 함정이야. 그리고 그 여자는 나를……. 오, 이런 맙소사."

"윌리엄스 신부님! 그러면 윌리엄스 신부님의 몸에 흡혈귀의 힘이 들어가 있다는 건…… 그건……."

"두 번! 두 번이나 물렸어! 기도하며 버티고 있지만……. 힘들어! 이제 조금만 더 있으면 흡혈귀의 힘이 나를 지배하게 될지도 몰라. 그러면 그때는 지금의 내가 아니야."

"세상에 그런 일이……."

준후는 눈앞이 캄캄해졌다. 코제트는 윌리엄스 신부를 그냥 잡는 것만으로는 부족해 윌리엄스 신부를 산 채로 흡혈귀로 만들어 버리려고 한 것이다. 박 신부와는 비교할 수가 없지만, 윌리엄스 신부도 일류급에 속하는 능력자라 여태껏 버텨 왔으리라. 그러나 몸 안에서 꿈틀대는 다른 기운과 싸운다는 것은…… 과거에 홍녀도 흡혈마의 기운을 받고는 버틸 수 없어서 분신자살하려고 하지 않았던가. 준후는 일단 윌리엄스 신부를 진정시켜야 한다고 생각했다.

"제가 어떻게든 막아 드릴게요. 어떻게든 방법이……."

"가까이 오지 마!"

윌리엄스 신부는 소리를 내지르면서 비로소 얼굴을 가렸던 팔을 풀었다. 크게 뜬 눈……. 눈은 옅은 어둠 속에서도 붉게 번뜩거렸다. 거기다가 평상시에 익살스럽게 보였던 윌리엄스 신부의 얼굴은 새파랗게 질린 채, 경련을 일으키며 흉악하게 일그러졌다 원래대로 돌아갔다를 반복하고 있었다. 윌리엄스 신부의 얼굴에는 땀이 비 오듯 했고 꽉 쥔 주먹 안에는 손톱이 파고들어서인지 숱한 상처 자국이 보였으나, 핏방울은 하나도 바깥으로 내비치지 않았다. 가장 놀라운 것은 준후가 보고 있는 가운데에서도 입술 바깥으로 조금씩 비집고 나온 날카로운 두 개의 송곳니였다.

"아니! 윌리엄스 신부님. 설마…… 정말로…….'

준후의 냄새를 맡아서인지 발작이 시작되려는 모양이었다. 윌리엄스 신부의 입에서는 계속 신음이 흘러나오고 있었으나, 그 말은 준후에게 하는 말이라기보다는 스스로에게 다짐을 하는 독백이라고 하는 편이 옳았다.

"난 버틸 수 있어……. 버텨 내고야 말 거야. 이블 파워에 내 몸을 맡길 수는 없어. 오, 제발! 힘을, 힘을!"

준후는 대강의 사정을 짐작할 수 있을 것 같았다. 애당초 윌리엄스 신부를 죽이지 않고 생포해 온 것도 코제트의 술수였고, 윌리엄스 신부와 같이 있던 이반 교수를 일부러 잡지 않고 도망가게 해서 퇴마사들이 이리로 오게끔 만든 것도 계략의 일부였다. 또 자신이 이상한 마을 어귀로 들어서다가 난데없이 마취당해 산 채로 잡혀 오게 된 것도, 그런 자신을 해치지 않고 이곳으로 끌고 온 것도 그녀의 짓이 분명했다. 코제트는 왜 자신들을 잡자마자 해치우지 않는 것일까? 이런저런 생각이 준후의 머릿속에 번갯불처럼 떠돌다 사라졌다. 준후의 눈에 눈물이 그렁그렁 맺혔다.

윌리엄스 신부가 잘 움직여지지도 않는, 부르르 떨리는 손으로 성호를 천천히 그어 나가자 상태가 조금 나아진 것 같았다. 준후도 처음보다는 마음이 놓였다.

"저도 마취 약에 중독돼서 이리로 잡혀 온 거예요! 저들은 왜 저를 해치지 않고 이리로 데려왔을까요? 코제트의 목적이 도대체 무엇이기에?"

"코제트, 코제트. 그 여자는 세이튼(Satan)! 악마! 우리들 서로가 죽고 죽이게끔 만들어 그 광경을 보며 즐기려고 하고 있어. H.P.T! 그것이 그녀의 힘의 근원인 증오, 분노 그리고 고통……."

윌리엄스 신부는 말하다가 다시 하늘에 대고 고통에 겨운 비명을 질렀다. 신부의 몸이 꿈틀꿈틀하면서 얼굴 전체가 흉하게 일그러졌다. 윌리엄스 신부는 용을 쓰면서 꽉 막힌 듯한 목소리로 라틴어로 된 기도문을 읊었다. 기도문을 읽는 동안 윌리엄스 신부 몸 안의 변화는 조금 수그러드는 듯했지만, 대신 극도의 고통을 느끼는 모양이었다. 윌리엄스 신부는 몇 번이나 그러기를 반복하다가 인형처럼 엎어져서 가쁘게 숨을 몰아쉬었다. 준후는 그런 월리엄스 신부가 너무도 측은했고 가슴이 미어졌다. 준후의 눈에서 눈물이 뚝뚝 떨어졌다.

'너무 불쌍해, 윌리엄스 신부님이……'

고개를 떨군 준후의 어깨에 한동안 심한 경련이 일었다. 잠시 후 눈물을 훔치고 고개를 쳐든 준후는 입술을 꾹 다물었다.

'안 돼. 침착하자! 침착! 신부님을 도와야 해!'

준후는 심호흡을 깊게 하고 나서, 자신이 윌리엄스 신부를 위해 해 줄 수 있는 일이 없을까 생각해 보았다. 윌리엄스 신부 몸 안의 악한 기운을 자신의 능력으로 몰아내 줄 수는 없을까?

그러면서 준후가 윌리엄스 신부에게 다가가려 하자 신부는 비명을 내질렀다.

"가까이 오지 마. 제발, 절대로! 절대 가까이 오지 말라고!"

"신부님을 돕고 싶습니다. 분명히 무슨 방법이 있을 거예요!"

준후의 말에도 아랑곳없이 윌리엄스 신부는 미친 듯 연신 고개를 저었다.

"가까이 오지 마! 가까이 오면 더 이상 참을 수가 없어. 내가 일단 이성을 잃게 되면 그걸로 끝이야. 모든 게 끝이라고!"

윌리엄스 신부는 가까스로 말을 잇다가 몸을 뒤틀며 비명을 질러 댔다. 그러다가 몸을 덜덜 떨면서 손을 입안에 넣고 힘껏 깨무는 것이었다. 으드득하는 소리가 윌리엄스 신부의 고통에 찬 비명과 함께 토굴 감옥 안에 울려 퍼졌다. 그렇게 자해를 해서라도 몸 안에 번져 가는 흡혈귀의 기운과 맞서 보려는 것이었다. 준후는 차마 더 이상 그런 참혹한 모습을 바라보고 있을 수 없었다.

"가! 어서! 멀리!"

준후는 반대편 벽에 붙어 서며 윌리엄스 신부에게서 눈을 돌렸다. 울음소리를 내지 않으려고 입술을 깨물었는데도 목이 멘 울음소리가 안에서 새어 나왔다. 그런 준후에게 다시 윌리엄스 신부의 목소리 같기도 하고 또 다른 사람의 음성이 섞인 것 같기도 한 쉰 목소리가 들려왔다.

"아……. 차라리 준후 군, 나를, 나를 죽여 다오. 제발 나를……."

준후는 무슨 수가 있을 법도 한데 온통 머릿속이 텅 빈 것 같았다.

"안 돼요! 그건……."

준후는 소리쳤으나 윌리엄스 신부의 목소리는 점점 생기를 잃고 풍선에 김이 빠져나가는 듯한, 다른 사람의 목소리로 변해 갔다. 그러면서도 윌리엄스 신부는 계속 준후에게 참기 힘든 고통을 호소하는 것이었다.

"제발……. 나를 죽여 줘. 더 이상…… 버티기 어려운 것 같아. 제발 나를…… 주님의 품 안으로 들어가면 그때야……. 그러면 모든 것이 편해지고……. 제발, 제발……."

"그만! 그만해요!"

준후가 귀를 막고 외쳐 대는데 갑자기 또 다른 사람의 목소리가 끼어들었다. 준후는 화들짝 놀라며 눈을 떠서 소리 나는 철창문 바깥쪽을 쳐다보았다.

"호호호! 볼 만하군그래."

그 목소리는 준후의 귀에도 익숙했다. 몇 번 들어 본 젊은 여자의 목소리. 그 소리가 들리자마자, 윌리엄스 신부의 입에서는 "아아아악!" 하고 엄청난 단말마의 고함이 터져 나왔다. 철창문 밖에 기대 선 자는 준후도 잘 알고 있는 금발 머리의 젊은 여자, 바로 코제트였다. 한참을 웃고 난 코제트가 이상한 손짓을 하고는 뭔가 중얼거리자 윌리엄스 신부가 풀썩 쓰러져 버렸다.

"코제트, 당신은……."

준후는 울먹거리면서 더 이상 말을 잇지 못하고 눈꼬리를 파르르 떨면서 두 주먹을 불끈 쥐었다.

'이렇게 지고야 마는 것인가. 안 돼! 그럴 수는 없어!'

현암은 약해지려는 자신의 마음을 가다듬으며 대책을 찾아보려고 애를 썼다. 분명 저자가 믿어지지 않을 만큼 엄청난 힘을 가지고 있는 것은 사실이었지만 분명 인간일 터였다. 방법이 있을 텐데……. 현암은 마치 조명처럼 빛을 발하고 있는 그의 주먹을 응시했다. 월향검은 아직도 거인의 손안에서 파르스름한 빛을 띠며 날뛰고 있었다. 이번에는 월향검이 열기 대신 한기를 뿜어내는지 그자의 손 주변에 서리 같은 허연 기운이 맺혀 갔다.

월향검에 저러한 힘이 있는지는 현암도 미처 몰랐다. 그 고통이 엄청날 텐데도 그자는 고통을 느끼지 못하는지 월향검을 쥔 주먹을 펴지 않고 있었다.

'아, 저런……. 월향이 저렇게까지 갖은 수를 쓰는데도 꼼짝도 하지 않다니, 도대체 이건…….'

현암은 안간힘을 써서 태극기공의 여러 가지 술수를 부려 보았으나 어느 하나도 제대로 먹혀드는 게 없었다. 하다못해 거인에게 두 대를 얻어맞으면서까지 가장 큰 파괴력을 지닌 '폭' 자 결을 써서 가슴팍에 일격을 가했지만, 거인은 그 힘마저도 끄떡없이 버텨 냈던 것이다. 현암이 '폭' 자 결을 쓰면 두꺼운 강철판도 뚫릴 정도였는데, 그 힘을 그대로 버텨 내다니 이건 도저히 인간이라는 생각이 들지 않았다. 오히려 현암이 그 힘의 반탄력으로 벽에 세게 부딪혔을 뿐이었다.

'아, 이럴 수가……. 월향검이 없으니 파사신검도 쓸 수 없는데 태극기공의 구결이 하나도 먹혀들지 않다니. 그럼 도대체 방법이 없단 말인가.'

계속 가해지는 거인의 공격을 피하면서 현암은 속으로 비명을 질러 댔다. 분명히 상대할 수 있는 방법이 있을 텐데.

'아, 이럴 줄 알았다면 평소 십팔 자 구결의 운용을 어떻게든 익혀 놓을 걸…….'

현암은 못내 아쉬움을 참지 못하고 이를 갈았다. 한빈 거사가 전수해 준 태극기공의 구결은 모두가 십팔 구절로 돼 있었다. 열여덟 자 중에 전반부의 아홉 자는 현암이 나름대로 습득해서 몸에 익히고 있었지만, 후반의 아홉 자는 도대체 그 뜻이 어떤 것인지 알 수가 없어서 구결만 암기해 놓고 실질적으로 응용하는 법은 몰랐기 때문이다. 원래 무공 구결이라는 것은 금방 보아 뜻을 알 수 있게끔 구체적인 움직임이나 행동 방법 또는 기의 운행 방법이 쓰여 있는 것이 아니라, 막연한 비유나 함유된 뜻으로 의미를 알아내야 하기 때문에 여태껏 전반부의 아홉 자 구결 밖에 해독하지 못했던 것이다. 전반부 아홉 자만으로도 보통 사람의 상상을 초월하는 힘을 낼 수 있었기에 지금까지 후반부 아홉 자 구결을 찾아내어 익히려는 데에는 그다지 노력을 기울이지 않았다.

현암은 평소 후회하지 않는 성격이었으나 지금은 상황이 달랐다. 이렇게 상대가 강할 줄 알았으면 진작 월향검을 사용할 것을……. 아니, 월향검이 아니라 무슨 무기라도 하나 더 있었으면 검기를 주입해서 놈의 갑옷이라도 파괴할 수 있을지 모르겠는데…….

'아! 도대체, 도대체…….'

현암은 몇 번이나 나가떨어져서인지 공력도 얼마 남지 않은 것 같았다. 그리고 거인에게 슬쩍 스치는 주먹 한 대라도 얻어맞으면 참을 수 없을 정도의 통증이 왔다. 저자가 그렇게 현암의 기공력을 막아 내는 것을 보면 아무리 강철 갑옷이라고 해도 범상한 것은 아니라는 생각이 들었다. 분명히 주술에 의해서 보호되는 갑옷을 입고 있고 또 주술력을 깃들인 공격을 하고 있는 것이 분명했다.

계속 몸을 피하던 현암은 완전히 구석에 몰렸다. 거인의 쇠사슬이 다시 허공을 가르며 날아드는 순간, 현암은 기합성을 넣으며 몸을 날렸다. 단전 아래까지는 아니지만 놈의 공격을 피하기 위해서 무의식중에 양다리로 기공력을 밀어 보내며 몸을 솟구쳐 올린 것이다. 현암의 몸이 대략 삼 미터 정도 솟아 무사히 거인의 머리 위를 뛰어넘을 수 있었다. 그러나 허공에 치솟자 무리한 기공을 운행한 탓인지 막힌 혈도들이 아렸고, 운공이 제대로 되지 않아 기혈이 들끓어 올랐다.

현암은 거인의 공격을 피하는 데는 성공했지만 돌덩어리처럼 썩은 나뭇더미 위로 떨어져 내렸다. 다행히 떨어진 곳이 맨땅이 아니라서 그다지 다친 것 같지도 않았고, 나뭇더미에서 먼지가 많이 일어나 거인도 시야가 가렸는지 주춤거리며 더 이상 현암 쪽으로 다가오지도 못했다. 그때 마침, 현암의 눈앞에 금속성의 물체가 보였다. 무너져 내린 나뭇더미 속에서 감춰 있던 오래된 무기였다. 거인이 쥐고 있는 월향검이 은빛 광채를 내고 있어서 가까운 주변의 사물은 희미하게 분간할 수 있었다.

창과 도끼가 한데 달린 미늘창[8]은 비록 녹이 잔뜩 슬어 있긴 했지만 현암은 일단 그것이라도 오른손에 움켜쥐었다. 그리고 재차 거인의 쇠사슬 공격이 시작되기 전에 몸을 일으키면서 오른손에 기공력을 집중했다. 시뻘겋게 녹이 슬어 있던 도끼날에 기공력이 들어가자 녹이 사방으로 튀었고, 제법 번뜩거리는 광채를 띠었다.

'좋다. 이거라도 들고 싸울 수만 있다면······.'

---

8 15~16세기 서양에서 만들어진 무기로 창에 도끼의 날, 열쇠와 같은 돌출부를 단 무거운 무기이다. 창과 도끼, 철퇴(동양에서 쓰는 철구와는 다르다. 서양의 무기 중 모닝 스타(Morningstar)에 해당하며, 여기서의 철퇴는 메이스(Mace)라는 몽둥이 끝에 날카로운 쇠못이 튀어나온 무기이다)의 공격력을 뒤섞은 무기라고 할 수 있다.

현암이 기공력을 집중하느라 몸을 움찔하는 사이, 거인의 쇠사슬은 또다시 현암의 손을 노리며 날아들었고, 허무하게도 현암은 기공력을 모아 놓은 미늘창을 놓쳐 버리고 말았다. 미늘창은 떨어지면서 남은 검기로 인해 뾰족한 창날 쪽이 땅에 푹 박혀 버렸다.

 거인의 쇠사슬이 현암의 오른팔에 칭칭 감겼다. 잡아당기는 힘이 쇠사슬을 통해 현암에게 전해져 왔다. 현암도 오른 손목을 한 바퀴 비틀어 쇠사슬을 꽉 움켜쥐었다. 그러고는 태극기공 중 '단'자 결을 써서 움켜잡고 있던 쇠사슬을 손목 힘으로 탁 하고 당기면서 허공에 뿌린 뒤 혼신의 힘을 가해 내리치자 다행히도 쇠사슬은 한 방에 끊어지고 말았다. 그러나 그 반동력으로 현암은 뒤로 두어 바퀴 내동댕이쳐졌다.

 '이런! 정말 방법이 없단 말인가.'

 현암은 태극기공의 나머지 구절들을 떠올려 보았다. 남은 아홉 자의 구결 중 도움이 될 만한 것이 있을 법도 한데……. 아니, 하다못해 내팽개쳐진 무기라도 손에 있었으면 얼마라도 버틸 수 있을 텐데…….

 '가만……. 칼과 도끼? 칼과 도끼가 붙어 있다고?'

 '붙어 있다'는 것이 암시가 돼서였을까? 현암의 머릿속에서 아홉 개의 글자들이 일렬로 죽 붙어 서 있는 것이 빠른 영화 필름처럼 스쳐 지나갔다. 그 글자들에 따라 구결들이 붙어 있는 모습도 동시에 연상됐다.

 '첫 번째 글자에 따른 구결 중 첫 글자. 그리고 두 번째 구결에 따른 글자 중 두 번째 글자. 세로로 읽는 것이 아니라 그런 식으로 가로로 읽게 된다면……. 그렇다! 그렇게 된다면 뭔가 뜻이 통하는 문구가 나올 수 있다!'

다시 한번 날아드는 거인의 쇠사슬을 피해 몸을 굴리면서 현암은 방금 알아낸 것을 초조하게 되짚어 보기 시작했다.

태극기공의 열 번째 구결!

태극기공은 열여덟 자로 이루어져 있지만 자신의 생각이 맞다면 구결은 열 가지라고 할 수 있다. 마지막 열 번째 구결은 아홉 개의 글자로 위장돼 알아들을 수 없게끔 돼 있었다. 아홉 개의 글자는 의미가 전혀 없는 것 같았지만 그 글자들에 딸린 문장을 순서대로 번갈아 이어 나가면 하나의 무공 구결에서의 하나의 연이 만들어진다. 그것을 이용하면…….

거인의 쇠사슬이 자신을 노리고 정신없이 날아드는 바람에 현암은 제대로 정신을 모으기 어려웠으나, 그래도 최선을 다해 거인의 쇠사슬을 피해 가면서 구결들을 되짚어 보고 있었다. 첫 번째 태극기공의 후반부 아홉 글자에 따른 구결 중 첫 번째 글자를 모으자 정말로 어느 정도 뜻이 짐작이 가는 첫 번째 연이 만들어지는 것이었다.

'이거다! 태극기공의 열 번째 구결! 유(柔), 발(發), 금(擒), 나(拿), 흡(吸), 추(推), 단(斷), 폭(爆), 투(透)에 이은 마지막 구결!'

두 번째 연, 그리고 세 번째 연.

현암은 어둠 속에서 날아오는 쇠사슬을 거의 본능적으로 피하면서도 구결들을 머릿속으로 하나씩 만들어 나가는 것에 일종의 희열을 느꼈다. 세 번째 연까지 볼 때 이 구결은 이상하게도 기공력을 몸의 어느 부분으로 보내는 것이 아니라 단전 부위로 모두 회수시키는 그런 공력 운행법을 서술한 것이었다.

현암은 새로운 것을 알았다는 기쁨 반 다급함 반에, 지체 없이 구결대로 공력을 운행하기 시작했다. 몸 전체에서 공력을 단전으로 몰아 집중하자 단전에 화끈한 기운이 돌기 시작했다.

네 번째 연.

놈의 계속된 공격 때문에 제대로 정신이 모으기가 어려웠으나, 현암은 이를 악물면서 구결을 좇아 공력을 돌리기에 여념이 없었다.

'단전에 한데 몰린 공력을 집중된 상태에서 풀지 않고 겨울잠에서 깬 뱀이 머리를 내밀듯이 다시 오른손으로 밀어 낸다……. 그래 이거다! 그렇게 되면 오른손 끝에 더 갈 곳이 없는 공력이 스스로 엉기어 둥글게 응축되게 되고…….'

생각을 더 진행하려는데 거인의 쇠사슬이 차르르 소리를 내며 현암의 발목에 감겼다. 현암의 몸이 휘청하면서 넘어진 채 주르륵 거인 쪽으로 끌려가기 시작했다.

'지금 잡념이 들어가면 안 된다! 아…… 둥글게 엉긴 공력은 볼 수 있게 되고 시전자의 공력 깊이에 따라 측량할 수 없는 힘을 내게 되니 이것이 바로…….'

거인은 이제 함성을 지르면서 현암을 끌어당겨 강철 신발을 신은 육중한 발로 현암을 밟아 버리려는 모양이었다. 그 와중에도 현암은 정신을 딴 데 쏟지 않고 마지막 구결을 머릿속에서 조합했다.

'탄(彈) 자 결! 이게 바로 '탄' 자 결이다!'

더 지체할 시간이 없었다. 현암은 오른손을 내뻗어서 그곳에 기공을 둥글게 뭉쳤다. 몸이 주르륵 끌려가고 있는 와중에도 이를 악물고 공력을 모으자, 기공의 운행은 제대로 됐는지 오른손 끝에 밝게 빛나는 구체 하나가 보였다. 오른손이 아니라 만약 다른 부분에 맺는 수법이었으면 어쩔 뻔했을까? 손끝에 맺힌 기공탄(氣功彈)을 황홀한 듯이 바라보다가 고개를 돌리니 거인이 발을 쳐드는 것이 보였다.

"탄!"

현암이 기합성을 지르며 거인을 향해 손가락을 튕기자 똘똘 뭉쳐 있던 기공의 덩어리는 총알 같은 속도로 날아 피할 틈도 없이 거인에게 꽂혔다. 거인의 머리 위에 붙어 있던 또 하나의 작은 머리에서 날카로운 비명이 울리며 사방이 번뜩하고 번갯불이 치는 것처럼 밝아졌고, 갑작스러운 빛에 놀란 현암도 눈을 감으며 고개를 휙 돌렸다.

박 신부는 좁은 통로 안을 힘겹게 지나가고 있었다. 원래 덩치가 커서 토굴로 된 좁은 통로를 지나가는 것은 상당히 힘들었고, 박 신부를 뒤따라오는 이반 교수도 훤칠한 키 때문에 여기저기 벽에 부딪히고 있었다.

이반 교수가 가방 속에서 아주 작은 휴대용 랜턴 하나를 꺼내 박 신부에게 주었기 때문에, 어둠 속을 뚫고 나가는 데에는 별지장은 없었다. 그러나 도대체 코제트가 얼마나 빨리 이 동굴로 이동했는지는 알 수가 없었다. 분명 간발의 차로 코제트의 뒤를 쫓아 동굴로 따라 들어왔으니 도망가는 발소리라도 들려야 마땅하건만, 그것조차 들리지 않았다. 코제트가 공간 이동 술수를 써서 먼 곳으로 이동해 버린 것이 아닐까 싶을 정도였다. 박 신부의 뒤를 따라오던 이반 교수가 헐떡거리며 박 신부에게 물었다.

"코제트라는 여자의 공간 이동술이라는 건 정말 막을 방법이 없소? 그 여자가 그 방법을 쓴다면 이길 순 있더라도 죽이지 않고 잡을 수는 없지 않소?"

"글쎄요……."

박 신부와 이반 교수는 잠시 쉬어 가기로 하고 숨을 돌렸다. 박 신부는 헐떡거리면서 이반 교수에게 자신의 생각을 이야기했다.

"방법은 있을 겁니다. 어떤 흑주술도 완벽한 것은 없지요. 원래 조화된 세상에서 일그러진 부분이 바로 그러한 힘이라고 볼 수 있으니까요. 힘을 몰아서 추구한다면 뭔가가 빠지게 마련입니다. 빛이 있으면 그림자가 있는 것처럼, 어떠한 강한 힘이 있으면 분명히 그 힘에는 약점이나 깨트릴 수 있는 방법도 존재할 겁니다."

둘이 나누는 대화에는 전혀 아랑곳하지 않고 두 사람의 사이에 끼어서 따라가고 있던 여자아이는 뭐가 유쾌한지 콧노래 같은 것을 흥얼거리다가 둘이 멈추어 서자 자신도 멈추어서 헤헤거렸다.

박 신부는 아무래도 여자아이를 데리고 가야 한다는 것이 마음에 걸렸지만, 이제는 돌려보낼 수도 없었고 돌아가라고 해 봤자 말을 들을 것 같지도 않았다. 이반 교수가 박 신부의 눈치를 살피더니 묵묵히 말을 꺼냈다.

"다시 갑시다."

일행은 걸음을 옮겨 한참이나 비밀 통로 속을 헤치고 나아갔다. 일행이 한 모퉁이를 지나려 할 때 앞쪽에서 어떤 그림자가 랜턴 빛을 피해 어두운 뒤쪽으로 웅크리는 것이 언뜻 보였다. 박 신부는 긴장한 나머지 순간적으로 몸에서 오라를 뿜어냈고, 이반 교수도 경계 자세를 취했다. 이반 교수가 박 신부를 향해 속삭였다.

"앞서 달아난 흡혈귀들일지도 모르오. 조심하시오."

"예, 염려 마세요."

박 신부의 몸에서 밝은 오라력이 뿜어 나오자 여자아이는 신기한 듯 그것을 만져 보려 했으나 손에 잡힐 리 없었다. 박 신부가 일부러 힘을 가해서 사람을 밀어 내지 않는 한, 박 신부의 오라는 사람에게 위해를 주거나 물리력을 행사하지는 않았다. 박 신부는 일단 랜턴을 끈 다음 양손으로 베케트의 십자가를 거머쥐고 앞쪽으로 오라의 구체를 몇 발 쏘았다.

그러자 고함이 들리더니 두 명의 흡혈귀가 튀어나왔다. 오라를 맞은 흡혈귀들의 얼굴은 고통과 분노의 표정이 뒤엉킨 채 잔뜩 일그러져서 보기에도 흉물스러웠다. 박 신부가 오라를 한층 더 강화하며 베케트의 십자가를 내밀자, 십자가에서 성령의 푸른 불길과 함께 묘한 노랫소리 같은 기도성이 울려 나왔고, 달려들던 흡혈귀들은 그 앞에서 꼼짝도 하지 못한 채 뒤로 꽁무니를 빼기 시작했다. 박 신부는 아무 일도 없었다는 듯이 힘을 거두었다. 지금은 코제트를 잡는 것이 우선이지 흡혈귀 몇몇이 문제가 아니었다.

"교수님, 어서 갑시다. 이제 빛을 비추면 적에게 들킬 것 같으니 불을 켜지 말고 가죠."

잔뜩 얼어 있던 이반 교수가 긴장이 풀렸는지 고개를 설레설레 저으며 지친 목소리로 말했다.

"대단하시오. 어떻게 그런 힘을……."

"지금 그런 이야기를 할 때가 아닙니다. 어서 지나갑시다. 저들을 따라가면 코제트가 있는 곳까지도 갈 수 있을 겁니다."

박 신부는 이반 교수의 랜턴도 끄게 한 후 어둠 속을 더듬으며 나아갔다. 마음은 급했지만 어디서 누가 또 덤벼들지 모르는 상황인 데다가 자꾸만 아이가 박 신부보다 먼저 앞으로 나가려고 하는 바람에, 아이를 어르고 달래 뒤로 보내랴 사방을 경계하랴 자연스레 걸음이 조금씩 늦춰졌다. 좁은 토굴을 따라 한참을 가던 중, 앞쪽에서 이상한 소리가 들렸다. 뭔가 으르렁거리며 싸우는 듯한 소리, 그리고 비명도 함께 어우러져 들려왔다.

"무슨 소리지?"

박 신부는 혹시나 비명이 앞서 뿔뿔이 흩어진 퇴마사 일행이 내지르는 소리가 아닐까 하는 데에 생각이 미치자, 온몸에 소름이 쫙 돋았다. 박 신부는 이반 교수에게 먼저 간다는 말 한마디만 급히 던지고는 황급히 벽에 붙어서 빠른 걸음으로 통로 끝에 다다랐다. 통로의 끝부분에 도착하자 상당히 널따란 광장이 눈에 들어왔다. 그 광장 안에는 어둠 속에서도 번쩍번쩍 빛나는 수십 개의 발광체들이 떠돌아다니고 있었다.

"아니, 저건……."

박 신부는 떨리는 손으로 랜턴의 불을 다시 켰다. 반짝거리는 것들은 늑대들의 눈동자였다. 족히 수십 마리는 넘어 보이는 늑대들……. 무리 사이에 늑대들과 같이 돌아다니는 사람의 모습도 보였다. 언뜻 보아 흡혈귀 같았다. 검은 망토를 두른 것이 다른 놈들과는 좀 다른 것 같았고, 한층 사악한 기운이 짙었다. 박 신부는 직감적으로 그 남자가 늑대들을 부린다고 느꼈다. 박 신부가 놀란 것은 비단 그 때문만이 아니었다. 그들의 앞에는 갈가리 찢긴 고깃덩어리와 핏자국이 널려 있었다. 그것은…….

"헉!"

참혹한 모습에 고개를 돌린 박 신부의 눈에 이번엔 저만치서 뒹굴고 있는 사람의 머리 하나가 보였다. 그런데 그건 방금 박 신부가 보았던 흡혈귀의 얼굴과 흡사했다. 늑대들과 같이 있던 흡혈귀가 웃더니 머리를 발로 차서 늑대들 쪽으로 밀어 내고 있었다.

'아니, 저건!'

짐작건대 그 머리는 방금 자신들을 막기 위해서 앞으로 나섰다가 박 신부의 오라와 기도력에 눌려 뒤로 달아난 흡혈귀의 것이 분명했다. 이 늑대들도 그냥 모여 있는 것은 아닐 테고, 눈에서 저렇게 빛을 내는 것으로 보아 주술에 걸린 것 같았다. 일부러 사람의 살을 맛보게 하기 위해 같은 편을 죽인 것일까?

"도대체 저자들은, 저것들은……."

박 신부는 끔찍함에 치를 떨면서 분노에 찬 고함을 질렀다. 박 신부가 오라력을 발해 주변을 훤하게 만들자 늑대들은 으르렁거리며 위협하는 듯했지만, 선뜻 박 신부에게 덤벼들지는 않았다. 잠시 후 여자아이가 박 신부를 따라 광장 안으로 들어왔고, 이어 이반 교수가 들어오더니 검은 망토를 두른 흡혈귀를 보고 소리를 쳤다.

"저놈! 저놈이 바로 윌리엄스 신부님을 납치했던 그 흡혈귀, 흡혈귀 두목이 분명하오!"

여자아이는 늑대들이 으르렁거리고 있는데도 개의치 않고 앞으로 나가려 했고, 박 신부는 급한 김에 여자아이를 잡아 옆구리에 끼웠다. 여자아이는 신부가 자기를 잡자 크게 저항은 하지 않았으나 답답했던지 떼를 쓰듯 허공에서 손발을 휘저어 댔다. 박 신부는 무서움을 모르고 투정을 부리는 아이를 보고는 기가 막혔지만 지금은 별다른 방법이 없었다.

박 신부가 고개를 들어 주변을 살펴보니 자신을 에워싼 늑대 무리는 정상이 아니었다. 눈에서 번쩍번쩍 빛을 발하고 있고, 어떤 놈은 몸의 일부가 부스러지며 썩어 가고 있었다. 사체를 가지고 만든 늑대들이었다. 토굴 안은 온통 곰팡내와 사체 썩는 냄새로 가득해서 가슴이 답답했다. 뒤에서 이반 교수가 빠르게 중얼거렸다.

왈라키아의 밤 **149**

"저것들은 보통 늑대가 아니라 흡혈 늑대들이오. 총을 맞아도 죽지 않소. 저것들을 상대하자면……."

이반 교수가 말을 꺼내는데 뒤에서 검은 망토로 몸을 둘러싼 흡혈귀가 높은 톤의 이상한 휘파람을 불었다. 토굴의 광장 안은 휘파람 소리로 메아리쳤고 그 소리를 들은 흡혈 늑대들은 일제히 박 신부와 이반 교수를 향해 달려들기 시작했다.

이제 쥐 떼는 승희에게서 그다지 멀리 떨어지지 않은 곳까지 다가온 모양이었다. 사각사각하는 소리와 함께 파도가 치는 듯한, 수천 마리의 쥐 떼가 몰려드는 소리가 지척에서 들려왔고, 그 끔찍한 느낌은 당장이라도 손끝에 와 닿을 듯 온몸에 전해졌다. 쥐 떼는 승희의 흔적을 눈치채고 전력을 다해서 뒤를 쫓고 있었다.

'절대, 절대 잡혀서는 안 돼!'

승희는 달리 갈 길이 없음을 깨달았다. 쥐 떼에게서 조금이라도 멀리 도망치려면 흡혈귀 쪽으로 돌진하는 수밖에 없었다. 이를 악물고 얼마나 달려갔을까? 갑자기 앞에서 뭔가 불빛 같은 것이 보였다. 보통의 촛불이나 횃불과 같은 빛이 아니라 형광등처럼 창백하고 암울한 빛이었다.

'저 흡혈귀가 전등을 가지고 다니는 것일까?'

그러나 등 뒤에서 쥐 떼가 쫓아오고 있는 마당에 그런 것까지 세심하게 신경 쓸 겨를이 없었다. 승희가 다시 몇 걸음 앞으로 나아가자 램프를 들고 있는 한 사람의 모습이 보였다. 얼굴이 묘하게 일그러진, 감정도 없고 지능이 모자라는 듯한 얼굴. 두 눈은 시뻘겋게 충혈돼 있었고 입 양쪽에는 뾰족한 송곳니가 튀어나와 있었다. 흡혈귀가 선 뒤쪽에는 철문이 하나 보였다. 저 철문은 미로를 빠져나가는 출구가 분명했다. 그 흡혈귀는 승희가 쥐 떼에게 몰리다가 만에 하나 도망쳐 나갈 경우를 대비해 출구 앞을 지키고 있는 것 같았다.

사각거리며 파도치는 듯한 소리가 점점 더 가까이 다가오고 있었다. 흡혈귀는 승희가 모습을 드러내자 히죽거리며 입을 벌리고 희한한 괴성을 내질렀다. 승희는 눈앞의 흡혈귀도 무서웠지만 등 뒤에서 닥쳐오는 쥐 떼 때문에 더 이상 참을 수가 없었다. 승희는 가부좌를 틀 겨를도 없이 그 상태 그대로 몸에 힘을 모았다. 만약 안 된다면? 눈에서는 눈물이 흘러내렸지만, 입가에는 도리어 허탈한 웃음이 터졌다.

'안 되면 울어 버릴 거야!'

흡혈귀가 막 이빨을 드러내며 달려들려는 순간, 승희는 눈을 질끈 감으며 힘을 모아서 흡혈귀를 향해 내뿜었다. 예기치 않은 엄청난 힘을 받은 흡혈귀는 전기에 감염된 것처럼 몸을 부르르 떨면서 비명을 질러 댔다.

"자, 더! 더! 더! 죽어! 죽어, 인마!"

승희는 자신이 힘을 가하자 흡혈귀가 고통받는 것을 보고는 소리를 질러 대면서 더욱더 힘을 모아 거세게 흡혈귀를 밀어붙였다. 흡혈귀는 몸을 꼬다가 제대로 서 있기도 어려운 듯 뒤로 물러서면서 철문에 몸을 기대더니 비명을 지르며 철문 뒤로 숨으려 했다. 승희는 닫히려는 철문 사이로 손을 집어넣었다.

그러자 안에서 뭔가가 승희의 손에 잡혔다. 누군가의 손목……. 승희는 비명을 지를 뻔했으나 이를 악물고는 문틈 사이로 힘을 밀어 보내며 그의 팔을 끌어당겼다. 철문을 닫지 못하게 하려면 이 수밖에 없었다. 문 뒤에서 캬악 하는 비명과 함께 손목이 버둥거리는 느낌이 승희에게 전해졌다.

'흡혈귀가 분명하지? 가만, 허공으로 힘을 실어 보낼 게 아니라, 아예 이놈의 손목을 통해서…….'

승희가 흡혈귀의 손목을 통해서 힘을 밀어 보내려는 순간, 철컹 하고 뭔가에 밀리면서 철문은 닫히려 했다. 놀란 승희가 문틈 사이로 더욱 힘을 밀어 넣었다. 그러자 문 뒤에서는 처절한 비명이 울려 퍼지더니 무언가에 밀린 듯 철문이 쾅 소리를 내면서 닫혀 버렸다. 뭔지 알 수 없는 것이 퍼퍽 튀어 오르며 승희가 잡고 있던 손목이 축 늘어졌다. 고통스러운 비명을 지르던 흡혈귀는 문틈으로 기운이 새어 들어오는 것을 견디지 못하고 자신의 팔을 자르면서 있는 힘을 다해 문을 밀어 닫은 것이다.

"아아악!"

승희는 떨어져 나간 팔목을 내팽개치며 목이 터져라 고함을 지르고는 뒤로 나가떨어졌다. 흡혈귀가 떨어뜨린 램프의 빛에 비춰진 저만치에서 꾸물꾸물하며 검은 파도 같은 것이 밀려들고 있다는 것이 보였다. 헤아릴 수 없을 만큼 많은 쥐 떼…….

"아아악! 안 돼! 안 돼!"

승희는 다급하게 철문의 문고리를 잡아당겼다. 그러나 흡혈귀가 잡고 있는 것인지 아니면, 문을 잠가 버린 것인지 문은 열리지 않았다. 승희가 있는 힘을 다해 문을 다시 한번 당기자 문이 조금 들썩하다가 닫히는 것으로 보아 안에서 그 빌어먹을 흡혈귀 놈이 문을 잡고 버티는 듯했다.

"열어! 문 열어!"

승희는 발작적으로 소리를 쳤지만 그런다고 흡혈귀가 문을 열어 줄 리는 없었다.

"죽어 버려!"

승희는 원망스러운 문을 향해 모든 힘을 모아 단숨에 밀어붙였다. 승희가 혼신의 힘을 일격에 퍼붓자 문 안쪽에서 퍼버벅 하는 소리가 들렸다. 승희는 힘을 다 쏟아부어서인지 몸조차 제대로 가눌 수 없었다. 승희는 쓰러지려는 몸을 가누려 무의식중에 문고리를 쥐었고, 있는 힘을 다해 당기자 조금씩 열리기 시작했다. 문은 몹시 뻑뻑했지만 적어도 흡혈귀의 저항은 없었다.

'열렸다! 살았어!'

승희가 안도감에 긴장을 늦춘 순간, 어느새 쥐 떼 중 빠른 놈 몇이 승희의 다리께로 뛰어오르려고 했다. 승희는 비명을 지르면서 자신도 모르게 몸을 튕겨 쥐를 차 버린 뒤, 최후의 힘을 짜내어 재빨리 철문을 열고 안으로 쓰러지듯 몸을 당기면서 철문을 닫았다. 승희가 문을 닫음과 동시에 문 바깥에서 아삭아삭하는 소리와 쿵

쿵쿵 부딪히는 소리, 철문을 속절없이 갉아 대는 소리가 뒤섞여 들려왔다. 반대편, 즉 쥐들이 있는 쪽에서는 당겨야만 문이 열리게끔 돼 있어서 쥐들이 아무리 부딪혀 봐야 문이 열릴 염려는 없었지만, 승희는 그래도 빗장 같은 것이 없나 안쪽 고리를 살펴보다가 그만 기겁했다. 거기에는 사람 손목 하나가 쭈글쭈글하게 마른 채 박살이 나서 붙어 있었다. 놀란 승희가 욕지기를 하며 문에서 물러난 다음 몸을 뒤로 돌렸다.

'이건 흡혈귀의 손목일 텐데……. 그 흡혈귀는…….'

그렇다면 자신이 힘을 몰아넣을 때 문이 울린 것이 흡혈귀가 터지는 소리였단 말인가? 승희는 호기심 반 두려움 반으로 천천히 뒤를 돌아보았다. 그곳에는 흡혈귀의 형체를 한 것이 벽에 반쯤 기대어 서 있었다. 승희의 힘을 견디지 못하고 사방으로 터져 버린 듯, 아직도 건들거리면서 서 있는 모습이었다. 그 흡혈귀는 만신창이가 된 채였는데도 완전히 쓰러지지 않고 금방이라도 승희에게 덮쳐들 듯 흔들거렸다.

"으아아악!"

승희는 더 참지 못하고 길게 비명을 질렀다.

현암은 '탄' 자 결을 쓰고 난 후, 몸을 움직일 수가 없었다. 큰 술수를 쓸 때면 으레 그래 왔지만, 현암은 멀리 떨어져 있는 승희의 몸에서 힘을 조금 끌어다 쓸 생각을 하고 '탄' 자 결을 운용한 것인데, 이상하게도 승희에게서 힘이 아주 조금밖에 전달되지 않았던 것이다. 온몸의 힘이 바닥난 연못처럼 완전히 고갈돼 버린 기분이었다.

'탄' 자 결은 아홉 개의 구결을 합친 것이라 그런지 힘의 소모도 그만큼 큰 것 같았다. 부동심결 이상의 힘이 들었다. 만약에 자신의 공격이 태극기공의 다른 구결들을 사용했던 것처럼 수포로 돌아간다면?

카메라 플래시를 눈앞에서 본 것처럼 '탄' 자 결의 잔상이 채 가시기도 전에, 쿵 하며 뭔가 거대한 것이 쓰러지는 소리가 들렸다. 현암은 놀라 몸을 부르르 떨면서 간신히 눈을 떴다. 현암의 눈에 거대한 고목처럼 뒤로 넘어져 있는 거인의 모습이 들어왔다.

'성공했구나! '탄' 자 결. 이건 정말 무서운 힘을 지니고 있구나!'

현암은 후들거리는 몸을 일으켰다. 거인이 완전히 쓰러진 것이 아니라면 지금 자신은 대적할 아무런 힘도 없었다. 현암은 경계를 늦추지 않고 거인 쪽으로 슬며시 다가갔다. 월향검이 귀에 익은 귀곡성을 내면서 쓰러진 거인의 손을 빠져나와 현암의 왼손으로 날아들었다. 현암은 왼팔이 부러진 데다가 월향검을 받기 위해 손을 올릴 기운도 없었다. 오른손으로 왼팔을 간신히 들어 올려서 왼손 팔목에 묶어 놓은 월향검의 칼집을 내밀어 월향검을 받아 들었다. 월향검이 현암의 손안으로 들어가자 사방을 비춰 주던 희미한 빛마저도 사라져 쓰러진 거인의 모습을 자세히 확인할 수가 없었다. 현암은 조심스럽게 벽을 등지고 돌며, 뭔가 불을 밝힐 만한 것이 없을까 살펴보았다. 아까 벽난로를 통해서 들어왔던 것이 이 거인일지도 모른다는 생각이 들었다. 그리고 기억나는 바로는 거

왈라키아의 밤 155

인은 뭔가 빛을 내는 것을 들고 있었던 것이 분명했다. 그것이 근처에 혹시 떨어져 있지 않은가 해 주변을 살피고 있는데, 현암의 귓속으로 속삭이는 듯한 쉰 목소리가 들려왔다. 현암은 몸에 소름이 쭉 끼쳤다.

'이놈이 아직 쓰러지지 않았단 말인가? 머리 위에 있었던 또 하나의 얼굴이 내는 목소리인 것 같았는데…….'

목소리는 언뜻 듣기에도 기분 나쁜 일종의 욕설 같았다. 현암은 긴장해 잠시 숨을 멈추고 서서 동태를 살폈으나, 움직이는 것은 물론이고 숨소리도 들리지 않았다. 다만 기분 나쁜 속삭임만 계속 들려올 뿐……. 현암은 운기해 공력을 회복하려고 애쓰면서 주변을 밝힐 만한 것을 찾았다.

현암이 주섬주섬 사방을 뒤적이고 있는데 저쪽 통로에서 부스럭거리는 소리가 들렸다. 기공력이 회복되려면 적어도 삼사십 분 이상 있어야 하는데 적과 또 마주친다면 곤란했다. 놀란 현암이 흠칫하면서 몸을 뒤로 기대어 벽에 붙였다.

"현암 씨, 어디 있어요? 현암 씨!"

연희의 목소리였다. 귀에 익은 목소리가 반가웠던지 현암이 큰 소리로 대답했다.

"연희 씨, 여기예요!"

"현암 씨, 뭐 하고 있어요?"

"불을 가지고 이쪽으로 와 보세요. 나는 도대체……."

현암이 뭐라고 막 말을 이으려는데 잠깐 방심한 사이 등 뒤에서 "캭!" 하는 소리와 함께 뭔가가 현암의 뒤통수를 노리고 덮쳐들었다. 그 소리와 동시에 현암의 비명이 들리자 연희도 덩달아 비명을 질렀다. 안쪽에서는 현암과 괴성을 지른 괴물이 뒤엉켜 싸우고 있는 것 같았다. 연희는 무섭고 놀랐지만 그래도 어떻게 도움을 줄 방법이 없을까 하고 무심코 손을 내뻗다가 한쪽 구석에 놓여 있는 딱딱한 것에 손이 닿았다. 딱딱하면서도 온기가 남아 있는 매끈한 감촉, 그리고 둥그런 금속 갓.

'이건……'

램프였다. 불을 붙일 수 있는 것도 근처에 있을 것이다. 연희는 램프를 집고 서둘러서 램프가 놓여 있던 주변을 더듬어 보았다. 뭔가가 잡혔다. 성냥이었다.

승희가 비명을 지르자 한쪽 구석에서 껄떡거리며 서 있던 참혹한 형상의 흡혈귀는 더 이상 버티지 못하고 앞으로 털썩 쓰러졌다. 흡혈귀의 잔해가 으깨지면서 사방으로 튀었고, 그 모습을 본 승희는 비명을 질렀다.

'내가, 내가 방금……. 이자를 이렇게……'

속에서 뭔가가 울컥 치밀어 올랐다. 중심을 잃고 휘청거리던 승희가 치밀어 오르는 구역질을 참으려고 철문에 손을 기대는 순간, 철문 사이로 뭔가가 와글거리면서 밀려들어 왔다.

"앗! 쥐, 쥐 떼!"

승희는 쥐 떼가 자기를 쫓고 있었다는 것을 깜빡 잊고 있었다.

승희는 흡혈귀를 돌아볼 새도 없이 다시 비명을 지르면서 문을 밀기 시작했다. 그러나 그건 실수였다. 승희 쪽에선 당겨야 닫히는 문이었는데 그걸 밀어 댔으니 오히려 문을 열어 버린 꼴이 됐다.

"아아악! 저리 가!"

승희가 놀라서 있는 힘을 다해 문을 당기자 틈새를 통해 막 들어오려던 쥐 몇 마리가 찍 소리를 내며 문틈에 끼어 으스러졌다. 그 촉감이 으드득하고 승희의 손에 전해졌다.

"으아악! 싫어! 싫어!"

승희는 비명을 지르며 울음과 욕지기를 한꺼번에 터뜨렸다. 눈앞에 어른어른하게 보이는 것은 쥐들의 눈동자와 흡혈귀의 터져 나간 뱃속. 그리고…….

승희의 의식이 점점 희미해져 가는 중에도 문 바깥쪽에서는 수천 마리의 쥐들이 몸으로 문을 부딪치는, 엄청나게 요란한 소리가 크고 선명하게 들려왔다.

여러 마리의 흡혈 늑대가 기이한 소리를 내며 박 신부와 이반 교수를 향해 뛰어오르는 순간, 박 신부는 기도력의 오라 막을 폈다. 오라는 원래 물리력에 그다지 강한 저항력을 가지고 있진 않았다. 하지만 흡혈 늑대들은 부정한 존재들이니 감당할 수 있을 것 같았다. 박 신부의 예상은 맞아 늑대들은 성스러운 오라 막에 달려들었다가 범접하지 못하고 고통스러운 울음소리를 내며 튕겨 나갔다. 예전에 독일에서 늑대 인간들과 싸웠을 때 그랬던 것처럼 말이다. 그러나 늑대들이 부딪혀 오는 물리적인 힘은 오라 막을 치고 있는 박 신부에게도 전해질 수밖에 없었다. 벌써 십여 마리나 되는 늑대가 몸으로 부딪혔다가 튀어 나갔는데도 불구하고 늑대들은 계속해서 오라 막 속의 박 신부와 이반 교수, 그리고 여자아이를 향해 달려들고 있었다.

흡혈귀는 기묘하게 웃더니 반대쪽으로 슬며시 빠져나가 버렸다. 아마 늑대들만으로도 이들을 상대하기에 충분할 것이라고 생각한 모양이었다. 박 신부가 힘에 부치는지 조금씩 뒤로 주춤거리며 물러서자, 이반 교수가 입술을 깨물고는 배낭 속을 뒤졌다. 이반 교수는 길쭉한 쇠뭉치 세 개를 꺼내더니 그중 두 개를 붙이고 다른 하나를 철컥 소리가 나도록 끼웠다. 자동으로 연사가 되는 권총이었다. 도대체 이반 교수의 배낭 속에는 얼마나 많은 물건이 들어 있는 것일까? 박 신부의 입가에 야릇한 미소가 흘렀다.

"지옥으로!"

이반 교수가 맹렬한 기세로 총을 쏘아 대자 늑대들은 고통스러운 울부짖음과 동시에 몸을 비틀다가 쓰러졌다.

"아니! 저것들은 흡혈 늑대일텐데 어떻게 총으로……."

이반 교수가 다시 뛰어오르는 한 마리의 늑대에게 총을 쏘아서 벌집을 만들고는 박 신부를 힐끗 쳐다보며 말했다.

"이건 보통 총알이 아니오. 축복받은 십자가를 녹여 만든 은총알이지."

자동 권총에는 기다란 탄창이 달려 있었다. 이반 교수는 박 신부의 오라 막을 향해 뛰어드는 늑대들을 쉴 새 없이 맞춰서 쓰러뜨렸고, 박 신부도 오라 구체를 늑대들에게 쏘아 댔다. 땅바닥에 쓰러진 늑대들은 버둥거리다가 곧 늘어져 버렸고, 금세 몸이 썩어 먼지처럼 부스러지더니 사방으로 흩어졌다.

이십여 마리의 늑대들이 사라져 버리자 이반 교수의 총도 찰칵찰칵하고 총알 떨어진 소리를 냈다. 이반 교수는 무표정한 얼굴로 탄창을 갈아 끼웠다. 박 신부는 코제트와 싸우면서 기력을 많이 쓴 데다가 지금 흡혈 늑대들의 공격을 막아 내느라 상당히 지친 상태였다. 지친 것치고는 몸이 이상하게 뻐근했다. 박 신부는 너무 힘을 써서 그런가 보다, 가볍게 생각하고는 오라력을 반 정도로 줄인 다음 안을 둘러보았다. 안은 끔찍하게 뜯겨 버린 흡혈귀의 사체와 썩어 없어진 흡혈 늑대들의 흔적들, 그리고 여기저기 땅바닥에 떨어져 있는 은총알로 가득했다. 이반 교수도 박 신부의 시선을 따라가다가 입을 열었다.

"어떻게 하시겠소? 박 신부님. 박 신부님은 준후를 구하러 가시는 것이 어떻소? 나는……."

"아니, 그럼 이반 교수님은 같이 안 가시겠습니까?"

"나는 도망친 흡혈귀를 상대하고 싶소. 저 흡혈귀야말로 저번에 윌리엄스 신부님을 납치해 간 놈이고, 최근 이 일대에서 벌어진 일련의 흡혈귀 사건의 주모자라고 할 수 있는 놈이오. 저놈은 반드시 내 손으로 처리하고 싶소."

"하지만 이반 교수님. 혼자선……. 혼자의 힘으로 가능하겠습니까?"

"내 전공이 뭐요? 코제트의 이상한 주술은 감당할 수 없지만 흡혈귀에 대해서만은 자신 있소. 믿어 주시고 흡혈귀를 맡겨 주시오. 신부님은 어서 코제트를 추적하시오. 둘로 분산됐지만 한쪽이라도 놓쳐서는 안 되오. 어느 쪽이든 먼저 일을 처리하고 난 후에 합류하는 게 좋을 것 같소."

이반 교수는 자동 권총의 노리쇠를 철컥 소리 나게 당겨서 다시 탄알을 장전했다. 그러고는 박 신부가 옆구리에 끼고 있는 여자아이를 한 번 쳐다보고 말을 계속했다.

"이 아이에게 어떤 힘이 있는지 알 수 없지만 코제트가 이 아이를 무서워하는 것만은 사실이오. 박 신부님, 코제트는 사악한 여자요. 인정사정을 봐주시면 안 되오."

"그렇지만……."

이반 교수의 말은 박 신부의 정곡을 찌르는 말이었다. 사실 힘 하나만 가지고 따지면 퇴마사들 개개인은 코제트를 이길 수도 있었다. 그러나 사람의 목숨을 빼앗는 독한 수단은 피해 왔었고, 그러다 보니 자연 자신의 능력을 십분 발휘하지 못하고 언제나 열세에 몰리게 됐다. 이반 교수의 말은 박 신부의 행동을 보고 던져 주는 충고라고 할 수 있었다. 어쩌면 자신들의 그런 주춤거리는 행동 때문에 코제트와 같은 요녀를 번번이 놓쳐서 계속 큰 사상자를 만들어 가고 있는 것은 아닐까? 그렇다면 어떻게 해야 할까? 가차없는 수단으로 단번에 목숨을 빼앗아 버리는 것이 모두에게 좋은 일일까? 정말 좋은 일일까? 박 신부는 아무 말도 하지 않고 이반 교수에게 고갯짓을 한 다음 몸을 돌렸다.

현암은 등 뒤에 달라붙은 것이 무엇인지는 알 수 없었으나 거인이 자신의 '탄' 자 결에 의해 쓰러진 마당에 또 무엇이 남아서 이렇게 덤벼드는 것일까, 적잖이 당황했다. 더군다나 그것은 현암의 등 뒤에 바싹 달라붙어서 현암을 깨물고 괴성을 지르며 뭐라고 지껄여 대고 있었다. 높은 목소리는 조금 전의 목소리와 흡사했다.

'이건 그 목소린데……'

현암은 아찔했다. 어떻게 머리가 몸에서 자유롭게 분리돼 떨어져 나갈 수 있단 말인가. 현암은 손을 뒤로 뻗어서 정체 모를 것을 떼어 내려 했으나, 머리카락이나 손에 잡힐 만한 것은 하나도 없었고 잘 무두질된 부드러운 가죽 같은 감촉이 느껴졌다. 현암이 손을 뒤로 뻗어 놈을 떼어 내려 하자 놈은 현암의 목덜미를 인정사정없이 깨물었다.

"에잇! 이런……"

현암이 몸을 비틀면서 놈을 떼어 내려고 발버둥을 치는 사이, 저쪽에서 밝은 불빛이 확 하고 들어왔다. 불빛 바로 뒤에 연희의 모습이 보였다.

"연희 씨! 이건 도대체 뭐예요?"

현암이 말을 하려는데 현암의 등 뒤에 붙은 놈이 다시 한번 현암의 목덜미를 꽉 깨물었다. 이번에는 통증이 굉장히 심했고, 통중을 이기지 못한 현암이 하던 말도 멎은 채 신음을 냈다. 그런 모습을 본 연희가 겁에 질린 표정으로 소리를 질렀다.

"사람이에요! 어서 그자를……. 어, 그런데 이상…… 도대체……."

더 이상 듣고 있을 수가 없었다. 현암은 요란한 기합 소리를 내면서 있는 힘껏 벽 쪽으로 뒷걸음질 치기 시작했다. 반대편에 있는 벽에다 놈을 눌러 버릴 생각이었다. 현암이 무서운 속력으로 뒷걸음쳐 가자 놈은 현암의 의도를 눈치챈 듯 힘을 풀고 떨어져 내렸다. 몸을 굴려 피하려는 것보다 현암이 놈의 의도를 간파한 게 더 빨랐다. 놈이 현암의 발 사이로 몸을 틀어 빠져나가려는 순간, 현암은 중심을 잃지 않고 한쪽 다리를 뒤로 짚어서 속도를 늦추며 다른 한쪽 발로 놈을 냅다 차 버렸다. 캥 하는 소리가 들리면서 현암의 강한 발길질을 당한 놈은 거인이 쓰러져 있는 곳까지 힘없이 굴러갔다.

현암은 간신히 한숨을 내쉬고는 목덜미 뒤쪽을 만졌다. 끈끈하게 피가 배어 나온 것으로 보아 물어뜯긴 부위가 꽤 큰 것 같았다. 행동에 지장을 줄 정도는 아니었지만, 사람에게 물어뜯겼다고 생각하니 기분이 찜찜했다. 현암의 등 뒤에 붙었던 놈이 떨어져 나오자 연희가 램프를 들고 현암 곁으로 다가왔다.

"도, 도대체 저게 뭐예요?"

현암은 말없이 손짓으로 연희에게 더 가까이 비추라고 하고는 거인과 거인 옆에 쓰러져 있는 정체를 알 수 없는 놈을 자세히 들여다보았다. 쓰러져 있는 거인은 키만 큰 것이 아니라 덩치도 우

왈라키아의 밤 163

람해서 사람이라고 할 수 없을 만큼 거대했다. 온몸에 굉장히 두꺼운 철 갑옷을 입고 있었는데 천 갑옷에는 희한한 도형과 문자들이 잔뜩 새겨져 있었고, 명치 부분에는 마구 깨지고 움푹 팬 자국이 있었다. 현암의 '탄' 자 결을 맞은 부분 같았다. 갑옷의 이음매들은 충격을 이기지 못하고 마구 떨어져 나가서, 지금 거인이 몸을 일으킨다 해도 갑옷을 몸에 걸칠 수는 없을 듯했다. 현암은 도형들을 유심히 들여다보았다. 정확한 뜻이야 알 수 없었지만, 뭔가 의미가 있을 것이라는 생각이 불현듯 들었다.

'이건 다른 주술이나 힘을 막는, 주술이 깃들어진 도형인가 보군. 그래서 내 태극기공력이 힘을 발휘하지 못했구나!'

그런데도 불구하고 '탄' 자 결 한 방이 거인을 이렇게 때려눕히고 갑옷을 박살 내 버린 것을 보면, 그 위력이 얼마나 큰지 새삼 실감할 수 있었다. 갑옷을 자세히 살펴보다가 거인의 얼굴을 본 현암은 이상한 표정을 지었다. 거인은 엄청난 체구에 걸맞지 않게 천진난만하다 못해 약간은 모자라 보이는 얼굴이었다. 거인은 눈을 치켜뜨고 있었는데 눈이 뒤집혀서 그랬는지, 아니면 아까 현암이 언뜻 본 것처럼 검은자위가 없는 장님이었는지, 흰자위만 보여서 더욱더 끔찍했다.

현암은 거인 옆에 뒹굴고 있는, 자신의 목덜미를 물었던 정체불명의 것을 발로 톡 차 보았다. 그러자 놀랍게도 훌렁 벗겨진 가죽 덮개 안에서 조그마한 사람이 신음을 내는 것이 아닌가! 끔찍하게도 이 사람은 양쪽 팔과 다리가 모두 없었고 몸뚱이와 얼굴만 달려 있었다. 이 사람을 에워싼 껍질에는 갈고리 같은 것이 여러 개 달려 있어서 약간 튀어나온 팔다리의 부분으로 힘을 가하면 조종할 수 있게 돼 있었다.

그 모습을 본 현암은 모든 게 정리된 듯 머리가 말끔해졌다. 놈은 처음엔 거인의 머리 뒤에 달라붙어 있다가 허릿심으로 뛰어올라서 현암의 등 뒤에 달라붙었던 것이다. 현암을 물어뜯어서인지 입가에 피가 잔뜩 묻어 있었고, 현암의 발길질에 꽤 큰 타격을 받았는지 계속 신음을 냈다. 처음에 거인이 머리가 두 개 달린 것처럼 보였던 것은, 이자가 거대한 머리 위에 가죽 덮개를 뒤집어쓴 채 올라타 있었기 때문이었다. 현암은 손을 뻗어서 연희를 가까이 오게 했다.

"연희 씨. 이자가 무슨 소리를 하는지 알아들으실 수 있어요?"

연희는 잠시 미간을 찌푸리며 참혹하게 쓰러져 있는 거인과 난쟁이라고 할 수 있을까, 해튼 이자의 모습을 바라보더니 떨리는 목소리로 말했다.

"대강은 알아들을 수 있어요. 별 특이한 말은 아니고 이 지방에서 쓰는 말인데요. 저도 능통한 것은 아니지만……."

"그래요?"

연희가 조금 인상을 찌푸렸다.

"현암 씨에게 저주하고 있어요. 죽여 버리고 만다고."

"흠! 그러고요? 또 뭐라고 하는지 들어 봐요. 무슨 흉악한 주술을 부리려 하면 막아야 돼요."

이자는 계속 고통에 찬 신음을 뱉어 내면서도 중얼중얼 떠들어 대고 있었고 연희는 눈살을 찌푸린 채 한동안 그 소리를 듣더니 다시 입을 열었다.

"거인이 쓰러진 것에 대해서 굉장히 분노하고 있어요. 저 거인의 이름은 '미르체아'인 것 같군요. 현암 씨가 미르체아를 죽였다고 믿고 있어요."

"말도 안 되는 소리! 난 방어했을 뿐인데. 이자가 다짜고짜 공격을 해 왔는데 별수 없잖아요! 그리고 저 거인은 죽지 않았어요. 기절했을 뿐이죠."

계속 말을 하려던 현암을 연희가 제지하며 난쟁이의 말에 귀를 기울였다.

"앗! 아니, 잠시만요. 지금 저 사람이 뭔가 다른 사람의 이름을 말하고 있어요."

연희의 심각한 표정을 보고 현암이 되물었다.

"누구에 대한 거죠, 연희 씨?"

"……코, 코제트."

호호호, 꼬마야. 기분이 어때?

코제트는 희한한 능력을 지니고 있었다. 직접 말로 소리를 내지 않더라도 상대방의 마음속에 뜻을 전달하는, 텔레파시와 유사한 술수를 써서 준후의 정신을 혼돈스럽게 만들었다. 그 소리는 마음으로 울리는 것이라 귀를 막는다고 해도 또렷이 들렸다. 준후는 당황해 어찌할 바를 몰랐다. 약간의 부적들을 허공에 띄워서 윌리엄스 신부가 접근하지 못하게 하고 있었으나, 신부는 이제 더 이상 참기가 힘든지 간혹가다가 괴성을 지르며 준후가 있는 쪽으로 점점 다가오려고 했다.

"준후! 이리 와. 오, 아냐! 어서…… 피해, 피, 피해……. 아니, 이리 와. 응? 흐흐……. 준후 군……. 안 돼! 제발! 어서 피, 피해!"

윌리엄스 신부는 극도의 혼란 상태에 빠져들고 있었다. 몸 안에서 꿈틀거리며 윌리엄스 신부의 몸을 정복하려는 흡혈귀의 기운을 이성으로 이겨 내려고 안간힘을 쓰면서도, 서서히 흡혈귀의 기운에 잠식당해 가고 있는 것이 분명했다. 이전까지는 그럭저럭 윌리엄스 신부가 흡혈귀의 기운을 이겨 내고 있었지만, 코제트가 나타난 이후 갑자기 윌리엄스 신부의 행동이 급변한 것으로 보아 뭔가 술수를 써서 신부의 상태를 악화시키고 있음이 분명했다.

"코제트! 이런, 미워……."

준후는 코제트의 악랄한 행위에 눈물을 줄줄 흘리면서 철창 바깥을 이를 악물고 노려보았다. 철창 밖에는 잔인하게도 화사하게 웃고 있는 코제트와 흡혈귀가 돼 버린 많은 사람이 웅성거리며 서 있었다.

'이러고 있을 때가 아니야. 윌리엄스 신부님과 싸울 수는 없어. 차라리 코제트와 싸워 죽는 한이 있어도…….'

준후는 순간적으로 부적을 운용하던 수인을 고쳐 맺고는 철창문을 향해 뇌전을 쏘았다. 그러나 철문은 잠시 덜컹거리기만 할

왈라키아의 밤

뿐 꿈쩍도 하지 않았다. 낡고 허술해 보이기는 했어도 뇌전 한 방에 부서질 만한 성질의 것은 아니었다. 코제트가 빈정거리며 웃는 소리는 준후의 마음속에 더욱더 강하게 전달돼 왔고, 준후는 자기도 모르게 화가 치밀어 올라 주체할 수 없을 지경이 됐다.

'저 문, 저 문을……!'

준후는 수인을 바꿔서 멸겁화의 기운을 철창 밖으로 뿜어냈다. 철창을 노리고 쏜 것이 아니라 저쪽 끝에 서 있는 코제트를 향해 멸겁화의 불덩어리를 날린 것이다. 그러나 코제트의 깔깔거리는 목소리가 사방에 울리자 주변에 서 있던 흡혈귀들이 코제트의 앞을 막아섰고, 준후가 쏘아 댄 멸겁화의 기운이 그중 한 명에게 적중해 시뻘건 불덩어리로 변했다.

꼬마야. 한 명 죽였구나. 잘했어. 호호호. 좀 더 죽여 보련? 죽이는 것도 아주 재미있단다.

"뭐, 뭐라고?"

준후는 몸을 떨었다.

'죽이다니, 내가 사람을 죽이다니. 그렇다면 코제트는 나를 화나게 만들어서 저 주변에 둘러싼 흡혈귀들을 죽이게끔……. 안 돼! 침착, 침착!'

준후가 흡혈귀 하나를 태워 버린 것에 충격을 받고 정신이 흐트러지자 허공에 떠 있던 부적들도 힘이 약해진 듯했다. 그 틈을 놓치지 않고 어느새 흡혈귀가 돼 버린 윌리엄스 신부가 준후를 덮쳤다. 준후의 얼굴 바로 앞에 입을 크게 벌리고 있는 윌리엄스 신부의 얼굴이 보였다. 평상시엔 미소로 가득했던 윌리엄스 신부, 그러나 지금 그의 얼굴은 완전한 흡혈귀로 변해 있었다. 양쪽 눈은 새빨갛게 빛나고 있었고 입에는 기다란 이빨이 솟아 나왔다.

준후는 덤벼드는 윌리엄스 신부를 밀어 내려고 안간힘을 쓰며 버텼다. 허공의 부적들을 쏘면 물리칠 수 있었지만 차마 그럴 수가 없었다. 부적들은 모두 맥없이 땅에 떨어져 버렸고 그 모습을 얼핏 보면서 준후는 울음 섞인 소리를 질렀다.

"이러지 마세요! 이러면, 이러면 안 돼요! 정신을 차려요, 신부님. 어서, 어서 정신을…… 신의 이름으로……."

준후가 애타게 소리를 지르자 윌리엄스 신부의 흉악하게 일그러졌던 얼굴이 조금씩 정상으로 돌아왔고, 준후를 움켜잡고 있던 손도 힘이 많이 약해졌다.

"준, 준……."

윌리엄스 신부의 입에서 원래의 목소리가 나오고 있었다.

"주, 준후 군. 저, 나는 나, 나……."

"윌리엄스 신부님. 힘을! 스스로를 믿고……."

준후의 외치는 소리가 채 끝을 맺기도 전에 철창 바깥에서 코제트의 주문 외우는 소리가 들렸다. 그러자 주변의 흡혈귀들이 괴성을 지르면서 철창을 잡아 흔들어 댔고, 간신히 정신을 차리려던 윌리엄스 신부도 다시 흉포해졌다.

준후는 할 수 없이 힘을 한풀 꺾어서 팔꿈치로 윌리엄스 신부를 밀어 내고는 수인을 맺으며 땅을 향해 강한 바람의 기운을 내쏘았다. 준후의 소맷자락이 부풀면서 강한 바람의 기운이 쏟아져 나오자 윌리엄스 신부를 매단 채 준후의 몸이 허공으로 치솟았고, 윌리엄스 신부는 준후를 잡고 있던 손을 놓치고 땅에 털썩 쓰러졌다. 준후는 천장을 팔로 짚고는 고양이처럼 날렵하게 땅으로 뛰어내렸다. 윌리엄스 신부는 몸 안의 고통을 더 이상 이겨 내기 힘들었던지 서서히 쓰러져 갔다.

'이때다! 빠져나가야 해! 그래서 코제트를······.'

이 기회를 놓칠 수 없었다. 준후는 도가 오행의 기운 중 금(金)의 기운을 손에 모아서 철창문을 닫고 있던 자물쇠를 향해 내리쳤다. 우지끈 소리가 나면서 자물쇠가 반쯤 부서졌고, 준후가 재차 내리치자 완전히 박살이 나 버렸다.

"이이······. 나쁜 것들! 뇌전의 힘이여!"

준후가 철창을 향해 뇌전의 기운을 쏘자 문이 벌컥 열려 젖혀지며, 철창에 매달린 흡혈귀들이 고통스러운 비명을 질러 댔다. 준후가 발로 문을 걷어차자 흡혈귀들은 비틀거리며 중심을 잃고 쓰러져서 나자빠졌다. 문이 열리자 준후는 코제트에게 시선을 향했다.

이번엔 코제트 차례라고 생각하며 문을 나서서 부적을 꺼내 들려는 순간, 쌕 소리와 함께 채찍이 날아와 부적을 들고 있던 준후의 팔목을 감았다. 준후는 아픔을 이기지 못하고 들고 있던 부적들을 놓쳐 버렸다. 팔목에 칭칭 감긴 채찍은 무서운 힘으로 준후를 끌어당겼고, 준후는 허공에 붕 뜬 채 그쪽으로 끌려가기 시작했다. 팔목이 찢어지는 듯한 심한 통증이 왔다.

요 꼬마, 깜찍하구나! 별 술수를 다 쓰는군! 그러나 오늘이 네놈의 마지막 날이다.

코제트가 휘두른 채찍에 말려 끌려가면서도 준후는 힘을 내서 수인을 맺어 보려 했으나, 코제트가 워낙 센 힘으로 끌어당기는 바람에 수인을 맺을 수가 없었다. 준후가 반쯤 눈을 감은 채 체념하고 있는데 저쪽에서 낯익은 목소리가 들렸다.

"어서 준후를 놔라! 이 사악한 요녀!"

준후가 번뜩 눈을 떴다. 박 신부의 목소리였다.

그라쉬와 코제트

현암은 연희의 입에서 코제트라는 이름이 나오자 눈썹을 치켜 올렸다.

"코제트?"

"예. 코제트의 명령을 받은 대로 현암 씨를 해치지 못해서 유감이라는군요."

"그럼 이자도 코제트의 하수인인가?"

현암은 침울한 얼굴로 넘어져 있는 난쟁이를 가만히 쳐다보았다. 난쟁이는 태어날 때부터 팔다리가 없었는지 상처나 흉터 자국도 없이 팔다리 부분이 약간씩 불룩불룩하게 나와 있을 뿐이었고, 다른 부분은 정상적인 것처럼 보였다. 얼굴은 꽤 잘생긴 편이었다.

연희가 그자의 모습을 보더니 현암에게 낮은 소리로 속삭였다.

"저 사람은 탈리도마이드(Thalidomide)[9] 증후군의 희생자인 게 틀림없어요."

"탈리도마이드요? 그건 뭐죠?"

"글쎄요. 저도 직접 보기는 처음이에요. 1960년대 유럽에 퍼졌다는 일종의 공해병이죠. 약품에 의해서 그랬다는 설도 있고 공해 때문이라는 말도 있는데, 아무튼 그 증후군에 걸린 사람들의 2세는 저 사람처럼 애당초 팔다리 없이 태어난답니다."

"정말인가요? 끔찍하군요."

넘어져 있던 난쟁이는 놀란 현암의 목소리를 들었는지 두 사람을 향해서 뭐라고 떠들어 댔다. 그 말을 들은 연희의 얼굴이 조금 붉어졌다.

"뭐라고 떠드는 거죠?"

"탈리도마이드라는 말이 나온 것을 알아듣고 자기를 놀리는 줄

---

9 유럽에서 입덧 치료제로 개발됐던 약재로, 처음에는 안전한 약품으로 알려졌다. 많은 임산부가 입덧을 치료하기 위해 이 약을 사용했으나, 발매 후 얼마 지나지 않아 팔다리가 기형인 아이들이 태어나면서 사용이 중지됐고, 세계적으로 충격을 일으켰다. 가장 대표적인 탈리도마이드의 증후는 팔다리가 아예 없이 태어나는 경우였다고 한다. 현재 탈리도마이드는 나병(문둥병) 치료 보조제로 사용하는 것 외에는 의학적으로 거의 사용되지 않는다고 한다. 본문에서 연희가 탈리도마이드에 대해 그다지 올바른 지식을 가지고 이야기한 것은 아니다. 이는 자신의 전공과 상관이 없는 내용을 잘 설명했다는 것이 말이 되지 않기 때문에 적절하게 내용을 바꾼 것이다. 또 본문을 유심히 살펴보면 그라쉬가 탈리도마이드 때문에 기형이 된 것이 아니라는 것을 알 수 있다.

알고 있어요."

"정확하게 뭐라고 그러는데요?"

연희는 조금 주저하는 듯하더니 곧 입을 열었다.

"그래, 나는 애초부터 막돼먹은 병신이었다. 그래서 너희 같은 연놈들이 미워, 모조리 밉다고. 뭐, 우리 식으로 옮기면 그런 뜻이에요."

"음……."

현암은 말문이 막혔다. 이자가 비정상적인 육체를 갖고 태어난 것은 측은하고 안된 일이긴 하지만, 그렇다고 해서 전혀 면식도 없는 사람들에게까지 이토록 증오심을 가지고 욕을 퍼붓다니……. 비뚤어져도 한참 비뚤어진 게 아닌가? 현암은 잠시 생각하다가 연희에게 슬쩍 눈짓을 보냈다.

"연희 씨……. 제가 이야기하는 것을 저 친구에게 그대로 전해 주세요. 알았죠? 뉘앙스까지 거의 그대로 전달됐으면 좋겠는데, 그럴 수 있겠죠?"

"예? 의미만 전달하면 되는 게 아닌가요?"

"좀 심한 말이 나올지도 몰라서 그럽니다. 아무튼 해 주세요."

"예, 알았어요. 그다지 능통하진 못하지만 노력해 보죠."

연희는 난쟁이에게 뭐라고 말을 건넸다. 아마도 현암이 지금부터 이야기할 테니 잘 들으라는 뜻 같았다. 난쟁이는 허릿심으로 꿈틀거리며 일어나서 거인의 옆에 기대어 앉더니 눈을 감고는 고개를 돌려 버렸다. 귀를 막고 싶었을 테지만 손이 없으니 귀를 막을 수는 없는 일 아닌가. 현암은 그자의 모습을 보고 있다가 물었다.

"이름이 뭐지?"

난쟁이는 콧방귀를 끼면서 뭐라 중얼거렸고 그 소리를 들은 연희는 어깨를 으쓱했다.

"알아서 뭐 하느냐고 그러는데요?"

"한 번 더 물어봐요. 저 거인의 이름은 미르체아 같던데……. 네 이름은 뭐냐고요."

연희가 좀 강경한 말투로 몇 번이고 묻자 그는 눈을 뜨고 잠시 현암을 노려보다가 씹어뱉듯이 말했다.

"그라쉬."

그라쉬가 자신의 이름이라는 것 같았다. 현암은 나직한 목소리로 그라쉬라는 난쟁이에게 말했다.

"미르체아는 죽은 게 아니야. 지금 잠시 기절했을 뿐이지. 맥을 짚어 보면……."

현암은 말하다가 연희에게 고개를 설레설레 저었다.

'안 그래도 그라쉬는 팔다리가 없는 것 때문에 다른 사람을 몹시 증오하고 있는데 맥을 짚어 볼 수가 없지 않은가.'

현암은 그 말을 통역하지 말라고 말한 뒤, 그라쉬가 있는 쪽으로 걸어가서 미르체아의 손목을 짚어 보았다. 미르체아는 '탄' 자결의 강한 충격을 받고 쓰러져 있기는 하지만 죽은 것은 아니었다. 다만 정신을 차리려면 꽤 오랜 시간이 걸릴 것 같았다.

"이자는 죽은 것이 아니야. 잠시 기절했을 뿐이지."

현암은 연희가 통역을 끝내는 것을 기다렸다가 미르체아의 손목을 들어 그라쉬의 뺨에 갖다 댔다. 그라쉬도 처음에는 현암이 다가오자 몸을 비틀어 피하려 하다가 미르체아의 맥박이 뛰고 있는 것을 느끼고 안심이 되는 모양이었다. 그라쉬의 눈에서 살기가 한결 누그러졌다. 현암은 그런 그라쉬의 얼굴을 한동안 바라보다가 말했다.

"왜 다짜고짜 나한테 덤볐지?"

그라쉬는 한동안 눈을 껌벅거리면서 분노가 덜 풀린 듯한 눈길로 현암을 노려보았다. 그러고는 무슨 생각을 했는지 아까와는 또 다른 굵은 목소리로 말하는 것이었다. 연희가 그 말을 현암에게 옮겨 주었다.

"너를 죽여 버리려고 했어. 코제트가 그러라고 해서……. 그래서 미르체아와 같이 왔는데……. 미르체아를 쓰러뜨리다니! 너는 인간도 아니다. 무슨 마술을 부린 거냐고 말하고 있어요."

"마술이라고? 그러는 너는 희한한 재주를 피우지 않았나? 그나저나 왜 코제트의 명령을 듣지?"

그라쉬는 현암이 자신의 눈을 똑바로 쳐다보며 묻자 지지 않으려는 듯 마주 쏘아보았다. 그러나 그것도 잠시, 당황한 기색을 감추지 못하고 눈동자를 이리저리 굴리며 현암의 눈을 피하려 했다. 저자가 갑자기 왜 저러는지 알 수가 없어서 다시 한번 물어보았다.

"왜 코제트를 도와서 나를 공격한 거지? 코제트는 좋은 사람이 아니야. 그걸 모르고 있었나?"

왈라키아의 밤 175

"그래, 좋은 사람이라고 할 수는 없겠지. 그렇지만……."

그라쉬는 홧김에 말을 꺼내려다가 입을 닫았다. 현암은 말문이 터진 이상 말을 시키면 시킬수록 더욱더 많은 대답을 들을 수 있으리라 판단하고 집요하게 말을 시켰다.

"좋은 사람이 아니라는 것을 알면서도 어째서 코제트를 돕는 거지? 너는 원래부터 코제트의 부하가 아니었나?"

"부하라니? 난 누구의 부하도 아니다. 나는 마을의 대표자야. 미르체아와 내가 마을을 지키는 역할을 하고 있다."

"음, 마을을 지킨다고?"

현암은 생각에 잠겼다. 드라큘라 성 안으로 직접 미르체아와 그라쉬가 잠입한 것을 보면, 지금 그라쉬가 말하고 있는 마을이란 박 신부와 준후 그리고 이반 교수가 수상쩍다며 조사해 보기 위해서 내려갔던 마을임이 틀림없는 것 같았다.

"성 아래쪽에 있는 마을을 말하는 건가?"

"그렇다."

"혹시 마을에 무슨 일이 있었던 것은 아닌가? 너희는 명색이 마을의 대표자인데 코제트의 명령을 따르는 것이라면……. 혹시 마을 사람들 전체가 코제트를 돕고 있는 건가?"

"그래! 모두 다, 모두가 다 그녀를 돕고 있다! 이젠 홀가분한가? 우리 마을에 대해서는 어떻게 알았지? 너는 한 번도 마을에 얼굴을 내비치지 않았는데?"

"우리 일행 중에 몇 명이 그 마을을 조사하러 갔다."

"그렇다면……. 하하하."

그라쉬는 큰 소리로 웃었다.

"그자들은 살아남지 못할 것이다. 나는 실패했지만 다른 사람들은 실패하지 않을 거야. 나를 이겼다고 좋아할 건 없다. 조금 있으면 너희 모두 코제트가 원하는 대로 될 테니까!"

"코제트가 원하는 대로? 그건 무슨 소리지?"

"너희들 모두가 죽어 넘어지는 것! 그것도 그냥 죽어서는 안 된다. 가장 처참하고 잔혹하게, 증오의 불길을 가득 담고 죽어야 된다고 코제트는 말했다."

"증오의 불길을 담는다고?"

"그래야 꺼내 쓸 수 있는 힘이 많아지니까! 그래서…… 아, 아니. 이런……."

그라쉬는 성격이 거칠어서인지 아니면 잡혔다는 수치감 때문인지 말을 함부로 하는 것 같았고, 하지 말아야 될 말을 무심코 내뱉어 후회하는 것 같았다. 현암이 그라쉬에게 물었다.

"증오를 가득 담아야 힘을 꺼내 쓴다니? 도대체 무슨 말이지?"

"나는 모른다. 그건 코제트가 알아서 할 일이다."

현암은 몇 번 더 물어보았으나 그라쉬의 태도는 완강했다. 현암은 잠시 생각에 잠겼다가 다시 그라쉬에게 물었다.

"그런데 너는 코제트를 왜 그렇게 따르지? 왜 마을 전체가 코제트를 따르게 됐나?"

"낄낄낄……."

그라쉬는 큰 소리로 웃었다.

"저 마을이 어떤 마을인지 아는가? 저주받은 마을이다. 너희 같은 놈들은 버젓이 살고 있겠지만 우리는……."

현암이 그라쉬를 바라보면서 고개를 갸웃하자 그라쉬는 눈을 반짝거리면서 마치 현암에게 말하는 것이 크나큰 복수나 되는 양, 억눌린 목소리로 이야기하기 시작했다.

"여기가 어딘지는 알고 있겠지. 드라큘라가 살았던 곳이야. 드라큘라가 어떤 인간인지는 잘 알고 있겠지?"

드라큘라의 이야기가 나오자 연희가 잠시 몸을 움찔했다. 그러나 아무런 의견도 섞지 않고 그라쉬의 말을 그대로 현암에게 전해주었다. 현암은 연희가 왜 몸을 움찔했을까 궁금했지만, 그것보다는 그라쉬의 말에 더욱더 흥미가 끌렸기 때문에 곧 잊고 그라쉬의 말에만 귀를 기울였다.

"드라큘라는 악마였어. 많은 사람이 드라큘라를 미워했지. 드라큘라는 이곳에서 수없이 많은 학살을 저질렀고 결국은 그 죗값으로 온 가족이 잔혹하게 죽임을 당했을 뿐 아니라, 자신도 결국 전쟁 중에 목숨을 잃었지. 그러나 그자는 그것도 모자라 죽어서도 마을에 저주를 걸었고, 우리 마을은 저주받은 마을이 돼 버렸어!"

"어떻게?"

"하하하, 내 모습이 보이지? 여기 미르체아의 모습도 보이지? 이게 너희가 말하는 정상인의 모습이라고 생각하는가?"

"……."

"하나같이 백치! 뇌성 마비! 팔다리가 없는 흉한 몰골들! 우리 마을에서 태어난 사람들은 모두가 그랬어. 그렇기 때문에 우리는 세상과 격리돼 우리끼리만 살아왔고 바깥에서 버젓하게 나다니는 너희 같은 놈들은 모조리 증오해! 그래! 모조리 죽여 버릴 거야! 코제트가 말했어. 바로 우리 같은 사람들을 원한다고, 분노하고 증오하고 억눌려 있는 사람들을! 우리가 마음대로 할 수 있도록 힘을 준다고 했어! 그래서 그랬는데……. 이 망할 놈, 미르체아를 쓰러뜨리다니, 넌 인간도 아냐. 넌 악마야."

그라쉬는 제정신이 아닌 듯했다. 항상 등에 업혀서 다닐 정도로 무척이나 가까웠던 모양이다. 그러고 보면 거인 미르체아는 눈의 검은자위가 없는 것으로 보아 선천적으로 장님이었던 것이 분명했고, 말도 하지 못했던 것 같았다. 말하지 못하고 보지 못하지만 힘은 센 미르체아의 어깨 위에 팔다리가 없지만 사물은 똑바로 분간할 수 있는 그라쉬가 앉아서 둘은 하나가 된 것처럼 행동을 해 왔던 것이 틀림없었다. 그런 미르체아가 쓰러지자 그라쉬가 엄청난 충격을 받은 것은 십분 이해가 갔다. 현암은 거인 미르체아가 입고 있었던 철 갑옷을 살펴보았다. 이상한 도형들이 새겨져 있는 갑옷 역시 코제트가 준 것이 틀림없다는 판단이 들었다.

"이 갑옷도 코제트가 준 것인가?"

"그렇다! 그는 우리에게 힘을 주었지. 갑옷, 무기, 주문. 그리고 무엇보다도…… 힘! 우리가 원했던…… 그……."

"힘이라고?"

"그래. 바로 그 힘. 그것 때문에 우리는……."

"힘이 생겨서 좋은가?"

느닷없이 던진 현암의 질문에 그라쉬는 황당하다는 듯 말이 없었다. 현암은 그라쉬가 생각을 하게 내버려두었다. 그라쉬는 어딘가가 이상했다. 눈은 여전히 증오로 불타고 있었지만 얼굴 표정은 아니었다. 미르체아를 그토록 생각하고 있는데도 눈에는 그런 표정이 깃들어져 있지 않았다. 공허한 눈, 증오만이 불타고 일체의 다른 감정은 하나도 없는 듯한 눈.

'저자는 지금 정상이 아니다! 겉으로는 멀쩡해 보이지만 뭔가에 의해 정신이 억압당하고 있는 것이 분명해! 지금 충격으로 머릿속이 온통 혼돈을 일으키고 있는 것이 분명하다.'

그라쉬는 머릿속에 오만 가지 생각이 떠오르는지 두서없이 중얼거리다가 조금씩 알아들을 수 있는 말을 섞어서 혼잣말처럼 흘렸다. 연희는 말을 한 구절 한 구절씩 현암에게 재빠르게 알려 주어 그라쉬의 기분까지도 그대로 현암이 느끼게끔 최선을 다하고 있었다.

"코제트, 코제트가 말했는데……. 아무도 이길 수 없을 거라고. 미르체아는 정말…… 그래서 그것 때문에 혀까지…… 그랬는데도 지다니……."

현암이 혀라는 소리를 듣고 연희에게 손짓했다.

"잠깐! 연희 씨? 방금 저 친구가 '혀'라고 그랬나요?"

"예, 분명히 '혀까지'라고 했어요."

현암은 긴장된 얼굴로 거인 미르체아의 얼굴 쪽으로 가서 입을 벌리고 안을 들여다보았다. 과연 거인 미르체아의 혀가 잘려 나가고 없었다. 검붉은 흉터 자국을 보고 현암은 분노가 치밀어 올랐다.

"미르체아의 혀를 자른 게 누구지?"

그라쉬는 한참이나 말을 하지 않다가 현암이 추궁하자 내뱉듯이 말했다.

"코제트에게 준 거다. 힘을 얻기 위해서⋯⋯."

"뭐라고? 힘을 얻기 위해 혀를 잘라 줘 버렸다고?"

"그래! 내가 그렇게 하라고 시켰다!"

"뭐, 뭐야? 너는 미르체아와 친한 것 같은데 어떻게 그런 짓을 시켰지?"

"대신 미르체아는 강해졌잖아. 엄청난 힘을 얻었고. 고통이 없으면 힘을 얻을 수가 없다. 고통의 대가로만 얻을 수 있는 게 힘이고, 미르체아는 너를 만나기 전까지 천하무적이었어. 그런데 너는 도대체 어떤 놈이기에⋯⋯."

현암은 한참이나 씩씩거렸다. 흥분을 가라앉히려 노력하다가 성질이 폭발하는지 손을 쳐들고 그라쉬를 때리려 했다. 그라쉬는 현암의 손에 맞는다는 것이 얼마나 무서운 일인지 아는 듯 얼굴이 하얗게 질려 버렸다. 그러나 현암은 들었던 손을 천천히 내리고, 경멸 어린 눈초리로 그라쉬를 쳐다보았다. 그라쉬는 하얗게 질렸던 얼굴이 붉어지면서 정신이 나간 것처럼 중얼거렸다. 분명 정상적인 목소리는 아니었다. 극도의 혼돈 상태에 빠져 있는, 미치기

왈라키아의 밤

직전과 비슷한 상태의 음성이라고 할까?

"왜 그런 눈으로 나를 보는 거야. 왜 나를 그렇게 쳐다보는 거야."

"바보 같은 놈! 너는 네가 한 일이 옳았다고 생각하나?"

현암은 화가 치밀어서 말조차 더듬고 있었다. 그라쉬가 한 말이 사실이라면 그 마을에는 정신이 모자란 사람들만 있을 것이고, 팔다리는 없지만 온전한 정신인 이자가 마을의 리더 역할을 했을 것이 분명했다. 그런 자가 자기와 가장 친한 친구인 미르체아마저도 혀를 잘라서 힘을 얻게끔 유도했다면, 다른 마을 사람들은 어떻게 됐을까.

코제트는 악독한 여자였다. 한국에서는 내전을 일으킬 음모를 꾸몄고, 영국에서는 별다른 큰 목적도 아닌, 길일을 정한다는 명목하에 많은 폭주족을 토막토막 잘라 살해했다. 스톤헨지에서 코제트는 거의 잡힐 뻔한 최후의 순간에도 자기와 같은 편인 에드거의 머리를 잘라 제물로 바침으로써 비비언의 힘을 얻어 내기까지 했다. 그런 코제트가 그라쉬를 이용했다면, 하물며 그라쉬와 가장 가까운 미르체아도 이런 꼴이 됐는데 그 이외의 다른 지능 없는 마을 사람들은 어떻게 됐을 것인가…….

생각이 여기에까지 미치자 현암은 치밀어 오르는 화를 가라앉힐 수가 없었다. 현암은 아까까지 보인 동정 어린 잔잔한 눈이 아닌, 불이 번쩍이는 듯한 매서운 눈으로 그라쉬를 쳐다보며 조용하고 느리게 말을 이었다. 그라쉬의 얼굴은 하얗게 질려 갔다. 연희마저도 몸을 떨 정도로 현암의 분위기는 으슬하게 변해 있었다.

"그러면…… 너……."

현암이 아주 느릿느릿하게 손가락을 쳐들어서 그라쉬를 가리켰고, 그라쉬는 총부리가 자신을 겨냥한 것처럼 몸을 부르르 떨었다.

"마을 사람들에게 어떤 짓을 했지?"

그라쉬는 우물거리며 대답하려고 하지 않았다. 그러나 현암은 결코 소리를 치거나 언성을 높이지 않았다. 오히려 목소리는 더 낮아지고 차분해졌다. 현암의 화내는 모습을 가까이서 보지 못했던 연희는 과연 저것이 현암이 내는 목소리인가 의심스러웠다. 현암의 몸에서는 보이지 않는 기운이 맹렬하게 일어나고 있는 것 같았다. 그라쉬는 그 기운에 짓눌렸는지 파랗게 질려 있었다.

"어서…… 대답해……."

그라쉬는 호랑이 앞에 선 강아지처럼 으아악 하고 비명을 지르며 몸을 부르르 떨었다. 현암이 그라쉬를 가리켰던 손가락을 천천히 코앞까지 들이밀자 그라쉬는 갑자기 눈물과 콧물까지 내쏟으면서 울음을 터뜨렸다. 그라쉬의 얼굴에는 경련이 일었고 목이 막힌 듯 컥컥거리더니 간신히 말을 이었다. 그라쉬가 미친 듯이 지껄여 대는 소리를 연희가 현암에게 옮겨 주었다.

"때리지만 말아 달래요. 한 대만 치면 자기는 죽는다고……. 뭐든지 다 말한대요!"

"어서 이야기하라고 해요. 솔직하게 말하지 않으면 으스러뜨려 버리겠다고."

현암은 옆에 있던 굵직한 나무 막대 하나를 손아귀에 쥐고 그라쉬의 코앞에 들이민 다음 기공력을 모아 쥐었다. 꽤 단단해 보이던 나무 막대에서 우지직 소리가 났다. 현암의 손가락이 깊숙이 파고들었다. 현암이 기공력을 올리자 나무 막대는 그대로 세 토막으로 터져 나갔고, 현암이 손안의 나뭇조각을 던져 버리자 엄청난 힘으로 압축된 나무 막대는 마치 쇳조각처럼 쨍그렁 소리를 내며 돌바닥에서 튀어 올랐다. 그 모습을 본 그라쉬는 부들부들 떨었다. 현암이 나직이 말했다.

"똑바로 얘기해. 코제트가 마을 사람들에게 무슨 짓을 했는지."

"그, 그건…… 코제트는 전설을 이용해서……."

"전설? 드라큘라의?"

"그, 그래. 드라큘라. 그리고 흡혈귀……. 그래서 흡혈귀들, 흡혈귀들을…… 어디선가 흙을 담은 관을 가져오고 그걸로……."

"흙을 담은 관? 더 자세히 이야기해. 그래서?"

"마…… 마을……. 마을 사람들은 이미 반 이상이 흡혈귀, 흡혈귀로 변해서……."

"뭐야? 마을 사람들을 모조리……?"

"그렇지만, 그렇지만 나에게도 할 말은 있어. 그들이 원했던 거야. 그들이……."

"무슨 말이야. 흡혈귀가 되기를 원하는 사람이 있었다고? 말도 안 돼! 거짓말하지 마!"

"아니야, 아니야. 그건 아니었어. 코제트가 말했어. 일단 그렇게 되고 난 후에는 엄청난 힘을 가지게 된다고……. 우리에게 보여

췄어. 그 힘이란 걸 너희는 몰라. 두 팔 두 다리가 다 성한 사람들, 머리가 똑똑하게 굴러간다고 믿는 놈들은 하나도 몰라. 고통을 느끼지 않고 움직일 수 있다는 걸, 다리병신도 멀쩡하게 걸어 다닐 수 있다는 걸, 두 팔이 없어도 마음대로 물건을 움직일 수 있다는 걸. 너희들은 생각이라도 해 봤어? 사지 없이 너희들이 살아 본 적 있냐고? 너희가 만약…… 너희도 그랬다면…….”

"그래도 그건 잘못이야!”

"그럴지도 몰라. 하지만…… 하지만 고통스러웠어. 바깥세상이라는 곳도 한번 나가 보고 싶었는데……. 그러나…… 그러지 못했지. 언제나 외부 사람들이 오면 우리에게 동정 섞인 선물 나부랭이나 안겨 주고 위선에 찬 미소만 지었지. 그러고는 구더기 보듯 벌레 보듯 더러워하고, 무서워하고 징그러워하면서 우리를 피했어. 구더기가 된 기분을 알아? 그런 입장에 처하면서도 고맙다고 고개를 꾸벅거려야 하는 우리의 생활을 겪어 봤어? 거기서 해방될 수 있다면 무슨 짓이라도 하겠어. 봐! 흡혈귀, 흡혈귀가 뭐야. 아무것도, 아무것도 아니야. 이성을 상실했다고? 애당초 우리에게 이성 같은 것이 있기나 했나? 반벙어리에 사람 얼굴 하나 제대로 분간하지 못하는 마을 사람들에게 그것이 어떤 의미를 가진다는 거지? 지금이 훨씬 편해. 그들은 절뚝거리지도 않고, 걸리적거려서 넘어지지도 않고……. 더 이상, 더 이상은…… 그러면 됐지, 뭘 바라는 거야…… 뭘!”

현암은 어느새 분노의 기색이 사라지고 잔잔한, 슬픈 눈빛으로 돌아와 있었다. 현암은 그라쉬의 말이 끝나자 조용히 고개를 저으면서 말했다.

"스스로를 속이지 마, 그라쉬······."

현암은 그라쉬가 본심으로 그런 말을 하는 것은 아니라는 사실을 알고 있었다. 그라쉬의 목소리는 절규에 가까웠고 원래 생각은 그렇지 않다는 느낌이 강하게 배어 있었다. 왜 스스로를 부정하고 그러한 행동을 한 것일까?

"그라쉬, 네가 하는 말은 그럴듯하지만 말도 안 돼. 너는 지금 남이 써 준 대사 같은 말만 흥얼거리고 있어. 도대체 왜 그랬지? 진짜 이유가 뭐야?"

"난, 나는 정말······."

"왜 그랬지, 그라쉬?"

현암은 말하면서 승희를 떠올렸다. 승희가 있었으면 그라쉬가 왜 그랬는지, 무슨 생각을 하는지 금방 알아낼 수 있을 텐데. 그런데 불행히도 지금 승희는 곁에 없었다. 그러고 보니 자기 일에만 몰두한 나머지 승희를 잊고 있었다는 생각이 현암의 머리를 스쳐 지나갔다. 연희와 같이 있어야 될 텐데, 왜 연희 혼자만 내려온 것일까? 그러나 현암은 잠시 승희 생각을 접어 두기로 했다.

그라쉬는 정신이 나간 것처럼 중얼거렸고 그런 그라쉬의 말을 연희가 계속 옮겨 주고 있었다.

"코제트, 난 그 여자를 이해할 수 있었어. 그 여자, 그 여자도 불쌍한 여자고······ 뭐든지 내가 도와줄 수 있는 거라면······. 글쎄,

나도 잘 모르겠어. 아무튼 그 여자를 도울 수 있으면 뭐든지 해야 한다고 생각하게 됐고, 그건 도대체……."

그라쉬가 코제트에 대해서 말을 하려고 하자 그라쉬의 얼굴은 점점 이상하게 변해 갔다. 얼굴 색깔이 희어졌다가 푸르러졌다가 하면서 묘하게 일그러졌다. 이상하다고 느낀 현암은 그라쉬에게 그만하라고 소리쳤다. 그러나 그라쉬는 멈추지 않았다. 계속 이상한 헛소리만 늘어놓으면서 태도가 점점 이상해졌다. 몸을 덜덜 떨더니 이상하게 비꼬기 시작하는 것이었다. 연희도 더 이상은 그라쉬의 말을 알아들을 수 없노라고 현암에게 말했다. 그라쉬는 발작을 일으키는 것 같았다. 그라쉬의 그런 모습을 보고 현암은 뇌리에 어떤 생각이 스쳐 갔다.

'코제트가 그라쉬와 마을 사람들에게 술수를 부린 것은 아닐까? 예전에 세크메트의 대주술이라는 환영술까지는 안 되더라도, 일종의 최면술 비슷한 주술을 써서 사람들을 모조리 현혹해 자기 편으로 만든 것은……. 그런데 그렇다면 이자는 왜 이렇게 괴로워하는 거지?'

그라쉬는 입에 거품을 물며 몸을 비비 꼬고 있었다. 현암은 보다 못해 그라쉬를 붙들고 따귀를 때리면서 호통을 쳤다.

"정신 차려!"

그라쉬의 눈이 제대로 돌아온 것 같았으나 여전히 몸은 덜덜 떨고 있었고, 무슨 발작에 걸린 것처럼 흐느끼면서 눈물과 콧물, 침을 흘리고 있었다. 현암은 그런 그라쉬를 더 이상 보고 있을 수 없어, 자신의 상태 역시 좋지 않음에도 불구하고 그라쉬의 등에 손을 짚은 다음 공력을 집중해서 기공력을 밀어 넣어 주기 시작했다. 몇 분 동안 현암이 그라쉬의 몸에 공력을 돌려주자 그라쉬의 몸 안에서 뭔가가 폭발하는 느낌이 왔다. 그러자 그라쉬는 움찔하고 그 자리에 푹 늘어져 버리고 말았다.

'뭔가 술수를 부리기는 부려 놨군! 이 지독한……'

잠시 후 그라쉬의 입에서 긴 한숨 같은 것이 터져 나왔고 차츰 안정을 찾아가는 것 같았다. 그라쉬가 정신을 차리고 말을 꺼냈을 때 그의 목소리는 거의 정상으로 돌아와 있었다.

"자신이 그동안 무슨 짓을 했냐는데요. 현암 씨?"

"필경 이자는 코제트의 술수에 걸려 있었던 것이 분명해요. 이젠 제정신으로 돌아왔을 겁니다."

그라쉬는 주변을 두리번거리더니 고개를 휘휘 저으며 고통스러운 듯이 말했다.

"너, 너희들은 나에게 무슨 짓을 했지? 아…… 나를 그냥 내버려둬. 나를 제발, 생각 좀 해 봐야겠어. 제발, 미르체아랑 같이 있게 해 줘."

"내버려둔다고? 지금도 제정신이 아니란 말인가?"

"글쎄, 모르겠어. 정신이 드는 것 같아. 내가 왜 이랬지? 아니, 기억은 다 나는데 뭔가가 이상해. 그동안은 뭔가가 이상했어. 날 좀 내버려둬……"

그라쉬가 신음을 내며 중얼거리는 사이에 넘어져 있던 거인 미르체아도 끙 하는 소리를 내면서 벌떡 몸을 일으켰다. 미르체아가 몸을 일으키는 바람에 연희가 흠칫 놀라서 뒤로 몇 걸음을 물러섰다. 현암은 가만히 미르체아를 보고 있다가 그의 몸을 덮고 있던 망가진 강철 갑옷을 오른손으로 떼어 냈다. 미르체아가 몸을 일으키자 현암의 왼쪽 팔목에 꽂혀 있던 월향검이 바르르 떨었다. 현암은 월향검을 쓰다듬어서 괜찮다고 타이르며 미르체아의 손을 보았다. 월향검이 난리를 쳤던 미르체아의 손안은 뼈가 보일 정도로 헤어져 있었다. 현암이 미르체아의 손을 보고 동정하는 태도를 보이자 그라쉬가 버럭 소리를 질렀다.

"놔둬! 미르체아는 내가 보살펴 줄 거야. 그리고 네 이름은 뭐지?"

"나 말인가?"

"그래. 너, 너 말이야."

"나는 현암이라고 한다. 한국에서 왔지."

그라쉬는 몹시 피곤해 보였다. 그러나 과거 자신이 했던 일들을 모두 다 기억을 못하는 것 같진 않았다. 그렇다면 과거의 행동이 꼭 코제트의 주술에 의해서 이루어진 것은 아니라는 이야기인데. 그라쉬는 종알거리며 떠들어 댔다.

"음, 그래. 너희 일행은 모두 거기서 왔나? 뭐 하러 여기까지. 아니지. 코제트를 쫓아온 것인가 보군. 그래, 너희라면 이길 수 있을지도 몰라. 그 여자가 가진 엄청난 힘에……. 아, 머리가 아파. 내가 뭘 하고 있었던 건지 기억은 나는데…… 도대체 꿈속 같아. 모든 게 다만 꿈이었을까? 다만……."

이상하게도 그라쉬의 눈에는 짙은 서글픔이 서려 있었다. 그동안 코제트에게 이용당했다는 것도 모두 기억이 나는 모양인데, 왜 그라쉬는 분노나 후회의 기색 없이 서글픔만을 느끼고 있는 것일까? 그라쉬는 고개를 저으며 말을 이어 갔다.

"아무튼 미안하게 됐다. 이제 더 이상 너희를 건드리지 않을 거야. 우린 마을로 가서 그간의 일을 수습하고 상처도 치료해야겠어. 우릴 보내 주겠나?"

현암은 그라쉬의 얼굴을 찬찬히 들여다보았다. 발작에서 깨어난 듯한 그라쉬는 상당히 침착한 태도를 취하고 있었고, 그 말에 거짓은 없어 보였다. 어떻게 보면 현암으로서도 그라쉬와 미르체아가 돌아가겠다고 한 것이 다행일지도 몰랐다. 어디에다 묶어 둘 상황도 아니었고, 그렇다고 이 두 사람을 이리저리 끌고 다닐 수도 없는 노릇 아닌가. 더 이상 방해하지 않고 가 준다면 좋겠다는 생각이 들었다.

"성 안에 코제트가 숨어 있는 게 분명한가? 그리고 코제트가 무슨 일을 꾸미는 것인지 말해 줄 수는 없어?"

"그건 안 돼. 아까 내가 그 말을 하려다가 이상하게 된 것 같아. 미안해. 차마 그 말은 나로서도 할 수가 없어. 어쨌든 코제트, 코제트는 내 손으로 결말을……. 왜 그녀는……."

그라쉬는 허공을 응시하며 이를 악물었다. 도대체 그라쉬가 왜 저러는지 납득할 수 없었지만 현암은 더 이상 붙들고 얘기할 시간이 없었다. 현암은 연희에게 물었다.

"그런데 승희는 어디에 있나요?"

"승희요? 앗! 그러게요. 현암 씨가 승희와 같이 있지 않았어요? 비밀 통로에 같이 들어온 게 아니었나요?"

"예? 비밀 통로요? 내가 비밀 통로로 왔다는 건 어떻게 알았죠? 승희는 저와 같이 오지 않았는데요. 연희 씨와 같이 있지 않았어요?"

"아니에요. 난 승희도 현암 씨가 들어온 벽난로 뒤의 비밀 통로로 간 줄 알았는데……. 앗! 가만. 그러고 보니 아까 그 방에는 다른 비밀 통로가 있다고 들었는데, 그렇다면 그 통로로 내려간 것일까요?"

"다른 통로요? 승희 혼자 떨어졌다는 말인가요?"

"예, 그런 것 같아요. 어머나! 그렇다면 이 일을……."

현암은 그라쉬에게로 눈을 돌렸다.

"이 성 안에 비밀 통로가 얼마나 되는지 좀 알려 줄 수 있나? 길 안내라도……."

"그건 나도 모른다. 내가 만든 통로들 밖에는……."

"만든 통로?"

"코제트의 부탁을 받고 안 그래도 복잡한 성 안의 구석구석에 더욱더 복잡하고 미묘한 장치를 많이 설치해 놓았지. 그런데 그건 왜 물어보는 거지? 나가는 길이라면 간단하지 않은가? 온 길을 되짚어서 나가면……."

"아니, 됐다."

더 이상 지체할 시간이 없었다. 현암은 그라쉬에게 최후의 한 마디만을 던지고는 자리를 뜨기로 작정했다.

"아까 네 이야기는 본심이 아니라는 걸 안다. 그렇지만 결코 세상을 그런 눈으로만 보면 안 돼. 너 스스로가 생각을 해 봐. 스스로 생각하면 더 잘 알 수 있을 텐데……."

그라쉬는 한마디 대꾸도 없이 현암에게 등을 돌린 채 미르체아에게 달라붙어 있었다. 미르체아는 정말로 지능이 없는 것인지 심하게 다쳐서인지 동상처럼 가만히 앉아 있을 뿐이었다. 현암은 연희와 함께 그런 두 사람의 모습을 보며 고개를 한 번 젓고는 비밀통로를 되짚어서 나가기 시작했다.

왈라키아의 밤

박 신부는 준후를 끌어당기고 있는 코제트를 향해 고함을 치며 몸에서 오라를 발하기 시작했다. 코제트는 주춤하는 듯했지만 이내 큰 소리로 깔깔거리며 웃어 댔다.

"잘도 쫓아왔군. 그러나 신부 당신을 여기까지 따라오게 하는 것도 내 계획에 있었다는 걸 알고 있나?"

"무슨 말이냐! 각오해라. 어서 준후를 내려놔라!"

박 신부는 말을 함과 동시에 오라를 쏘아 코제트의 채찍을 강타했다. 코제트는 방심하고 있었는지 아니면 예기치 않은 기습에 당황했는지 주춤하며 뒤로 한 걸음 물러섰다. 그 바람에 준후의 손목에 감겨 있던 채찍이 풀렸고, 준후는 균형을 잡으며 발딱 몸을 일으켜 세웠다. 준후는 일어나자마자 수인부터 맺었으나 코제트의 모습은 금방 사라져 버렸다. 준후는 코제트가 보이지 않자 화난 표정을 풀고 꼬맹이로 돌아왔다. 울먹이는 눈으로 박 신부를 보며 말했다.

"신부님! 고마워요. 그런데 어떻게 여길……."

"저 여자를 추적해 왔지. 모두 코제트가 꾸민 짓이었어."

"그렇군요. 그나저나 윌리엄스 신부님이 큰일이에요."

"뭐, 윌리엄스 신부님이?"

준후가 박 신부에게 상세한 설명을 하기도 전에 철창 안쪽에서 윌리엄스 신부가 괴성을 지르며 뛰쳐나왔고, 곧바로 박 신부에게로 덤비려는 듯 방향을 바꿨다. 박 신부는 놀라서 눈이 휘둥그레졌다.

준후가 발을 구르자 땅이 파도치듯 출렁거렸고 윌리엄스 신부는 그만 뒤로 나뒹굴고 말았다. 박 신부는 몹시 놀란 얼굴을 했다.

"신부님 도대체……."

준후의 빠른 목소리가 박 신부에게 들려왔다.

"윌리엄스 신부님은 코제트의 술수에 걸려서 반은 흡혈귀가 돼 버렸어요. 그러다 제정신을 차리기도 하던데, 도대체……."

"호호호."

준후의 말을 코제트의 날카로운 웃음소리가 끊었다. 코제트는 어느새 나타나 앞에 서 있었다. 아무래도 코제트의 웃음소리에 무슨 힘이 깃들어 있는지 코제트가 소리를 지를 때마다 주변에 둘러서 있던 흡혈귀와 반흡혈귀가 된 윌리엄스 신부까지도 조금씩 더 난폭해지고 있었다. 준후가 그 사실을 알아차렸다.

"우선 코제트를 막아야 돼요."

윌리엄스 신부가 다시 준후에게로 덤벼들었고 준후는 몇 장 남지 않은 부적을 허공으로 날렸다. 그 광경을 본 박 신부가 치를 떨면서 코제트에게 큰 소리를 질렀다.

"인간의 탈을 쓰고 이따위 짓을 태연히 저지르다니! 이 마녀! 내 절대 너를 용서치 않겠다!"

박 신부는 큰 소리로 고함을 치고는 라틴어로 기도성을 읊기 시작했다. 코제트도 지지 않고 채찍을 허공에 휘두르더니 맞받아 고함을 질렀다.

"간신히 도망친 주제에 입만 살아서 나불거리는군!"

코제트는 박 신부를 향해 채찍을 휘둘렀다. 박 신부는 오라를 크게 내쏘며 채찍을 막았다. 오라에 채찍이 튕겨 나가는 틈을 이용해 박 신부가 코제트 쪽으로 여러 개의 구체를 내쏘았으나, 코제트는 검은 구름을 엉기게 하더니 오라 구를 그대로 맞받아쳤다. 두 개의 힘은 허공에서 퍼벅 소리를 내며 사라져 버렸다.

준후는 정신이 없었다. 조금 전에 떨어뜨린 부적들은 흡혈귀들의 발에 밟혀서 엉망이 됐고, 얼마 남지 않은 부적만으로 흡혈귀들과 윌리엄스 신부를 상대해야 한다는 게 힘에 부쳤다. 게다가 멸겁화로 흡혈귀 하나를 태워서 없애 버린 다음부터는 강력한 주술을 쏟는다는 게 개운치 않았다. 그 이후론 조금씩 충격을 주어 뒤로 물러서게 하거나 쫓아 버리기만 했다. 그러다 보니 흡혈귀들은 더 사납게 달려들었고, 준후는 점점 벽 쪽으로 몰리고 있었다.

박 신부도 준후를 도울 겨를이 없었다. 박 신부는 한 손에 베케트의 십자가를 쥔 채, 다른 한 손에 들고 있던 은 십자가를 다시 허리춤에 꽂아 넣고 성수 뿌리개를 꺼냈다. 코제트도 박 신부가 성수 뿌리개를 꺼내는 것을 보고는 기합을 넣으면서 채찍을 휘둘러 댔다. 채찍은 살아 있는 뱀처럼 꿈틀거리며 박 신부 쪽으로 파고들었다. 오라 막 한쪽을 채찍의 끝이 날카롭게 뚫고 들어오자, 박 신부는 재빨리 몸을 돌렸다. 사제복 자락이 찌이익 찢겨 나갔다.

"신부! 그따위 힘으로 나를 막을 수 있을 것 같아? 내 증오의 힘이 얼마나 큰 것인지 어디……."

코제트는 말을 끝내기도 전에 놀라운 기색을 띠었다. 박 신부의 눈에 여자아이가 들어왔다. 아이는 사람들이 북적거리고 있어서 발을 들여놓지 못하다가 이제야 얼굴을 내민 것 같았다. 코제트의 얼굴이 핼쑥해지면서 긴장된 듯한 억양으로 소리를 질렀다.

"너, 너는 또 왜 왔어! 어서 가! 사라져!"

아까 코제트는 여자아이를 보고 놀라서 달아났지만, 이번에는 오히려 여자아이에게 분노의 고함을 터뜨리며 아이에게 채찍을 휘둘렀다. 박 신부는 아이를 보호하기 위해서 성수를 뿌렸고, 성수 몇 방울이 채찍에 닿자 흰 연기가 피어나며 살아 있는 뱀처럼 날아가던 채찍은 주춤거렸다. 그사이에 박 신부는 아이의 앞을 가로막고 섰다.

"코제트, 이 가엾은 아이까지도 해칠 생각이냐?"

"가! 가! 어서 꺼져 버려. 더 이상 보기 싫어. 나를…… 내 얼굴을 태우지 마!"

이상하게도 코제트는 아이가 나타나자마자 평상시의 싸늘한 기운을 잃고 반쯤 실성한 듯 외쳤다. 도대체 뭐 때문에 저 아이를 보고 저토록 이성을 잃고 발광하는지 의아했지만, 지금이 좋은 기회였다.

'어떤 사연이 있는지는 모르지만, 어쨌거나 코제트가 저 아이를 무서워하는 것은 자신이 지은 죄 때문에 그런 것이겠지. 기회다! 이 기회를 놓칠 수는 없다!'

현암과 연희는 승희를 찾아 벽난로 밖으로 나갔다. 지금은 방의 책꽂이를 밀고 안으로 몸을 날려 떨어진 뒤 미로 안을 헤매는 중이었다. 거의 뜀박질하듯 걸음을 옮기면서 현암은 맥이 빠진 목소리로 뒤를 쫓아오는 연희에게 말했다.

"이 성은 코제트의 요새 같아요. 겹겹이 함정이 있는……. 승희가 무사해야 할 텐데……."

현암이 갑자기 걸음을 멈추고 우뚝 섰다. 연희도 현암을 따라 멈추더니 불안한 듯 물었다.

"왜 그래요, 현암 씨?"

"앞에 뭐가 있어요."

현암은 나지막이 대답하고 연희에게 손을 뻗어 뭔가를 달라는 시늉을 했다. 연희가 현암에게 램프를 건네주었다. 램프를 받아든 현암이 심지를 돋우어 불을 최고로 밝게 한 다음, 저만치 앞을 비춰 보았다.

"으악! 저건!"

연희가 기겁을 했다. 램프의 불빛이 비치는 한도 내에 백 마리도 더 돼 보이는 쥐들이 바글바글 들끓고 있었다. 쥐들은 불빛을 피해 달아나려고 버둥거렸다.

"쥐 떼가……."

현암은 램프를 들고 조금씩 쥐 떼를 내몰면서 걸음을 옮기기 시작했고, 당황한 연희는 어쩔 줄 몰라 하다가 간신히 마음을 다잡고 현암의 뒤를 따라가기 시작했다. 한참 쥐들을 쫓으면서 걸음을 옮기던 현암이 또다시 멈춰 섰다.

"저 앞에 누군가 있어요."

현암의 말이 끝남과 동시에 정말 저쪽에 누가 있는 듯 날카롭고 듣기 싫은 고함이 들렸다.

"뭐죠?"

연희가 현암에게 채 묻기도 전에, 어두운 복도 저편에서 이상한 소리가 들려오기 시작했다.

"쥐 떼! 저자가 쥐 떼를 부리고 있어요!"

현암이 램프를 연희에게 건네주고는 월향검을 빼 들었다. 웅웅하면서 검기가 뻗어 나오는 것과 동시에 복도 저편에서는 시커멓게 많은 쥐 떼가 현암 쪽으로 몰려들기 시작했다. 몇 발짝 뒷걸음을 친 현암이 연희의 앞을 막아섰다.

"연희 씨, 조심해요. 쥐들이 엄청납니다."

연희는 한두 마리라 해도 징그러워서 피하고 싶을 지경이었는데 엄청나게 많은 쥐 떼가 몰려온다는 말을 듣고는 거의 제정신이 아니었다. 연희가 가지고 있던 구리 십자가에서 파란 염체가 휙 하고 뛰쳐나왔다. 염체도 위기감을 느낀 모양이었다.

현암이 고개를 돌리는 순간, 어느새 쥐들은 코앞까지 몰려들어 자기보다 몇십 배 큰 현암을 향해 뛰어오르기 시작했다. 쥐가 이렇게 공중으로 뛰어오르는 것을 현암은 처음 보았다. 일단 몇 놈을 오른손의 기공력으로 날려 버리긴 했지만 덤벼드는 놈들의 수가 더 많았다. 현암이 팔로 쥐들을 휘젓는 사이에 뒤에서 연희의 날카로운 비명이 들렸다. 현암이 막는다고 막았지만 쥐들은 현암과 연희의 옷자락이며 신발을 물어뜯었다. 푸른 염체도 연희에게 덤벼드는 쥐들을 방어하고 있었지만 그 수가 워낙 많았다.

'이거 안 되겠다. 수가 너무 많아. 이럴 때 한꺼번에 쥐들을 몰아내는 방법이 없을까?'

잠깐 사이, 현암의 머리에 뭔가가 스치고 지나갔다. 현암은 급히 공력을 손에서 단전으로 모으고 길게 소리를 질렀다. 바로 사자후의 수법이었다.

"어어헝!"

엄청난 사자후의 고함이 사방을 메우자 연희는 그 자리에 쓰러져 버렸고, 달려들던 쥐들도 엄청난 타격을 받은 듯 우왕좌왕하고 있었다. 사자후의 고함은 사자의 울음소리와 흡사했는지, 조그만 쥐들로서는 본능적인 공포감이 있는 것 같았다.

쥐 떼는 대혼란 상태에 빠졌다. 공중으로 뛰어오르던 놈들은 충격을 받고 고꾸라졌고, 피를 토하며 쓰러져 버리는 놈도 있었다. 남은 놈들은 자기들끼리 물고 뜯고 아우성을 치면서 몰려올 때보다 더 빠르게 반대쪽으로 도망치기 시작했다. 현암은 달아나는 쥐 떼를 향해서 다시 한번 사자후의 고함을 밀어붙이자 쥐들은 썰물처럼 복도 반대편으로 사라져 버렸다. 잠시 후, 복도 저쪽에서 처절한 비명같은 것이 들렸다.

"저건 또 무슨 소리지?"

현암은 중얼거리면서 연희를 부축해 일으켰다.

"연희 씨, 괜찮아요? 갑자기 소리를 질러서……."

"아니, 괜찮아요. 현암 씨, 그건 그렇고 빨리 여기를 빠져나가요. 더 이상……."

연희는 얼굴이 새파랗게 질린 채 금방이라도 쓰러질 듯한 표정이었다. 현암의 사자후로 충격을 받기도 했지만 그보다는 너무도 많은 쥐 떼를 보고 쇼크 상태에 빠진 것 같았다. 현암은 고개를 끄덕이고는 복도 저편으로 걸음을 옮기기 시작했다. 저편에서는 누군가가 새카맣게 쥐 떼로 뒤덮인 채 쓰러져 가고 있었다. 현암이 다시 한번 사자후를 질러 쥐 떼를 다른 쪽으로 쫓아 버렸다.

현암이 다가가 보니 양 이빨이 비죽이 튀어나오고 눈이 붉게 충혈된 흡혈귀였다. 쥐 떼를 부리던 흡혈귀였던 모양인데, 쥐들이 현암의 사자후에 놀라 방향을 바꿔 이 흡혈귀의 온몸을 물어뜯어 버린 것 같았다. 완전히 숨이 끊기진 않은 듯 꿈틀꿈틀 움직이고는 있었으나 일어날 가망은 없어 보였다. 현암은 그런 흡혈귀의 모습을 연희가 보지 않게 앞을 가리면서 흡혈귀가 쓰러져 있는 곳을 뛰어넘어 달려갔다. 쥐들은 곳곳으로 숨어 버렸는지 죽어 있는 쥐를 제외하고는 하나도 모습이 보이지 않았다.

미로 안은 매우 복잡했다. 한참을 헤매고 돌아다닌 후에야 철문 하나를 발견했다. 현암과 연희가 철문 앞으로 가까이 다가가자 철문 저쪽에서 누군가 흐느끼는 소리가 현암의 귀에 조그맣게 들렸다.

'아니, 누굴까?'

현암은 문을 당겨 열려고 했으나, 저쪽에서 누군가가 소리를 지르면서 문을 잡아당기고 있었다. 현암은 개의치 않고 문고리를 잡은 손에 힘을 주어 문을 왈칵 열어젖혔다. 안에서 째지는 듯한 비명이 울려 퍼졌다. 현암이 문으로 막 들어서는 순간, 뒤에서 연희가 고개를 갸웃하더니 중얼거렸다.

"어? 저 목소리는 어디서 많이 들은 소린데?"

현암이 안으로 들어서자 철문 바로 앞에 온몸이 갈기갈기 찢겨 나간 시체가 보였다. 현암은 너무도 참혹한 그 모습에 차라리 눈을 감고 싶었다. 현암이 반대편으로 고개를 돌리자 철문 뒤쪽에 낯익은 여자가 웅크리고 앉아 흐느끼고 있는 모습이 보였다. 승희였다.

"어, 승희야! 무사했구나!"

그러나 승희는 현암을 알아보지 못했다. 공포와 절망감으로 뒤범벅이 된 승희의 눈을 보고 현암은 가슴이 철렁 내려앉았다.

 준후는 완전히 구석으로 몰리고 있었다. 흡혈귀들도 흡혈귀들이었지만 흡혈귀로 변해 버린 윌리엄스 신부가 더욱더 흉포하게 준후에게 덮쳐들었기 때문이다. 코제트가 유독 윌리엄스 신부에게 더 강력한 주술을 걸었는지, 신부는 다른 흡혈귀들보다 훨씬 더 강한 기운을 몸에서 뿜어내고 있었고, 손을 한 번 휘저을 때마다 허공을 가르는 강한 바람이 밀어닥쳐서 제대로 서 있기조차 힘들었다. 흡혈귀들의 숫자는 윌리엄스 신부를 빼고서도 여덟. 그다지 넓지 않은 공간에 여덟이나 되는 흡혈귀들의 손을 이리저리 피한다는 게 여간 어려운 일이 아니었다. 몇 번이나 가까스로 위기를 모면했는지 모른다.
 '이대로는 오래 버틸 수 없어. 방법을 찾아야 하는데……'
 부적이라도 남아 있다면 다른 시도라도 할 수 있을 테지만, 지금 준후의 손에는 호신부 몇 개밖에 남아 있지 않았다.
 코제트는 박 신부를 향해 채찍을 계속 휘둘러 댔고, 박 신부는 오라 막을 펼쳐서 채찍의 공격을 겨우 막아 냈다. 그러고 보니 코제트의 채찍은 박 신부보다도 뒤에 있는 여자아이를 향하고 있었다. 아이는 채찍을 멍하니 바라보고 있다가 자기를 노리고 있다는 것을 알아차린 듯, 공포에 질렸다. 코제트는 아이의 그런 모습을 보고는 더 독살스럽게 알아들을 수 없는 저주의 말을 퍼부으면서 계속 채찍을 휘둘러 댔고, 박 신부는 있는 대로 오라를 펼쳐서 채찍을 막아 냈다. 갑자기 코제트의 모습이 사라지더니 박 신부의 뒤편에 나타났다. 박 신부는 재빨리 몸을 돌려 보았지만 코제트의 채찍은 틈을 주지 않고 아이를 노리며 날아들었다. 박 신부가 오라력으로 채찍을 밀어 내기는 했으나, 코제트의 채찍이 날카로운 소리를 내면서 아이의 등에 스치고 말았다. 아이는 비명을 지르며 엎어졌다가 벌떡 몸을 일으켜서 미친 듯 자신이 들어왔던 통로 쪽으로 도망치기 시작했다. 다행히 크게 다친 것 같지는 않았다. 아무리 적이라지만 조그맣고 힘없는 아이에게 인정사정없이 채찍을 후려갈기는 것을 보고 박 신부는 화가 치밀어 올랐다. 그나마 박 신부가 오라로 막아 내지 못했다면 아이는 죽거나 크게 다쳤을 것이다.

화가 난 박 신부가 힘을 모아 오라의 구체를 내쏘는 순간, 코제트는 채찍을 들고 있지 않은 왼손을 허공에 휘둘렀다. 그러자 코제트의 모습이 사라지더니 박 신부의 뒤쪽에 나타나는 것이었다. 그 순간 코제트의 손에서 뭔가가 반짝하고 빛났다. 아주 짧은 순간이었다. 멈칫하는 사이 코제트의 채찍은 박 신부의 등 쪽으로 날아들어 박 신부의 오라 막에 커다란 충격을 가했다. 박 신부는 주춤주춤 몇 걸음 밀려 났다. 여러 차례 타격을 받자 박 신부의 오라 막은 점차 그 빛이 흐려지고 있었다. 코제트의 비아냥거리는 웃음소리가 박 신부의 귓전을 스쳤다.

"너는 내 상대가 못 돼! 그 빌어먹을 애를 끌고 와서 나를 겁주려고 했었나? 그런 치사한 수법에 내가 당하고만 있을 것 같아?"

박 신부는 간신히 몸을 돌려서 코제트를 쳐다보았다. 그러나 코제트의 얼굴보다도 왼손에 시선을 집중했다. 코제트의 손에 있는 반지, 뭔가 각별한 기운이 느껴졌다.

'혹시 저것이?'

가만 생각해 보니 코제트가 공간 이동술을 쓸 때는 항상 왼손으로 기묘한 동작을 취했던 것 같았다. 예전에 대적할 때는 자세히 볼 수 없었지만, 이곳 트란실바니아에 온 이후에 코제트의 공간 이동술을 여러 번 보았고 그때마다 그런 행동을 취했었다.

'가만, 그렇다면…….'

박 신부의 머릿속이 빠르게 회전하기 시작했다.

"승희야, 이게 도대체 어떻게 된 일이니? 설명 좀 해 보렴."

현암은 정신을 잃을 듯 흐느끼는 승희의 등을 토닥거리면서 진정시키려 했으나, 승희는 말조차 하지 못했다. 현암은 승희가 쥐 떼, 또는 참혹하게 죽은 흡혈귀의 모습에 충격을 받고 이러는 게 아닐까 하는 생각이 들었다. 연희도 흡혈귀의 참혹한 모습을 보고는 금방이라도 졸도해 버릴 것 같은 심정이었지만, 승희가 받을 충격을 우려해 억지로 참고 있었다.

"승희야, 진정해. 괜찮아, 괜찮아……."

현암이 승희를 다독거리는 동안 연희는 흉악한 시체를 보지 않으려고 억지로 고개를 돌렸다. 그런데 저쪽에서부터 뭔가 희한한 느낌이 밀려왔다. 싸늘하고 음습한 기운. 연희의 손아귀가 간질간질해지기 시작했다.

'이게 왜 이러지? 준후가 심어 준 부적이 또…….'

그때, 연희의 목에 걸려 있는 십자가에서 염체가 휙 하고 뛰어나갔다.

"현암 씨, 저쪽에 뭔가 있나 봐요."

연희가 소리를 치려는 찰나, 시커먼 그림자가 연희에게 덮쳐들었다. 현암이 월향검을 내쏘려고 했지만, 왼팔이 부러진 상태라 여의치 않았다. 현암은 할 수 없이 오른손으로 월향검을 뽑아 들면서 연희 곁으로 재빨리 몸을 날렸다.

"아악!"

연희의 놀라는 소리가 좁은 토굴 안에 울려 퍼졌다. 시커먼 그림자는 검은 망토를 둘러쓰고 있었다. 두 눈은 시뻘겋게 충혈돼 있었고 얼굴은 파랬다. 입에는 기다란 이빨이 돋아나 있었다. 비쩍 마른 몸에 키가 몹시 컸고 얼굴도 이 마을 사람들처럼 심하게 일그러져 있었다. 연희의 앞을 막고 선 현암이 월향검에 검기를 주입하려고 하는 사이에, 흡혈귀가 망토 자락을 휘둘렀다. 그러자 엄청나게 강한 바람이 일더니 대처할 틈도 없이 현암과 연희의 몸이 공중에 붕 떠올랐다. 둘은 몇 미터를 날아 우당탕 소리를 내며 한쪽 구석에 처박혀 버렸다. 현암이 간신히 몸을 추스르고는 연희에게 외쳤다.

"힘이 굉장하네요. 승희를 데리고 피하세요. 저놈은 내가 맡을 테니!"

현암이 외치는 사이에도 흡혈귀는 망토를 또 한 번 휘저어 강한 바람을 일으키고는 괴이한 웃음소리를 냈다.

"너, 이놈!"

현암이 월향검에 검기를 실어 흡혈귀를 향해 날렸다. 그러나 흡혈귀가 괴성을 지르며 손짓하자 흡혈귀 뒤쪽에서 뭔가가 우르르 날아들어 월향검의 진로를 가로막았다. 박쥐들이었다.

'흡혈귀는 박쥐나 늑대, 쥐들을 자유롭게 부리는 힘이 있다고 하더니 그 말이 사실이로군.'

월향검은 공중전을 하는 것처럼 박쥐들의 몸을 가차 없이 꿰뚫으며 흡혈귀에게로 향했다. 그러나 박쥐 한 마리를 떨어뜨릴 때마다 속도가 점점 줄어들어 흡혈귀는 가볍게 월향검의 공격을 피했다. 박쥐들은 산산이 조각나는 것도 개의치 않고 계속 월향검을 향해 달려들었다.

"아차, 이럴 수가! 돌아와라, 월향!"

현암은 월향을 부르기 위해 습관적으로 왼손을 뻗었다. 그러나 부러진 왼손에서 통증만이 왔을 뿐, 칼집을 앞으로 내밀 수가 없었다. 현암이 순간적으로 몸을 움찔하자 흡혈귀는 다시 한번 괴성을 지르며 망토를 휘둘렀다. 그러자 광풍이 일면서 현암의 몸이 반대편 벽으로 내동댕이쳐졌다. 쾅 소리와 함께 현암의 몸이 벽을 타고 스르르 내려앉았다. 연희가 그 광경을 보고 소리를 질렀다.

"조심해요, 현암 씨!"

현암은 몸을 일으키며 빠르게 연희에게 말했다.

왈라키아의 밤

"연희 씨, 어서 피하세요. 이놈은 내게 맡기고요. 승희를 데리고 피해요!"

"어디로 가란 말이에요!"

"좌우간, 좌우간 피하세요!"

승희는 아직 충격에서 벗어나지 못했는지 현암이 흡혈귀와 치열하게 싸우고 있는 중에도 계속 흐느끼고 있었다. 연희는 도저히 안 되겠다는 생각에 승희를 들쳐 업다시피 해서 방금 열고 들어왔던 철문으로 빠져나갔다. 저쪽에서 현암이 외치는 소리가 들렸다.

"세크메트의 눈, 그걸 이용해요! 신부님과 준후에게!"

'아, 내가 세크메트의 눈을 가지고 있다는 사실도 까맣게 잊고 있었구나.'

연희는 한 손으로 승희를 부축한 채 세크메트의 눈을 꺼내 들었다. 그러나 별다른 반응이 없었다. 준후가 박 신부와 함께 코제트, 그리고 흡혈귀들과 치열하게 싸우고 있다는 것을 연희는 알 턱이 없었다.

'이런! 어쩐다지? 어디로 가야 하나?'

연희는 다시 현암 쪽으로 돌아갈까 생각했으나 현암은 피해 있으라는 소리와 함께 문을 쾅 닫아 버렸다. 닫힌 철문 너머에서는 기합 소리와 흡혈귀의 외치는 소리, 박쥐의 울음소리, 또 월향검의 귀곡성이 뒤범벅된 요란한 소리가 희미하게 들려왔다.

'무사해야 할 텐데…….'

조금 숨을 돌리고 냉정히 생각해 보니 현암의 판단이 옳았다는 생각이 들었다. 어차피 연희나 지금의 승희는 현암이 싸우는 데에 도움이 되기보다는 방해가 될 뿐이었다. 차라리 그 틈을 타서 박 신부나 준후를 부르는 것이 나았다. 그러나 박 신부를 부르려면 밖으로 나가 마을로 가야 하는데, 이 미로 속을 어떻게 뚫고 나간단 말인가?

'일단은 여기에 좀 있자. 나중에 현암 씨가 사자후라도 써서 불러 주겠지.'

연희는 승희를 데리고 무턱대고 걸음을 옮기기 시작했다.

현암은 부러진 왼팔을 오른손으로 잡은 채 흡혈귀가 휘저어 대는 망토의 바람을 피하려 애쓰고 있었다. 그러나 워낙 좁은 토굴 안인 데다가 제대로 균형을 잡지 못하게 바람은 계속 몰려들었고, 그럴 때마다 현암은 비틀거리면서 여기저기 정신없이 나뒹굴었다. 부러진 왼팔이 이곳저곳에 부딪혀서 심한 통증을 느꼈다.

허공에 떠 있는 월향이 내려오기를 애타게 기다렸으나, 박쥐들은 이제 월향의 모습과 빛이 보이지 않을 정도로 월향을 빽빽하게 둘러싸고 있었다. 박쥐들은 시커먼 덩어리처럼 바글바글하게 몸을 맞대며 뭉치고 있었다. 월향은 시커먼 공처럼 뭉쳐진 박쥐 떼 속에 갇혀서 금세라도 땅에 떨어질 것 같았다. 그 모습을 보자 현암도 화가 머리끝까지 치밀어 올랐다.

'월향을 저토록 몰아붙이다니!'

현암은 무리를 해서라도 '탄' 자 결을 써 볼까 하는 생각을 했다. 아까 주술 갑옷을 입고 있던 거인 미르체아도 단번에 쓰러뜨린 '단' 자 결 아닌가. 현암은 심호흡을 하면서 공력을 모았다. 그러나 현암이 힘을 모으려는 것을 눈치챈 듯 흡혈귀는 바람 일으키기를 그만두고 날카로운 손톱을 뻗으며 현암에게로 덤벼들었다.

현암은 오른손에 기공력을 실어 흡혈귀의 손톱 공격을 막았다. 손톱이 현암의 팔에 박히지는 않았지만 그래도 상당한 통증이 왔다. 흡혈귀는 현암이 오른팔로 자신의 손을 막자 이빨로 들이밀며 물어뜯으려 했다. 왼손이 자유로운 상태라면 하다못해 태극패라도 꺼내서 흡혈귀를 후려치기라도 하겠지만 왼팔이 부러진 상태에서, 또 오른팔이 흡혈귀의 손아귀에 잡힌 상태에서는 별다른 힘을 쓸 수가 없었다. 흡혈귀는 현암을 종잇장처럼 가볍게 위로 들어 올리더니 괴성을 지르면서 그대로 집어 던지려 했다.

'아니, 이놈이!'

현암은 순간적으로 울화가 치밀어 기공력을 끌어모아 오른손의 반탄력을 두 배 이상으로 증가시켰다. 구성(九成)의 공력을 이용한 것이다. 현암이 팔에 돌리고 있던 기공력을 배가시키자 흡혈귀는 충격을 받았는지 캬악 소리를 내고는 뒤쪽으로 주춤거리며 물러났다.

현암은 비틀거리다 곧 중심을 잡았다. 순간적으로 흡혈귀와 현암의 마주 선 자세가 바뀌었다. 현암이 땅에 발을 짚으면서 균형을 잡고는 기공력을 모으려는 순간, 이번에는 뒤쪽에서 박쥐들이 덤벼들었다. 박쥐들은 현암의 전신을 물어뜯기 시작했고 당황한 현암이 박쥐들을 떼어 내기 위해 땅바닥에 몸을 데굴데굴 굴렸다. 몸 밑에서 박쥐들이 찍찍 소리를 내며 터지는 것 같은 감촉 때문에 기분이 좋지 않았으나 달리 방법이 없었다. 현암이 박쥐들을 떼어 내기 위해 몸을 굴리는 사이 옆구리에 시큰한 통증이 느껴졌다. 흡혈귀가 다시 현암에게 달려들어 발길질을 해 댄 것이다.

'이런 죽일 놈. 내가 축구공이냐?'

현암은 기공력을 모아 놓은 오른손으로 흡혈귀의 발목을 잡고는 그대로 비틀어 버렸다. 그러나 땅바닥에 털썩 넘어진 흡혈귀는 곧바로 몸을 일으키더니 미처 일어나지 못한 현암을 깔아뭉갰다. 덩치가 큰 흡혈귀는 현암을 깔고 앉자 현암의 목덜미를 물어뜯으려 덤벼들었다.

'아니, 이런!'

현암은 허우적거리며 흡혈귀에게서 벗어나려고 했으나 도저히 일어날 수가 없었다. 흡혈귀의 이빨이 막 현암의 목덜미에 닿으려는 순간, 갑자기 탕탕하는 총소리가 들리더니 흡혈귀가 비명을 질렀다. 그 기회를 놓치지 않고 현암은 최대한 기공력을 모아 흡혈귀의 아래턱을 후려갈겼다. 와드득하는 소리와 함께 현암의 손에 통증이 왔고 흡혈귀의 송곳니 하나가 저만치 날아가는 것이 보였다. 현암의 주먹을 맞은 흡혈귀는 고통스러운 듯 몇 번 몸을 굴렸다. 흡혈귀의 망토에 여러 개의 총알 자국이 보였고, 그 자국들에서 연기가 모락모락 나고 있었다.

'누가 총을 쐈구나. 그런데 흡혈귀가 총을 맞았다고 저렇게 고

통스러워 할 수가 있을까?'

현암은 어쨌든 다행이라고 생각하며 오른팔로 땅바닥을 쳐서 반탄력으로 벌떡 몸을 일으켰다. 어두운 토굴 쪽에서 누군가가 달려오는 모습이 보였다. 이반 교수였다.

"교수님!"

"어, 미스터 현암!"

이반 교수는 곧 땅바닥에 구르고 있는 흡혈귀를 향해 총을 쏘아 댔다. 총소리가 동굴 안에 한참이나 울려 퍼졌다. 총알이 흡혈귀의 몸이며 머리에 정신없이 적중하자 살점이 떨어져 나가고 피가 튀었다. 그러나 흡혈귀는 여전히 힘이 남아 있는지 허우적거리면서도 이반 교수를 향해 덤벼들었다.

몸을 추스른 현암이 품속에서 태극패를 꺼내 들었다. 태극패에 공력을 밀어 넣자 푸른 빛줄기가 뿜어 나와 월향을 새카맣게 에워싸고 있던 박쥐에게로 향했다. 쾅 하는 폭발 소리와 동시에 허공에 뭉쳐 있던 박쥐들의 몸뚱이가 파편이 튀듯이 사방으로 흩어졌다. 월향은 주변의 박쥐들을 털어 내고는 현암 쪽으로 날아왔다. 태극패를 집어넣고 월향검을 받으려는 찰나, 흡혈귀가 이반 교수를 향해 몸을 날리는 모습이 보였다. 이반 교수의 총에서는 철컥철컥하는 소리만 날 뿐이었다. 현암은 급히 태극패에 빛을 운용해 월향검에게 비추었다.

'월향! 저놈을!'

한 번에 흡혈귀의 목을 날려 버릴까 생각도 해 보았지만 이내 그런 생각을 지웠다. 월향검은 그런 현암의 마음을 알아차린 듯 제비처럼 날아들어 흡혈귀의 오른쪽 어깻죽지를 뚫고 나갔다.

이반 교수에게 덮쳐들던 흡혈귀는 비명을 내지르며 현암이 있는 쪽을 돌아보았다. 흡혈귀의 오른쪽 어깨는 반쯤 잘려서 팔이 덜렁거리며 경련이 일듯 꿈틀대고 있었다. 이반 교수는 그 모습을 보더니 크게 소리를 질렀다.

"망설이지 마시오! 이놈을 죽여야만……! 이놈이 바로 우두머리 격인……."

흡혈귀는 이반 교수가 소리를 지르자 다시 덮쳐들었고, 이반 교수는 새 탄창을 꺼내려 배낭을 뒤졌다. 그러나 새 탄창을 꺼내기 무섭게 흡혈귀가 덜렁거리는 오른팔로 냅다 후려쳤다. 순간 이반 교수는 총과 탄창을 다 놓치고 한쪽 구석의 벽에 푹 처박혀 버렸다. 월향검은 그사이에 방향을 바꾸어서 현암에게로 날아들고 있었고, 현암은 다급한 나머지 태극패에 공력을 주입했다. 흡혈귀는 벽에 처박힌 이반 교수를 왼손으로 들어 올리고 있었다. 이반 교수가 고통에 겨워 신음을 내는 것을 보고 현암은 더 이상 주저하지 않았다. 흡혈귀를 향해 월향검을 쏜 것이다.

꺄아아악!

평상시보다 더 큰 귀곡성이 울리더니 순간적으로 번쩍하는 섬광이 일었다. 흡혈귀의 목덜미 부분에 퍽 하는 소리와 함께 연기가 모락모락 일고 있었다. 이반 교수를 놓친 흡혈귀는 잠시 비틀대다가 현암을 향해 다가왔다. 정면에서 본 흡혈귀의 모습은 정말 징그러웠다. 목이 뚫리고 팔이 덜렁거릴 정도로 큰 상처를 입었는데 아지도 살아 있다니……. 겉은 인간의 모습을 하고는 있었지만 괴물일 거라는 생각이 들었다.

현암이 월향을 조종하려 벼르고 있는데 흡혈귀의 등 뒤에서 갑자기 불덩어리가 화르륵 일어났다. 비명을 질러 대던 흡혈귀는 기운을 소진했는지 무릎이 꺾이고 있었다. 잠깐 사이에 흡혈귀의 온몸은 사나운 불덩어리가 돼 사방을 구르더니 이내 재로 변해 버렸다. 그 너머로 휴대용 화염 방사기를 들고 있는 이반 교수의 모습이 보였다. 교수는 흡혈귀에게 잡혔던 목이 아픈 듯 고개를 몇 번 젓고 목을 쓰다듬더니 조금 걸걸하게 변한 목소리로 이야기하기 시작했다.

"진작 플레임 스로어(Flame Thrower, 화염 방사기)를 쏠걸. 은총알로는 영……."

현암은 날아온 월향검을 허공에 떨쳐서 오물을 털어 냈다. 월향검은 허공에 한번 흩뿌리는 것만으로도 말끔해져서 예의 그 써늘한 빛을 뿜어냈고, 현암의 손에 들어오자 기분 좋은 듯 우웅 하는 소리를 냈다. 그런 월향을 본 현암의 얼굴에 미소가 떠올랐다. 현암은 월향검을 왼팔에 꽂고 주변을 한번 둘러보았다. 한 줌의 재로 변해 버린 흡혈귀, 이제는 그 재도 바람에 날려 흩어지고 있었다. 현암에게 다가온 이반 교수가 발로 재를 쓱쓱 문질렀다.

"이놈이 두목이라고 생각했는데 그런 것 같지 않군."

"……."

"음! 흡혈귀는 관과 함께 파괴해야 영원히 생명을 잃소. 그러나 보다시피 관도 없고, 또 이놈은 내 생각에는 달리 으뜸은 아닌 것 같군. 흠, 좌우간 일은 처리됐으니 이제 박 신부님이 있는 곳으로 가세."

"박 신부님?"

현암은 더 묻고 싶었으나 의사 전달이 쉽지 않았다. 다만 이반 교수가 나타난 것으로 보아 박 신부나 준후도 같이 왔을 거라는 생각에 반가움이 앞섰다. 이반 교수는 현암에게 같이 가자고 손짓했다. 현암은 탈진 상태였지만 내색하지 않고 고개를 끄덕거렸다.

현암과 이반 교수가 막 걸음을 옮기려 할 때였다. 뒤에서 희미하게 흐느끼는 소리가 들렸다. 굴에는 문 말고 두 갈래의 통로가 있었다. 이반 교수와 흡혈귀가 들어온 통로와, 소리가 들려오는 통로는 서로 다른 곳이었다. 또 다른 적이 숨어 있는 게 아닌가 하는 생각에 둘은 말없이 얼굴을 쳐다보고는 그쪽으로 조심스레 걸음을 옮겼다.

이반 교수가 땅에 떨어졌던 총과 탄창을 집어 보더니 배낭에 넣었다. 은총알이 다 떨어진 모양이었다. 이반 교수는 화염 방사기를 가방에 집어넣은 대신 십자가와 뾰족하게 깎은 나무 말뚝을 꺼냈다. 현암은 잠깐 그런 이반 교수를 쳐다보다가 소리가 들려오는 쪽으로 천천히 걸음을 옮겼다.

그곳엔 낯익은 사람이 있었다. 조금 아까 현암과 치열하게 싸웠던 그라쉬. 그라쉬가 예의 팔다리가 없는 몸으로 꿈틀거리며 한쪽 구석 벽에 몸을 기댄 채 흐느끼고 있었다. 뒤편 어두운 곳에는 놀랍게도 거인 미르체아가 쓰러져 있었다. 조금 전에 현암과 더불어 격렬하게 싸웠던 거인이었다. 비록 현암의 '탄' 자 결에 타격을 입고 주술 갑옷이 망가지기는 했지만 그라쉬와 함께 무사히 이곳을 빠져나갔을 것으로 생각했는데……. 얼핏 보기에도 찌글찌글 말라 버려 오래전에 죽은 듯한 참혹한 모습이었다. 현암이 흠칫 놀라자 그라쉬가 뭐라고 우물우물거렸다. 이반 교수가 옆에 있다가 그라쉬의 말을 현암에게 전해 주었다.

"미르체아가 누구요? 혹, 아오?"

"예, 압니다. 굉장히 커다란 거인이죠. 바로 저기 저 사람입니다. 그런데……."

현암은 어느 정도 알아듣기는 했으나 영어 실력이 짧아서 자세하게 이반 교수에게 상황을 전달해 줄 능력은 없었다. 이반 교수도 좀 답답했던지 현암의 말을 기다리다가 그라쉬의 말을 현암에게 옮겨 주었다.

"미르체아가 죽었다는군, 흡혈귀에게……."

"예? 뭐라고요?"

현암과 이반 교수의 입에서 미르체아라는 이름이 나오자 그라쉬는 현암의 얼굴을 똑바로 쳐다보았다. 뭔가 간절하게 바라는 것 같았다. 현암은 조용한 눈빛으로 그라쉬를 마주 보았다. 그라쉬에게 동정이 가는 것도 사실이었다. 그라쉬가 마을 사람들을 흡혈귀가 되도록 유도하기는 했지만, 그것은 코제트의 술수에 걸려들었다고 보는 것이 맞았다. 그렇다면 그라쉬를 미워해야 할 이유도 없고, 흡혈귀가 미르체아를 죽였다면 그라쉬가 저토록 슬퍼하는 것은 이해되고도 남는 일이었다.

'어째서 흡혈귀가 미르체아를 죽였을까? 같은 편 아닌가?'

그라쉬는 중얼거리더니 음산한 어조로 뭐라고 말했다. 이반 교수가 그 말을 현암에게 옮겨 주었다.

"중상을 입은 미르체아를 흡혈귀가……. 이상하군. 방금 우리가 해치운 놈과는 또 다른 놈이 저렇게 만든 것 같소."

현암은 우울한 눈빛으로 그라쉬를 바라보았다. 그라쉬의 붉게 상기된 두 뺨 위로 굵은 한 줄기 눈물이 흘러내렸다. 터져 나오려는 슬픔과 분노를 억누르는 듯 이를 악물고 있었다. 그러나 그것도 잠시, 감정의 복받침이 인내의 한계를 넘어섰는지 그라쉬는 큰 소리로 목 놓아 울기 시작했다. 그라쉬가 우는 것을 보고는 현암은 마음이 아팠다. 이반 교수는 현암이 알아들을 수 있을 만큼 천천히, 또박또박 말했다.

"도대체 이해되지 않는군. 이자는 누구고 미르체아는 도대체 누구요? 그리고 왜 코제트를 죽여 달라는 거요? 이자는 어떻게 코제트에 대해서 아는 거요?"

현암은 이반 교수의 말에 제대로 대답할 수 없었다. 그래서 말없이 그라쉬의 얼굴을 쳐다보고 있을 뿐이었다. 그라쉬의 눈은 제정신이 아닌, 극도로 감정이 혼란 상태에 있는 사람만이 가질 수 있는 그런 눈이었다. 현암은 대강 짐작이 갔다. 코제트는 그라쉬와 미르체아가 현암을 제거하는 데 실패한 것을 알고는 이용 가치가 없게 되자 미르체아를 죽였을 것이다.

"자신이 속았다고 하오. 자네의 말이 맞았다고 하는군. 언제 이 친구와 만났소?"

현암은 고개를 끄덕거렸다. 이반 교수도 고개를 끄덕하더니 다시 천천히 말을 이어 갔다.

"어떤 일이라도 돕겠다고 하오. 어떻게든 코제트에게 복수를 해달라고 하고 있소. 도대체 뭐가 뭔지 하나도 모르겠군. 이자에 대해서 잘 알고 있소?"

"예, 조금요. 하지만……."

현암은 답답했다. 마을 사람 모두를 흡혈귀로 만든 것을 보면 그라쉬는 그들 중 코제트의 으뜸가는 부하일 것이고, 그런 그라쉬가 자기를 돕겠다면 바랄 게 없었다. 그런데 말이 통하지 않아 이반 교수에게 제대로 설명할 수 없으니 기가 막혔다. 결국 현암은 설명하기를 포기하고 이반 교수에게 아주 간략하게 말했다.

"블랙 서클!"

"아, 블랙 서클."

이반 교수가 알았다는 듯 고개를 끄덕였고 그라쉬도 그 말뜻을 눈치챈 것 같았다. 이반 교수가 블랙 서클에 대해서 아는 것이 있느냐고 그라쉬에게 물었고, 그라쉬는 눈빛을 번뜩거리면서 이반 교수에게 한참이나 뭐라고 설명했다. 둘이 대화를 나누는 중에 현암은 문득 연희 생각을 했다. 연희가 있으면 문제없이 이야기가 통할 텐데. 현암은 몸을 일으켜 철문을 열어 보았으나 연희와 승희의 모습은 보이지 않았다. 쥐 떼나 흡혈귀의 습격을 피해서 멀리 간 것 같았다.

"이런……."

현암은 혀를 끌끌 차면서 이반 교수에게로 돌아왔다. 이반 교수는 그라쉬와 이야기를 끝내는 중이었다. 말을 마친 이반 교수가 현암이 알아들을 수 있도록 천천히 그라쉬의 이야기를 옮겨 주었다.

"블랙 서클은 코제트가 속해 있는 집단……. 코제트는 그 블랙 서클 중에서도 승정(Bishop)……. 삼대 승정 중 한 사람. 맨 위에는 총수(Commander)가 있고 승정과 총수 사이에 마스터가 있는 것 같은데, 실질적인 명령은 마스터가 한다고 하오. 이상한 능력을 사용해 알아들을 수 없도록 통신을 하지만 가끔 편지나 물건이 전달되는 경우도 있기 때문에 알 수 있었다는군."

"블랙 서클의 목적은요?"

이반 교수가 잠시 목을 가다듬더니 말했다.

"글쎄, 그게 이상하오. 블랙 서클의 목적은 말이지……. 없어!"

"예?"

"글쎄, 나도 이상하게 생각되네만 그것까지는 그라쉬도 모르는 모양이오. 여러 차례 물어보았지만 그라쉬도 잘 이해하지 못하고 있소. 다만 이런 말을 해 주었소. 증오, 증오를 그들의 바탕으로 삼는다고. 증오(Hate)와 고통(Pain)과 공포(Terror), 이 세 가지가 그들 힘의 근원이라고 하오."

"증오와 고통과 공포?"

"H.P.T……. 이 세 가지가 블랙 서클의 목적이고 모든 것이라고 하오. 그들은 다 함께 어떤 일을 꾸미는 것이 아니라, 성원 하나하나가 각자의 일을 하고 있다는 것 같소."

"각자의 일이라면?"

"음, 그러니까 개개인의 목적대로 알아서 일을 하고 나머지는 그들을 도와주는 거라고 하는데 그게 무슨 말인지는 잘 모르겠소. 그라쉬는 코제트의 경우조차도 자세히 모른다고 하오. 다른 세 명의 승정들에 대해서도 약간은 들은 바가 있는데, 코제트는 가장 높은 총괄 승정이라고 할 수 있고, 한 명은 아프리카에 있는 것 같다고 하오. 아프리카에서 서신이나 이상한 물건 등이 가끔 운송돼 온다고 하는군. 또 한 명은 미국에 있는 것 같다는데, 그 사람의 이름은 알아볼 수 있는 글자여서 한 번 본 적이 있다고 하오. 그자의 이름은 젠킨스."

"젠킨스?"

현암은 고개를 끄덕거리며 그 이름을 마음속 깊이 담아 두었다.

"그 이외에 블랙 서클의 실질적인 인원이라든가 하는 자세한 사항에 대해서는 알고 있질 못하는군. 또 물어볼 것이 없소?"

현암은 말없이 이반 교수를 쳐다보자 이반 교수는 어깨를 움찔하더니 자신의 생각을 말해 주었다.

"블랙 서클 자체에 대한 내용도 매우 중요하지만 지금 우리에게 가장 중요한 것은 코제트에 대한 능력이 아닐까 싶소. 코제트가 도대체 얼마만큼의 힘을 가졌는지 알 수가 없으니. 아마 자네도 그랬을 것이고 나도 그 여자와 맞닥뜨려 보았지만 한 번도 잡는 데는 성공하지 못했소. 코제트의 공간 이동술이라는 것 때문이었지. 그것에 대해 물어보는 게 어떻소?"

현암은 고개를 끄덕거렸다. 이반 교수의 머리는 몹시 치밀한 것 같았다. 이반 교수가 텔레포트라는 말을 하자 그라쉬는 눈을 빛내면서 고개를 끄덕거렸다. 그러더니 또다시 빠르게 뭐라고 중얼거렸고, 이반 교수도 긴장한 듯 그 말을 듣고 있다가 재빨리 현암에게 전해 주었다.

"텔레포트의 비밀은 '이집트의 반지'에 있다고 하오. 원래의 이름은 알 수 없지만······."

"이집트의 반지요?"

"음, 그렇게 말하는군."

"가만, 이집트의 반지라면······."

현암은 과거에 있었던 일들을 생각해 보았다. 결과적으로 세크메트의 눈을 얻게 됐던 사건. 한국에서 내전이 일어나도록 유도하기 위해 블랙 서클에서 이름 모를 이집트의 주술사를 커크 교수로 위장시켜서 한국에 왔을 때, 그 주술사도 제물을 이동시키기 위해서 공간 이동술을 썼다고 했다. 코제트도 그때 공간 이동술을 배운 것이 틀림없었다. 그렇다면 코제트가 지금처럼 마음대로 공간 이동술을 할 수 있는 것이 고대 이집트의 힘을 얻었기 때문일까? 그리고 그 힘이 뭉쳐져 있는 것이 바로 이집트의 반지, 지금 그라쉬가 말하는 바로 그 반지일까?

"이집트의 반지……."

현암은 뭔가 깊은 생각에 잠겼다. 이반 교수는 궁금한 눈길로 현암을 쳐다보았지만 현암은 이반 교수에게 자세히 설명을 해 줄 능력이 없었다. 그라쉬는 그런 현암을 뚫어지게 쳐다보다가 증오 서린 표정으로 중얼거렸다.

"지금은 뭐라고 하는 거죠?"

"코제트에게는 결정적인 약점이 있다는군. 그건 나도 박 신부님과 본 적이 있소. 코제트는 어린 여자아이를 싫어하오. 그것도 금발 머리인 여자아이를 대단히 싫어하고 무서워한다는군. 아까 어떤 여자아이가 우리 뒤를 따라왔는데 그 아이 덕분에 박 신부님과 내가 위기를 모면한 적이 있었소."

"예? 여자아이를요? 아니! 코제트 같은 악랄한 여자가……."

"음, 거기에는 필경 이유가 있을 것이라고 생각을 하네만 아직 자세한 것은 알 수가 없소. 어쨌거나 그건 나도 눈치채고 있었던 일이오. 자네도 기억해 두고 있는 게 좋겠소……. 가만, 지금 이러고 있을 때가 아니오. 박 신부님도 준후를 구하기 위해서 나와 함께 이 동굴 안으로 들어왔는데 지금쯤 코제트를 만났을지도 모르겠군."

"예, 준후라고요? 준후를 구하다니요? 준후에게 무슨 일이……."

"음, 준후는 우리와 같이 마을로 가던 길에 코제트의 부하들에게 납치당한 것 같소. 지금 무사한지 어쩐지 도대체 알 수가 없군.

준후를 잃어버리다니 자네에게 면목이 없소······."

이반 교수가 헛기침하고는 그간의 일들을 간략히 이야기해 주었다.

"모든 것이 코제트의 계략이었소. 우리는 계략에 빠져서 따로따로 놀고 있었던 셈이오. 그러나 코제트가 하나 잘못 생각한 것이 있소. 자네 일행의 힘을 얕잡아 본 것이지. 자네도 무사히 어려운 위기를 빠져나온 것 같고, 박 신부님과 나도 박 신부님의 능력으로 위기를 모면할 수 있었소. 그렇게 본다면 그 아이도 무사할 거라는 생각이 드오. 그런데 미스터 현암. 다른 두 여자분은 어디에 있소?"

현암은 어깨를 으쓱해 보이며 철문 쪽을 가리켰고 이반 교수는 고개를 끄덕이며 말했다.

"이 안은 위험한 듯하오. 어서 그들을 찾아보는 게 좋을 것 같소. 그리고 우리도 코제트에게 가야 하오. 어서 박 신부님과 합류해야 하오."

"아! 연희 씨에게 세크메트의 눈이 있는데······."

"눈, 눈이라니?"

영어를 쓰는 이반 교수에게는 현암이 중얼거리는 눈이라는 소리가 수녀(nun)라는 의미로 들렸나 보다. 현암은 살짝 미소를 짓고는 '세크메트의 눈(The Eye of Sekhmet)'이라고 설명했다. 이반 교수는 고개를 갸웃거렸고 현암은 더 이상 지체할 수가 없다는 듯 오른팔로 그라쉬를 번쩍 일으켜서 등에 업었다. 이반 교수가 그것을 보고 깜짝 놀라면서 소리쳤다.

왈라키아의 밤

"뭘 하려는 거요? 그 사람을 데리고 어떻게 하려고……."

현암은 고개를 가로저었다. 그라쉬는 팔다리가 없으니 미로 안에서 움직일 수도 없을 것이고, 그의 수족 노릇을 하던 미르체아마저 죽어 버렸으니 구해 주는 사람이 없다면 꼼짝도 하지 못할 것이다. 그런 그라쉬를 그냥 내버려두고 갈 수는 없었다. 현암은 그라쉬는 움직일 수 없으니 두고 갈 수는 없노라고 이반 교수에게 힘겹게 말했다.

"아니, 하지만……."

막 싸우러 가는 상황에서 혹을 하나 다는 것을 꺼리는 것도 이해는 됐지만, 현암은 이것도 코제트의 술수가 아닐까 하는 생각이 들었다. 흡혈귀가 같은 편이었던 미르체아를 죽인 것은 분명히 혼자만의 결정은 아니었을 것이다. 같이 있던 그라쉬를 죽이지 않고 그대로 내버려두고 간 것은 무슨 이유였을까? 그라쉬는 흡혈귀에게 저항도 하지 못할 텐데……. 그라쉬는 구해 주는 사람이 없으면 분명히 미로 안에 갇힌 채 꼼짝 못 하고 고통스럽게 죽어 갈 것이 분명했다. 아마 그것까지도 코제트가 예상한 술수인지도 모른다.

그렇다면 더더군다나 그라쉬를 내버려두고 갈 수는 없었다. 인명을 하찮게 여기고 잔혹한 짓을 서슴지 않는 코제트. 그녀에게 그라쉬를 만나게 해 주고 싶었다. 정신없는 표정으로 중얼거리던 그라쉬의 모습……. 분명 그라쉬에게는 코제트와 직접 해결해야 할 무언가가 남아 있는 것 같았다.

이반 교수도 뭔가 사연이 있다는 것을 눈치챈 듯, 고개를 끄덕이면서 그라쉬에게 뭐라고 말했다. 그라쉬도 눈을 빛내면서 고개를 끄덕거렸다. 그러면서 현암의 등에 예의 갈고리와 비슷한 것을 조종해서 바싹 달라붙었다. 현암의 어깨에 촉촉한 물기가 느껴졌다. 그라쉬가 눈물을 흘리고 있었다. 그 눈물이 증오에 의한 것인지, 아니면 현암에 대한 고마운 감정 때문인지는 알 수 없었다. 현암의 등에 매달리면서 이상하게 낮고 차분한 목소리로 중얼거리는 말을, 이반 교수는 놓치지 않고 들었다.

"코제트 내가 간다. 너의 어디까지가 진실이고 거짓말인지 꼭 알고 싶다."

그라쉬는 중얼거리다가 말고 눈을 번쩍 뜨더니 이반 교수에게 빠르게 말했다. 현암은 이반 교수의 얼굴이 환하게 밝아지는 것을 보아 그라쉬가 좋은 이야기를 해 주고 있다고 느꼈다.

"뭐죠, 이반 교수님?"

"그라쉬는 적어도 이 미로에 대해서만은 정통하다는군. 분명히 코제트는 지하에 새로 신축된 광장에 있을 것이고 거기까지의 길을 자기가 잘 알고 있다고 하오. 자기가 길을 알려 주겠다는군. 어서 가세."

"예? 정말인가요?"

현암은 이반 교수와 함께 등 뒤의 그라쉬가 가르쳐 주는 대로 빠르게 발걸음을 놀리기 시작했다. 현암이 혼잣말로 중얼거렸다.

"승희와 연희 씨를 찾아서 같이 가야 할 텐데……."

재집결

 연희는 승희를 부축해 살벌한 싸움이 벌어지는 문에서 멀리 떨어지려고만 했다. 그러나 승희가 계속해서 히스테리 비슷한 증세를 보이는 바람에, 할 수 없이 조금만 더 조금만 더 하며 이리저리 옮겨 다니다 보니 길을 잃고 말았다. 분명히 꺾이는 모퉁이마다 똑바로 기억하면서 왔다고 생각했지만 착오가 있었던 모양이다. 원래의 위치로 되돌아가려 했지만 길이 너무 복잡해서 제 위치를 찾지 못했다. 분명 머릿속에서 그린 대로 움직였는데, 구십 도쯤 꺾인다고 생각하던 길들이 실은 교묘하게 약간씩 각도 차이가 있었던 것이다. 굽이를 네 번 돌면 원래의 방향이 돼야 하는데 실제로는 그렇지 않았다.

 "도대체 어떻게 된 거지? 내가 홀린 걸까?"

 연희는 눈앞이 캄캄해지는 것 같았다. 승희는 얌전해졌지만 큰 충격을 받아서인지 아직도 정신을 차리지 못하고 있었다. 연희는 그런 승희를 반쯤 업다시피 해서 데리고 다니는 중이었다. 승희에게 투시 따위를 부탁한다는 것은 도저히 불가능했다. 죽어 나자빠진 쥐 한 마리라도 보이기만 하면 승희가 기겁하면서 자신에게 무작정 달려드는 바람에 연희는 할 수 없이 방향을 잃은 채 발걸음을 재촉하고 있었다.

 '모르겠다. 이왕 이렇게 된 것, 일단 승희를 진정시키는 일이 중요하다.'

연희는 계속 걸음을 옮기려다가 쥐의 자취가 전혀 보이지 않는 우묵한 곳을 발견했다. 승희를 둘러메고 가다 보니 무척 힘이 들었고, 승희도 지쳤는지 몸이 휘청거렸다. 게다가 한쪽 다리를 심하게 삐었는지 계속 다리를 절뚝거렸다. 연희는 그런 승희가 몹시 안쓰러웠다.

"여기서 잠시 쉬어 가자. 승희야."

승희는 아직도 작은 소리로 쥐, 쥐 하면서 흐느끼고 있었다. 연희는 승희를 바닥에 앉히고 삔 발목을 어루만져 주었다. 승희의 발목은 퉁퉁 부어서 보기에도 측은할 정도였다. 연희가 발목을 잡고 뼈를 맞춰 나가자 우두둑하는 소리가 났다. 간신히 발목에 맞추고 나서 연희는 승희를 다독거리며 진정시켜 주려고 애썼다.

"승희야, 그만 진정해. 이제 쥐들은 없어. 응? 쥐들은 아까 현암 씨가 모조리 다 쫓아 버렸어. 이제 다신 나오지 않을 거야. 응? 후후훗…… 염려하지 마. 진정해. 진정……."

연희가 한참을 그렇게 다독거려도 승희는 여전히 얼빠진 사람처럼 중얼거렸다.

"쥐, 이젠 없다고? 아! 쥐들, 쥐……. 그리고 흡혈귀. 으악!"

승희는 버럭 소리를 지르며 연희의 품속으로 파고들었다. 연희는 그런 승희를 꽉 껴안고는 귀에다 대고 낮은 목소리로 속삭였다.

"괜찮아, 괜찮아. 나도 봤어. 네 잘못이 아니야. 네 잘못이 아니었어."

"내가, 내가 죽였어. 눈앞에서…… 완, 완전히 터뜨려서! 그건 너무 끔찍, 끔찍……."

"아니야, 할 수 없었던 거야. 승희야, 너는 사람을 해친 게 아니야. 사람을 해친 게 아니었어. 응?"

그러나 승희는 계속해서 연희가 달래는 노력에도 아랑곳없이 계속 중얼거리고 있었다.

"아니야. 흡혈귀도 살아날 수 있는 흡혈귀가 있는데……. 나는…… 못했어. 신부님이라면 안 그랬을 텐데. 준후라도, 바보 현암 군이라도……. 그런데 나는 해치고 말았어. 너무 무서워서……. 그런데…… 그렇게 될 줄은 몰랐는데. 아, 무서워……."

"괜찮아. 할 수 없는 거야. 할 수 없었던 일이야."

"아니야!"

승희는 고함을 쳤다. 그런 승희를 달래려고 몸을 추스르는데 주머니 속에서 세크메트의 눈이 달칵하는 소리를 내며 땅에 떨어졌다. 연희가 떨어진 세크메트의 눈을 주우려고 손을 뻗기도 전에 승희가 세크메트의 눈을 집어 들었다.

"현암 군! 준후야! 신부님! 내가 과연 어떻게 해야 했나요? 내가…… 내가 옳았나요?"

승희는 세크메트의 눈을 통해서 소리를 질러 대다가 눈을 감고 몸을 부르르 떨며 뭔가 힘을 쏟아 넣었다. 연희는 그런 승희의 행동을 가만히 지켜보고 있었다.

준후는 부적들을 띄워서 흡혈귀들이 가까이 접근하지 못하게 만들었다. 불붙은 부적들이 휙휙 눈앞을 날아다니며 준후의 앞을 방어하듯이 차단하자, 흡혈귀들은 더 이상 가까이 오지 못하고 주변을 둘러선 채 으르렁거리고 있을 뿐이었다. 맨 앞에는 얼굴이 시퍼렇게 변해 버린 윌리엄스 신부가 있었다.

'아! 저런, 어떻게 하지. 윌리엄스 신부님을 공격할 수도 없고. 부적들의 효력이 떨어지면 흡혈귀들은 다시 덤벼들 텐데.'

준후가 고민하고 있는데 흡혈귀들이 이상해지기 시작했다. 입을 크게 벌리면서 훅 하고 큰 숨을 내쉬는 것이었다. 그러자 시체 썩는 듯한 악취가 났다. 준후는 숨이 턱 막히는 듯했고, 게다가 머리까지 띵했다.

'이건 또 무슨 술수지?'

준후는 흡혈귀들이 내쉬는 썩은 냄새를 맡지 않으려고 애썼으나 숨을 쉬지 않고 오랫동안 버틸 수는 없었다. 준후의 행동이 부자연스러워졌다고 느꼈는지 흡혈귀들이 부적을 피해 사방에서 덤벼들었다. 준후는 흡혈귀들의 공격을 피하면서 할 수 없이 몇 모금씩 숨을 내쉬었다. 점점 머리가 띵해지면서 골치가 지끈지끈 아팠다.

'이러면 안 되는데, 이거 또……'

흡혈귀들이 내쉬는 숨결에는 썩은 냄새는 물론이고, 준후가 아까 맡았던 마취제 성분이 섞여 있었다. 한 번 중독이 됐기 때문에 더 쉽게 중독이 되는 것인지……. 정신이 점점 혼미해졌다.

그러나 그런 것보다도 그런 준후를 바라보고 있는 윌리엄스 신부의 잔혹한 눈길이 준후를 더욱더 괴롭혔다. 준후는 위급함을 느끼며 어떻게든 정신을 차려야겠다고 다짐했다. 이미 부적들은 거의 다 타들어가 힘을 잃는 듯했고 흡혈귀들은 차분하게 부적의 힘이 떨어지기를 기다리고 있는 것 같았다.

"안 돼! 이러면 안 돼!"

흐릿해지는 눈으로 옆을 힐끗 보았으나 박 신부는 코제트와 싸우느라 여력이 없어 보였다. 코제트는 공간 이동술을 자유자재로 구사하며 박 신부를 정신없이 몰아붙이고 있었다. 코제트의 채찍이 사방에서 박 신부의 오라 막을 후려쳤다. 갑자기 준후의 눈앞이 또다시 아롱아롱해지더니 다리가 휘청거렸다. 준후는 자신의 옷소매 속에 들어 있는 세크메트의 눈을 생각해 냈다.

'만약에 현암 형이 근처에 있다면······.'

준후는 떨리는 손으로 세크메트의 눈을 쥐었다. 그런데 그 순간 세크메트의 눈으로부터 알 수 없는 기운이 확 하고 밀려 들어왔다. 예전에 승희가 보내 주던 기운과 흡사했지만, 그것과는 성질이 다른 것이었다. 준후의 몸이 타오르듯 뜨거워지면서 기운이 솟기 시작했다. 흡혈귀들은 준후에게 덤벼들기 일보 직전이었다.

'이건 승희 누나 것 같지도 않고. 도대체 뭐지?'

정신이 단번에 말끔해지며 몸에서 힘이 강렬하게 솟구쳤다. 준후는 흡혈귀들이 달려들자 허공에 대고 커다란 호통을 질러 댔다.

비밀

그라쉬가 안내하는 대로 이반 교수와 현암은 미로 속을 헤쳐 나가고 있었다. 그런 와중에도 현암은 큰 소리로 연희와 승희를 계속 소리쳐 불러 댔고, 공력이 실린 목소리는 미로 안을 쩌렁쩌렁하게 울리면서 멀리 퍼져 나갔다. 미로 안에서 사람들을 찾으려면 이 방법밖에 없을 것 같았다. 적들이 들으면 위치가 노출되겠지만…….

구석에 앉아서 승희의 이상한 행동을 지켜보고 있던 연희가 자신들을 찾고 있는 현암의 목소리를 들었다. 연희는 반가운 생각에 승희를 툭툭 치며 몸을 일으키려고 했다. 승희는 세크메트의 눈을 잡은 채 계속 눈을 감고 있었다. 얼굴은 새빨갛게 상기돼 있었고, 몸 안에서 이상한 기운이 뻗치고 있었다.

"엇! 승희야, 지금 뭐 하는 거야. 이건……."

연희가 말을 잇기도 전에 승희가 갑자기 눈을 번쩍 떴다. 조금 전까지의 승희가 아니었다. 다행이긴 했지만, 갑자기 태도가 돌변하자 오히려 걱정스러운 생각이 앞섰다. 그러나 승희는 아무 말도 하지 않고 무표정한 얼굴로 연희를 쳐다보더니 손짓을 했다.

"가요. 현암 씨가 저쪽으로 가고 있군요."

연희는 승희의 말투까지 왜 그렇게 변했는지 알 수 없었다. 현암 씨라니……. 연희는 승희를 따라갔다. 분명 조금 전까지만 해도 발목을 심하게 절뚝거렸는데, 지금은 아무렇지도 않은 듯 태연하게 걸어가고 있었다. 아무리 발목을 제대로 맞춰 주었다고는 해도 금방 통증이 가라앉을 수 있는가 의아했지만 승희는 틈도 주지 않고 미로 안을 잘 알고 있다는 듯 거침없이 걸음을 옮겼다.

한참을 걷다 보니 현암이 그라쉬를 등에 붙이고 이반 교수와 함께 오고 있는 모습이 연희의 눈에 들어왔다.

"아! 현암 씨 무사했군요. 그런데 그라쉬는……."

현암도 연희와 승희를 보자 반가운 얼굴이었다.

"그라쉬는 우리에게 협조하기로 했어요."

"다행이군요. 승희도 이제 괜찮아진 것 같아요."

합류한 일행은 부지런히 걸음을 옮겼다. 연희는 이반 교수에게 그라쉬에 관한 이야기를 듣고 있었다. 현암은 승희의 옆모습을 힐끗힐끗 쳐다보았다. 승희의 모습은 평소보다도 태연하고 평안해 보였으나 이상하게도 얼굴이 평상시보다 훨씬 붉어 보였다.

'램프의 불빛 때문에 그런가? 아니면 아까의 충격 때문일까?'

현암은 요리조리 궁리를 해 보았지만 간신히 제정신으로 돌아온 것 같은 승희를 건드리고 싶지 않았다. 등 뒤에서는 그라쉬가 낮은 목소리로 방향을 지시하고 있었다.

"왼쪽. 그리고 그다음에는 오른쪽……."

이반 교수가 앞장서 그라쉬의 지시대로 방향을 잡았고, 현암과 승희, 그리고 연희가 그 뒤를 따라갔다.

준후가 기합 소리와 함께 손을 휘젓자 맹렬한 바람의 기운이 일어났다. 흡혈귀들에게 상처를 주지 않고 몰아내려면 바람의 기운을 쓰는 것이 가장 좋았기 때문이다. 윌리엄스 신부를 필두로 한 다른 흡혈귀들도 그에 질세라 고함을 치면서 입에서 계속 썩은 냄새를 내뿜고 있었으나, 준후가 뿜어내는 바람에 산산이 흩어져 버렸다. 흡혈귀들이 준후에게 밀리는 것을 보고는 코제트가 또다시 소리를 지르자 토굴의 반대쪽 통로에서 사람들이 와르르 몰려나왔다. 흡혈귀 같지는 않았지만 코제트에게 길들여진 사람들인 듯했다. 역시 정상적인 사람은 하나도 없었다. 저마다 몽둥이며 농기구 같은 것을 하나씩 들고 나와서 준후에게로 뛰어가는 모습이 흉흉하기 그지없었다. 박 신부는 코제트와 대적하면서 그 모습을 보고 소리를 쳤다.

"준후야! 저건 마을 사람들이야!"

준후는 세크메트의 눈을 통해서 강력한 힘을 받아서인지 몸 안이 폭발할 듯한 지경이었다. 몸이 감당하지 못하니 힘을 바깥으로 뿜어내야 했다.

'이럴 수가! 승희 누나가 이렇게 큰 힘을 보내 준 적은 없었는데……. 그것도 직접 주는 것도 아니고 세크메트의 눈을 통해서라니……. 세크메트의 눈에 이런 능력까지 있었단 말인가?'

준후는 크게 소리를 지르며 달려오는 마을 사람들을 향해 바람의 기운을 내뿜었다. 사람들은 한쪽으로 몰려 와르르 넘어졌으나 금방 일어나서 준후에게로 다시 다가왔다. 사람들은 한결같이 무언가에 홀린 듯 멍한 눈에 초점 없는 눈동자를 이리저리 굴리고 있었다.

'코제트의 술수로 최면 상태에 빠져 있구나. 저 사람들을 꼼짝 못하게 묶어 둘 방법이 없을까?'

준후는 사방을 둘러보다가 축축하게 젖은 돌 천장을 보고 퍼뜩 떠오르는 게 있었다.

'그래, 지금 이 정도로 기운이 충만하다면 가능할지도 몰라! 분석술(粉石術)이다!'

분석술은 밀교의 술수는 아니다. 과거에 도가 계열인 허허자에게서 부적술을 배우면서 같이 배웠던 술수다. 돌을 부스러지게 만드는 희한한 종류의 술수라서 그동안 특별히 써먹을 일이 없었다. 힘의 소모가 심한 술수였지만 지금 상태로 봐서는 가능할지도 몰랐다. 준후는 발을 구름과 동시에 바람의 기운을 내뿜어서 집요하게 달려드는 흡혈귀들을 한쪽 구석으로 몰아세워 넘어뜨리고, 달려오는 마을 사람들을 향해 회오리바람의 기운을 내뿜었다. 사람들이 좁은 통로 저쪽으로 밀려서 와그르르 넘어지자 준후는 손에 수인을 짚으면서 천장을 향해 희뿌연 기운을 내쏘았다. 그러자 천장의 돌들이 금세라도 푸석푸석해져서 바스러질 것 같았다. 그쪽을 향해 강렬한 뇌전 한 방을 더 쏘자 천장의 돌들이 모래알처럼 바스러지더니 쏟아져 내렸다. 순식간에 통로가 막혀 버렸다. 위쪽에 공간이 조금 남아 사람들의 얼굴은 보였지만 그 틈 사이로 헤집고 들어오기가 힘든 것 같았다. 저편에서 농기구로 돌 부스러기를 파헤치려고 애를 쓰는 것 같았지만, 한참은 더 버틸 수 있을 것 같았다.

'야! 이것도 되는구나. 힘만 있으면! 헤헤헤……'

준후는 숨을 헐떡거리면서 흡혈귀 쪽을 향해 몸을 돌렸다.

박 신부는 공간 이동을 하면서 연신 자신을 후려치는 코제트에게 별다른 반격을 가하지 않고 최대한 몸을 웅크려 방어 자세를 취한 채 힘을 아끼고 있었다. 공간 이동술만 막을 수 있다면 지금이야말로 코제트를 잡을 수 있는 절호의 기회였다.

'코제트의 술수가 정말 저 반지에서 나오는 것일까?'

코제트가 휘둘러 대는 채찍은 장벽처럼 박 신부의 앞을 가리고 있어서 그리로 접근한다는 것은 여간 어려운 일이 아니었다.

'어쩐다? 준후도 흡혈귀와 싸우느라 정신이 없을 텐데……'

박 신부는 코제트의 공격을 튕겨 내며 준후에게 크게 소리를 질렀다.

"준후야! 현암 군을 불러 봐! 현암 군이 있어야 될 것 같아!"

준후는 박 신부의 말을 듣고 양손으로 교차시키면서 쓰고 있던 수인을 한 손으로만 돌린 채 한 손으로 세크메트의 눈을 꺼내서 손에 쥐었다. 그러나 세크메트의 눈에서는 별다른 반응이 나타나지 않았다.

"아이고! 이런. 계속 좀 들고 있을 것이지."

그때 토굴의 한 통로에서 사람들이 와르르 몰려 들어왔다. 준후가 쳐다보고는 반가움에 소리를 질렀다.

"현암 형! 승희 누나! 연희 누나! 왔군요!"

코제트는 현암과 그의 일행이 토굴 안으로 밀려 들어오는 모습을 보고 놀라는 기색이 역력했다. 더군다나 현암의 등 뒤에 있는 그라쉬를 보더니 분노의 고함을 질러 댔다. 연희가 현암의 뒤에 숨듯이 서서 현암에게 말했다.

"그라쉬를 보고 욕하고 있어요. 왜 이들을 도와서 여기까지 끌고 온 거냐고요."

그라쉬는 지지 않고 이글이글 타는 눈으로 코제트를 향해 뭐라고 소리를 질러 댔다. 그라쉬의 말이 너무 빨라서 연희조차도 그 말을 제대로 이해할 수 없었는데, 옆에서 침묵을 지키고 있던 승희가 평소 같지 않은 차분한 목소리로 말했다.

"저 사람, 저 여자를 좋아했나 봐. 그러니 자신이 할 수 있는 일이라면 뭐든지 해 주려 했겠지. 그것이 악한 짓이라 해도."

"그런데 그렇다면 왜 주술에?"

"저 사람은 원하지 않았지만 코제트의 술수에 동조해서 쉽게 주술에 걸린 거야. 뭐든 해 주고 싶었기에 받아들였고 그다음부터는 제정신도 아니었던 거지."

"어떻게 그럴 수가 있지? 악한 짓인 걸 알면서도……."

승희는 이상하게 현암에게서 얼굴을 돌리며 말했다.

"그게 말이야, 정말 좋아하면 누구나 그렇게 되는 거야. 목숨도 걸 정도니까."

"아니, 그래도……."

현암이 뭐라고 하려 하자 승희가 고개를 돌린 채 언성을 높여 말했다. 화난 목소리 같았다.

"그랬는데 아까 이쪽과 싸우면서 본래의 정신을 되찾게 됐나 봐. 게다가 친구가 죽어 가는 모습을 보고 좋아하던 감정이 증오로 바뀐 거야."

현암은 승희가 어떻게 저런 것을 세세히 다 알고 설명해 주는지 궁금했다. 자신이 미르체아, 그라쉬와 싸울 때 승희는 곁에 있지도 않았는데……. 투시력으로 그라쉬의 마음을 읽어 낸 것일까? 지금 승희는 자신을 보고 현암 군이라고 하지 않고, 이쪽이라고 하고 있다. 난데없이 이쪽은 뭐야? 승희의 말투가 왜 이렇게 바뀌었나? 고개를 왜 돌리고, 뺨은 왜 저리 붉게 변해 있는 걸까? 맞았나?

한쪽에 서 있던 이반 교수가 준후 쪽으로 달려가더니 믿어지지 않는 듯한 표정을 지었다.

"아니! 윌리엄스 신부님. 어떻게 흡혈귀, 흡혈귀의 모습으로……."

준후가 코제트의 술수 때문에 저렇게 변해 버렸다고 외쳤고, 연희가 그 내용을 들려주었다. 이반 교수는 고개를 저었다.

"으뜸가는 흡혈귀가 죽었는데 어떻게 그럴 수가 있지? 미스터 현암과 내가 잡은 것은 진짜 흡혈귀가 아니었다는 말인가!"

현암의 등에서 그라쉬가 펄쩍 뛰어내리더니 몸을 꿈틀거리면서 코제트에게로 다가가려고 했다. 그라쉬는 화난 듯 뭐라고 고함을 지르다가, 다시 울먹이더니 뭔가 간곡히 바라는 듯한 표정으로 코제트에게 기어 갔다. 코제트는 그런 모습을 보고 박 신부를 공격하던 것도 잊은 채 몸을 부르르 떨었다. 일순간 숨 막히는 정적이 흘렀고 아무도 상대를 공격하려고 하지 않았다. 모두가 코제트와 그라쉬에게 시선을 집중해 쳐다보고 있었다. 연희가 뒤에서 현암에게 속삭였다.

"뭔지는 모르지만 저 그라쉬라는 사람도 정말 불쌍해요. 어쩌다가 코제트를 좋아하게 됐는지 모르지만, 그것 때문에 순순히 술수에 말려든 모양이군요."

"지금 그라쉬가 뭐라고 하고 있지요?"

"그렇게까지 했는데도, 해 줄 수 있는 것은 다 해 주었는데도 왜 그러는 거냐고요. 처음 보았을 때처럼 한 번 웃어 준다면, 한 번 웃어만 준다면……."

그라쉬가 중얼거리는 소리를 연희가 현암과 일행들에게 말해 주었다.

"모든 걸 다 해 줄 수 있었는데 왜 그랬느냐고. 자신은 생전 처음 관심이라는 것을 받아 보았고 코제트가 아무리 나쁘고 악행을 많이 저질렀다고 해도 뭐든지 해 줄 수가 있대요. 그래서 이곳에 머물기를 원했던 것이고 그녀를 도와 마을 사람들을 동원하기까지……. 자신은 코제트를 사랑하고 있지만 코제트가 자신을 좋아해 주는 것까지 바라지는 않는다고. 다만 한 번이라도 예전에 보여 주었던 그런 웃음, 미소를……."

현암은 착잡한 심정을 감출 수가 없었다. 코제트가 애당초 이 마을을 본거지로 삼게 된 계기는 코제트가 그라쉬에 대해 친밀한 태도를 보여 줘서라는 말인가? 코제트 정도 되는 주술사라면 그러지 않고서도 자신의 술수로 이곳을 손아귀에 넣을 수도 있었을 텐데……. 아니, 모든 것이 애초부터 코제트의 계획이었는지도 몰랐다. 그러나 그렇다고 해도 눈치만 비상하게 발달하고 비뚤어진 심정을 가진 그라쉬의 마음을 저토록 풀리게 한 것이 과연 면밀한 계획만으로 가능했을까? 현암은 고개를 가로저었다. 그렇다면 무엇일까? 악의 화신이 돼 버린 코제트의 마음 한구석에도 따뜻한 마음은 남아 있었던 것인가? 역시 아니다. 만약 그랬다면 장애인들을 비참하게 흡혈귀로 만들어 버리는 짓은 하지 않았을 것이다. 그렇다면 그라쉬가 처음부터 속고 있었다는 말인가? 도대체 분간이 되지 않았다.

코제트는 그라쉬의 말을 듣다가 허공에 대고 깔깔깔 큰 소리로 웃고는 매서운 눈초리로 사방을 둘러보았다. 그녀의 저주 섞인 을씨년스러운 말은 직접 들리는 것이 아니라 마음속으로 의미가 전달됐다.

호호호, 그래. 너희들은 모두 다 나를 악마라고 생각하고 있지. 그래. 나는 악마고 마녀다. 그런 나에게 무슨 따뜻한 심정을 기대하고 있단 말인가? 나에게 그런 마음은 없어. 조금도 남아 있지 않아. 가지려고 해도 너희들이 내가 가질 수 없게 몰아붙였지. 그래. 나는 그런 마음은 가지고 있지 못한 악마고 마귀다. 그러니…….

코제트는 잠시 헐떡거리더니 사나운 얼굴로 변했다. 몸 주위에서 시커먼 검은 구름이 뭉게뭉게 일어났다.

그러니……. 모두 죽어라.

코제트가 휘감아 돌린 채찍은 애처로운 눈길로 코제트를 바라보고 있던 그라쉬를 향해 날아갔다. 현암과 박 신부가 손쓸 사이도 없이 코제트는 그라쉬를 채찍으로 휘감아서 허공에다 내던져 버렸다. 그라쉬는 찢어지는 듯한 비명을 지르며 날아가다 천장에 부딪히고는 한쪽 구석에 머리가 처박혔다.

"헉! 저럴 수가……."

"아니, 저런!"

현암이 이를 악다물었고 박 신부도 짙은 신음을 냈다. 연희는 눈을 가리고 있었고, 승희만이 아무 표정 없이 담담하게 코제트를 바라볼 뿐이었다.

그래. 나는…….

코제트의 말이 사람들의 마음속에 울려 퍼졌다.

그래. 나는 뭐든지 할 수 있다. 나는 힘을 얻었어. 증오. 사람들의 증오 때문에 나는…….

현암이 서서히 월향검을 빼 들었고 박 신부도 기도력을 집중해 오라를 크게 펼쳤다. 그런데 갑자기 승희가 앞으로 뚜벅뚜벅 걸어 나갔다. 승희라면 으레 뒤에서 힘을 전달해 주고 직접 싸움에는 가담하지 않았다. 그런 승희가 돌연히 앞으로 걸어 나가자 현암과 박 신부는 놀라서 주춤했다. 승희는 평소답지 않은 이상한 목소리로 코제트에게 말했다.

"너에 대해서 알고 있다. 너의 그 증오라는 것. 그것이 무엇 때문에 비롯됐고 어디에서 시작된 것인지……."

코제트는 살기 등등한 눈으로 승희를 쳐다보더니 가소롭다는 듯 싸늘한 미소를 지었다.

아바타라……. 그 정도의 신력으로 나를 이길 것 같으냐? 그것도 몸 밖으로는 나가지도 못하는 것을……. 너는 남의 마음을 다 짚어 내는 능력이 있다고 했지. 그렇다면 내 마음속도 짚어 낼 수 있겠군. 그래, 네가 일전에 아스타로트의 방어를 깨부순 것을 잠시 잊고 있었군.

현암이 입술을 깨물었다. 승희의 몸 안에 있던 애염명왕의 힘이 바깥으로 나오기 시작한 것일까? 그러고 보니 아까 반착란 상태에 빠져 있던 승희가 조용해진 것이며, 얼굴이 붉게 변한 것, 말투가 달라진 것도 이상했다. 애염명왕, 붉은 몸을 가진 신!

"다 볼 수 있다. 너의 어린 시절……. 너는 금발 머리의 여자아이를 무서워하지? 그리고 불을 두려워하지?"

그만!

코제트가 소리를 쳤으나 승희는 조금도 막힘 없이 이상한 목소리로 천천히 말을 이어 나갔다.

"네가 몸이 불편한 사람들에게 잠시나마 따뜻한 마음을 보였다는 것, 그것 또한 너의 위선이었어. 너는 어렸을 적 타고난 이상한 능력 때문에 사람들에게 손가락질 받았어. 네 부모에게서조차 따돌림 받았지. 그러다가 동생이 태어났고……. 나이가 어렸던 넌 질투심을 감출 수 없었어. 아마 장애가 있는 아이였겠지? 그런데도 니의 부모가 그 애한테만 애정을 쏟는 것을 이해할 수가 없었지?"

코제트는 주춤하다가 다시 얼굴에 독기를 띠며 싸늘하게 말을 전했다.

얼마든지 더 해 봐라. 그런 소리 듣는다고 내가 약해질 것 같으냐?

승희는 무아지경에 빠져 있는 듯했다. 정신적 착란 상태가 된 채 위기에 처하자 몸속에 있던 애염명왕의 힘이 승희를 지키기 위해 밖으로 나온 모양이었다. 그러나 그 힘은 승희의 몸 안에서만 돌고 있는 듯했고, 지금은 승희의 투시력을 더욱 강하게 만들어 내용을 일러 주는 것 같았다. 승희는 코제트의 말에 신경 쓰지 않고 계속 말을 이어 갔다.

"네가 구박함에도 불구하고 귀엽게 달라붙는 동생이 날이 갈수록 미워서 견딜 수가 없었어. 그러던 어느 날, 너는 결국 집에 일부러 불을 질렀지. 동생이 자고 있는 방부터⋯⋯."

연희가 몸을 흠칫했다.

"동생의 방에 불을 질러서 없애 버리면 부모님의 마음이 너에게로 되돌아올 것이라 생각했지. 그러나 그렇게 되지 않았어. 그래, 보인다. 네가 아스타로트의 방어로 마음의 벽을 쌓아도, 마음을 가리려고 해도 소용없어. 네가 동생의 방에 불을 지르고 빠져나오려고 했을 때 누군가가 뒤에서 너를 불렀지. 바로 네 동생이었어. 불에 이글이글 타들어 가서 온몸이 불덩어리가 된 네 동생. 네 눈엔 금발 머리에 불이 붙은 모습이 희한하게도 아름다워 보였겠지."

그, 그만!

"그래도 네 동생은 너를 애타게 부르고 있었어. 잘 나오지도 않는 목소리로⋯⋯. 자기를 구해 달라고. 활활 불이 붙은 채 달려와서 아무것도 모르고 너에게 매달렸지. 그때 네 몸에도 불이 붙었어. 그렇지 않나? 동생은 활활 타서 녹아들어 가는 얼굴로 살려 달라고 절규했어. 그때 너는 어떻게 했지? 너는 선택했어. 너의 모든 건 그때 정해진 거야. 너는 그런 동생을 구해 주기는커녕 오히려 불구덩이 속으로 밀어 넣어 버렸지. 그때 네 얼굴 또한 만신창이가 돼 버렸고……."

현암이나 박 신부나 그 외 모든 사람들, 하다못해 준후와 이반 교수까지도 눈이 휘둥그레져서 승희의 말에 귀를 기울였다. 코제트의 얼굴이 망가져 버렸다는 건 또 무슨 이야기인가? 흡혈귀들도 분위기가 이상하게 흘러가자 주춤거리면서 선뜻 달려들지 못했고, 그런 주위의 분위기에도 아랑곳없다는 듯 승희의 말은 계속 이어졌다.

"그래. 너는 아무도 모르리라고 생각했지만 너의 부모는 네가 동생을 해쳤다는 사실을 눈치챘지. 아니, 그것보다도 네 얼굴이 그렇게 망가진 이상, 더 이상 사람들을 보고 살 수 없다 여겼겠지. 맞아! 결국 너는 집을 나왔고 세상에서 구박받고 미움을 받으면서도 그것을 네 잘못이라고 생각하지 않고 너의 외모가 흉악하기 때문이라 여겼지. 모든 것을 세상에 대한 미움으로만 돌렸어. 그러다가 너의 능력 때문에 블랙 서클에 발탁됐고……."

"그래!"

코제트가 토굴 안이 쨍하고 울릴 정도로 크게 소리를 쳤다. 코제트는 금세라도 폭발할 것 같은 기운을 전신에서 뿜어내고 있었으나, 그럼에도 불구하고 얼굴에는 얼음장 같은 미소가 흐르고 있었다. 사람들은 그런 코제트의 표정을 보고 몸을 부르르 떨었다. 코제트는 화가 치밀어서인지 입을 열어 소리를 지르기 시작했다.

"그래, 그렇다. 잘도 지껄여 대는군. 나를 화나게 했어. 정말로 화나게 했어. 더 이상 너희를……. 더 이상 내버려둘 수가 없다."

박 신부가 한 걸음 앞으로 나아가면서 크게 소리쳤다.

"코제트!"

코제트는 못 들은 듯이 고개를 설레설레 젓고는 처음에는 울먹이는 것 같은 소리로 말을 시작하다가 점차 흥분되고 높은 목소리로 말을 이어 갔다.

"내가, 내가 왜 이렇게 돼야만 했을까? 너희들은 생각해 본 적이 있나? 난…… 난 말이지. 모두가 미워. 나 자신이 밉고, 아무런 관계도 없는 너희들까지도……. 모두가 미워. 모든 인간이. 온 세상이 다 미워……."

승희가 간절한 말투로 중얼거렸다.

"증오는 증오만을 낳는 거야!"

코제트는 승희의 말을 듣고 있는 것 같지 않았다. 반쯤 정신이 나간 것 같았다.

"미워! 미워……. 나도, 나도 이제는 어쩔 수 없어. 호호호. 그래 모두 다, 온 세상이 다 불에 타 버렸으면 좋겠다. 그래! 불, 불, 바로 불이야. 응? 후후후. 무서운 불…… 멀린의 용의 불. 나를 태우고 그리고…… 호호홋!"

코제트는 양손을 길게 뻗으며 고함을 질렀다. 여태껏 코제트는 불과 관련된 술수를 한 번도 쓰지 않았지만, 코제트가 하늘을 향해 외치면서 소리를 치자 주변에서 불덩어리가 회오리바람처럼 용트림을 치고, 코제트를 중심으로 맴돌며 점점 커져 나갔다. 코제트는 엄청난 술수를 쓰면서도 조용하게, 아이를 달래는 듯한 말투로, 소름이 끼칠 만큼 다정스럽게 중얼거렸다.

"모두 죽어……. 응? 모두 죽어!"

얼굴이 붉게 상기된 승희, 아니 애염명왕의 화신은 쓸쓸히 고개를 저었다.

"가엾은 여인……."

코제트가 불덩어리로 이루어진 회오리바람을 허공에 돌리자 그 기세는 점점 더 커졌고 크기 또한 어마어마해졌다. 저편에서 이반 교수와 윌리엄스 신부를 비롯한 흡혈귀들까지 얼굴을 가리며 뒤로 주춤거리고 물러서는 것이 보였다. 현암이 망연히 서 있는 승희를 뒤로 끌어냈고 박 신부가 오라 막을 펴서 앞을 가렸으나 맹렬한 열기는 오라 막 뒤편으로까지 전달돼 사람들은 눈과 얼굴을 가려야만 했다. 저쪽에서 준후가 외쳤다.

"힘을 합해요! 제게 힘을!"

준후가 소리를 치면서 현암과 박 신부가 있는 쪽으로 달려왔다. 윌리엄스 신부를 비롯한 흡혈귀들이 정신을 차린 듯 준후의 뒤를 쫓으려 했으나 이반 교수가 번쩍거리는 십자가를 들고 그들의 앞을 제지하면서 다른 한 손으로 성수가 담긴 물총을 쏘아 댔다. 성수를 맞은 흡혈귀들은 뜨거운 용암이나 산(酸)을 맞은 것처럼 피부에서 연기가 나더니 고통에 찬 비명을 지르면서 뒤로 물러났다. 박 신부와 현암이 남아 있던 힘을 모아서 준후에게로 밀어 넣어 주려 할 때였다. 갑자기 뒤에서 승희의, 아니 애염명왕의 목소리가 들렸다.

"힘을 합해요. 그러나 저 여인을 미워해서는 안 됩니다. 저 여인이 일으키는 것은 증오의 힘……. 그러니……."

말을 잇던 승희는 맥이 풀린 듯 세크메트의 눈을 손에 꼭 쥔 채로 털썩 주저앉았다. 현암과 박 신부는 준후의 얼굴을 쳐다보았다. 증오와 고통의 힘이라…….

어린 준후의 눈은 맑았다. 준후는 현암과 박 신부가 무슨 생각을 하고 있는지 알아차린 듯했다. 준후가 고개를 끄덕이자 뒤에서부터 승희의, 아니 애염명왕의 기운이 밀어닥쳤고 거기에 박 신부와 현암이 힘을 합했다. 승희의 몸에서는 엄청난 기운이 뿜어 나와서 주저앉은 승희의 몸이 저절로 뒤로 주욱 밀려 나갔고, 연희는 엉겁결에 승희를 잡으려다 같이 뒤로 밀려 나갔다.

코제트의 선택

코제트가 미친 듯 깔깔 웃으며 불덩어리를 용처럼 뒤엉키게 꼬았다. 절규 같던 웃음소리가 멈추는 순간, 불덩어리는 같이 멈칫하더니 엄청난 기세로 쏘아져 왔다. 준후는 이를 악물고 그에 맞서서 검은 기운을 내뿜었다. 삼매신수, 즉 물의 술수였다. 두 개의 기운이 엄청난 기세로 충돌하자 돌벽과 통로까지도 우르르 흔들렸다. 준후와 코제트의 발밑이 푹 꺼졌다. 바닥을 뚫고 들어간 둘의 몸이 뒤로 밀리며 돌바닥에 길게 자국을 만들었다. 주술로 충전된 둘의 몸은 강철처럼 굳었다. 둘은 돌바닥을 부수며 서로를 밀어 냈다. 허리가 휘청 꺾이던 준후는 악을 쓰며 허리를 바로 세웠고 검은 물의 기운을 코제트에게 왈칵 쏟아 냈다.

그러자 코제트도 질세라 불기운을 더욱더 거세게 만들었다. 세퇴마사와 승희의 기운까지 얹은 준후의 기운이 조금 더 센 것 같았다. 주춤거리던 검은 기운은 준후의 기합 소리와 함께 한꺼번에 코제트의 불덩어리들을 밀어 냈다. 준후의 삼매신수 기운이 빠른 속도로 코제트를 향했다. 코제트가 경악에 찬 비명을 지르는 순간, 준후의 기운은 코제트의 바로 앞에서 퍽 하며 사라져 없어졌다. 준후는 땀을 주르르 흘리면서 코제트에게 말했다.

"이제 그만, 그만하세요······."

코제트는 이해가 되지 않는다는 듯이 실눈을 뜨고 준후를 쳐다보았다. 준후는 다시 한번 말했다.

"제발요. 싸우지 말아요."

모든 사람은 숨을 죽이고는 코제트의 얼굴을 쳐다보았다. 코제트는 잠시 주저하더니 왼손을 쳐들었다. 순간 번쩍하면서 코제트가 사라지더니 갑자기 준후의 뒤편에 모습을 나타냈다. 모든 기운을 쏟아 버려 허탈한 상태에 빠져 있는 준후의 등을 코제트가 채찍으로 후려치자, 준후는 비명을 지르며 쓰러져 버렸다. 준후에게 힘을 모아 주고 있던 현암이나 박 신부도 코제트의 채찍질을 저지하지 못했다. 아니, 그럴 틈이 없었다. 실로 눈 깜짝할 사이였다. 코제트는 앙칼진 웃음을 띠며 말했다.

"너희들, 너희들이 나를 희롱해? 내가 그러면 기뻐할 것 같아? 나는…… 나는……."

"코제트! 무슨 짓이냐!"

현암이 분노의 고함을 질렀으나 코제트는 눈물을 흘리며 허탈하게 고개를 젓고는 정신이 나간 사람처럼 외쳤다.

"너희가 미워. 나를 죽이려 하지 않는 너희들이! 나를 자꾸 약하게 만드는 너희가! 나의 궁극적인 것은 힘, 무엇보다도 강한 힘!"

현암이 조용히 눈살을 찌푸리며 말했다.

"힘? 무엇을 위해?"

"호호호……."

코제트는 웃더니 번쩍이는 눈빛으로 현암을 쏘아보았다.

"나까지도 약하게 만들려는 너희를 죽이기 위해!"

순간 코제트의 몸이 현암과 박 신부의 눈앞에서 사라졌다. 현암이 소리를 쳤다.

"조심!"

현암이 외치는 순간, 코제트의 몸이 박 신부의 바로 옆에 나타나더니 채찍을 휘둘렀다. 박 신부가 비명을 지르며 현암 쪽으로 쓰러졌고 현암이 월향검을 빼 들려고 했으나 어느새 코제트는 사라진 뒤였다.

"뒤다!"

현암은 월향검을 뽑으려고 하던 자세 그대로 몸을 돌리면서 오른손에 기공을 모아 코제트를 움켜쥐려 했으나 옷자락 끝만 아슬아슬하게 잡혔을 뿐, 연속으로 공간 이동을 하는 코제트를 잡을 수가 없었다. 코제트는 번쩍하며 현암의 뒤편에 나타나더니 날카롭게 채찍을 휘둘렀고 현암은 채찍에 발목이 감겨 쓰러졌다. 쓰러지는 현암의 눈에 이미 쓰러져 있는 준후의 모습이 들어왔다.

쓰러진 채 몸을 일으키지 못하고 있는 준후의 몸 주변으로 이상한 불꽃이 파바박 소리를 내며 일어나고 있었다. 기습을 당해서 몸 안의 힘이 이상하게 꼬인 것 같았다. 준후의 고통스러운 비명이 들려오자 그 애처로운 신음에 자극받아 현암의 분노가 폭발했다. 현암은 더 이상 주저하지 않고 넘어지면서 월향을 꺼내 들었다.

'저…… 저 여자를…… 저 뻔뻔스러운 괴물을…….'

쓰러지면서도 현암이 이를 갈며 생각을 집중하자 마음이 전달됐는지 월향은 귀곡성을 내면서 분노한 듯 코제트의 얼굴로 향했다. 코제트는 두려워하거나 놀라지 않았다. 웃었다. 아주 짧은 순간이었지만, 그녀는 후련하다는 듯 담담히 웃었다. 그것을 본 순간, 현암은 마음을 바꾸었다. 스스로를 자제하는 이성이 결국은 더 강했다. 분노해서는 안 된다. 흥분해서는 안 된다. 미워해서는 안 된다.

현암은 넘어지면서 소리쳤다.

"안 돼!"

월항검은 코제트가 미처 공간 이동을 하기도 전에 코제트의 얼굴을 적중시킬 뻔했으나, 현암의 고함을 듣고 살짝 궤적을 바꿔 아슬아슬하게 코제트의 얼굴을 스치고 지나갔다. 그러자 코제트의 얼굴 가죽이 출렁이면서 허물어지듯 덜렁거렸다.

"죽여! 왜 죽이지 않는 거냐! 그럼…… 그럼……."

말을 이으며 코제트는 한쪽 손으로 자기 얼굴을 휙 하고 훑었다. 그러자 얇은 가면이 벗겨지고 거기에 불에 타 만신창이가 된 흉측스러운 얼굴이 드러났다. 뒤에서 연희가 헉하고 놀라는 소리를 냈다. 코제트는 조소가 섞인 듯한 차가운 말투로 중얼거렸다.

"이게 내 얼굴이야. 모두 만족해? 그래, 보기 좋지? 보기 좋다고? 정말이야? 나는 원래 이렇게 생긴 여자야. 후후후. 죽어 주려고 했는데. 이젠 안 그럴 거야. 죽어 주려 했는데 왜 죽이지 않아? 내가 그렇게 미워? 그럼, 그럼……."

현암은 의외의 사태에 신음만 냈다. 코제트가 중얼거리면서 다시 왼손을 서서히 쳐들었다.

"너희들 다…… 죽어어!"

그러나 코제트의 목소리 울림이 가시기도 전에 박 신부가 놀라울 정도로 빠르게 코제트를 향해 달려들어 왼쪽 손을 잡았다. 코제트의 손에서 반지가 번쩍하고 빛났고, 그것을 본 현암이 이를 악물었다. 반지가 빛을 냈는데도 공간 이동을 하지 못했다. 박 신부가 급히 외쳤다.

"반지! 그게 없으면 공간 이동의 술수는 못 쓸 거야!"

코제트는 몸놀림이 빠른 현암만을 경계하고 있었기 때문에 일격을 당한 박 신부가 자기를 공격하리라곤 꿈에도 생각지 못했다. 어쩌면 박 신부는 그것을 노리고 있었는지도 몰랐다.

"신부! 놔!"

코제트가 소리를 지르며 채찍을 내던지는 순간 코제트의 손가락에서 길게 손톱이 뻗어 나와 박 신부의 얼굴을 움켜쥐었다. 박 신부의 얼굴에 코제트의 손톱이 푸욱 박히자 박 신부는 고통에 찬 비명을 지르면서도 코제트의 손을 놓지 않았고, 손가락에서 반지는 계속 번쩍거리며 빛나고 있었다. 코제트는 박 신부에게 잡힌 손을 휘저으며 공간 이동술을 써서 빠져나가려고 하는 모양이었으나 공간 이동의 술수는 한 사람에게만 적용되는 듯, 박 신부가 손을 놓지 않자 술수가 먹혀들지 않는 것 같았다.

"현암 군! 어서!"

현암이 때를 놓치지 않고 마음을 독하게 먹으며 움직이지 않는 왼손을 오른손으로 받혀서 쳐들었다. 그러나 아까와 같은 분노의 감정은 아니었다.

'반지! 저 반지만을!'

월향검이 비명을 지르며 쌕 하고 빠져나와 코제트의 손으로 날아들었다. 코제트는 기겁하며 손을 거두려고 했으나 손톱이 박 신부의 얼굴에 깊게 파고들었는지 미처 빼지 못했다.

꺄아아악!

월향검의 귀곡성이 허공에 퍼지자 반지를 끼고 있던 코제트의 손가락이 허공에 날았고 반지도 두 토막이 나 버렸다. 코제트는 허공에 반지와 자신의 손가락이 잘려서 떠오르는 것을 보고는 짐승과 같은 커다란 비명을 질러 댔다. 곧이어 코제트의 몸 주변에 시커먼 구름이 일어나서 박 신부의 오라와 무섭게 충돌했다. 박 신부는 얼굴에 피를 흘린 채 한쪽으로 내동댕이쳐졌다. 코제트도 무사하지는 못했다. 그녀 또한 폭발력에 밀려 날아가서 벽에 쿵 하고 부딪혔다. 코제트의 입가에 섬뜩하게 붉은 피가 맺혔다. 현암은 땅에 떨어진 코제트의 손가락을 보고 길게 한숨을 쉰 다음 월향검을 받아 들고 코제트의 앞쪽으로 뚜벅뚜벅 걸어 나갔다. 이제 코제트는 더 이상 주술을 쓸 수 있을 것 같지 않았다.

"이제 포기해, 코제트. 죄를 뉘우쳐."

그러나 코제트는 흉하게 타 버린 얼굴에 더욱 섬뜩한 분노의 표정만을 떠올리고 있었다.

"너희들, 너희들…… 갈가리 찢어 죽이고 말겠다!"

코제트는 허공에 대고 이상한 소리를 질렀다. 그러자 준후가 막아 놓았던 한쪽 통로의 돌 부스러기들이 폭발하듯 쾅 하고 터져 나가면서 시커먼 관 하나가 비행기처럼 날아 들어왔다. 흡혈귀들을 막고 있던 이반 교수가 그 모습을 보고 소리를 질렀다.

"저, 저것이야말로 진짜 흡혈귀의 관. 어서 저것을……."

흡혈귀의 관이 나타나자 십자가의 기세에 눌려 있던 윌리엄스 신부를 비롯한 흡혈귀들의 기세가 사나워졌다. 괴성이 사방을 가득 메웠다.

현암이 놀라 주춤하는데 관은 허공을 미친 듯이 날아 현암의 등덜미를 모서리로 들이받았다. 현암은 비명을 지르며 토굴 벽에 처박혀 버렸다. 입에서 울컥 피가 쏟아졌다. 그럼에도 현암은 스프링처럼 벌떡 일어나 관을 향해 월향을 휘둘렀다. 하지만 관은 재빨리 월향검을 피해서 뒤로 물러나 버렸다.

코제트는 허공에 대고 소리를 질러 대더니 채찍을 주워 들고 망연히 앉아 있는 승희에게 내리쳤다. 승희는 몸속에 있던 애염명왕이 잠시 몸을 빌렸기 때문인지 앉은 자세 그대로 돌처럼 굳어 있었다. 승희의 얼굴을 노리고 채찍이 날아드는데 옆에 있던 연희가 엉겁결에 오른손으로 채찍을 받았다. 연희의 오른손에는 준후가 심어 준 부적의 글자가 남아 있었다. 채찍은 연희의 오른손 부적 글자와 부딪히자 팍! 소리와 함께 불똥을 내면서 반대쪽으로 튕겨 나갔다. 연희는 일단 무서운 채찍을 막아 내기는 했으나 오른손이 떨어져 나갈 듯한 심한 고통 때문에 비명을 지르며 뒤로 넘어졌다. 채찍은 주술력의 충격을 이겨 내지 못했는지 끝에서부터 불이 붙었다. 불길은 삽시간에 채찍 전체로 번지며 타들어 갔다.

넘어져 있던 준후는 간신히 눈을 떴다. 더 이상 술수를 쓸 수 있을 것 같지는 않았으나, 어쨌거나 자신도 무슨 역할을 해야만 했다.

방금 흡혈귀의 관이 들어온 통로로 누군가가 무서운 듯 웅크린 채 떨면서 들어오고 있었다. 박 신부를 따라왔던 여자아이였다. 준후는 그 아이를 향해 손짓했다. 여자아이는 겁먹은 듯한 표정으로 주춤거리다가 준후가 웃는 얼굴로 부르자 코제트에게 얻어맞은 고통도 잊은 듯, 준후가 있는 쪽으로 다가왔다. 그 모습을 본 이반 교수의 얼굴이 밝아졌다. 이반 교수는 윌리엄스 신부를 비롯한 흡혈귀들을 떨쳐 버리고 그 아이에게로 달려왔다. 흡혈귀들이 이반 교수의 뒤를 따라오자 이번에는 준후가 흡혈귀들을 막을 수밖에 없었다.

"윌리엄스 신부님! 제발, 제발 정신 차리세요!"

관은 현암을 강타하고는 허공을 날아 광장의 가운데에 우뚝 섰다. 관 뚜껑이 열렸다. 그 안에 시퍼렇고 찌글찌글 말라 버린 흡혈귀가 누워 있었다. 흡혈귀는 관 뚜껑이 열리자 움찔거리며 몸을 움직이려 했다.

막 여자아이를 들쳐 안은 이반 교수가 비명을 질렀다.

"저, 저것이야말로 진짜 흡혈귀!"

현암은 사자후의 일갈을 터뜨리며 오른손에 들고 있던 월향검을 내던졌다. 현암의 입에서 기합 소리와 함께 피가 터져 나와 사방으로 튀었고, 월향검은 현암의 피를 몸으로 받으며 더욱더 흉흉한 기세로 엄청난 귀곡성을 내며 흡혈귀의 심장을 향해 날아갔다.

꺄아아악!

흡혈귀는 눈을 뜨려는 찰나에 월향검이 날아오는 것을 느낀 듯 눈을 휘둥그렇게 뜨며 "캭!" 하는 소리를 냈으나, 월향검은 인정사정을 두지 않고 흡혈귀의 심장을 뚫으며 관까지 부수고는 반대쪽으로 빠져나왔다.

"됐다!"

현암은 쾌재를 불렀지만 흡혈귀는 쓰러지지 않았고, 오히려 기이한 고함을 질러 댔다. 그러자 광풍이 현암 쪽으로 몰아쳐 왔다.

"엇! 아직도 죽지 않았구나!"

코제트는 불붙은 채찍을 던져 버리고 이번에는 연희와 승희를 향해 날카롭게 뻗친 손톱으로 공격하려고 했다. 이반 교수가 여자아이를 안고 가까이 다가서자 코제트는 비명을 내면서 뒷걸음질 쳤다. 그러나 그것도 잠시, 코제트는 다시 몸에서 불의 기운을 일으키기 시작했다.

"너…… 또 너……. 그래…… 그럼 또 죽어……. 다시 죽여 주지……. 몇…… 몇 번이라도……."

이반 교수는 물러서지 않았다. 이반 교수는 놀랍고 무서워서 발버둥 치는 여자아이를 한 손으로 안은 채, 다른 한 손으로 성수병들을 꺼내서 코제트에게로 집어 던졌다. 코제트가 일으키는 불길은 마지막 남은 힘을 간신히 짜내어 일으키는 것이어서인지 아까만큼 흉흉한 기세가 없었고, 이반 교수의 성수병들이 깨어지면서 흘러나오는 성수에 조금씩 꺼져 가고 있는 듯이 보였다. 이반 교수가 소리를 쳤다.

"코제트! 무섭지 않은가? 네 동생이다! 네 동생이야! 이 애의 얼굴을 봐!"

"으아아악!"

코제트는 거의 제정신이 아니었다. 몸을 떨고 경련을 일으키면서 주술도 포기하고 도망치려는 듯, 벽을 긁어 대기 시작했다. 여자아이도 영문을 모른 채 무서움에 떨며 발악하듯 울어 댔고 그 소리는 현암과 준후가 흡혈귀들과 싸우는 소리와 뒤엉켜서 토굴 안에 메아리쳤다. 이반 교수의 눈은 살기를 띠고 있었다.

"요녀! 네 죄의 대가를 받는 거다! 죽어! 죽어 버려!"

이반 교수가 외치는데 갑자기 박 신부가 뒤에서 쑥 하고 여자아이를 빼냈다. 이반 교수는 놀라서 뒤를 돌아보았다.

"그만하십시오. 너무 잔혹합니다."

"예?"

박 신부는 얼굴에 피를 흘리면서 여자아이를 뒤로 돌려세웠다. 그런 다음 통로 쪽을 향해 아이에게 어서 가라는 손짓을 했다. 여자아이는 무서움에 질린 나머지 쪼르르 통로 쪽으로 뛰어갔다. 그 저편에는 마을 사람들이 웅성거리며 헤매고 있었다. 코제트가 박 신부와 충돌해 큰 타격을 입자 마을 사람들에게 씐 주문이 깨진 것 같았다.

"이반 교수님! 저 사람들을 인솔해서 모두 밖으로!"

"아니! 그렇지만 코제트는…… 조금만 더 하면……."

"코제트는 이제 힘이 없어요. 제가 맡겠습니다. 어서……."

"하지만……."

이반 교수는 박 신부의 마음을 짐작하는 듯했다. 박 신부는 사실 이반 교수가 아무리 코제트를 상대한다고는 하지만 공포에 질려 떨고 있는 여자아이를 이용한다는 것, 아니 그보다는 아무리 악녀라지만 코제트의 심리 속에 있는 약점을 이용한다는 것, 더 나아가서 이반 교수가 바로 코제트의 힘의 원천이라 할 수 있는 증오의 심정으로 코제트를 대하는 것을 보고 위기감을 느끼고 있었다. 이반 교수는 아직도 치열한 싸움이 벌어지고 있는 흡혈귀 쪽을 잠시 살펴보다가 박 신부가 기도력으로 이반 교수의 몸을 밀어내자 통로 쪽으로 주욱 미끄러져 나갔다.

"신부님!"

"어서 가세요! 마을 사람들을 구하는 것도 중요한 일입니다!"

이반 교수는 머뭇거리다가 결국 몸을 일으켰다. 그리고 큰 소리로 외치면서 마을 사람들을 통로 저편으로 데리고 나갔다.

준후는 수인으로 흡혈귀들을 벽 쪽으로 밀어붙이다가 부적에 생각이 미쳤다. 평상시처럼 부적들을 붙이면 흡혈귀들이 잠잠해질 거라는 생각이 들자, 소맷자락 안을 재빨리 뒤져 보았지만 이미 부적은 한 장도 없었다.

"아차차!"

준후가 당황해하는 그 짧은 순간, 흡혈귀로 변한 윌리엄스 신부가 준후에게 팔을 휘둘렀다. 강한 바람이 몰아쳐 나오면서 준후는 균형을 잃고 땅에 뒹굴었다. 그러자 다른 흡혈귀들이 우르르 준후의 온몸을 붙잡고 위로 들어 올렸다.

꺄아아악!

귀곡성이 울리며 월향검은 관 뒤에서부터 흡혈귀의 머리 부분을 뚫고 나왔다. 머리 위쪽이 반쯤 날아가 버렸는데도 흡혈귀는 아직 손을 내저으며 섬뜩한 이빨을 드러내고 있었다. 흡혈귀는 준후를 잡고 있는 부하 흡혈귀들을 힐끗 쳐다보더니 현암에게 손짓했다. 아마도 자신을 계속 공격하면 준후를 가만히 두지 않겠다는 뜻인 것 같았다. 현암은 월향검으로 하여금 흡혈귀를 완전히 반쪽 내 버릴까 생각하던 참이었는데 흡혈귀가 무언의 협박을 하는 것을 보고 머뭇거렸다. 준후는 저쪽에서 계속 소리를 치고 있었다.

"주저하지 말아요! 흡혈귀를 먼저! 먼저 해치우면! 아악!"

그럴 수가 없었다. 저 흡혈귀를 먼저 해치우면 다른 흡혈귀들은 원래 모습으로 돌아간다는 말을 들은 바 있지만, 만에 하나라도 그렇지 않다면? 준후는 흡혈귀들에게 사지가 붙들린 채 비명을 내지르고 있었다. 현암이 흠칫하는데 흡혈귀가 흐흐흐 하는 웃음소리를 내면서 현암의 앞쪽으로 성큼성큼 다가오고 있었다.

'무슨 방법이 없을까?'

박 신부는 코제트 쪽으로 성큼성큼 다가서는 중이었다. 연희는 쓰러져 있었고, 승희는 여전히 석상처럼 앉아 있었다. 아무래도 다른 사람들이 이쪽까지 신경을 쓸 겨를이 없는 것 같다고 생각한 현암은 어떻게든 스스로 해결책을 찾기로 마음먹었다. 현암은 월향검을 허공에 머물러 있게 한 뒤, 서서히 다가오는 흡혈귀를 노려보고는 방어 자세를 취하고 있던 오른쪽 팔을 천천히 아래로 내렸다. 무방비 상태로 있겠다는 무언의 신호였다. 그러자 흡혈귀는 목적한 바를 이뤘다는 듯 징그러운 웃음소리를 흘리며 현암 쪽으로 뚜벅뚜벅 걸어왔다. 현암은 속으로 공력을 모아서 흡혈귀들이 있는 쪽으로 '탄' 자 결의 기공탄을 한 방 날려 볼까 생각 중이었다. 그러나 현암의 단전에는 공력이 모이기는커녕 허전한 기운만이 느껴졌다.

'아차! 내력이 고갈됐구나!'

윌리엄스 신부를 뺀 다른 흡혈귀들도 현암이 강적이라는 것을 눈치챘는지, 윌리엄스 신부에게 준후를 맡기고는 모두가 현암 쪽으로 다가들기 시작했다. 윌리엄스 신부는 뒤에서 준후를 꼼짝 못하게 붙잡고 목을 물어뜯을 듯한 자세였다. 흡혈귀는 간사하게도 허공에 월향검이 떠 있는 것을 눈치채고는 현암에게 월향검까지 내려오게 하라고 손짓했다.

"이런!"

공력이 바닥난 상태에서 월향검까지 내려오게 한다면 현암은 꼼짝없이 흡혈귀에게 당할 수밖에 없었다.

박 신부는 천천히 코제트 쪽으로 다가가고 있었다. 얼굴에서 피가 흘러내리고 상처가 심해 몸이 마음처럼 움직여지진 않았지만, 몸 주변에는 여전히 찬연하게 오라가 뿜어져 나오고 있었고 한 손에는 베케트의 십자가를 들고 있었다. 코제트가 소리를 질렀다.

"오지 마! 이 빌어먹을 늙은이!"

"코제트."

"아아!"

코제트는 마지막 수단인 듯 이를 악물면서 손으로 허공에 커다란 원을 그리기 시작했다.

"아스타로트 아도르······.[10] 카메트 페리에이트······."

과거 좀비들을 부리던 호옹간이 최후의 수단으로 시도하려 했던 주술. 박 신부는 그 주술이 무엇을 의미하는지 잘 알고 있었다.

"아스타로트의 증오의 주술. 그러나 헛수고야, 코제트······."

코제트는 주문에 박 신부가 아무런 반응을 보이지 않자 당황하는 기색이 역력했다. 박 신부는 고개를 저으면서 말했다.

"코제트······. 그 증오의 주술, 내가 잘 알지. 그건 무적의 주술이야. 상대방의 증오심을 이용해 상대를 공격하는 것이니까. 어떤 강한 상대도 물리칠 수 있는 주술, 그것이 최고라고 생각한 주술이었나? 그러나······ 그러나 말이지. 상대가 너를 증오하지 않는다면?"

코제트의 눈이 경악으로 크게 벌어졌다.

"그, 그럴 리가······ 그럴 리가 없어! 그럴 수는 없어!"

박 신부는 고개를 저으며 천천히 코제트에게로 걸음을 옮겼다.

"나는 너를 증오하지 않아. 그래서 그 주술은 헛수고에 불과해."

"그럴 수가! 내가 밉지 않아? 내가 사악하고 증오스럽게 보이지 않는다고?"

---

[10] 서양의 흑마술에서 솔로몬의 원을 이용해 악마의 대공작 아스타로트를 불러내는 데 사용했다는 주문의 도입부이다. 신비주의 고서적들에서 악마의 실존 증거라고 제시하는 '(아스타로트가 직접 그렸다고 하는)아스타로트의 원'을 보면 이 주문이 쓰여 있다.

"너의 죄는 미워하되 코제트 너는······."

박 신부의 눈에서 한 가닥의 눈물이 흘러내리자 코제트는 마치 벼락을 맞은 것처럼 몸을 부르르 떨었다.

"너는 가엾은 여자일 뿐이야. 힘의 노예가 돼 버린 가엾은······."

박 신부는 이제야 뭔가 알 것 같았다. 코제트는 힘을 얻기 위해서 지금껏 그 모든 악행을 저질렀는지도 몰랐다. 그리고 증오. 자기 자신에 대한 증오 때문에 이 모든 것이 시작됐는지도······. 코제트의 얼굴이 조금씩 일그러져 갔다.

흡혈귀의 두목은 음산한 웃음을 흘리면서 현암에게 월향검을 회수하라고 손짓했다. 현암이 이를 깨물며 망설이고 있는데, 갑자기 저쪽에서 흡혈귀로 변한 윌리엄스 신부가 준후를 놓치면서 땅에 털썩 쓰러졌다. 현암은 자신의 눈을 의심했다. 왜 윌리엄스 신부가 쓰러진 것일까? 다가오던 흡혈귀들도 놀라서 뒤를 돌아보았다. 땅바닥에 뭔가 둥그런 것이 구르고 있었다. 그라쉬였다. 정신을 차린 그라쉬가 어떻게든 일행을 돕기 위해 흡혈귀로 변한 윌리엄스 신부의 발을 걸어 넘어뜨린 것이다. 준후는 윌리엄스 신부가 중심을 잃자 몸을 빼면서 현암에게 소리쳤다.

"지금이 기회예요!"

준후가 소리를 지르자 현암 쪽으로 다가오던 흡혈귀들이 이번에는 준후 쪽으로 덤벼들었고, 준후는 재차 고함을 지르면서 혼신의 힘을 모아 땅에 두 발을 굴렀다.

왈라키아의 밤

"이야아아아! 섯!"

준후가 기합을 넣으며 땅에 발을 쾅 하고 구르자 윌리엄스 신부와 흡혈귀들, 그리고 흡혈귀들의 두목까지도 그 자리에 덜컥 멈추어 선 채 꼼짝을 하지 못 했다. 우보법의 술수였다. 우보법을 쓸 때는 준후도 몸을 움직일 수 없었다. 그러자 이번에는 바닥에서 흡혈귀의 관이 꿈틀거리며 떠오르기 시작했다. 관 밑에는 붉은 흙[11]이 묻어 있었는데 그 색이 꼭 사람의 피 같았다. 관은 꼼짝 못 하고 있는 준후를 노리고 있었다. 현암은 몸을 날려 막 날아가려는 관을 끌어 내리려 했으나, 잠시 마비 상태에 빠졌던 흡혈귀 두목이 다시 몸을 움직이려 용을 썼다. 흡혈귀 두목의 힘이 강해서인지 기운이 빠져서인지 준후의 얼굴이 하얗게 질리더니 입에서 붉은 피가 뿜어져 나왔다. 현암은 이반 교수가 했던 말을 떠올렸다.

'관과 흡혈귀를 모두 다 부셔야 한다고 했다! 둘을 한 번에!'

관이 격렬하게 꿈틀거리더니 현암의 몸을 그대로 밀치고 흡혈귀 두목 쪽으로 가고 있었다.

"좋다. 그렇다면……."

현암은 최후의 수단을 강구했다. 월향검에게 자신의 생각을 전달하고는 기합을 넣으며 오히려 관을 끌어당긴 것이다. 관은 힘의 방향을 잃었는지 허공에서 곤두박질치며 흡혈귀 두목의 정면을

---

11 흡혈귀는 자신이 매장됐던 곳의 흙과 같이 있어야만 회복이 되고, 휴식을 취할 수 있다고 한다. 본문에서는 관 밑에 피를 머금은 흙이 깔려 있는 것으로 설정했다.

향하다가 살짝 방향을 틀어 간신히 놈의 뒤쪽에 쾅 소리를 내면서 꽂혔다.

"이야아아압!"

현암은 전력을 다해 흡혈귀 두목에게로 몸을 날렸다. 피할 것이라고 생각했던 상대가 오히려 자신에게 달려들자 놈은 눈이 휘둥그레지면서 멈칫거렸다. 현암은 오른쪽 어깨로 흡혈귀 두목을 관 안으로 밀어 넣었다. 그러자 때를 놓치지 않고 허공에서 돌고 있던 월향검이 번개처럼 위에서 아래로 하강하기 시작했고, 흡혈귀를 밀고 있던 현암의 눈앞에 한 줄기 하얀빛이 스쳐 지나갔다. 흡혈귀와 관이 검기를 가득 담은 월향검에 관통돼 위에서부터 아래로 두 토막이 났다. 말 그대로 일도양단된 흡혈귀와 관은 우당탕 소리를 내면서 현암의 양쪽 옆으로 갈라져 버렸다.

박 신부는 코제트에게로 계속 걸음을 옮기고 있었다. 코제트는 애처로워 보일 정도로 떨고 있었다.

"너는 더 이상 공간 이동술을 쓸 수 없어."

박 신부는 잠시 호흡을 가다듬고 말을 이어 갔다.

"이집트 반지는 이제 두 조각이 나 버렸고 너는 더 이상 몸을 피해서 달아날 수도 없어."

코제트는 이를 갈면서 검은 구름을 내쏘았으나 박 신부는 피하지 않고 오라로 맞받아쳤다. 잠시 뒤로 밀려 났던 박 신부는 침착하게 코제트를 향해 다가서고 있었다. 코제트의 주술력은 이제 한

계에 도달했는지 별다른 위력을 발휘하지 못하고 있었다. 코제트는 절망적이라는 생각이 들었는지 박 신부에게 소리를 쳤다.

"다가오지 마! 더 이상 오지 마! 나에게 뭘 바라는 거야! 그냥 죽여! 죽여!"

"회개하라!"

박 신부는 조용히 말하면서 코제트에게 한쪽 손을 내밀었다. 코제트의 눈빛은 무척 복잡하게 변해 가고 있었다.

"회개, 회개라고? 지금 무슨 소리를 하는 거야? 나에게 그따위 소리를 할 수가 있나?"

"회개해, 코제트. 그동안 너는 헤아릴 수 없을 만큼 많은 악행을 저질렀다. 하지만 기회는 있다."

"하! 빌어먹을 소리를 다 하는군. 내가 미쳤어? 나는 블랙 서클의 총괄 승정이다."

"블랙 서클, 블랙 서클이 도대체 무엇을 하는 곳이지? 무엇을 바라는 곳이지?"

"아무것도 바라지 않아. 그저 모두 복수를 원하지. 좋아하는 것들이 없어지고, 학대받고 말살되고 저주받고 놀림받는 사람들이 복수를 하는 거야. 세상을 모조리 정화하기 위해서는 힘이 필요…… 그 힘은, 그 힘은……"

"그 힘은……?"

박 신부가 조용히 말했다. 코제트는 제정신이 아니었다. 사태가 절망적이라는 걸 깨달은 것 같았다. 자신의 죽음을 예감이라도 한 듯 코제트의 얼굴은 이상하게도 처연한 빛을 띠고 있었다.

"힘이 있으면 모든 것을 뜻하는 대로 할 수 있을 줄 알았는데……. 아스타로트의 약속으로, 그리고 마스터의 명령으로…… 지옥문을 열어 이 지긋지긋한 세상 따위 없애 버릴 수 있었으면! 그리고 나 자신도…… 더 이상 이러지…… 않아도…….."

박 신부는 순간 가슴이 뭉클해졌다. 코제트가 말한 지옥문이라는 단어가 조금 섬뜩했지만 그냥 비유라고 생각하면 그만이었다. 그래도 박 신부는 다시 물었다.

"지옥문?"

"하하. 때가 되면…… 알게 될 거야. 젠킨스가 해낼……."

그러다가 코제트는 돌연 고통스럽게 신음하다 간신히 말했다.

"하…… 하하……. 너희가 이긴 줄 알아? 어차피…… 다 죽으면 끝이야."

박 신부는 코제트를 이해할 수는 있었다. 그러나 그녀의 행동에 동조할 수는 없었다. 박 신부는 고개를 좌우로 저으며 조용히 말했다.

"코제트, 회개해. 아직 기회는 있다."

"기회라고? 무슨 기회지? 그렇다고 뭐가 변해? 죽은 동생이 살아나? 내가 죽인 사람들이 되살아나나? 세상 사람들이 흉측한 내 모습을 보고 어떻게 생각하겠어? 하, 말도 안 되는 소리. 집어치워!"

"코제트. 주께서는 일곱 번씩 일흔 번이라도 용서하라고 말씀하셨다."

왈라키아의 밤

"아!"

코제트의 몸이 휘청거렸다. 저만치에서 몸을 꿈틀거리며 기어오고 있는 그라쉬의 모습을 보자 다시 허리를 폈다.

"너, 너는……."

"코, 코……."

그라쉬는 흉악하게 변한 코제트의 얼굴을 보고 깜짝 놀라는 표정을 지었다. 코제트의 얼굴이 하얗게 질리면서 웅얼거리는 듯한 소리가 흘러나왔다.

"그래. 내 얼굴…… 그래. 너도 역시……."

박 신부는 자신도 모르게 한숨을 쉬었다. 왜 하필 지금…… 박 신부가 말을 할 틈도 주지 않고 코제트가 내뱉듯이 말했다.

"더 이상 말하지 마. 신부, 내가 갈 길은 하나뿐이야."

코제트의 눈이 빛나더니 자신의 몸에서 모든 영기를 지우기 시작했다. 영력과 주술력으로 대결하는 상황에서 그나마 몸에 남아있던 영기를 지운다는 것은 항복을 뜻하는 것이 아닐까 생각했지만 그게 아니었다. 코제트는 재빨리 품 안에 넣어 두었던 작은 물건을 꺼냈다.

"미안해, 신부. 네 말이 옳을지도 모르지만 이젠 늦었어. 모두 같이 가는 거야."

"아니! 그건 폭파 장치?"

박 신부는 아차 싶었다. 만약의 경우를 대비해 토굴에 폭파 장치를 해 두었을 거라고는 상상조차 하지 못했다. 이 토굴은 코제트 자신이 새로 만든 것이라고 했으니 최후의 수단으로 폭파 장치를 해 둘 가능성도 염두에 두었어야 했는데……. 코제트는 화사한 웃음을 띠고 있었다. 그리고 추악해 보이는 얼굴에서 뭔가 한 줄기 빛이 반사되고 있었다.

"같이 죽는 거야. 신부…… 당신 말이 옳을지도……. 하지만 너희가 있으면 안 돼. 난 아직도 세상이 미워. 너희가 있으면 이 세상은 계속 살아남을 것 같아. 이런 세상을 남겨 둘 수는 없어. 절대 그럴 수는……."

"안 돼!"

스스로를 죽이면서까지 타인의 몰락을 바라는 증오심은 도대체 인간의 어디에서 생겨난 것일까? 박 신부는 착잡한 심정이었으나 당장은 코제트의 행동을 제지하는 것이 급했다. 박 신부가 앞으로 한 걸음을 내딛자 코제트는 박 신부를 향해 웃어 보이며 쓸쓸한 목소리로 말했다.

"이제 늦었어. 너무 늦고 말았어. 모든 것이…… 같이 가자. 모두 안녕……."

코제트는 단추를 눌렀다.

요란한 폭음이 터져 나오며 통로의 양쪽 출구가 무너져서 순식간에 꽉 막혀 버렸다. 토굴 천장도 찍찍 금이 가더니 흙먼지와 돌 부스러기들이 쏟아져 내렸다. 양쪽 통로를 먼저 붕괴시킨 다음 안쪽에 있는 화약은 늦게 터지도록 장치한 듯했다. 코제트의 몸 위로 제일 먼저 돌들이 우르르 쏟아져 내렸다. 누군가가 날카로운 소리를 지르며 코제트에게로 뛰어들었고 돌무더기는 부연 먼지를 일으키며 두 사람의 몸을 덮어 버렸다. 그라쉬였다.

흡혈귀 두목을 해치운 현암은 박 신부가 코제트에게 다가가는 것을 보고 한숨을 돌리고 있다가 난데없이 폭발음이 돌리자 벌떡 일어났다. 흡혈귀의 두목이 죽자 반대편 구석에서 정신을 잃고 쓰러진 윌리엄스 신부와 다른 사람들을 서둘러 일으키고 있던 준후도 폭발음에 놀라 후다닥 뒤를 돌아보았다. 불기둥이나 폭풍이 일어나는 대폭발이 아니라 순간 귀만 멍멍했을 뿐이었다. 모두가 의아해하고 있는데 천장에서 이상한 소리가 들리며 먼지가 쏟아지기 시작했다. 놀라 일제히 올려다보니 천장 전체에 시커먼 금이 번개처럼 무섭게 사방으로 뻗어 가는 것이 보였다.

"천장이 무너지고 있어요!"

연희는 큰 소리를 지르며 가부좌를 한 채 꼼짝도 않고 있는 승희를 일으켜 세우려고 안간힘을 썼다. 현암이 오른손에 기공력을 모아 승희의 머리 위로 떨어져 내리려는 돌덩어리를 후려쳐 가루로 만들어 버렸다. 월향검을 손에 쥔 채였다. 칼을 꽂아 넣을 틈조차 없었다.

준후도 안에 있던 사람들을 일단 반대쪽 구석으로 피하게 했지만 양쪽 통로는 이미 막혀 버린 상태였다. 천장에서 쏟아지는 먼지와 돌 부스러기는 폭포 같았다. 온통 금이 간 천장은 금방이라도 무너질 것처럼 보였다. 빠져나갈 수 있는 길이 없었다.

"이런! 이럴 수가!"

천장이 무너지자 박 신부조차 속수무책이었다. 앞에는 돌무더기에 깔린 코제트가 상반신만 간신히 내밀고 있었고, 그 옆에는 코제트를 꼭 끌어안고 있는 그라쉬의 가죽 옷자락이 비죽 나와 있었다. 박 신부는 그런 코제트의 모습에 연신 눈물을 훔쳤다. 코제트는 완전히 숨이 끊어지진 않았는지 눈동자를 돌려 옆에 비죽 튀어나온 그라쉬의 가죽 옷자락을 쳐다보았다. 코제트가 무어라고 신음하듯 입을 열었지만, 사방에서 들려오는 소리 때문에 그녀의 말을 알아들을 수가 없었다. 박 신부는 우박처럼 쏟아져 내리는 잔돌들을 전혀 신경 쓰지 않고 코제트의 앞에 무릎을 꿇고 앉았다.

"이, 이건…… 그, 그라……쉬?"

"그래, 코제트. 그는 너의 얼굴을 좋아한 것이 아니었어. 진정으로 너의 모든 것을 좋아한 거야. 아깐 단순히 놀랐을 뿐이고……. 그걸 입증하기 위해 너에게……."

"아아…… 아…… 나는, 나는……."

코제트의 눈에서 눈물이 터져 나왔다. 악녀 코제트도 죽음을 앞두자 걷잡을 수 없는 눈물을 흘리는 것이었다.

"아, 이럴 줄 알았으면 죽지 말…… 하하…… 하하하……."

박 신부는 가슴이 미어져서 말할 수가 없었다. 코제트는 눈물을 흘리면서도 힘겹게 미소를 띠었다.

"하……. 그래도 회, 회개는 안, 안 해. 아. 나, 난 죽어도…… 이젠 영혼도……."

"코제트, 죽으면 모든 게 끝이다. 편히……."

코제트의 얼굴에 공포의 그림자가 스쳐 지나갔다.

"아, 안 돼. 난, 난. 죽으면…… 아스타로트의 약속. 그것……."

"뭐라고? 그게 무슨……?"

"아…… 아…… 내…… 내 영혼……. 계…… 계약……."

혹시 코제트가 말하려고 하는 것이 블랙 서클 사람들이 죽으면 갑자기 나타나서 몸을 흡수해 버리고 사라지는 검은 원이 아닐까? 코제트는 숨을 헐떡이며 띄엄띄엄 말을 이어 갔다.

"하…… 할 수 없……. 후후……. 나는…… 나는…… 이러는 게…… 내가 나에게 벌을……. 후후…… 만족……. 맞아, 그래야……."

코제트는 두서없이 중얼거리다가 박 신부를 올려다보았다.

"시…… 신부……. 나…… 나…… 예……쁘……?"

"아아!"

박 신부는 눈물과 동시에 긴 한숨이 나왔지만 애써 태연하게 고개를 끄덕이며 말했다.

"예뻐……."

"하…… 하…… 거짓…… 거짓말……. 거짓말쟁이 신부……."

코제트는 중얼거리다가 고개를 푹 꺾었다. 마지막의 빈정거림은 진심이 아니었다는 것을 확인시켜 주기라도 하듯 너무도 밝은 얼굴이었다. 말로는 하지 않았지만 마음으로 회개한 코제트. 박 신부가 보기에 그녀는 정말로 예뻤다. 몸을 숙여서 코제트의 부릅

뜬 눈을 감겨 주었다.

"그대의 죄를 사하노라."

박 신부가 코제트의 눈을 감겨 주자 코제트의 주위에 검은 기류가 일었다. 박 신부는 코제트의 몸이 그 원 안으로 흡수되는 광경을 보지 않으려고 고개를 돌렸다. 아직도 검은 원에 대해서는 대적할 수 있는 방법이 없었고, 또 그것은 코제트가 말한 대로 아스타로트와의 어떤 계약 때문에 그러는 것일지도 모른다는 생각이 들었다. 코제트의 마음은 구원했어도 영혼을 구원해 주는 데는 실패했다는 생각이 박 신부의 마음에 무섭게 파고들었다. 박 신부는 상황이 급박하게 돌아가고 있는 것도 잊은 채, 망연히 고개를 숙여 기도를 올렸다.

붕괴

천장은 거의 허물어져서 금방이라도 무너져 내려앉을 것 같았다. 현암이 어디선가 쇠기둥 하나를 들고 와서 있는 힘을 다해 천장을 받쳤으나 천장의 가운데 부분이 내려앉는 것을 지연시켰을 뿐, 바깥쪽 천장은 계속해서 무너져 내리고 있었다.

"도대체 어떻게 해야……."

연희도 정신이 없었다. 연희는 정신을 잃은 승희의 몸을 껴안고 천장에서 떨어지는 돌 부스러기를 맞지 않게 하려 애쓰고 있었다.

한쪽 구석에서는 준후가 갈팡질팡해 양쪽에 막힌 통로로 혹시 빠져나갈 틈이 없는지 살펴보고 있었으나 워낙 커다란 돌들이 통로를 꽉 막고 있어서 사람이 빠져나갈 수 있는 공간은 없었다.

박 신부는 완전히 제정신으로 돌아온 마을 사람들을 일으키고 있었다. 윌리엄스 신부는 아직도 얼굴에 흡혈귀의 흔적이 희미하게 남아 있었지만, 달리 저항하지는 않았고 멍한 눈으로 박 신부가 이끄는 대로 가만히 따를 뿐이었다. 박 신부는 혀를 찼다.

"얼마나 지독하게 물렸으면……. 그나저나 어서 빠져나가야 할 텐데!"

"내가 해 보죠!"

현암이 천장에 받침대를 세워 놓고 통로 쪽으로 달려가려 했으나 갑자기 통로 쪽 천장이 와그르르 무너지는 바람에 도저히 다가갈 수 없었다.

"아! 여기서 모두 죽고 마는 것인가……."

박 신부가 참담하게 중얼거리는 순간, 연희의 머리에 언뜻 떠오르는 게 있었다.

'그래, 아까 드라큘라 공이 했던 말!'

— 아가씨, 도움이 필요해서 언제든지 나를 부르면 한 번은 도와드리겠소. 나는 특별한 힘은 없지만 적어도 이 성에 대해서는 나만큼 아는 자가 아무도 없을 것이오.

'그래! 혹시나 비밀 통로 같은 것이 더 있다면! 지푸라기라도 잡아 봐야…….'

연희는 승희가 손에 쥐고 있던 세크메트의 눈을 감싸 쥐고 마음속으로 드라큘라 공을 간절하게 불렀다. 연희의 구리 십자가에서 파란 염체가 평소보다 훨씬 밝은 빛을 뿜었다. 영력이 염체로 흘러 들어간 것일까? 염체는 기운차게 휙 하고 뛰어나오더니 난데없이 어디론가 사라져 버렸다.

사람들은 도대체 무슨 영문인지 모르고 천장에서 쏟아져 내리는 돌 부스러기를 피해 한쪽으로 몰려들고 있었다. 이제 현암이 세워 놓은 쇠기둥의 좁은 부분부터 양쪽 벽까지의 공간을 제외하고는 무너져 내린 돌 부스러기로 거의 꽉 메워져 있었다. 모두가 절망에 빠져 당황하고 있는데 염체가 연희의 십자가로 되돌아왔다. 그 순간 을씨년스러운 분위기를 풍기는 반투명한 사람의 모습이 천천히 떠오르기 시작했다. 음산한 목소리가 연희의 마음속에 친근하게 전달됐다.

이겼군요. 후훗.

연희는 마음속으로 급하게 외쳤다.

몹시 위험합니다! 여기서 빠져나갈 수 있는 길이 있을까요?

영은 조용히 연희를 쳐다보더니 미소를 띠는 듯했다. 그런 다음 한쪽 벽을 손으로 가리키더니 알 수 없는 말을 했다.

흡혈귀의 관은 크로커스의 것이라오……

영은 그 말 한마디만 남기고는 천천히 사라져 갔다. 준후와 박신부, 그리고 현암은 무슨 영문인지 어리둥절하다가 연희가 영이 사라져 간 쪽의 벽을 파 보라고 소리를 질렀다. 현암이 벽을 힘주어 두들겨 보자 과연 그 뒤는 비어 있는 듯했다.

"통로다!"

그러나 벽의 진흙을 다 긁어내자 통로는 엄청나게 커다란, 네모난 돌로 막혀 있었다. 그 돌은 퇴마사 세 명이 아무리 힘을 써도 꿈쩍도 하지 않았다. 현암이 기공력만 고갈되지 않았어도 뺄 수 있었을 텐데, 그나마 남았던 공력도 천장에서 쏟아지는 돌들을 쳐내느라 모두 써 버린 상태였다.

"아, 이럴 수가!"

연희까지도 달려들어서 힘을 보탰지만 역시 마찬가지였고 마을 사람들 몇몇이 가세했지만 여전히 돌은 움직이지 않았다. 그런데 뒤에서 갑자기 이상한 소리가 들렸다. 크악 하는 괴성이 들리더니 갑자기 윌리엄스 신부가 달려들었다. 윌리엄스 신부의 눈은 원 상태로 돌아온 듯했으나, 얼굴은 아직도 시퍼렇게 변해 있었고 입에는 긴 송곳니가 다시 비죽하게 나와 있었다. 준후가 놀라 소리를 쳤다.

"아니! 윌리엄스 신부님이 아직도!"

그러나 뜻밖에도 윌리엄스 신부의 입에서는 원래 윌리엄스 신부의 익살스러운 음성이 나오는 것이었다.

"오우! 나도 몰라! 하지만 비키세요!"

박 신부는 순간적인 경계심으로 윌리엄스 신부를 향해 오라를 뿜어 댔으나 윌리엄스 신부는 그것을 본척만척 커다란 돌멩이가 놓여 있는 쪽으로 달려들었다. 이얏 하는 기합 소리를 내며 윌리엄스 신부가 힘을 쓰자 놀랍게도 돌이 움찔거리기 시작했다. 모든 사람이 윌리엄스 신부를 도와 돌을 밀어 내니 반대쪽에 커다란 통로가 보였다.

"와!"

그러나 기뻐할 시간이 없었다. 연희와 준후는 아직도 몸을 움직이지 못하는 승희를 함께 부축해 통로로 들어갔고, 박 신부는 사람들에게 통로 안으로 어서 가라고 소리를 질러 댔다. 그사이 아직도 흡혈귀의 모습이 남아 있는 윌리엄스 신부는 천장에서 떨어져 내리는 돌덩어리를 무서운 힘으로 쳐 내면서 다른 사람들을 지켜 주고 있었다. 박 신부가 몸을 반쯤 넣었을 때 쇠기둥이 무너지는 소리를 내며 천장이 전면적으로 붕괴하기 시작했다. 커다란 돌덩어리가 박 신부의 몸에 부딪히려는 순간, 윌리엄스 신부가 아까처럼 괴성을 지르면서 소맷자락을 떨쳐 냈다. 그러자 소맷자락에서 엄청난 바람이 몰려나와서 떨어져 내리던 돌덩어리들을 옆으로 날려 버렸고, 그 틈을 타서 박 신부와 현암까지도 무사히 통로로 들어갈 수 있었다.

마지막으로 윌리엄스 신부가 들어서자 또다시 와르르하는 폭음과 함께 뿌연 먼지를 내면서 지하 토굴은 완전히 무너져 내렸다. 그 여파로 통로마저도 흔들리더니 무너져 내릴 조짐이 보였다. 사람들은 앞을 향해서 죽어라 달렸고 토굴의 벽과 천장이 그들을 뒤쫓듯이 무너져 내렸다. 윌리엄스 신부가 비탈길을 미끄러지듯이 내려오는 것을 마지막으로 일행은 모두 토굴 바깥쪽으로 빠져나왔다. 하늘 저편에서는 희뿌연 안개 너머로 눈부신 아침 햇살이 띠오르고 있었다.

그곳은 언덕 한쪽에 있는 자그마한 동굴이었다. 잔가지와 관목들로 덮여 사람의 눈에 잘 띄지 않아 온전히 보존된 것 같았다. 이제는 그것도 끝인 듯, 토굴이 우르르 무너지는 커다란 울림이 발밑으로 전달돼 오면서 토굴 쪽에서 엄청난 먼지가 뿜어 나왔다.
"모두……. 모두 무사한가?"
모두 크고 작은 상처를 입고 먼지를 흠뻑 뒤집어쓰기는 했으나 다행히 모두가 무사했다. 현암은 토굴 속을 내달리면서 어느새 한 방 얻어맞았는지 피가 흐르는 머리를 만져 보고는 멋쩍은 듯이 웃고 있었고, 연희는 바깥의 빛을 보게 된 것이 반가웠는지 환하게 웃었다. 승희는 아직도 정신을 차리지 못한 것 같았고, 준후는 윌리엄스 신부를 보고 의아하다는 표정을 짓고 있었다. 윌리엄스 신부는 햇빛을 보자마자 실신해 땅에 풀썩 쓰러져 버렸다.
"이반 교수님과 마을 사람들도 무사할까?"
준후가 눈을 껌벅이다가 눈을 감고 뭔가 생각에 잠기더니 잠시 후 눈을 뜨며 환하게 웃었다. 준후가 고개를 끄덕거리는 것을 보고 박 신부는 그제야 얼굴을 폈다.

뒷이야기

 장애를 가진 이들이 살던 그 마을에서 다시 만난 이반 교수는 놀랍게도 토굴의 붕괴에 대해 전혀 모르고 있었다. 드라큘라 성은 겉으로 보기에는 여전히 멀쩡했다. 붕괴된 곳은 지하에 새로 지었던 그 광장과 코제트가 만들어 놓은 통로뿐이었던 것 같았다. 이반 교수는 여자아이와 사람들을 데리고 마을로 돌아와 있었다. 현암은 부러진 왼팔 때문에, 박 신부는 얼굴의 상처 때문에, 승희는 쥐들에 의한 충격 때문에 며칠 동안 병원 신세를 져야 했고, 그동안 연희는 드라큘라 공이 마지막 남겼던 말, 그러니까 흡혈귀의 관은 크로커스의 것이라는 말이 무슨 뜻일까 알아내려고 동분서주했다. 마침내 이반 교수와 함께 크로커스가 누구였는지를 알아냈는데, 그는 드라큘라 공에게 처형당한 많은 보야르 중의 한 사람이었다. 준후의 도움으로 투시를 해 본 결과, 이 마을이 저주받게 된 것은 아이러니하게도 드라큘라 공의 저주 때문이 아니라 바로 그 크로커스란 자의 저주 때문이라는 게 밝혀졌다. 코제트는 크로커스 악령의 기운을 몰아 관을 찾아낸 다음, 그를 흡혈귀로 만들었던 것이다.

 사람이었던 미르체아와 그라쉬 외에 퇴마사들과의 싸움에서 희생된 흡혈귀들은 거의 다 죽은 사람으로 만들어진 것이었다. 그 사실을 알고 퇴마사들은 조금이나마 마음의 위안을 얻었다. 마을은 몇몇 희생자를 내기는 했지만, 그 문제를 놓고 따지는 사람은 하나도 없었고, 직접 그 일을 겪은 사람들조차 가엾게도 다시 기억해 낼 만큼의 지능을 가지고 있지 못했다. 좌우간 그 마을에서 몸이 불편한 채로 사람이 태어나는 그런 끔찍한 일은 앞으로 없게 하기 위해, 이반 교수는 알려지지 않은 그 마을을 국제기구에 알려서 후원을 부탁하겠노라고 말했다.

윌리엄스 신부는 흡혈귀가 죽었으니 정상으로 돌아와야 했는데 이상하게 그렇게 되지 않았다. 준후가 짚어 본 바로는 희한하게도 흡혈귀의 힘이 몸속에 그대로 남아 있었던 것이다. 윌리엄스 신부는 질색하면서 며칠씩 기도를 올리고 난리를 쳤지만 끝끝내 그 힘을 몰아낼 수는 없었다. 흥분하면 힘이 나타나는 듯했다. 하지만 그 힘 때문에 이성이 지배당하는 것은 아니었다. 어찌 보면 윌리엄스 신부는 엄청난 힘을 얻은 것인지도 몰랐다. 그러나 본인은 그것을 자신에게 내려진 벌이라고 여겼고, 그것 때문에 몹시 번민하기도 했다. 신부의 몸에 흡혈귀의 기운이라니, 종교인의 입장으로서는 그럴 만도 했다. 이반 교수는 숙원이던 흡혈귀 퇴치에 성공하자 의기양양하게 윌리엄스 신부와 함께 공항으로 나갔다. 풀이 죽고 고민하는 윌리엄스 신부와는 달리, 이반 교수는 아주 잠깐이지만 딱딱한 얼굴에 보기 드물게 환한 미소를 지었다. 나중에 알았지만 이반 교수는 스웨덴 사람이었다.

현암은 병상에서 박 신부와 함께 코제트에 대한 이야기를 오래도록 나누었다. 박 신부는 코제트는 어쩌면 악행을 저지르고 있는 자기 자신을 누구보다도 혐오했으며 그 때문에 더욱더 악행을 저

지르게 된 것이 아닐까 하는 의견을 제시했고, 현암은 그보다는 증오에 의해 스스로의 파멸을 바랐기 때문에 힘을 모으기 위해 더더욱 그런 것이라는 견해를 폈다. 두 사람의 의견 중 어느 쪽이 더 맞는지는 모르겠지만, 어쨌거나 코제트의 깊은 곳에 있는 본심은 그래도 선한 것이었을 거라는 데에는 동의했다.

승희는 정신과에서 치료를 받아서 쥐 떼 쇼크에서 벗어날 수 있었으나, 흡혈귀를 힘으로 터뜨린 문제에 대해서는 정신과 의사들에게 얘기할 수 없는 문제라 조금 불안정한 상태로 퇴원했다. 전과는 달리 조금 우수에 깃든 얼굴이 되기는 했지만, 곧 명랑한 태도를 되찾았고 자신의 몸속에 있던 애염명왕이 힘을 발휘한 것도 기억하지 못하고 있었다. 그 일은 나중에 박 신부가 이야기해 주기로 했다.

연희는 다른 사람들이 병원에 입원해 있는 동안 준후를 데리고 드라큘라 성을 방문했다. 드라큘라 성은 그 후로 발을 들여놓는 사람이 없어서 현암이 부숴 놓았던 자물쇠가 그대로 있었다. 낮에 방문한 연희는 살짝 준후와 함께 안으로 들어가 전에 헤매고 다녔던 성의 층층을 돌아보다가 드라큘라 공의 초상화를 한참 들여다보았다. 준후의 말에 의하면 드라큘라 공은 크로커스의 악령이 사라지고 마을의 저주가 풀리자 더 이상 방황하지 않고 승천했다고 했다. 연희는 말없이 고개를 끄덕이며 드라큘라 공의 약간 음산하면서도 집념에 찬 얼굴을 싫증이 나지도 않는 듯 계속, 계속 들여다보며 깊은 생각에 잠겼다.

왈라키아의 밤

얼음의
악령

북미의 오대호가 면해 있는 캐나다 남부는 몇십 년 만에 최고라는 눈보라와 함께 찾아온 강추위에 시달렸다. 폭군의 압정(壓政)처럼 모든 것을 꽁꽁 얼어붙게 만드는 추위와 삐죽삐죽 솟은 침엽수림 그리고 산등성이를 뒤덮은 흰 눈은 이곳 겨울의 특색이기도 했지만, 이번에는 정도가 너무 심했다. 그런 눈보라와 시린 추위는 히터를 튼 차 안에서도 견디기가 힘들었다. 영하 사십오 도를 가볍게 넘긴 강추위는 삼중, 사중 유리로 단단히 방어된 창문도 유령처럼 비집고 들어와 집 안을 시리게 만들 정도였다. 얄팍한 유리 한 장으로 이루어진 차창을 뚫고 들어오지 못할 이유가 없었다.

 아내와 이혼 후 오랜 경찰 생활을 그만두고 사설탐정으로 전직한 더글러스는 하필 이런 춥고 황량한 곳으로 자신을 보낸 의뢰인과 추위에 적절한 대비 없이 이곳으로 달려온 자신의 무지를 저주하며 기침을 했다. 그의 고향은 따뜻한 플로리다였기에 지금 사는 뉴욕도 겨울에는 꽤 춥다고 생각해 나름대로 두툼하게 입은 것이지만, 이런 날씨 속에서는 어림도 없었다. 이대로라면 감기는 고사하고 얼어 죽을 것 같았다. 알량한 패딩 점퍼 대신 북극곰 가죽으로 만든 에스키모 방한복을 걸쳐야 했다. 그러나 이미 때는 늦었다.

더글러스는 신경질적으로 기침하며 구식 세단의 히터 온도를 더 올리려 했다. 다시 보니 온도는 이미 최고치로 설정돼 있었건만 차 안은 실내라 생각하기 어려울 만큼 추웠다. 운전석으로 뿜어지는 열이 차 안을 데우기도 전에 바깥의 찬 기온에 열을 빼앗긴 것이다. 더글러스는 앞을 살폈다. 앞 차창에 부딪히는 눈이 얼어붙어 버리면 와이퍼도 정지하게 되고, 그러면 차를 몰 수 없다. 때문에 가끔씩 차를 세우고 바깥으로 나가 얼음을 손으로 떼어 내야 했다. 밖으로 나갈 때도 엔진은 정지시킬 수 없었다. 십 분만 멈춰도 엔진이 식어 시동조차 잘 걸리지 않을 것이고 한 시간을 세워 두면 대강 채운 싸구려 부동액도 견디지 못하고 얼어서, 이 고물 차는 내년 봄이 올 때까지 움직이지 못하리라. 어지간하면 폭설을 핑계 삼아 의뢰를 미루거나 취소하고 싶은 심정이었다.

그러나 더글러스는 그러지 않았다. 그는 단점이 많은 사람이었다. 남과 잘 어울리지도 못했고, 외모나 머리도 특출나지 않았으며, 체력은 있지만 내세울 정도는 아니었다. 유머 감각도 별로인 데다 패션 감각은 없다시피 했다. 더구나 게으르고 지저분했으며 성격이 괴팍해서 사교성이 모자랐다. 갈색에 가까운 짙은 금발은 담배와 기름때로 엉켜 있었고 덥수룩한 수염은 그렇지 않아도 불도그 같아 보이는 험악한 인상을 더 강조했다. 고집스럽게 빛나는 파란 눈은 피곤으로 번들거렸고 앙다문 입술은 당장이라도 험담과 욕설을 쏟아 놓을 듯 기묘하게 비틀려 보였다. 더글러스는 자신을 올바르고 정직하며 착한 사람이라 믿었으나 적어도 남의 눈에는 반쯤 약쟁이에 주정뱅이로 보였다. 어렵게 시작한 결혼 생활조차 몇 년을 넘기지 못하고 이혼해 버렸고 아이도 없었다. 부모도 세상을 떠났고 마땅한 친척도 없었으며 유산도 없고 교육도 받지 못했으며 경찰과 불화만 일으켰고 이직한 이후에도 생활고에 시달렸다. 모든 면에서 부족한 것 천지라 화이트 트래시(white trash)[1]라 불릴 만했다. 더글러스는 어릴 때부터 자신이 얼마나 부족한 사람인지 잘 알고 있었다. 그의 아버지가 남겨 준 유일한 유산은 '뭔가 하나는 특출나야 한다'는 교훈이었는데, 아무것도 없는 더글러스는 '끈기'를 자신의 장기로 삼아 일생 내내 노력해 왔다. 그 노력이 결실을 거두어 이제는 어떤 일에도 절대 포기하지 않고 끝까지 물고 늘어지는 강인한 정신력을 가지게 됐지만, 반대로 집착이 지나쳐 그가 일으킨 모든 불화의 절반 정도를 낳았으니 좋은 것인지 알기 힘들었다. 어쨌든 더글러스는 포기를 모르는 사람이었다. 그는 어려움이 닥치면 습관처럼 이 말을 내뱉었다.

'겨우 이 정도냐? 응?'

욕설처럼 되뇌면서 더글러스는 차를 몰았다. 눈과 추위 때문에

---

[1] 미국에서 무지한 백인 빈곤층을 일컫는 말이다.

차의 기름 소모가 예상보다 엄청나게 컸다. 주유소를 만나지 못한다면 속절없이 얼어 죽을지도 몰랐다. 기름이 반 정도 남은 순간 돌아갈까 하는 마음이 들었다. 허나 더글러스는 물러서는 대신 앞으로 내달렸다. 나폴레옹의 사전에 불가능이 없는 것처럼 뒤돌아간다거나 포기한다는 단어는 더글러스의 사전에 없었다. 고집마저 잃는다면 자신의 실패하고 찌그러진 인생이 그야말로 패배의 나락으로 떨어지게 되는 것이라 생각했다. 때문에 사소한 일에도 목숨을 걸었다. 아니, 걸 수밖에 없었다.

가솔린이 다 떨어져 계기판의 주유등에 불이 들어왔다. 앞 유리에는 눈이 얼어붙어 와이퍼가 끽끽거리며 비명을 울렸다. 눈을 그치지 않았고 바람과 추위도 수그러들지 않았다.

"죽으라는 거냐? 흥! 겨우 이 정도냐? 더! 더 괴롭혀 보란 말이야! 이 정도로 내가 죽을 것 같아? 포기할 것 같아?"

더글러스는 독하게 소리치며 차를 세웠다. 그리고 몇 번 호흡을 가다듬은 다음 옆 좌석에 팽개쳐 둔 위스키병을 집어 들었다. 음주 운전이 죄라는 것은 잘 알고 있지만, 이런 추위에 밖으로 나가기 위해서는 어쩔 수 없었다. 차라리 경찰이 단속하러 와 준다면 기꺼이 웃으며 맞아 줄 수 있었다. 딱지를 떼는 것이 얼어 죽기보다는 나으니까.

위스키를 몇 모금 들이켜고 병을 옆 좌석에 팽개친 다음 심호흡을 하며 차 문을 열었다. 기다렸다는 듯이 추위―추위라기보다는 살을 파고드는 독사의 이빨 같았다―가 아우성치며 몰려들었다. 눈도 뜨기 힘들었다. 간신히 차창 앞에 언 얼음을 손으로 짓부숴 가며 털어 내고는 차에 타려는데, 저만치에 뭔가가 보였다. 눈보라 속이라 어스름한 그림자만 얼핏 보인 것이지만, 분명 침엽수나 산등성이의 삐죽삐죽한 윤곽이 아니라, 수평과 수직선이 아름답게 이어진 인공적인 물체의 윤곽이었다. 눈을 가늘게 뜨고 보니, 커다란 건물이었다.

'그러면 그렇지!'

더글러스는 쾌재를 부르며 재빨리 차에 올라 차를 몰았다. 기름이 거기까지 버티지 못한다면 뛰어서라도 갈 생각이었다.

"추워요."

준후가 굳어 버린 혀로 말했다.

"춥긴 하군."

박 신부도 쓸쓸하게 대꾸했다. 현암은 입을 열지 않고 뒤에서 간신히 따라오는 승희를 돌아보았다. 승희는 현암과 눈이 마주치자 눈썹에 하얗게 얼어붙은 얼음을 떼어 내며 말했다.

"난 얼어붙어서 말 못해."

"얼었는데 어떻게 말을 해. 아직 견딜 만하구나."

현암이 무뚝뚝하게 말하자 승희는 성질을 부렸다.

"꼭 그렇게 해야 직성이 풀리냐, 응?"

"그러는 너는 꼭 그렇게 말해야 직성이 풀리니?"

"아, 미치겠네!"

"내 옷까지 벗어 줬는데도 그렇게 말해야겠니?"

내공으로 추위를 다스릴 수 있는 현암은 자신의 방한복을 승희에게 건네준 지 오래였다. 준후도 주술을 부려 몸을 덥혔고 박 신부마저도 견디다 못해 오라 막을 펼쳐 눈보라를 조금이나마 막으려 했다. 추위가 너무 심해 특별한 능력이 있는 퇴마사들도 버티기 어려웠다. 보통 사람이라면 얼마 버티지도 못했을 것이다. 그러나 내공이나 주술력도 한계가 있다. 다급해진 현암은 짜증을 냈고 승희도 야속한 듯 볼멘소리로 투덜거렸다.

"그렇게 생색을 내야 해?"

박 신부는 허탈한 듯 말했다.

"차라리 싸우게나. 그럼 열이 날지도 모르겠군."

그들은 두 시간이나 눈보라 속을 걷고 있었다. 조심성 많은 박 신부가 방한복 등을 준비했기에 대비는 잘 갖추었지만 차가 문제였다. 싸구려 중고차여서 그런지 차는 도중에 냉기를 이기지 못하고 멈춰 버렸다. 인적도 없고 누군가에게 구조를 요청할 수도 없었다. 죽기 살기로 전진하는 편이 낫다고 주장하며 현암은 제일 앞에서 맞바람을 맞으며 눈을 공력으로 밀어 길을 뚫었다. 그러나 이제는 현암의 막강한 공력도 바닥을 보이고 입에서 단내가 나기 시작했다. 방한복까지 벗었으니 공력이 떨어지면 현암이 제일 먼저 얼어 죽을지도 몰랐다.

"그런데 정말 여길까? 젠킨스라는 이름 하나만 가지고 여기라 생각하기엔……."

승희가 중얼거렸다. 그러자 현암이 눈의 무게에 짓눌려 쓰러진 나무를 옆으로 밀어 내며 말했다.

"코제트가 말한 젠킨스가 틀림없다면 여기가 제일 유력해. 사람들이 적은 외딴곳이니 지옥문을 열기에도 적합할 거고."

"그러나 여기 있는 젠킨스는 연구소 소장이고 과학자잖아. 블랙 서클의 승정이라기엔 생뚱맞은데."

"젠킨스가 과학자인 것은 맞지만, 이 연구소는 수상해. 상당히 큰 규모로 빙하와 태양 흑점을 연구한다는데, 논문을 발표한 적도 없고. 그런데 사람들은 굉장히 많이 고용하고 있지."

준후가 불쑥 말했다.

"고용된 사람들이 돌아오지 않는다는 게 문제죠."

그 말을 듣고 승희가 말했다.

"아, 그래. 나도 알아, 안다고! 그런데 정말 가기 싫거든? 이러다 얼어 죽을 거 같아. 그냥 돌아가는 게 어때? 백호 씨가 준 위성 전화로 구조를 요청하면 되잖아."

그러자 박 신부가 말했다.

"이런 날씨에는 통화가 안 될 걸세. 그리고 여기는 꼭 조사해 봐야 해."

"윈디고 때문에요?"

승희가 간신히 대답하자 박 신부가 안경에 붙은 눈을 털어 내며 말했다.

"그렇지."

윈디고는 캐나다에서 인디언 전설로 내려오는 존재였다. 거대한 해골 거인의 모습을 한 유령이자 악신으로, 사람을 저주하고 저주받은 사람으로 하여금 다른 사람을 죽이게 하는 존재로 알려졌다. 나타날 때마다 무서운 혹한과 추위를 동반한다고 했다. 오래된 전설로만 여겨져 왔지만, 근래 이 일대의 눈보라 속에서 거대한 반투명의 해골 거인 모습을 본 목격자들이 나타나기 시작했다. 일부러 구경을 오거나 지역의 싸구려 타블로이드 잡지에까지 실릴 정도였다. 사람들은 목격자들이 단순히 헛것을 보았다고 생각했으나 퇴마사들만은 달랐다. 준후도 리매를 불러낼 수 있으니, 블랙 서클이 마음만 먹는다면 윈디고 같은 존재는 얼마든지 불러낼 수 있음을 그들은 알고 있었다. 그러나 단서는 너무도 적은, 세 가지뿐이었다. 그 방법이나 결과는 어떨지 몰라도 블랙 서클은 어쨌든 지옥문을 열려 한다는 것. 그들은 주술이나 알려지지 않은 초능력을 이용한다는 것. 그리고 남은 두 승정의 이름, 젠킨스와 히루바바. 승희는 승정의 이름이 존이나 톰, 하산이 아닌 것이 천만다행이라고 중얼거렸다. 이것이 퇴마사들이 가진 정보의 전부였다. 단순한 정보였지만 블랙 서클의 존재로 의심하려면 이 미약한 세 가지 정보가 일치해야 했다. 다행히 백호와 정보기관의 간접적인 도움, 연희까지 가세해 분석한 결과 몇 곳을 물망에 올릴 수 있었으나, 이미 두 번이나 허탕을 쳤다. 분산해서 찾았으면 쉬웠겠지만, 지난번 왈라키아에서 승정 중 한 사람인 코제트에게 고생을 했던 터라 박 신부는 퇴마사들이 뿔뿔이 흩어지는 것을 용납하지 않았다. 연희와 백호는 히루바바라는 이름을 추적했고, 윌리엄스 신부와 월터 보울, 이반 교수는 코제트가 언급한 지옥문을 여는 방법에 대해 조사하는 중이었다.

사람들의 발길이 별로 닿지 않는 외딴곳에 세워진 고립된 연구소라는 조건, 그리고 윈디고 괴담과 목격담이 조금씩 나타난다는 점, 과학자로 알려져 있지만 실제로 뒤를 캐 보니 수상쩍은 점이 있는 연구소의 소장 젠킨스. 이 정도면 조사해 볼 가치는 충분했다. 다만 심한 추위 때문에 방문 자체에 목숨을 거는 상황이 돼 버렸지만.

호텔은 누추하고 낡은 데다가 비좁기까지 해서 호텔이라기보다는 중세의 선술집 같았다. 하지만 더글러스로서는 다른 선택지가 없었다. 모포를 뒤집어쓰고 뜨거운 코코아를 마시니 살 것 같았지만, 마음은 몹시 불편했다.

이곳은 연구소에 물자를 배달하는 사람들이 사는 작은 마을이었다. 하도 길이 험하고 연구소에서 요구하는 물건이 많다 보니 자그마한 캠프가 모여 마을을 이룬 것이다. 공동 숙소 같은 집이 대여섯 채로 사람들은 대부분 운송업자들이고 몇몇 조용히 살고 싶어 하는 사람들이 상점을 운영하고 있었다.

더글러스가 눈길을 헤치고 꽁꽁 언 채 도착하자 마을에 작은 소요가 일었다.

연구소 직원들은 이 작은 마을에 내려오지 않았다. 치안 유지 명목으로 보안관이 파견돼 있을 뿐이었다. 한데 마을에 남아 있던 주민들은 이렇게 눈보라가 몰아치는데도 모두 마을을 떠나기를 강력하게 바랐다. 보안관은 눈으로 길이 막혔으니 날씨가 풀릴 때까지는 나갈 수 없다고 하며 사람들을 붙잡아 두고 있었다.

그런데 완전히 막혔다던 산맥 사이의 눈길을 따라 더글러스가 들어오자 소동이 일어난 것이다. 사람들은 더글러스가 온 것을 보고 길이 완전히 막히지 않았다며 마을을 빠져나가겠다고 난리를 부렸다. 그러나 보안관은 응낙하지 않았다. 뿐만 아니라 더글러스에게 길이 얼마나 험한지 마을 사람들에게 설명하라고 했고, 영문을 모르는 더글러스는 자신이 겪은 바를 말했다. 이런 날씨에 안전한 마을을 두고 나갈 이유는 없다고 생각했기에 더 과장되게 주장하며, 나가려면 목숨을 걸어야 하니 그냥 있으라고 설득했다. 대부분의 사람들은 동의했지만, 몇몇 사람들은 가겠다고 고집을 부리다가 보안관과 충돌을 일으키고 결국은 총에 눌려 끌려갔다.

더글러스는 이상하다고 생각했다. 이런 눈보라와 혹한 속에 주민들이 왜 이리 필사적으로 떠나려고 하는지 이해가 되지 않았다. 보안관의 태도도 수상쩍었다. 명목상으로는 지금 마을을 떠나면 안전을 장담할 수 없어서 그런다고는 하지만 정도가 심했다. 마을을 고립시키려는 것이 아닐까 싶을 정도였다. 보안관에게 끌려간 몇몇을 제외하고 나머지 사람들은 울먹이며 공포에 떤 채 각자의 집으로 들어갔다. 더글러스는 간신히 몇 사람에게 왜 떠나려 하느냐, 무엇을 두려워하느냐 물었으나 사람들은 대답하지도 않고 시선을 돌렸다. 딱 한 사람만이 주저하다가 흘리듯 말했다.

"윈디고…… 밤이 되면 그게……."

이 말만 남긴 채 뒤돌아서 달음질쳐 사라져 버리고 말았다. 그러고 나니 더글러스만이 호텔에 덩그러니 남았다. 이 호텔은 보안관이 운영하는 것이라 더는 뭐라 물을 수조차 없었다.

더글러스는 마음이 불편했다. 이 마을에 무슨 일이 벌어지고 있는 것일까? 설마하니 정말로…….

'그럴 리가 없잖아.'

더글러스는 고개를 저었다. 의뢰를 받아 이곳에 온 것이지만 터무니없다고 생각했다. 마침 돈이 급하지 않았으면, 그리고 의뢰인의 애절한 호소가 없었다면 그를 정신병자로 치부하고 내쫓았을 것이다.

― 윈디고가 아들을 잡아갔소. 죽었을지도 모르오. 아들을 찾아 주시오.

― 네? 뭐라고요?

― 윈디고…… 윈디고 말이오. 얼음의 악령이…… 그 악령이 내 아들을……. 경찰은 믿어 주지도 않소. 당신만이 내 희망이오. 제발…….

눈가와 이마에 굵은 주름이 겹겹이 잡힌 얼굴이 죽은 더글러스의 외조부를 연상케 하지 않았더라면, 그런 정신 나간 늙은이의 의뢰는 받지 않았을 것이다. 더글러스는 금발에 푸른 눈이었지만, 그의 외조부는 의뢰인처럼 인디언계였다. 의뢰인처럼 평생을 힘겹게 살아온 인생의 여정이 굵은 주름에 배어 있는, 역사의 뒤안길로 사라진, 한때는 위대했다는 초원 전사들의 후손. 아니, 아니. 그런 것은 관심 없다. 활 한번 안 쏴 본 늙은이가 무슨 전사냐. 그냥 노망든 노인네의 푸념일 뿐이지. 나는 후퇴를 모르는 더글러스야. 돈이 급했기에 수락한 것뿐이라고.

절대로, 절대로 그 늙은이가 의뢰비로 꺼낸 돈이 꼬깃꼬깃 접혀 있었기 때문이 아니야. 지폐 한 장 한 장이 늙은 몸을 혹사해 가며 간신히 주워 모은 돈이라는 것 따위를 알아채서 맡은 의뢰가 아니란 말이야. 난 돈이 필요했을 뿐이야. 노망든 노인의 헛소리는 내 알 바 아니니 접어 두고, 어디선가 사고라도 당했을 아들을 찾아 주거나 시체라도 발견해 주면 할 일은 끝나는 거야.

그렇게 마음속으로 다짐했지만, 가라앉는 배에서 도망치려는 것 같던 마을 주민들의 절박한 표정이 떠올랐다. 뭔가 있다. 틀림없이 있다. 더글러스의 직감이 그렇게 외쳤다. 그러나 그는 고개를 저으며, 분풀이라도 하듯 코코아를 한꺼번에 들이켰다.

'그럴 리가 없잖아. 윈디고라니.'

정상이 아니었다. 지금 상황을 보면, 마을 전체가 윈디고를 겁내어 도망치려 한다는 이야기인데, 그게 말이 되는가?

마을 보안관이 눈으로 뒤덮인 모자를 털며 호텔 안으로 들어섰다. 그는 위압감이라도 주려는 듯 커다란 산탄총을 어깨에 메고 다녔는데, 거기에도 눈이 쌓여 있었다. 보안관은 총을 바닥에 툭툭 쳐 눈을 털어 낸 다음, 성큼성큼 걸어와 더글러스가 앉은 테이

블의 맞은편 자리에 앉으며 웃어 보였다.

"아, 정말 지옥같이 춥군. 윈디고가 나올 만큼 눈보라도 심하고. 코코아는 마음에 드시오? 몸은 좀 녹으셨나?"

"아, 예. 감사합니다. 그런데 윈디고라고요?"

더글러스가 되묻자 보안관은 껄껄 웃으며 말했다.

"바보들의 헛소리일 뿐이오. 어린애들도 아니고 왜들 그러는지 이해가 안 가."

"알려 주실 수 있습니까?"

보안관은 미소 띤 얼굴로 껄껄 웃다가 더글러스의 눈을 바라보며 말했다.

"윈디고라는 것은 과거 인디언 때부터 내려오는 캐나다 지방의 전설이오. 악령이나 요괴라고 할 수 있지. 사람들이 말하는 바에 따르면……."

보안관은 자세히 설명해 주었다. 전설에 의하면 윈디고는 키가 오 미터 이상이나 되는 거인, 그것도 해골 거인이었다. 뼈만 남은 온몸에는 살 대신 얼음덩어리가 주렁주렁 매달려 있고 모든 것을 얼어붙게 만드는 마력을 지니고 있으며, 특히 인간을 만나면 꽁꽁 얼려서 아삭아삭 깨물어 먹는다고 했다. 보안관은 덧붙였다.

"윈디고는 그런 마력뿐 아니라 또 다른 능력을 지니고 있다고 하더군. 결국에는 전설 속의 이야기일 테지만 말이야. 사람들에게 무서운 저주를 내리는 마력인데 혹시 요괴가 잡아먹지 않거나 도망친다 해도 윈디고를 한 번 본 사람은 반쯤 홀린 상태가 돼 까닭도 없이 다른 사람을 죽이려는 생각을 품는다는 거요."

"살의를 품게 된다고요?"

"하하. 그렇소. 무섭지? 때문에 윈디고가 나타나는 곳에는 인명 피해는 말할 것도 없고 혼란 상태가 야기된다는 거지. 서로를 의심하게 되고. 그러한 혼란을 틈타서 윈디고는 버젓이 마음대로 돌아다니고……."

믿기 힘든 이야기였다. 더글러스는 넌지시 보안관에게 물었다.

"그런데 윈디고가 정말 나타났었나요?"

보안관은 껄껄 웃었다.

"말도 안 돼. 사람들이 전부 이상해진 것 같소. 다들 윈디고를 보았다고 떠들어 대는데, 매일 밤 순찰을 도는 나는 한 번도 못 봤거든?"

'그럼 그렇지. 세상에 키가 오 미터나 되고 남을 저주해 사람을 죽이고 싶게 만드는 마력을 지닌 해골 거인이라고? 말도 안 되지.'

더글러스가 그런 생각을 하는데 보안관이 한마디 덧붙였다.

"그런데 근래 큰 사건들이 벌어지긴 했소."

"네? 어떤 사건이?"

"사람이 몇 죽었소. 자살인지 타살인지 사고사인지 모를 이상한 사건이지. 그러나 내 역량으로는 해결할 수 없소. 전문가를 불러야 하는데 알다시피 날씨가 이 모양이라 부를 수가 없소. 그 때문에 사람들 마음이 흉흉해져서 괴담이 떠도는지도 모르지. 아이들 같다니까!"

더글러스의 육감이 기지개를 켰다. 여기까지는 그냥 농담으로 넘어갈 수 있는 일이었다. 허나 사건이 뒤따른다면 수상하다. 보안관은 정색을 하더니 나직하게 말했다.

"제일 먼저 톰슨이 죽은 채 발견됐소. 사흘 전이지. 아, 당신은 톰슨을 모르지. 조 톰슨. 조그마한 주유소를 운영하던 사람이오."

"어떻게 죽었습니까?"

그러자 보안관이 어깨를 으쓱하며 말했다.

"얼어 죽었지. 집에서."

더글러스는 깜짝 놀랐다.

"네?"

"아아, 놀라지 마시오. 이 날씨를 겪었잖소. 히터가 고장 났든지, 머리가 이상해져서 덥다고 창문이라도 열고 잠들었을 테지. 어쨌든 천장만 빼고 집 안이 온통 얼음으로 뒤덮여 있었지. 톰슨은 소파에 앉은 채였는데. 그대로 꽁꽁 얼어붙어 있었지. 집 안도 꽁꽁 얼어서 빙하 시대의 동굴처럼 돼 버렸고."

더글러스는 깜짝 놀랐다. 보안관은 천연덕스럽게 이야기했지만 오히려 그것이 더 무서워서 몸이 떨리기 시작했다. 절대 정상적인 죽음이 아니었다.

"이상하잖습니까?"

보안관은 여전히 천연덕스럽게 말했다.

"그렇게 생각하시오? 그러고 보니 그럴 수도 있겠군. 어디 보자. 생각해 보니 톰슨은 뭔가에 놀라서 벌떡 일어나려는 자세였던 것 같군."

"아무리 날씨가 춥고 창이 열려 있어도 그렇게 얼어붙지는 않습니다! 더구나 자고 있던 것도 아니라면……."

더글러스가 놀라 고함을 치는데도 보안관은 느긋하게 맞장구를 쳤다.

"자고 있었던 것은 아니야. 톰슨은 눈 뜬 채 죽었는걸? 생각해 보니 이상하긴 한데."

"히터가 고장 난 상태였습니까? 창문도 열려 있었나요?"

"이봐, 당신. 내가 배지를 달고는 있지만 전문가도 아니고 수사관도 아니야. 난 그냥 이 작은 호텔의 주인이고, 억지로 배지를 단 것뿐이라고! 그렇게 조사할 전문 지식도 권리도 없어. 그저 전문가가 올 때까지 현장을 보존하는 것밖에는 할 수 없었어."

"그, 그건 맞습니다. 그러셔야죠. 보존은?"

"잘은 모르겠지만, 얼어 있었으니 창문과 문을 열어 녹지 않게 했지. 자칫 녹게 되면 상할 테니까. 천연의 보존 방법인 셈이지."

보안관의 말은 정론에 가까웠고 이런 작은 마을에 현장을 보존하기 위해서는 그 수밖에 없는지도 몰랐다. 그러나 그렇게 죽은 사람의 집 창문과 문을 열어 놓았다면 사람들이 그 무서운 광경을 봤을 것 아닌가? 흉흉한 소문이 떠도는 것도 이해할 수 있었다. 아니, 애당초 톰슨의 죽음 자체가 미스터리 아닌가? 어떻게 사람이 소파에 앉아 눈도 감지 못한 채 얼어 죽을 수 있단 말인가? 윈디고의 저주 같은 것이 아니라면 어찌…….

더글러스는 소름이 끼쳐 말조차 꺼내지 못했다. 보안관은 넉살 좋게 말했다.

"아아, 무슨 생각하는지 알아. 하지만 꼬맹이들처럼 공포에 휩싸이진 말라고. 마을에 남은 꼬맹이들 달래는 일만도 힘에 겨운데 짐을 늘리고 싶진 않아. 날씨만 풀려 경찰과 전문가들이 와서 조사하면 해결될 일이야."

"그런데 아까 듣기론 사건'들'이라 하신 것 같습니다만."

"한 명 더 있었지. 톰슨과 비슷해. 멜리사라는 할망구인데, 할망구답지 않게 드세고 기술이 좋아서 차 수리와 정비를 전문으로 했지. 그 할망구도 죽었어."

"어떻게요?"

"자네는 호기심이 많군. 뭐, 얼어 죽었어. 집 안에서 죽은 건 아니니 의심하지 말게. 수도꼭지를 고치려다가 선 채로 얼어 죽었지. 하지만 바깥이니……."

더글러스는 자신도 모르게 벌떡 일어나며 호통을 쳤다.

"그게 말이 됩니까!"

보안관은 조금도 눌리지 않고 마주 호통을 쳤다.

"뭐가 말이 안 된다는 거야? 그리고 왜 흥분하는 거야?"

"아, 아니. 흥분한 건 죄송합니다. 그런데 아무리 추워도 어떻게 사람이 선 채로 얼어붙는단 말입니까? 도저히 있을 수 없는……."

보안관은 눈을 부릅뜨며 위협적인 목소리로 말했다.

"있을 수 있는 일이야. 우리 눈앞에서 일어났으니까. 그렇지 않아? 그러니 날뛰지 말고 자리에 앉아."

더글러스는 자신도 모르게 보안관의 기세에 눌려 자리에 앉았다. 경찰 시절, 포기를 모르는 더글러스라 불릴 정도로 독한 성격이었지만, 보안관의 눈빛은 그런 그조차 압도하는 뭔가가 있었다. 그러자 보안관은 금세 넉살 좋은 미소를 지었다.

"염려 마. 그다음부터 얼어 죽은 사람은 없으니까. 그런데 수상한 사건이 네 번이나 더 있었어. 갑자기 누군가 죽은 거야. 총에 맞기도 했고, 뒤에서 칼에 찔리기도 했어. 여기는 모두 얼굴을 알고 지내는 한적한 곳이야. 환경이 험해서 서로 돕고 살아가지 않으면 안 되니 모두가 친구였고 다툼이나 싸움도 일어나지 않았어. 그런 이곳에서 사흘 사이에 여섯 명이 죽었어!"

어지간히 험한 일을 겪으며 살아왔지만, 그런 더글러스에게도 이 고립된 마을에서 벌어지는 사건들은 이해하거나 견디기 어려웠다.

"이, 이건 정상이 아닙니다. 절대……."

"그래, 사람들은 미치기 시작했어. 미쳐 가는 거야. 하필 이때 윈디고 이야기가 퍼져 나왔어. 누가 그렇게라도 자신을 위안하려고 전설을 떠올린 거야. 안 그러면 미쳐 버릴 것 같을 테니까. 윈디고라고? 그걸 믿냐? 난 아냐."

보안관은 이제야 웃음을 지우고 머리를 양손으로 움켜쥐며 괴로운 듯 말했다.

"이 마을에 살인자가 있어. 분명해. 네 명이나 죽었으니까. 앞에 얼어 죽은 사람들은 사고사일지도 모르고, 그 살인자가 그렇게 만든 것일지도 몰라. 또 윈디고 이야기도 그 녀석이 퍼뜨린 것일지도 몰라. 미리 계획을 짜고 조금씩 조금씩……."

더글러스는 심각한 표정을 지었다. 보안관의 말이 맞다면 그자는 정말 무서운 녀석일 것이다. 지능범에 심리적인 면까지 꿰뚫고 있었다. 보안관은 말을 이었다.

"나도 바보는 아니야. 앞의 두 사람도 정상이 아니란 건 벌써 눈치채고 있었어. 모를 수가 없잖아! 그러나 어떻게 하나? 살인자가 있는데 난 조사할 여력도, 전문 지식도, 장비도 없어. 더구나 나머지 넷은 누군가에게 살해당했어. 살인마가 버젓이 마을 안에서 날뛰는 거야. 윈디고라는 발뺌할 거리를 만들어 사람들의 시선을 돌려놓고 태연히 살인을 저지르는 거야!"

"위험한 상황이군요. 그래서……."

"그래, 그놈이 정말 두려워. 미치도록 두렵다고! 마을 사람들이 위험에 빠진 건 알아. 허나 그놈이 아무리 그래도 이 마을 안에서야. 그런 미친놈을 풀어놓을 수는 없어. 사흘에 여섯 명! 하! 피에 굶주린 미친놈이 선량한 가면을 쓰고 우리 안에 섞여 들어와 있어! 그런 놈을 LA나 뉴욕에 풀어놓으면 피바다가 될 거야. 더구나 그놈이 해친 사람들은 내 이웃이기도 했어. 반드시 내 손으로 잡아야 해. 반드시 잡아 내 손으로 단죄할 거야……."

말끝을 얼버무리며 보안관은 더글러스를 날카로운 눈으로 쏘아보았다.

"그러니 이 마을에서 아무도 못 나가. 당신도. 당신은 밖에서 들어왔으니 좀 낫지만 난 당신도 완전히 믿지 않아. 누가 알겠어? 내 눈은 당신도 지켜보고 있어. 눈보라가 그치고 어떻게든 외부와 연락이 될 때까지만 버티면 돼. 지금 마을 사람들은 전부 미쳤어. 이웃을 의심하기 싫어서 윈디고라는 괴물을 생각해 내고 그리로 도피하는 거야. 하지만 나까지 미칠 수는 없어. 난 놈을 잡을 거야. 반드시 그래야만 하고 그러려면 놈의 수작에 넘어가선 안 돼! 그러니 망할 윈디고 따위의 이야기는 내 앞에서 꺼내지도 말라고!"

보안관은 호통을 치더니 자리에서 벌떡 일어나 카운터에서 술병 하나를 집어 들어 몇 모금을 들이켰다. 더글러스는 이제야 보안관의 마음을 이해할 수 있을 것 같았다. 마을이 공포에 빠진 이유도, 그러면서 아무도 나가지 못하는 것도, 주민들이 공개적으로 윈디고 이야기를 꺼내지 못하는 것도 이해가 갔다.

더글러스는 두어 번 헛기침을 하며 말했다.

"제가 도움이 됐으면 좋겠습니다. 전 사설탐정이고, 전에 경찰 강력반에서 근무했었죠. 제가 도와드릴까요?"

보안관은 술을 들이켜다 말고 더글러스를 노려보았다.

"말은 고맙지만 됐어. 난 자네도 믿을 수 없다고 했지? 나로서는 자네가 범인인 게 맘이 편해. 오래 같이 지낸 이웃을 의심하느니 그편이 낫다고. 그러니 아무것도 하지 말고 기다려. 날씨가 풀릴 때까지. 알아들어?"

더글러스는 고개를 끄덕였다.

"충분히 이해합니다. 아무것도 하지 않고 조용히 있겠습니다."

"이해해 주니 다행이군. 모두가 서로를 의심하는 미친 양 떼 속에 혼자 있는 기분이었는데."

"이해합니다."

"그러고 보니 인사하는 것도 잊었군. 정신머리하고는. 자네 이름은 뭔가?"

"더글러스."

보안관은 엷은 미소를 지으며 술을 한 모금 들이켜고 말했다.

"만나서 반갑네. 더글러스 탐정. 난 젠킨스라고 하네."

"저쪽에 불빛이 보입니다!"

승희를 업고 있던 현암이 반갑다는 듯 외쳤다. 그러자 준후를 안아 든 박 신부도 정색을 했다. 해가 진 후라 사방은 금방 어두워졌다. 눈이라도 파고 몸을 숨길까, 더 움직일까를 결정해야 할 때였다. 이럴 때 불빛을 보다니 반가울 수밖에 없었다.

"정말인가?"

"예. 눈보라 사이로 언뜻 보았지만, 틀림없습니다. 건물 같은 것도 보였고요. 이제 살았습니다."

승희와 준후는 거의 탈진 상태여서 두 사람에게 업히고 안기지 않으면 걸음도 뗄 수 없었다. 박 신부는 참을성이 많아 내색하지 않았지만 소모된 기력은 비슷했다. 몸에 공력을 돌리는 현암도 견디기 힘들 정도니 오죽했으랴.

"어서 가자. 어서……. 나 얼어 죽어……."

현암의 등에서 승희가 덜덜 떨리는 목소리로 말했다. 현암도 얼음과 눈으로 뒤덮인 얼굴에 미소를 띠며 앞을 막고 있는 눈을 밀어 냈다.

"그래, 어서 가자."

보안관은 다시 위스키 한 잔을 따라 더글러스에게 건넸다. 이미 두 사람은 권하고 받으며 반병 이상의 술을 들이켠 다음이었다. 더글러스가 얼큰해진 목소리로 말했다.

"여기 사람들은 전부 캐나다 사람입니까?"

"반쯤은. 나머지는 뒤죽박죽 섞여 있어. 미국인도 있고. 멕시코인도 있지."

"보안관님은요?"

"난 캐나다 토박이지."

더글러스는 무심한 듯 고개를 끄덕이며 넌지시 말했다.

"혹시 여기 프라일리라는 미국 사람이 오지 않았습니까?"

"프라일리? 프라일리라……. 프라일리…… 기억이 안 나는데. 연구소 직원이라면 내가 모를 수도 있어. 그런데 그 사람은 왜?"

더글러스가 대답하지 않고 가만히 있자 보안관은 미소를 지으며 말했다.

"아, 자네가 탐정이라는 걸 잊고 있었군. 그 사람을 찾으러 온 건가?"

더글러스는 짧게 대답했다.

"네."

"흠…… 나는 잘 기억이 안 나네만. 기억력이 안 좋아 그런 걸지도 모르니 다른 사람들에게도 물어보겠네. 그런데 연구소 직원은 아닌가?"

"그건 저도 모릅니다. 의뢰인이 말해 주지 않았어요. 사진하고 신상명세서만 전달받았죠."

"사진을 보면 기억이 날지도."

더글러스는 품에서 사진을 꺼내 보여 주었다. 보안관은 한참 들여다보다가 얼굴을 찌푸리며 고개를 저었다.

"이런 얼굴은 본 적이 없네. 프라일리라는 이름도 모르겠고."

"뭐, 의뢰인이 잘못 알았나 보죠. 어차피 애매한 의뢰였습니다. 그러니 사설탐정인 제게 왔겠죠."

"미국인인가? 아버지는 미국에 있고?"

"예."

"그러면 캐나다에서 아들이 뭘 하는지 제대로 모를 수도 있지."

"그런 것 같군요. 그런데 만약 연구소라면……."

"내가 다음에 연구소로 들어갈 때 프라일리라는 직원이 있는지 알아보도록 하지."

"예, 감사합니다. 그런데……."

더글러스는 슬쩍 말꼬리를 돌렸다.

"연구소 건물이 꽤 큰 것 같던데요? 저도 건물 윤곽을 보고 간신히 찾아왔으니까요."

보안관이 무심한 듯 대꾸했다.

"그래, 크지. 커다란 요새 같지."

"그런데 연구소에서는 아무도 나오지 않습니까?"

보안관은 천연덕스럽게 대꾸했다.

"글쎄. 무슨 비밀 연구를 하는지 그 지역은 출입 금지야. 연구소장도 괴팍한 사람이라 틀어박혀 나오지 않고, 직원들도 마찬가지지."

"물자 조달은요?"

"연구소 소장은 나와 내 조수들을 택했네. 그 외에는 아무도 들어가지 못해. 모르는 얼굴들도 아닌데 나조차도 한 번 들어가려면 삼십 분 넘게 오만 가지 몸수색을 받는다네."

"안에 사람은 많은가요?"

"몇이나 있는지는 나도 잘 모르지. 다만 내가 본 사람은 열 명도 넘고……. 들어가는 물건의 양을 봐서는 서른 명쯤 있지 않을까?"

"꽤 많군요."

"그런 셈이지."

"그렇게 많은 사람이 있는데 내려오지도 않는다는 건……."

"내가 알 게 뭔가? 다만 수송해 주면 값을 후하게 쳐준다네. 그러니 이런 험한 곳까지 악천후를 무릅쓰고 사람들이 모이는 거지. 나도 그랬고……."

"무슨 연구를 하는 걸까요?"

"말로는 태양 흑점이니 빙하 연구니 하지만, 실제로는 군 연구소일지도 모르지. 뭐, 상관없잖아."

더글러스는 고개를 끄덕였으나 다시 눈을 빛냈다.

"아무리 보안을 중시하는 연구소라도 아랫마을에 이런 일이 벌어지는데 누가 나와 보지도 않나요?"

"글쎄. 안 나오는 걸 난들 어떡하나?"

"그들에게 알리지 않았나요?"

"말했지, 물론. 두 번째 사건이 났을 때. 그러나 소장이 꿈쩍도 않더군. 되레 연구소 보안을 강화하는 것 같았어. 할 수 없는 일이지. 맡은 임무가 다르니까."

"바깥과 연락을 취할 수는 없나요?"

"없어. 여긴 오지라서 애당초 전화도 없고 무전기를 가진 사람도 없어. 날씨만 이렇지 않았어도 차로 몇 시간 달리면 도시가 나오니까."

"연구소에는 외부에 도움을 청할 만한 장치가 있지 않을까요?"

보안관의 눈이 빛났다.

"아, 그럴지도. 미처 생각을 못 했군. 그런데 이런 날씨에 외부에 연락을 한다고 누가 와 줄까?"

더글러스는 차분하게 말했다.

"수사 전문가들의 조언 정도는 얻을 수 있지 않겠습니까? 사람들도 외부와 연락이 통하면 조금 진정할 테고요. 그리고 외부에 미리 연락을 취해 놓으면 수사관들이 대기하고 있다가 바로 들어오지 않겠습니까?"

"자네는 머리가 좋군. 그 생각은 못 했는데. 가서 연구소장에게 이야기해 봐야겠군. 깐깐한 작자지만 어떻게든 설득해 보겠네."

그때 보안관 조수가 문을 열고 들어와 외쳤다.

"보안관님!"

"왜 그래?"

"눈길을 뚫고 외지인 네 사람이 마을에 왔습니다. 걸어서요."

"허, 저런……. 사람들이 또 나가겠다고 난리를 치겠군. 넷 다 괜찮은가?"

"탈진한 것 같지만 별 이상은 없는 듯합니다. 넷 다 동양인인데, 가족 같기도 하고 아닌 것 같기도 합니다."

"허, 동양인이라고 못 오는 법은 없지만……. 가족 같다고?"

"나이 든 남자, 젊은 남자, 젊은 여자, 어린 남자아이. 그러면 가족 아니고 뭐겠습니까?"

보안관은 무심하게 고개를 끄덕이며 말했다.

"아무리 그렇다 해도 여기서는 못 나가게 해. 잘 돌봐 주고."

보안관 조수가 말했다.

"만나 보시지는 않을 겁니까?"

"나는 연구소로 가서 통신 시설이 있는지 물어봐야 해. 알다시피 연구소는 나 말고는 못 들어가잖아."

"알겠습니다. 그럼, 그 동양인들은 호텔로 데리고 오죠."

보안관 조수가 나가자 보안관은 남은 위스키를 훌쩍 들이켠 다음 더글러스에게 말했다.

"외부인이 네 명이나 들어오니 자네도 적적하진 않겠군. 그들에게 이곳의 특수한 상황에 대해 말해 주지 않겠나?"

"그러죠. 다른 일도 없으니."

더글러스가 흔쾌히 승낙하자 보안관은 모자를 눌러쓰며 말했다.

"혹시 무슨 일이 생기면 연구소 정문에 와서 나를 찾아. 내가 안에 있으니 들여보내 주진 않아도 인터컴 따위로 연결은 시켜 줄거야."

더글러스는 어깨를 으쓱해 보였다.

"저는 외부인일 뿐인걸요. 조수분을 시키시죠."

"내 조수들이 몇 명 있지만 말만 보안관 조수지, 그냥 인부야. 여기 사람들은 그들이 알아서 하겠지만, 외부인은 같은 외부인인 자네가 돌보는 게 좋을 것 같고. 자네는 탐정 아닌가. 위스키값을 한다고 생각하고 도와주게."

"알겠습니다."

더글러스가 승낙하자 보안관은 총을 집어 들고 모자를 눌러쓴 다음 자리에서 일어섰다. 그가 자리에서 일어나 밖으로 나가자 더글러스는 자신의 잔에 남아 있는 위스키를 단숨에 비웠다.

보안관이 나가고 삼십 분 정도 지난 후 퇴마사 일행은 호텔에 자리를 잡고 앉았다. 승희와 준후는 탈진 상태여서 방에 눕혔고, 박 신부가 그들의 상태를 살피며 간호했다. 현암은 박 신부가 시키는 대로 뜨거운 물과 담요 등을 날라 왔고, 더글러스도 현암을 도왔다. 그러느라 둘은 변변히 통성명도 하지 못했다. 승희와 준후의 상태가 호전돼 방을 나서고 나서야 그들은 카운터 테이블에 앉아 이야기를 나눴다.

"저는 더글러스 위브라고 합니다. 미국에서 왔고 사설탐정이죠."

"저는 이현암이라고 합니다. 한국에서 왔습니다."

"저는 박윤규라고 합니다. 저도 한국에서 왔지요."

박 신부가 마음이 놓인다는 듯 성호를 긋자 더글러스는 호기심에 찬 눈으로 박 신부를 바라봤다.

"가톨릭 신자신가요?"

"사제입니다."

"아, 신부님이시군요."

"그렇다고 할 수 있지요."

"가족이십니까?"

더글러스가 묻자 박 신부는 웃으며 말했다.

"혈연관계는 아니지만, 가족과 같은 사이입니다."

"한국은 멀죠?"

"예, 지구 반대편에 있죠."

"이 먼 곳까지 오시느라 고생하셨겠습니다. 그런데 여기는 왜 오신 거죠?"

생판 처음 보는 사람에게 목적을 털어놓을 수는 없는지라 현암은 대충 둘러댔다.

"여행하다가 길을 잃었습니다."

"아, 그런가요. 고생하셨습니다. 날씨가 너무 추워서……."

"예, 정말 심하더군요."

더글러스는 주정뱅이라도 된 것처럼 보안관이 남기고 간 위스키를 잔에 따르며 말했다.

"저도 온 지 몇 시간 안 됩니다. 차가 고장 났지요."

"저희도 그랬습니다."

"좀 드시겠습니까? 몸을 녹이는 데는 이게 최곱니다만."

"아뇨, 괜찮습니다."

더글러스는 대답하는 현암을 힐끗 보고 갑자기 말투를 바꿔 나직하게 물었다.

"어디쯤에서 차가 고장 났습니까? 찾아야 할 것 아닙니까."

"글쎄요. 찾을 수 있을지 모르겠군요."

"먼 곳에 세웠나 보죠?"

"걸어서 서너 시간 이상 되는 거리입니다."

그러자 더글러스는 위스키 잔을 잡은 채 갑자기 킥킥거리며 웃었다. 현암과 박 신부는 영문을 몰라 멍하니 더글러스를 바라봤다. 더글러스는 웃음을 그치지 않았다. 급기야는 큰 소리로 껄껄거리며 배를 잡고 웃었다. 박 신부는 잠자코 있었지만 현암은 의아하기도 하고 조금 불쾌하기도 해서 나직하게 말했다.

"왜 웃죠?"

더글러스는 웃음을 이기지 못하겠다는 듯, 손사래까지 치며 간신히 말했다.

"아하하……. 우습죠. 아니, 당신들은…… 하하…… 우습지 않습니까?"

"뭐가 우습다는 말입니까?"

"아니, 그럼 그렇게 뻔한 거짓말을 하면서도 우습지 않다고요?"

현암이 화가 나 자리에서 일어서려고 하는데, 찰칵하는 소리가 났다. 어느새 꺼냈는지 더글러스가 작은 권총을 꺼내 이쪽을 겨냥했다. 박 신부와 현암의 안색이 변했으나 더글러스는 계속 킥킥거리며 웃었다.

"내가 지금껏 만난 범죄자들 중 가장 멍청하군. 이봐, 거짓말을 해도 정도껏 하란 말이야. 살인자들아."

현암은 더글러스가 무슨 소리를 하는지 영문을 알 수가 없어서 화를 내며 외쳤다.

"뭐라고? 살인자?"

"오해요."

박 신부도 점잖게 말했지만 더글러스는 총을 치우지 않았다.

"이봐, 우선 거기. 사제라는 작자. 당신, 사제라고 하면 사람들이 속아 주던가? 저 위에 있는 여자와 아이를 간호하는 솜씨를 보니 대단하던데? 전문적인 의사의 솜씨더란 말이야."

현암과 박 신부는 당황해서 얼굴을 마주 보았다. 박 신부는 확실히 사제가 되기 전에는 의사였지만 그런 것에서 오해를 살 줄은 몰랐다. 허나 그게 이상해 보였다고 치더라도 어째서 난데없이 살인자라는 것일까? 더글러스가 말을 이었다.

"그건 속아 주더라도, 여기에 뭐 볼 게 있다고 지구 반대편에서 여행을 오겠어? 거짓말이잖아. 더구나 차를 타고 오다가 고장 났다면 눈보라 속에서 길을 잃었을 텐데, 여기를 어떻게 알고 왔지? 헤매다 보니 우연히 여기가 나왔다고는 하지 마."

"아니, 그게……."

어이가 없어진 현암이 대답하려는데 더글러스가 말꼬리를 채 갔다.

"뭐, 그것도 그럴 수 있다고 쳐. 허나 너는 완전히 엉터리 같은 말을 했어. 너는 걸어서 몇 시간 동안 눈보라를 뚫고 왔다고 했는데, 그거야말로 새빨간 거짓말이야."

"사실이야!"

현암이 외치자 더글러스는 총으로 현암의 눈을 겨냥하며 맞받아 고함을 쳤다.

"지금 바깥 기온은 영하 오십 도에 가까워. 그런데 그런 눈보라 속을 방한복도 걸치지 않고, 몇 시간 동안 걸어왔다고?"

그러고 보니 현암은 승희에게 방한복을 벗어 주었기에 그냥 스웨터 차림이었다.

"인간이라면 그렇게 못해. 절대로! 너희는 그렇게 멀리서 온 것도 아니고, 여행하다가 길을 잃은 것도 아니야. 이 근처에 숨어서 여기 사람들을 희롱하고 살해하다가, 마침내 본격적으로 일을 벌이려고 온 거지?"

더글러스의 입장에서는 수상하게 볼 수밖에 없었다. 그게 이해

되지 않는 것은 아니었지만, 너무도 황당해서 현암은 한숨을 쉬었다. 박 신부는 심각하게 표정을 굳혔다.

"여기서 살인이 일어났소?"

"모르는 척하지 마."

"우린 정말 모르는 일이오. 살인이 언제 일어났소?"

"시치미 떼지 말라고."

현암이 한숨을 깊이 쉬며 말했다.

"그런데 말입니다. 여자와 아이를 데리고 다니며 살인하는 자들도 있습니까?"

"흥, 변명하려 들지 마. 왜 여기 온 것이며 무슨 목적이 있는지, 합당한 이유를 대. 살인하러 왔다고 한다면 고맙게 받아들이겠어. 그게 아니라면……."

더글러스가 계속 외치자 현암은 슬픈 듯 얼굴을 찡그리더니 조용히 말했다.

"이러지 맙시다. 총은 치우죠?"

"헛소리하지 마."

현암은 눈에 보이지 않을 정도로 손을 빠르게 움직여 더글러스의 손에 들린 권총을 아래로 내리눌렀다. 기공력을 집중해 움직인 터라 더글러스는 느끼지도 못할 정도로 빨랐다. 다음 순간, 텅 하는 소리가 들리더니 총이 총구를 아래로 기울인 채 나무로 만들어진 테이블에 그대로 박혀 버렸다. 총이 나무 테이블에 박히자 더글러스는 깜짝 놀라 방아쇠를 당기려 했으나 현암이 재빨리 팔을 잡아 옆으로 슬쩍 던졌다. 더글러스의 몸이 뒤로 날아갔다. 권총을 쥔 손에 힘을 주었으나 현암이 슬쩍 민 힘이 너무 강해 저항도 할 수 없었고, 단단하게 틀어박힌 권총도 빠지지 않았다. 더글러스가 와당탕 뒤로 넘어지자 박 신부가 한숨을 쉬며 말했다.

"현암 군, 말로 하지 왜……."

"방아쇠를 당기면 총이 터질 것 같아 할 수 없었습니다."

더글러스는 넘어지자마자 용수철처럼 몸을 일으켜 미친 듯 주먹을 휘두르며 현암에게 달려들었다. 현암은 귀찮다는 듯 자리에 앉은 채 손을 휘저었고, 더글러스는 아까보다 조금 더 멀리 날아가 벽에 부딪혔다.

"현암 군, 말로 하라니까……."

"제가 한 거 아닙니다. 저 사람이 덤빈 거죠."

더글러스는 고함을 지르며 병까지 주워 덤벼들었다. 기세가 하도 흉흉해서 현암도 이번에는 인상을 찌푸리고는 '발' 자 결의 기공력으로 더글러스를 조금 세게 밀어 냈다. 더글러스의 몸이 공처럼 허공에 날아 벽에 부딪혔고, 다시 바닥에 부딪혔다가 튀어 올라 옆으로 쓰러졌다. 그것을 본 박 신부가 눈을 감고 고개를 저었다.

"아, 현암 군. 이번에는 너무……."

그러나 더글러스는 곧바로 다시 일어났다. 기절해도 시원찮을 판인데 이제는 악까지 쓰며 덤벼드니 현암도 의외라는 생각이 들었다. 더글러스는 코피를 흘리면서도 기세등등하게 외쳤다.

"겨우 이 정도냐? 응?"

"이봐요. 끈기는 대단하지만 나에게는 안 됩니다. 계속 그렇게 나온다면 나도……."

현암이 차갑게 말하자 박 신부가 현암을 제지하며 나섰다.

"더글러스 탐정. 당신이 의심한 것도 무리는 아닙니다만 우린 정말 눈보라를 헤치고 몇 시간 동안 걸어서 왔습니다. 보통 사람이라면 불가능하겠지만 여기 현암 군은 매우 특별한 사람이라 가능했던 거요. 우리가 사실을 말하지 않았다는 점은 인정하겠소. 우리는 여행 목적으로 이곳을 찾아온 게 아니요. 그 점 사과하고 인정할 테니 제발 그만두시오."

더글러스는 숨을 헐떡였지만 조금도 눌리지 않고 말했다.

"그게…… 정말인가?"

그러자 현암이 조금 차갑게 말했다.

"내가 살인자였다면 당신이 아직도 살아 있을 것 같습니까?"

"그야 모르지, 정체를 숨기려……."

현암은 말없이 기공력을 최대로 끌어올려 테이블에 박힌 권총을 꽉 쥐었다. 우두둑 소리와 함께 권총에 금이 갔다. 워낙 단단해 그리 찌그러지는 않았지만 최소한 내부는 망가졌을 것이다. 그것을 보고서도 더글러스는 물러서지 않았으나 눈빛에는 놀라움이 스쳤다.

"대단하군. 기계 인간 같은 건가?"

현암은 냉소했다.

"순수 자연산입니다."

"말도 안 돼. 어떻게 그럴 수가……."

"그런 말도 안 되는 사람들이기 때문에, 똑같이 말도 안 되는 일을 처리하려고 온 겁니다. 그러니 당신은 빠지십시오."

현암은 차갑게 말했다. 다짜고짜 총을 들이대고 살인자 취급한 것이 기분 나빠서였다. 그때 방문을 왈칵 열어젖히며 승희가 외쳤다.

"현암 군! 저 사람 잡아! 수상해!"

현암이 승희 쪽을 흘끗 돌아봤고 한국말을 못 알아들은 더글러스는 멍하니 승희를 바라봤다. 그때 다시 승희가 앙칼지게 외쳤다.

"저 사람! 능력자야! 수상하다고!"

현암은 번개처럼 앞으로 날아가 더글러스를 오른손으로 잡아 올렸다. 헝겊 인형을 들듯 가볍게 멱살을 잡아들어 올리자 더글러스는 당황해서 헐떡였다.

"가…… 갑자기 무슨 짓이야!"

현암이 인상을 쓰며 물었다.

"당신, 블랙 서클 소속이었어? 네가 공포의 승정인가?"

더글러스는 말 대신 팔다리를 휘두르며 반항했다. 포기를 모르는 성격은 대단했지만 현암에게 대드는 것은 무모하기 짝이 없는 일이었다. 현암이 두어 번 공처럼 집어 던지자 더글러스는 완전히 녹초가 된 채 그제야 입을 열었다.

"무…… 무슨 짓이야. 블랙 서클은 뭐고, 승정은 또 뭐야. 난 몰라. 그런 거 몰라."

"승희 앞에서 거짓말을······."

현암이 한 번 더 던질 듯 다가서는데 승희가 말했다.

"어머? 정말이네?"

현암의 안색이 변했다.

"뭐······ 뭐가 정말이란 거야?"

"어, 저 사람 블랙 서클에 대해 아무것도 몰라."

난감해진 현암의 얼굴이 삽시간에 붉어졌다.

"이, 이봐······ 승희야. 네가 수상하다고 해서 막 다루었는데 갑자기 말을 바꾸면······."

"난 막 다루라고 한 적 없거든? 잡으라고만 했어."

박 신부가 일어나 현암을 뒤로 밀곤 더글러스를 부축해 일으켰다.

"피차 오해가 많았습니다. 젊은 사람들이라 성격이 급한 것 아니겠습니까. 제가 사과드리죠."

"아니······ 그건 그런데 대체 무슨 영문인지······. 블랙 서클은 뭐고 승정은 뭡니까? 그리고 왜 날 그런 사람으로 본 거죠?"

승희가 불쑥 끼어들었다.

"탐정님이 능력자니까 그렇죠."

"능력자라고요?"

"네. 아, 그렇구나. 신기한 능력이네요. 손을 대서 물건에 남아 있던 시간 기록이나 인물 기록을 읽는······ 그런 것 같은데."

박 신부가 안경을 고쳐 쓰며 말했다.

"사이코메트리."

거기까지 말하자 더글러스의 안색이 하얗게 변했다.

"그…… 그렇지 않아. 내가 뭘 했다고? 난 그런 능력 없어."

승희가 빈정대듯 말했다.

"에이, 탐정님. 그것 때문에 고민도 많이 하셨던 것 같으니 이해는 하지만…… 이제 와서 뭘 숨기시려고요. 이미 제가 다 읽었거든요?"

"읽…… 읽었다고? 뭘?"

"탐정님 마음이요."

"뭐…… 뭐라고?"

"그걸 투시라고 한다죠? 우린 같은 처지예요. 그러니 숨길 것 없다고요. 순간적으로 투시가 안 통해서, 탐정님을 능력자로 착각했지 뭐예요. 제 투시는 수준 높은 능력자들에게만 안 통하거든요. 근데 됐다 안 됐다 하는 걸 보니 탐정님도 안됐네요. 이젠 외로워 마세요. 세상엔 탐정님과 비슷한 사람들이 많거든요. 우리를 비롯해서요. 호호호……."

빠르게 떠들어 대는 승희의 말에 연속으로 충격을 받았는지 더글러스는 멍한 표정으로 변했다. 거의 기절할 것 같았다. 현암은 박 신부에게 슬쩍 말했다.

"저래도 되는 겁니까? 저렇게 막 털어놓으면……."

"승희에게 맡겨 보세."

"아니, 그래도 일단 숨기는 게……."

"현암 군. 일은 자네가 저질렀어. 저 총하고 테이블 자국, 그리고 탐정의 증언은 어쩌려고……. 쯔쯧."

박 신부가 나무라는 어조로 말하자 현암은 뒷머리를 긁적이더니 망가진 총을 테이블에서 뽑아 멍하니 있던 더글러스의 손에 쥐어 주었다.

"미안합니다."

현암은 테이블에 생긴 자국을 손으로 떼어 냈다. 단단한 원목으로 만든 테이블인데도 진흙처럼 떼어 낸 현암은 멍하니 바라보는 더글러스를 향해 억지스러운 미소를 지어 보였다.

"이 테이블, 불량품 같네요, 그렇죠?"

더글러스는 승희가 기관총처럼 쏘아 대는 말과 현암의 무지막지한 힘에 눌려 고개를 끄덕일 수밖에 없었다. 그때 박 신부가 차분하게 말했다.

"우리는 윈디고의 전설[2] 때문에 여기 왔습니다. 그걸 조종하는 게 블랙 서클이라고 믿고 있고요. 이야기가 깁니다만, 들어 주시겠습니까? 아마 마을에 무슨 일이 벌어진 듯한데, 저도 이곳 사정을 듣고 싶군요."

그들이 이야기를 나누는 동안, 해는 완전히 떨어져 눈보라가 날리는 흰색 어둠이 사방을 뒤덮었다. 밤이 되자 길목을 경계하는

---

[2] 주로 북부 캐나다의 추운 산림 지대에서 떠돌던 전설로 인디언들이 처음 만든 것을 백인들이 공포 이야기 비슷하게 윤색한 이야기일 것으로 추정된다. 자세한 내용은 본문에 언급돼 있으며, '윈디고의 무서운 이야기'는 윈디고의 해골 가슴 속에 있는 얼음 심장을 불에 두 번 녹임으로써 불사신이었던 윈디고가 죽는 것으로 막을 내린다.

보안관 조수들 외에는 아무도 밖으로 나다니지 않았다. 그전까지는 몇몇 사람들이 마을 밖으로 나가겠다고 수선을 피우기도 했지만, 이제는 더 이상 눈길을 헤치고 길을 떠나려는 사람도 없었다. 가는 도중에 윈디고를 만나지 않을까 하는 두려움이 더 컸을지도 몰랐다. 밤이 깊어 갔지만 마을 중심을 가로지르는 연구소와 연결된 큰길을 따라 늘어서 있는 집의 창문에는 대부분 불빛이 꺼지지 않았다. 모두 공포와 두려움으로 쉽게 잠을 이루지 못하는 것이다. 마을의 곳곳을 지키던 보안관 조수들도 추위와 피곤을 이기지 못하고 하나둘씩 안으로 들어갔고 교대한 두어 명만이 자리를 지켰다. 고통의 비명을 지르는 듯한 바람 소리만큼이나 불안과 공포감이 감도는 밤이었지만 얼어붙은 눈 더미처럼 평온했다. 그렇게 아무 일도 없는 듯 하루가 또 지나가는가 싶었는데, 기이한 일이 벌어졌다.

"윈디고! 윈디고!"

마을 북쪽에 살던 잭이라는 이름의 남자가 눈보라를 뚫고 미친 것처럼 비명을 지르며 달려왔다. 그가 외치는 소리에 즉각적으로 반응이라도 하듯, 꺼져 있는 창문들에 일제히 불빛이 들어오더니, 이어서 문이 열리고 사람들이 쏟아져 나왔다. 그들은 똑똑히 볼 수 있었다. 두려움에 놀라 허우적거리며 달려오는 잭의 등 뒤로, 여전히 쏟아져 내리는 눈보라 속에 거대한 해골의 형체가 포효하는 광경을.

"괴물이다!"

"원…… 윈디고! 정말 있었어!"

집 밖으로 뛰쳐나온 사람들은 비명을 지르거나, 반대편으로 도망치거나 혹은 총을 집어 들어 해골의 형체를 향해 탄알을 난사했다. 눈보라 때문에 희미하게 보이긴 했으나, 해골의 형체는 전설이 말하는 윈디고의 모습과 꼭 같았다. 거대한 키는 오 미터를 넘었고, 온몸의 뼈에는 살 대신 얼음덩어리가 주렁주렁 달려 있었으며, 눈에서는 시뻘건 핏빛 광채를 뿜어 댔다. 윈디고는 뼈다귀와 얼음이 붙은 양손을 휘저어 대며 크게 포효했다. 울음소리는 너무나 커서, 거친 바람 소리도 단번에 뚫어 버리고 사람들의 귀를 울렸다. 그것만으로도 집 밖으로 뛰쳐나온 사람들을 경악시키기에는 충분했는데, 믿지 못할 일은 계속 이어졌다.

사람들이 나와 아우성을 치자, 길목을 지키던 보안관 조수가 달려와 사람들을 진정시키려 했다. 그는 더글러스와 보안관에게 말을 전해 주던 남자였다. 그가 나타나자 사람들은 저마다 윈디고가 나타났다고 떠들어 댔다. 조수가 외쳤다.

"윈디고라니 무슨 헛소리들이오! 뭐가 있다고!"

사람들은 윈디고를 보았을 때만큼이나 놀랐다. 저쪽을 보라며 앞다퉈 외쳐 댔다. 그런데도 그 사람은 윈디고 쪽으로 고개를 돌려 한참을 보다가 멍하니 말했다.

"대체 뭐가 있다는 거요? 난 안 보이는데?"

"뭐, 뭐라고? 저게 안 보여?"

"당신들, 무슨 약이라도 했소?"

그때 윈디고가 다시 한번 귀가 얼얼할 정도로 크게 포효했다. 사람들은 이 소리가 안 들리냐고 외쳐 댔으나 보안관 조수는 태연히 말했다.

"무슨 소리가 들린다는 거야? 바람 소리뿐인걸?"

사람들의 공포감은 절정에 달했다. 눈앞에 윈디고가 날뛰는 것이 보이고, 포효하는 소리가 들려왔다. 그러나 보안관 조수는 그것을 보지 못하고 듣지도 못했다. 그렇다면 자신이 미쳐서 환각을 보고 환상을 듣는 거란 말인가? 아니면 윈디고가 자신들에게만 보인단 말인가? 순간적인 마음속의 혼란이 공포심과 광기를 부추겼다.

"이 악마! 괴물아! 죽어라!"

사냥총을 들고 나왔던 남자가 윈디고를 향해 마구 총을 쏘아 댔다. 보안관 조수는 제지하려는 듯 소리를 질렀지만 남자는 말을 듣지 않았다. 총을 가지고 나온 다른 사람들도 윈디고의 머리를 향해 앞다투어 총알을 퍼부었다. 수십 발이 넘는 총탄을 퍼부었는데도 윈디고는 움찔도 하지 않았다. 되레 윈디고는 눈빛을 더더욱 빛내며 크게 포효했다.

"왜들 총질을 해 대는 거야! 미쳤어? 다들 집으로 들어가!"

보안관 조수는 화를 내며 사람들을 말리려는 듯 소리를 질러 댔으나 그는 말을 끝마칠 수 없었다. 그의 등 뒤 어둠 속에서 흰색의 돌풍이 덮쳐 왔기 때문이다. 이 강추위 속에서도 대번에 느껴질 만큼 어마어마한 냉기였다. 보안관 조수는 하던 말을 채 끝내지도 못하고 순식간에 얼어붙어 등 뒤에 있는 윈디고의 형상만큼이나 참혹한 얼음 기둥으로 변해 버렸다.

사람들은 일제히 비명을 질렀다. 가뜩이나 고조됐던 혼란과 공포가 극한으로 치달았다. 사냥총을 쏘던 남자가 비명을 지르면서 총을 던지고 뒤로 돌아 도망치자 다른 사람들도 앞다투어 도망치기 시작했다. 보안관 조수의 얼어붙은 몸이 산산이 깨져 나갔다. 피가 튄 것이 아니라 몸 전체가 얼음덩어리가 돼 사방으로 쪼개졌다. 얼어붙은 그의 손이 발 앞에 떨어지자 한 사람이 울부짖으며 견딜 수 없다는 듯 머리를 쥐어뜯었다. 다음 순간 그의 머리가 산산이 터져 나갔다. 그리고 뒤돌아 도망치던 사람들이 속속 쓰러져 갔다. 이미 여섯 명이나 되는 사람들이 처참하게 죽어 널브러졌다. 보안관 조수를 제외하면 얼어 죽은 사람은 없었지만 시체는 무서운 한파로 인해 곧 얼어붙어 갔다. 그리고 그들의 등 뒤에는 윈디고가 핏빛의 눈을 빛내며 계속해서 포효했다.

그때 호텔에서 다섯 사람이 달려 나왔다. 사람들은 그들이 눈길을 뚫고 마을에 도착한 다섯 사람이라는 걸 깨달았지만 그들을 살필 마음의 여유가 없었다. 더글러스가 도망치는 사람들의 앞을 막아서며 외쳤다.

"안으로 들어가시오! 밖에 있는 건 더 위험하오!"

그러나 사람들이 멈칫하는 사이에 또 한 사람이 피를 뿜으며 나뒹굴었다. 사람들이 다시 비명을 지르자 더글러스는 있는 힘을 다해 외쳤다.

"집 안에 들어가서 피하란 말이오! 무리하게 도망치려 하면 위험해!"

그래도 사람들이 말을 듣지 않고 도망치려 하자, 갑자기 동양인 청년―현암―이 뛰쳐나왔다. 현암은 사람들을 호텔 쪽으로 집어던졌다. 사람을 지푸라기처럼 쉽게 내던지는 힘도 놀라웠지만 빠르기도 했다. 살아남아 도망치려던 사람들은 열댓 명 정도였는데, 그들은 눈 깜짝할 사이에 현암에 의해 호텔 안으로 집어 던져졌다. 그사이에도 윈디고의 거대한 그림자는 사람들의 뒤를 쫓듯 성큼 다가와 있었는데, 호텔 쪽으로 던져진 사람들은 자그마한 꼬마와 조금 덩치가 큰 동양 남자가 앞으로 나서서 윈디고 쪽으로 달려가는 모습을 볼 수 있었다. 준후와 박 신부였다.

박 신부가 힘을 발하자 연녹색의 오라가 퍼져 나가 주위를 감쌌고, 준후의 양손에는 불줄기가 쏟아져 나왔다. 충격과 공포로 정신을 차리지 못하던 대부분의 사람들은 두 줄기의 긴 불줄기가 윈디고 쪽으로 날아드는 것을 보고 경악했다. 더글러스가 호텔 안으로 뛰어 들어오며 문을 닫아걸었다. 한 사람이 외쳤다.

"이게 뭐요! 저 사람들은 누구요!"

그러자 더글러스는 자신도 놀랐으면서 침착해지려고 애쓰며 딱 잘라 말했다.

"우릴 도와 윈디고와 맞서는데, 누구든 무슨 상관이오!"

"여기 몰려 있으면 갇혀서 죽어!"

누가 소리를 질렀지만 더글러스는 힘 있게 반박했다.

"이 혹한에 흩어져 도망치는 게 더 위험하오! 도망치려고 몸을 노출시키면 위험해!"

"여기 있다가는 윈디고에게 몰살당해!"

다시 누가 비명처럼 외쳤으나 더글러스는 고개를 저었다.

"저들이 지켜 줄 거요."

"저들이 어떻게? 총도 안 통하는데!"

누군가가 울부짖었지만 더글러스는 단호하게 말했다.

"저들은 할 수 있소. 윈디고는 전설에서 튀어나온 괴물이오! 그러니 전설에서 튀어나온 저들만이 막을 수 있을 거요!"

"신부님! 이상해요! 주술이 안 통해요!"

준후가 고함을 질렀다. 안 그래도 탈진한 준후가 힘을 짜내 쏘아 낸 두 줄기의 멸겁화는 허망하게도 윈디고의 몸을 통과해서 하늘 너머로 사라져 버렸다. 박 신부도 외쳤다.

"뭔가 이상하다! 저놈에게는 아무 기운도 없어!"

그때 박 신부 옆에 있던 눈 더미가 퍽 하고 폭발하듯 튀어 올랐다. 박 신부가 크게 오라 막을 펼치고 있는데도 뭔가가 날아와 박힌 것이다. 현암이 급히 몸을 날려 박 신부를 밀었다. 두 사람이 자리를 피하자마자 박 신부가 있던 자리가 다시 한번 폭발하듯 터져 눈과 얼음 조각을 흩뿌렸다.

"이건 주술 같지 않은데요?"

현암이 놀란 얼굴로 말하자 박 신부도 멍하니 말했다.

"이건 탄흔 같아. 월남전에서 수없이 겪었어. 누가 저격을……."

뒤에서 승희가 외쳤다.

"이상해! 저 괴물에게선 아무것도 느껴지지 않아! 능력이 세서 그런 게 아니라, 원래부터 없는 존재 같아!"

그때 준후 뒤에 있던 나무의 큰 가지가 퍽 소리를 내며 부러졌다.

"준후야!"

현암이 외치면서 달려가는데, 아까 보안관 조수를 덮친 것 같은 흰색 안개가 준후를 향해 확 뿜어져 나왔다. 준후는 놀라 몸을 돌리며 소맷자락을 떨쳤다. 하도 놀란 터라 수십 장의 부적들이 한꺼번에 쏟아져 나왔고 부적들은 저절로 불이 붙어 준후의 앞을 겹겹이 차단했다. 바로 다음 순간, 현암이 몸을 날려 준후를 안고 뒹굴었다. 짧은 순간이었고 부적이 막았는데도 준후의 눈썹과 얼굴에 성에가 끼고 반쯤 얼어붙은 상태가 됐다. 준후는 뻣뻣해진 입술로 간신히 말했다.

"혀, 형……. 저건 주술이 아니…… 절대 아니……에요."

현암이 외쳤다.

"승희야! 저 괴물 말고 다른 사람이 근처에 있는지 투시해 봐!"

"어어, 왜 난데없이……."

"어서!"

바깥에서 싸우는 소리가 작게나마 호텔 안까지 들려왔다. 동양인들이 외치는 소리를 알아들은 사람은 없었지만, 소리가 들리는 것을 보면 그들이 살아 있고, 어떻게든 버티고 있다는 의미 같았다. 한숨을 돌리자 한 사람이 울면서 외쳤다.

"난 미쳤어. 우리 모두 미쳤어. 저건 헛것이야. 세상에 저런 게 있을 리 없잖아! 그런데 내 눈엔 보여! 보인다고!"

더글러스는 군중 속에 히스테리가 전파되면 얼마나 무서운 결과를 낳는지 알고 있었다. 그는 그 사람에게 다가가 귀에 입을 바짝 대고는 큰 소리로 외쳤다.

"당신은 미치지 않았어! 내 눈에도 윈디고가 보여! 우리 모두가 봤잖아! 저게 뭐건 간에 우린 그에 맞서야 해!"

다른 사람이 외쳤다.

"보안관 조수는 못 봤어! 왜 그는 못 본 거지?"

더글러스는 급히 대답했다.

"그가 거짓말을 한 거야. 그는 윈디고와 관련이 있고, 뭔가 흑막이 있어. 난 보안관을 의심하고 있어!"

그러자 나이가 들어 수염을 기른 한 노인이 자못 침착하게 말했다.

"보안관이? 그가 왜 그런단 말이오?"

"그는 거짓말을 하고 있었소."

"당신이 어떻게 알아? 난 당신이 의심스럽군. 당신, 여기 온 지 하루도 안 됐잖소!"

"난 사람을 찾으러 온 탐정이오. 보안관이 제지해서 여러분을 제대로 만날 수도 없었지만."

"거짓말! 네가 이 일을 꾸민 것 아냐?"

다른 사람이 외치자 더글러스는 반박했다.

"내가? 내가 저런 괴물을 불러낼 능력이 있다면, 왜 굳이 모습을 보였겠소?"

그러자 침착한 노인이 다시 말했다.

"보안관이 일을 꾸몄고, 보안관 조수도 같은 편이라 저게 안 보인다고 거짓말을 했다는 거군."

"맞소."

"그러나 조수는 죽었어. 우리가 보는 앞에서! 우릴 속이려고 죽음을 자초한단 말이오?"

더글러스는 협박하듯 노인에게 얼굴을 들이밀며 눈을 빛냈다. 화가 치밀어 성깔이 나온 것이다.

"그놈도 속아서 이용당하고, 버려진 거야!"

"믿을 수 없어."

노인이 반박하려 하자 더글러스는 악을 썼다.

"당신이 믿고 안 믿고는 상관없어. 윈디고가 안 보인다던 그도 윈디고에게 죽었어. 그러니 윈디고는 있는 거잖아! 그놈이 틀렸고 그놈이 미친 거지. 나나 당신들이 미친 게 아냐! 그러니 현실을 인정하고 이겨 낼 방법을 생각하란 말이야! 애들처럼 질질 짜거나 불평 따위 늘어놓지 말고!"

노인은 더글러스의 기세에 눌린 듯 간신히 말했다.

"우, 우리가 뭘 어쩐단 말이오. 총도 안 통하는데."

더글러스는 노인에게서 고개를 돌리며 낮은 목소리로 말했다.

"기도라도 하든지. 아니, 어떻게든 살아남으시오."

더글러스는 사람들을 돌아보며 큰 소리로 버럭 외쳤다.

"할 게 없으면 문과 창문이라도 보강하고! 남은 무기와 총알도 점검해! 정 할 게 없으면 부엌에 가서 요리를 하든, 술이라도 마셔! 어쨌든 뭔가 해!"

더글러스는 한숨을 훅 내쉬며 옆의 의자를 부수고 판자를 챙겨 들며 말했다.

"포기란 건 없소! 뭘 하든 포기는 하지 마시오! 그게 당신들과 나, 힘없는 자들의 의무요. 알겠소?"

윈디고는 여전히 무시무시한 기세로 포효했지만, 이제 현암은 두렵지 않았다. 투시를 행한 승희에게 윈디고 뒤에 사람들이 여러 명 있는 것 같다는 말을 들었을 때, 현암은 모든 것을 파악했다.

"저건 가짜입니다. 주술력으로 상대하려고 하면 안 됩니다."

박 신부는 고개를 끄덕였다.

"가짜라고? 하긴……. 저 정도의 영적 존재라면 우리가 아무것도 못 느낄 순 없지."

준후는 믿어지지 않는다는 듯 눈을 크게 떴다.

"저게 가짜라고요? 아니, 어떻게 저렇게 했을까요?"

"기술적인 건 잘 모르지만……. 이크, 준후야. 고개 들지 마!"

준후가 고개를 숙이자 총알 한 발이 현암의 머리 위를 스치고 지나갔다. 이제 분명했다. 주술도 뭣도 아닌 총알이었다. 현암은 고개를 푹 숙인 채 말을 이어 갔다.

"기술적인 건 모르겠지만 홀로그램 종류일 거야. 입체 영상 말이지."

"와. 신기하네요?"

놀라워하는 준후를 보며 현암은 '사람들은 저런 것보다 너나 나를 더 신기하게 생각할 텐데?' 하고 속으로 중얼거렸다. 준후는 다시 말했다.

"그럼 차가운 냉기는요?"

"나도 잘은 모른다니까. 아마도 액체 질소 같은 걸 뿌리는 게 아닐까 싶어. 소방차가 물을 뿌리듯 말이야."

"와, 그게 그렇게 차가운가요?"

"영하 백구십육 도야. 엄청나지. 더구나 기화되면 공기 중 질소와 똑같아지니 흔적도 안 남고. 이 마을에서 얼어 죽었다는 두 사람도 고압 호스로 액체 질소를 뿌려 댔다고 하면 설명이 가능해. 괴담을 퍼뜨리고, 저런 짓을 해서 주술로 위장한 것 같아."

준후는 눈을 동그랗게 뜨고 뺨까지 발그레해져서 탄성을 질렀다.

"와, 그래서 멸겁화의 부적진으로 막았는데도 뚫고 들어온 거군요. 현암 형, 신기해요."

현암은 '아니, 멸겁화와 부적진 같은 걸 막 쓰는 네가 더 신기하다니까'라고 중얼거렸다. 물론 속으로만.

"현암 형. 어떻게 그런 걸 다 알아요?"

"아. 대학 때 시험에 나왔었는데, 찍어서 맞혔거든. 그래서 안 까먹어."

"와, 현암 형. 대학에서 그런 것도 학문으로 가르쳐요?"

"나 공대 출신이거든? 전에 말해 줬잖아!"

저편에서 박 신부가 소리를 쳤다.

"지금 잡담할 때인가? 무슨 방법을 찾아보게나!"

현암은 볼멘소리로 답했다.

"신부님, 저도 총알은 못 막는다고요."

승희가 현암의 말을 거들었다.

"신부님, 저자들은 저격수예요. 그나마 눈보라가 심해 빗나갔지. 안 그랬으면 우린 전부 죽었을 거라고요. 사람들이 그래도 많이 살아남은 건 그 덕분······."

승희가 종알거리는 소리를 더 듣지 않고 현암은 월향검을 꺼내려 했다. 상대가 사람인 이상 월향검을 쓰기 싫었지만 이대로 죽을 수는 없었다. 그러자 준후가 말했다.

"어, 현암 형. 그거 쓰지 마요. 사람에게 쓰는 거 싫어하잖아요."

"어쩔 수 없잖냐."

"뭐····· 사람이라면······. 제가 해 볼게요."

그러더니 준후는 눈앞에 엎드린 자세에서 엉거주춤하게 수인을 맺고 주문을 외웠다. 눈보라 속에서 희미한 형체 두 개가 나타나기 시작했다. 리매였다.

"그렇지! 그거 좋다! 리매는 총과 상관없지?"

"에고, 세 마리 부르려고 했는데…… 여긴 우리나라도 아닌 데다가 좀 지쳐서……."

"저걸로 충분하다! 다 집어 던져 버려."

완전히 모습을 드러낸 리매가 기세를 살리듯 포효하더니 쿵쿵거리며 다가가자 저편에서 비명이 들려왔다. 틀림없는 사람의 외침이었다. 그와 함께 총알이 집중되자 리매의 몸을 관통했지만 반투명한 리매에게는 타격을 주지 못했다. 잠시 후 호텔 문이 열리면서 총을 든 사람들이 쏟아져 나왔다. 맨 앞은 더글러스였다.

"도망치지 않겠소! 당신들과 함께 싸울 거요!"

영어에 능통한 승희가 외쳤다.

"윈디고는 쏴 봐야 소용없으니, 위를 노리지 말고 조종하는 사람들을 쏘세요!"

"상대가 안 보이잖소!"

더글러스가 외치자 박 신부가 크게 소리쳤다.

"적이 안 보여도 탄막(폭탄이나 탄알을 한꺼번에 퍼붓는 것, 화망[火網]이라고도 한다)을 치면 됩니다! 수가 적으니 그걸 고려해 전방에 탄막을 치시오!"

박 신부가 월남전에서 종군할 때 얻은 지식이었다. 그 말을 들은 더글러스는 무엇인가 깨닫고 외쳤다.

"훌륭하군! 당신 용병이었소?"

"사제라고 했잖소?"

"무슨 사제가 의학에 전술까지 아는 거요?"

"지금 잡담할 때요?"

더글러스는 사람들을 지휘해 일제 사격을 가하게 했다. 사냥총에다 산탄총에 권총 등 잡다한 화기였지만 열 명에 가까운 사람들이 필사적으로 사격을 가하자 저쪽도 당황하는 기색이었다. 저쪽이라고 총알을 겁내지 않을 이유는 없다. 누가 명중됐는지는 알 길이 없었지만 저편이 쏘는 총소리가 눈에 띄게 줄어들었다. 그 대신 비명이 간헐적으로 들려왔다. 리매가 저격수들을 찾아내어 때려눕히는 것이 분명했다. 더글러스의 지휘하에 자신이 붙은 사람들은 체계적으로 사격을 가했고 마침내 허공에 떠 있는 윈디고의 영상이 사라져 버렸다. 모두 놀라 잠잠히 있는데 뒤에서 투시를 집중하던 승희가 외쳤다.

"저들이 도망쳐요! 전부 도망치고 있어요!"

더글러스는 "하!" 하고 고함치며 크게 팔을 휘둘렀고 생존자들도 환호성을 질렀다. 준후도 좋아하며 현암에게 말했다.

"한두 명 잡아 오게 할까요?"

현암이 말했다.

"아니, 그럴 것 없어. 그런데 리매는 정말 총 맞아도 안 다치지?"

"네, 왜요?"

현암은 준후에게 뭐라고 속삭였다. 준후는 알아들었다는 듯 수인을 맺었다. 어둠 속으로 사라졌던 두 마리의 리매가 쿵쿵거리며 이편으로 다가왔다. 기뻐하던 더글러스가 깜짝 놀라 부르짖었다.

"저건 또 뭐야!"

박 신부와 승희는 그들이 준후가 부리는 리매인 것을 알아보았지만 그들이 쏘지 말라고 하기도 전에 현암이 크게 외쳤다.

"진짜 괴물들입니다! 쏘세요!"

"어라? 현암 군."

의아해진 승희가 현암에게 뭐라 말하려 했으나 저만치에서 준후가 고개를 저으며 손가락을 세워 입술에 대는 것을 보고 입을 다물었다. 그러자 더글러스는 포기를 모르는 사람답게 용감하게 외쳤다.

"모두 장전하고…… 가만, 아직 아니오. 조금만. 조금만……."

사람들은 더글러스의 지휘에 따라 재빨리 총을 재장전하고 총구를 겨누었다. 그러다가 리매가 가까이 다가와 완전히 모습을 드러냈을 때, 더글러스는 크게 외쳤다.

"발사!"

십여 개의 총들이 리매를 향해 불을 뿜었다. 리매들은 그냥 멍하니 있었지만, 현암의 눈짓에 준후가 의미를 알아듣고 수인을 맺자 리매들은 크게 소리를 쳤다. 그냥 포효하는 것이지만 더글러스 등의 눈에는 리매가 고통스러워하는 것처럼 보였다. 더글러스는 신이 나서 외쳤다.

"재장전하고……. 서둘러! 일제 사격한다! 발사!"

총들이 정신없이 불을 뿜었다. 현암은 이쯤하면 됐다 싶어 눈짓을 하자 준후는 리매를 사라지게 했다. 리매의 모습이 서서히 허공으로 사라져 가자 더글러스는 도취됐는지 허공에 주먹질을 해

대며 외쳤다.

"겨우 이 정도였나? 응? 이 망할 괴물들! 맛이 어때!"

사람들도 덩달아 환호했다. 준후만 시무룩하게 말했다.

"망할 괴물들 아닌데……."

현암이 되물었다.

"준후야, 너 영어 못하잖아."

"단어 몇 개는 알아들어요. 망할 괴물이라고 한 건 분명……."

"왜 그런 말만 알아듣니?"

승희가 눈을 털며 다가와 말했다.

"원래 외국어는 욕부터 배우는 거야. 그나저나 현암 군, 이게 무슨 쇼야?"

현암이 한숨을 쉬었다.

"이렇게 해야 뒤끝이 없지. 저들이 정말 악령과 싸운 걸로 믿어야 될 것 같아서. 죽은 사람도 많은데 홀로그램 기술로 이렇게 됐다면 사람들이 집요하게 뒤를 파헤칠 거 아냐. 위험해. 차라리 귀신 짓이라 믿어야 그냥 조용히 넘어가지."

어느새 다가온 박 신부가 말했다.

"잘했네, 현암 군."

"아까 뒤처리 이야기로 핀잔을 들어서 이번엔 잘해 보려고 머리 좀 썼습니다."

"원, 저런. 아직도 꽁해 있나?"

"꽁해 있는 거 아닌데요."

사람들은 괴물을 물리쳤다고, 이제 살았다고 환호하고, 혹은 울기도 했다. 그러나 더글러스는 냉정을 잃지 않고 다가와 말했다.

"이제 정말 끝난 거요?"

현암이 대답했다.

"그건 아닙니다. 이제 분명해지는군요. 저 연구소야말로 흑막이 있는 곳이에요. 보안관도 그렇고."

그러자 더글러스는 조용히 말했다.

"나도 보안관을 의심했소."

"왜 그랬죠?"

현암이 묻자 더글러스는 빠르게 말했다.

"그 사람의 이야기는 어떻게 보면 맞는 말 같았지만, 사실은 보안 책임자라면 절대 해서는 안 될 방향으로 사태를 몰아가고 있었소. 사람들 사이에 살인자가 있다면, 그들을 흩어지게 해서는 안 되지. 사람들은 한곳에 모아 놓고 행동을 통제하며 지켜야 하오. 그러면 추가 살인은 막을 수 있지. 이건 아주 간단한 상식이오. 한곳에 모여 눈 그치기를 기다렸다가 나가면 되는데 보안관은 마을만 봉쇄하고 모두 흩어지게 했소. 계속 사람들이 죽어, 공포가 확산되라고 부추기는 것이지. 추리 소설 같은 데서야 이야기를 만들기 위해서 그렇게 한다지만 말이오. 모두 모아 놓으면 불편한 점은 있어도 절대 무슨 일이 벌어질 수 없거든."

"그렇군요. 그것만 가지고 보안관을 의심했나요?"

"그는 퍽 치밀했지만, 말실수로 거짓말의 꼬리를 잡혔소."

"어떤 거짓말이었죠?"

"그는 분명 캐다나인이라고 했는데 '그런 살인마를 뉴욕이나 LA에 풀어놓으면 피바다가 될 거요'라고 말했지. 캐나다인이라면 캘거리나 토론토를 예로 들어야 하는데, 너무 익숙하게 뉴욕이라고 하더군. 캐나다인은 자신들이 미국인으로 보이는 걸 아주 꺼려해. 정체성을 지키려는 거지. 골수 캐나다인이 그런 말을 할 리가 없지. 그래서 그는 미국인이면서 무슨 이유로 거짓말을 하고 있는 거라 생각했소. 거짓말할 이유가 없는데 거짓말을 한다는 건 목적이 있다는 거니까, 다른 말도 거짓일 수 있다는 거지. 또 연구소가 자기만 드나들 수 있게 돼 있다고 했고, 그만한 연구소라면 무선 장비가 없을 리 없는데 내가 말하자 그제야 생각난 듯 그리로 간다 했지. 연극을 잘하는 편이었지만, 날 속이진 못……."

현암은 떨떠름하게 말했다.

"그럴듯하지만 더글러스 탐정님의 추리는 넘겨짚기가 많고 허점도 있는 걸 아세요? 듣기엔 그럴듯하지만, 확증을 가질 요소들은 못 되잖습니까?"

"그렇게 따질 거 없잖소. 아, 그래. 내가 성격이 급해서 간혹 잘못 짚기도 하지. 그래서 실수를 해서 경찰도 그만둔 거고. 인정한다고. 그러나 보안관은 수상했소. 언뜻 보면 마을 사람을 위하는 것 같았지만 그게 아니었으니까."

"그건 어떻게 아셨나요? 또 추리로요?"

현암이 모나게 말하자 더글러스는 말을 멈추었다가 다시 말했다.

"자네, 아까 내가 잘못된 추리를 해서 총을 겨눈 걸 마음에 두고 있군."

그러자 현암은 또박또박 말했다.

"절 겨눈 건 상관없습니다. 그런데 당신은 신부님을 겨누었어요. 그건 그냥 넘어갈 수 없거든요. 당신의 추리는 그럴싸했지만, 총부터 겨눌 게 아니라 우리 여권을 확인하든지 해서 증명해 보였어야 합니다. 전 그게 화나는 겁니다."

"미안하네."

"내가 아니라, 신부님께 사과하세요. 그리고 의심하지 마세요. 원래 의사셨고, 종군도 하셨어요. 또…… 교단에서 파문당하셨지만 그래도 신부님 맞습니다. 정말 좋은 분이신데……."

현암이 말끝을 흐리자 더글러스는 순순히 고개를 끄덕였다.

"정말 미안하네. 꼭 사과를 드리지."

"그렇게 생각하신다면 이제는 됐습니다. 저도 사과드리죠. 그런데 이야기를 계속합시다. 보안관이 수상하다는 걸 어떻게 알죠?"

"나는 저 초능력자 아가씨가 말한 것처럼 특별한 힘이 있네."

"사이코메트리라고 불리는 능력이죠."

"그래. 근데 그게 내 맘대로 되는 게 아냐. 미친 것처럼 아무 때나 발동되다가 또 안 되다가 하고, 내가 통제할 수 없어. 그런데 아까 보안관이 술을 따라 줄 때 그걸 통해서 뭔가 느껴지더라고. 그는 정말 일을 꾸미고 있었어. 그래서 나도 내 의뢰인의 이름을 숨겼지."

"그랬나요?"

"보안관에게는 내가 찾는 실종자를 프라일리라고 했지만, 실제는 제닝스라는 이름이었네. 사진도 그냥 갖고 있던 다른 수배자 사진을 보여 줬지."

"왜 그렇게 하셨죠?"

"제닝스라는 이름을 그냥 대면 안 된다고 생각했어. 보안관의 이름과 비슷했거든. 이름이 비슷한 사람을 만났다면 모를 리 없는데, 보안관이 뭔가 꾸민다면 문제지. 섣불리 실종자 이야기를 꺼내면 나도 위험해질 것 같아서."

"그랬군요. 잘하셨습니다. 이름이 많이 비슷했나요?"

"젠킨스, 제닝스. 비슷한 이름이잖은가?"

현암의 안색이 변했다.

"보안관 이름이 뭐라고요?"

"젠킨스라고 하더군. 그러고 보니 내가 그자의 이름을 말 안 했었나? 왜 그렇게 놀라지? 그게 중요한가?"

현암은 눈을 빛내며 말했다.

"네, 중요하죠. 아주 중요합니다."

"바보들아! 왜 안 와? 왜 안 오는 거야? 어서 와야 하잖아!"

젠킨스는 연구소 안에서 미친 듯 낄낄거리며 떠들어 댔다. 아까 엄숙하던 보안관의 모습은 복장과 함께 지워 버린 듯, 실험실의 과학자 같은 흰 기운을 걸친 그는 미친 과학자라도 된 양 낄낄거렸다.

급기야는 아무도 없는 텅 빈 방에서 큰 소리로 광기를 쏟아 냈다.

"어서 와라. 그 멍청이 탐정에게 그만큼 언질을 주었는데도 내 정체를 모를 만큼 너희들 바보였어? 일부러 이름까지 알려 주었는데도? 젠킨스가 여기 있다! 블랙 서클의 공포의 승정! 나 젠킨스가 여기 있단 말이야! 어서 들어와서 나를 잡아 봐! 망할 놈의 주술사들!"

젠킨스는 초조한 듯 CCTV를 조종해서 이곳저곳을 살피다가 고함을 질렀다.

"왜 안 오는 거야! 어서 오라고! 네놈들을 위해 일생일대의 연기를 했어! 어렸을 적 꿨던 브로드웨이 무대에 서는 꿈을 네놈들 때문에 함정을 파는 데 써 버렸다고! 더글러스 탐정! 내 연기가 어땠어? 정말 속은 거야? 내가 이 일을 저질렀다는 걸 모른 거야? 그 정도로 바보였어?"

젠킨스는 고함을 지르며 탁자 위의 공구 하나를 집어 화풀이라도 하듯 벽에 내동댕이쳤다. 그러다가 갑자기 울 듯 말 듯한 표정이 됐다. 그는 덜덜 손을 떨며 다른 책상으로 갔다. 그 위에는 이미 명을 달리한 블랙 서클의 다른 구성원들의 사진이 놓여 있었다. 호웅간이나 케인, 리, 카프너 등. 마지막으로 코제트의 사진도 있었다. 젠킨스는 눈물을 흘리며 코제트의 사진을 들어 소중한 듯 가슴에 껴안으며 울먹였다.

"개, 개자식들아. 어서 와서…… 날…… 나도 잡아 봐! 나도 죽여 봐! 너희가 코제트에게 한 것처럼. 내 동료들에게 한 것처럼 갈

가리 찢어서 시체도 안 남게……. 이 개자식들아……."

젠킨스는 눈물을 흘리며 다른 자들의 사진도 끌어안았다. 리, 호웅간, 카프너, 그러다가 케인의 사진에 이르자 낯빛을 확 바꾸면서 사진을 쳐 땅에 떨어뜨리고 발로 짓밟았다.

"아무리 그래도 너는 싫어, 케인. 넌 잘 뒈졌어."

그때 방문이 열리며 누가 뛰어 들어왔다. 아직도 몸에 눈이 쌓여 있고 저격총을 들고 있는 그는 보안관 조수 중의 한 명이었다.

"그들이 옵니다."

"아! 그래! 와야지!"

그러자 조수는 정색하며 말했다.

"그런데 이상합니다. 우리가 쓰는 것 같은 허상이 아니라, 진짜 괴물을 불러냈습니다."

젠킨스는 아무렇지 않은 듯 지껄였다.

"아, 그럴 테지. 그들은 대단해. 정말 대단하거든! 나 같은 과학자가 아니라 진짜 주술사란 말씀이지! 안 그러면 더 이상한 거야! 그들을 봤어? 엄청나지? 인간도 아냐, 그들을 상대하려고 이걸 지어야만 했으니 그들이 얼마나 무서운 것들인지……."

"우리 계약에 그런 자들과 싸워야 한다는 조항은 없었습니다."

조수의 얼굴에 분노의 빛이 떠올랐으나 젠킨스는 킥킥거리며 외쳤다.

"그래서?"

"그리고…… 샘을 왜 죽였죠? 그는 충실한 동료고, 당신을 위해하라는 건 다 했습니다."

"아, 누구라고?"

"샘 말입니다! 당신이 액체 질소로 얼려 죽인! 왜 그런 명령을 내렸죠?"

"아, 그럴 만하니 그런 거지."

조수의 눈에서 분노의 빛이 번쩍였다.

"그래? 그럼 나도 이럴 만하니 이러는 거라 생각해."

그러면서 그는 젠킨스에게 총을 겨누었다. 젠킨스는 낄낄거리고 웃으며 말했다.

"쏘려고?"

"너는 미쳤어! 미친 짐승일 뿐이야! 애당초 너 따위의 의뢰를 받는 게 아니었……."

젠킨스는 악마같이 웃었다.

"돈은?"

그러자 조수는 마음이 흔들리는 것 같았다. 젠킨스는 킥킥 웃으며 말했다.

"내가 미친놈이면……. 돈 때문에 미친놈 말을 듣는 놈은 뭐지? 더 미친놈 아닐까?"

조수는 이를 갈며 소리쳤다.

"약속한 돈이나 내놔! 당장!"

"아아, 알았어. 너희는 고생했지. 내가 만든 이 걸작! 함정을 만들고, 마을을 형성하고 헛소문을 퍼뜨리고 공포심을 유발시키고."

"네 미친 짓 따위 떠올리기도 싫어! 내 머리를 쏴 버리고 싶은 심정이야!"

젠킨스는 킥킥거리며 조롱하듯 말했다.

"아아, 숭고한 이상을 몰라보시는군. 이봐, 그렇게 하지 않으면 그들을 꾈 수 있을 것 같아? 세상을 뒤집을 수 있는 초인들이 아무 능력도 없는 날 거들떠나 볼 것 같아? 내가 그들에게 복수를 할 수 있을 것 같아? 날 만나 주지도 않을 텐데? 이러지 않고는 어떻게 복수를…… 내 소중한 사람의 복수를……."

젠킨스는 코제트의 초상을 끌어안고 울먹이기 시작했다. 조수는 여전히 창백한 얼굴이었지만 총구가 저절로 약간 아래로 수그러졌다.

"당신 사정 따위는 몰라. 난 미친 짓에서 이만 빠지겠어. 내 부하들도 모두! 그러니 어서 돈을 내놔!"

"날 죽이고 돈을 모조리 빼앗으려는 거야? 재계약은 안 될까?"

젠킨스가 뻔뻔스럽게 묻자 조수는 총을 들어 올리며 악을 썼다.

"난 강도가 아니야! 약속한 대가만을 원하고, 재계약은 없어!"

"아아, 흥분하지 마. 대가를 줄게, 대가를."

젠킨스는 비척거리며 사진들을 안은 채 방구석의 금고 쪽으로 걸음을 옮겼다. 조수는 젠킨스에게 바짝 총을 겨눈 채 뒤를 따랐다. 젠킨스가 금고 다이얼을 돌리자 조수는 그 와중에도 무의식중에 탐욕스러운 혀로 입술을 핥았다. 딸깍하고 금고가 열리는 소리가 들리자 젠킨스는 킥 웃으며 말했다.

"여기 돈이 있어."

조수는 긴장하며 총을 들이대고는 명령했다.

"네가 꺼내! 직접 꺼내서 내게 넘……."

다음 순간, 조수의 머리 위에서 탕 소리가 들리더니 그의 눈이 크게 벌어졌다. 금고의 바로 뒤편 천장에는 신호를 보내면 수십 발의 총탄이 나가는 장치가 숨겨져 있었고 그중 두어 발이 조수의 몸을 위에서부터 관통한 것이다. 생명을 잃은 몸이 풀썩 쓰러져 내리자 젠킨스는 낄낄거리며 웃었다.

"아아, 미안, 미안. 보안 장치가 있었는데 말해 주지 않았네? 용서해 주겠지?"

젠킨스는 권총을 뽑아 죽은 조수의 머리를 향해 거푸 몇 발이나 총을 쏘아 댔다. 그러면서 젠킨스는 고함을 질렀다.

"그런데 누구한테 명령이야? 이 개자식아!"

젠킨스는 화난 표정이 돼 모니터들이 설치된 한쪽 벽면으로 달려가더니 만족한 듯한 함성을 질렀다. 그곳에는 연구소 문을 힘을 때려 부수고 들어오는 현암과 퇴마사 일행의 모습이 찍히고 있었다. 젠킨스는 주먹으로 스위치 하나를 쾅 쳤고, 그러자 연구소 실내 전체에 젠킨스의 목소리가 울려 퍼졌다.

[오오! 그래! 왔구나! 와 주었어. 환영한다, 퇴마사들! 내 사랑하는 것들을 모조리 빼앗아 간 개자식들아!]

"젠킨스?"

현암이 제일 먼저 호통을 쳤다. 박 신부도 고함을 질렀다.

"젠킨스! 블랙 서클의 공포의 승정이지? 맞지?"

젠킨스는 모니터 너머로 퇴마사들의 모습을 바라보며 맞받아 외쳤다.

[그래! 나다! 내가 바로 공포의 승정, 젠킨스다! 뭐 하는 거야? 살인자들아! 어서 와서 나를 죽여 봐!]

"누가 살인자라는 거지? 너야말로 죄 없는 마을 사람들을……."

박 신부가 외치자 젠킨스도 맞받아 악을 썼다.

[너희가 죽인 거야! 안 그러면 너희를 끌어들일 수 없었을 테니까. 이런 괴담을 만들고, 일을 벌이지 않으면 너희가 여기까지 올리 없잖아? 히히히. 우히히히.]

젠킨스의 소름 끼치는 웃음이 복도로 퍼져 나가자 현암이 표정을 굳히며 말했다.

"이 악마, 미쳤군."

눈을 감고 투시를 행하던 승희가 고개를 저으며 말했다.

"안 미친 것 같은데? 미친 척하는 것뿐."

"뭐?"

현암이 눈을 부릅뜨는데 젠킨스가 외쳤다.

[악마? 악마라고? 시체조차 남지 않게 사람을 갈가리 찢어 죽이는 너희는 그럼 뭐지? 응?]

"우리는 그러지 않았어. 그건 그들 스스로 자초한 일이야."

박 신부가 외쳤으나 젠킨스는 여전히 비웃었다.

[아, 그래. 맞아. 위대한 능력을 가진 초인들이신데. 그렇게 말하시겠지. 다들 스스로 죽어서 시체도 스스로 없애 버렸겠군. 너희, 주술사들이란 원래 비논리적이라지만 그래도 말이 되는 소리를……]

박 신부가 침착하게 말했다.

"그들은 블랙 서클에 말려들어 소멸된 거요. 젠킨스! 당신도 마찬가지일 거요. 블랙 서클의 사람들은 모두 그 영향 아래에 있어. 영혼을 저당 잡힌 셈이지. 때문에 죽으면 몸도 혼백도 모조리 빨려 들어간단 말이오. 우리가 시체를 훼손한 것이 아니란 말이오!"

[그럴 리가 없어! 거짓말! 그건 과학적으로 불가능해!]

"이미 과학으로 설명되지 않은 일을 자주 보았을 텐데 아직도 그런 말을 하는 거요? 우리나 블랙 서클의 다른 자들을 과학으로 설명할 수 있소?"

[아, 아냐. 너희는 살인자야.]

젠킨스의 목소리가 떨리자 승희가 재빨리 말했다.

"저자는 광기를 가장해서 공포를 숨기고 있어. 세상에…… 공포의 승정이라더니 왜 이리 겁이 많지?"

준후가 말했다.

"누구라도 이런 일을 당하면 겁나지 않을까요?"

그사이 박 신부가 다시 외쳤다.

"당신들의 몸을 빨아들이는 블랙 서클은 우리가 만든 게 아니오. 당신들 조직의 이름이 왜 블랙 서클인지 아직도 모르겠소? 우린 그걸 막고 싶고, 당신도 구하고 싶을 뿐이오."

젠킨스는 발악하듯 악을 썼다.

[거짓말! 거짓말이야! 난 못 믿어. 믿을 수 없어! 내 동료들이, 동료들이 왜…….]

박 신부가 대답했다.

"동료들을 사랑했소? 그런데 왜 세상을 사랑하지 않소? 당신 동료들도 세상의 일부였는데 왜 거부하려 드는 거요?"

[우리는, 우리는 남들과 달랐어!]

"누구나 마찬가지요. 우리도 이상한 능력이 있지만 보통 사람들과 다르다고 생각하지 않고 있소. 당신들 스스로가 남과 다르고, 별종이라 여겨 그렇게 몰고 간 거요. 이제라도 잘못을 되돌리시오."

젠킨스는 덜덜 떨며 말했다.

[안 돼. 난, 난 할 수 없어……. 난 너희가 무서워. 그러니 죽어 줘. 다들 죽어 줘…….]

젠킨스는 죽어 만신창이가 된 조수의 시체를 힐끗 바라보고는 힘없이 웃었다.

[쓰레기들과 함께…… 나도 함께……. 난, 난 무서워. 무서워서 견딜 수가 없어……. 내가 모르는 힘이 나타나고…… 내가 모르는 존재들이 얼씬거리는 것을 견딜 수 없어……. 내가 저지른 것이 어떤 것인지 아는 게 두려워……. 난, 난 더 견딜 수 없어…….]

승희가 비명처럼 외쳤다.

"자폭하려고 해요!"

"젠킨스! 그만둬!"

현암이 급히 외쳤으나 박 신부는 침착하게 현암을 제지하며 말했다.

"젠킨스, 무엇이 두렵소? 그렇게 두려우면, 왜 그 두려움을 떨치지 않는 거요? 단지 인정만 하면, 그때부터는 아무것도 두려워하지 않아도 되오. 그런데 왜 두려움에 떠는 거요?"

[아아……. 난…… 난 무서워. 코제트……. 리……. 그들은 믿으려 했는데…… 숨어 살려 했는데…… 다 죽었어……. 나도 죽을 거야…….]

승희가 다시 외쳤다.

"정말 미쳐 가고 있어요! 정신이 혼란스러워서 마음을 읽을 수가 없어요!"

박 신부가 침착하게 외쳤다.

"젠킨스, 당신은 지옥문에 대해 얼마나 알고 있소? 그리고 또 다른 승정, 히루바바는 대체 누구요? 당신들은 무슨 일을 꾸미고 있소?"

[지옥……문……. 그래, 그게 있었지……. 하하…… 어차피 끝이야……. 다 끝이야…….]

"그게 가능한 일이오? 아니, 그렇게 해서 대체 뭘 하려는 거요?"

박 신부의 확신에 찬 말에 정신을 잃어 가던 젠킨스가 희미하게 반응하기 시작했다.

[새 세상의 정화……. 마스터가 그리 말씀하셨지. 그는 성자셔…….]

"마스터……."

박 신부가 입술을 깨무는 사이, 승희는 발을 동동 굴렀다. 박 신부가 젠킨스를 설득하고는 있으나 자폭 장치를 누르면 끝장인 것이다. 그때 현암이 준후에게 작게 속삭였다.

"준후야. 여긴 연구소고 전기로 작동된다. 그렇겠지?"

"…… 그런데요?"

"네 뇌전은 전기에 가깝잖아. 그걸 최대로 써 볼 수 있겠니?"

"아……. 근데 왜요? 어디에다가요?"

"아무 데나 괜찮아. 대신 아주 세야 한다. 연구소 전체에 퍼질 정도로."

"아이구, 잘될까……? 연구소가 아주 큰데……. 근데 왜요? 못하면요?"

현암은 씩 웃었다.

"못해도 별건 아냐. 그냥 우리도 젠킨스와 함께 날아가 버리는 거지. 꽝 하고."

준후는 표정이 굳어졌다.

"……해야겠네요."

"젠킨스. 마스터는 누구지? 그리고 대체 지옥문을 어디에 연다는 거야? 어떻게 그걸 막지?"

[히히히. 내가 왜 말해 줘야 하지? 응?]

"정말 세상을 멸망시키고 싶은 거냐?"

[어어……. 난, 난 몰라. 난 다 싫어. 내가 죽으면 끝인데…… 왜

내가 그것까지 말해 줘야 하지? 응? 히히히. 그냥 다 같이 가자. 가도 같이 가잖아……. 억울할 것 없잖아……. 그만 떠들자, 응?]

"젠킨스! 정신 차려!"

박 신부가 고함을 치자 승희도 울 듯이 외쳤다.

"자폭하려 해요!"

현암이 소리쳤다.

"지금이다, 준후야!"

준후의 양손에서 지지직 하며 뇌전의 빛이 어렸고 준후는 있는 힘껏 양손으로 벽에 달린 인터컴을 짚었다. 푸른 불꽃이 튀기며 순간적으로 연구소 복도의 사방에 스파크가 난무하더니 연구소는 암흑천지가 돼 버렸다.

잠시 동안 완전히 캄캄해진 공간에 적막만이 감돌았다. 그러더니 현암의 푸 하는 한숨 소리가 들려왔다.

"준후야, 수고했다."

준후는 너무 힘을 써서 의식을 잃고 말았다. 현암은 손으로 더듬어 준후의 몸을 찾아냈고 박 신부는 비상용으로 지녔던 휴대용 랜턴에 불을 켰다. 현암이 준후를 얼싸안으며 말했다.

"준후가 성공했어. 우리 모두를 구했어요."

승희는 얼굴이 파랗게 질린 채 흐느꼈다.

"울지 마. 준후는 탈진한 것뿐이야."

현암이 말하자 승희는 흑흑거리며 말했다.

"다 죽을 뻔했잖아. 나 무섭다고!"

"괜찮아. 연구소는 폭파되지 않을 거야. 이제 젠킨스를 찾자."

그런데 갑자기 젠킨스의 목소리가 들려왔다. 스피커가 아닌, 근처에서 들리는 목소리였다.

"정말 그럴까?"

박 신부가 놀라 랜턴을 비추자, 젠킨스의 광기 어린 얼굴이 드러났다. 한 손에는 코제트의 영정 사진을 안고, 다른 한 손에는 권총을 들고 있었다. 현암이 앞을 나서려고 하자, 젠킨스는 권총을 까딱거리며 웃었다.

"아니, 아니. 그럴 것 없어. 너희와 싸우려 온 것은 아니니까."

"그러면 왜……."

젠킨스는 침울한 표정으로 말했다.

"몰라, 나도. 내가 왜 이러는지. 그러니 어서 빠져나가라."

"무슨 수작이지?"

그러자 젠킨스가 처연하게 말했다.

"잘난 척하지 마. 물론 저 꼬마는 슈퍼맨 같았지. 연구소 전기 시설을 한순간에 태워 버렸어. 과학적으로는 도저히 에너지 발생량이 계산이 안 돼. 그건 놀랍지만, 수동 점화 장치도 있어. 이미 작동시켰으니 한 삼사 분 남았을 거야. 어서 나가."

젠킨스의 마지막 목소리는 너무 쓸쓸해서, 박 신부는 자신도 모르게 말했다.

"같이 갑시다, 젠킨스."

젠킨스는 쓸쓸히 고개를 저었다.

"이미 늦었어. 그리고 난 지옥문에 대해서는 몰라. 가르쳐 주고 싶어도 모르는 걸. 히루바바에 대해서는 좀 알아. 그는 아프리카 말리 부근의 도곤족 출신이야. 그는 좀 더 알지도 모르지."

박 신부는 고개를 끄덕이고는 다시 손을 내밀었다.

"같이 나가서 이야기합시다, 젠킨스."

"아니, 난 정말 무섭다니까. 그러니 날 이대로 놔줘. 난 이론으로 설명될 수 없는 것들과 같이 있는데 지쳤어. 이제 쉬고 싶어."

박 신부는 할 수 없이 마지막으로 물었다.

"왜 마음을 바꾸었소?"

"글쎄…… 코제트 생각이 나더라고……. 이러면 안 된다고 내 귀에 대고 말하는 것 같았어. 이론적으로 불가능한데…… 그녀는 블랙 서클에 영혼까지 흡수됐다는데 어찌……."

그러다가 조용히 웃으며 말했다.

"내 악행을 용서해 달라고는 않겠어. 다만 책임을 지고 싶고, 쉬고 싶을 뿐이야. 어서 나가. 시간 없으니까."

젠킨스는 그러면서 손에 쥔 권총을 힘없이 흔들어 보였다.

퇴마사들이 밖으로 달려 나오고 일 분도 안 돼 연구소는 안에서부터 굉음을 내며 무너져 내려갔다. 모든 것이 끝난 것이다. 그 안에 있던 젠킨스는 아마 폭발이 일어나기 전에 권총으로 자살했을 것이다. 젠킨스의 영혼과 몸도 블랙 서클로 빨려들어 갔을까? 그런 일은 네 명의 퇴마사 누구도 상상하고 싶지 않았다.

연구소가 파괴되고 다음 날이 되자, 그렇게 지독했던 눈보라는 거짓말처럼 개었다. 어둠을 지배하던 얼음의 악령, 윈디고가 사라진 것처럼……. 모든 일은 저절로 수습됐다. 캐나다 경찰이 몰려왔다. 살인 사건들은 보안관이자 연구소 소장이었던 젠킨스가 저지른 것이고, 나타났던 윈디고나 괴물들은 젠킨스가 쓴 트릭으로 받아들여졌다. 혹자는 리매는 정말이었다고 했으나 그런 이야기는 웃음거리로도 통하지 않았다.

퇴마사들은 조용히 자리를 뜨려 했다. 그런데 더글러스는 끈기 있게 그들에게 달라붙어서, 뭔가 도움을 주고 싶다고 말했다. 그러나 아직은 때가 아니었다. 이제 한 명밖에 남지 않은 블랙 서클의 고통의 승정이라는 히루바바를 상대해서 그들이 열려 하는 지옥문에 대해 알아야만 했으니까. 그들의 마음은 걱정으로 가득 차 벌써 아프리카로 향하고 있었지만, 한편으로는 마지막에 젠킨스가 왜 마음을 바꾸었는지, 무엇이 그들을 미치게 만들고 또 제정신으로 되돌렸는지에 대해 저마다 깊이 생각하고 있었다.

그들은 모두를
미워하라 했다

반란

나이저강이 크게 굽이를 이루며 흐르는 아프리카의 한 나라인 말리. 말리 공화국의 대통령 홈바타의 비서관이 노크도 하지 않고 대통령의 집무실로 뛰어든 것은 11월 중순의 어느 맑은 날이었다. 책상 위에 놓인 서류들을 들추어 보던 대통령은 갑자기 뛰어 들어온 비서관을 보고 의아한 어조로 물었다.

"무슨 일인가?"

"큰일입니다. 반란입니다."

"뭐라고?"

비서관이 난처한 듯 주저하며 말하자 대통령은 눈을 크게 떴다.

"반란? 아니, 도대체 누가 반란을 일으켰단 말인가?"

"도……. 도곤족[1]입니다."

---

1 서수단의 건조한 돌투성이 고지에서 주로 농경을 하던 근면한 민족이다. 도곤족

"도곤족이?"

대통령은 놀랍다기보다 의아하다는 생각이 들었다.

"도곤족은 대부분 농민이잖아. 도대체 목적이 뭐야? 공산 쿠데타도 아닐 테고……."

"그런 것이 아닙니다. 일설에 의하면 백인들의 문명을 반대하는 그런 구호를 내세우고 있다고 합니다."

"도대체 무슨 소리야? 문명을 반대하는 구호를 내세운다? 도곤족이 갑자기 환경 보호론자들이라도 된 것인가!"

"글쎄요. 그런 것은 알 수 없지만, 좌우간 기세가 대단합니다. 지나가면서 걸리는 것이라면 모조리 파괴하고 있습니다. 아직은 그들의 수가 그다지 많지 않아 넓은 범위로 퍼지지는 않았습니다만……."

"음? 기세라니? 도곤족이 무장을 하고 있나?"

"아닙니다. 무장은 전혀 하지 않았습니다."

은 놀랄 만큼 자세하고 체계적이며 방대한 신화를 보존하고 있는 것으로 유명하다. 이러한 전승에는 도곤족 특유의 가면결사(假面結社)가 주된 역할을 했다고 한다. 도곤족의 창세 신화는 열성적인 프랑스의 민족학자인 그리올이 약 30일 간에 걸쳐 구전으로 전승되는 장로의 이야기를 기록해 널리 알려지게 됐다. 본문의 내용처럼 도곤족의 남성들은 가면을 쓰고 의례를 행하는 것을 중시하며, 도곤족의 가면은 특이한 문화 형태의 하나로 알려져 있다. 도곤족과 관련해 한 가지 재미있는 것은 도곤족의 신화에 자신들이 시리우스 초성단에서 온 외계인의 가르침을 받은 종족이라는 내용이 체계적으로 언급돼 있다는 점이다. 육안으로 식별할 수 없는 시리우스성의 항성 배치나 별의 등급 등 자세하고 놀라운 과학적 지식들을 매우 정확하게 알고 있다는 것이 이 수수께끼를 더욱 미궁에 빠지게 만든다.

"그렇다면 뭐야? 경비대를 파견해서 진압해야지, 어서!"

"그건 그렇습니다만. 그것이……."

"뭐가 어떻게 됐다는 말인가?"

"벌써 두 차례에 걸쳐서 중대 규모의 지방 경비대가 전멸됐습니다."

여태껏 침착한 기색을 보이던 훔바타 대통령이 비로소 놀라는 눈치였다.

"뭐라고? 도곤족이 언제 그런 막강한 화력을 소유하게 됐단 말인가? 딴 나라의 정부가 개입한 흔적은 없는가?"

"그런 것이 아닙니다. 그들은 전혀 무장을 갖추지 않고 기껏해야 창이나 활 같은 무기만 갖고 있습니다. 그런데도……."

"그런데도라니? 그런데도 우리 경비대가 그들을 당해 내지 못했단 말인가? 수도 얼마 되지 않는다면서?"

"도곤족이 이상한 술수를 씁니다. 그래서 전멸됐……."

"도대체 무슨 소리인지 하나도 모르겠군."

대통령은 책상을 내려치고는 책상 위의 수화기를 집어 들었다. 이 멍청한 비서관을 당장 갈아 버려야지. 무슨 말을 하는지 짐작이 가지 않았다. 난데없이 쿠데타라니? 그것도 반문명 쿠데타? 무장조차 하나도 갖추지 않는 그런 농민 집단이 중대 규모의 경비대를 두 차례에 걸쳐서 전멸시켰다고?

대통령은 노기 섞인 목소리로 국방부 장관을 호출했고 국방부 장관은 대기 중이었던 듯, 즉각 전화를 받았다. 그러나 국방부 장관조차 사건의 전모를 모르고 몹시 놀란 듯 더듬거리는 것이 훔바타 대통령으로서는 더욱더 울화통이 치밀었다.

[대, 대, 대통령 각하! 3차로 파견한 경비대도 전멸됐습니다. 이번에는 2개 중대 규모로 장갑차까지 동원해 진격했는데도…….]

"자세하게 얘기를 해 봐!"

[모르겠습니다. 전방의 통신병들의 보고에 의하면 그들이 이상한 불빛과 안개를 뿜었다고 하고, 통신기에서 비명이 들리더니 모든 통신이 두절됐다는 겁니다.]

"그렇다면 뭘 하는 건가? 항공기 순찰을 해! 헬리콥터를 띄우란 말이야!"

[헬리콥터 세 대가 이유 없이 추락해서 연락이 끊겼습니다. 도대체 어떻게 된 것인지 저로서도 알 수 없습니다.]

"바보 같은 소리 집어치워! 지금 때가 어느 땐데 국방부 장관까지도 그런 소리를 하는 건가? 아무튼 책임지고 당장 진압해 버려. 경비대가 아니라 정식 훈련을 받은 정규군들을 파견하란 말이야, 알겠나?"

대통령은 국방부 장관의 더듬거리는 목소리가 듣기 싫어서 전화기에 대고 냅다 소리를 지르고는 전화통을 던져 버렸다. 옆에서는 비서관이 창백한 안색으로 자리를 떠나지 않고 그 자리에 있었다.

"대통령 각하, 뭐라고 말씀드려야 될지는 저도 모르겠습니다만 이건 심각한 사태인 것 같습니다. 도대체……."

"도대체가 무슨 도대체야! 집어치워!"

대통령은 소리를 지르기는 했지만 그 역시 마음속에 뭔가 불안한 느낌을 지울 수가 없었다.

"도대체 어떻게 된 거야? 또 전멸이라니! 군대를 파견한 지 도대체 얼마나 됐다고, 출동한 지 한 시간도 안 돼서 전멸한단 말이야! 이게 말이나 되는 소린가?"

"글쎄요. 그건 저로서도……."

이제 대통령 앞에는 국방부 장관과 비서관은 물론이고 내무부 장관과 그 외에 각료들까지 모두 서서 대통령이 질책하는 소리를 듣고 있었다.

"원인이 뭔지도 알 수가 없단 말인가? 그들이 화학 무기나 생물학 무기를 쓰는 건 아니야?"

"그런 흔적은 발견되지 않았습니다. 도곤족의 군대, 아니 도곤족 무리가 휩쓸고 지나간 곳에는 우리 병사들의 시체만이 있을 뿐, 어떤 화학 무기나 특별한 화력을 지닌 무기를 사용한 흔적은 없었습니다."

"그렇다면 뭐야! 항공기로 공습을 하든지 아니면 포격을 해서 그들을 모조리 없애 버리면 될 것 아니야!"

"그들의 행적을 찾아낼 수가 없습니다. 그들은 숲속으로 숨어들어 소규모 단위로 움직이기 때문에 정확한 숫자가 몇인지도 파악할 수 없고, 더군다나 금속성 무기나 장비는 일체 사용하지 않기 때문에 레이더나 기타 어떤 수단으로도 그들이 어디 있는지 잡아낼 수가 없습니다."

"그럼, 이게 도대체 무슨 일이란 말이야!"

대통령은 책상을 쳤다. 장비도 하나 없고 무기도 없어서 레이더에도 걸리지 않는다니. 그런 그들이 파견된 정규군을 순식간에 모조리 전멸시킬 정도로 강하단 말인가. 어떤 수단을 쓰기에 그토록 강한 능력을 보일 수가 있단 말인가. 한참을 대통령이 씩씩거리며 지루한 장광설을 막 늘어놓으려는 찰나, 문화부 장관이 조심스럽게 말을 꺼냈다.

"도곤족은 이상한 지식을 소유한 종족으로 알려져 있습니다. 혹시 초과학이라든가, 아니면 주술 등을 사용하는 것은 아닐까요?"

"뭐, 초과학? 주술이라고?"

"주술이라고 하는 편이 더 맞겠습니다. 초과학적이라고 한다면 이렇게까지 흔적 없이 밀고 나갈 수는 없겠지요. 더군다나 그들은 반문명적인 종족이니까요."

"주술을 써서 군대를 전멸시키다니, 그건 말이 되지 않아요."

국방부 장관이 소리치자 문화부 장관은 조용히 대답했다.

"그것 외에 어떻게 설명할 수가 있습니까? 도대체 어떻게 저 미개 종족이 잘 훈련된 우리 병사들을 고스란히 전멸시킬 수 있단 말입니까?"

"아무리 그래도 그렇지. 지금 시대가 어느 땐데……."

"하지만 그것밖에는 해답이 없지 않습니까?"

잠시 회의 석상은 조용한 침묵만이 흘렀다. 아프리카 대부분의 종족은 주술사가 있었다. 주술사들의 능력은 종족마다 다르긴 했지만, 어느 종족에서나 추장 바로 다음가는 위치였다. 주술사에게 잘못 보이면 엄청난 저주를 받아서 힘을 잃게 되거나 죽게 되는 경우도 있었다. 또 주술사의 힘에 의해서 다른 부족을 멸망시키거나 무서운 괴물을 퇴치했다고 전해져 내려오는 이야기는 대통령이나 각료들도 잘 알고 있었다.

백인들에 의해서 개척되고 종교를 개종한 사람들이 촌락과 도시와 국가를 이루고 살게 되면서, 그러한 주술사의 존재는 서서히 잊혀 갔다. 이제 몇몇 원시 종족을 제외하고는 그러한 존재들은 이야깃거리에나 등장할 법한 그런 것으로 인식되고 있었다. 그러나 그들의 마음속에는 주술에 대한 막연한 두려움이 남아 있었다. 어렸을 때 받은 영향을 완전히 떨쳐 내지 못해서가 아닐까 하고, 대통령은 생각해 보았다. 그 외에 달리 설명할 만한 것도 없었다.

"그렇게 황당한 추론을 믿어도 된단 말인가?"

대통령이 신음을 내며 중얼거렸을 때 문화부 장관은 다시 한번 자신의 생각을 강력하게 피력했다.

"아무리 믿어지지 않는 일일지라도 일단 조사해 보아서 나쁠 것은 없지 않습니까."

"음!"

대통령의 한숨 소리가 방 안의 침묵을 깨고 밖으로 울려 퍼졌다.

동방에서 온 사람들

도곤족의 반란으로 세 번이나 정부군이 전멸하는 사태가 발생하자 홈바타 대통령으로서도 더 이상 어쩔 수 없었다. 문화부 장관의 말대로 급히 주술력을 가진 사람들을 수소문하는 한편, 멜바싸 대령의 지휘하에 기계화 부대 일개 대대를 반란 지역으로 파견할 것을 명령했다. 그러나 적의 예상 침입로에 지뢰 등 방어물을 설치해 적의 진로를 저지할 뿐, 진격이나 진압 명령은 내리지 않았다. 멜바싸 대령의 기계화 병력마저도 전멸해 버린다면 더 이상 어떤 방법을 강구할 수 없었기 때문이다.

문화부 장관은 각계각층의 사람들에게 연락을 취했다. 그 내용이란 다름 아닌 주술적인 능력을 지닌 사람을 찾는 일이었고, 결국 아프리카의 또 다른 종족인 티티키족의 촌로 주술사를 찾아내기에 이르렀다. 그런데 그 촌로 주술사는 문화부 장관의 제의에 처음에는 순순히 응해 관저까지 와서 투시를 행했지만, 도대체 무엇을 보았는지 입을 딱 벌리고는 뒤도 돌아보지 않고 그 자리에서 빠져나가려 했다. 의아해진 문화부 장관은 주술사에게 왜 아무 말도 없이 가느냐고 물었다. 주술사의 대답은 간단했다.

"너무, 너무 크고 무서운 고통의 힘. 동방에서 온 사람들을 찾으시오. 그들만이 대항할 수 있을 것이오."

주술사는 이상한 말만 중얼거리더니 황망히 자리에서 물러났다. 장관은 곧바로 주술사를 쫓아갔지만 이상하게도 문밖을 나가자마자 그 사람은 자취도 없이 사라져 버렸다.

그 시간, 퇴마사들은 도곤족의 풍문을 전해 듣고 말리로 향하는 중이었다.

고통의 승정

지금 퇴마사들이 쫓고 있는 것은 블랙 서클의 삼대 승정 중 마지막 승정이라고 할 수 있는 고통의 승정 히루바바였다. 세 명의 승정 중 한 사람은 증오의 승정이었던 코제트였고, 코제트를 추적하는 중에 퇴마사들은 한 명이 아프리카에 있는 사람이며 또 한 명은 미국에 있는 젠킨스라는 것을 알아냈다.

추적 끝에 캐나다로 옮겨서 공포의 힘을 끌어모으려고 하던 젠킨스를 잡았고, 히루바바의 이름과 그가 도곤족이라는 사실을 알아냈던 것이다. 역사책을 뒤적거린 승희의 노력으로 도곤족은 말리의 남부 지방에 주로 살고 있으며 아직도 홈보리산맥의 동굴 속에서 대부분 칩거하고 있다는 것도 알게 됐다.

꽤 오랜 시간 털털거리는 고물 비행기를 타고 날아간 끝에 말리에 도착한 퇴마사 일행은 일단 내리자마자 도곤족의 기미를 살폈다. 말리 정부의 공식적인 해명은 없었으나 국민들은 무슨 일이 생겼는지 다 알고 있었고, 퇴마사 일행도 승희의 투시력을 이용해 이곳에서 일어난 일을 눈치채고 있었다.

문화부 장관이 조치를 취하기도 전에, 퇴마사 일행은 멜바싸 대령이 이끄는 부대의 선을 넘어가려다가 야전군 최고 지휘관이라 할 수 있는 멜바싸 대령에게 면담을 신청했다.

"당신들은 누구고 어디에서 왔소? 무슨 목적으로 나를 만나자고 한 것이오. 여기는 민간인이나 외국의 관광객이 들어올 수 있는 곳이 아니오."

멜바싸 대령은 위압적인 태도로 말을 꺼냈다. 그들의 앞에 나선 사람은 덩치가 크고 얼굴이 창백하며 머리를 뒤로 묶고 있는 삼십 살 정도의 건장한 남자였다. 그 남자, 그러니까 백호는 아무 말 없이 대령의 앞으로 나가 신분증을 꺼내서 보여 주고, 품 안에서 서류 몇 장을 꺼냈다. 연희가 뭔가 통역할 말이 있으면 해 준다고 말했으나 백호는 다만 눈을 찡긋하며 아무 말도 하지 말라는 듯, 조용히 서 있었다. 멜바싸 대령도 아무 말 없이 서류들을 자세히 뒤적거려 보고는 어디론가 전화하더니 놀란 듯한 눈으로 백호를 가만히 올려다보았다. 그러자 백호가 조용히 말했다.

"여러분들은 잠시 나가 계시는 것이 좋을 것 같군요. 제가 이 사람과 단둘이 이야기해야 할 것 같습니다."

퇴마사들은 불만스러웠으나 모종의 정치적 또는 외교적인 문제가 아니고서는 백호가 그들을 피해 있게 하는 경우는 거의 없었기 때문에, 잠자코 옆방으로 갔다. 백호의 진짜 신분이라든가, 지금 백호와 멜바싸 대령이 어떤 이야기를 하고 있는지는 승희가 마음속으로 투시하면 간단한 일이었지만, 그런 짓을 해서까지 백호가 굳이 감추고 있는 비밀을 밝히고 싶지는 않았다. 또 퇴마사들도 승희가 그러기를 바라는 사람은 아무도 없었다.

그들은 옆방에서 히루바바의 힘이라는 것이 과연 어떤 것일까 골똘히 생각했다. 도대체 히루바바가 어떤 힘을 사용했기에 무장된 군대가 무전 응답할 새도 없이 전멸할 수 있는 것인지도 궁금했다. 박 신부가 침묵을 깨고 말을 꺼냈다.

"내 생각이 맞다면, 저들은 몹시 파괴적이고 악랄한 주술을 사용하는 것이 틀림없어. 중장비까지 갖춘 군대를 단숨에 자취도 남기지 않고 전멸시켰다는 것은 일상적인 수단이 아니야. 그러나 그게 뭔지는 아직도……."

현암이 고개를 끄덕였고 준후도 맞장구를 쳤다.

"그러게요."

"준후야. 저주의 주술 중에 이렇게 여러 사람을 단숨에 죽일 수 있는 그런 술수가 있니?"

"헤헤헤. 저주라는 것도 뚜렷한 대상이 있어야 할 수 있죠. 누군지 알지도 못하는 병사들을, 그것도 단숨에 해치울 만한 술수 같은 건. 글쎄요……. 헤헤헤."

현암은 자신의 오른팔을 내려다보았다. 자신은 도혜 스님이 물려준 수십 년의 내력이 있고 한빈 거사에게 고대의 갖가지 무예들을 배웠다. 그래서 블랙 서클과 같은 사악한 집단의 사람들과 싸워서도 이길 수 있었다. 그러나 자신이 만약 정규군들을 공격한다면 몇 명이나 상대할 수가 있을까? 제아무리 공력을 최대한으로 돌리더라도 장갑차 한 대나마 상대할 수 있을까? 더구나 그런 장비들을 갖춘 중대 규모의 인원을 단숨에 해치울 수 있을까?

승희가 입을 열었다.

"젠킨스는 히루바바의 힘이 가장 세다고 했어요. 제일 간사하고 일을 많이 벌이며 사악한 지혜를 가진 것은 코제트였지만, 능력으로 따지면 셋 중에 히루바바가 가장 낫다고 생각하는 것을 제가 읽었어요."

비행기를 타고 오면서 여러 번 얘기를 나눈 적이 있지만 승희가 다시 한번 히루바바의 '고통의 힘'에 대해 사람들에게 말했다.

"그런데 히루바바의 고통의 힘이라는 것이 어떤 것인지는 젠킨스도 알지 못하고 있었어요. 블랙 서클의 일하는 방식 그대로죠. 모든 사람이 각자 알아서 자기가 하고 싶은 대로 하는 것 말이에요."

"그런데 이상한 점이 한 가지 있어."

이번에는 박 신부가 말했다.

"보통 주술사들이 일을 할 적에는 가능한 한 자신들이 앞에 나서지 않고 은밀하게 일을 하기 마련인데 히루바바라는 자는 공공연하게 반란을 일으켰어. 도대체 무슨 목적으로 그랬는지, 아무리 주술적인 능력이 있다고 해도 정규군을 삼시간에 전멸시킨 것은 확실히 놀라운 일이야. 지방 경비대도 아닌 정규군과 주술력으로 싸워서는 승산이 없을 텐데, 어째서 무모하게 이런 일을 하려는 것일까? 도곤족은 매우 선량하게 살아온, 농민들이 주축을 이루고 있는 종족이라던데."

"그거야 알 수 없죠. 하지만 여태까지 본 바에 의하면 코제트는 사람들로 하여금 자신을 증오하게 만들려고 애를 썼었고, 젠킨스는 공포감을 퍼뜨리려고 윈디고를 불러내기까지 했어요. 그렇다면 히루바바는 사람들이 고통받는 것을 바라고 있고 그러기 위해서 전쟁이나 내란 같은 것을 일으키려는 것이 아닐까요? 그러고 보면 지난번에 세크메트 사건 때도 그와 비슷한 목적이 있었던 것 같아요."

"음, 물론 그랬지. 그 사람은 이집트의 주술사였지만……."

박 신부는 앉아서 뭔가 생각에 빠져들고 있었다.

"블랙 서클이 노리던 목표들을 잘 생각해 봐. 맨 처음 우리가 상대했던 호웅간은 어느 나라 사람인지 알지도 못했다. 그리고 그는 블랙 서클을 벗어나 도망치려고 했었고……. 그리고 두 번째로 만났던 그 젊은이는……."

박 신부는 말을 잇다가 연희의 눈치를 살피고는 입을 다물었다. 연희는 예의 그 남자의 이야기가 언급되자 얼굴에 수심 어린 그림자가 드리워졌.

박 신부가 머뭇거리자 현암이 눈치를 챈 듯 재빨리 말했다.

"실질적으로 블랙 서클과 맞닥뜨리게 된 것은 세크메트 건 때였다고 보는 것이 맞을 겁니다. 그때 이집트 주술사는 한국에 전화(戰火)를 불러일으키려 했었죠. 영국에서는 전멸한 켈트족의 영들을 이용해 영국을 수라장으로 만들려 했었고……. 카프너는 덜떨어진 사람들을 이용해서 늑대 인간들을 만들었지만 그건 블랙 서클의 목적을 이루기 위해서라기보다는 우리를 상대하기 위해서였을 기고요. 그리고 코제트는 루마니아에서 장애를 가진 사람의 심리와 흡혈귀의 전설을 이용했었지요. 항상 그들은 억눌리고 억울함을 당한 사람들을 이용하고 있어요. 이번에 도곤족이 반란을 일으킨 배경에도 분명 그러한 음모가 있을 겁니다."

"도곤족의 반란이 블랙 서클의 부추김으로 일어났다는 건가?"

"그렇게밖에 볼 수가 없잖아요."

승희게 반론을 제기했다.

"그러나 도곤족은 멸망한 민족도 아니고, 특별히 박해당했다는 기록도 없어요. 그런 종족이 이런 난리를 일으킨 것은 어쩌면 정치적인 이유에서인지도 모르죠."

"히루바바는 분명 도곤족의 주술사이고, 실질적으로 저 반란에도 분명히 개입돼 있을 것이 분명해. 승희야, 히루바바를 투시할 수 없니?"

"전혀 안 돼요."

"흠!"

일행이 별 성과 없이 이야기를 나누는 사이에 백호가 방으로 들어섰다.

"정찰대와 같이 가 보기로 이야기가 됐습니다. 멜바싸 대령도 동행하겠답니다."

"그거야 뭐 상관없겠어요. 정찰대와 함께 간다면 특별히 행동의 제약을 받을 것 같지 않고 말이죠."

"글쎄요."

백호가 좀 머쓱한 듯 머리를 긁었다.

"탱크를 타고 가야 하니 여러분들은 조금 고생이겠습니다. 외국의 사절을 보호해야 한다고 대령이 고집을 부려서. 하하하."

현암을 비롯한 다른 사람들은 그 말을 듣고 인상을 썼지만 준후만은 신이 나는 듯했다.

"하하하. 탱크요? 히히힛. 신난다."

현암은 고개를 갸웃했다.

"외국 사절이라고요? 우리가 언제……."

현암이 말을 이으려는데 백호가 눈을 찡긋했다. 현암은 백호가 도대체 무슨 술수를 부려서 기세등등한 야전군 사령관을 녹여 놓았는지 궁금했으나 다그쳐 물을 수는 없는 일이었다. 그러나 박신부는 다른 생각을 했다.

"원 참. 탱크 속에서 투시나 기도력을 발휘할 수 있을지 알 수가 없군요."

"그것만은 꼭 지켜 주어야 한다고 멜바싸 대령이 고집을 부려서요. 워낙에 깐깐하고 고지식한 성품이라 영……."

승희가 조심스럽게 말했다. 탱크를 탄다는 것이 별로 마음에 들지 않는 듯했다.

"요란한 탱크를 타고 간다면 도곤족을 만날 수나 있을까요? 시끄러워서 모두 피해 버리는 것은 아닐지……."

"글쎄요. 정 그렇게 되면 그때 가서 다른 방법을 찾아보더라도,

포위망 안으로 들어가려면 이 수밖에 없을 것 같군요. 그렇다고 저번처럼 막무가내로 뚫고 들어간다는 것은 너무 위험하지 않습니까? 더군다나 남의 나라, 말도 통하지 않고 거기다가 정글과 초원, 사막 지대인데……."

백호가 어울리지 않게 윙크해 보였다.

고통의 주술

퇴마사들은 덜덜거리는 탱크 두 대에 나누어 타고 또 다른 두 대의 탱크와 네 대의 장갑차에 둘러싸여서 황무지처럼 보이는 산 사이를 헤치며 나아갔다. 탱크 안은 에어컨이 가동되고 있었지만 아프리카의 뜨거운 햇빛에 달아올라 찜통 같았다.

퇴마사들은 땀을 비 오듯 주룩주룩 흘렸지만, 멜바싸 대령이나 다른 군인들은 훈련이 돼서인지 아니면 원래 더운 지방에 살던 사람들이라서 그런지 별반 더운 기색을 보이지 않았다.

"아이고! 너무 더워요. 뚜껑 열고 바깥에 좀 나가 있으면 안 되나요? 이건 뭐……."

땀을 너무 흘려서 화장이 지워진 승희가 필사적으로 얼굴에 콤팩트를 두들기면서 투덜거렸으나 백호는 멜바싸 대령의 얼굴을 힐끗 쳐다보고는 입맛만 다실 뿐이었다. 승희는 백호와 박 신부와 한 탱크에, 현암과 준후, 연희가 다른 탱크에 타고 있었다. 그냥 나누어 타라고 해서 엉겁결에 탔지만 하필이면 덩치 큰 사람들과 같은 탱크를 탄 승희는 안 그래도 좁아터진 탱크 속이 더더욱 갑갑하게 느껴져서 참기 어려운 모양이었다. 박 신부도 더웠던 참인데 승희가 계속 졸라 대자 백호에게 말을 꺼냈다.

"백호 씨. 한참 더 가야 합니까?"

"예? 아, 글쎄요. 그런 모양입니다."

"그러면 아직 위험 지대도 아닐 텐데 뚜껑을 열고 밖에 나가 있어도 크게 뭣할 건 없지 않겠습니까? 너무 더워서. 허허허."

백호도 알았다는 듯 고개를 끄덕이고는 멜바싸 대령을 설득하기 시작했다. 이야기를 듣고 난 멜바싸 대령은 민망할 정도로 땀을 흘리고 있는 승희를 측은한 듯이 쳐다보더니 고개를 끄덕였고, 승희는 어떻게 여는지도 잘 모르는 탱크의 해치를 열고는 밖으로 얼굴을 내밀었다.

"하! 시원하다."

탱크가 덜컹거렸고 날씨는 뜨거웠지만 답답하던 탱크 속에서 나가니 살 것 같았다. 승희가 바깥으로 나가자 멜바싸 대령이 명령을 내린 듯, 다른 두 대의 탱크와 두 대의 장갑차는 승희가 타고 있던 탱크를 앞질러서 나아갔다. 승희는 숨을 돌리고는 탱크의 바깥으로 나가서 위에 올라탄 뒤, 박 신부와 백호도 바람을 좀 쐬라고 밖으로 불렀다. 그리고 보니 다른 탱크에서는 벌써 현암과 준후가 더위를 이기지 못하고 한가하게 탱크의 포신과 포탑에 걸터앉아 있었고, 연희도 반쯤 탱크 밖으로 고개를 내밀고 있었다. 그

와중에도 멜바싸 대령은 적응이 덜 됐을지 모르니 일사병을 조심하라고 하면서 헬멧 세 개를 밖으로 건네주며 꼭 쓰고 있으라고 당부했다. 그러나 승희는 머리 모양이 망가질까 헬멧을 가지고 장난만 했다. 오히려 탱크 위에 있는 기관총에 팔을 척 얹더니 저쪽을 향해 소리를 쳤다.

"현암 군! 나 어때? 폼 나?"

한숨을 쉬듯이 고개를 설레설레 젓는 현암과 준후가 까르르 웃는 것이 보였다.

잠깐 시원한 것 같더니 좀 지나자 덥기는 마찬가지였다. 이제는 그냥 버티는 수밖에 없었다. 탱크 속도가 퍽 줄었고 탱크의 엔진 소리도 그다지 크게 들리지 않는 것으로 보아 도곤족과 대치하고 있는 부근까지 도달한 것 같았다. 백호가 승희와 박 신부를 보고 손짓을 했다.

"이젠 위험할지 모르니 안으로 들어오시랍니다."

박 신부는 선선히 다시 탱크 안으로 들어갔으나 승희는 불만스러운 듯 투덜거렸다.

"푹푹 찌는 그 안으로 들어가라고요? 싫어요. 안에서 쪄 죽을 가능성이 더 크겠네요."

이번엔 멜바싸 대령이 안에서 승희를 불렀다.

"그래도 들어와야 하오. 적들은 기이한 수단을 가지고 있소. 조심하는 게 제일이오."

"치! 그렇게 정부군들이 전멸할 정도로 도곤족이 세다면 이깟 쇠뭉치 속에 들어가 있어도 안전할 것 같지는 않은데요? 지난번 전멸된 정부군들은 탱크를 아무도 안 타고 갔었나요?"

멜바싸 대령이 뭐라 말을 잇지 못하고 우물거렸다. 그러면서도 승희에게 강경한 명령투로 무어라 말했고, 승희는 떫은 표정으로 안으로 내려왔다. 맞은편 탱크의 현암과 준후도 탱크 안으로 끌려 들어갔다. 현암은 무전기로 백호에게 자신의 견해를 밝혔다.

[도곤족의 꿍꿍이를 알아내기에는 바깥에 있는 편이 좋을 겁니다. 우리 몸은 우리 스스로 지킬 수 있고, 우리 나름대로 생각하는 것이 있으니 염려 마세요. 준후가 뭔가 희한한 기운이 느껴진다고 하니, 다른 사람들은 여기에서 기다리라고 하고 우리만 가는 편이 더 나을 것 같군요.]

백호도 현암의 말이 옳다고 여겼다. 애당초 무기나 통상 전력으로 그들을 상대하려고 자신이 특수 신분임을 밝히면서까지 이 정찰대를 끌고 온 것은 아니었다. 다만 부근 지역까지 안내를 부탁한 것뿐인데도 이 고지식한 대령은 —사정을 모르는 사람이니 그럴 법도 하지만— 이 탱크가 절대적인 보호를 해 주는 것으로 믿는지 도대체 말을 듣지 않았다. 한참이나 이야기를 나누었으나 멜바싸 대령의 고집은 완강했다.

"적들은 알려지지 않은 새로운 화학 무기를 이용하는 것인지도 모르오."

"화생방 무기를 썼으면 분명 흔적이 남았을 겁니다."

"그들이 알려지지 않은 어떤 종류의 독가스 같은 것을 개발했을

지도······."

"그럴 리 없습니다. 이건 분명 초자연적인 힘에 의해 벌어진 일입니다."

"좌우간 여러분의 신변을 위험하게 할 수 없소. 나는 최선의 조처를 하라는 명령을 받았소."

갑자기 박 신부가 말을 꺼냈다.

"사람을 지켜 줄 수 있는 것은 이런 쇠뭉치 기계가 아닙니다. 믿음과 용기만이 사람을 보호하는 것입니다. 뭔가 수상한 것이 있다는 느낌이 강해지고 있습니다. 탱크를 정지시키십시오."

"탱크를 정지시킨다면 그만 돌아가실 거요?"

"아니오. 대령님과 부하들은 위험하니 더 이상 깊이 들어가지 말고 이쯤에서 대기하시는 게 좋을 것 같군요."

"하하핫."

멜바싸 대령은 어이가 없는 듯 박 신부와 승희를 곱지 않은 눈길로 쳐다보았다. 이런 늙은 신부나 연약한 여자들이 무슨 힘이 있다고 이런 말도 안 되는 소리를 지껄여 대는지······. 더군다나 무기도 없고 특수한 장비를 가지고 있는 것 같지도 않은데. 멜바싸 대령은 이 사람들이 혹시 미친 사람이거나 사기꾼들이 아닐까 하는 생각도 들었다. 그러고 있는데 백호가 무전기로 뭐라 옆 탱크와 이야기를 나누더니 소리쳤다.

"뭔가가 느껴진답니다! 어서 부대를 정지시키세요!"

멜바싸 대령은 옆의 레이더를 한 번 보고는 코웃음을 쳤다.

"주변엔 아무것도 없소. 이 탱크 내부는 외부와 완전히 격리돼 있고 화생방 대비 장치까지 가동되고 있소."

"어서 세우세요!"

승희도 분위기가 험악해지자 번쩍 눈을 뜨며 소리쳤다.

"앞에 수백 명이나 되는 사람들이 숨어 있어요!"

"뭐라고?"

멜바싸 대령은 그래도 믿으려고 하지 않았다. 투시경을 통해 밖을 보았으나 눈앞은 글자 그대로 황량한 벌판일 뿐, 어디에 수백 명이나 되는 사람들이 숨어 있단 말인가?

"무슨 근거로 그런 소리를 하는 거요?"

멜바싸 대령은 미심쩍었지만 그래도 탱크를 세웠다. 그런 다음 선두에 있는 두 대의 장갑차와 탱크에 연락을 해서 산개해 앞을 수색해 보라는 명령을 내렸다. 멜바싸 대령이 무슨 명령을 내렸는지 아프리카 말을 모르는 일행으로서는 알 수가 없었다. 그러나 승희가 멜바싸 대령의 마음을 읽은 듯 소리쳤다.

"그들을 앞으로 보내면 안 돼요! 위험……."

"무슨 말을 하는 거요? 도대체?"

"앞에는 뭔가, 아직 나타나지는 않았지만 뭔가……."

무전기에서 준후의 목소리가 들렸다. 소리를 지르는지 무전기를 직접 귀에 대고 있지 않은 박 신부와 승희에게까지 준후의 목소리가 똑똑히 들렸다.

[사람들을 돌아오라고 해요! 아이고, 위험! 위험해요!]

박 신부가 급하게 투시경에 눈을 갖다 대었다. 병사들은 장갑차에서 내려서 두 대의 탱크 뒤에 조심스럽게 몸을 숨긴 채 천천히 앞으로 나아가고 있는 중이었다.

"멜바싸 대령님! 저들을 속히 뒤로 물러나라고 하십시오! 위험합니다!"

"뭐가 위험하다는 말이오? 앞에 뭐가 있다고 그러는 거요! 당신들의 말은 믿을 수가 없소! 지금도 그렇잖소! 당신네들이 자꾸 뭐가 있다고 해서 저렇게 수색을 내보낸 것 아니오?"

"좌우간 당장 돌아오도록 명령하세요! 저건······."

승희는 또 다시 소리를 쳤다.

"앞에서 적의가······ 이유 없는 적의! 공격할 거예요! 어서!"

백호도 소리쳤다.

"어서 물러나라고 명령을 내려요!"

멜바싸 대령이 핏대를 올렸다.

"도대체 무슨 수작들이요! 여기 지휘관은 나요!"

무전기에서 다시 다급하게 준후의 목소리가 울려 나왔다.

[그들이 공격······! 소리! 소리예요! 신부님, 기도력으로!]

준후의 말이 채 끝나지도 않았는데 탱크 안에 이상한 울림이 전달됐다. 마치 사람의 중얼거림 비슷했는데 그다지 큰 소리는 아니었지만 이상하게도 탱크 안까지 파고들어 오는 것이었다. 그 소리가 들리자마자 무전이 탁 끊어져 버렸고, 탱크 안에 있던 모든 사람의 몸에서 기운이 빠져나가는 것 같았다. 아니, 그뿐만이 아니라 온몸을 쥐어짜는 듯한 고통이 느껴졌다. 박 신부는 위기감을 느끼고, 있는 힘을 다해서 기도력을 끌어올렸다.

'소리'라고 외치는 준후의 말과 동시에 이상한 울림이 전달돼 오자 현암은 더 이상 지체하지 않고 왈칵 탱크의 해치를 열어젖히면서 준후의 몸을 위로 밀어 올렸다. 준후는 몸이 위로 솟구쳐 오르자마자 포탑 위에 주저앉아 소매 안에 있던 부적들을 있는 대로 허공에 뿌리고는 수인을 맺었다. 현암도 곧 공력을 운기하면서 해치 밖으로 몸을 내밀었다. 연희는 고통스러운 듯 귀를 막았다.
"아아, 이럴 수가!"
주변에서는 난데없는 모래바람이 일어 작은 관목과 덤불들이 미친 듯이 흔들리고 있었다. 그러나 현암을 놀라게 한 것은 그것이 아니었다. 아무것도 없었던 눈앞의 초원 지대에 어느덧 수백 명의 가면을 쓴 사람들이 서 있었다. 모래로 몸을 파묻어 땅에 숨어 있다가 기습을 한 모양이다. 그러나 그들은 총을 쏜다거나 창을 던지거나 화살을 쏘지도 않았다. 다만 꼭 같은 몸짓으로 느릿느릿 움직이면서 우 하는 소리를 길게 내지르고 있을 뿐이었다.
그리고 그들의 중앙에 서 있던, 다른 사람들과는 구별돼 보이는 키 큰 남자 하나가 고통에 찬 비명을 질렀다. 그러자 전진하던 병사들은 고통스러운 신음을 냈다. 그자는 고통스러워하고 있는 병사를 향해 뭐라고 소리치면서 들고 있던 창으로 자신의 가슴을 내리긋고는 병사를 향해 숨을 내뿜듯 고성을 질렀다. 순간, 고통스러워하던 병사들의 몸이 후두둑 소리를 내며 부풀어 오르더니 잠시 후 몸이 갈기갈기 찢겨 나갔다.

현암이 타고 있던 탱크의 안까지 그 울림이 전달된 것으로 보아 탱크 속에 있던 사람들도 분명 마찬가지가 됐을 것이다.

'고통의 주술! 이건 음파[2]를 이용한······.'

반대쪽에 서 있던 병사 중 몇 명이 끔찍한 모습을 보면서 비명을 질러 댔고 몇몇은 안간힘을 쓰면서 잘 움직여지지 않는 팔로 총을 들려고 했다. 그러나 그것도 잠시, 키 큰 남자가 그쪽을 향해 똑같은 행동을 하며 소리를 지르자 병사들이 지르는 최후의 비명이 무시무시한 울림으로 가냘프게 전달됐다.

'소리를 이용해 공명을 일으키는 술수. 아! 세상에 이건······.'

현암은 저들이 도대체 어떤 방법으로 정규군들을 자취도 없이 해치워 버렸는지 짐작이 갔다. 수백 명의 훈련된 목소리로 주술력을 실어서 사람들을 마비시킨다. 그러고는 중앙의 남자—고통

---

[2] 음파가 일으키는 파괴 현상의 대부분은 공명(共鳴, Resonance) 현상에 의한 것이다. 모든 물체에는 고유한 진동수가 있으며, 고유한 진동수와 같은 주파수를 지닌 외부 음파를 받게 되면 물체에 공명 현상이 일어나 원래의 강도를 유지하지 못하고 파괴된다. 폴란드의 연극배우이자 연출가인 예지 그로토프스키는 발성만으로 앞에 놓인 유리컵을 깨뜨릴 수 있다고 했다. 영능력자가 아님에도 후전적인 발성의 원리만으로 그러한 일이 가능했던 것이다. 미국의 대교량이 지나가는 산들바람의 고유한 진동수와 공명 현상을 일으켜 순식간에 비비 꼬여 붕괴된 사건이나, 가정에서 흔히 볼 수 있는 전자레인지의 원리도 이러한 현상에 의한 것이다. 본문에서는 주술력에 의한 음파를 상정했지만, 주파수를 조합해 체내에 있는 물 분자만을 공명시킨다면 본문에서와 같은 일이 꼭 불가능한 것이라고만은 할 수 없을 것이다.

의 승정인 히루바바가 틀림없었다―가 또 다른 주술력을 실은 음파를 내보내면 두 음파가 엉키면서 공명을 일으키고, 거기에 말려든 사람은 마치 전자레인지 속에서 빵 봉지가 터져 나가듯 폭발해 버리는 것이었다. 비슷한 음파와 술수인 사자후를 사용할 줄 아는 현암으로서는 이해가 갔다. 물론 한 사람이 내는 음파만으로 이렇게 넓은 범위에서 힘을 발휘할 수는 없었다. 그러나 저들은 수백 명이었고, 그들이 내는 소리에 맞춰 히루바바가 목표를 노리고 공명을 일으키는 작은 소리만 방아쇠를 당기듯 쏘면, 그 부근의 모든 사람은 전멸해 버리는 것이다.

탱크의 뒤쪽에 서 있던 장갑차 한 대가 도망치려는 듯 엔진 소리를 내면서 후진하기 시작하자 그 남자는 자신의 가슴팍을 그으면서 장갑차를 향해 소리를 질렀다. 후진하던 장갑차가 펄쩍 뛰듯이 확 방향을 꺾으면서 다른 장갑차를 들이받았고 들이받힌 장갑차는 뒤집어지더니 안에 있던 탄약이 폭발한 듯 굉음을 울리면서 불길을 내뿜었다.

더 이상 참을 수 없었던 현암이 몸을 날리려고 하자 뒤에서 준후가 결사적으로 현암을 잡았다.

"안 돼요! 현암 형도 저 소리의 범주에 들어가면 버틸 수 없어요!"

"그렇지만……."

도곤족은 계속 소리를 울리며 서서히 다가왔다. 다행히 준후의 부적들이 사방을 돌면서 탱크를 보호하고 있어 큰 고통은 느껴지지 않았다. 옆쪽을 보니 박 신부가 타고 있는 탱크는 희미한 연녹색의 빛으로 둘러싸여 있었다. 현암은 눈앞에서 병사들이 처참하게 터져서 죽어 가는 것을 보고 주먹을 불끈 쥐었다. 의아하다는 듯 히루바바의 얼굴이 일그러지더니 고통의 음파 속에서도 멀쩡하게 서 있는 현암과 준후에게 음파를 내보냈다. 그러자 현암은 길게 사자후를 내질렀다.

도곤족이 내고 있던 음파 속에 현암의 사자후가 "어헝!" 하면서 밀어닥치자 음파로 인해 주변의 모래 먼지들이 더욱 거세지면서 그들 중 몇몇은 몸을 움찔하는 것이 보였다. 히루바바는 이번엔 현암이 타고 있는 탱크 쪽을 향해 높게 소리를 질렀다.

"얍!"

히루바바의 입이 열리려는 순간, 준후는 하얗게 질린 얼굴로 양손의 수인을 재빠르게 교차시켰고, 탱크의 주변에 구(球) 모양으로 돌고 있던 부적들에 불이 붙으면서 탱크 전체가 우르르 흔들리기 시작했다. 탱크 안에서는 병사들이 무전기를 든 채 법석을 떨고 있었으나 무전 통신은 보다 강한 음파들에 눌려서 두절돼 있었다. 준후가 친 만부원진이 다행히도 주술력이 담긴 음파를 안에까지 뚫고 들어오지 못하게 하고 있었다. 현암은 안도의 한숨을 내쉬면서 박 신부가 기도력으로 수호하고 있는 옆 탱크를 바라보았다. 그런데 그 탱크가 갑자기 도곤족이 있는 곳을 향해 질주하기 시작했다.

"아니, 도대체!"

현암의 눈에는 뒤쪽에 남아 있던 두 대의 장갑차가 들어왔다.

두 대의 장갑차는 아직 시동은 걸려 있었으나 안에 아무도 없는 듯 그대로 서 있었다. 분명 그 안의 병사들은 고통에 시달리고 있을 것이다. 현암은 아래쪽을 보았으나 무전기는 불통인 채였다.

"준후야, 나를 보호해 다오! 저쪽 탱크까지 가야겠다!"

대치

"내 부하들을, 저놈들이……! 저놈들이!"

멜바싸 대령은 제정신이 아니었다. 멜바싸 대령과 옥신각신하긴 했어도 많은 병사들이 죽은 것을 대령의 잘못이라고 할 수는 없었다. 준후나 승희의 말대로 병력을 정지시켰더라도 지금 준후와 박 신부가 각각 수호하고 있는 두 대의 탱크 외에는 아마 보호받을 수 없었을 테니까……. 멜바싸 대령은 넋이 나간 듯 멍하니 앉아 있는 운전병과 포병을 밀어 내고 직접 탱크를 몰아 도곤족이 있는 곳으로 밀어붙였다. 그 광경을 본 백호가 얼빠진 듯 투시경에서 눈을 떼지 못하고 있다가 탱크가 전진하기 시작하자 소리를 쳤다.

"뭐 하는 거요!"

"저놈들! 모두 죽여 버리겠다!"

멜바싸 대령이 악을 쓰면서 탱크의 조종간을 잡아당기려는 순간, 탱크가 우르릉하면서 거칠게 떨었다.

"으윽!"

박 신부의 입에서 고통스러운 듯한 신음이 새어 나왔다. 승희의 힘을 받아서 고통의 음파를 막아 내고는 있었지만 힘에 겨운 것 같았다.

백호는 어떻게 해야 할지 몰랐다. 어쩌면 지금이 절호의 기회인지도 모른다. 제대로 무장도 갖추지 않은 도곤족은 음파 외에는 별 힘이 없을 것이고, 박 신부나 준후의 도움으로 이 음파 공격에서 보호받는다면 두 대의 탱크만 가지고도 싹 쓸어버릴 수가 있을 것 같았다. 그렇지만 과연 멜바싸 대령의 그런 행동에 퇴마사들이 동의할지가 의문이었다.

박 신부는 탱크가 흔들리는 것을 느끼고는 눈을 뜨더니 멜바싸 대령을 쳐다보았다. 멜바싸 대령은 히루바바의 음파에 의해 탱크가 흔들리자 조종간을 놓더니 이번에는 탱크의 포좌 조종간을 잡았다.

"뭘 하려는 겁니까?"

박 신부가 소리를 치자 멜바싸 대령이 이를 갈듯이 외쳤다.

"저놈들을 그냥 둘 수 없소! 유산탄 세 방이면 놈들도 끝이오!"

포수가 포탄 하나를 집어 포 안에 집어넣으려는 것을 박 신부가 급하게 막았다.

"그래서는 안 됩니다! 저들이 어째서 그러는지를 알아야……."

"앉아서 당하라는 말이오?!"

멜바싸 대령이 고함을 치며 포탄을 장전했고, 탱크의 포탑이 윙 소리를 내며 옆으로 돌아가기 시작했다. 박 신부는 기도력을 발하고 있는 중이어서 행동을 취할 수가 없었다. 백호는 입술을 깨문 채 수수방관하고 있었다. 그때 갑자기 탱크의 해치를 뭔가가 쾅쾅 두드리는 소리가 들렸다.

"윽! 이건 뭐야!"

백호가 놀라서 투시경으로 밖을 내다보았다. 해치를 주먹으로 탕탕 두들기는 사람은 현암이었다.

"무슨 일입니까?"

백호가 해치를 열어 주자 현암은 묻는 말에 대답도 하지 않고 멜바싸 대령에게 소리를 쳤다.

"포를 쏴서는 안 됩니다!"

백호가 재빨리 현암의 말을 옮겨 주자 멜바싸 대령도 음파를 헤치면서 현암이 이쪽 탱크로 건너온 것이 희한했던지 눈을 크게 뜨고 해치 바깥쪽을 향해 목을 내밀었다.

"우리가 공격한다면 히루바바는 뒤쪽 두 대의 장갑차를 공격할 겁니다! 멈춰요!"

멜바싸 대령이 백호의 통역을 듣고는 눈을 크게 떴다. 멜바싸 대령은 전방을 투시경으로 들여다보았다. 과연 히루바바가 노기 등등한 기세로 금방이라도 뒤쪽의 장갑차들을 향해 숨을 내뿜으며 소리를 지를 듯한 자세를 취하고 있는 것이 보였다. 현암이 말했다.

"탱크를 움직여서는 안 됩니다! 그럼 히루바바는 뒤쪽의 장갑차들을 공격할 것이고, 그러면 거기 타고 있는 병사들은 전멸합니다!"

"그, 그렇지만……."

멜바싸 대령이 무슨 생각을 하고 있는지 백호가 간파했다. 포탄이 날아가 터지기까지는 채 0.5초도 걸리지 않는다. 멜바싸 대령은 선수를 칠까, 고민하는 게 틀림없었다. 백호도 특수 부대 출신답게 머릿속으로 확률을 계산해 보고 있었다. 불행한 것은 아직 탱크의 포구가 히루바바를 향해 회전하지 않은 상태였기에 지금은 포를 쏴 봐야 몇몇 정도만 해치울 수 있을 뿐이었다. 재장전하고 포구를 돌려서 히루바바에게 직격탄을 쏘는 데 필요한 시간은 대략 삼 초. 그 시간이면 히루바바는 고통의 음파를 내쏘아 장갑차에 타고 있는 사람들을 충분히 몰살시킬 수 있을 것이다. 백호는 초조하게 멜바싸 대령의 눈치를 살폈다. 멜바싸 대령이 화를 이기지 못하고 포를 발사한다면…….

백호가 멜바싸 대령에게 조용히 말했다.

"당신은 지휘관이고 적을 무찌를 의무도 있지만, 부하들을 보호해야 하는 책임도 있소. 그렇지 않습니까?"

멜바싸 대령은 입을 다물고 생각에 잠겼다. 맞은편에 있는 히루바바와 도곤족도 긴장한 것 같았다. 여태껏 엄청난 위력을 보인 음파 공격을 막아 낸다는 것은 그들도 생각하지 못했을 것이고, 더군다나 그런 방어의 주술을 쓰는 사람들이 막강한 화력을 지닌 탱크에 타고서 탱크 자체를 방어할 줄은 짐작하지 못했을 것이다.

도곤족은 계속 "우!" 하는 울림을 내면서 산개하기 시작했다. 히루바바도 금방 음파를 발할 기세로 위협하는 듯했지만 조금씩 자리를 옮겨 포가 향한 각도에서 벗어나고 있었다. 탱크 위에 서 있던 현암은 일단 멜바싸 대령이 포를 발사하지 않는 것을 보고 안도의 한숨을 쉬었다. 양측 모두 어쩔 수 없는, 일종의 교착 상태에 들어간 셈이었다. 멜바싸 대령이 포를 쏘면 히루바바는 분명 뒤쪽에 있는 두 대의 장갑차를 공격할 것이고 그 안에 타고 있는 이십여 명의 병사들은 참혹하게 죽임을 당할 것이다. 히루바바의 음파를 박 신부와 준후가 각각 방어할 수 있기 때문에 히루바바가 먼저 장갑차에 타고 있는 병사들을 해치운다면 멜바싸 대령은 더 이상 주저하지 않고 히루바바를 비롯한 도곤족을 가루로 만들어 버릴 것이다. 아무리 박 신부나 준후가 말린다 하더라도 히루바바와 도곤족을 위해 이쪽의 사람들을 죽도록 스스로 방어를 풀지 않을 것이라고 멜바싸 대령은 생각할 테니까……. 그러나 지금 당장 히루바바를 해치울 수도 없는 것이, 세 명의 승정 중 마지막 남은 히루바바가 죽어 버리면 블랙 서클의 마스터와 총수에 대해서는 알아낼 길이 막막해지게 된다.

'원 참, 무슨 일이 이렇게 돼 버렸지?'

이대로 계속 있을 수는 없는 노릇이었다. 시간을 끈다면 멜바싸 대령과의 통신이 두절된 것을 알고 구원 부대가 증파돼 올지도 모른다. 도곤족도 인간인 이상, 긴 시간 이렇게 음파를 만들어 낼 수는 없을 것이다. 아니, 그보다 먼저 박 신부의 기도력이 떨어지거나 준후의 부적들이 효력을 다할지도 모른다.

현암은 좌우의 탱크를 살펴보았다. 아직 준후의 부적들도 건재하게 살아 있는 불덩이들처럼 탱크의 주위를 돌고 있었고, 현암이 타고 있는 탱크는 박 신부가 뿜어내는 오라가 스며들어서 파랗게 빛나고 있었다. 현암은 히루바바가 무슨 생각을 하고 있을지가 궁금했다. 대주술사이기도 하고 블랙 서클의 승정이기도 하지만 도곤족의 리더이기도 한 만큼, 히루바바도 대책 없이 그냥 있지는 않을 거라는 생각이 들었다.

'상대방의 입장에서 생각해 보아야 한다…….'

그런 생각을 하던 차에 멜바싸 대령이 영어로 현암에게 물었다.

"당신, 음파를 헤치고 옆 탱크로 갈 수 있소? 무전이 되질 않으니 당신이 내 명령을 전해 준다면 두 대의 탱크로 동시에 저들의 리더를 겨냥하면 어떻겠소?"

현암은 고개를 저었고 백호도 현암의 생각에 동조한다는 듯 고개를 끄덕거리면서 멜바싸 대령에게 말했다.

"탱크의 포탑을 조금이라도 돌린다면 저들은 가만있지 않을 겁니다. 무전도 되지 않는데 두 대의 탱크로 동시에 공격한다는 게 쉬운 일은 아닐 거요."

백호가 말을 마치자마자 저쪽에서 히루바바가 뭔가 고함을 치는 것이 들려왔다. 현암의 사자후만큼이나 큰 목소리였다. 그런데 무슨 말인지 도통 이해가 되지 않았다. 백호는 멜바싸 대령을 쳐다보았으나 멜바싸 대령도 고개를 저었다.

"저건 상가어요. 도곤족의 말이지. 불행히도 나는 상가어는 할 줄 모르오."

"병사 중에 혹시?"

"없소. 몇 명 그쪽 출신이 있었는데 다 죽고 말았소."

히루바바는 재촉하듯이 고함을 쳤다. 멜바싸 대령은 이를 갈았다.

"저렇게 소리 지르는 사이에 놈을 날려 버리면 어떻겠소?"

백호는 고개를 저으며 멜바싸 대령을 타이르듯이 말했다.

"포탑을 아무리 빨리 돌리더라도 사람이 말하는 속도보다 빠를 것 같습니까?"

현암은 히루바바의 고함을 듣고는 반대편 탱크를 바라보았다. 그쪽 탱크의 해치를 열고 연희가 고개를 내밀고 있었다.

"연희 씨! 저자가 뭐라 하는지 알아들을 수 있어요?"

"현암 씨!"

연희는 준후의 부적 속에서 보호받고 있기는 했지만 그래도 꽤 고통스러운 듯, 얼굴을 찌푸린 채로 소리쳤다.

"잘은 몰라요. 비행기 안에서 잠깐 몇 개의 단어를 본 것 외에는요. 지금 저자는 상가어로 이야기하고 있어요!"

현암은 속으로 혀를 내둘렀다. 그러고 보니 긴 비행시간 동안 연희는 내내 뭔가 자그마한 책을 뒤적거리고 있었는데 그것이 알고 보니 도곤족의 언어인 상가어를 공부하는 것이었나 보다. 그러나 단 십여 시간, 길게 잡아 이십 시간 만에 하나의 언어를 알아들을 수 있을 정도로 익혔다는 것이 현암으로서는 믿어지지 않았다. 연희는 히루바바의 이야기 중 알아들을 수 있는 몇 마디를 전달해 주었다.

"탱크를 조금이라도 움직인다면 뒤쪽의 병사들을 죽이겠대요!"

"병사들을 해치면 우리도 가만있지 않을 거라고 전해 주세요!"

"긴 말은 아직 힘들어요. 그냥 병사들을 죽이면 이쪽도 쏜다고 할게요!"

연희가 힘을 다해서 가냘픈 소리를 질렀다. 히루바바는 경계의 자세를 늦추지 않고 뭔가를 생각하는 것 같았다.

"협상을 하자는 것 같아요! 지금 싸우게 되면 둘 다 죽으니까 협상을……."

"협상을요?"

현암이 눈썹을 찌푸려 올리면서 탱크 안에 있는 멜바싸 대령을 쳐다보았다. 연희의 이야기를 현암이 백호에게, 그리고 백호가 다시 멜바싸 대령에게 전했다. 멜바싸 대령도 당장 어떤 조치를 취할 수 없어서 난감해하던 차에 히루바바가 어떤 제안을 하는지 듣고 싶은 모양이었다.

"자세하게 무슨 말을 하는지 알 수는 없지만, 누군가 대표 한 사람을……. 어?"

"왜 그러세요, 연희 씨?"

"백인이나 흑인과는 이야기하고 싶지 않대요. 우리들과 이야기하고 싶다고 해요!"

"예?"

"틀림없어요. 히루바바는 우리가 누구인지 알고 있어요. 우리 중의 하나와 이야기하재요. 어서!"

협상

현암은 그 말을 듣자마자 연희에게 소리쳤다.

"잠시만 기다리라고 해 주세요!"

연희가 고개를 끄덕하더니 힘을 다해서 뭐라고 짧게 소리를 질렀고 히루바바는 잠잠해졌다. 그러나 도곤족이 내는 이상한 울림만은 여전히 협박하듯 주변을 가득 메우고 있었다. 현암은 탱크 안의 박 신부와 백호에게 말했다.

"제가 가겠습니다."

백호가 걱정하는 표정으로 인상을 쓰면서 고개를 해치 위로 내밀고 말했다.

"혼자 가셔도 되겠습니까? 저자가 무슨 꿍꿍이를 부릴지 모르는데요."

"그러나 가야죠. 이런 상태로 계속 있을 수는 없지 않습니까?"

"차라리 저자를 해치워 버린다면……."

"안 됩니다."

악인이라도 목숨은 중하다는 이야기를 하려다가 현암은 입을 다물었다. 너무 여러 번 한 말이었고, 백호도 그런 것을 모를 만한 사람은 아니다. 그런 말을 새삼스럽게 한다는 것은 백호의 자존심을 건드릴 수도 있었다. 좋은 생각이 떠올라서 현암은 말을 이었다.

"우리는 히루바바를 죽이려고 온 것은 아닙니다. 코제트와 젠킨스에게서도 블랙 서클 자체에 대한 정보는 듣지 못했어요. 히루바바에게서 그런 것들을 알아낼 수만 있다면……."

"그런 것은 승희 씨의 투시를 통해서 할 수도 있지 않을까요?"

"블랙 서클의 주술사들은 마음을 닫는 술수를 사용하고 있습니다. 저들이 빈틈을 보이지 않으면 승희의 능력으로도 알아내는 것이 불가능합니다. 저자와 내가 이야기하는 동안 승희에게 투시하고 있으라고 전해 주세요. 히루바바도 우리들이 왔다는 것을 알고 있을 겁니다. 블랙 서클의 인물들은 바보가 아니에요."

"음, 그런데 현암 씨. 저자와 의사소통이 가능할까요?"

현암은 잠시 고개를 돌려서 연희의 얼굴을 살폈다. 연희는 히루바바가 다시 무슨 이야기를 하지 않나 하고 저쪽을 쳐다보고 있었다. 그러나 연희는 미간을 찌푸리고 있는 것이 도곤족의 음파에 꽤 약한 것 같았다. 준후의 만부원진 속에서도 저 정도의 고통을 느낀다면 그곳을 벗어나 히루바바에게 다가가는 건 큰 충격일 것 같았다. 현암의 머리에 좋은 생각이 떠올랐다.

"세크메트의 눈! 그걸 이용하면 될 겁니다. 세크메트의 눈 한쪽을 히루바바에게 준다면……."

"예? 그러나 그건 대단히 귀한 것 아닙니까? 만약 그자가 돌려주질 않으면 어쩌려고요?"

"어차피 한쪽만 주는 겁니다. 히루바바도 하나만 가지고는 아무것도 하지 못하겠지요. 그리고 지금은 아무리 귀한 것이라도 그게 문제가 아닙니다. 백호 씨, 승희에게 세크메트의 눈 하나를 달라고 하세요."

"그러나 혼자서는 좀 위험……."

"다른 방법이 없어요. 저는 기공력과 사자후, 그리고 준후가 준 부적 등 세 가지를 다 지니고 있기 때문에 음파 속에서도 고통은 느껴지지 않습니다. 그러나 신부님과 준후는 탱크를 떠나서는 안 돼요. 보호가 풀리면 히루바바가 무슨 짓을 할지 모르니까요."

"그러면 저라도……."

"아닙니다. 다른 사람은 저 음파 속으로 들어갈 수 없어요. 고통 때문에 아무 힘도 쓰지 못할 겁니다. 만용을 부리는 것이 아닙니다. 정말로 저밖에는 지금 갈 수 있는 사람이 없어요."

백호가 현암을 믿는다는 듯 고개를 몇 번 끄덕거리더니 탱크 안으로 들어갔다. 그러고 나서 잠시 후 해치 밖으로 고개를 내밀며 현암에게 세크메트의 눈을 건네주었다.

"조심하세요."

현암은 씩 웃고는 연희가 던져 주는 또 하나의 세크메트의 눈을 받았다. 그리고 연희와 여전히 불안한 표정을 짓고 있는 준후를 향해 미소를 지어 보이고는 연희에게 말했다.

"연희 씨, 제가 그리로 간다고 전해 주세요!"

일대일의 결투

현암은 차분한 걸음걸이로 가면을 쓰고 있는 도곤족을, 그리고 그 중앙에 있는 히루바바를 향해 나아갔다. 박 신부나 준후가 탈진하지 않을까 마음속으로는 걱정하고 있었으나 조급한 행동을 취해 보일 수는 없었다. 현암이 가까이 다가오자 도곤족은 서서히 현암의 주위를 둘러쌌고 그중 세 사람은 바주카포를 현암을 향해 들이댔다. 현암은 도곤족이 세 번이나 정부군을 전멸시켰다는 말이 생각났다. 아마도 히루바바가 현암과 이야기를 나누는 동안 탱크의 포들이 자신들을 공격할까 봐 취한 조치였을 것이다. 이 바주카포의 정식 명칭은 로우(LOW)로 경화기에 속하는 것이라 영화에서와는 달리 탱크를 부술 수는 없었다. 자신에게 포가 겨누어지고 있는데도 만약 이들이 더 강한 화기를 지니고 있었다면 탱크들까지 파괴됐을지 모른다는 생각이 들었다. 현암은 잠시 그쪽을 쳐다보았으나 그들은 더 이상 포에 신경을 쓰는 것 같지는 않았다. 이렇게 가까운 거리에서 바주카포를 쏘면 근방의 사람들이 모두 날아가 버릴 것이다.

히루바바는 뭐라고 현암에게 조용히 말하더니 화려한 가면을 벗었다. 사십 대나 오십 대 정도로 건장하고 우락부락하게 생긴 남자였다. 그의 가슴에서는 피가 흐르고 있었다. 가까이서 본 히루바바의 온몸에는 그것 말고도 마치 조각가가 장식한 것처럼, 크고 작은 흉터로 빽빽하게 뒤덮여 있었다. 현암이 세크메트의 눈을 히루바바에게 건네주려 하자 현암을 둘러싸고 있는 도곤족이 현암에게 바주카포를 들이댔다.

'이런 젠장! 그러면 어쩌라는 거야?'

히루바바가 현암을 한 번 손으로 가리키더니 다시 자신을 가리켰다. 그러고는 등 뒤에 메고 있는 세 자루의 창을 손가락으로 가리켰다.

'무슨 뜻이지?'

현암은 히루비바의 의도를 알 수 없어서 어깨를 한 번 으쓱해 보였다. 히루바바는 계속 같은 동작을 반복할 뿐이었다. 현암은 다시 한번 조심스럽게 세크메트의 눈을 내밀었으나 히루바바는 고개를 저었다. 히루바바는 왼손으로 현암을, 오른손으로 자신을 가리켜 보이고 그다음에 창을 가리킨 다음, 이번에는 두 손으로 서로 엉켜 싸우는 시늉을 했다. 그러고는 양손을 펴서 끝났다는 시늉을 한 뒤 세크메트의 눈을 가리켰다.

현암은 속으로 아차 싶었다. 지금 히루바바가 말하려는 것은 현암과 자신이 싸우자는 뜻임이 분명했다. 양쪽이 이러지도 저러지도 못하는 대치 상태에 있으니 둘이 승부를 가리자는 것 같았다. 지금 하는 동작을 보아 히루바바도 세크메트의 눈에 대해 잘 알고 있는 것 같았다. 만약 세크메트의 눈을 히루바바가 받게 되면 히루바바가 알고 있는 모든 것을 현암이 알게 되는 것이나 마찬가지가 된다. 마찬가지로 현암이 아는 것도 히루바바가 모두 알게 될 것이다. 서로 위험할 수 있는 정보의 교환은 싸움이 끝난 뒤, 승부가 정해진 다음에 하자는 뜻임을 현암도 짐작할 수 있었다.

현암은 이런 판국에 일대일 결투로 승부를 내자는 히루바바의 말이 믿어지지 않았으나 어찌 생각하면 그것이 히루바바로서는 가장 현명한 방법인지도 몰랐다. 자신이 승리한다면 히루바바는 현암을 죽이지 않고 무력화시킨 뒤 인질로 삼아 위기를 수습하려는 것 같았다. 그가 패한다면 도곤족도 사람들에게 고통을 줄 수 있을지언정 해치기는 어려워질 테니, 어쩌면 가장 빠르게 상황을 종결할 수 있는 제안인 것 같았다. 현암은 한 가지 의아한 생각이 들었다. 인질로 잡을 생각을 했다면 왜 지금 그러지 않는 것일까? 무기를 든 부하들을 시켜서 인질로 잡으려고 하지 않는 것일까? 현암은 그것이 궁금했으나 좌우간 히루바바를 선뜻 믿을 수는 없었다. 히루바바는 아무 표정 없는 눈으로 현암을 바라보더니 주변의 도곤족을 가리켜 보이고 양손을 가슴에 얹었다.

'자신의 부족을 사랑한다는 표시인가?'

현암은 그 제스처가 일견 우습게 보였지만 생각을 고쳐먹었다. 블랙 서클에 몸을 담고 있는 사람이라 해서 모두가 사악하고 간사한 술수만 부린다고 생각하는 것은 편견일지 모른다. 현암은 과거, 자신과 일대일로 싸웠던 그 이름 모를 남자를 생각했다. 그 남자는 결코 사악하거나 비겁하지 않았다. 히루바바가 자신의 부하들을 진정으로 아낀다고 생각한다면 지금 희생을 치르면서 현암을 잡으려 하지 않는 것도 이해가 됐다. 히루바바는 악인이 아닌 걸까? 현암은 고개를 가로저었다. 참혹한 방법으로 병사들을 학살하는 것을 자신의 눈으로 똑바로 보지 않았던가?

현암은 조용히 히루바바의 눈을 올려다보았다. 히루바바의 눈은 오랜 수련을 거친 것처럼 무표정했다. 그러나 한편으론 깊숙한 곳에 슬픔이 깃들어 있는 것 같았다. 현암은 더 이상 생각하지 않기로 했다. 길게 생각하는 것이 오히려 정확한 판단을 내리지 못하게 하는 경우도 있는 법이니까…….

 히루바바는 여전히 표정 없는 얼굴로 고개를 끄덕하더니 정중하게 절을 했다. 현암은 이상하다 생각하면서도 마주 절을 했다. 아마도 무슨 관습이나 의례 같은데 그런 현암의 생각이 옳았던 듯, 도곤족은 계속 "우!" 하는 울림을 내면서 히루바바와 현암의 주변에 넓게 자리를 만들어 주었다. 울림은 멈추지 않았는데, 뒤쪽의 장갑차들이 달아나 버리거나 무선 통신이 가능해질 테니 주술을 풀 수는 없을 것이고, 또 그 소리로 인해 박 신부나 준후도 자신을 도울 수 없을 테니까. 현암은 히루바바와 히루바바의 등에 있는 창을 가리켜 보인 후, 자신의 손목에 있는 월향검을 가리켰다. 무기를 써서 싸우겠느냐는 표시였다. 그러자 히루바바는 고개를 끄덕하면서 등에 있던 세 자루의 창 중 두 자루를 꺼내 하나씩 손에 들었다. 현암도 긴장하면서 천천히 월향검을 빼어 들어 월향을 왼손으로 옮기고 오른손에 공력을 모았다.

 '히루바바는 어떤 술수를 쓸까? 속임수를 쓰는 것은 아닐까?'

 어쨌거나 히루바바가 약속을 지킬 거라 믿고 도전에 응했으니 히루바바가 치졸한 수법을 쓸지 모른다는 의심은 하지 않기로 했다. 히루바바는 양손에 두 개의 창을 들고 조심스럽게 현암과 간격을 유지하며 도곤족들로 둘러싸인 터 주변을 빙 돌았다. 그런데 아무래도 히루바바의 손에 들려 있는 창이 범상한 것 같지 않았다. 영기를 그다지 잘 느끼지 못하는 현암이었지만 창에서는 매우 강한 기운이 뻗쳐 나오고 있었다. 보통 아프리카 토인들의 창은 자루를 나무로 만드는데 저 창은 희한하게 자루부터 은색 빛을 띠고 있었고 모양도 일반적인 창의 모양과는 조금 달랐다. 또 두 개의 창의 길이도 서로 달랐다.

'방심하지 말자.'

승희가 탱크 속에서 힘을 폭포수처럼 보내 왔다. 현암은 암암리에 지난번 새로 익힌 '탄' 자 결의 수법에 따라 공력을 모아 손끝에 기공탄을 맺었다. 현암이 들고 있던 월향검도 긴장한 듯, 저절로 두 자 가까이 검기를 뻗었다. 히루바바도 써늘한 기운을 느끼는지 안색이 굳어졌다. 둘은 그런 상태에서 서로를 노려보며 팽팽히 대치하고 있었다.

히루바바가 먼저 움직였다. 히루바바는 짧은 창으로 자신의 가슴을 부욱 그었다. 아까보다 더 깊은 상처를 내는 듯했다.

'고통의 주술……'

히루바바는 고통을 느껴야만 힘을 쓸 수 있는 것이 아닐까 하고 현암은 잠시 생각했으나 히루바바는 손에 들고 있던 긴 창을 알아들을 수 없는 주문과 함께 던졌다. 그러나 현암이 아니라 똑바로 하늘을 향해 창을 던지는 것이었다. 현암은 영문을 몰라서 히루바바가 가장 긴 창을 꺼내 손에 드는 모습을 바라보았다. 그런데 현암의 귓속으로 준후가 멀리서 외치는 소리가 희미하게 들려왔다.

"현암 형, 조심! 그건 절대 빗나가지 않는 주술의……"

'빗나가지 않는다고?'

준후의 갑작스러운 외침에 현암이 반사적으로 몸을 뒤로 몇 걸음 옮겼다. 곧이어 하늘로 던져진 창은 언제 궤도를 바꾸었는지 몸을 비키는 현암의 눈앞에 번쩍하면서 땅에 내리꽂혔다. 현암은 식겁해서 자세를 바로잡으며 창을 쳐다보았으나 어느새 땅속으로 깊숙이 파고들었는지 사라지고 없었다.

'땅에 박혀 버린 것일까? 아니! 빗나가지 않는다면 그건……!'

현암은 본능적인 위기감을 느끼면서 몸을 뒤로 날렸다. 현암이 땅에서 발을 떼기 무섭게 발밑을 뚫은 창이 위로 올라왔다. 현암은 기계 체조의 동작을 응용해 뒤로 두어 번 재주를 넘으며 살아 있는 것처럼 덤벼 오는 창끝을 피했다. 창은 허공으로 솟아오르더니 궤도를 바꾸어서 현암을 향해 날아들었다. 현암은 뒤로 날렸던 몸의 중심을 바로잡으며 왼손을 내밀었고 월향검이 째지는 듯한 귀곡성을 뿜으며 쏘아져 나갔다.

히루바바는 현암의 손목에서 검이 저절로 쏘아져 나가는 것을 보고는 인상을 쓰더니 등에서 기다란 창을 빼 들고 다시 주문을 외웠다. 그사이 현암을 노리고 날아들던 창과 월향검은 허공에서 정면으로 부딪쳤다.

꺄아아악!

보통 때보다 훨씬 고통스러운 월향의 귀곡성이 사방에 울려 퍼졌고, 히루바바의 창은 세로로 쫙 쪼개지더니 허공에서 갑자기 사라져 버렸다. 히루바바는 그 모습을 보고 몸을 부르르 떨었다. 현암은 회심의 미소를 지었으나 그것도 잠깐, 월향검이 허공에서 비틀하다가 우웅 하는 소리를 내며 그만 땅에 털썩 떨어져 내렸다.

"어엇! 월향!"

현암은 가슴이 철렁해 월향검을 향해 날듯 몸을 날렸다. 히루바바는 그때를 놓치지 않고 주문을 외우면서 긴 창을 현암에게로 던졌다. 현암은 월향검이 땅에 고통스러운 듯 떨어져 내리는 것을 보고는 거의 정신이 없었다. 땅에 떨어져서 조금씩 꿈틀대는 월향검을 집어 들려고 하는데 히루바바의 창이 날아들자 현암의 손끝에 순간적으로 모든 공력이 모여들면서 둥그런 기공력 덩어리가 오른손 세 번째 손가락 끝에 맺혀 빛을 발했다.

"탄!"

현암은 자신에게 막 덮쳐들려고 하는 히루바바의 두 번째 창을 향해 아까부터 모아 두었던 '탄' 자 결의 기공탄을 손가락으로 튕겨 내면서 왼손을 재빨리 월향검 쪽으로 뻗었다.

콰쾅!

마치 폭탄이 폭발한 것 같은 열기 없는 휘황한 빛이 작렬하면서 히루바바의 두 번째 창은 빛에 휩쓸려 흩어졌다. 히루바바가 뒤로 넘어지는 모습이 보였다. 빗나가지 않는 창을 운용하기 위해서는 히루바바 자신도 그것과 영적인 관계를 맺어야 했고, 그런 창이 두 번씩이나 부러진 이상 타격을 받지 않을 수 없었다. 현암은 공력을 한꺼번에 몰아서 내쏘는 바람에 머리가 좀 어지러웠다. 하지만 월향검의 안위가 걱정되기도 해서 왼손으로 재빨리 월향검을 집어 들었다. 그 순간.

"허억!"

월향검을 잡은 왼손에서부터 뭐라 형언할 수 없는 격렬한 통증이 전달됐다. 상처를 입은 것도 아닌데, 현암은 신음을 내면서 월향검을 떨어뜨리지 않게 손목을 돌렸다.

"고통의 주술!"

뒤쪽에서 준후가 소리를 쳤다. 현암의 머릿속으로 섬광처럼 한 가지 생각이 떠올랐다.

'히루바바가 쓰는 것은 고통의 주술. 히루바바의 창은 단순히 찌르는 것만이 아니라 상대에게 고통까지도 전달하는구나!'

히루바바의 빗나가지 않는 창을 온몸으로 받아 쪼개어 버린 월향검은 격렬한 고통을 이기지 못해 힘을 제대로 쓰지 못하는 것임이 분명했다. 하물며 현암이 그냥 손으로 잡았는데도 이 정도의 고통이 전해져 온다면…….

"아! 미안하다. 미안……."

현암은 간신히 웅 하는 소리만 내면서 꿈틀거리고 있는 월향검을 더욱 꼭 쥐었다. 잠깐이라도 놀라서 월향검을 떨어뜨리려고 했던 자신이 부끄럽게 생각돼서 현암은 격렬한 고통이 전해옴에도 불구하고 월향검을 더욱더 손에 꼭 쥐었다.

'차라리 내가……. 내게 아픔을…….'

현암이 이를 악물고 온몸에 퍼져 가는 고통을 참아 내는 사이에 뒤로 넘어졌던 히루바바가 몸을 일으켰다. 히루바바의 가슴의 상처에서 피가 뿜어져 나왔다. 히루바바도 격심한 고통을 느끼고 있는 것이 분명했다. 그러나 히루바바에게는 아직도 한 자루의 창이 더 남아 있었다.

"현암 형! 지지 말아요!"

"현암 씨! 힘내세요!"

저만치 뒤에서 준후와 연희의 소리가 들리자 현암은 졸도할 듯한 고통 속에서도 피식 웃음을 지었다. 오히려 그것이 히루바바를 분노하게 만들었을까? 히루바바의 무표정한 얼굴에도 고통의 기색이 짙게 배어 있었다. 히루바바는 하늘을 향해 분노로 가득 찬 고함을 터뜨리면서 마지막으로 남아 있던, 가장 짧은 창으로 인정사정없이 자신의 가슴팍을 그어 댔다. 현암도 이를 악물면서 월향검을 왼손에 거꾸로 쥐고는 손아귀에 힘을 주었다. 현암의 손이 월향검의 날에 베어서 피가 후두둑 떨어져 내렸다.

이제 현암에게는 히루바바의 마지막 공격을 막을 방법이 없었다. 승희가 공력을 보내고 있기는 했지만 다시 '탄' 자 결을 사용할 만큼 기공력이 모인 것도 아니었고, 고통받고 있는 월향검을 다시 이용할 생각은 추호도 없었다. 현암은 월향이 고통받는 것에 마음이 아팠고 지금 이 순간만은 히루바바도, 블랙 서클도, 팽팽히 대치하고 있는 양측의 향방에도 전혀 관심이 없었다.

'아프지 마라. 아프면 나에게…… 내가 다 감당할게…….'

현암의 눈에 히루바바가 세 번째 창을 던지는 모습이 느리게 보였다. 현암은 온몸에 퍼지고 있는 극심한 고통 때문에 몸을 사시

나무 떨듯 떨고 있었다. 현암은 가능한 한 최고의 기공력을 끌어모아 오른손에 집중하고 눈앞에 날아오는 창의 날카롭게 번쩍이는 끝을 향해 천천히 원을 그리듯 뻗어 냈다.

'빗나가지 않는 창이라면 그대로 맞받아 주겠다.'

창의 끝이 날카롭게 번득이면서 현암의 손바닥을 꿰뚫으려는 순간, 현암은 고함을 치면서 오른 손바닥에 끌어모을 수 있는 모든 힘을 모아서 '발' 자 결로 창을 내밀었다. 미친 듯이 솟구쳐서 현암에게로 날아들던 창은 현암의 손바닥에서 뿜어 나오는 힘에 잠시 주춤했지만, 그래도 뒤로 밀려 나지는 않았고 화난 독사처럼 계속 안간힘을 쓰고 있었다. 창이 허공에 그냥 떠서 정지해 있는 듯 앞으로 나아가지를 못하자, 히루바바는 손가락을 벌려서 자신의 가슴에 깊게 난 상처를 쥐어뜯었다.

"크아아아악!"

히루바바의 고통에 찬 신음이 울려 퍼지자 창은 조금씩 힘을 더해 기세를 올리며 현암의 손바닥으로 파고들어 왔다. 뒤에서 승희가 전력을 다해 힘을 보내 주고 있었으나, 온몸에 고통을 극심하게 느끼고 있는 현암으로서는 그 힘을 제대로 운용해 창을 밀어낼 수 없었다. 창은 서서히 현암의 손바닥 앞에까지 접근했고 창이 가까이 다가오자 현암의 오른손에서도 고통의 기운이 느껴지기 시작했다.

'이, 이런!'

현암은 이대로는 더 버티기가 힘들다는 생각이 들었다. 히루바바는 현암이 계속 버티자 짐승의 이빨로 만든 목걸이를 잡더니 그렇지 않아도 심한 자신의 상처를 다시 한번 헤집었다. 히루바바의 고통의 주술이란 것은 자신의 몸에 고통을 가한 후 그것을 몇 배로 불려서 상대에게 돌려보내는 것 같았다. 그러나 그런 술수는······.

'둘 다 죽자는 말인가?'

현암은 오른팔이 점차 뻐근해지기 시작했고 히루바바의 창은 현암의 손바닥으로 파고들듯 힘이 더해지고 있었다. 현암은 기합성을 외치면서 손을 꺾어 힘을 거두자 창이 무서운 힘으로 현암에게 닥쳐들었다. 현암은 재빨리 기공력의 운용을 바꾸면서 창이 막 현암의 가슴을 꿰뚫으려는 순간, 창의 자루를 잡았다.

"허억!"

창의 자루를 잡자 이루 형언할 수 없는 고통이 오른팔로부터 전신으로 퍼져 나갔다. 현암은 눈앞이 캄캄해지면서 온몸에서 식은 땀이 솟아 나오는 것을 느꼈다. 전신의 감각이 사라지고 하늘은 뱅글뱅글 돌았다. 그러나 현암은 그 고통 속에서도 자신의 왼손에서 떨고 있는 월향검만은 놓쳐 버릴 수 없었다. 왼손의 베인 상처에서 샘물처럼 피가 흐르고 있었다. 그리고 월향검이 같이 고통을 느끼고 신음하는 듯 검신(檢身)을 떠는 느낌도 그대로······.

'져서는 안 돼!'

현암은 자꾸만 힘이 풀리려고 하는 오른팔을, 부옇게 흐려진 시각 한구석으로 보면서 중얼거렸다. 그러나 말이 나오지 않았고 숨조차 쉴 수 없었다. 현암은 왼손에 잡혀 있는 월향검을 향해 중얼거렸다. 아니, 중얼거린다고 생각했다.

'참을 수 있어, 그렇지? 난 참을 수⋯⋯.'

현암은 몸을 사시나무 떨듯 떨면서 심장으로 파고들던 히루바바의 창을 움켜쥔 채 혼잣말처럼 중얼거리고 있었다. 히루바바의 고통⋯⋯. 그러나 자신은 어떤 일들을 겪어 왔던가. 히루바바의 고통이 아무리 극심하다 해도 육신의 고통일 뿐이다. 현암은 지금껏 최선을 다해 왔다. 아니, 최소한 스스로는 그렇게 믿고 있다. 그건 물리적인 힘이나 자신의 내력으로서만 이기고 거쳐 온 길이 아니었다. 자신의 모든 기억, 그리고 추억들, 같이 고통을 받았던 사람들과 동료들⋯⋯.

무리하게 운용되던 기공력이 제 길을 잃고 몸의 반대쪽으로 퍼져 나가기 시작했다. 현암의 입에서 큭 하는 소리와 함께 붉은 피가 터져 나왔다. 그러나 손을 놓을 수가 없었다. 죽을 수 있다면 차리라 편하겠지만 죽어서는 안 된다. 절대 안 된다.

'난, 난 불가능한 순간에도 항상 이겨 왔고 또 이겨 낼 수 있어. 이길 수 있어. 이겨야만 하니까⋯⋯.'

히루바바도 전력으로 창을 몰아붙였다. 힘을 더 끌어모으기 위해서 그랬는지 어느새 히루바바도 자신이 낸 상처들로 피투성이가 된 채 숨을 헐떡이며 금방이라도 넘어질 듯이 보였다. 이기기 위해서는 계속 자신의 몸에 고통을 가하고 힘을 쏟을 수밖에 없을 것이다.

'가엾은 자. 서로 고통받고, 그래서 이기면. 그러면 뭘 하지?'

영문도 모르고 승희가 계속 불어 넣어 주는 힘들이 현암의 몸 안에서 소용돌이치면서 떠돌았고, 현암의 부들부들 떨리는 온몸 구석구석은 불룩불룩 튀어나오다가 들어가기를 반복했다. 히루바바는 급기야 자신의 얼굴을 손가락으로 쥐어뜯었다. 그 모습을 본 현암은 히루바바와 블랙 서클의 모든 사람들이 가여워졌다.

'아, 이런 것이야. 그래, 맹목적인 미움이 미움을 낳고, 증오가 증오를, 고통이 고통을······.'

눈앞에 있는 모든 것이 빙글빙글 돌기 시작했다. 희뿌연 베일들이 한 꺼풀씩 내려와 앞을 가리는 것 같았다. 그러나 눈앞에서 온몸에 피를 흘려 가며 최후의 수단을 쓰고 있는 히루바바의 모습이 현암의 눈에 똑똑히 들어왔다.

현암은 불현듯 모든 것을 정리해야 한다는 생각이 들었다. 자신은 더 버틸 수도 있었지만 히루바바는 더 버틸 수 있을 것 같지 않았다. 계속해서 맞서는 고통, 그리고 증오, 미움······. 현암의 몸 안에서 미친 듯 소용돌이치는 기공력들. 극심한 고통을 잊으려는 듯, 현암은 조용히 눈을 감았다. 이번에는 구태여 외울 구결도 생각나지 않았다.

그 순간 현암은 자신의 바로 앞에 있는 창의 존재도 잊었다. 피를 흘리는 히루바바도, 왼손에 잡혀 있던 월향검마저도 잊었다. 모두 다 잊고 있었다.

'부동심결.'

현암의 몸에서 밝은 광채가 뻗어 나왔다. 너무 밝은 나머지 오히려 캄캄한, 그런 빛이 사방을 가두어 버렸다.

그들은 모두를 미워하라 했다

 얼마나 시간이 흘렀을까? 현암은 눈을 떴다. 자신이 왜 여기에 있는지, 무얼 하고 있었는지도 잠깐 기억나지 않았다. 그러다가 왼손에 잡혀 있는 월향검이 우는 것을 느끼고 현암은 정신을 차렸다.
 '아, 그래. 그랬었지……'
 현암은 자신의 앞에 떨어져 있는 길쭉한 것을 보았다. 번쩍거리던 은색의 빛을 잃고 시커멓게 돼 버린 히루바바의 창. 현암은 고개를 들어서 히루바바를 쳐다보았다. 더 이상 고통은 느껴지지 않았다. 도곤족의 고통의 음파도 들리지 않았다.
 저만치 도곤족이 슬프고 지친 듯한 걸음걸이로 저벅저벅 걸어가고 있는 것이 보였다. 탱크가 뒤에서 공격하든지 말든지 상관하지 않는 듯, 그들은 어깨를 늘어뜨리고 하염없이 발걸음을 옮기고 있었다. 개중에는 울고 있는 자도 보였다.
 '내가 이겼구나. 그들은 약속을 지키고 있군. 모든 걸 포기한 채 물러가고 있어.'
 몸은 아직도 잘 움직여지지 않았고 숨이 몹시 찼다. 현암은 천천히 왼손에 쥐고 있던 월향검을 오른손으로 옮겨 들고 가볍게 월향을 왼쪽 손목의 검집에 꽂았다. 그리고 앞쪽을 쳐다보았다.

히루바바는 피와 흙투성이가 돼 있었으나 중상을 입은 사람 같지 않게 몸을 일으켜 반듯한 자세로 앉아 있었다. 히루바바가 곧 죽을 거라는 예감이 들었다. 현암은 그런 히루바바의 모습을 바라보다가 세크메트의 눈 하나를 히루바바에게 건네주었다. 주변을 둘러싸고 있던 도곤족은 이미 저만치 멀어져 가고 있었고, 현암의 다른 일행들도 저만치에 떨어져 탱크 위에서 이쪽을 말없이 바라보고 있었다. 아마 승희를 통해서라도 정황을 이해하고 있었을 것이다. 오히려 이럴 때 끼어들지 않고 현암을 믿고 침묵을 지켜 주는 것이 무척이나 고마웠다. 현암은 숨을 가다듬고는 다른 하나의 세크메트의 눈을 통해서 히루바바에게 마음을 전달하기 시작했다.

히루바바 당신은 졌다. 당신이 결과에 승복하는 것 같아 나도 후련하게 생각한다.

히루바바는 과연 도곤족의 대주술사답게 세크메트의 눈으로 무엇을 하는지 한눈에 알아차렸다. 히루바바가 태연한 듯, 그러나 힘겨운 듯 고개를 끄덕여 보였고, 곧이어 히루바바의 생각이 현암의 마음속으로 전달됐다.

너는 고통에 지지 않았다. 너는 고통을 이겨 낼 줄 알았고, 그러니 네가 이길 수밖에 없다…….

당신은 좋은 사람인 것 같다. 나는 당신을 미워하지 않는다.

히루바바가 움찔했다.

나도 당신을 미워하지 않는다. 그러나 그들은 모두를 미워하라 했다. 모두를 미워하라고…….

누가? 블랙 서클이?

히루바바는 고개를 끄덕했다. 현암은 슬픈 듯이 고개를 가로저었다.

아무도 미워할 필요는 없다. 내가 당신을 이긴 것은 당신을 미워하지 않아서였다. 그렇지 않았으면 결국은 내가 졌을 것이다.

그럴지도 모른다. 그러나 나는 모두를, 백인뿐 아니라 모두를 미워했다. 미워할 수밖에 없었다.

현암은 안타까웠다.

당신은 공명정대하고 깨끗한 사람인 듯한데 어쩌다 블랙 서클 같은 곳에 몸을 맡기게 됐지? 당신도 다른 자들처럼 힘이라는 것을 얻기 위해서였나?

내 민족의 고통을 없애 주기 위해서였다. 그래서 나는 필요로 한 것이지, 고통을 이용해 나의 힘을 증가시키려는 것은 아니었다. 나는 고통의 힘을 이용했지만 그건 나 하나로 족했다.

무슨 말이지? 민족을 위해서라고? 당신은 민족을 전쟁으로 몰고 가려고 하지 않았나?

히루바바는 더 이상 고통을 느끼지 않는 듯 눈을 감은 채 생각을 전달해 왔는데 무척 나직하고 차분한 느낌이었다.

한 번의 싸움은 어쩔 수 없는 것이다. 그들은 우리를 지배하고 평화롭게 살고 있던 부족을 국가라는 개념으로 억지로 억압하고, 군대를 만들어 우리를 억눌렀다. 그들의 얼굴은 나와 같이 검지만 속은 백인들과 마찬가지였다. 증오스러운 백인들……. 그래서 싸울 수밖에 없었고 그러기 위해서 힘이 필요했다. 내가 블랙 서클에 가입하게 된 것도 그런 목적에서였다.

당신은 왜 백인들을 그토록 증오하는가?

백인들 자체를 미워하는 것은 아니다. 백인들이 하는 짓, 백인들이 만들어 낸 것들을 미워하는 것이다.

왜 그런가?

우리는 평화롭게 살아오던 민족이었다. 그런데 내가 아주 어렸을 때 백인들이 이 땅에 들어오기 시작했다. 처음에 그들은 사람들의 눈을 부시게 하는 번쩍거리는 장난감 같은 것으로 우리를 유혹했고 곧이어 생활의 편리한 물건들을 가지고 와서 우리들을 현혹했다. 조금 뒤에는 종교를, 그리고 술을, 군대와 무기를, 법률이란 것과 문명이란 것을 가지고 왔지. 그러나 그것이 무슨 필요가 있겠는가?

그러나 당신들의 생활은 그것 때문에 편리해지지 않았는가?

하하하. 사람에게는 누구에게나 필요로 하는 것이 다른 법이다. 백인들은 그것들이 정말로 필요할지는 모르겠지만 우리는 그렇지 않았다. 도대체 어떤 면에서 백인들이 우리에게 도움이 됐단 말인가? 비행기나 땅을 달리는 자동차를 말하는 것인가? 인간이 왜 하늘을 날아야 하고 땅을 빠른 속력으로 지나야 하지? 걸어도 항상 목적지에는 도달할 수 있다. 오히려 걸어가는 것이 빠를지 모르지. 자동차를 사거나 만들기 위해서는 이곳에서 저곳으로 그냥 걸어서 다니는 것보다 수십 배나 큰 노력을 들이고, 수백 배나 많은 돈을 벌어야 한다. 이곳에서 저곳까지 빨리 갈 수 있다고 하지만 그 거리를 빨리 감으로써 얻어지는 시간보다, 자동차를 사기 위해서 노력하는 시간이 훨씬 더 길다. 내 말이 틀렸나?

음!

우리는 행복했다. 인간에게 필요한 것이 도대체 무엇이라고 생각하는가? 문명이라는 것이 들어온 이후, 사람들은 조급해졌고 욕심꾸러기가 됐다. 우리는 돈이라는 것을 몰랐고 그런 것을 만들 필요도 없었다. 그러나 백인들이 그런 사악한 지혜를 가르쳐 주었고, 그러한 지혜는 언뜻 보기에 우리를 편리하게 해 주는 것 같았지만, 실제로는 우리를 노예로 만드는 도구였을 뿐이다. 우리는 단지 사냥하고 농사를 지어서 먹을 것을 얻기만 하면 행복했다. 그러나 이제는 쓸데없는 것들 때문에 서로 경쟁을 하고 그런 것들을 사기 위해서 온갖 흉악한 짓까지도 서슴지 않게 됐다. 백인들이 우리에게 가져다준 것이 과연 우리를 행복하게 해 주었다고 말할 수가 있는가?

현암은 고개를 저었다.

내 생각은 다르다. 모든 것은 선택에 의한 것이고 사람이 그것을 어떻게 쓰느냐에 따라서 좋은 것이 될 수도, 나쁜 것이 될 수도 있는 것이다.

글쎄, 나는 네가 하는 말이 위선처럼 들린다. 너는 네가 살고 배워 온 것들, 타성에 젖어서 그것을 벗어나지 못하기 때문에 그런 말을 하는 것이다.

히루바바, 당신은 무슨 생각을 하는 것인가? 그렇다면 당신은 도대체 무엇을 바라는가?

다만 과거로, 과거로 돌아길 바랐다. 백인들의 자취를 없애 버리고 마을과 도시를 평평한 평야로 되돌려 우리들이 자유롭게 사냥을 하고 맨발로 디딜 수 있는 땅으로 만들기를……. 백인들은 이런 것이야말로 꼭 필요한 것이라고 말하면서 기름진 평야와 짐승들이 뛰어놀던 땅을 모조리 딱딱한 돌로 뒤덮어 버렸다. 우리들이 살고 있는 평안하고 나지막한 집을 거대하고 차가운 돌덩어리로 바꿔 버렸고, 항상 편안하게 걸어 다니고 마음대로 치장을 할 수 있었던 우리의 차림까지도 바꿔 버렸다. 그러나 백인들의 가장 큰 죄는 돈을 만들어 낸 것이다. 우리는 농사를 지어서 충분히 모든 사람이 먹고살 수가 있었다. 그러나 지금은 그렇지 않다. 사람들은 TV를 사기 위해서, 아니면 자동차를 사기 위해서, 쓸모도 없는 화려한 가구나 장식품을 들여놓기 위해서 스스로 양심을 팔아먹고 있다. 그런 것이 일상처럼 행해지고 아무것도 모르고 평온하게 살아가고 있던 사람들은 점차 남보다 나아져야 되겠다는 생각, 남을 짓밟고서라도 자기가 조금 더 나아지겠다는 욕심에만 휘말려갔다. 백인들은 말한다. 문명이란 것을 받아들이면 풍요가 온다고. 그러나 과연 우리들은 예전보다 풍요롭게 살고 있는가? 흉년이 한 번 들면 몇 명씩이나 죽어 가는지 아는가? 너는 지나오면서 이 비옥했던 땅이 어떻게 바뀌었고, 사람들이 어떻게 변했는지 보지 못했는가? 말라비틀어지고 굶어서 쓰러진 송장 무더기들을 보지 못했나? 그것이 과연 백인들이 우리에게 약속했던 풍요란 말인가? 우리에게 가져다준 혜택이라는 것인가? 천만에! 블랙 서클, 너희는 블랙 서클을 악하다고 말할지 모르지만 내가 보기에는 블랙 서클보다도 백인들의 문명이 더 악한 존재다. 그래서 나는 백인들의 문명을 없애기 위해서 블랙 서클을 이용하려 한 것이고, 지금도 내 선택에 후회는 없다.

히루바바는 생각을 멈추었다가 온화한 태도로 현암에게 생각을 전달했다.

당신은 적이었다. 그렇지만 우리 종족은 적이라 할지라도 미워하지는 않는다. 내가 잔혹한 주술로 적의 군대들을 해치웠는지는 모르지만 나는 전사이고 이 싸움은 전쟁이었다. 그러나 우리의 싸움은 다른 것이다. 우리는 싸웠지만 당신은 당당히 이겼기에 떳떳하고 후회 없이 싸웠기에 나 또한 자랑스럽다. 당신은 훌륭하게 싸웠고 나보다 강했다. 나는 훌륭한 적인 당신에 의해 죽음을 맞이한다는 것을 영광스럽게 생각한다.

히루바바 당신도 훌륭했다.

고맙다. 당신은 문명의 물을 먹었지만 그 문명을 그다지 싫어하지는 않는 것 같군.

사실이다. 히루바바 당신의 생각이 틀렸다는 것은 아니다. 그러나 그것은 어디까지나 당신이 속한 종족, 그리고 당신이 볼 수 있었던 땅, 당신이 생각할 수 있었던 크기 안에서만 옳은 것이다. 온 세상으로 눈을 돌려 모든 민족과 사람을 생각해 볼 때 문명은 필요한 것이라는 게 내 견해다. 당신은 억울하고 부당한 대우를 받았고 나도 그것은 안타깝게 생각한다. 나는 과거를 생각하지 않는다. 그렇다고 과거를 뒤엎거나 부정하려고 하지도 않는다. 그 과거에 의해서 현재가 태어난 것이고 이 현재에 속해 있는 나는 현재에 대한 책임이 있다. 당신은 문명을 비판했지만 그 문명이 없다면 지금 수십억에 달하는 세상 사람들은 반 아니, 십분의 일도 목숨을 부지할 수 없을 것이다. 당신은 고민 없이 살던 과거를 이야기했지만 세상에 이곳처럼 풍요하고 아무 근심 걱정 없이 사람들이 살 수 있는 땅은 그리 많지 않다. 문명이나 국가의 힘으로 힘과 기술을 합치지 않으면 더 이상 살 수 없을 정도로 사람들의 수는 늘었다. 이런 사람들이 모두 살아야 한다. 당신은 당신 종족에 대해서 말했고 모든 백인들을 그것 때문에 미워한다고 했다. 분명히 동정은 간다. 그러나 백인들도 백인들 스스로의 종족을 살려야 한다. 그렇지 않은가?

그렇지만 정정당당한 싸움이 아니라 그런 사악한 술수로 우리들을 물들여서 그렇게 만든 것에는 도저히 찬성을 표할 수 없다. 그래서 그들은 말했었다. 모두를 미워하라고. 우리가 아닌 다른 모두를 미워하라고……. 그리고 나는 그것만이 우리가 살아남는 길이라 여겼다.

그들도 우리다…….

히루바바는 생각에 잠겼다. 현암은 히루바바가 생각할 수 있도록 기다렸다.

당신들 종족도 물론이지만 나도 백인이 아니다. 나의 민족도 어쩌면 백인들에 의해 당신들 도곤족과 같은 길을 걸어왔는지 모른다.

현암은 한숨을 내쉬고는 말했다.

이제는 어쩔 수가 없었다. 만약에 나나 당신이 과거에 백인의 힘을 받아들여야 할지 말지 선택을 내릴 수 있는 힘을 지녔다고 한다면 지금 이런 일들은 일어나지 않았을 것이다. 그러나 이미 세상은 그렇지 않게 흘러갔고, 그렇지 않은 세상에 태어난 우리는 그러한 세상을 위해서 애를 써야 한다고 생각하지 않는가? 그러한 세상이나마 말이다. 마음에 들지는 않지만 마음에 들지 않는다고 해서 모든 것을 파괴하고 다시 시작한다는 것이 과연 옳은 것일까? 히루바바, 만약 다른 종족이 마음에 들지 않는다고 너의 종족을 모조리 죽이고 모든 것을 다시 시작하게 해 준다고 한다면, 그 일을 기꺼이 따르고 너의 모든 종족을 희생시키겠는가?

모두가 모두에게 적이 될 수밖에 없도록 세상이 사람들을 몰아가고 있다. 그렇다면 모두를 미워할 수밖에 없다고 나는 생각했다.

현암은 쓸쓸히 고개를 저었다. 현암은 더 이상 마음속으로 아무 말도 하지 않았다. 현암은 박 신부의 얼굴을 떠올렸다. 그리고 그동안 마음속에만 묻어 두고 있었던 현아의 얼굴도 떠올렸다. 현암이 지금껏 겪어 온 모든 일이 주마등같이 현암의 마음속에 떠오르기 시작했고, 현암의 마음속에 벌어진 일들이 히루바바에게도 그대로 전달됐다. 현암은 가만히 있다가 히루바바에게 물었다.

당신은 정말로 모두를, 정말 모두를 미워할 수가 있었던가? 히루바바.

아, 아!

히루바바는 탄식을 내뱉었다. 생각이 아닌 현암의 느낌, 그리고 과거의 기억에서 히루바바가 무엇을 느꼈는지는 현암도 알 수 없었다. 히루바바는 아직도 마음을 열고 있지 않았다.

나의 생각이 잘못됐단 말인가. 나는 모르겠다. 내가 정말 잘못했단 말인가!

히루바바는 계속 중얼거렸다. 현암은 그런 히루바바를 가만히 보고 있다가 조용히 말했다.

잘못이었다. 너도 잘못이었고 블랙 서클도 잘못이다.

정말 잘못인가?

그렇다. 그래서 우리는 블랙 서클을 상대하려는 것이다. 블랙 서클은 사악한 목적을 가지고 만들어진 것이고 너무나도 많은 사람이 다치고 피해를 보았다. 블랙 서클에 속한 사람들까지도…….

현암은 블랙 서클과의 싸움을 돌이켜 보고는 생각을 이어 갔다.

물론 그곳에는 악인들도 많이 있었지만 선량한 곳으로 이끌 수 있었던 많은 사람이 구원받지 못하고 사라져 갔다. 영혼까지도……. 다른 악행은 몰라도 이것만큼은 막아야 한다. 당신도 영혼은 구원받지 못할 것이다.

나 하나의 영혼으로 부족이 구원받기를 바랐는데……. 후후후. 모든 게 잘못이었나 보군.

히루바바는 착잡한 듯 생각에 잠기는 모양이었다.

그러면 내가 이제 어떻게 해야 하는가? 내 시간은 얼마 남지 않은 것 같다.

현암은 차분하게 말했다. 할 수만 있다면 히루바바를 구하고 싶었다.

우리들에게 가르쳐 다오. 블랙 서클의 비밀을…….

히루바바는 생각에 잠겼다. 현암은 그런 히루바바를 내버려두었고 히루바바는 너무 많은 상처를 입고 고통받아 몸에서 생명력이 거의 빠져나간 듯, 얼마 더 숨을 이어 가지 못할 것 같았다. 히루바바는 천천히 호흡을 이어 가려고 애쓰고 있었지만 호흡은 금방이라도 끊어질 듯 헐떡거리고 있었다.

내가 알고 있는 한 모든 것을 알려 주겠다. 블랙 서클의 총수와 마스터에 대해서 내가 아는 것, 그리고 그들이 있는 곳에 대해서 아는 데까지 기억을 되살려 보겠다.

히루바바의 기억들이 쏟아지듯 현암의 마음속으로 들어왔고 현암은 순수한 마음으로 그것을 받아들였다. 행여나 현암이 기억하지 못 하는 것이 있어도 분명 뒤에서 승희가 정신을 집중하고 있을 테니……. 그리고 히루바바의 기억이 어느 순간엔가 끊어진 것을 느끼고 현암이 눈을 뜨자 히루바바는 앉은 채 숨을 거둔 뒤였다. 의연한 자세만은 죽은 뒤에도 꼿꼿했다. 조금 있으면 블랙 서클이 나타나서 히루바바의 몸을 흡수해 버리겠지. 그 광경만은 더 이상 보고 싶지 않았다.

"잘 가라. 히루바바. 편안히……."

현암은 몸을 돌려서 박 신부와 준후 그리고 백호가 기다리는 곳으로 천천히 걸음을 옮기기 시작했다.

'히루바바는 마지막 순간에 모두를 미워하지 않고 죽을 수 있었을까?'

현암은 자신의 말재주가 짧은 것은 아니었을까, 자신은 정말 자신이 옳다고 생각하던 바를 말한 것일까, 잠시 고민했다. 그러면서 일행이 기다리는 곳으로 천천히 걸음을 옮겼다. 왼손에는 월향이 조용히 울고 있었고, 아프리카의 붉은 노을이 핏빛 낙조를 지으며 저쪽 평원으로 사라져 갔다.

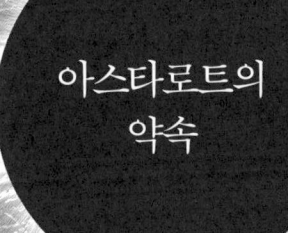

아스타로트의
약속

본거지

 시끄러운 사이렌 소리는 울리지 않았다. 그렇지만 로런스 경감이 지휘하는 경찰들과 미 기동 타격대(S.W.A.T) 요원들은 뉴욕 한쪽 맨해튼 변두리의 어느 나지막하고 허름한 건물 주변을 빽빽이 포위하고 있었다. 불필요한 사상자나 목격자가 나오지 않도록 허름한 건물 주변에 있던 십오 층짜리 건물의 지상에 세를 들거나 임대한 민간인들은 다른 곳으로 이동시켰다. 테러리스트들을 체포한다는 명목이었다. 건물의 주변은 물샐틈없이 경비하고 있었고, 전투용 헬기들도 행여 있을지 모르는 그들의 도주에 대비하고 있었다. 건물과 연결돼 있는 모든 곳, 그러니까 하수도 등 지하 통로가 될 만한 곳도 모두 차단됐다. 근래에 보기 드문 대규모 출동이었다. 경찰들과 요원들은 상부의 결정에 의아해하고 있었고, 특히 총지휘를 맡고 있는 로런스 경감은 더더욱 불만과 의혹이 많았다.
 ─ 포위만 해 놓고 선발대가 연락할 때까지 대기하라.

물론 명령이니 그대로 따라야 했지만, 막상 건물 안으로 들어가고 있는 '선발대'라는 사람들은 한마디로 웃기는 사람들이었다. 민간인들, 그것도 각 나라들에서 왔다는 신부와 아이, 노인과 여자들을 포함한 일단의 어중이떠중이들이었다.

블랙 서클의 본거지.
퇴마사들의 끈질긴 추적 덕에 하나하나 거점이 파괴되고 음모가 분쇄된 지금, 블랙 서클의 잔당은 이곳에 모여 있었다.
블랙 서클의 본거지가 이런 고층 건물들 사이에 있을 줄은 아무도 상상하지 못했다. 그나마 번듯하지 않고 조금 후미진 그늘에 숨어 있듯 세워진 작고 허름한 육 층짜리 빌딩이라는 것만이 그럴듯했다.
그러나 본거지를 찾아낸 것도 거의 천운에 가까웠다. 마지막 승정이었던 히루바바는 스스로의 허물을 깨달은 이후 현암에게 모든 것을 알려 주었다. 더구나 그가 말한 것은 정말 놀랄 만한 비밀이었다.
— 지옥문은 하나가 아니다. 모두 이백여 개나 된다. 아니, 더 많을지도 모른다.
— 어떻게 그럴 수가 있나?
— 그건 무슨 건물이나 장치가 아니다. 주술력으로 열리는 공간의 틈새 같은 것이다.
— 그것을 어떻게 여는 것인가?

― 마스터, 마스터만이 안다. 마스터의 힘으로 여는 것이다.

― 어떻게 그럴 수가 있지?

― 마스터의 힘은 아무도 당하지 못한다. 나는 물론, 나를 이긴 당신도 그에게 상대조차 되지 않는다. 그는 신과 같다. 그러니 이길 수 없겠지만 당신이 원하니 나는 당신과의 약속대로 말해 주는 것뿐이다. 지옥문을 닫는 방법은 없다. 마스터를 이기면, 지옥문은 열지 못하게 된다.

히루바바는 거기까지만 알려 주고 숨을 거두었다. 결국 마스터를 잡지 않으면 지옥문을 여는 일은 막을 수 없다. 허나 히루바바조차도 마스터가 어디에 있는지를 알지 못했다. 다만 그가 보낸 편지로 짐작건대 미국에 은신하고 있을 거라 추측했을 뿐이었다. 퇴마사들은 그 편지 한 장을 달랑 손에 쥐고 미국으로 건너와야 했다. 백호 등 각종 전문가의 도움을 받았지만, 불행하게도 그들은 이 편지가 어디에서 발송된 것인지 밝혀내지 못했다.

그런데 뜻밖의 사람이 큰 공을 세웠다. 젠킨스 사건 때 만났던 더글러스 탐정이었다. 사이코메트리의 능력이 제멋대로 튀어나오는 이 거칠고 끈덕진 사람은 퇴마사들이 미국에 온 것을 어떻게 알았는지 그들을 찾아왔다. 그런데 그 자리에서 기이한 능력이 발동된 그가 우연히 편지에 손을 짚었고, 감식 전문가들도 알아내지 못한, 이 편지의 출처를 단번에 알아낸 것이다.

"어, 맨해튼에서 온 편지네."

그 자리에 있던 모든 사람은 헉 소리가 나게 놀랐다. 되레 더글러스가 뻘쭘한 표정으로 말했다.

"근데 이거 이상해. 무시무시해. 말로 표현하기 힘들 정도로."

"그게 무슨 소리죠?"

승희가 묻자 더글러스는 지저분한 머리칼을 쓸어 올리며 더듬거렸다. 현암에게 여러 번 내동댕이쳐지고, 윈디고의 허상 앞에도 눈 하나 깜짝 않던, 패기와 끈기로 이루어진 것 같은 사람이 더듬 댈 정도로 충격적이었다.

"당신들도 대단하고, 무시무시한 힘이 있지. 그런데 이거 쓴 사람이 누군지는 모르지만 힘이 느껴져. 이건, 이건 말도 안 돼. 당신들을 합해도, 아니 그 열 배가 되더라도 못 당할 것 같아. 내, 내가 잘못 본 거지? 어떻게 그럴 수가 있어?"

마스터에 대한 더글러스의 말이 두렵지 않은 것은 아니었다. 그러나 다른 방법이 없었다. 그리고 드디어 마지막이라 할 수 있는 블랙 서클의 마스터 및 총수와 대결하기 위해서 곧장 뉴욕으로 향했던 것이다.

미국 경찰의 지휘자라고 할 수 있는 로런스 경감이 다가와서 박 신부에게 말을 건넸다.

"자, 이제부터는 어떻게 해야 합니까? 요원들을 안으로 투입시킬까요?"

박 신부는 고개를 저었다.

"아니요. 섣불리 그렇게 하면 많은 희생자가 생겨나게 됩니다. 저희가 먼저 들어가 보도록 하죠."

"당신들만으로 말입니까? 무기나 장비는 있습니까?"

앞에서 현암이 조용히 웃었고 박 신부는 고개를 저었다.

"우리들은 그런 게 필요 없습니다. 좌우간 이번 일만큼은 반드시 우리를 믿어 달라고 말씀드리고 싶군요."

로런스 경감은 주위를 둘러보더니 말했다.

"이 정도로 대규모의 경계망을 쳐야 할 만큼 대단한 놈들이라면 필경 흉악한 놈들일 텐데, 아무런 장비나 무기도 없이 맨손으로 들어가는 것이 괜찮겠습니까?"

"염려 마십시오. 이건 무기로 해결될 문제가 아니라 믿음의 문제입니다."

박 신부가 말했다. 일행 중에는 퇴마사 이외에도 밝은 빛을 피하는 듯 힐끔거리는 윌리엄스 신부와 이반 교수도 함께 있었다. 영국 심령 연구 협회의 월터 보울 씨도 다른 심령 협회 사람들과 함께 이곳으로 달려왔지만, 실제로 싸움에 임하기보다는 경찰들이 함부로 나서지 못하게 하는 역할을 맡고 있었다.

블랙 서클의 마스터 힘이 어느 정도인지 사전에 일말의 정보도 들은 바 없었지만 이번 기회에 마스터를 잡지 못하면 큰 낭패였다. 만전을 기하기 위해 좀 더 많은 사람의 협조가 필요했다. 퇴마사들만의 힘으로도 충분할 거라고 승희는 투덜댔으나, 박 신부는 가능한 한 도움을 받아 만일의 사태에도 대비하는 것이 좋다고 주장했다. 그래서 윌리엄스 신부와 이반 교수 그리고 월터 보울 씨를 불러들였다. 한국에 있는 각 주술사들, 그러니까 예전에 초치검 사건을 통해서 알았던 사람들도 급히 수배해 보았지만, 너무 급하게 연락을 한 탓인지 단 한 사람도 연락되지 않았다. 주기 선생 상준이나 검사 현정 등은 평소 백호와 연락을 취하고 있었다고 했지만, 그들 역시 연락이 되지 않았다. 일본 밀교 측과는 홍녀가 죽은 이후로 연락이 끊긴 상태여서 도움을 청할 수도 없었다. 이렇게 급하게 서두르는 데는 이유가 있었다. 혹시나 블랙 서클의 마스터나 총수가 눈치채고 달아나 버릴까 봐, 가능한 한 이른 시일 내에 아프리카에서 이곳 미국으로 집결한 것이다.

"항상 뒤를 쫓다가 이렇게 앞서서 본거지를 토벌하게 되니 뭔가 뿌듯하네요."

이런 판국에도 짙은 화장으로 눈에 확 띄는 모습을 한 승희가 피식 웃으며 중얼거렸고 다른 사람들은 긴장해서인지 별말을 하지 않았다.

사람들 틈에서 백호가 모습을 나타냈다. 백호가 미국 정부 측과 벌인 교섭은 대성공이었다. 백호는 특수 부대 출신에 검사로 활동하고 있는 다재다능한 사람이었지만, 외교적인 수완을 필요로 하는 일까지도 훌륭하게 해내었다. 이미 영국에서 보여 주었던 퇴마사들의 능력, 그리고 프랑스의 네트워크 바이러스와 그 악령을 몰아낸 일, 그 이후에 아프리카에서 히루바바를 물리쳤던 일 등등, 퇴마사들이 그동안 해 왔던 상세한 경위서와 각국 원수들의 초청장을 들고 동분서주한 끝에 미국 경찰의 지원을 얻어 낼 수 있었다. 그러나 실제로 미국 경찰이 백호에게 협조해 주겠다고 약속한 것은, 그들의 주술적인 능력 때문만은 아니었다. 과거에 블랙 서클의 행적으로 볼 때 미국을 비롯한 여러 곳에서 일어난 몇 가지 사건들의 주모자로 블랙 서클이 수사 선상에 떠올랐고, 그중에 대표적인 것이 예전에 블랙 서클에서 도망친 호웅간이 저지른 고위급 인사들의 좀비화 내지는 살해 사건이었다. 그래서 백호는 미국 부통령과 주지사의 동의를 얻어 부근에 포위망을 구축할 수 있었다.

박 신부를 비롯한 퇴마사들은 많은 사람이 동원될 필요도 없다고 누누이 이야기했다. 그러나 백호는 적어도 그들이 달아나지 못하도록 포위망을 치는 것만은 꼭 필요한 일이며, 마스터나 총수와 대결하는 것은 퇴마사들 몫이지만, 그 이외의 자잘한 블랙 서클의 하수인들, 그리고 행여나 있을지 모르는 소동을 방지하기 위해서라도 이 조치만은 꼭 필요하다고 주장했다.

그동안 많은 고생을 함께 해온 백호는 일행과 같이 가고 싶어 했으나, 영능력의 싸움에서 자신이 도움 되지 않는 것을 스스로도 잘 알고 있었다.

그러나 정작 실무 당사자인 로런스 경감은 코웃음을 쳤다. 이 얼간이들을 믿으라고 한 주지사가 미쳤다 생각할 수밖에 없었다.

"이 안에는 몹시 위험한 자들이 있다고 들었습니다."

"그렇습니다. 말도 못하게 위험하죠."

"그런데 민간인이고 무장도 안 한 당신들이 들어가겠다는 거요? 미국 경찰은 당신들보다 약하지 않소."

"아니, 그래서는 안 됩니다. 자칫하면 빌미를 주게 됩니다."

박 신부가 당황해서 말실수하는 것도 깨닫지 못한 채 외치자 로런스 경감의 입가가 묘하게 말려 올라갔다.

"빌미요?"

"저들은 이제 우리가 포위했다는 사실을 알았을 겁니다. 그들은 빠져나가려고 마음먹으면 얼마든지 빠져나갈 수 있습니다. 그러니 우리가 처음부터 나서야……."

박 신부는 악의로 말한 것이 아니었지만 로런스 경감의 얼굴은 흉악하게 일그러졌다.

"우리가 바보인 줄 아시오?"

"그런 뜻이 아닙니다. 그러나 당신들은 상대할 수 없는 존재들입니다."

"더 들을 것도 없군. 내가 책임지겠소."

로런스 경감은 차갑게 웃으며 고개를 돌렸다. 박 신부와 백호는 당황해 경감을 불렀지만 그는 뒤도 돌아보지 않았고 그의 부하들이 박 신부를 막았다. 박 신부는 안 된다고 소리쳤지만 로런스 경감은 무전기를 꺼내 오만하게 명령을 내렸다.

"1조와 2조! 건물 안으로 진입한다. 목표는 안에 있는 인원 전부! 신속하게 제압하고, 필요한 경우 무기 사용을 허가한다. 나머지 인원은 주변을 통제하며 건물에서 빠져나오는 자는 누구도 놓치지 마라!"

명성이 자자한 미국의 S.W.A.T.팀이 신속하게 산개해 물샐틈없는 포위 대형을 갖췄다. 그와 동시에 이미 헬기를 통해 옥상에 올라가 있던 특수 요원들이 일제히 로프를 타고 뛰어내렸다. 그들은 완벽하게 대형을 갖추고 내려와 작전대로 육 층의 창문을 부수며 동시에 뛰어들었다. 완벽한 대원들의 모습을 본 로런스 경감의 입가에 흡족한 미소가 어렸다.

'바보 같은 동양인. 훈련된 힘을 잘 보았나? 우리를 보고 뭐라고? 상부는 대체 그런 미친 늙은이에게 왜…….'

로런스 경감의 흡족함은 채 삼 초도 지나지 않아 산산이 깨어져 나갔다. 건물 육 층에서 몇 번의 총성이 들리는가 싶더니 창문 밖으로 무언가가 획 던져졌다. 방금 돌진해 들어갔던 요원 중 한 명이었다. 그는 총에 맞아 죽은 것이 아니었다. 떨어지면서도 비명을 지르고 있었으니까. 실족한 것도 아니었다. 무언가에 튕기거나 던져져서 건물 창문에서 수십 미터를 날아 떨어지고 있었다.

"뭐…… 뭐야, 저건……."

곧이어 안으로 들어갔던 요원들이 공처럼 밖으로 내던져졌다. 총소리가 울리는데도 요원들은 끊임없이 던져졌다. 사람을 가지고 공놀이를 하는 것 같았다. 건물 바로 밑에는 만약을 대비해 추락사 방지용 매트리스가 빈틈없이 깔려 있었으나 그들은 모두 매트리스로부터 멀리 떨어진 땅에 처박혔다. 육 층 높이였고 방탄복과 보호 장비를 착용했으니 어쩌면 목숨을 건질지도 몰랐으나 중상은 면할 수 없었다.

"육 층에 무슨 괴물이 있는 거야? 이봐! 조장! 응답해!"

로런스 경감의 기대와는 달리 두 명의 조장마저도 최후의 비명을 지르며 동시에 육 층에서 떨어졌다. 그리고 육 층의 깨진 창문 너머로 한 남자의 그림자가 나타났다. 무시무시한 거인이었다. 육 층의 큰 창문을 꽉 채울 정도의 덩치였다. 그가 요원들을 집어 던진 것이 틀림없었다. 보호 장비도 없이 맨 가슴살을 그대로 드러낸 남자가 어떻게 요원들의 총격을 피해 그런 짓을 했는지 경감은 도저히 이해할 수가 없었다.

"저…… 저건 괴물이야! 집중 사격! 저 괴물을……."

로런스 경감이 발포 명령을 내리기도 전에 그 남자가 창밖을 바라보며 크게 곰 같은 소리를 질렀다. 그러자 건물 주변의 발밑 땅이 살아 있는 듯 요동치기 시작했다. 아무리 경험 많고 훈련된 요원들이라도 이런 일은 겪어 본 적이 없었다. 땅거죽이 파도처럼 들썩이며 엄폐물 대용으로 세워 놓았던 차들이 허공으로 솟구쳐 올랐다가 떨어져 내렸다. 수백 명의 잘 무장된 경찰 병력이 한 사람의 고함 한 번에 순식간에 혼란에 빠지고 말았다. 이 경황에 조준 사격을 할 수 있는 사람은 없었다. 로런스 경감조차도 허공에 떠올랐다가 머리부터 땅으로 처박혀 버렸다. 그러더니 몸은 또 솟구쳐 올랐다. 정신을 차릴 수가 없었다. 그렇게 허우적거리던 로런스 경감의 팔을 누가 꽉 잡더니 끌어당겼다. 박 신부였다.

"여긴 괜찮을 겁니다."

아까 자신이 어중이떠중이라고 부르던 인물들이 둥글게 모여 있었고, 그 앞에서 동양인 꼬마가 양 손가락을 묘하게 굽히고 편 채 땀을 흘리고 있는 모습이 로런스 경감의 눈에 들어왔다. 건물 주위는 여전히 미친 바다처럼 요동치고 있었지만 아이 주변의 일정 반경은 영향을 받지 않았다. 로런스 경감은 기가 막혀 말을 더듬었다.

"이, 이건…… 대체……."

"그냥 눈속임입니다."

박 신부가 말하자 뒤에 있던 흡혈귀 같아 보이는 무서운 인상의 백인 남자가 중얼거렸다.

"눈속임이 아니잖소. 저자의 능력이……."

그러나 박 신부는 경감에게 친절한 미소를 지어 보이며 다시 말했다.

"눈속임입니다. 그렇게 생각하세요. 설명하기 힘듭니다."

"아아, 이게 무슨……."

"당신의 부하들은 충분히 우수합니다만, 이런 일에는 도울 수 없습니다. 이건 우리가 해야 하는 일입니다. 그러니 물러서세요."

로런스 경감은 망설이다가 고집을 부렸다.

"이제는 더더욱 안 되겠소. 날 오만한 고집쟁이라고 해도 좋지만, 이런 위험한 일은 우리 몫이오. 당신들은 민간인이니, 무슨 대가를 치러서라도 당신들을 보호할……."

"아아, 그러실 건 없대도요."

박 신부가 탄식했지만 로런스 경감은 단호한 표정으로 무전기를 꺼내 들어 원 밖으로 뛰어 나가며 외쳤다.

아스타로트의 약속　429

"로런스다. 비상사태다. 이미 허가된 군의 협조를 요청한다. 승인 코드는 FBJA1274R. 시가지이니 정밀 유도를 요청한다."

"경감님! 안 됩니다!"

무슨 짓을 하려는지 깨닫고 박 신부가 만류하려 했으나 경감은 뜻을 굽히려 하지 않았다.

"즉시 내가 말하는 좌표로 미사일을 발사해서······."

그러나 로런스 경감은 말을 잇지 못했다. 돌연 건물 전체가 아슴푸레한 광채에 뒤덮였기 때문이다. 그 빛에 휘말린 모든 것이 정지했다. 미쳐 날뛰던 땅거죽은 정상으로 돌아오고, 허공에 떠올랐던 사람들과 장비, 차량까지 중력에 의해 땅에 처박혔다. 수백 명의 경찰들은 마치 순간적으로 석상이라도 된 것처럼 꼼짝도 하지 못했다. 몸이 굳어졌다기보다는 그들의 시간이 정지돼 버린 것 같았다. 다만 준후의 주술 막 안에 있던 사람들만 이상한 빛에 휩쓸리지 않았는데 그것도 잠시, 너무도 강대한 힘에 타격을 받은 준후가 컥 소리를 내며 몸을 휘청거렸다.

"으아, 이게 뭐야."

박 신부가 재빨리 오라 막을 폈다. 그러나 박 신부도 순간 엄청난 압력을 짊어지고 몸을 휘청거렸다. 허나 덕분에 퇴마사와 일행은 이상한 광채에 영향을 받지 않았다. 다행히도 아슴푸레한 빛은 다음 순간 온데간데없이 꺼졌다. 승희가 말을 더듬었다.

"저, 저게 뭔지······."

빛이 사라진 것을 확인한 박 신부가 헉 소리를 내며 풀썩 무릎을 꿇었다. 현암이 깜짝 놀라 부축하려 하자, 박 신부는 입가에 흐르는 피를 닦으며 말했다.

"아니, 이젠 괜찮아. 조금 더 계속됐다면 위험했겠지만."

현암은 준후와 박 신부가 빛을 잠깐 막은 것만으로 이렇게 될 줄은 상상도 하지 못했다. 그런데 곧바로 아주 늙고 차분한 목소리가 울려 퍼졌다. 직접적인 소리가 아니라 마음으로 이야기하는 술수 같았는데 놀랍게도 그들 모두에게 동시에 말하고 있었다.

기다리고 있었습니다. 동방에서 오신 손님들이시여…….

차분한 목소리였는데 그 소리를 듣자마자 준후가 커억 하며 토하기 시작했다. 현암조차도 어깨를 덜덜 떨었고 승희는 귀를 막고 소리를 질러 댔다. 그냥 의사를 전달했을 뿐인데도 몸 안의 주술력들이 격동을 일으키며 내부로부터 엄청난 충격을 불러왔다. 박 신부만이 간신히 내색 않고 버텼지만 그도 내장을 온통 쥐어짜는 느낌을 받았다. 목소리는 계속 말했다.

우리의 계획을 방해하고 여기까지 온 것은 대단하십니다. 정말 대단하세요.

평온한 말투였지만 칭찬이라기보다는 희롱하고 비웃는 소리처럼 들렸다. 건물 안에서 모습도 보이지 않고 쏜 주술이 이 정도라니. 현암이 이를 갈며 순식간에 공력을 끌어올려 크게 소리쳤다.

"네가 마스터냐?!"

현암의 음성에는 사자후의 무서운 기운이 실려 있어서 기류에 휩싸인 주변 사물들이 와르르 허공으로 솟구쳤고 정면의 유리창도 박살 났다. 현암의 외침 소리가 사방에 울려 수없는 메아리를 만들면서 사방을 저르릉 울게 만들었고 솟구쳤던 물건들이 다시 와르르 쏟아져 내렸다. 그런데 목소리는 태연히 말했다.

뭐라고 했소이까? 잘 안 들리는데…….

현암의 얼굴이 하얗게 질렸다. 저자는 지금 자신이 보인 힘을 조롱하고 비웃는 것이다. 박 신부가 차분하게 물었다.

"당신이 블랙 서클의 마스터요?"

아하. 그렇소이다. 미거하나마 불초한 이 몸이 그런 직책을 맡고 있소이다.

"마스터……!"

현암이 이를 갈며 당장이라도 월향을 뽑아 뛰어들 준비를 갖추었으나 준후가 잡았다.

"형, 조, 조심……. 흥분하지 말아요. 저자는 너무, 너무……."

목소리가 말했다.

그런데 들어오지 않으실 겁니까? 기다리고 있답니다. 지하로 내려오시면 만날 수 있을 테니, 적잖이 기대되는군요. 어서 오십시오. 나의 친애하는 적들이시여.

목소리가 사라져 버리고, 동시에 닫혀 있던 건물의 정문이 누가 조종이라도 한 것처럼 저절로 활짝 열렸다. 다른 경찰들은 모두 몸이 굳어 볼 수도 들을 수도 없겠지만 퇴마사들과 동료들은 모두 안색이 변했다. 현암조차도 아연해져서 말했다.

"이, 이게 무슨. 도대체 이런 게 가능한 겁니까? 이건 너무……."

뒤에 있던 윌리엄스 신부가 자신도 모르게 손을 떨며 기도문을 외웠다. 뿐만 아니라 준후, 승희는 물론 박 신부마저도 절망적이라는 표정을 지었다. 건물 안에서, 간접적으로 잠깐 힘을 보인 것인데 이 정도라니. 그러나 박 신부는 태연한 표정으로 조용히 말했다.

"그렇다고 돌아갈 순 없잖나."

현암도 주먹을 불끈 쥐며 말했다.

"그렇죠. 갑시다."

박 신부는 뒤를 보며 말했다.

"모두 같이 갈 건 없습니다."

그 말에 백호가 걸음을 멈추었다. 두려운 건 아니었지만, 자신은 현장을 수습하는 일에 만전을 기해야 했다. 퇴마사들 일행이 건물 안으로 들어서려 할 때, 백호가 마지막으로 당부의 말을 남겼다.

"저에게는 느껴지지 않아 적이 얼마나 강한지 모르겠습니다. 그러나 꼭 이기실 겁니다. 전 믿습니다."

승희가 슬쩍 웃으며 울 듯한 얼굴로 말했다.

"고마워요. 이길게요."

그러나 백호가 보기에 승희의 표정은 죽으러 가는 사람 같았다. 그들이 안으로 들어간 후, 백호는 잠시 생각하다가 로런스 경감이 굳은 손으로 쥐고 있는 무전기를 받아서 들었다. 그리고 만에 하나 일이 잘못되면, 로런스 경감이 하려다 못한 미사일 타격을 지시할 생각이었다.

입구에서

일행은 조심스럽게 대열을 지어 현관의 복도를 지나 지하로 내려가고 있었다. 마스터의 말대로 저들의 본거지는 지하일 것이 틀림없었다. 승희의 투시와 준후의 영사, 그리고 로런스 경감의 조사로도 건물의 위쪽에는 수상한 것이 없었다. 엘리베이터가 없는 건물의 지하. 이 남루하고 좁은 곳이야말로 지옥문을 열어 세상을 궁극적으로 무너뜨리고 파멸시키려 했던 증오와 공포와 고통의 총본산이었다.

조용히 걸음을 옮기면서 퇴마사들은 그간의 일들을 떠올리며 만감이 교차하는 것을 느꼈다. 현암은 히루바바의 마지막 모습을 머릿속에 떠올리고 있었고, 박 신부는 장난기 어린 미소를 띤 채 죽어 간 코제트의 얼굴을, 준후는 불길에 휩싸여서 쓰러져 간 사토니 우쟈 티의 미라를, 승희는 코제트를 남몰래 연모한 것처럼 보이는 젠킨스의 얼굴을, 그리고 연희는 과거에 자신에게 십자가와 마음을 동시에 주었던 남자를 생각했다.

그들의 뒤에는 윌리엄스 신부와 이반 교수가 따라오고 있었다. 윌리엄스 신부의 얼굴은 긴장한 탓인지 흡혈귀의 힘이 나타나려는 듯 낯빛이 푸르게 변해 있었다. 이반 교수의 등에는 예의 커다란 배낭이 둘러메져 있었다.

그들이 건물 안에 들어섰는데도 영기(靈氣)나 방해하는 장애물은 보이지 않았다. 지하 일 층으로 통하는 계단으로 내려갈 때까지도 마찬가지였다. 박 신부는 준후에게 영기가 투시되지 않느냐고 슬쩍 물어보았으나 준후는 고개를 저을 뿐이었다. 그러면서 간단하게 한 마디를 덧붙였다.

"아까 본 것이 거짓말 같아요. 아주 깔끔해요. 저…… 솔직히 다리가 좀 떨리는데요."

현암이 묵묵히 되받았다.

"괜찮아. 나도 떨리니까."

"세상에, 형이요?"

준후가 놀라자 박 신부가 천천히 입을 열었다.

"여태까지 상대해 왔던 블랙 서클 주술사들의 힘도 보통이 아니었다. 그러나 방금 보인 마스터는…… 더구나 총수의 힘은……."

준후가 꽤 오래 정신을 모으더니 중얼거리듯 말했다.

"뭔가가 느껴져요. 아래에 뭔가 있는 것이 틀림없어요."

"마스터?"

"아니요. 그 정도는 아니고요. 그래도 굉장히 세지만……."

현암이 이를 악물며 말했다.

"시험 같은 거겠죠. 자길 만날 자격이 있는가 하는……. 건방지게도!"

"흠."

박 신부는 경계를 늦추지 않고 몸에서 오라를 발하기 시작했다. 현암도 암암리에 기공력을 몸에 돌리고 있었고 준후도 손에 많은 부적을 들고 있었다. 준후가 잠깐 일행을 정지시키고는 눈을 감더니 입을 열었다.

"지금 바로 아래층에서부터 영기가 느껴지고 있어요. 그렇지만 그것보다는 아래층으로 갈수록 영기가 짙어지고 있네요. 아마도 층마다 다른 방법으로 방어를 해 둔 것이 틀림없어요."

"층마다 서로 다른 주술로 방어를 해 놓았다는 말이냐?"

"예, 틀림없어요. 예상을 하기는 했지만, 풍겨 나오는 기운이 보통은 아닌 것 같아요. 바깥쪽에는 투시가 안 되게 술수를 부려 놓은 것 같은데, 승희 누나도 안을 투시하기가 어려울 거예요. 저는 영적인 면을 읽는 것이라 약간 느껴지는데……. 무지무지 수상해요. 멋모르는 사람들이 이리로 들어왔다가 떼죽음을 당하기가 십상일 것 같아요."

"음, 그래?"

박 신부는 나직이 한숨을 쉬었다. 어떻게 생각하면 블랙 서클이 이곳에 은신처를 정한 것은 썩 현명한 판단이었는지도 몰랐다. 누가 대도시 한복판에 있는 건물 지하에 이러한 주술력을 가진 집단이 본거지를 두고 있다고 생각이나 해 보았겠는가. 더군다나 지하에 거점을 마련한 이상 외부에서 화력이나 다른 수단으로 그들을 무너뜨리기도 쉽지 않았다.

그들을 잡으려면 아래로 내려가야만 하는데 아무리 총으로 무장을 한 사람들이라도 그것은 어려운 일임이 분명했고, 더욱이 블랙 서클이 옛날에 했던 대로 보통 사람들을 주술력으로 정신을 잃게 해서 그들을 노예로 만든 뒤 안에 풀어놓았을 가능성이 있었다. 그렇게 되면 피차 막대한 사상자가 생기게 마련이다.

일행은 복잡한 눈빛을 교환하면서 지하로 내려갔다. 복도를 지나 지하 일 층으로 내려가는 계단 층계참에 도달했을 때 걸음을 옮기던 준후가 일행을 멈추게 했다.

"잠깐만요, 뭔가……."

"왜 그러니? 준후야, 뭐가 있니?"

"글쎄요, 알 수 없는 기운이 이 앞을 벽처럼 차단하고 있는 것 같아요. 준비 없이 들어가면 안 될 것 같은데요."

"그게 무슨 말이냐, 준후야."

"글쎄요, 저도 잘 모르겠어요. 이런 것에 대해서는 들어 본 적이 없고, 다만 느낌이 그렇다는 거예요."

"느낌이 어떤데?"

"글쎄요, 뭐라고 그럴까요. 살아 있는 사람이 아니고서는 통과할 수 없을 것 같은 그런 느낌……."

"음. 그건 무슨 말이지, 준후야? 살아 있는 사람이 아니면 통과하지 못한다니. 그렇다면 아무런 문제가 없는 것 아니냐?"

"아니죠. 문제가 있지요. 우선 생각하더라도 월향검……."

"응, 월향검?"

현암은 아무 내색도 하지 않고 준후의 이야기를 듣고 있다가 눈살을 찌푸렸다.

"월향검이 이 안으로 들어가지 못하다니?"

준후가 계속 말을 이었다.

"아니, 해튼 제 느낌이 그렇다는 거예요. 가, 가만. 그럼 한번 시험을 해 볼까요."

준후가 중얼거리면서 조그마한 소리로 주문을 외우자 준후의 손끝에서 뭔가 일렁거리는 듯한 환영이 일어나기 시작했다. 준후는 잠시 후 그 환영을 보면서 이야기를 했다.

"저쪽으로 가 봐."

준후가 하급의 영을 불러낸 모양이었다. 그러나 그 영은 무엇엔가 부딪친 듯이 계속 앞을 맴돌기만 할 뿐 통과하지 못했다. 준후가 고개를 휘휘 저으면서 한숨을 내쉬었다.

"아이고! 틀림없군요. 이게 일차 관문이에요. 이상할 것도 없죠. 영들이나 영력이 출입하지 못하도록 만든 관문일 테니……."

"그렇다면 어떻게 하지, 준후야?"

"글쎄요, 현암 형도 한번 시험을 해 봐요. 월향검은 분명 저 안으로 들어갈 수 없을 거예요."

현암은 준후가 말하는 것을 듣고 월향검을 빼서 그 앞으로 슬쩍 내밀어 보였다. 정말이었다. 현암의 손에는 아무런 감촉도 없었는데 월향검은 벽에 부딪힌 것처럼 탁 멈추어 섰다.

"아니, 이럴 수가! 벌써 이런 조치를 취해 놓다니."

"글쎄요, 언뜻 생각해 보더라도."

현암이 입술을 깨물면서 말했다. 사람들은 현암에게로 시선을 모았다.

"여태까지 우리가 블랙 서클을 상대해 온 것은 한두 번이 아니었으므로 그들도 우리에 대해서는 잘 알고 있을 겁니다. 코제트도 우리의 약점까지 모두 조사해서 그것으로 우리를 해치려 했었잖아요. 그러한 일들이 마스터에게 보고가 되지 않을 리가 없겠지요. 그것을 미리 알고 마스터가 이런 방어 막을 만들어 놓은 것이 분명해요."

현암은 뭔가를 생각하더니 잠시 후 입을 열었다.

"준후야, 이것을 어떻게 깰 방법이 없겠니?"

"음, 글쎄요. 여기서는 뭐 어떻게 할 수가 없는데요."

"정말 큰일이군. 이걸 어쩐다……."

박 신부는 고개를 갸웃하다가 안쪽으로 걸음을 옮겼다. 박 신부의 몸은 아무런 장애도 없이 지나갈 수 있었고 준후도 뒤를 따랐다. 이어서 이반 교수와 연희가 그 뒤를 따랐다. 그러나 윌리엄스 신부가 안으로 들어가려고 하자, 몸이 무엇에 걸린 것처럼 탁 하고 부딪쳤다.

"아니, 이런. 내가 들어가지 못한다니 어찌 이런 일이……."

준후가 고개를 설레설레 흔들더니 말했다.

"흡혈귀의 힘이 남아 있기 때문에 그럴 겁니다. 어떻게 하죠?"

"그러게 말이야."

승희는 조용히 말을 하면서 무심코 걸음을 옮기다가 역시 벽에 부딪힌 듯이 탁 멈추어 섰다. 애염명왕이 몸속에 봉인된 승희도 그곳을 지나갈 수가 없었다.

"에잇! 이게 뭐야. 왜 나도 지나가지 못하지?"

"승희 누나도 마찬가지예요. 이런 세상에, 이러면 다시 생각해 봐야 하겠는걸요."

"벌써 일행 중 두 사람이나 떨어지게 되고 더군다나 승희가 같이 오지 않는다면 힘에 부칠 텐데……."

승희는 얼굴을 찌푸리면서 생각에 잠겼다. 그러나 예전부터 멀리 떨어진 공간을 사이에 두고 힘을 전달해 주는 일이 많았으니 이번에도 괜찮을 것 같았다.

"여기서 윌리엄스 신부님과 기다리고 있을게요. 현암 군, 월향검을 가지고 갈 수 없다면 일단 내게 맡겨 줘. 보관하고 있다가 방어벽 풀리게 되면 그때 가지고 갈게."

현암은 한시도 떼어 놓지 않고 가지고 다니던 월향검과 하필 마지막 싸움을 앞두고 떨어져야 한다는 것을 생각하자 마음이 아팠으나 방법이 없었다. 그렇다고 안에서 무슨 꿍꿍이를 꾸미고 있을지 모를 블랙 서클의 마스터와 총수를 그냥 내버려둘 수도 없었다. 내려가는 유일한 통로에 주술의 벽을 설치해 놓은 것은 평상시에 자신들의 아지트를 외부와 차단하기 위한 방법이라 할 수도 있었지만, 어쩌면 퇴마사들이 자신들을 찾아오리라는 것을 진작 눈치채고 그랬는지도 몰랐다. 좌우간 시간을 끌다가 그쪽에서 먼저 빠져나가 버려 그들을 잡지 못하게 된다면 그것이야말로 정말 문제였다. 현암은 할 수 없이 승희에게 월향검을 건네주고는 장막 너머로 걸어갔다. 윌리엄스 신부가 불안한 듯 말했다.

"우리는 여기서 기다리고 있겠습네다. 주술 막은 안쪽에서 풀

수 있을지도 모르니 노력해 주십시오. 주술이 풀리면 언제든지 그쪽으로 갈 테니 계속 연락을 취합시다."

연희는 자기가 가지고 있던 세크메트의 눈 하나를 승희에게 주었다. 만약의 경우에 연락을 해서 승희가 힘을 보낼 수 있도록 하기 위해서였다. 장막이 혹시 승희가 보내 주는 힘까지 차단하는 것이 아닌가 해서 시험 삼아 약간의 힘을 보내 보았으나 다행히도 힘을 보내는 데에는 큰 지장이 없는 것 같았다. 박 신부는 할 수 없다는 듯 고개를 저으며 일행을 재촉했다.

"할 수 없군. 여기서 일단 기다리고 있게나. 주술을 써서 이러한 것을 설치했다면 푸는 방법도 있겠지."

내키지 않는 듯이 박 신부와 현암, 준후, 연희, 이반 교수가 지하 일 층의 복도 저편으로 걸음을 옮기기 시작하자 승희의 손에 있던 월향검이 나지막하게 우는 소리를 냈다. 승희는 마음이 불안해지기 시작했다.

지하 일 층에서

주술 벽을 지난 일행이 지하 일 층으로 내려서자 커다란 철문이 보였다. 현암이 인상을 쓰면서 철문 앞으로 다가가려고 하자 준후가 말했다.

"이건 아무래도 가짜 같은데요?"

현암은 고개를 갸웃하면서 철문을 손으로 두들겨 보았다. 탕탕 하는 소리가 철문에서 울려 나왔고 촉감도 분명히 느낄 수 있었다.

"진짜 철문 같은데? 열고 들어가야지."

준후가 귀엽게 혀를 날름하면서 잠시 뭔가 생각하는 듯하다가 철문 옆의 벽을 살폈다.

"아, 벽들이 환영이군요. 사람들은 아마 철문을 쓰러뜨리기 위해서 많은 노력을 했겠지요. 그냥 지나가면 돼요."

준후가 주문을 중얼거리면서 벽의 바깥쪽을 긁어냈다. 그러자 벽은 거짓말처럼 사라져 버렸고, 준후의 손에는 벽과 똑같은 색깔을 띤 종잇조각 하나가 들려 있었다.

"제가 옛날에 썼던 것과 같은 종류의 술수예요. 이상하군요, 이거는 인도의 요가에서 비롯된 눈을 속이는 환영술의 일종인데……. 참, 마스터는 인도 사람이라고 했죠?"

일행은 철문 옆으로 돌아가면서 문 뒤쪽을 바라보았다. 문은 바깥에서 볼 때만 철문으로 위장돼 있었을 뿐이지 실은 천장과 땅바닥에 굳게 박혀 버린 쇠뭉치에 불과했다. 그것을 열려면 용접기라도 갖고 와서 몇 시간이고 달구어야 부술 수 있을 것 같았다. 애당초 열리지 않게 만들어진 문이니 연다는 것은 불가능했을지도 모른다. 준후의 기지로 지하 일 층으로 내려서자 박 신부가 말했다.

"우리를 맞이하러 누군가 벌써 나와 있군. 수가 제법 되는데?"

지하 일 층에는 긴 복도가 있었고 그 끝에 지하 이 층으로 내려가는 계단이 있었다. 이 건물은 그런 식으로 길게 복도를 지나가야 다음 층으로 내려갈 수 있는 구조였다. 블랙 서클이 비밀을 유지하기 위해 이런 식으로 만들어 놓은 것 같았다.

"이 앞에 흉악한 것들이 있어. 옛날에 보았던 좀비들과 흡사한 것일 테니 조심하게. 이반 교수님도 조심하십시오."

"예, 알겠습니다."

현암이 고개를 끄덕거리면서 벽에 박혀 있던 기다란 쇠 파이프 한 가닥을 벽에서 뜯어내 손에 들었다. 현암이 앞장을 서고 준후와 연희는 박 신부의 오라 막 속에 둘러싸인 채 걸음을 옮겼다. 이반 교수는 앞에서 느껴지는 기운이 좀비와 비슷하다는 말을 듣자 배낭에서 물총을 꺼냈다.

"이 안에는 성수가 들어 있소. 그리고 보통 성수보다 훨씬 더 소금을 많이 탄 성수요, 하하하."

이반 교수는 좀비들 얘기를 들은 모양이었다. 일행이 조심스럽게 걸음을 옮기는데도 각 방의 문에서는 별다른 반응이 나타나지 않았다. 현암이 피식 웃음을 띠며 말했다.

"놈들이 문 뒤쪽에 숨어 있는 것 같은데……."

"예, 맞아요. 모두 하급이네요."

"음, 그래. 우리가 복도의 중간쯤 갔을 때 한꺼번에 쏟아져 나오겠지."

아니나 다를까. 복도 중간쯤 도달하자 양쪽 문들이 후다닥 열리면서 흉측하게 생긴 좀비들이 튀어나왔다.

현암은 길게 소리를 지르면서 들고 있던 쇠 파이프를 가로로 눕힌 뒤 기합 소리와 함께 불도저처럼 좀비들을 밀고 나갔다. 좀비들은 우당탕 쓰러지기도 하고, 현암이 밀고 가는 파이프에 걸려 허우적거리기도 하면서 와르르 한쪽으로 몰리기 시작했다. 현암은 복도 끝까지 좀비들을 몰고 가 길을 트려고 생각했으나 생각보다 수가 많았기 때문에 계단의 바로 앞쪽까지만 좀비들을 밀어 낼 수 있었다. 현암이 소리쳤다.

"시간이 없어요. 어서 마스터가 있는 곳으로 갑시다!"

박 신부는 현암이 밀어 낸 복도 저편으로 기도력을 올리면서 달려 나갔다. 중간에 쓰러졌던 좀비들이 박 신부를 움켜잡으려고 손을 저었으나 오라 막 안으로 뻗친 손이나 발은 기도력에 눌려서 그대로 부스러졌다.

"불쌍한 자들, 편히 쉬게나."

박 신부는 현암이 고함을 지르면서 힘을 모아 좀비들을 밀어 내고 있는 곳까지 간 다음, 기도력을 모아서 현암의 등 쪽으로 밀어 넣어 주었다. 뒤이어 준후가 쪼르르 달려와서 현암에게 자신의 기운도 밀어 넣어 주었다. 좀비들은 더 이상 밀려 날 곳도 없이 서로 엉켜서 복도를 꽉 메우고 있었다. 현암은 시간을 아끼기 위해 좀 잔혹한 방법이라도 쓰자고 마음먹었다. 현암은 기합을 발하면서 크게 호통을 치고 오른팔과 쇠 파이프에 돌리고 있던 기공력을 '폭' 자 결로 바꾸었다. 엄청난 기운이 뿜어져 나오자 쇠 파이프는 산산이 터져 버렸고, 파이프의 파편에 좀비들은 계단 저편으로 넘어졌다. 계단으로 내려가는 난간 쪽에 떨어진 좀비들은 불덩어리가 된 채 뒹굴다가 이내 재가 돼 버렸다. 이런 장치까지 돼 있다니, 생각도 못한 현암의 입이 딱 벌어졌다. 무작정 계단 너머로 뛰어들었으면…….

"이런, 여기를 빨리 통과할 것을 대비해서 저쪽 구석에다 진법 같은 것을 친 모양이군."

"그럴 수도 있고 좀비들을 이곳에서 나가지 못하게 하려고 양쪽 끝을 차단해 놓은 것일 수도 있죠. 저 진은 제가 옛날에 사용했던 화염진과 비슷하니 어떻게 해 볼게요."

준후는 이상하게 진과 관계없는 다른 방향을 향해 부적을 날리기도 하고 뇌전을 가늘게 쏘기도 했다. 그러는 중에 현암과 박 신부는 뒤에서 덤벼드는 좀비들을 몇몇 쓰러뜨렸고 연희는 박 신부의 오라 막 속에서 계속 눈을 가리고 있었다. 이반 교수는 이쪽으로 다가올 생각을 하지 않고 계속 좀비들과 싸우고 있었다.

준후가 진을 파괴하자 쿵 하는 소리와 함께 천장이 무너져 내렸다. 현암이 재빨리 몸을 날려 박 신부와 연희를 밀어 냈고 준후도 재빨리 그 뒤를 따랐다. 먼지가 뭉게뭉게 일어나면서 지하 일 층의 복도는 삽시간에 막혀 버렸다.

"크! 진이 풀리면 천장을 무너뜨려 통로를 막으려 했던 것 같아요. 정말 지독하네요."

다행히 네 사람은 다치지는 않았으나 복도 저편에 이반 교수와 좀비들이 있었다. 연희가 조심스럽게 물었다.

"이반 교수님은 괜찮으실까요?"

박 신부는 생각을 해 보았다. 많은 무기를 갖고 온 이반 교수라면 저 정도의 좀비들은 상대할 수 있을 것 같았다.

"할 수 없지. 좀 걱정은 되지만……. 그렇다고 지금 저 돌무더기를 치울 시간은 없을 것 아닌가? 진지가 파괴되고 있는 것을 마스터도 눈치채고 있을 테니 어서 움직여야 해."

"맞습니다. 어서 가죠!"

현암은 기운차게 대답하면서 지하 이 층을 향해 걸음을 옮겼고 박 신부와 연희도 이반 교수가 걱정스러운 듯한 표정으로 그 뒤를 따랐다. 준후는 뭔가 생각하는 듯 고개를 갸웃하며 맨 뒤에서 걸음을 옮기고 있었다.

지하 이 층에서

지하 이 층으로 내려간 현암의 눈앞에 누군가가 서 있는 것이 보였다. 지하 이 층은 불이 꺼져 있었고 반대편, 그러니까 지하 삼 층으로 내려가는 계단 입구에만 불이 켜져 있어서 실루엣만이 현암의 눈에 들어왔다. 언뜻 보기에도 키가 상당히 크고 덩치가 우람한 남자였는데, 머리에 삐죽한 것이 두 개 튀어나와 있는 모습이 특이했다. 현암은 숨을 모아서 긴장을 풀지 않으며 앞으로 전진해 나갔다. 연희가 조용히 말했다.

"승희 씨가 우리가 갈 길을 낱낱이 알려 주고 있어요."

박 신부가 고개를 갸웃했다.

"투시가 된다고? 연희 양?"

"글쎄요. 제가 세크메트의 눈을 들고 있어서 그것을 통해 보는 모양이에요. 저 앞에 있는 남자는 무척 강한 자 같다는군요. 현암 씨, 조심해요."

준후도 나직하게 중얼거렸다.

"그다지 사악한 것 같지는 않지만…… 힘이 무척……."

"아까 그 남자일까?"

"그럴지도요."

현암은 준후의 말을 듣고는 고개를 끄덕인 다음, 덩치 큰 남자의 앞으로 다가섰다. 아까 괴력을 보인 남자가 틀림없었다. 덩치 큰 남자는 석고상처럼 미동도 하지 않더니 현암이 가까이 다가오자 안쪽의 불을 켰다. 실내가 환해졌다. 주변은 놀랍게도 인디언들의 벽화와 조각들로 가득 메워져 있었다. 눈앞에 서 있는 남자의 모습도 똑똑히 현암의 눈에 들어왔다. 그 남자는 인디언인 듯 얼굴에 물감으로 몇 개의 선을 그었고 머리에 삐죽하게 깃털 장식을 꽂고 있었다. 굳건해 보이는 남자의 얼굴은 바위 같은 인상을 한 채 번뜩이는 눈이 현암을 향하고 있었다. 남자의 상체는 울퉁불퉁하게 근육이 튀어나와 강철로 만들어진 사람처럼 보였다.

"넌 누구냐?"

현암이 조용히 말하자 그 남자의 마음이 조용히 현암에게 전해 왔다.

자네가 현암인가?

이 남자도 예전에 코제트가 썼던 술수를 익히고 있는 것이 분명했다. 남의 말을 알아듣고 또 자신이 하고 싶은 말을 직접 전달하는 능력. 현암은 조용히 고개를 끄덕였다. 남자는 뒤에 있는 박 신부와 준후 그리고 연희의 모습을 힐끗 보고는 다시 말을 전달했다.

마스터는 아래층에 있다. 내려가기를 원하나?

현암은 가볍게 고개를 끄덕였다. 그러자 인디언은 뒤에 있는 연희를 턱으로 가리켰다.

저 여인과 아이도 싸우는가? 나는 여자와 싸우고 싶지 않다. 저들은 피해 있게 하라.

연희의 마음속에 남자의 말이 전달됐는지 연희가 눈을 매섭게 뜨면서 말했다.

"나도 같이 가겠어요. 도움이 될지 안 될지는 모르겠지만 나에게도 꼭 해결해야 할 문제가 있어요."

연희는 말을 끝내고 나서 항상 목에 걸고 다니던 낡고 닳은 작은 구리 십자가를 손에 쥐었다. 인디언은 쓸쓸히 고개를 저으면서 중얼거렸다.

나 성난큰곰이 여자와 싸워야 한다고? 그럴 수는 없다. 내 비록 이곳을 지키는 몸이지만······.

성난큰곰이라는 인디언은 우울한 표정을 짓더니 현암에게 생각을 전했다.

저들은 그냥 지나가게 해 주겠다. 하지만 너는 보내 줄 수 없다. 나도 내

임무는 있으니…….

　의외의 제안이었다. 여자나 아이와 싸우기 싫어서 그냥 보내 준다니…….

　현암은 남자의 이모저모를 살펴보았다. 남자의 몸에서 흘러나오는 기운은 어떤 것인지 알 수는 없었지만, 상당히 강했고 사악하거나 요사스러운 느낌도 없었다. 뭐라고 할까, 오히려 심지가 곧고 굳건한 인상을 준다고 할까. 이자는 거짓말을 할 사람 같지는 않았다. 현암은 히루바바가 생각났다. 그리고 성난큰곰이라는 남자가 제안한 것을 생각해 보았다. 자신이 이 남자를 맡는다면 박 신부와 준후 둘은 마스터를 직접 만날 수 있을 것이다. 그 편이 낫지 않을까? 셋이 합심해서 이자와 싸운다면 이길 수 있는 확률은 높아지겠지만 그보다는 빨리 마스터를 잡는 편이 더 나을 것 같았다. 현암이 말했다.

　"어서 가요. 여기는 저에게 맡기고. 신부님과 준후, 둘의 힘이면 마스터도 상대할 수 있을 거예요. 이자는 제가 맡겠습니다. 가세요. 어서요!"

　박 신부는 제안을 듣고 머뭇거렸지만, 현암의 생각을 알아차린 듯 박 신부가 입을 열었다.

　"당신도 블랙 서클의 일원인가?"

　남자는 굳건히 선 채 미미하게 고개를 까닥거렸다.

　"블랙 서클이 어떤 곳인지 당신은 잘 알고 있지? 그런데도 당신은 블랙 서클을 도와서 우리와 싸울 생각인가?"

인디언은 흐려진 얼굴로 고개를 끄덕했다. 퇴마사들의 마음속에 전달돼 온 인디언의 말은 뜻밖이었다.

나는 마스터에게 목숨을 구원받았고 그런 은혜로 마스터의 목숨을 지켜주어야 한다. 이게 전부다.

"그건 무슨 말이지?"

마스터가 악한지 선한지는 중요한 문제가 아니다. 너희는 너희의 행동이 선한지 악한지 항상 판별할 수 있는가? 마스터의 말에도 분명 일리는 있다. 분명히 이 세상은 뭔가 잘못돼 있고, 바로잡을 필요가 있다. 바로 우리, 바로 이 세상 때문에 우리들의 선조는 모조리 말살됐다.

사실이 그러했다. 아메리카 대륙의 평온한 지배자였던 인디언들은 탐욕스러운 백인에 의해 지금은 보호 구역에서 쓸쓸히 삶을 영위하고 있을 뿐이다. 과거에 블랙 서클에서 이용하려고 했던 켈트족이나 아프리카의 도곤족, 그 외에 퇴마사들이 아직 모르고 있는 많은 민족처럼 이번에는 인디언마저도 이용하고자 한 것 같았다. 그리고 이 인디언, 성난큰곰도 그들을 이용해 자기 민족의 비운을 풀려고 했던 것인지도 모른다.[1]

---

[1] 서부의 영화에서 잔인하고 야만적이며 호전적으로 왜곡됐지만 대부분의 인디언은 그렇지 않으며, 자연에 순응하고 평화로운 생활을 해 왔다는 것이 정설이다. 머리 가죽 벗기기 같은 야만적인 행동은 실제로 대부분 백인에 의해 자행됐고, 신형 무기를 동원해서 평화롭게 살고 있던 인디언을 거의 전멸시키고 건립된 것이 미국이라고 할 수 있다. 현재 순수한 혈통의 인디언들은 인디언 보호 구역에서 근근이 맥을 이어 가고 있다. 최근 들어 미국 내에서도 인디언에 대해 긍정적이고 반성적인 태도를 보이고 있는 것이 그나마 다행스러운 일이라고 할 수 있지만, 영토와 주권을 빼앗기고 전멸해

생각이 여기에 미치자 박 신부가 고개를 저으며 말했다.

"당신은 이용당하고 있는지도 모른다. 그것을 알고 있나?"

인디언은 여전히 아무런 표정의 변화도 없었다. 다만 한마디만이 마음속으로 전달됐다.

그들이 나를 이용하고 있는지는 모르지만, 나도 그들을 이용하고 있다고 생각한다. 백인들은 그러한 방법을 가르쳐 주었다. 일단 알게 된 이후에는 그 방법에서 벗어날 수가 없었다.

"한 가지 궁금한 것이 있어."

현암이 블랙 서클의 정확한 내용과 마스터의 진정한 정체에 대해서 물으려고 하자 인디언은 더 이상 대답하지 않겠다는 듯 고개를 저으면서 쓸쓸한 표정을 지었다.

나는 싸워야 한다. 나는 싸우기 위해서, 그리고 너희들을 막기 위해서 이 앞에 선 것이다. 그러니 싸우자. 물론 현암…… 너 말이다. 네가 이기면 대답을 해 주겠다. 너희가 알고 싶어 하는 모든 것에 대해……

인디언 주술사는 질문을 딱 잘라 버리고는 입으로 뭔가를 중얼거리며 양손으로 크게 원을 그렸다. 현암도 몸에 기운을 모았고, 뒤에 있던 박 신부와 준후도 준비를 하기 시작했다. 그러나 현암이 뒤를 돌아보고 말했다.

"어서 가세요. 마스터를 잡아요. 저도 곧 따라가겠습니다."

박 신부는 생각해 보았다. 인디언 주술사가 퇴마사들이 들어오

버리다시피 한 인디언의 운명을 되돌려 주지는 못할 것이다.

는 길을 가로막고 있는 걸 보면, 마스터도 퇴마사들이 이곳으로 왔다는 것을 알고 있다고 봐야 한다. 그러니 마스터가 더 대비할 시간을 갖기 전에, 인디언 주술사를 현암에게 맡기고 마스터에게로 가는 편이 나을지도 모르겠다는 생각이 들었다.

박 신부는 준후와 연희에게 말없이 눈짓했다. 그렇다고 나가는 척하다가 기습을 할 만큼 비열한 짓을 하고 싶지 않았다. 이건 상대의 순수한 호의라는 생각이 들었기 때문이다. 연희는 머뭇거리다가 현암에게 말했다.

"빨리 내려오세요."

현암은 미소를 짓고는 고개를 끄덕거렸다. 인디언의 몸 주위에서는 강한 기운이 일고 있었다. 박 신부와 준후, 연희가 아래층으로 내려가자 성난큰곰이 다시 현암의 마음속에 자기의 뜻을 전달해 왔다.

이제 됐군. 지금쯤이면 여자와 노인 그리고 아이는 무사히 밑으로 내려갔겠지.

"그들은 능력이 강하니 염려하지 않아도 된다. 나는 그들의 능력을 믿으니까."

그들의 몸에서 뭔가 느낄 수 있었다.

인디언 주술사, 그러니까 성난큰곰이 처음으로 얼굴에 슬쩍 미소를 지었다.

그러나 내 평생에 힘없는 여자나 노인, 어린아이와는 싸워 본 적이 없다. 아니, 그런 생각을 해 본 적도 없지.

현암은 쓸쓸히 웃어 보였다. 지난번 히루바바와 싸우고 난 뒤, 이렇게 비슷한 느낌을 주는 사람을 다시 만나다니. 뜻밖이었다. 솔직히 현암은 싸우고 싶지 않았다.

"좋은 생각이고 올바른 생각이야. 하지만 나는 그런 자들과도 싸운 일이 많지."

성난큰곰은 얼굴에 씩 하고 미소를 띠었다.

너도 강한 자로군. 너 같은 자와 일대일로 싸워 보고 싶었다. 이건 전사로서의 순수한 욕망이다.

성난큰곰의 말을 듣자 현암은 기분이 씁쓸했다.

"욕망이라고? 나에겐 강자가 되거나 남을 이기고 싶은 욕망은 없다. 이 지긋지긋한 싸움을 그만두고 싶을 뿐. 그러나 블랙 서클 같은 자들이 있기 때문에 계속 싸울 수밖에 없는 거다."

그런 이야기는 더 이상 하지 말자. 우리는 싸워야 한다. 그렇게 생각하지 않는가?

"나는 싸우지 않았으면 좋겠다."

그러나 싸워야 한다. 너는 싸우기 싫다고 하지만, 난 싸워야만 하니까. 자, 그러면 준비를 해라.

현암은 기공력을 오른손에 집중했다. 승희는 투시력으로 어떤 일이 벌어지고 있는지 대충 알고 있는 듯, 현암에게로 힘을 보내고 있었다. 예전에 드라큘라 성에서 '탄' 자 결을 한 번 쓰고는 내력이 다해 쓰러진 적이 있었지만 이번에는 승희가 힘을 보내 주고 있었기 때문에 아예 처음부터 '탄' 자 결을 써 보기로 했다. 현암은 오른손에 공력을 모아 갔고, 성난큰곰은 팔을 하늘에 벌린 자세에서 힘을 모으고 있었다. 성난큰곰의 몸 주변에 먹구름 같은 것이 꾸물꾸물 피어오르고 있었다.

"준비는 끝났다."

현암이 화답하자 성난큰곰은 기운을 모두 끌어모았는지 하늘에 대고 울부짖으면서 양손을 쳐들었다.

땅이 꿈틀대기 시작했다. 땅뿐만이 아니라 벽과 천장도 흔들리면서 살아 있는 것처럼 꿈지럭댔다.

지하 삼 층에서

박 신부와 준후 그리고 연희는 계단을 내려가 지하 삼 층으로 향했다. 준후가 달려가는 중에 헐떡거리면서 말했다.

"아무래도 마스터의 술수인 것 같아요. 우리를 하나씩 하나씩 떨어지게 만들려고 층마다 그에 적합한 상대를 배치해 놓은 것은 아닐까요?"

"그럴지도 모르겠다."

박 신부는 계단을 내려가면서 생각에 잠겼다. 준후의 말은 일리가 있었다. 입구에서 월향검과 승희, 윌리엄스 신부가 떨어져 나갔고, 지하 일 층에서는 좀비들을 풀어놓아 이반 교수로 하여금 좀비들을 대적케 했으며, 지하 이 층에서는 인디언 주술사를 배치해 놓아 현암으로 하여금 빼도 박도 못하게 한 것 아닌가!

성난큰곰은 지하 삼 층에 마스터가 있다고 말했다. 그러나 박 신부는 의문이 들었다. 마스터는 정말 있는 것일까? 엄청난 주술을 보이긴 했지만, 그게 정말 마스터의 힘이 맞을까? 만약 마스터가 그렇게 강하다면, 왜 자신이 직접 나서지 않는 걸까? 애초부터 직접 나섰으면, 코제트를 비롯한 삼대 승정이 전멸했을 리도 없었을 텐데……. 부하들의 능력을 믿고 퇴마사들의 능력을 과소평가했던 것일까? 그러나 삼대 승정 중 다른 자들은 몰라도 공포의 승정인 젠킨스의 영적인 능력은 그야말로 형편없었다. 그런데도 그자가 턱없는 함정을 파서 퇴마사들을 유인하는 것을 왜 그냥 내버려두었던 것일까? 지금도 마찬가지다. 퇴마사들의 힘이 빠지게 하려는 술수일 수도 있지만, 부하들과 퇴마사들이 싸우도록 내버려두고 마스터가 기습한다면 힘들이지 않고도 블랙 서클을 보존할 수 있고, 마음 편하게 지옥문을 열 수 있을 텐데.

상황은 박 신부에게 더 이상 생각할 시간을 주지 않았다. 박 신부와 준후, 그리고 연희가 지하 삼 층에 막 걸음을 내딛는 순간, 또렷한 한국어로 커다란 목소리가 들려왔기 때문이다.

더 이상 그런 생각은 할 필요가 없답니다. 박 신부님 그리고 여러분! 아니, 동방의 나라에서 오신 퇴마사 여러분! 환영합니다!

놀라서 주춤하며 걸음을 멈춘 박 신부와 준후, 연희의 앞에 터번을 쓴 남자가 가부좌를 튼 자세로 앉아 있었다.

"마스터!"

준후의 몸이 부르르 떨렸다.

"아, 이럴 수가! 저자의 몸에서 나오는 영기, 저건……."

"진짜였군."

박 신부도 마스터의 몸에서 말할 수 없을 만큼 강렬한 영기가 뿜어져 나오고 있다는 것을 느낄 수 있었다. 그러면서 아까 이미 기운을 느껴 본 준후가 왜 저렇게 몸을 떠는지 궁금했다.

"준후야, 왜 그러지?"

준후가 조용히 마스터를 노려보면서 말했다.

"저자의 몸에서는 모든 사람의 영기가 느껴지고 있어요. 여태까지 우리가 상대해 왔던 모든 이의 기운이!"

"무슨 말이냐. 모든 자의 영기를 모조리 뿜어내고 있다니, 그렇다면……."

"맨 처음에 우리가 만났던 호웅간, 현암 형이 상대했다는 그 아저씨, 늑대 인간을 부리던 카프너와 코제트, 그리고 젠킨스의 기운……. 히루바바의 기운까지도 모두 저자의 몸에서 풍겨 나오고 있어요. 그것도 한꺼번에!"

"아니, 그렇다면 마스터는!"

준후가 입술을 깨물면서 고개를 끄덕였고 박 신부는 눈을 부릅뜨면서 태연한 자세로 앉아 있는 마스터를 노려보았다. 연희는 영기 같은 것을 하나도 느낄 수는 없었지만 그래도 눈앞에 있는 자가 여태까지 상대해 온 모든 블랙 서클의 힘을 합한 것만큼 강하다면, 박 신부와 준후가 저 마스터를 상대할 수 있을지 막연해졌다. 마스터는 복화술(複話術)[2]로 말을 한 것 같았는데 이제 마스터의 입에는 조용한 미소가 떠오르기 시작했다. 박 신부와 준후는 긴장하며 힘을 끌어모으고 있었다.

'탄' 자 결의 힘을 모아 성난큰곰에게 막 기공탄을 발출하려는 순간, 현암은 양쪽 벽과 땅이 출렁거리면서 흉악한 모습을 한 그림과 조각들이 살아 있는 듯, 벽을 뚫고 나오는 것을 보고는 놀라서 뒤로 주춤주춤 물러섰다.
"저럴 수가!"
현암은 놀랐다. 필경 허상이나 환영일 거라고 생각해 기공탄의 공력을 단전 위쪽으로 돌려서 보관을 해 두고 남아 있는 기공력을 오른손에 모았다. 환영 따위에게 '탄' 자 결의 기공탄을 쓰고 싶지는 않았기 때문이다. 으르렁거리면서 튀어나오고 있는 괴물들을 노려보았으나 뭔가 이상했다.

처음에는 그 괴물들이 성난큰곰의 장난으로 만들어 낸 단순한 눈속임인 것 같았는데 자세히 보자 실체가 분명히 느껴졌다. 아무것도 없는 벽의 그림에서 어떻게 저런 것들을 만들어 낼 수 있는지 놀라웠으나, 흉악하게 생긴 괴물의 형상이 현암을 향해 위협하

---

[2] 원래는 입을 열거나 호흡을 내뱉지 않고 뱃가죽을 진동시켜 말하는 것처럼 소리를 내는 방법을 말한다. 그러나 이 방법은 너무 어려워 근래에는 입술을 거의 움직이지 않고 말하지 않는 것처럼 말하는 것도 복화술이라고 한다.

듯 이빨을 드러내며 다가오자, 현암은 더 이상 생각만 하고 있을 수만은 없었다. 현암은 시험 삼아 오른손에 오성(五成)의 기공력을 돌리면서 다가오고 있는, 마치 곰과 사자의 잡종인 것처럼 생긴 이상한 괴물을 향해 벼락같이 주먹을 내뻗었다. 그러자 괴물은 쾅 소리를 내면서 우당탕탕 뒤로 나가떨어졌다. 신기하게도 현암의 손에는 괴물을 친 감촉이 그대로 전해져 왔다. 이놈들은 환영이 아니었다.

'아니, 정말로 환영이 아니란 말인가? 그렇다면······.'

귀엽지 않나?

성난큰곰은 이상하게도 성내거나 흥분하지 않은, 그렇다고 놀리는 것 같지도 않은 차분한 목소리로 현암의 마음속에 말했다.

옛적 우리 조상들이 상상해 왔고 손으로 빚어 만든 조각들일세. 그들에게 잠시 움직일 수 있도록 힘을 넣어 준 것뿐이네. 상대해 보게나.

현암은 어안이 벙벙해졌으나 성난큰곰의 말을 듣고는 그렇구나, 하는 생각이 들었다.

'이것들은 완전히 실체가 없는 것이 아니라 성난큰곰의 말대로 괴물들의 형상을 석고 같은 것으로 조각한 뒤, 그것을 바탕으로 환영을 덧씌운 거구나. 그래서 정말 실체가 있는 것처럼 느껴졌군. 그런데 왜 성난큰곰은 자신의 주술 유래를 밝히는 것일까.'

그러나 생각할 겨를도 없이 이상하게 생긴 뱀 같은 괴물이 현암의 다리 쪽을 노리고 꼬리를 휘두르는 바람에 현암은 위로 껑충 뛰어서 피했다. 몸을 돌리면서 오른손에 육성(六成)의 기공력을 모아 '폭' 자 결로 괴물의 머리 부분을 갈겼다. 성난큰곰의 말대로라면 놈들은 환영이 아닐 테니 놈들의 공격을 직접 몸으로 받아 내서는 안 될 것 같았다. 놈들의 몸에서 가장 중량감이 느껴지는 부분은 원래 환영을 씌울 수 있는 모체일 것 같았다. 기공력에 적중당한 괴물은 소리도 지르지 못하며 사방으로 폭발하듯이 사라졌고, 약간의 돌 부스러기 같은 것이 사방에서 흘러내렸다. 괴물의 조각 부분을 한 번에 박살 내 버린 것 같았다.

'좋다! 성난큰곰이 무슨 생각으로 주술의 유래를 말했는지는 모르지만, 아마 후회할 거다. 후후훗.'

현암은 몸을 한 바퀴 회전해서 이번에는 '흡' 자 결을 오른손에 돌려 호박처럼 몸을 둥글게 뭉쳐 날아오고 있는 한 마리의 괴물을 오른손으로 짚었다. 발악하는 괴물의 몸뚱어리가 찌그러지면서 손에 달라붙자 현암은 괴물을 볼링공 던지듯이 아까 넘어진 괴물을 향해서 '발' 자 결을 운용하며 던졌다. 그러자 그 괴물과 현암의 손에 잡혔던 괴물은 서로 부딪히며 쾅 소리를 내면서 사라졌다.

훌륭하군, 훌륭해.

성난큰곰의 목소리가 전달돼 왔다. 괴물은 서너 마리가 더 남아 있었으나 충분히 그들을 상대할 수 있다는 생각이 들었다. 그때 성난큰곰이 허공에 대고 두어 번 손바닥을 치며 무어라고 중얼거리자, 갑자기 그들의 형체가 와스스 부서지면서 인형으로 변하더니 땅바닥에 떨어져 툭툭 깨져 버렸다. 현암은 도대체 무슨 짓을 하는지 알 수 없어서 그를 쳐다보았다. 왜 괴물들을 만들어 냈다

아스타로트의 약속 459

가 주술을 거두는 것일까? 힘의 소모가 과다하기 때문일까? 아니면 현암에게 조각으로 만든 괴물들 정도로는 상대가 되지 않기 때문일까?

다음엔 이것을 보게나. 우리 조상신들의 힘을 내 몸에 부르는 것이라네.

성난큰곰은 허공에 대고 소리를 치면서 팔을 저었다. 그러자 그렇지 않아도 큰 몸이, 쑥쑥 늘어나면서 근육이 터질 듯이 울퉁불퉁 튀어나왔다. 언뜻 보기에도 삽시간에 힘이 철철 넘쳐 나고 있는 것 같았고, 현암은 그 기세에 압도당해 헉하는 소리를 냈다.

이반 교수는 마지막 좀비를 제압하기 일보 직전이었다. 애당초 힘든 싸움이 벌어질 것을 예상해서 많은 장비를 갖고 온 것이 매우 유용했다. 이반 교수는 인정사정을 봐주는 편이 아니었다. 처음에 이반 교수는 소금이 많이 들어 있는 성수를 담은 물총으로 좀비들을 쏘아 댔다. 이 좀비들은 만든 지 오래됐는지 입에 소금기가 들어가자 흐물흐물해지면서 재로 변해 갔다. 이반 교수는 갖가지 무기를 있는 대로 꺼내서 쏘아 댔다. 현암과 박 신부 등이 계단을 내려간 뒤 계단 입구가 무너지고 나자, 이반 교수는 당장 아래로 내려가기는 어렵다는 생각을 했고, 그 화풀이를 좀비들에게 했다.

퇴마사들이 내려가면서 많은 좀비를 해치우기는 했지만 복도 안에는 십여 명가량의 좀비들이 남아 있었다. 네 명의 좀비는 이반 교수에 의해서 화염 방사기로 불덩어리가 됐고, 은총알을 넣은 기관총으로 다섯 마리의 좀비를 가루로 만들어 버렸다. 그다음 이반 교수가 꺼낸 총은, 은총알을 장전한 산탄총이었는데 좀비가 은총알에 특별히 영향받지 않는다고 해도 성스러운 십자가를 녹여 만든 은총알을 맞은 좀비들은 그 자리에서 퍽퍽 소리를 내며 사라졌다.

"뭐, 별것도 아니군."

이반 교수는 중얼거리면서 주변을 둘러보다가 무심코 천장을 바라보았다. 천장에는 이상하게 생긴 글자들이 쓰여 있었고 영력이나 투시력이 없는 이반 교수의 눈에도 그 글자들이 수상쩍다는 느낌이 들었다. 섬뜩하게 붉은 글씨였다. 이반 교수가 시험 삼아 글자를 향해서 성수가 담긴 작은 병을 획 던져 보니, 병이 깨지면서 흘러나온 성수가 글씨의 기운과 충돌했는지 치지직 하면서 하얀 연기가 일었고, 비명이 방 안에 메아리쳤다.

"음, 뭔가가 있긴 있군."

이반 교수는 처절한 비명에도 눈 하나 까딱하지 않은 채, 글자들을 가만히 노려보았다. 생각해 보니 저 글자들은 사악한 힘을 담고 있는, 뭔가 목적을 가지고 쓰인 것이 틀림없었다. 이반 교수의 머리에 뭔가가 스치고 갔다.

"그래! 이게 위에 쳐져 있는 주술의 장벽을 만들어 낸 건지도 모르겠군!"

이반 교수는 남아 있는 자그마한 성수병들을 배낭에서 끄집어내며 꿈틀거리는 붉은 글씨들을 보고 멋없는 윙크를 보냈다.

마스터

"당신이 바로 마스터요?"

박 신부는 오라의 기도력을 뿜으면서 말을 건넸다. 자신의 눈앞에 가부좌를 틀고 앉아 있는 깡마른 노인이 정말로 블랙 서클의 마스터란 말인가. 마스터는 합장한 자세를 풀지 않은 채 알 수 없는 소리로 중얼거리고 있었다. 마스터는 복화술로 이야기하고 있었고, 한국말까지 유창하게 구사할 줄 알았다.

그건 중요한 게 아니지요.

박 신부는 혼란스러웠다. 지금까지 벌어진 사건들의 실질적인 두목인 마스터를 눈앞에 대하고 보니 어찌해야 할지 분간이 되지 않았다. 무슨 말을 해야 할까 생각하던 박 신부의 입에서는 어울리지 않은 말이 튀어나왔다.

"어째서 이런 일을 하는 거요? 지옥문은 대체 왜?"

어째서라니, 하하하.

박 신부의 질문이 엉뚱했던지 마스터가 큰 웃음을 터뜨렸다. 마스터의 웃음소리에는 과거 히루바바가 썼던 울림이 있는 듯했다. 박 신부는 몸을 주춤했고 준후는 잽싸게 수인을 맺으면서 몸을 보호했으나, 뒤편의 연희는 귀를 막으면서 고통을 참으려고 애썼다. 준후가 재빨리 연희의 손에 부적 하나를 쥐어 주자 연희는 잠시 몸을 부르르 떨더니 괜찮아졌는지 준후에게 고개를 끄덕여 보였다.

역시 대단하신 분들이군요. 경탄하고 싶어요. 내 오랜 세월 동안 수련을 해 왔지만 인간 세상에서 당신들만 한 힘을 가진 사람을 보는 것은 참으로 오래간만이에요. 물론 벌레지만…….

"우리 그런 얘기는 하지 맙시다."

박 신부는 음파를 한 번 받고는 오히려 냉정을 되찾았다. 마스터는 오랜 친구라도 된 양 얼굴에 미소를 흘리면서 말했다. 그러나 박 신부는 그 어느 때보다 상당히 긴장하고 있었다. 상대는 블랙 서클의 최고라는 마스터가 아닌가?

"당신은 도대체 왜 블랙 서클을 만든 거요? 왜 지옥문을 연다는 거요? 세상을 그토록 증오하오?"

마스터는 가만히 미소를 띤 채 앉아 있다가 복화술로 웃음을 터뜨렸다. 얼굴에 약간의 미소만 띠고 있는 사람에게서 말소리와 웃음소리가 들려오니 영 기분이 이상했다.

나는 세상을 미워한 적이 없습니다.

"그렇다면 뭐요, 어째서……."

다른 사람들이 세상을 미워했고, 세상도 내가 약간씩이나마 도움을 준 다른 사람들을 미워했지요. 그것뿐이에요. 나 자신은 그렇게 생각한 적이 없지요.

"거짓말. 증오와 복수를 재창조하라고 그들에게 가르친 것은 바로 당신이 아니었소? 죄로 물든 세상을 정화하라고 했던 것도. 이 세상을 온통 피바다와 증오와 고통과 공포의 소굴로 만들려고 한 것도 당신의 계획이 아니었소? 더구나 지옥문은……."

하하하, 그렇다고 볼 수 있겠죠. 그러나 분명한 것은…….

마스터는 말을 끊으면서 눈을 떴다. 마스터의 눈은 참으로 희한하게도 여느 보통 사람과 똑같고, 거기서 아무것도 읽어 낼 수 없었다. 텅 빈 공허함만이 눈을 가득 메우고 있는 것 같았다.

다만 나는 내가 바라는 바를 한 것뿐이에요. 그리고 당신들은.

마스터는 조용히 말을 이어 갔다. 박 신부와 준후와 연희 세 사람은 마스터의 유창하게 이어지는 한국말에 귀를 기울이고 있었다.

더 이상 알 필요도 없습니다.

그 말이 떨어지자마자 마스터의 몸에서는 붉은 기운들이 솟구쳐 올라왔다. 현암이 과거에 연희와 만나게 됐을 적에 상대했었던 것 같은 염체들이었다. 연희가 옛 기억이 나는 듯, 비명을 질렀다. 염체의 색은 달랐지만 수법은 과거의 이름 없는 남자가 현암과 싸우면서 썼던 수법과 너무도 흡사했다.

"아니, 저건!"

솟구쳐 올라온 염체는 뱀이나 용처럼 꿈틀거리며 허공에서 뒤엉켰다가 분수처럼 사방으로 갈라져서 박 신부와 준후 그리고 연희를 노리고 덮쳐들었다. 준후가 재빨리 연희를 옆으로 밀쳐 내면서 양손에 뇌전의 기운을 끌어올렸고, 박 신부도 베케트의 십자가를 손에 쥐고 다른 한 손으로는 다른 십자가를 꺼내 들었다. 연희는 뿜어져 나오는 염체들을 피해서 엉겁결에 벽 쪽에 몸을 기댔다. 그러나 그 벽도 일종의 환영이었던 듯 연희의 몸은 쑤욱 벽 쪽으로 빨려 들어갔다. 박 신부와 준후는 마스터를 상대하느라고 정신이 없어서 보지 못했다.

연희는 생각지도 않게 몸이 뒤로 나가떨어지면서 뒤통수를 부딪히자 눈에서 불이 번쩍하는 것 같았다. 연희는 당황스러웠다. 재빨리 몸을 일으켜 자기가 빨려 들어온 벽 쪽으로 나가려 했으나, 희한하게도 이번엔 거짓말처럼 벽이 단단하게 막혀 있었다.

"아니, 이게 뭐야? 도대체 어떻게 된 거지?"

연희는 소리치면서 벽을 두들겨 댔으나 벽은 쿵쿵하는 소리만 냈을 뿐이다. 연희의 뒤쪽에서 거친 숨소리가 들려왔다. 그곳에는 머리가 벗겨지고 체격이 뚱뚱한 육십 대 남자가 얼굴이 파랗게 질린 채 땅바닥에 쓰러져 있었다. 그의 입에서는 신음이 새어 나오고 있었다. 연희는 경계 자세를 취했으나 남자는 이미 탈진 상태인 것 같았다. 연희는 눈썹을 치켜올리면서 남자가 중얼거리는 소리에 귀를 기울였다. 러시아어였다.

"마스터, 마스터를 막아야만······. 마스터를."

"당신은 도대체 누구죠?"

"나, 나는······ 블랙 서클의 총수. 블랙 서클을 만든······."

"예? 뭐라고요?"

성난큰곰의 몸이 터질 듯 부풀어 오르는 것을 현암은 심각한 눈으로 쳐다보고 있었다. 애당초 거인이었던 성난큰곰의 몸은 마치 고무풍선처럼 늘어나서 머리가 천장에 닿을 정도로 커지고 있었다. 단순한 환영인지, 정말로 초자연적인 능력에 의해 몸이 커지는 것인지는 알 수 없었으나 좌우간 성난큰곰의 덩치는 드라큘라 성의 미르체아와도 비교가 되지 않을 정도로 커졌다.

'세상에 어떻게 저런 일이······.'

현암으로서도 눈앞에 펼쳐지는 광경이 믿어지지 않았다. 복도를 메울 정도로 덩치가 커진 성난큰곰이 현암을 보고 웃었다. 현암의 마음속으로 주술사의 말이 들려왔다.

이것이 바로 조상신들의 힘이라네. 자, 그러면 이리 오게······.

성난큰곰의 말은 아이들을 달래는 느낌이었다. 현암도 더 이상 주춤거리고 있을 수만은 없었다. 처음에는 기공탄으로 끝장을 보고 마스터를 상대하러 아래층으로 달려갈까 생각을 했으나 처음부터 그렇게 위험한 방법을 사용하고 싶지 않았다.

더군다나 성난큰곰의 목적이 무엇이었는지 모르겠지만 현암에게 상당한 호의를 가지고 대결하는 것 같기도 했고······. 현암은 찜찜한 생각이 들어서 할 수 없이 오른손에 기공력을 모아 성난큰곰을 향해 달려들었다.

승희는 현암을 향해 힘을 보내며 정신을 집중하고 앉아 있었으나 윌리엄스 신부는 가만히 앉아 있기 몹시 답답한 듯, 보이지 않는 벽에 부딪혀 보고는 한숨을 쉬면서 안절부절못하고 있었다.

"오, 이런! 나만 아무 역할도 하지 못하고······."

윌리엄스 신부는 상당히 흥분한 듯 씩씩거리면서 초조하게 보이지 않는 벽을 살펴보기도 하고 몸을 부딪쳐 보기도 했으나 그럴 때마다 몸은 뒤로 밀려 났다. 흥분이 되자 몸에서 흡혈귀의 기운이 치밀어 오르는지 윌리엄스 신부의 얼굴이 창백해지더니 입술 밑에서 날카로운 이빨이 불쑥 솟아났다.

"으윽! 오우, 이런! 이놈의 이블 파워가!"

윌리엄스 신부는 기겁하더니 승희 옆에 무릎을 꿇고 앉아서 사악한 힘이 자신에게서 떠나게 해 달라고 정신없이 기도했다. 그런데 사람들이 내려갔던 아래쪽에서 누군가가 소리를 쳤다. 바로 이반 교수의 목소리였다.

"이리 내려와 보시오! 주술 막이 풀렸을 거요!"

윌리엄스 신부는 그 소리를 듣고 벌떡 몸을 일으켜서 아까까지 분명히 가로막고 있던 주술 막으로 손을 뻗어 보았다. 어느 사이 주술 막은 사라지고 없었다. 윌리엄스 신부는 기쁜 나머지 승희를 흔들어 눈을 뜨게 했다.

"승희 양! 내려갑세다! 길이 열렸습네다!"

승희는 반쯤은 흡혈귀의 기색을 띠고 있는 윌리엄스 신부를 보고 몸을 부르르 떨었으나 곧 침착함을 되찾고 몸을 일으켰다. 어서 현암에게 월향검을 전해 주어야 할 것이고, 자신도 조금이라도 도움이 되고 싶었기 때문이다. 윌리엄스 신부와 승희는 서둘러 입구를 지나 일 층의 복도를 향해 걸음을 옮겼다. 승희는 남몰래 속으로 다짐하고 있었다.

'무리한 힘을 써서 쪼글쪼글한 할망구가 된다 해도 최선을 다할 거야! 그러고 말 거야!'

"얍!"

"야앗!"

박 신부와 준후는 힘을 내어 각각 둘씩의 염체를 허공에서 막아 내고 있었다. 준후는 뇌전의 기운으로 염체를 밀어 냈고, 박 신부는 오라력으로 달려드는 붉은 염체의 줄기를 튕겨 냈다. 그러나 붉은 염체들은 소멸하지 않고 마스터의 뒤쪽으로 스며들듯 사라져 버렸다.

많이들 강해지셨군요. 놀라울 뿐이에요. 하하하. 그런데 그래 봐야 벌레 정도라고 말하지 않았던가요?

"얼마든지 상대해 줄 수 있다!"

준후가 고함을 쳤지만 마스터는 염체들을 사라지게 한 다음에도 껄껄거리고 웃기만 했다. 박 신부는 그제야 연희가 어디론가 사라진 것을 알고는 놀란 표정을 지었다.

"연희 양은?"

"어? 저도 몰라요!"

"남을 걱정해 줄 때가 아닐 텐데요? 하하하."

마스터의 몸에서 검은 구름이 뭉게뭉게 일어나며 순식간에 시커멓게 사방을 메웠다. 박 신부가 놀라서 소리를 쳤다.

"이건 코제트의······!"

증오의 안개랍니다. 증오는 이처럼 모든 것의 눈을 멀게 하고 시야를 가리지요? 하하하.

마스터의 목소리가 울리자 검은 안개는 무리를 지어 박 신부와 준후를 향해 쏟아져 내렸다. 준후가 소리를 쳤다.

"아무리 마스터라지만 이 모든 걸 어떻게……."

"놈은 지금 우리를 가지고 장난을 치고 있어!"

박 신부가 노한 듯 외치더니 몸에서 더더욱 기운을 끌어올렸다. 박 신부의 손에서 베케트의 십자가가 기도성을 울렸고 오라는 연녹색에서 점차 현란한 푸른색으로 바뀌고 있었다. 준후도 한 손으로는 도가 오행의 기운 중 금(金)의 방어 막을 주위에 치고 한 손에는 부동명왕의 멸겁화의 기운을 맺어 갔다.

블랙 서클의 비밀

"예? 뭐라고요?"

연희는 자신의 귀를 믿을 수가 없었다. 이렇게 힘없이 죽어 가는 자가 블랙 서클의 총수라니. 이자는 어떠한 힘이나 영력도 없어 보였다. 더군다나 그는 지금 연희에게 모든 것을 이야기해 주겠다고, 마스터를 반드시 죽여 달라고 애원하고 있는 것이 아닌가!

"모든 것을 알려 주겠소. 아아…… 마스터는 그냥 놔둬서는 안 돼. 절대……."

연희는 멍하니 총수의 이야기를 들을 수밖에 없었다. 총수는 헐떡거리면서 혼신의 기운을 다해 말을 이어 갔다.

"나, 나는 KGB(구소련의 비밀 경찰)의 특수 심령 연구소의 소장이었소. 심령학과 초능력을 군사적인 목적에 활용하려는 연구를 해 왔고 세계의 유능한 인물들을 포섭해서 그들의 능력에 대한 비밀을 밝히고 그들을 소비에트 연방 최정예의 전사로 만들려고 했었소."

블랙 서클의 총수, 안드레이 키르모비치는 야망이 있었다. 연구는 진행하면 할수록 인간이 만들어 내는 신비한 세계는 끝이 없었고, 안드레이는 그 세계에 경탄하면서 그러한 힘들을 활용하면 언젠가는 세상의 판도를 바뀌게 할 수 있을 거라고 생각했다.

처음에는 과학적으로 그것의 정체를 밝히려 했으나 성과가 없었다. 그래서 자신도 어느새 서서히 신비주의에 빠져들게 됐고 세계 각지에서 능력자들을 모으기 시작했다. 그러다가 만난 자가 마스터였다.

"마스터는 무서운 능력자…… 인도의 대요기……. 그러나 힘, 힘만을 추구하다가 스스로의 신앙과 믿음을 포기한 자요. 그러나 그 힘만은……."

연희는 흥분한 안드레이를 진정시키면서 얼굴을 자세히 살폈다. 얼굴에 죽음의 기색이 짙게 드리워져 있었다.

"소비에트 연방이 와해하자 비밀에 싸여 있던 우리 연구소는 아무런 통제도 받지 않게 됐소. 많은 초능력자와 영능력자들이 자유를 찾아 연구소에서 탈출했으나 마스터는 그중 일곱 명의 능력자를 붙잡아 두었던 거요. 나는 이들의 힘을 바탕으로 세상을 지배할 수도 있을 것이라는 환상에 빠졌소. 아! 난 미쳤었소……. 나는 막대한 공금을 빼돌려서 미국으로 건너왔고, 마스터를 통해 그들을 세뇌해서 세상을 혼란에 빠뜨리고 그 기회를 이용해 뭐든 해 보려고 했소. 나를 그렇게 황당한 놈으로 만든 건 마스터였지만 말이오. 일곱 명의 능력자는 각각 목적이 달랐다오. 그들의 이름은……."

연희는 이름 같은 것은 중요하지 않다고 말하려다가 문득 과거 그 남자의 장난기 어린 듯한, 그러나 우울해 보이는 듯한 얼굴을 떠올렸다. 연희가 지금까지 수없이 위기를 넘기며 이곳에 오게 된 진짜 이유는 무엇이었던가? 그 남자의 영혼을 달래 주기 위해서가 아니었던가? 안드레이는 알고 있을지도 모른다. 일곱 명의 능력자 중에는 분명 그 남자의 이름도…….

"마스터를 제외하고 블랙 서클을 만든 자들은 히루바바와 성난 큰곰……. 그들은 자신의 민족을 위해 힘을 얻을 생각으로 마스터를 따랐소. 코제트는 스스로를 증오해서 세상을 멸망시키겠다는 집념으로 꽉 찬 여자였고……."

연희는 애타게 안드레이의 입을 바라보고 있었다. 그래. 낯익은 이름들, 여태껏 자신들과 싸워 왔던 그 이름들. 그러나 연희에게 중요한 것은 그것이 아니었다.

"케인과 카프너, 그들은 오로지 자신의 이익만을 추구해서 블랙 서클을 따른 자들이오. 그러나 우리는 그들을 이용했소."

"그리고요? 다른 사람들은?"

"주주……. 주주가 있었소. 좀비들을 부리는 기술을 가진 호웅간……. 그러나 그자는 어느 정도의 힘을 얻게 되자 블랙 서클을 떠나 도망쳤소. 그다음 일은 모르오. 나는 그 이전에 마스터의 저주를 받아 이곳에 감금됐고…….”

"마지막 사람은? 그 남자는, 그 남자는 한국인이었죠?"

"맞, 맞소. 한국인 2세……. 유럽으로 입양돼 거리를 헤매던 청년이었지."

연희의 눈에 눈물이 핑 돌았다.

"아아! 그…… 그 사람의 이름은?"

"그의 이름은…….”

안드레이는 쓸쓸히 고개를 저었다.

"아무도 모르오. 그의 이름은 자신도 몰랐소."

눈앞에서 세상이 한꺼번에 와르르 허물어져 내리는 것 같았다. 이름마저도 아무도 모르게 하고 가 버리다니……. 그는, 그 남자는……. 연희의 큰 눈에서 주르륵 눈물이 흘러내리는 것을 보고 안드레이는 뭔가 사연이 있을 거란 느낌에, 측은한 생각이 들었는지 한마디를 귀띔해 주었다.

"그렇지만 우리는 그를 그냥 리라고 불렀소."

"리? 리라고 했나요? 그 사람의 성이…….”

"그럴 거요. 그렇다고 믿소."

안드레이는 연희를 위로하려는 듯이 보기 흉하게 입술을 일그러뜨리며 웃어 보였다. 연희는 한 음절의 말만 듣고도 가슴이 꽉 막혀 오는 것 같아서 끅끅하는 소리를 내며 눈물을 주르륵 흘렸다.

'리! 리였군요. 바로······.'

눈물을 흘리는 연희의 손에 과거의 낡고 닳은 구리 십자가가 꼭 쥐어져 있었다. 안드레이는 그것을 보더니 고개를 갸웃했다.

"지금, 성난큰곰 말고는 모두가 다 죽임을 당했다고 들었소. 리도 그렇소?"

안드레이는 괜히 이야기를 꺼냈다고 후회하는 표정이었으나 연희는 그것이 슬픈 일이 아니라는 듯, 계속 눈물을 펑펑 흘리면서도 고개를 끄덕여 보였다. 안드레이도 눈물이 글썽해졌다.

"리의 것이군. 그 친구에게 가장 소중했던 물건이었소."

"예. 흐흑······ 그랬어요······. 예······."

안드레이도 연희가 우는 모습을 보자 숙연한 얼굴이 됐다. 안드레이는 뭔가 깊은 생각에 빠져들고 있었다.

"헉!"

현암은 낭패라고 여겼다. 성난큰곰은 자신의 주먹을 피하지 않았다. 칠성(七成)의 기공력을 담고 있던 현암의 주먹을 그대로 가슴에 맞으면서 성난큰곰은 거대한 팔을 벌려 현암을 그대로 끌어안아 버린 것이다. 그의 엄청난 덩치가 몸을 에워싸자 현암은 마치 땅속에 파묻힌 것처럼, 아무 힘을 쓸 수가 없었다. 반탄력을 극성까지 끌어올렸지만 소용이 없었다.

이제, 끝을 낼 때가 됐네.

"으윽!"

현암은 몸부림을 치려 했지만 손가락 하나 까딱할 수가 없었다. 그러나 그의 말은 매우 뜻밖이었다.

자네들이 사람을 죽이지 않는다는 것을 알고 있네. 그러나 나는 목숨을 걸고 싸워야만 하네.

현암은 뭐라 대꾸하려 했으나 성난큰곰의 코끼리 다리만큼이나 굵어진 팔이 몸을 조여 오는 바람에 숨조차 쉴 수 없었다.

어떤 수단을 써서라도 나를 죽여 주게. 그렇지 않으면 내가 자네를 죽일 걸세. 제발 공평한 방법으로 나를, 나를 조상님들이 기다리는 낙원으로 보내 주게.

"둘 다 죽지 않으면 되지 않나! 왜 죽어야 한단 말인가!"

현암은 간신히 들릴락 말락 하게 소리를 쳤다. 그러나 성난큰곰은 애정을 표현하는 것처럼 현암을 더욱 끌어안으며 나직하게 말하는 것이었다.

우리 수족(Sioux)의 전사들은 용맹하게 싸우다 죽지 않으면 낙원에 들지 못하네. 그리고 나는 지금 가야만 하네. 사람은 언젠가 죽는 법이니…… 죽어야 할 때도 있는 법일세…….

현암은 화가 치밀어 올랐다. 명예니 관습이니 자존심이니 하는 이유로 사람이 사람을 죽이고 죽임을 당하는 이야기는 많이 들었다. 또 실제로 보기도 했다. 그때마다 현암은 분노가 앞섰다. 왜? 왜 죽고 죽지 않으면 안 되는가? 왜 같은 인간끼리 서로를 해치지 않으면 안 되는가? 왜 인간은 자연계의 어떤 동물도 행하지 않는, 이유 없는 동족상잔을 하는 것인가? 어쩌면 모든 살해와 실상의 근원은 '힘'에 있을지 몰랐다. 남보다 강한, 남을 제압할 수 있는…… 그 증거를 남에게 보여 주고 싶기 때문에 힘을 얻으려고 하고, 힘을 얻으면 쓰고 싶기 때문에 일을 벌이고 또 거기에 끼어들고…….

아서왕과 대화할 때에 현암은 분명히 대답했다. 힘은 약한 자를 위한 것이라고. 그리고 명예나 영광보다는 생명이 더욱 중요하다고. 아서왕은 그러한 대답을 듣고 현암은 기사(Knight)가 아니라고 했었지만 현암의 생각은 그때나 지금이나 변하지 않았다. 앞으로도 변하지 않을 것이다.

'죽어야만 한다는 생각은 허위다…….'

현암은 기공력을 모아서 몸을 꿈틀대기 시작했다. 성난큰곰의 초인적인 힘으로 몸이 금세라도 찌그러 들듯 압축되자 몸 안에 풀어 놓았던 기공력이 막혔던 혈도로 스며들기 시작했고, 격심한 고통이 전해져 왔다. 그러나 현암은 벗어나고 싶었다. 그래서 성난큰곰에게 자신의 생각을 들려주고 싶었다. 오로지 그 일념으로 혼신의 힘을 집중했다. 갑자기 눈앞이 윙윙거리고 몸의 근육이 미친 듯 멋대로 움직였다. 현암은 정신을 잃어버렸다.

"이반 교수님!"

승희와 윌리엄스 신부는 지하 일 층으로 내려서자마자 펼쳐진 광경에 눈살을 찌푸렸다. 지하 일 층은 격심한 싸움이 있었던 듯, 그야말로 난장판이었다. 부스러진 좀비들의 참혹한 시체들, 아니 그 조각들과 재들이 사방에 널려 있었고, 복도 저편은 천장이 무너져서 완전히 막혀 있었다.

이반 교수는 탈진한 듯 서 있었는데, 놀랍게도 온몸이 피로 흠뻑 덮여 있었다.

"으아! 이반 교수님. 괜찮습니까?"

윌리엄스 신부가 앞으로 달려 나가려고 했으나 이반 교수는 어깨를 으쓱해 보이며 괜찮다는 동작을 했다. 그리고 천장을 가리켜 보이며 말했다.

"저놈의 글자들에게 성수를 부어 줬더니 다짜고짜 글자들이 피가 돼 나에게 쏟아졌소, 흠흠!"

이반 교수가 가리킨 천장에는 아직도 피가 뚝뚝 떨어지고 있었고 이상한 글자는 어디로 사라졌는지 없어져 버렸다.

"피의 힘을 모아서 주술 막을 쳤던 것 같소. 끔찍한 놈들!"

"그나저나 다른 사람들은요?"

승희는 다급하게 말하자 이반 교수는 돌 더미를 가리켰다.

"저 너머에 있소. 천장이 무너져 내려서……."

"아이구, 그러면 어떻게 해요? 현암 군에게 월향검을 전해 주어야 하는데……."

승희가 발을 동동 구르자 윌리엄스 신부가 어쩔 줄 모르겠다는 듯이 이반 교수와 승희, 그리고 무너져 내린 돌 더미를 쳐다보았다. 그러더니 결심한 듯, 갑자기 위를 보고 소리쳤다.

"주여! 한 번만 눈감아 주소서!"

윌리엄스 신부가 소리를 지르면서 "이야아아압!" 하는 소리를 내자 윌리엄스 신부의 얼굴이 백지장처럼 하얗게 질리면서 입술을 비집고 날카로운 송곳니가 솟구쳤다. 손가락 끝도 짐승처럼 뾰족하게 변했다. 흡혈귀와 비슷한 모습을 보게 되자 아직 쇼크에서 완전히 벗어나지는 못한 승희는 으흑 하는 소리를 냈으나 윌리엄스 신부는 그런 승희와 이반 교수를 본척만척하고 돌 더미로 달려들었다.

"주여, 자비를!"

윌리엄스 신부는 작은 체구임에도 불구하고 엄청난 힘으로 돌 더미를 헤집어 놓았다. 돌 더미에 손을 찔러 넣고 헤집을 때마다 커다란 돌들이 우르르 옆으로 밀려 났다. 승희와 이반 교수는 넋을 잃고 그런 윌리엄스 신부의 모습을 바라보고 있었다.

"이럴 수밖에 없는 저를 용서하소서! 주여!"

윌리엄스 신부는 눈 깜짝할 사이에 돌 더미를 절반 가까이나 흩어 놓더니 허공에 대고 소리쳤다. 눈만은 흡혈귀 같지 않고 정상적이었는데 그 눈에 맺힌 눈물을 보고 승희는 피식 웃으려다가 간신히 참았다. 윌리엄스 신부는 또다시 날카로운 기합 소리와 함께 양손을 돌 더미를 향해 휘둘렀다. 그러자 엄청난 바람이 쏟아져 나와 순식간에 거대한 돌 더미를 무너뜨렸다. 삽시간에 꽉 막혔던 통로가 완전히 열렸고 승희와 이반 교수는 무지막지한 윌리엄스 신부의 힘에 입을 딱 벌렸다. 그러나 윌리엄스 신부는 돌 더미를 치우자마자 "아멘" 하고 중얼거리면서 땅에 풀썩 쓰러져 버렸다.

승희는 어이가 없어서 소리를 쳤다.

"어어?"

피로 범벅이 된 이반 교수가 윌리엄스 신부에게로 달려가더니 중얼거렸다.

"별것 아니오. 정신을 잃은 거요. 빈혈 때문에……."

"빈혈요?"

"하하하. 윌리엄스 신부님은 흡혈귀의 힘을 몸에 입지 않았소? 흡혈귀의 힘은 피에서 나오는 거요. 하지만 윌리엄스 신부님의 정신은 말짱하니 피를 마실 리가 없지. 그러면 그 힘은 어디서 나오겠소? 하하하."

윌리엄스 신부가 지닌 흡혈귀의 기운은 자신의 피를 소모함으로써 나오는 것이란 말인가? 승희가 납득이 되지 않아 고개만 갸웃거리고 있는데 이반 교수가 웃으며 말을 이었다.

"힘을 너무 써서 당장은 정신을 차릴 수 없을 테니 그냥 갑시다. 이번 활약은 멋지기는 한데 그래도 너무 희극적이군. 하하하. 웃음을 참을 수가 없구려. 하하하."

승희는 씁쓸하게 고개를 설레설레 저으며 이반 교수와 함께 지하 이 층으로 걸음을 옮기기 시작했다.

정말 놀랍군요. 강하시군요. 강해……. 하하하.

마스터는 빈정거리는 듯한 투로 말하면서 코제트가 사용하던 증오의 안개에다가 히루바바가 사용하던 고통의 음파까지도 내고 있었다. 그러면서도 마스터는 아까 합장한 자세에서 손 하나 까딱하지 않았고, 고통의 음파마저도 입이 아니라 복화술을 응용해 내고 있었다. 박 신부는 베케트의 십자가에서 나오는 힘으로 방어하면서, 성령의 불길이 이글거리는 십자가를 휘둘러서 검은 안개들을 사그라지게 만들었다. 준후는 준후대로 만부원진의 술수로 부적들을 몸 주변에 돌리면서 왼손으로 수인을 맺어 음파로부터 몸을 보호했다. 그리고 간간이 오른손으로 부동명왕의 인장을 맺고는 멸겁화의 불덩이를 두어 번 마스터를 향해 내쏘았으나 그때마다 검은 안개가 일어나 멸겁화의 불덩어리를 삼켜 버렸다.

한참을 싸우다가 마스터가 다시 웃으며 말했다.

하하하. 애써서 모았더니, 그들이 잘난 척하던 힘이 이 정도밖에 안 됐던가? 당신들이 강한 게 아니라 그들이 약했던 거로군요!

'저건 또 무슨 소리야?'

준후는 눈을 동그랗게 뜨고 마스터가 한 말의 의미를 생각해 보았다. 애써서 모았다니 그건 무슨 말일까? 그리고 마스터는 도대체 얼마나 오랫동안 수련을 했기에 블랙 서클 사람들의 그 많은 술수를 다 사용할 수가 있는 것일까? 이해가 되지 않았다. 그런 와중에 마스터의 등 뒤쪽에서 또다시 붉은 염체들이 뿜어져 나오기 시작했다. 박 신부와 준후는 스스로의 눈을 믿을 수 없었다. 마스터가 제아무리 강한 자라고 한들 역시 인간일 터인데, 어떻게 저렇게 근본이 다른 술수들을 한 번에 사용할 수 있단 말인가? 경악하는 박 신부와 준후를 향해 염체들이 덮쳐들면서 마스터의 입이 열리고 길게 울부짖는 소리가 흘러나왔다. 그 순간, 박 신부가 헉하는 소리를 내면서 두어 걸음 뒤로 물러섰다. 준후가 소리를 쳤다.

"신부님!"

"저, 저자가 내는 건 호웅간의 저주 만트라!"

전에 박 신부는 호웅간과 싸우면서 저주가 실린 칼에 옆구리를 찔린 일이 있었다. 그래서 백호와 함께 하마터면 둘 다 큰일 날 뻔하지 않았던가? 다행히 호웅간은 박 요원의 총에 죽어 버렸고 박 신부는 회복돼서 모든 게 끝난 줄 알았는데, 저주력이 아직도 남아 있었다는 말인가? 그 저주의 만트라마저도 마스터가 사용할 줄은 정말 상상 밖이었다.

"신부님! 신부님!"

준후가 소리치는 사이 박 신부는 옆구리에 손을 대 보았다. 그 사건 이후 수많은 무리와 싸우면서 그곳은 한 번도 다친 적이 없었는데도 상처가 터져 피가 샘처럼 흘러나오고 있었다.

안드레이는 연희가 진정될 때까지 아무 말 없이 기다려 주었다. 안드레이는 스스로의 죽음을 예감할 만큼 힘이 소진된 것 같은데, 연희의 눈물을 보고는 가쁜 숨을 참아 내는 것을 보면 그리 악한 사람은 아니었던 듯싶었다. 한동안 울고 난 연희는 한결 마음이 개운해졌다. 눈물을 닦고 난 연희가 입을 열었다.

"그런데 그들 중 왜 젠킨스는 들어 있지 않죠? 그도 삼대 승정

중의 하나잖아요?"

"젠킨스는 나중에 들어온 자요. 그는 비뚤어진 과학자에 가까웠소. 그자의 능력이 가장 약했을 것이오. 그렇지 않았소?"

연희에게 젠킨스는 그다지 중요한 문제가 아니었다. 그냥 말을 꺼내기 위해 물은 것뿐이었다.

"그런데, 마스터가 바라는 것은 뭐죠?"

안드레이는 기다렸다는 듯이 말했다.

"바로 힘이오. 힘! 누구와도 비교할 수 없는 힘!"

"그걸 어떻게 얻으려고 한 거죠?"

"아아!"

안드레이는 한숨을 내쉬었다.

"총수라는 내가 왜 이런 꼴이 됐는지 아시오? 마스터의 속셈을 알아챘기 때문이지. 나도 악한 짓을 하긴 했지만 그자는 악마요. 아니, 악마 그 이상이오."

"무슨 말인가요?"

"그자는 우리 모두를 이용한 것이오. 그자에게는 블랙 서클 자체도 힘을 얻기 위한 수단에 불과했소. 모두를 이용해서 그 힘을 차지하려는 수단으로……."

"그 힘을 차지하다뇨?"

안드레이는 분노에 이글거리는 눈빛으로 중얼거렸다.

"당신들은 이상하게 여긴 적이 없었소? 블랙 서클의 성원들이 하나씩 당신들의 손에 당해 가는데 왜 최강의 능력을 지닌 마스터가 한 번도 나타나지 않았는지. 그리고 블랙 서클의 성원들이 왜 세 명 이상 힘을 모은 적이 없었는지. 그것에 대해 생각해 본 적 없소?"

연희로서는 뜻밖이었다. 그러고 보면 지금까지 한두 명의 블랙 서클 사람들과 대적해 싸우면서도 얼마나 아슬아슬한 순간들이 많았던가. 그럴 때 마스터나 다른 자들이 나타났다면……. 그래서 힘을 합쳐 퇴마사들과 대적했다면 과연 이길 수 있었을까? 안드레이의 목소리는 점차 높아져 갔다.

"마스터는 블랙 서클 사람들이 모조리 죽기를 바라고 있었소! 그 힘, 그들이 가진 힘을 모조리 차지하기 위해서!"

"힘을 차지하다뇨? 같은 편인 마스터가 어째서 한편을……."

"한편? 같은 편? 마스터에게는 애당초 그런 것은 없었소!"

안드레이는 분노로 인해 금방이라도 발작할 것 같았다.

"그자는 악마와 계약을 했소! 블랙 서클의 성원이 죽고 나면 나타나는 원. 우리 모임의 이름이 그 원, 블랙 서클……. 블랙 서클이 어째서 나타나는지 생각해 봤소?"

연희는 뭐라고 말할 수가 없었다. 이것은 그들이 생각했던 것, 상상했던 것보다도 더욱 무서운 일이었다.

"마스터는 블랙 서클 성원들 모두를 강제로 악마와의 계약에 들게 했소! 피로써! 블랙 서클의 성원은 싸우다가 죽게 되면 악마에게 영혼을 빼앗기는 것이오. 그리고 그가 생전에 지녔던 힘은 마스터에게 넘어가는 것이었소. 마스터는 그 힘들을 끌어모아 자기 것으로 만들기 위해 악마와 계약했고, 우리 모두를 속여서 영혼을 빼앗기게 만들어 버린 것이오! 그자는 우리의 힘을 빼앗기 위해 악마에게 우리들을 팔아먹었소!"

연희는 뭐라고 말을 이을 수 없었다. 악마와의 계약이라니. 안드레이 말이 맞다면 마스터는 살아 있는 악마였다. 리의 영혼도 마스터의 손에 의해 영원히 구원받지 못하고…….

"그, 그는 대체 뭘 바라고…….."

안드레이는 이를 갈며 외쳤다.

"그는 지옥문을 열려고 하오!"

"그걸 열어서 뭘 어쩐단 말인가요! 세계와 함께 자신도 파멸할 텐데."

"아아, 그자는 세계의 파멸에 관심 없소. 차라리 세계의 파멸을 목적으로 둔다면 나도 이해는 했을지 모르오! 그러나 그는 그것조차도 목적이 아니오! 정확히 말해서, 세계 전체를 악마에게 바쳐서 그만큼 강해지기를 바랄 뿐인 거요! 세계의 파멸조차도 그에게는 더 강해지기 위해 던져 버릴 수 있는 제물일 뿐이란 말이오!"

"그, 그런 말도 안 되는…… 믿을 수가……."

"아직도 이해 못하시오? 그자는 신이…… 아니, 스스로 악마가 되려 하는 거요!"

승희는 이반 교수와 함께 지하 이 층으로 날듯이 달려 내려가다 갑자기 멈추고는 비명을 질렀다. 어수선하게 부서진 복도의 한 편에는 원래의 크기로 돌아온 인디언 주술사, 성난큰곰이 서 있었고 그 앞에는 현암이 반듯하게 누워 있었다.

"아…… 안 돼! 안 돼!"

승희는 앞으로 뛰어나가려다가 중심을 잃고 비틀거렸다. 이반 교수는 황급히 승희를 부축하면서 분노에 가득 찬 얼굴로 뒤에 걸머진 배낭에서 산탄총을 꺼냈다.

"아! 현암 군! 현암 군, 죽지 마! 죽으면……."

승희는 이반 교수의 부축에도 불구하고 그 자리에 털썩하고 쓰러져 버렸다. 이반 교수는 이를 부드득 갈면서 아무 말 없이 서 있는 성난큰곰을 향해 총을 겨누었다. 이반 교수의 머리에는 아무 생각도 떠오르지 않고 있었다.

"이 개자식! 네가 미스터 현암을!"

이반 교수의 총이 불을 뿜자 산탄에 맞은 성난큰곰의 배와 가슴에서 선혈이 퍽 튀어 올랐다. 그러나 성난큰곰은 몸을 주춤하면서도 씨익 하고 미소를 띠었다. 승희의 품 안에서 찢어질 듯한 귀곡성이 울리며 월향검이 무서운 기세로 뛰쳐나왔다.

"잘한다! 죽여 버려!"

이반 교수는 악을 쓰면서 총알을 장전했다. 그러자 월향검은 금방이라도 성난큰곰의 목을 날려 버릴 듯 무서운 기세로 날아가다가 덜컥 정지하더니 쓰러져 있는 현암의 머리 위를 빙빙 돌았다. 인디언 주술사의 힘없는 목소리가 이반 교수에게 들려왔다.

그는 죽지 않았소. 그는 이제는……. 하하하.

"무슨 말이오!"

이반 교수가 놀라서 소리를 지르는데 쓰러졌던 승희가 벌떡 몸을 일으키더니 현암에게로 다가갔다. 그러고는 현암의 얼굴을 짚어 보더니 화가 난 목소리로 소리쳤다.

"아직 살아 있어요! 현암 군은 아직…… 아직도……."

승희는 성난큰곰이 앞에 있는데도 불구하고 갑자기 울음을 터뜨리더니 쓰러져 있는 현암의 뺨을 철썩철썩 갈겨 대기 시작했다.

"이…… 죽은 척하다니! 나쁜 현암 군! 바보! 멍청이!"

이반 교수는 계속 총을 겨눈 채 성난큰곰에게로 다가갔다. 성난큰곰은 힘이 빠진 듯, 조용히 이반 교수에게 영어로 이야기했다.

"백인…… 염려 마라. 그는 죽을 뻔했지만 죽지 않았다. 그리고 죽지 않을 것이다. 그는 위대한 전사다."

성난큰곰이 몸에 힘을 주자 이반 교수가 쏘았던 은총알들이 피와 함께 몸 밖으로 빠져나와 땅에 떨어졌다. 이반 교수가 놀라자 성난큰곰은 미소를 지었다.

"그런 것으로는 열 번, 백 번을 맞아도 나 성난큰곰은 지지 않는다. 그러나 나는 이 친구의 용기에 졌다. 나는 이 친구와 친구가 되기로 맹세했다."

승희가 계속해서 뺨을 갈겨 대자 현암은 약한 신음을 냈다. 정신이 든 현암은 무슨 일이 있었는지 잘 기억나지 않는다는 듯, 고개를 좌우로 크게 흔들었다. 승희는 울면서도 미친 듯이 웃음을 터뜨렸다. 현암은 무의식적으로 왼손에 꽂혀서 나직하게 울고 있는 월향검을 한 번 쓰다듬어 보았다. 승희는 환하게 웃으며 말했다.

"그래……. 나보다 그 칼이 더 걱정되냐? 하하하. 그래, 괜찮아. 그러니 이제 일어나! 이 바보야!"

이반 교수는 이해가 되지 않는 듯 성난큰곰에게 물었다.

"그대가 미스터 현암을 쓰러트린 것이 아니었소?"

성난큰곰은 고개를 저었다.

"먼저 쓰러진 것은 나였다. 그러나 이 친구는……."

승희도 성난큰곰의 이야기에 귀를 기울였다. 성난큰곰의 품에 묻혀서 기공력을 발하던 현암은 무의식중에 부동심결을 발한 모양이었다. 그로 인해 무리한 강신술을 쓰던 성난큰곰은 힘을 잃고 쓰러져 버렸다. 정신을 차려 가는 현암도 기억이 조금씩 되살아나기 시작했다.

그런데 참으로 묘하게 부동심결을 코앞에서 받은 성난큰곰의 몸에서 시커먼 원 하나가 소용돌이를 치며 빠져나갔다. 아무 의식이 없던 현암은 그 원을 보고 거의 본능적으로 분노를 느끼며 기공탄의 일격을 날렸고, 작은 블랙 서클은 기공술의 최고 경지라 할 수 있는 기공탄과 부딪혀서 산산이 깨어져 버렸다. 현암은 극심한 허탈감을 느끼면서 쓰러져 버렸고, 그 광경을 쓰러진 채 보고 있던 성난큰곰은 그게 무엇을 의미하는지 알아차린 것이다.

"그건 내가 과거에 했던 영혼의 계약, 마스터에게 속아서 악마와 맺었던 저주받은 계약이 무효가 된 것이다. 나는 이제 죽어도 몸을 블랙 서클에 흡수당하지 않게 됐다. 나의 영혼을 구원해 준

것은 내 친구이자 은인인 현암이다."

 현암으로서도 얼떨떨할 뿐이었다. 그러나 가만 생각해 보니 성난큰곰의 행동이 이해가 갔다. 성난큰곰은 자신이 맺은 악마와의 계약 때문에 영혼이 전사의 낙원으로 가지 못한다는 것을 슬프게 여겼고, 그래서 마지막으로 현암의 손에 죽음으로써 행여나 낙원으로 갈 수 있을까 하는 희망을 가졌던 것이다. 그러나 부동심결에 의해 혼돈에 빠져 있었던 정신이 맑아지면서 몸 안에 자라고 있던 작은 블랙 서클마저도 현암의 손에 의해 파괴돼 버리자, 그는 현암을 자신의 은인으로 여기고 기공력이 몸 안에서 들끓고 있는 현암을 치료해 준 것이다.

 전후 사정 이야기를 현암은 잠자코 듣고 있었다. 수많은 블랙 서클 요원들을 상대해 보았지만 사람을 구원할 수 있었던 것은 이번이 처음이었다. 이반 교수는 성난큰곰에게 총을 쏜 것에 대해 사과했으나 성난큰곰은 씩 웃었다.

 "그런 것은 별문제가 아니다. 나는 영혼을 구원받았다."

 그러나 이내 성난큰곰의 안색이 어두워졌다.

 "아직 마스터는 건재하다. 더구나 그는 엄청나게 강하다. 어서 아래층으로 가라. 어서."

 현암은 급히 몸을 일으켰다. 몸의 기공력은 많이 고갈됐으나 다른 곳은 이상 없었다. 승희가 성난큰곰에게 함께 가자는 눈짓을 했으나 그는 쓸쓸히 고개를 저었다.

 "어찌 됐든 나는 전에 마스터에 의해 구원받은 목숨. 그가 아무리 악하다 해도 그와 싸울 수 없다. 미안하다……."

현암도 고개를 끄덕였다. 이해할 수 있었다. 현암은 그런 성난큰곰이 오히려 믿음직스러워 보였다.

"그 기분은 이해한다. 그러나 앞으로는 백인들에 대한 증오 같은 것을 가지지 말기 바란다. 그들도 따지고 보면 가엾은 족속들이니까……."

성난큰곰은 별 대답을 하지 않고 다만 웃어 보일 뿐이었다. 그리고 아래층 쪽의 계단을 향해 손짓했다.

"어서 가라. 모두 힘을 합해도 마스터를 상대하기는 힘들 것이다. 그러나…… 꼭 이겨라."

그러더니 하늘을 향해 팔을 벌렸다. 현암은 고개를 끄덕여 보이고는 승희와 이반 교수와 함께 아래층으로 내려갔다.

아스타로트의 약속

마스터는 코제트의 증오의 안개, 히루바바의 고통의 음파, 그리고 염체를 운용하는 술수에다가 호웅간의 저주의 주술까지도 한꺼번에 뿜어내서 박 신부와 준후를 밀어붙이고 있었다.

박 신부는 옆구리의 상처에 십자가를 갖다 대어 고통을 참아 내고 있었다. 십자가가 피로 얼룩지면서 더욱더 밝은 빛을 뿜어냈고 저주의 주술도 박 신부에게 고통을 가하지는 못하는 듯했다. 박 신부는 오른손을 사용할 수가 없어 간신히 왼손에 쥐고 있는 베케트의 십자가로 오라 막을 끌어올려서 무섭게 부딪혀 오는 갖가지 주술을 막아 냈다.

힘겹기로 말하자면 준후도 마찬가지였다. 비록 호웅간의 저주의 주술은 준후에게 영향을 주지 않았지만 마스터는 두 사람을 가지고 노는 듯, 박 신부보다는 더 활발하게 움직이는 준후 쪽을 맹렬히 공격했다. 준후는 부적들을 계속 허공에 던졌으나, 마스터의 힘은 끝이 없는 듯, 부적들이 엄청난 힘으로 마스터의 주술들과 부딪혀 흩어져 가는데도 눈 하나 깜짝하지 않았다.

'이, 이럴 수가. 어떻게 저런 괴물 같은 인간이…….'

그런데 어느 순간, 마스터가 부리고 있던 주술들이 일제히 꺼져 없어지듯 사라져 버렸다. 박 신부와 준후는 놀라서 몸을 주춤했다. 마스터는 껄껄대면서 웃는 것이었다.

새 손님이 더 오셨으니 인사는 나눠야지요. 하하하.

박 신부와 준후가 돌아보니 그쪽에는 현암과 승희, 그리고 이반 교수의 모습이 보였다. 이반 교수는 놀랍게도 들어오자마자 말할 틈도 주지 않고 산탄총을 철컥 장전하더니 마스터를 향해 인정사정없이 총을 쏘았다.

"이게 최선의 길이오!"

화약 연기가 부옇게 일어나면서 총소리가 사방을 가득 메워 갔다. 세 발, 네 발……. 이반 교수는 계속 재장전을 해 가면서 마스터를 향해 인정사정없이 총탄을 갈겨 댔다. 열네 발의 총알을 갈겨 댄 이반 교수는 재빨리 기관총을 꺼내더니 숨 돌릴 틈도 주지 않고 마스터가 있는 방향을 향해 탄창이 다 비어 버릴 때까지 총알을 갈겼다. 총에서 철컥철컥 소리가 나자 이반 교수는 눈앞에 자욱하게 피어오른 화약 연기를 손으로 헤쳤다. 불과 이삼 초 사이에 일어난 일이라 퇴마사들은 어안이 벙벙해 있을 뿐이었다. 그러나 퇴마사들은 마스터 정도의 인간이 그런 총알에 당할 것으로는 믿지 않았고, 또 사실이 그러했다. 마스터는 여전히 그 자리에 그대로 앉아 있었고, 다만 벽 뒤쪽에 무수한 총알 자국이 나 있을 뿐이었다. 이반 교수가 헉하는 소리를 내자 준후가 소리쳤다.

"저건 환영이에요! 진짜 마스터는……."

준후가 소리치는데 천장 쪽에서 시뻘건 불길이 뿜어 나왔다. 박 신부가 급히 오라를 펼쳤고 준후도 재빨리 부적을 꺼내려 했으나 불길 쪽이 더 빨랐다. 이반 교수가 삽시간에 옷에 불이 붙은 채 비명을 지르면서 쓰러졌고 현암은 승희를 한쪽 구석으로 밀어 버렸다. 쾅 하는 소리가 울리면서 박 신부가 충격을 이기지 못하고 쓰러졌다. 현암과 준후의 몸에도 불길이 쏟아져 내렸다. 머리카락과 눈썹이 화르륵 타는 냄새를 느끼면서 현암과 준후는 반사적으로 몸을 굴렸다. 승희가 넘어지면서도 소리를 쳤다.

"준후야!"

승희가 길게 소리를 지르면서 준후에게로 힘을 보내 주자 준후는 재빨리 수인을 고쳐 맺었다.

"에에잇!"

준후가 앙칼지게 소리를 치면서 양손을 휘젓자 삼매신수의 시커먼 기운이 뿜어 나와 허공에 돌면서 불길을 모조리 꺼뜨렸지만 일행은 정신을 차리지 못하고 땅에 구르고 있었다. 그런 그들의 위에서 웃는 소리가 들려왔다.

하하하. 기습이란 건 이렇게 하는 겁니다.

박 신부가 한숨처럼 중얼거렸다.

"공중 부양술(Levitation)[3]."

놀랍게도 마스터는 가부좌를 튼 자세 그대로 중력의 영향에서 완전히 벗어난 듯, 천장에 붙어서 둥실둥실 떠다니고 있었다. 피에 젖은 데다가 불길에 그슬리기까지 해서 엉망진창이 된 이반 교수가 중얼거렸다.

"저…… 저건 인간도 아니야……."

마스터는 둥실둥실 날아서 원래의 자리로 돌아왔고 환영은 마스터에게로 흡수됐다.

어떤가요, 그대들? 이제 장난은 그만두고 나와 정식으로 겨루어 볼 건가요?

---

[3] 중력의 영향을 받지 않는 것처럼 허공으로 떠오르거나 날아다니는 술수이다. 과거 기독교계 성인 중에는 몸이 공중으로 떠오르는 사람이 많았다고 하며, 인도의 요기나 티베트의 라마승, 그리고 선도의 술법자 중에서도 공중 부양을 한 이가 있다는 이야기가 전해진다. 유명한 이야기로는 몸이 항상 떠올라서 고생했다고 하는 쿠페르티노의 성 요셉이 공중으로 떠올라서 일꾼 열 명이 세우지 못한 십자가를 일으켜 세운 것, 19세기 유명한 심령학자였던 흄이 많은 영사가 참여한 가운데 공중으로 떠올라 한쪽 방 창문으로 나갔다가 다른 방의 창문으로 날아 들어온 사례들이 있다. 동양 도가 쪽에서도 공중 부양의 이야기가 많이 전해져 오고 있다.

"장, 장난이었다고?"

준후가 소리를 치자 현암이 몸을 일으키며 말했다.

"저자는 여태까지 우리가 겨루어 왔던 블랙 서클 사람들의 힘을 모두 다 빼앗아서 가지고 있어! 나도 여기 들어서면서 저자가 무슨 힘을 쓰고 있는지 눈치챘지."

현암이 이번엔 박 신부를 보고 말했다.

"마스터는 자신의 힘을 아직 하나도 쓰지 않고, 자신이 빼앗은 호웅간과 코제트와 히루바바의 힘으로 싸운 겁니다!"

승희가 몸을 일으켰다. 승희의 손에는 세크메트의 눈이 들려 있었고, 얼굴은 처연하게 변해 있었다.

"연희 언니가 모든 것을 알아냈어요. 저자는 악마와의 계약으로 블랙 서클 사람들의 영혼을 악마에게 팔아먹은 거예요. 그 대신 자신은 그들의 힘을 그대로 흡수했고요. 저자에게는 블랙 서클도 그 무엇도, 아무것도 아니었어요. 아니, 그뿐만 아니라 세계도 아무것도 아니에요! 그는 지옥문을 열어 세계 전체를 악마에게 바쳐서, 인간을 벗어나 자신이 악마가 되려는 거예요!"

현암은 대강 짐작하고 있었으나 그 사실을 처음 들은 박 신부와 준후는 경악에 입을 다물지 못했다. 승희는 계속 말을 이어 갔다. 말하는 승희의 얼굴이 또다시 붉어지고 있었다.

"어떤 이상도, 목표도…… 저자는 오랜 기간 수련을 했지만 그에게 남은 것은 허무뿐……. 진정한 깨달음을 얻지 못하고 다만 힘에만 집착하게 된……."

승희의 목소리가 이상스럽게 변했다. 위기감을 느꼈기 때문일까? 승희의 몸 안에 있던 애염명왕의 힘이 다시 움직이기 시작한 것 같았다.

"모든 것은 저자의 계획······. 그리고 블랙 서클의 성원들과 당신들 모두 저자의 손아귀에서 놀아난 것이다. 저자에게 구원은 필요 없다. 저자는 이미 인간이 아니다."

하하하.

마스터는 다시 한번 웃음을 터뜨렸다.

마하 라쟈(Maha Raja)[4]시여. 신을 뵙고 경배드립니다. 유배 오신 가엾은 신이시여, 길을 찾지 못하고 다른 몸으로 옮겨 가신 멍청한 신이시여.

승희, 아니 애염명왕은 쓸쓸히 고개를 저었다.

"모든 것을 아둔한 자신의 머리로만 생각하려는 자. 깊은 섭리를 깨닫지 못하는 그대는 영원히 구원받지 못할 것이다."

하하하. 나는 이미 구원받았습니다. 나의 새 주인에게······.

마스터가 가부좌를 튼 자세에서 손을 올리더니 허공에 손가락을 돌렸다. 그러자 마스터의 뒤쪽에서 검은 원이 소용돌이치면서 나타나기 시작했다. 이제껏 한 번도 보지 못했던 아주 커다란 블랙 서클이었다.

"주여······."

---

[4] 마하는 인도어로 '대(大)', '위대한'이라는 뜻의 접두어이다. 마스터는 애염명왕의 화신을 보고 대라쟈(애염명왕, RagaRaja)라고 비웃듯 말한 것이다.

박 신부가 성호를 그었다. 여태껏 들어 본 적이 없는 공포심이 가득 차 있는 목소리였다. 준후도 얼굴이 하얗게 질린 채 말을 하지 못하고 있었다. 현암은 놀라서 소리쳤다.

"저, 저건 뭡니까? 저건……."

박 신부는 대답을 하지 않고 현암의 손에 달려들어 월향검을 끄집어냈다. 현암은 영문을 몰라서 박 신부가 하는 대로 보고만 있었고 박 신부는 급히 땅바닥에 월향검으로 커다란 원을 그렸다.[5] 앞에서는 승희, 아니 애염명왕이 고개를 젓고 있었다.

"너는, 너는 악마를……."

말을 마친 승희는 털썩 앉더니 합장하는 자세가 됐다. 애염명왕은 승희의 몸 밖으로 나갈 수가 없으니 승희의 몸을 통해 세 사람에게 힘을 보내 주려는 것이었다.

박 신부는 일행들을 둘러싸도록 커다란 원을 그리더니 현암에게 월향검을 돌려주었다. 박 신부의 손끝이 가볍게 떨고 있는 것을 보고 현암은 무척 놀랐다. 박 신부가 무서워서 몸을 떠는 것을 현암은 한 번도 본 적이 없었기 때문이다. 현암이 기공력을 돌리고 있는데 박 신부는 무릎을 꿇더니 모두에게 말했다.

---

5 서양 마법에서 원은 신성한 것으로 알려져 있으며, 악령이나 악귀의 침범을 막기 위해 자신의 몸 주변에 원을 그렸다고 한다. 대표적인 예로 솔로몬의 원은 삼중으로 돼 있으며, 고골리의 소설인 『비이』에서도 주인공이 악령에게 둘러싸이자 축복을 하며 주위에 원을 두어 보호받는 장면들이 나온다.

"이 원 밖으로 나가서는 안 돼. 무슨 일이 있어도……. 아아, 이런 일이 있을 줄이야……."

"도대체 뭡니까? 신부님?"

"저자가 악마 아스타로트를 불러내고 있어……. 이제 곧 나타날 거야."

마스터 뒤쪽의 원은 검은 호수처럼 일렁거리면서 점점 크게 번져 가고 있었다. 현암은 착잡한 생각에 잠겼다. 악마, 악마라니. 그건…….

"막아야 해요!"

현암이 허공에 사자후의 기운을 넣고 고함을 지르자 사방이 우르르 울렸고 박 신부와 준후도 정신을 차렸다. 박 신부가 갑자기 앞으로 나섰다.

"그래, 미리 막아야 하네. 그래……."

박 신부가 결연한 자세로 뒤를 돌아보았다.

"무서워할 필요는 없어. 우리는 나약한 인간들이지만 악마라고 해도 이겨 낼 수 있네. 믿음으로, 그리고 신념으로……."

현암과 준후가 고개를 끄덕여 보였다. 박 신부는 앞을 보고 말했다.

"내가 가겠네."

현암과 준후는 박 신부가 무슨 생각을 하고 있는지 알지 못했지만 좌우간 저 악마를 제일 잘 알고 있는 박 신부에게 힘을 모아 주면 될 것 같았다. 승희가 보내 주는 힘을 바탕으로 현암과 준후가 퇴마진의 수법으로 박 신부에게 힘을 모아 주자 박 신부는 천천히 앞으로 나가기 시작했다. 벌써 마스터의 뒤쪽에 있는 검은 원에서는 시커먼 그림자 하나가 고개를 내밀고 있었다.

마스터는 그들을 방관하지 않았다. 그는 미소를 짓더니 몸에서 엄청난 기운을 뿜어내기 시작했다. 그러나 그 기운은 눈에 보이지도 않았고 느낌도 없었다.

"아차, 안 돼요! 신부님!"

현암이 소리를 쳤다. 상대가 악마와 같은 초자연체일 때는 퇴마진의 힘을 박 신부가 운용하는 것이 가장 좋은 방법이었다. 그러나 성스러움만으로 마스터의 주술과 대적하기에는 부족했다. 현암 자신이 나가야 했을 텐데. 현암은 주저하지 않고 마스터를 향해 월향검을 내밀었다. 그와 동시에 박 신부와 마스터의 두 기운이 충돌해 가고 있었다.

보이지도 들리지도 않는 엄청난 위력의 충격이 방 안에 가득 퍼져 나갔다. 이반 교수의 몸이 허공을 날아 뒷벽에 호되게 부딪혔고 월향검을 내쏘려던 현암도 뒤로 날아가 벽에 부딪힌 뒤 땅에 넘어졌다. 준후는 공처럼 데굴데굴 굴러서 한쪽 모서리에 머리를 처박고는 그만 정신을 잃어버렸다. 박 신부도 총알같이 뒤로 튕겨 나가 우지끈 소리를 내면서 벽에 처박혔다. 박 신부는 벽에 몸이 반쯤 파묻힐 정도로 짓눌려진 채 고개를 떨구었다. 단 한 사람, 굳어 버린 듯이 조용히 앉아 있는 것은 승희뿐이었고, 승희의 몸은 애염명왕이 몸을 빌렸을 때면 으레 그런 것처럼 돌처럼 굳어 있었다.

마스터는 그 자리에 앉아, 마치 아무 일도 없었다는 듯 평온한 표정을 짓고 있었다. 모두의 힘이 합쳐진 일격을 받았음에도 아무렇지 않은 듯했고, 그 자리에 앉은 채 미동조차 하지 않았다. 반면 퇴마사들은 단번에 밀려 나서 중상을 입은 것처럼 보였다.

아, 이런. 이 정도밖에 안 될 줄이야!

마스터는 서글픈 듯 고개를 설레설레 저었다. 타격을 입기는커녕, 공격이 너무 약해 안타깝다는 표정이었다. 현암은 엉망이 된 박 신부의 모습을 보고 분노의 고함을 질렀고, 월향검을 내쏘았다. 월향검은 찢어지는 듯한 귀곡성을 지르면서 마스터에게로 쏘아져 나갔다.

'저자는 해치워야 해. 반드시 해치워야만⋯⋯.'

현암이 마음속으로 외치는데 마스터는 표정조차 변하지 않고 입김을 훅 불었다. 그러자 무서운 기세로 날아오던 월향검이 그대로 덜컥, 허공에 멈춰 버렸다.

"아니! 저럴 수가!"

현암이 이를 악물고 있는 힘을 다해 공력을 전달했다. 월향검 전체가 서슬 퍼런 검기에 휩싸이며 귀곡성이 방 안에 메아리쳤다. 월향은 안간힘을 다해 마스터를 두 동강 내려고 발버둥 쳤으나 마스터는 빙긋 웃으며 말했다.

재미없어.

그러면서 마스터는 손을 약간 벌렸고 월향검은 찢어지는 비명을 지르며 빙글빙글 균형을 잃고 맴돌다 마스터의 손에 턱 하니 잡혔다. 마스터의 손이 닿는 순간, 월향검에 깃든 검기는 씻은 듯 사라져 버렸다.

현암은 월향검이 마스터의 더러운 손에 잡혀 있는 것을 보고는 눈이 뒤집히는 것 같았다. 현암은 분노의 고함을 지르면서 본능적으로 기공력을 모아 마스터를 향해 달려들었다.

마스터는 고개를 저으며 훅 하고 입김을 불었다. 그것만으로 기공력을 온몸에 두른 현암은 대포알처럼 뒤로 튕겨 벽을 반쯤 파고들 정도로 처박혔다.

"워, 월향······."

눈이 풀린 현암이 입가에 피를 흘리면서 덜덜 떨리는 손을 애타게 내뻗었고 월향도 안타까운 비명을 질러 댔으나 마스터의 손아귀는 꽉 닫힌 채였다. 마스터는 웃으며 말했다.

당신들은 그래도 벌레 중에서는 꽤 질기군요. 죽이지 않을 거고, 죽으면 안 됩니다. 내가 원하는 지옥문이 열리는 걸 누군가는 봐줘야 할 것 아닙니까? 난 당신들을 선택했어요.

"헉······ 이, 이······."

현암은 말을 이으려 했으나 입에서는 말 대신 검붉은 피가 울컥 쏟아졌다. 마스터의 손에 잡혀 있던 월향검이 찢어지는 비명을 지르며 버둥거렸으나 마스터는 그 모습을 보고 조용히 웃었다.

죽지 마세요. 혹 알아요? 어떻게 나를 이길 수 있을지. 기회를 봐서 처치할 수 있을지 모르잖아요. 아, 당신도 힘을 가져 보는 게 어때요? 악마에게 영혼을 넘기는 건 어떨지요? 그럼 나보다 더 강해질지 모르잖아요? 하하.

마스터가 현암을 희롱하는데 불길과 뇌전이 한 줄기씩 날아와서 마스터의 앞에 퍽 소리를 내며 꽂혔다. 마스터는 의아해하면서도 재미있다는 듯 여유 있게 미소를 지으며 그쪽으로 시선을 돌렸다. 땅에 쓰러져 있던 준후가 어느 사이에 몸을 일으켜 수인을 맺고 있었다. 준후는 눈에 눈물이 글썽글썽하게 맺혀 있었고 입술을 피가 나도록 깨물고 있었다. 마스터의 얼굴은 태연했다.

오호. 똑똑한 꼬마. 그런데 너, 사람에게 주술도 쓸 수 있었던가요? 너에 대해서도 좀 아는데······. 그래도 되는 거 맞아요?

"닥쳐!"

준후가 이를 갈면서 양손의 수인을 고쳐 두 손을 교차시켰다. 번쩍거리는 뇌전의 빛줄기가 여태껏 한 번도 본 적이 없었던 모양으로 둥글게 뭉치고 있었다.

너, 사람을 쏘지 않겠다더니? 의외로 마음이 약하군요.

"넌 사람도 아냐!"

아니, 그게 문제가 아니에요. 누가 죽든지 말든지 내가 신경 쓸 것 같나요? 다만 넌 보기보다 마음이 약하고, 그로 인해 앞으로도 많은 고통을 받을 것 같아 하는 말이랍니다. 어? 지금 죽는다고 생각하나요? 아니, 아니. 너희는 내가 지옥문을 여는 걸 봐야 해요. 내가 왜 너희를 죽이겠나요? 날 해칠 수도 없는 벌레들을 왜 내가 굳이.

"아, 그만, 그마안······!"

준후는 울먹거리면서도 계속 힘을 모아 가고 있었다. 여태껏 준후는 사람에게 강한 주술을 사용한 일이 없었다. 지금 힘을 모으고 있는 이 뇌전이야말로 인드라의 가장 강한 바즈라(vajra)[6]의 술수였다.

"난…… 너를 쏠 수 있어. 넌 두려워하고 있어!"

마스터는 빙긋이 웃었다. 악의가 전혀 느껴지지 않는 표정이었다.

정말 그럴까요?

"아아……."

준후가 몸을 부르르 떨며 망설이고 있는데 갑자기 마스터가 왼손으로 긴 불줄기를 내쏘았다. 준후는 망설이다가 기습을 당하자 애써서 만들어 놓은 둥근 뇌전을 놓쳐 버렸다. 뇌전은 천장으로 날아올랐다. 준후가 안타깝게 탄식하는데 마스터의 모습이 사라졌다. 그리고 뇌전이 날아가는 바로 그 위치에 모습을 드러냈다. 준후도 이것은 미처 생각도 못 한 일이라 헉하며 놀랐다. 마스터는 뇌전의 무시무시한 기운을 그대로 가슴팍에 맞았다. 굉장한 폭음과 폭발한 스파크가 사방에 뒤덮였다. 그러나…… 그 속에서 마스터의 목소리가 들려왔다.

아아, 아이야……. 넌 결국 사람을 쐈군요. 네 맹세는 깨졌어요. 그렇지 않나요?

---

6 금강저(金剛杵)라고도 하며 뇌신 인드라의 제일가는 무기이다. 인드라의 번개를 상징하며 뇌전의 원어라고 할 수 있다. '바즈라유다'라고도 한다.

"으아아아악!!!"

준후는 고통에 겨워 애처로운 고함을 지르면서 양손으로 휘저어 부적들을 날렸다. 마스터가 불이 붙어 날아오는 부적들을 향해 훅 하고 입김을 불자 부적들은 허공에서 펑펑 터지며 불길은 도리어 준후 쪽으로 밀려들었다. 준후는 안간힘을 다해 불길을 밀려고 했으나 부적이 터지는 충격으로 한쪽 구석에 처박혀 버렸다. 그런데 넘어지던 준후의 한쪽 팔이 벽 속으로 쑤욱 뚫고 들어갔다. 그곳은 연희가 엉겁결에 들어갔던 환영의 벽이었다.

영원한 약속

연희는 망연하게 눈물을 흘리고 있다가 벽에서 어린아이의 팔이 툭 하고 떨어지자 놀라서 정신을 차렸다.

"앗! 이건!"

연희는 놀라서 엉겁결에 손을 잡았다. 준후의 손…… 그렇다면…….

"아악! 안 돼!"

연희는 소리를 치면서 벽 쪽으로 달려갔다. 준후가 무사한가 보기 위해서였다. 무심코 걸음을 옮기자 벽은 아까와는 달리 아무 저항을 하지 않고 연희의 몸을 그대로 통과시켜 주었다.

눈앞의 광경이 믿어지지 않았다. 방 안은 처참한 싸움이 벌어졌던 것 같았다. 벽에 금이 가고 천장까지도 구멍이 뚫린, 전쟁터를 방불케 하는 상황이었다. 연희의 발 앞에는 불에 온통 그을린 준후가 쓰러져 있었고 이반 교수는 엉망이 된 채 구석에 처박혀 있었다. 승희는 석상이 돼 버린 듯 방 중앙에 가부좌를 튼 채 앉아 있었고 한쪽 벽에서는 입에서 하염없이 피를 쏟고 있는 현암과 벽에 반쯤 파묻혀 버린 박 신부의 모습이 보였다.

"아아……. 이럴 수가!"

연희의 귀에 낯익은 귀곡성이 들려왔다. 월향검이 우는 소리. 월향검마저도 마스터의 손에 잡혀 발버둥 치고 있었다. 마스터는 조용히 웃고 있었다.

아가씨. 아가씨도 보실 건가요? 어둠의 제왕, 당신들이 악마라고 부르는 존재가 과연 어떤 모습인지 궁금하지 않나요?

좌절이라고밖에 할 수 없었다. 아무도 마스터를 당해 낼 수 없었다. 아니, 아예 상대조차 되지 않는 경지에 올라 있었다. 연희는 모든 것이 꿈이라면 얼마나 좋을까 생각했다. 모두가 그냥 꿈이었다면……. 그러나 마스터의 목소리는 계속 연희의 귓전을 울렸다. 조용하고 차분했지만 연희의 귀에는 어떤 악마의 소리보다도 징그럽게 들렸다.

조용히 앉아 구경하세요. 세계를 악마에게 통째로 바치면 무슨 일이 일어나는지. 내가 여는 지옥문은 삼백 군데가 넘지만, 불행히도 너희는 여기 한 곳만 볼 수 있겠지요. 저기 블랙 서클이 바로 지옥문입니다. 여태껏 이 세계에서 저 세계로 보내기만 했지만, 이제는 저 세계에서 이 세계로 올 수 있게 되는 거죠. 호기심이 생기지 않나요?

마스터는 말을 잇다가 연희가 매서운 눈을 한 채 뚜벅뚜벅 걸어오는 것을 보고는 의아하다는 듯, 고개를 갸웃했다. 연희는 이글이글 불타는 듯한 눈빛으로 서슴없이 마스터를 향해 느리지만 단호하게 걸음을 옮기고 있었다.

"너…… 리를…… 기억하지?"

마스터의 눈빛이 연희가 꽉 쥐고 있는 구리 십자가를 향하는 것 같았다. 그러더니 살짝 비웃음을 지었다.

잊었습니다.

"네가 그분을……."

연희의 눈에서 다시 눈물이 넘쳐흐르기 시작했다. 그 남자……. 그 남자의 영혼은 이자의 술책으로 말미암아 구원받지 못하고 영원히 어둠 속을 헤매고 있을 것이다. 그러나 아무것도 두려워 않던 마스터가 연희의 눈을 보더니 놀랍게도 찔끔하는 듯, 눈을 돌렸다.

저리 가세요.

마스터가 위협하듯 말했으나, 연희의 귀에는 아무것도 들어오지 않았다. 말도 나오지 않았다. 다만 지극한 슬픔, 그리고 가슴 속을 꽉 메우고 있는 비통함……. 마스터가 다시 한번 완연한 협박조로 말했다.

가라고 했습니다.

"너…… 너는……."

오지 말라고 했다!

마스터는 소리를 버럭 지르면서 왼손으로 준후가 쏜 것 같은 가느다란 뇌전의 줄기를 연희를 향해 내쏘았지만 연희는 피할 생각도 하지 않았다. 뇌전의 줄기가 막 연희의 미간으로 날아드는 순간, 눈앞에 푸른 것이 뛰어들었다. 바로 연희가 가지고 다니던 구리 십자가에 깃들어 있던 남자의 염체였다.

"아...... 안......"

연희의 입에서 말이 채 나오지를 않았다. 그사이 염체가 뇌전의 기운에 적중돼 부르르 떨더니 서서히 허공에 흩어져 가는 모습이 연희의 눈에 슬로 모션처럼 들어왔다. 그 남자, 리가 지켜 준 마지막 기억, 항상 연희를 지켜 주겠다던 약속....... 그는 약속을 지켰고 이제는 모든 것이 사라져 가고 있었다.

"안...... 아......"

연희의 입에서는 이제 말도 아닌, 공허한 울부짖음만 나왔다. 마스터는 안색을 구기더니 손가락을 살짝 튕겼다. 다음 순간, 키는 크지만 가녀린 연희의 몸은 반대편 구석으로 날아갔다. 그 와중에도 연희는 고통을 느끼지 못하는 듯, 염체가 사라진 허공으로 손을 뻗으려 애썼다.

"아아....... 아아안...... 안...... 안 돼! 안 돼!"

연희의 고통에 찬 목소리가 지하에 메아리쳤고 그 울림은 사방 구석구석으로 널리 퍼졌다. 그건 귀로 들을 수 있는 그런 소리가 아니었다. 오로지 사랑의....... 연희는 모든 것을 쏟아붓듯 외마디 소리만 지르고는, 땅에 털썩 주저앉아 망연히 마스터를 바라보았다.

마스터는 안도의 한숨을 내쉬었다. 그러나 그것도 잠시, 마스터가 월향검을 처리하려고 하자 눈앞에서 뭔가가 꾸물거리며 일렁이기 시작했다. 마스터의 눈꼬리가 실룩거렸다.

으음? 저건…….

염체는 여러 가지였다. 장난스럽게 뛰어다니는 듯한 염체, 붉은 장미꽃 모양의 염체, 너울거리는 저녁노을 모습의 염체, 그것들은 분명 연희가 본 적이 있는 것들이었다. 그건 바로…….

"아! 와 주었군요."

틀림없었다. 그건 분명 그 남자, 리라고 불렸다던 남자가 평소에 만들어 냈던 염체들이었다. 염체들은 연희를 잊지 못하는 남자의 마음을 간직하고 있다가 연희의 목소리를 듣고 세상 곳곳에서 몰려든 것임이 분명했다. 그 남자는 영원히 연희를 지켜 주겠다고 했다. 영혼은 지옥으로 빠져 버렸는지 모르지만, 영원한 약속을 지키러 온 것이었다.

"고마워요. 고마…… 고마워…….'

연희는 더 이상 참지 못하고 북받치는 눈물을 터뜨렸다. 허공을 일렁거리던 염체들은 점차 하나로 모여들기 시작했다. 마스터는 마음에 들지 않는 듯 말했다.

꺼져 버려.

염체들이 하나씩 하나씩 허공에서 바스러져 가고 있었다. 연희가 마구 울면서 비명을 질렀다.

"안 돼! 제발! 그것만은! 그것만은 안 돼!"

마스터가 말했다.

널 두려워하는 게 아냐. 난 여자가 우는 걸 싫어해. 그러니 입 다물어.

리가 남긴 염체는 단 하나밖에 남지 않았다. 그것을 본 연희는 흑흑거리면서 손으로 입을 감싸다가 기절해 버렸다. 그러자 마스터는 가볍게 코웃음 치며 손에 쥐었던 월향검을 손가락으로 한 번 튕겼다. 월향검은 쨍그랑 소리를 내며 현암의 옆으로 굴러갔다.

현암이 기를 쓰고 손을 뻗으려 했지만 마스터가 눈썹을 살짝 찡그리자 보이지 않는 힘이 천 근 같은 무게로 현암과 사람들을 내리눌렀다. 박 신부조차도 손가락 하나 까딱할 수 없었다. 마스터가 말했다.

쉿. 난 죽이지 않는다고 했다. 너희는 그럴 가치도 없고. 너무도 약해. 이제 지옥의 대악마, 아스타로트께서 오신다. 눈 크게 뜨고 잘 봐 둬라.

아까 형성됐던 블랙 서클은 커다랗게 확대됐다. 마스터의 말대로 그 너머에서 불완전하고 안개 같은 형태가 서서히 모습을 드러내기 시작했다. 반투명하고 끊임없이 변화하는, 검은 안개 뭉치 같았지만 전반적으로는 인간의 형상을 갖추어 갔다.

보통 인간의 두 배 정도 크기인 그것은 급기야 완전히 인간과 같은 모습이 돼 소용돌이치고 있는 블랙 서클의 앞에 버티고 섰다. 얼굴은 끝없이 소용돌이치는 검은 구멍과 같았지만 팔다리와 몸은 사람과 같았다. 굽히지 않던 현암의 마음속에도, 굴할 줄 모르던 박 신부의 마음속에도 '끝이다'라는 생각이 저절로 솟아올랐다. 오로지 마스터만이 모든 것을 지배하게 됐다는 미소를 짓고 있었다. 끝이었다.

악마의 소망

어서 오십시오. 어둠의 제왕이시여. 모든 것을 취하고 대가로 보상을 주시는 잔혹한 그림자시여.

마스터가 주문 같은 말을 이으려는데 음산한 울림이 아스타로트에게서 울려 퍼졌다. 그 울림은 방 전체에 생생하게 울렸고 그 소리는 어떤 언어도 아니었지만 누구에게나 뜻이 전달됐다.

네가 이걸 열었는가?

마스터는 미소를 띠며 고개를 숙여 보였다.

예.

그 순간 아스타로트는 뜻밖의 말을 했다.

누가 그렇게 하라 했느냐?

예? 어둠의 지배자시여. 무슨 말씀을…….

마스터조차 당황해서 말끝을 흐렸지만 아스타로트는 노성을 질렀다.

누가 세상을 멋대로 하라 했어! 벌레 같은 놈이!

아스타로트가 노한 듯 고함을 쳤다. 그 여파로 방 전체가 폭풍처럼 흔들리며 벽에 금이 가고 먼지가 쏟아져 내렸다. 마스터의 얼굴도 딱딱하게 굳어졌으나 그는 여전히 차갑게 말했다.

고대로부터의 약속이 수행될 것을 믿고, 내 원하는 바를 얻기 위해 그대를 불렀습니다. 대체 왜 계약으로 맺은 일을 거부하십니까?

아스타로트가 껄껄 웃었다.

계약? 하하하.

악마는 계약에 종속되니 어서 내 말대로.

마스터가 말하는데 아스타로트가 다시 웃으며 말했다.

그야 내가 하고 싶을 때만 그러는 거지. 이건 아냐.

마스터가 처음으로 말을 더듬었다.

아, 아니…… 계, 계약을….

아스타로트가 비웃듯 말했다.

내 마음이다. 벌레여.

마스터가 노기를 띠자 숨이 막힐 듯한 기운이 몸 전체에서 쏟아져 나왔다. 그러나 아스타로트는 조금도 신경 쓰지 않고 웃으며 말했다.

너……. 우리에 대해 뭘 알고, 우리에 대해 뭘 느끼고, 우리에 대해 뭘 할 수 있지? 너 혼자 안다고, 지배한다고 생각하는가? 정말 너희 인간들의 표현으로 한다면…….

아스타로트는 잠시 말을 끊었다가 크게 말했다.

웃기는군!

마스터의 얼굴에 당황하는 기색이 스쳐 지나갔다. 아스타로트는 킥킥거리는 듯한 느낌으로 계속 말했다.

그런데 너 따위가, 네가 뭘 안다고, 세상을 없애? 네 것도 아닌 주제에 뭘 바쳐? 너희 인간의 표현으로 한다면.

아스타로트는 다시 크게 비웃듯 말했다.

놀고 있군!

이이익!

마스터가 분노했는지 얼굴색까지 변하면서 무서운 기운을 몸 전체에 내쏘았다. 무시무시한 압력이 방 전체를 순식간에 부숴 버릴 것 같았다. 그러나 아스타로트가 손 하나를 쳐들자, 마스터의 기운은 둥글게 뭉쳐져 마스터를 에워쌀 뿐, 더 밖으로 빠져나가지 못하고 안에서만 소용돌이쳤다. 퇴마사들에게 조그마한 영향조차 오지 않았다. 아스타로트는 당황한 마스터를 보고 비웃듯 말했다.

힘이라고? 아직도 그런 것에 눈이 팔린 미물 주제에, 힘 위에 무엇이 있고, 그 위에 무엇이 있는지도 모르는 주제에. 뭐? 세계를 어째? 하하하.

마스터는 스스로가 뿜어내는 힘에 갇혀 고통스러워 보였다. 그는 지지 않고 무시무시한 힘을 더 뿜어내 버티려고 했고, 무슨 말인가 외치려 했다. 그러나 다음 순간, 아스타로트가 손을 꽉 움켜쥐자, 마스터의 몸과 그가 뿜어내던 기운을 포함한 모든 것은 삽시간에 짜부라져 점이 되더니 형체조차 없이 사라져 버렸다. 마스터의 힘도 엄청났지만 그를 순식간에 없애 버린 아스타로트의 힘이야말로 무시무시했다. 아니, 그건 힘이라고 표현되는 것 이상이었다. 현암조차도 더 버티지 못하고 정신을 잃었다. 마지막으로 의식을 붙잡고 있는 사람은 박 신부뿐이었다. 그가 경악한 채 멍하니 바라보고만 있는데, 아스타로트의 심연 같은 검은 구멍으로 된 얼굴이 그들을 향했다. 박 신부가 본능적으로 어떻게든 앞을 막아서려는데 아스타로트가 웃으며 말했다.

다들 괜찮은가? 좀 도와줄까?

아스타로트의 말에 박 신부가 기겁하며 놀랐다. 그는 긴장된 목소리로 말했다.

"뭘 바라는가? 사악한 악마!"

그러자 아스타로트가 여전히 비웃는 듯한 울림으로 답했다.

음? 이미 바라는 대로 다 했는데?

"무엇을 말인가? 지옥문이 열렸으니, 세상을 유린할 건가?"

그러자 아스타로트는 마치 사람처럼 어깨를 으쓱해 보였다. 삽시간에 분위기가 변해 이제는 마치 장난치는 아이 같은 느낌이었다.

내가? 왜?

"지옥문은……."

아, 이건 내가 그냥 재미로 해 본 거야. 지옥문이라……. 다른 데서는 열리지도 않았지. 내가 왜 그렇게 해 주겠어? 왜 이런 것에 흥분하지? 이런 것 없어도 난 마음대로 이 세상에 드나들 수 있는데, 뭘.

아스타로트의 대답은 너무도 어이없는 것이라 박 신부조차도 입을 딱 벌렸다. 그러다가 다시 고함을 쳤다.

"그럼 뭐야! 인간의 영혼을 원하는 것이 아니었나? 너는 블랙 서클의 영혼들을 흡수……."

아스타로트가 딱 잘라 말했다.

너, 뭔가 단단히 잘못 알고 있군. 너희의 영혼을 원한다고? 그런 것을 우리가 어디에 쓴단 말이야? 저 마스터란 녀석이 생색내면서 주기에 받아 두긴 했지만 그런 건 우리에게 아무 쓸모도 없어.

"그, 그게 대체⋯⋯ 너희는 그러면⋯⋯."

아스타로트는 아이들이 장난이라도 치듯 쾌활하게 말했다.

너희가 우리에 대해 뭘 알고, 우리에 대해 뭘 느끼고, 우리에 대해 뭘 할 수 있지? 그냥 너희 멋대로 이름 짓고, 우릴 정의하고, 예측하고, 정말 너희 인간들 표현을 빌리자면 웃기기 그지없지. 다 틀렸어. 딱 한 가지만 빼고.

"그게 뭔가?"

박 신부가 말하자 아스타로트가 무시무시하게 고함을 쳤다.

우리가⋯⋯ 너희⋯⋯ 인간을 미워한다는 거!

아스타로트의 외침은 사방을 쩌렁쩌렁 울렸고 박 신부마저도 왈칵 피를 쏟을 정도였다. 그러나 기절한 현암, 준후, 승희, 연희나 다른 사물에는 조금도 영향을 주지 않았다. 박 신부는 여태껏 알아 왔던 악마관과는 너무도 다른 악마라 여기고 인간의 믿음에 혼란을 느꼈으나 동시에 많은 것을 이해했다. 모든 것을 잘못 안 것은 아니다. 여전히 악마는 인간의 적이었다.

"그래서 우리도 해칠 건가?"

아스타로트는 순식간에 낄낄거리며 교활한 늙은이 같은 느낌을 풍겼다.

내가 왜? 너희는 소중해. 그런데 내가 왜?

"뭐?"

그래, 정말이다. 너희는 소중해. 너희같이 죄 없고, 순결하고, 희생정신에 가득 찬 자들을 나는 좋아해. 정말로.

"믿, 믿을 수 없어! 우리가 소중하다고?"

믿어야 해. 너흰 우리에게 정말 소중하다. 왜냐하면······.

아스타로트는 돌연히 소리를 높였다.

그런 너희가 고통받는 것이 좋으니까!

아스타로트의 울림에 박 신부는 엄청난 충격을 받았다. 그러나 박 신부는 눈을 빛내며 외쳤다.

"역시 너희, 너희는······."

하하하. 순결한 영혼, 죄 없는 영혼. 영혼 따위는 아무 데도 쓸모없지만, 그런 너희가 흘리는 피와 그런 너희가 당하는 고통이 나는 너무 좋아. 그것이 우리를 너무 즐겁게 해. 왜냐고? 우리는 너희를 미워하니까! 이런 고통 아니면 아무 의미 없으니까! 세상을 망하게 한다고? 절대 안 돼! 오래오래 살아남아, 계속 상처 입고 고통받아 줘! 그게 우리가 바라는 거야. 제발 힘내서, 계속 싸워 줘. 우리를 더 즐겁게 해 줘!

박 신부가 대답조차 못하고 덜덜 몸을 떠는데 아스타로트는 말을 이었다.

마스터 같은 사악한 적 따위는 얼마든지 만들어 보내 주겠어. 세상에 위기가 닥쳐야 나선다면 얼마든지 만들어 주겠어. 그러니 싸워. 영원히 살아남아 싸우고, 피 흘리고, 고통받아 줘. 그게 정말······. 우리가 원하는 거니까.

그 말만 남기고 아스타로트는 거짓말처럼 사라져 버렸다. 물론 열렸던 블랙 서클 또한 자취도 없이 사라져 버렸다. 박 신부는 힘이 빠져 풀썩 주저앉았다. 수많은 상념이 두서없이 떠올랐다. 이 이야기를 현암이나 다른 사람들에게도 해 줘야 할까? 악마와 인간 사이에는 대체 무슨 일이 있었고, 신의 섭리는 대체 어떤 것이기에 그들과 인간을 공존시키는 것일까? 그러나 박 신부는 생각을 길게 끌지도 못하고 피곤함에 지쳐 눈을 감았다. 세상 모든 것이 꿈과 같이 느껴졌다.

'무엇이든, 내가 옳다고 여기는 대로 하는 거다. 달라질 건 없어. 아무것도.'

의식이 깊은 잠 속으로 빠져들어 가는 동안에도 박 신부는 계속 그 생각만을 했다. 이 이야기는 누구에게도 해 줄 수 없다고 생각했다. 고통받아야 할 가족 같은 퇴마사들이, 고통을 감내해야 할 그들이 너무도 안쓰럽고 가여워서 절대 말해 줄 수 없을 것 같았다.

'아멘……'

연희의 꿈

연희는 꿈을 꾸고 있었다. 넓고 넓은 뒷동산, 그리고 따사로운 햇살이 있었다. 눈이 와서 세상은 온통 하얗게 변해 있었고 정말 모든 것이 깔끔하고 반짝거리기만 했다. 피아노를 치다가 지루해져서 창문을 넘어 놀이터로 뛰어나갔던 그때처럼, 연호 오빠가 커다란 피자를 사 와서 즐거워하던 그때처럼 좋은 기분. 주위에는 갖가지 예쁜 형상들이 깡충거리면서 뒤를 쫓아 연희를 앞서거니 뒤서거니 하며 달리고 있었다. 하늘에는 새들이 지저귀는 소리, 저만치에는 싱그러운 바람 소리와 시냇물이 졸졸 흘러가는 소리. 폭신폭신한 것 같은 양털 구름이 하늘 저만치에 흘러가고……. 구름 사이로 비치는 하늘은 티 한 점 없이 맑기만 했다. 골치 아픈 일도 속상한 일도 슬픈 일도 없었고, 기분이 상할 것 같지도 않았고 아픈 데도 없었다. 흥겹게 사각사각 눈을 밟으면서 바깥을 내달리는 기분. 그런 연희를 지켜보는 따뜻한 눈이 있었다.

─ 좋은 것만을 생각해요. 그리고 웃어요.

연희는 조용히 눈을 떴다. 바깥은 환했고 정말로 눈이 오고 있었다. 언제 잠이 든 것일까? 이런! 문병을 와 놓고는 잠깐 기다리는 동안에 소파에 앉아서 졸다니. 그렇지만 흐뭇한 기분을 감출 수가 없었다. 그래, 항상 좋은 것만을…… 그리고 웃어야 해…….

저쪽에서 간호사가 웃는 얼굴로 연희를 불렀다. 승희와 백호 씨, 윌리엄스 신부님은 먼저 와 있을 것이다. 마스터는 죽고, 안드레이도 감금과 저주로 지친 나머지 죽음을 맞이했다. 성난큰곰은 어디로 갔는지 자취를 찾을 수 없었다. 연희와 가까운 사람들은 순조롭게 회복되고 있었다. 연희는 꽃다발들을 하나씩 챙겨 보았다. 장미는 준후 것, 백합은 신부님 것, 이름은 잘 모르지만 하여간 이 예쁜 꽃은 현암 씨 것, 그리고 이 할미꽃은 딱딱한 이반 교수님 것. 후후후, 그리고…… 물망초…….

연희는 조용히 미소를 띠면서 몸을 일으켰다. 물망초 꽃다발을 눈이 내리고 있는 창밖을 향해 살짝 놓아두고는 환한 미소를 띠며 병실 안으로 들어섰다. 그 꽃이 누구를 위한 것인지. 그건 아마 연희만이 알 수 있는, 작은 비밀인지도 몰랐다.

― 세계편 완결

퇴마록 세계편 3

초판 1쇄 인쇄	2025년 5월 8일
초판 1쇄 발행	2025년 6월 5일
지은이	이우혁
책임편집	양수인
편집진행	북케어(김혜인, 전하연)
디자인	studio forb **본문 조판** 정유정
책임마케팅	최혜령, 박지수, 도우리
마케팅	콘텐츠 IP 사업본부
해외사업팀	한승빈
경영지원	백선희, 권영환, 이기경, 최민선
제작	제이오
펴낸이	서현동
펴낸곳	㈜오팬하우스
출판등록	2024년 5월 16일 제2024-000141호
주소	서울특별시 강남구 테헤란로 419, 11층 (삼성동, 강남파이낸스플라자)
이메일	info@ofh.co.kr

ⓒ 이우혁

ISBN 979-11-94654-91-9 03810

* 반타는 ㈜오팬하우스의 출판브랜드입니다.
* 이 책은 저작권법에 따라 보호받는 저작물이므로 무단전재와 무단복제를 금지하며, 이 책 내용의 전부 또는 일부를 이용하려면 반드시 저작권자와 ㈜오팬하우스의 서면동의를 받아야 합니다.
* 책값은 뒤표지에 표시되어 있습니다.
* 잘못된 책은 구입하신 서점에서 바꿔드립니다.